왕은
사랑
한다

1

왕은 사랑한다 1

ⓒ김이령 2011

초판1쇄 인쇄	2011년 8월 15일
초판6쇄 발행	2014년 9월 30일
신판2쇄 발행	2017년 7월 1일
지은이	김이령
펴낸이	박대일
편집	이문영 · 임유리 · 신지연 · 박현주 · 전보라
교정	박준용
마케팅	송재진 · 임유미
디자인	래하디자인(표지)
펴낸곳	파란미디어
출판등록	2004년 9월 14일 제313-2004-00214호
주소	04072 서울시 마포구 성지1길 32-36(합정동)
전화	02.3141.5589 영업부 070.4616.2012 편집부
팩스	02.3141.5590
전자우편	paranbook@gmail.com
카페	http://cafe.naver.com/paranmedia
페이스북	http://www.facebook.com/paranbook
ISBN	978-89-6371-410-3(04810)
	978-89-6371-409-7(전3권)

왕은
사랑
한다

김이령 장편소설

1

파란

칭기스 칸 응응이낭 주요 가계도

몽골

1 칭기스 칸

2 우구데이 칸 — 3 구육 칸

주치

차가타이 — 카이두

툴루이

아릭부케 5 쿠빌라이 칸 4 몽케 칸

친킴

쿠틀룩 켈미시 (현성 인명공주)

다르마발라 — 카말라

아유르바르와다 — 카이산

6 테무르 — 타기 카톤

부카슈리 — 예순 테무르

원

고려

24 원종

25 충렬왕 — 순경태후

시안공 인

수사공 서원후 영

정화공주 (제국대장공주)

익양후 분 — 명순원비 — 제안공 숙

정녕원비

경양공 자

수춘후 린

서흥후 전

단

• 전체 계승도 아니다
• 점선 자의 이음은 여성
• 숫자는 왕위 계승 순서

차례

1

소년들

개경. 모든 길과 물자와 사람들이 모여들고 거치는 고려의 심장. 수차례의 외침과 천도설로 부침을 거듭하면서도 수백 년 동안 도읍의 명맥을 유지해 온 것은, 태조의 출생지요 왕실의 성스러운 근거지이기 때문이다.

주산인 송악산이 북쪽을 병풍처럼 둘러 저 백두산으로부터 이어지는 지기를 머금고, 우뚝한 서쪽의 오공산과 야트막한 동쪽의 덕암봉은 우백호와 좌청룡이 되어 왕의 도시를 비호한다. 북서쪽이 높게 가로막혔으나 앞쪽이 평탄하고 남동쪽은 멀리 트인 천혜의 지세를 갖춘 명당이다. 이 명당의 생기가 알뜰히 모인 혈에 자리 잡은 왕궁은 땅의 기운을 온전히 머금기 위해 본래의 지형을 깎지 않고 지세에 맞춰 지었다고 한다.

그 왕궁에는 고려에서 가장 존귀한 존재들, 왕과 그 가족들이 살고 있다. 산신과 용신의 핏줄을 이은 태조 신성대왕神聖大王의 후예인 왕가는 백성들에게 존경과 경애의 대상이 되어야 마땅할 것이나 현실이 꼭 그렇지는 않았다.

몽골의 오랜 침입에 시달리다 항복한 지 십수 년이 훌쩍 지나간 때였다. 강화로 도망간 왕실과 무인 권력자들, 귀족들 대신 끈질기게 몽골에 항거했던 민초들은 뼛골이 족족 다 빠져 지칠 대로 지친 나머지 항복을 내심 반겼다. 전쟁 중에도 세금은 똑같이 거둬 가던 조정의 등쌀에 못 이긴 탓이 컸다. 전쟁이 끝남과 동시에 왕을 허수아비 삼던 무신정권도 무너지고 개경으로 환도한 왕이 권력의 핵심으로 서면서, 뭔가 달라지리라, 백성들은 조금 기대도 했다. 그러나 기대는 그저 기대로 끝났을 뿐, 백성들의 처지는 몽골이 침입하기 전이나 전쟁 중이나 그 후나 크게 변하지 않았다.

몽골제국의 부용국附庸國*이 되어 버린 처지에서 때마다 바쳐야 하는 공물과 공녀는 무거운 부담이었고, 두 차례나 동원된 제국의 일본 원정이 실패로 돌아가자 그 후과까지 고스란히 받아 안았다. 게다가 무신 집권자들의 횡포와 착취 못지않게 국왕의 폐신들이 백성들을 등쳐 먹는 일이 빈번했는데, 왕이란 자는 감시하고 말리는 게 아니라 되레 부추기고 있었으니 왕실을 보는 뭇시선이 고울 수가 없었다.

원나라 공주인 왕비에게 설설 기는 왕의 비굴한 태도도 백

---

* 강대국에 종속된 약소국.

성들의 자존심을 구기는 데 일조했다. 그런 형편이라, 살림이 곤궁한 서민들은 모이면 왕과 공주의 험담에 열을 올리곤 했다. 왕의 도시에서 영 인기가 없는 왕은, 본인이 원하는 바는 아니었지만 민초들의 구설에 오르내림으로써 그들의 쌓인 짜증과 분노를 조금이나마 달래 주었다.

그런 사정 속 어느 날.

나성 밖 서쪽 오공산에서 시작되어 동쪽으로 개경을 가로질러 흘러내리는 맑은 천 앵계鶯溪를 따라가다 보면 수륙교水陸橋 옆 널찍한 터에 잘 빠진 말들이 늠름하니 새 주인을 기다리는 말 시장이 있다. 개경 귀족들이 평소 좋다고 찾아드는 곳이지만 그날은 의외로 한갓졌다. 손님이 뜸하니 말 장수들이 삼삼오오 모여 무슨 불만이 있는지 불퉁스레 저들끼리 숙덕인다.

"장가張家의 사위가 두 마리나 끌고 갔다는데, 염 형이 값은 받은 게야?"

"무슨. 사위도 아니고 사위네 가노가 끌고 간 거야. 대장군이 상국上國* 갈 적에 쓴다며 말을 끌고 가면서 대금은 찾아와서 그분께 받으라고 했다나. 그래 갔더니, 사신 행렬이 벌써 떠났다고 나중에 오랬다네."

"허, 고것 참. 안 준다는 얘기구먼."

"진짜 그 회회인回回人**이 상국에 타고 간 것도 아닐 게야."

---

*   작은 나라로부터 조공을 받는 큰 나라로 본문에서는 원나라.
**   위구르인.

"두말하면 입 아프지. 매나 맞지 않고 오면 감지덕지지."

"그럼 염 형이 떼먹힌 은은 어떻게 하나?"

"다른 놈 팔 적에 값을 더 얹어 받아야지. 다음에 사 가는 사람이 재수 없는 게지, 뭐. 다 장가와 그 권속들 탓이려니 해야지."

"이번에 두 마리를 꿀꺽했으니 다음엔 셋을 내놓으라면 어쩔 거야. 차라리 그 노비 놈과 드잡이를 해서 가구소街衢所*에 같이 끌려갔으면 값이라도 받지 않았겠어."

"장가의 노비를 상하게 해서 얼마나 물어내려고? 가구소에 열흘 넘어 갇혀 있으면 입에 풀칠은 누가 해 주나? 장가가 누구냐. 나라님이 귀애하시고 공주가 비호하는 대장군이니 우리야 그냥 잡아 잡수쇼, 납작하니 엎드려야지. 쓸데없는 소릴랑 말아."

말 장수들이 이를 가는 장가는 장순룡張舜龍을 가리킨다. 장순룡은 왕비인 원나라 공주가 고려에 들어올 때 겁령구怯怜口**로 따라와 귀화한 인물로 본명은 삼가三哥였다. 공주의 측근임을 내세워 대장군으로 승진해 권세를 잡은 그는 온갖 방법을 동원해 치부하여 사람들의 원성을 샀다. 그의 가족들은 물론 노비들까지도 주인의 권세를 믿고 탈법을 일삼았지만 어떤 제재도 받지 않았다. 고발을 해 봤자 고발한 사람이 도리어 벌을 받을 지경이었다. 말 장수들이 분을 삭이는 이유가 거기에 있었다.

---

* 시전의 치안을 담당했던 기관.
** 원나라 공주가 데려온 사사로운 수행인.

줄줄이 서 있는 말들을 건성으로 훑으며 말 장수들이 숙덕이는 소리에 귀 기울이던 소년 둘이 수륙교로 올라가 앵계를 따라 걸었다. 둘 다 옥빈홍안의 앳되고 준수한 소년이었으나 외모에서 풍기는 분위기가 사뭇 달랐다. 한 명은, 가늘고 긴 눈초리가 살짝 위로 치켜 올라간 서늘한 봉목 아래 매끈하게 솟은 코와 붉고 토실한 입술이 웬만한 미녀보다 요염하니 고혹적이었다. 입가에 은은히 머무는 미소가 나이에 어울리지 않게 여유로워 표정만으로는 성인 남자로 보아도 무방했다.

다른 한 명은, 눈썹과 콧대의 선이 가늘면서도 뚜렷하고 단정한 게 훨씬 담백했다. 푸르스름할 정도로 깨끗한 흰자위에 검은자위가 경계를 선명히 이루며 얹힌 눈의 모양이 소년의 맑은 정신을 그대로 보여 주는 것 같았다. 좀 얇은 듯한 선홍색 입술은 굳센 의지를 드러내는 듯 잘 다물려 있었다. 앞서의 소년이 화려한 공작과 같다면 이 소년은 고아한 백학에 비유할 만했다. 생김새만으로는 두 소년 모두 귀인상이었으나 옷차림은 지극히 평범했다.

"환관 최세연崔世延은 남의 노비를 빼앗았고, 대장군 장순룡의 가솔이 남의 말을 빼앗았다……라. 그래도 누구 하나 잘못했다 벌을 청하는 이도 벌을 주는 이도 없다, 이 말이지?"

공작같이 화려한 미모의 소년이 붉은 입술을 잘근잘근 씹으며 말을 뱉었다.

"오늘 들은 얘기는 하나같이 한심한 것들뿐이다. 국왕의 폐신들이 남의 땅과 노비와 물건을 도둑놈들처럼 빼앗고 다닌다는 말 외에 우리가 무엇을 들었지, 린아?"

"탐욕은 죽을 줄 모르고 타오르는 불에 덤벼드는 불나방과 같다고 부처께서도 말씀하셨으니, 그들의 말로는 불구덩이 속일 것입니다."

"오늘 들은 얘기들, 다 적어 둬라, 린. 내가 그들을 불구덩이로 밀어 넣어 버릴 테니."

입술 끝에 머물던 미소가 지워지고 눈썹이 일그러지자, 요염해 보였던 소년의 낯이 일순 표독스레 빛났다. 봉목의 소년, 아직은 완전히 여물지 않은 둥그스름한 턱을 끌어당겨 곧은 시선으로 정면을 응시하는 그는, 고려의 세자 왕원王謜*이었다. 그의 옆에서 나란히 걷는 고아한 소년은 종실 수사공守司空** 왕영王瑛의 셋째 아들 왕린王潾으로 세자의 둘도 없는 친우였다.

두 소년이 소박한 차림새로 개경의 저자에 나온 것은 세자 원이 왕경 사람들의 목소리를 가감 없이 듣고 싶어 한 때문이었다. 그들이 오늘 주워들은 이야기는 금상今上***의 최측근들, 환관들과 귀화한 겁령구들이 민망하리만큼 뻔뻔스럽고 적나라한 방식으로 치부하고 있다는 사실이었다. 측근들의 행패와 더불어, 매일 뻔질나게 사냥을 나가는 왕의 행태나 그 왕을 쥐 잡듯 잡는 원나라 공주도 구설을 피하지 못했다. 가감 없이 부모

---

* 후일 충선왕.

** 종친에게 주는 정일품의 명예직.

*** 현재의 임금으로 본문에서는 충렬왕.

의 욕을 듣고 있으려니 여유롭던 세자의 얼굴이 밝지 못했다. 그의 입술에 걸린 미소는 자조에 가까웠다.

갑자기 원이 걸음을 멈추고 동행을 돌아보았다. 입가의 은은한 미소는 살아났으나 눈썹은 더욱 찡그려졌다. 의아한 눈빛으로 마주 보는 린의 얼굴에 세자가 코를 바싹 들이댔다.

"궁 밖에서는 말을 높이지 말라고 했잖아. 또 잊었구나?"

"송구합니다."

"틀렸다."

"미안하다. 조심하겠다."

린이 쓰게 웃었다. 그의 얼굴에 난처한 기색이 스며든 것을 세자가 즐겁게 바라보다가 걸음을 다시 내딛으려는 동행의 소매를 붙잡아 당겼다.

"그리고 날 부를 땐 이름을 불러."

"그럴 수는……."

"설마 내 이름을 모른다고 하진 않겠지?"

"저하."

린의 목소리는 세자에게만 들리도록 낮고 작았으나 매우 단호했다. 거절의 뜻이 분명한 호칭에 원의 봉목이 더욱 가늘어졌다.

"개경 사람들에게 내가 누구라고 알려 주러 온 게 아니잖아. 그리고 동무라면 서로 이름을 불러야지."

"아무리 명이시라 해도……."

"명령이 아니다. 벗끼리 명령이라니 합당하지 않다. 내 말

알겠니?"

앙다문 새빨간 입술이 말해 주듯 세자는 고집이 센 소년이다. 명령이 아니라고 해 놓고 따르지 않으면 못내 분해 몇 날며칠 엉뚱한 꼬투리를 잡아 볶아 댈 것이다. 왕자의 성격을 잘아는 린은 체념 어린 웃음으로 알았다는 대답을 대신했다. 때로는 어린애처럼 굴어 그를 당황케 하지만, 군신의 관계를 떠나 진정한 친구로 자신을 대하는 세자의 너그러운 성품에 린은번번이 감복하곤 했다.

수륙교를 건너면 곧 십자가十子街에 이른다. 나성 서쪽의 선의문宣義門에서 동쪽의 숭인문崇仁門을 동서로 잇는 큰길이, 왕성의 정문인 광화문廣化門에서 남쪽으로 내려오는 큰길인 남대가南大街와 십자 모양으로 교차하는 지점이다. 광화문에서 남대가를 거쳐 십자가에 이르는 구간이 바로 고려 물류의 중심이자 모든 산물의 집산지이며 문화의 첨단을 구가하는 곳, 개경의 시전이다.

십자가에서 왼편으로 꺾어져 남대가에 접어든 두 소년의 앞에 각종 물품들을 내놓은 행랑들이 대로 양옆으로 죽 늘어섰다. 여느 때보다 사람들이 바글대는 것이 앵계 천변의 말 시장과는 사뭇 달랐다. 쌀죽 보시에 사람들이 몰려든 모양이다. 쌀죽 보시란, 시전 행랑 열 칸마다 장막을 치고 불상을 모신 뒤큰 옹기에 흰 쌀죽을 담아 놓고 잔과 국자를 놓아두면 사람들이 오가며 마음대로 퍼 마시는 것이다. 신분에 상관없이 마실수 있었기에 끼니가 곤궁한 사람들에겐 더할 나위 없이 반가운

보시다. 예부터 큰 사찰들이나 왕실에서 베풀어 왔는데 오늘은 바로 세자가 베푸는 날이었다. 원은 동무와 함께 죽을 마시기 위해 장막을 들락날락하는 인파를 흐뭇하게 보았다.

"궁성 쪽으로 가지 않으십니까?"

시전으로 향할 줄 알았던 세자의 걸음이 남쪽 낙타교駱駝橋 쪽으로 돌아서자 린이 물었다.

"또 틀렸다, 린."

질문에 걸맞은 대답 대신 높임말을 지적하며 원이 작은 초가들이 다닥다닥 붙은 골목을 돌아들었고, 차마 나오지 않는 반말을 입 안에 가둔 린이 그를 따랐다. 그들이 들어선 골목엔 번듯하고 화려한 기와집 뒤에 게딱지 같은 집들이 숨듯이 움츠리고 있었다. 개경에는 고려에서 볼 수 있는 모든 것들이 있다. 가장 화려한 저택부터 너무나도 너절한 초막까지. 사치의 절정과 빈곤의 극치가 뒤섞여 있는 도시에서, 린이 세자와 함께 들어선 골목은 개경에서도 누추하기가 첫손에 꼽힐 만한 곳이었다. 주로 자식들이나 부모를 전란에 잃은 노인들과 어린애들이 모여 살며 근근이 목숨을 부지하고 있었다. 린과 원이 그곳을 처음 발견한 때는 몇 달 전으로, 이번이 두 번째 방문이었다. 얼굴에 핏기가 가시고 피골이 상접한 아이들에게 큰 충격을 받아 쌀죽 보시를 더 자주 마련했던 원이었다. 이곳에 다시 들른 것은 아이들이 조금이나마 혜택을 받고 있는지 확인하고 싶었기 때문이다.

골목을 누비는 두 소년의 옆으로 아이들 몇이 우르르 내달렸다. 빠르게 지나치는 아이들의 뺨이 장미가 피어난 듯 발그레했다. 슬쩍 곁눈으로 확인한 원의 입가가 위로 치켜 올라가는 순간, 아이들을 유심히 보던 린이 나직이 말했다.

"아이들이 시전 쪽에서 오는 것이 아니라 골목 안쪽에서 나오고 있습니다."

그래? 세자의 눈썹 한쪽이 휘어졌다. 과연 아이들이 나드는 장소는 시전과 영 상관없어 보인다. 골목 후미진 안쪽에서 폴폴 풍기는 고소한 냄새로 미루어 아이들에게 생기를 불어넣은 공로자가 따로 있는 모양이다. 세자와 린의 발걸음이 빨라졌다. 이내 그들의 눈에 작은 천막이 들어왔다. 노인들과 아이들이 김이 모락모락 올라오는 그릇을 하나씩 들고 천막에서 줄지어 나왔다. 원이 성큼 장막의 한쪽 자락을 걷어 올리고 안으로 들어가자 린도 조심스레 따라 들어갔다.

천막 안은 시전에 배설된 장막의 내부와 비슷했다. 구석에 걸린 커다란 무쇠솥은 쌀미음으로 가득 찼고, 솥 옆에 놓인 작은 탁자에 나무 사발들이 차곡차곡 쌓여 있었다. 시전의 장막과 다른 점이 있다면, 각자 자유롭게 떠먹는 것이 아니라 마흔은 되어 보이는 땅딸막하고 펑퍼짐한 여인이 퍼 주는 정도였다. 그 옆에 선 스무 살 남짓의 계집종 하나가 그릇의 죽을 알맞게 식혀 노인들과 아이들에게 차례로 건네주었다. 고소한 쌀죽 냄새와 퀴퀴한 누더기의 냄새가 어우러진 천막 안에 들어선 두 소년의 상큼함이 퍽이나 이질적인지라, 땅딸보 여인의 대추씨처럼 작은 두 눈이 곧장 그들을 향했다. 너희들도 죽 먹으러 들어왔냐고 묻는 눈초리가 영 탐탁지 않다. 땅딸보 여인의 마뜩찮은 기색에 반해 계집종은 잘생긴 소년들에게 선뜻 죽사발을 내밀었다. 원이 냉큼 그릇을 받아 들자 커다란 국자를 휘두르며 여인이 툴툴댔다.

"시전을 놔두고 왜 여기까지 왔담."

"아가씨께서 누구든 주라고 하셨잖아요, 유모님."

죽을 마시던 원이 싱긋 웃어 보이자 계집종이 여인을 팔꿈치로 콕 찌르며 환한 웃음으로 답했다. 자신의 얼굴에서 눈을 뗄 줄 모르는 여종에게 원이 넌지시 물었다.

"아가씨라니, 세자께서 하시는 보살행이 아닌가요?"

"그건 시전 쪽이고요, 이건 우리 아가씨 종실 영인백寧仁伯 외동 따님이 베푸는 겁니다. 여기 노인들과 아이들이 시전에 가면 사람들이 냄새가 난다느니 물건이 없어진다느니 못되게 굴어서 쌀죽 한 그릇 떠 마시기가 힘들거든요. 그래서 아예 여기서 죽을 끓여 나눠 주라고 아가씨께서 우릴 보냈답니다. 사흘 건너 한 번씩 이렇게 옵니다."

"시전처럼 그릇이랑 국자만 놔두면 알아서 먹을 텐데, 뭘 일일이 떠 줍니까? 귀찮게."

"워낙 주렸던 사람들이라 허겁지겁 달려들다 화상 입을까 싶어 먹기 좋게 식혀서 내주라고 우리 아가씨께서 그러셨거든요. 아이들이 많아서 뜨거운 솥이 위험하기도 하고요."

호오, 원이 놀랍다는 듯 입술을 둥글게 말았다.

"대단히 마음씨 고운 아가씨네요. 종실 영인백 댁이라."

"그럼요. 세자저하께서 저자에서 배곯는 이들에게 쌀죽을 내리시는데, 그 은덕을 못 받는 사람이 있으면 안 된다고 이렇게 후미진 곳에 자리를 차린 거거든요. 저하께서 보시를 베푸실 적마다 우리 아가씨도 시전까지 못 가는 사람들을 먹이시거든요."

"우리 아가씨는 나서는 걸 싫어하시니 이것도 다 세자저하의 보살행이다, 그리 생각하시구려. 다 마셨으면 비켜요. 죽 받으러 오는 애들 방해하지 말고."

종알대는 여종을 퍽 내지르며 땅딸보 여인이 퉁명스레 말했다. 그러나 원은 아이들이 죽사발을 수월하게 받도록 조금 물러섰을 뿐 묻는 것을 그만두지 않았다.

"아가씨가 보시하면서 공을 세자께 돌린단 말이오?"

"저하의 모범을 따를 뿐이라고 그러셨거든요."

말쑥한 소년들을 무시하고 국자 든 손을 부지런히 놀리는 여인의 옆에서 여종이 냉큼 대답했다. 그녀의 대답이 마음에 들었는지 세자가 린에게 눈을 찡긋했다.

"정말 예쁘게 말하는 아가씨로군. 마음씨도 말씨도 그렇게 곱다니 미모가 어떤지 궁금하구먼. 그렇지 않니, 린아?"

린이 말없이 고개를 살살 저었다. 반말에 이름을 부르라고 했더니 아예 말을 않을 생각이구나. 동무의 속내를 짐작한 원이 흥, 콧바람을 내며 콧등에 미세한 주름을 몇 가닥 잡았다. 그는 반응이 없는 동무 대신 자신을 향해 눈을 반짝이며 무슨 말이든 할 준비가 되어 있는 여종에게 고개를 돌렸다.

"댁네 아가씨는 마음만큼 외양도 고울 것 같습니다."

"그랬죠. 보기 드문 미모였죠. ……어휴."

"그랬다니요? 지금은 아니란 말이오?"

"얼굴에 크게 상처를 입으셨거든요. 그래서 늘 검은 비단으로 가리고 계시죠."

"저런, 어쩌다가?"

"몇 년 전 마님과 출행하셨을 때 도적을 만나 마님께선 그 자리에서 세상을 뜨시고, 아가씨는 간신히 목숨만 건지셨답니다."

"그것 참 안됐습니다."

"안됐죠. 불쌍한 우리 아가씨! 추우나 더우나 얼굴을 꽁꽁 싸매고 집 밖에도 좀처럼 나오시질 못하고. 그 상처 때문에 공녀로 차출되지 않는 게 그나마 다행이랄까."

"종실 제후의 외딸을 공녀로 뽑아 갈 리 있겠소."

"어머, 모르는 소리 마셔요. 우리 주인어른이 가진 재물이 워낙 많아 원성공주元成公主*께서 눈여겨보신다고 하던데요? 그 재물을 물려받을 사람이 우리 아가씨 하나뿐인데, 욕심 많다는 그 공주가 얼굴에 칼자국이 있어도 공녀로 뽑아 갈까 봐 주인어른이 늘 겁낸다고……."

"채봉이 요년, 감히 누굴 입에 올리고 방정을 떠는 게야. 목 떨어지고 싶지 않거든 고 주둥이 썩 닥쳐!"

땅딸보 여인이 국자로 솥을 땅땅 때리며 으르렁댔다. 여인

---

* 충렬왕비로 후일 제국대장공주로 추봉됨.

은 거침없이 모후를 들먹이는 여종 앞에서 떨떠름하게 입을 다문 원에게도 칼같이 쏘아붙였다.

"보아하니 사족士族의 도령들이신 것 같은데 남의 집 아가씨에게 삿된 관심 갖지 말고 어서 나가 보소. 누가 뭐래도 우리 아가씬 왕공의 귀녀이니, 도령들이 언감생심 넘볼 수 있는 분이 아니니깐."

"누가 뭐랍니까. 그런데 공주가 영인백의 재산에 그렇게 욕심을 낸답니까? 댁의 아가씨를 공녀로 보내고 싶어 할 만큼?"

작은 눈알을 희번덕이는 땅딸보 여인을 무시하고 원이 채봉이라 불린 여종에게 말을 걸었다. 어깨를 잔뜩 움츠리고 있던 여종이 세자의 은근한 미소에 기운을 얻었는지 다시 말문을 터뜨렸다.

"공주님 욕심이야 개경 사람들이라면 다 아는 얘긴데요, 뭘. 광평공廣平公 댁 노비 3백을 그냥 빼앗은 거 모릅니까? 흥왕사興王寺 황금탑도 가져가는 분이고요. 한 번 눈에 나면 가산 몰수는 식은 죽 먹기랍니다. 시전에서 떠도는 닳고 닳은 얘긴걸요. 오죽하면 공주가 아들 잘 낳은 것 외엔 칭송 받을 일 하나 없다고들 하겠어요."

"요년이 정말! 우리 집에 변고가 생기면 다 네년 주둥이 때문이야!"

"아들은 잘 낳았다고들 한다?"

비명처럼 천막 안을 메우는 땅딸보 여인의 고함 너머로 원이 한쪽 입 꼬리를 말아 올렸다. 짙은 그늘을 드리운 눈동자가 분노로 조용히 일렁이면서도 번득이는 호기심을 감추지 못했다. 다른 사람들이 본인을 두고 어떤 입방아를 찧는지 신분을 숨긴 채 듣는 재미란 쏠쏠한 것이니까.

"얼마나 잘생겼는지 본 적이 없어 모르겠지만 백작약처럼 곱다고 하대요. 소문에는 궁녀들이 세자저하를 보기만 해도 자지러진답니다."

"풋."

소문이 두뇌가 영민하다든지 성정이 바르다든지 하는 내용이 아니라 뜬금없이 얼굴 얘기라 원은 그만 실소를 터뜨렸다. 나불나불 입을 가만두지 못하는 여종을 참다못한 땅딸보 여인이 들고 있던 국자를 휘둘러 댔다. 그 바람에 죽이 사방으로 튀었다.

"이 맹랑한 년이 그래도 입을 못 다물고!"

"어유, 옷에 죽 다 튀어요, 유모님!"

맹렬히 국자를 휘두르는 여인을 피해 여종이 강중강중 뛰어다니는 모양을 보던 노인들과 아이들이 국자에서 튄 죽의 마른 부스러기를 얼굴에 붙이고 깔깔거렸다. 왁자해진 좁은 천막에서 허공에 분사된 죽을 용케 피해 소년들이 빠져나왔다. 처음부터 아무 말 없이 듣고만 있던 린의 미간에 불쾌한 주름이 가늘게 잡혔지만 원은 기분이 썩 나쁘지 않은 듯 동무의 귀에 즐거이 속삭였다.

"명화경국양상환名花傾國兩相歡이라고, 작약이 아무에게나 비유할 꽃은 아닌데 말이다. 세자가 여인이었으면 안사의 난이 고려에서 났겠다. 그렇지, 린?"

세자가 언급한 시구는 이백이 당 현종에게 바친 시 청평조淸平調에 나오는 구절로 모란*의 자태를 지닌 양귀비의 미모를 찬양한 것이다. 스스로를 양귀비에 비유하며 킬킬대는 그가 못마땅하여 린이 힐끔 곁눈질했지만 원은 한쪽 눈을 찡긋 감아 보였다.

"다른 꽃도 아니고 백화왕百花王**인데 괜찮잖아?"

"저하는 여인이 아니니 괜찮지 않습니다."

"딱딱하긴."

건조한 대답에 세자가 장난스럽게 흘겼지만 린은 개의치 않고 말을 이었다.

"영인백은 수단을 가리지 않고 치부하기로 악명이 높은데, 그 여식이 눈에 띄지 않는 곳에서 몰래 덕을 베풀고 있다니 뜻밖입니다."

동무의 말에 원도 수긍하듯 고개를 끄덕였다.

"그러게 말이다. 영인백이라면, 일전에 상국에 하정賀正***하고 어주를 받들고 와 백으로 봉작된 그자지? 카안qaan****께 올릴 진귀한 방물方物*****을 마련한다고 백성들을 들들 볶았다는 그 작자."

"그 부인의 피살도 핍박받은 자들의 원한 때문이라는 소문이 있었을 정도입니다."

"그런 자의 딸이 빈민들을 몰래 구제하고 있으니 자식이 꼭 부모를 닮으라는 법은 없나 보다. 뭐, 아비의 실덕을 덮기에 충분하진 않겠지만 칭찬은 해 주고 싶다."

누추한 골목들을 벗어나 시전 쪽으로 향하던 두 소년의 대화는 이내 대장간의 쇠망치 소리 같은 쨍쨍한 말소리에 중단되었다. 바람을 타고 실려 온 목소리는 성난 기색이 완연한 사내의 것으로 제법 가까운 곳에서 들리는 듯했다. 간간이 어린애의 울음도 섞여 린과 원은 귀를 쫑긋 세웠다. 곧 '아이쿠!' 하는 사내의 비명이 들렸다. 두 소년은 누가 먼저랄 것도 없이 소리나는 쪽으로 서둘러 발길을 돌렸다. 한 골목에서 눈이 새빨개진 열 살가량의 아이가 토끼 두 마리를 부둥켜안고 구르는 공처럼 튀어나왔다. 얼마나 세차게 달려오던지 세자가 비켜 주지 않았더라면 그대로 박을 뻔했다. 아이가 쏜살같이 사라지는 모습을 보던 두 소년은 골목 안을 가만히 들여다보았다.

토담으로 막힌 골목에는 세 사람이 있었다. 수염이 덥수룩한 사내가 둘, 나머지 하나는 린과 원 또래 정도의 앳된 소년이었다. 무슨 일인지 몰라도, 콧구멍이 큼직하니 하늘로 솟은 사내 하나가 주저앉아 애고고 앓는 소리를 내며 배를 부여잡고 있었다. 소년이 허리춤에 손을 척 얹고 내리깔아 보는 모양이, 사내가 소년에게 일격을 당한 것이 분명했다. 모로 자빠지는 사내를 부축하던 또 다른 사내가 당황하여 소년을 보며 말을 더듬었다.

"아, 아니, 대가리에 피, 피도 안 마른 어, 어린놈이 어디다 바, 발길질이야. 우, 우리가 누군 줄 아, 알고! 혀, 형님, 괜찮소?"

"누구긴, 힘도 없는 어린아이를 위협해서 짐승을 뺏으려는 비루한 도적이지."

대꾸하는 소년의 목소리가 맑고 낭랑하니 청염했다. 언뜻 보아 수염 숭숭한 두 사내, 왕콧구멍과 말더듬이가 아까 골목에서 뛰쳐나간 아이의 토끼를 뺏으려는 걸 이 소년이 막고 나선 듯했다. 넘어졌던 사내가 비칠비칠 일어나는 것을 보고 린이 나지막이 속삭였다.

"저들이 함께 저 소년을 덮칠 것 같습니다. 도와줘야겠습니다."

"아니, 잠깐 두고 보자, 린."

세자의 얼굴에 희미한 미소가 번졌다.

"저보다 덩치 큰 사내 둘을 앞에 두고도 눈썹 하나 까딱하지 않으니 어떻게 대응할지 조금만 지켜보자. 정 위험할 것 같거든 그때 나서라."

린과 세자가 골목 끝에서 관찰하는 가운데, 왕콧구멍이 한 번 맞았던 때문인지 선뜻 덤비지 않고 일단 목소리만 높였다.

"도적이라니? 우린 응방鷹坊* 사람들이야, 이 젖비린내 나는 녀석아! 빼앗은 게 아니고 매에게 먹일 짐승을 거두는 중이었

---

* 사냥매를 사육하는 기관.

단 말이다. 나랏일을 방해한 죄를 물어 순마소巡馬所*에 가둬 버릴 테다!"

"매에게 먹일 짐승을 두고 오랜만에 토끼고기를 먹어 보겠다며 침을 흘렸단 말이냐? 너희가 말하는 나랏일이 매 먹이를 가로채는 것이었구나."

"우, 우리가 구, 구워 먹고 남은 걸 매, 매가 먹는다. 아, 알지도 모, 못하면서."

"매에게 구운 고기를 먹인다고? 매가 먹고 남은 뼈다귀를 핥는 네 집 강아지인 줄 아느냐?"

소년이 픽 비웃음을 흘리자 형님이라던 왕콧구멍이 말더듬이의 등짝을 퍽 내리찍었다. 찔끔하여 물러난 말더듬이 대신 한 걸음 소년에게 다가선 사내가 눈알을 부라렸다.

"다 필요 없고, 거둬 갈 짐승을 너 때문에 놓쳤으니 네가 대신 물어라. 토끼 두 마리에 응방의 일을 방해한 죄까지 더해 은두 냥을 내라."

"응방에서 성 안의 닭이며 개를 씨가 마르도록 거둬들이는 틈을 타 남의 가축들을 훔쳐 먹는 날도둑들인 주제에 은을 내놓으라고? 원하는 대로 순마소에 가자. 응방을 사칭하여 가축을 훔치고 은을 강탈하는 죄를 물을 테다."

응방에서 나왔다고 하면 쩔쩔매는 보통 사람들과 달리 소년이 겁내지 않고 야무지게 받아치자 사내들이 오히려 난감해졌

---

* 야간 경비와 형옥을 맡아 보던 감찰 기관.

다. 소년의 말대로 그들은 그저 웅방을 들먹이며 가축이나 은을 갈취하는 무뢰한들이었기에 순마소로 가서 죄를 따질 처지가 아니었다. 그렇다고 새파랗게 어린 녀석에게 눌려 꼬리를 내리고 물러서자니 그것도 영 기분 더러운 일이라, 왕콧구멍은 맹랑한 소년을 힘으로 다스리기로 마음먹었다. 아까 방심한 틈에 보기 좋게 걷어챘던 터라 그는 일단 한 번 더 을러댔다.

"좋게 말할 때 가진 걸 내놓지 않으면 정말 순마소에 간다니까?"

"원하는 대로 가 준다지 않느냐. 무엇이 켕겨 간다 간다 말만 하고 발을 떼지 못하느냐."

"어린 게 물정을 몰라 객기 부리는 게 불쌍해서 그런다. 마지막으로 좋게 말할 테니, 토끼 값을 내놓으렴."

"마, 마, 마지막이다."

"처음이고 마지막이고 간에 내줄 은이라곤 없으니 순마소에 가자꾸나."

"이 녀석, 뒤져서 뭐 하나라도 나오면 손가락 발가락뼈까지 다 바숴 줄 테다."

"흥, 그럴 재주가 있다면 보여 주든가."

"요 건방진 꼬맹이가!"

소년의 말이 끝나기가 무섭게 두 사내가 한꺼번에 덤벼들었다. 건방진 태도에 걸맞게 소년은 두 남자의 사이를 민첩하게 빠져나오며 주먹질을 피했다. 좁은 골목에서 요리조리 미꾸라지처럼 피해 다니는 소년의 몸놀림이 퍽 가벼운 것이 맨손 무예를 조금 익힌 모양이었다. 그러나 두 사내도 인근에서는 굴러먹을 대로 굴러먹은 불량배인 듯 소년이 쉽게 제압할 만한 만만한 상대는 아니었다. 좀 전에 맞은 분도 풀 겸 왕콧구멍의 공격이 상당히 집요한 가운데 말더듬이의 협공도 탄탄해, 까딱하면 소년이 붙들릴 것 같은 아슬아슬한 순간이 반복되었다.

이윽고 앞에서 달려드는 왕콧구멍을 막다가 뒤를 내준 소년을 말더듬이가 와락 안으려는 찰나, 퍽 소리와 함께 두 사내가 거의 동시에 목덜미를 쥐고 무릎을 꺾었다. 순식간에 일어난 일이라 바닥에 고꾸라지면서도 '어라?' 하며 어리둥절하던 두 사내는 눈을 들어 그들 앞에 우뚝 선 린을 보고 고개를 갸울였다. 소년도 얼떨하니 갑자기 끼어든 린을 의아한 눈으로 보았다.

"이건 또 뭐야?"

왕콧구멍이 뻐근해진 목을 으드득 돌리며 인상을 잔뜩 찌푸렸다. 뛰어든 소년은, 그 일격이 시장판의 주먹다짐과는 품격이 다른데다 정식으로 훈련한 무관처럼 서 있는 자세도 잡스러운 데가 없었다. 뜻밖의 훼방꾼에 사내들은 당황했다.

"신나서 까들막거리며 건방을 떤다 했더니 한패가 있었구먼. 믿는 구석이 있었다 이거지?"

"미, 미, 믿는 구석이 이, 있어서……."

"혼자인 척 방심하게 해 놓고 뒤통수를 쳐? 이 비겁한 꼬맹이들아."

"뒤, 뒤통수를 쳐, 이, 이, 이 비, 비겁한……."

정당한 승부를 망쳤다는 듯 타박하는 왕콧구멍과 열심히 거드는 말더듬이 못지않게 소년도 못마땅한 눈초리로 린을 쏘아 보았다.

"누군데 남의 일에 함부로 나서느냐? 쓸데없는 참견 말고 갈 길을 가거라."

"두 사람이 한 명을 상대하니 기우는 것 같아서 균형을 좀 맞추려고 그러지."

대답한 사람은 린이 아니라 골목 어귀에서 천천히 안으로 들어오는 원이었다. 또 있었냐는 듯 왕콧구멍의 윗입술이 잇몸을 잔뜩 드러내며 일그러졌다.

"너도 한패냐? 다 같이 덤벼 보시겠다, 꼬맹이 셋이서?"

"아니, 난 구경하는 사람. 둘씩 사이좋게 편을 먹고 어서 싸움을 매듭짓도록 해라."

기다란 눈으로 웃음을 치며 반죽거리는 원을 보고 왕콧구멍이 기가 막힌다는 듯 허공에 대고 허, 바람을 뿜었다. 그러나 속으로는 움찔할 수밖에 없었던 것이, 탄탄한 품새로 서 있는 린도 만만치 않겠다고 짐작하던 차에 새롭게 등장한 원은 또 얼마나 자신이 있기에 구경만 하겠다며 느물거리는지 불길하기 짝이 없었기 때문이다. 그래도 제 나이의 반 토막도 안 될 어린 소년들을 상대로 기세를 수그리는 건 수치스런 일 아닌가. 왕콧구멍은 좀 더 세게 밀고 나가야겠다는 생각에 말더듬이의 옆구리를 찔러 신호를 보냈다.

"넉살좋게 쌈 구경을 하는 놈까지 붙어?"

"싸, 쌈 구, 구경까지……."

"너, 이 계집애같이 생긴 녀석, 우리한테 시비를 걸어 놓고 얻어터질까 봐 겁이 나서 동무 뒤에 숨었구나. 이 쥐새끼 같은 녀석!"

"누가 내 동무란 말이냐? 모르는 사람이래도!"

왕콧구멍의 힐난에 화가 치민 소년이 자신을 가로막은 린을 밀어내고 나서려 했다. 소년이 반 발짝 몸을 내미는 순간 왕콧구멍이 번개처럼 팔을 뻗었고, 손안에서 한줄기 빛이 번쩍 섬뜩하게 빛났다.

"물러서!"

린이 한 손으로 소년의 어깨를 잡아 뒤로 밀치는 동시에 다른 손으로 왕콧구멍의 손목을 낚아채 비틀어 팔 전체를 꺾었다. 꺾인 왕콧구멍의 팔을 지지대 삼아 뛰어오른 린이 이어서 달려드는 말더듬이의 손을 발로 걷어차니 두 사내의 손에 들렸던 소도가 차례로 쩔그렁거리며 바닥에 떨어졌다. 두 남자는 아픈 손목과 팔을 감싸며 낭패하여 어쩔 줄 모르는 상으로 주춤주춤 서너 발짝 뒷걸음질했다.

소년들이 패거리인지 아닌지는 모르겠지만 계속 들이덤비다가는 따끔하게 영금을 보게 생겼다. 시전 뒷골목에서 시시껄렁하나마 싸움을 적잖이 해 본 사내들이었기에 상대가 겨룰 만한지 아닌지 판단도 빨랐다. 단 두 합만에 왕콧구멍은 후퇴해야 할 때임을 간파했다. 그는 말더듬이를 뒤로 밀어내며 슬금슬금 골목의 바깥쪽으로 걸음을 떼다 곧 골목 어귀에 서 있던 원과 부딪쳤다.

"벌써 끝난 것이냐?"

이기죽거리는 원의 말에 왕콧구멍의 머리털이 부르르 떨듯이 일어났다. 그의 콧구멍이 한껏 벌어지더니 서서히 가라앉았다. 그러면서도 골목을 빠져나가는 걸음은 조금도 흐트러지지 않았다.

"철동鐵洞 불주먹 개원이가 어린애들 데리고 주먹질하면 남우세스런 일이다. 공무를 방해한 죄를 철저히 따져 물어야겠지만, 오늘은 이만 봐줄 테니 앞으로 조심하여라. 알아들었느냐, 이 여상女相*들아? 가랑이에 바람이 숭숭 새게들 생겨 갖고, 딱면** 노릇할 녀석들아."

마지막 말이 골목에 울렸을 때는 두 사내가 이미 자취를 감춘 뒤였다. 손을 들어 린에게 쫓아가지 말도록 지시한 세자가 키득 웃음을 참지 못했다.

"무뢰한이 별호까지 가지고 있었구나. 저를 밝히다니 찾아와서 혼쭐내 달라고 청하는 것인가? 우습기 짝이 없는 놈이다."

"응방의 횡포가 심해 너도나도 응방에 들어가는 터에, 저런 자들까지 나대고 있으니 서민들의 원성이 왕실을 향할까 걱정이……야."

소년 때문에 세자에게 존대를 하지 못한 린이 말끝을 흐렸다. 고개를 돌려 소년 쪽을 보니 그가 왕콧구멍의 칼끝에서 보

---

* 여자처럼 생긴 남자 얼굴.
** 사내끼리의 성교에서 사랑을 받는 사람.

호하려 밀친 소년은 토담에 세게 부딪치는 바람에 바닥에 나동 그라져 아직 일어나지 못하고 있었다.

"괜찮은가?"

린이 손을 내밀어 쓰러진 소년을 부축하려 했지만 상대는 매몰차게 뿌리쳤다.

"건드리지 마!"

손을 탁탁 털고 일어난 소년이, 도와주려고 내민 손을 채 못 거둬들인 린과 곁에 다가온 원을 번갈아 노려보며 미간을 구겼다.

"누군데 남의 시비에 참견하느냐?"

"도와준 사람에 대한 태도가 고작 그것밖에 안 되는가? 내 동무가 나서지 않았으면 그 얼굴에 칼자국이……."

소년을 나무라던 원이 말을 잇지도 입을 다물지도 못한 채 그의 얼굴에 시선을 박았다. 그럴 만도 한 것이 소년의 외모가 유별했다. 설화처럼 흰 피부는 햇빛을 좀체 보지 못한 듯 투명하게 맑았다. 깨끗한 콧날이 얼굴의 균형을 잘 맞춰 주었고, 윤기 흐르는 입술은 누구라도 손가락을 대고 싶을 만큼 탐스러웠다. 기다란 속눈썹 아래 크고 검은 눈동자는 흑요석처럼 빛났다. 세자가 여인 못지않은 미모를 갖추었다고 하지만 이 소년은 미녀들 속에 있어도 군계일학이라 할 만했다. 원의 찬탄 어린 눈길을 의식하지 못한 소년이 그의 일침에 머쓱해진 듯 조금 수그러든 태도로 린을 보았다.

"괜한 수고를 끼쳤구나. 도와준 것은 고맙게 생각한다."

소년의 크고 검은 눈이 그를 정면으로 바라보자 무덤덤하던 린도 순간적으로 가슴이 뜨끔했다. 탐미적인 원과 달리 외양에 무심한 편이었지만 흑요석 같은 두 눈이 자신에게 곧장 꽂히니 몸의 감각이 저도 모르게 곤추섰던 것이다. 지극한 아름다움엔 미를 판별할 줄 모르는 무지한 눈도 번쩍 뜨게 하는 감동이 있다. 린보다 감수성이 훨씬 풍부한 원이 꿈꾸듯 중얼거렸다.

"맙소사, 린. 백작약은 왕궁이 아니라 시전 뒷골목에 있었다. 개경과 대도人都*를 통틀어도 이런 미동을 만나기란 쉽지 않을 거야. 아까 그 사내가 여상이라 놀리더라니 이 아이를 두고 말한 거로구나. 진짜 계집애 같구나."

원의 입에서 나온 언어는 고려어가 아닌 외오아畏吾兒**어였다. 찬미와 감탄이라고는 하지만 본인 앞에서 말하기엔 그리 적절한 내용이 아니었기에 일부러 고려어를 쓰지 않은 것이다. 그러나 소년은 벌컥 화를 냈다.

"남의 외양을 놓고 면전에서 품평을 하다니, 더 지껄이면 혀가 잘릴 것이다."

"아니, 외오아말을 알아들어? 누구냐, 너는?"

깜짝 놀란 원이 물었으나 소년은 흥, 콧방귀를 뀌었다.

"그러는 너희는 외오아말을 할 줄 아니 뭐 대단한 자들인가?"

"우리는……, 역관이 되려고 말을 배우는 사람들이다."

---

* 원나라의 수도로 현재의 베이징北京.

** 위구르.

"나도 그렇다."

신분을 감추려 둘러댄 세자의 말에 소년이 냉큼 받아 대꾸했다. 소년을 바라보는 세자의 얼굴에 희색이 번졌다.

"너, 궁에서 일해 볼래?"

"뭐?"

린과 소년이 동시에 세자를 보며 합창을 했다. 원이 빙글거리며 린에게 한쪽 눈을 찡긋 감아 보이자 소년이 언짢은 표정으로 팔짱을 끼고 실쭉하니 투덜댔다.

"역관이 되려는 걸 보면 너희들 집안도 한미한 모양인데 궁에서 일하느니 마느니 제안할 처지가 되느냐? 너희 앞길이나 걱정하려무나."

"그 얼굴이면 지금 당장이라도 궁에서 일할 수 있다. 궁중 숙위를 맡는 귀족 자제들도 너만 못하다."

"홀치[忽赤]*가 되려면 집안이 받쳐 주어야 하는데 무슨 일을 하러 들어간단 말이냐. 환관이라도 되란 말인가?"

"너 같은 자가 환관이 되면 많은 여인들을 가슴 아프게 하는 것이다. 그건 죄악이지."

"그러면?"

"내가 널 동궁까지 데려가 주마. 동궁에 가면 세자저하께서 반기실 거야. 그분은 아름다운 것을 아끼고 좋아하신다."

"흥, 나를 저하께 바쳐 그분의 눈에 들려 함이구나?"

---

* 왕의 숙위 부대.

"어?"

"그 나이에 벌써부터 뇌물에 맛을 들이고 윗사람에게 보비위할 궁리나 하고 있으니, 아무리 외국어에 재주가 능해도 그대 자신은 아무런 가치가 없는 사람이다. 또한 내가 듣기에 세자 저하는 사람을 화초처럼 완상하며 구경거리로 삼아 소일하시는 분이 아니다. 그분은 당신의 발끝에도 미치지 못하는 천한 이들을 위해 눈물을 흘리셨던 분이다. 군왕의 눈과 귀를 막고 아첨하여 마음대로 주무르려는 자들을 미워하고 경계하는 분이다. 바로 그대 같은 자들을 일거에 쓸어버릴 분이시란 말이다."

세자가 아무런 반박도 못 할 만큼 소년은 쉴 새 없이 말을 쏟아 냈다. 소년의 백옥 같은 얼굴이 흥분과 노염으로 발갛게 상기되었지만 그를 보는 원의 얼굴에는 아까보다 훨씬 더 커다란 웃음이 활짝 피었다. 눈을 조용히 내리깐 린도 옅게 미소했다.

"정말 마음에 든다."

원이 흐뭇하게 중얼거리자 소년이 눈썹을 잔뜩 치켜세웠다.

"뭐야?"

세자는 기분이 썩 좋았다. 역시 신분을 감추고 본인의 칭찬을 듣는 재미는 꽤 괜찮다. 그는 슬쩍 소년을 떠보았다.

"세자에 대해 아는 것이 퍽 많아 보인다? 널 알지도 못하는 세자를 그렇게 칭찬할 까닭이라도 있느냐?"

"저하는 진실로 애민연생愛民憐生*하시는 분이다. 궁에 땔나

---

* 백성을 사랑하고 그들의 삶을 가엾게 여김.

무를 들이는 자의 누더기를 보고 그를 깊이 연민했다는 말을 듣지 못했니? 곤궁한 백성들을 염려해 부왕의 사냥 행차를 만류했던 일을 듣지 못했어? 그분이 채 열 살도 되기 전이었다. 구중궁궐 속 이 땅에서 가장 풍족하고 화려하게 사는 왕자가 헐벗고 굶주린 백성의 고통을 불쌍하고 가련하게 여겼어. 마치 세존世尊*처럼. 또한 궁에서 벌이는 각종 놀이와 잔치에 어울리지 않으며 배곯는 자들에게 때마다 음식을 베푸신다고 들었다. 그런 분이 공정한 절차를 따르지 않고 외모만을 마음에 들어 하여 곁에 둘 사람을 뽑을 리 없다. 그러니 궁에서 일하도록 다리를 놓아 주겠다느니 하는 너의 수작은 그분을 욕되게 하는 것이다."

소년의 열변에 맞장구쳐 린이 고개를 끄덕이자 원이 동무를 흘겼다. 더 이상 말을 섞고 싶지 않다는 듯 빠져나가려는 소년의 소매를 붙들고 세자가 다급히 말했다.

"네 말대로 저하께서는 외모만으로 사람을 뽑아 곁에 두지 않으신다. 하지만 유능한 사람을 신분 때문에 내치지도 않으시지. 네가 역관으로서 자질이 충분하다면 설령 네가 천출이라도 저하께서는 중용하실 것이다. 어디 사는 누구냐?"

"나는 저하를 도울 만한 자질이 충분하지 않으니 신경 쓸 것 없다. 너야말로 계집애처럼 생겼으니 그 얼굴을 내세워 궁에 가 보아라."

---

* 부처.

소년이 소매를 세차게 털어 세자를 떨어뜨리고 날듯이 골목을 빠져나갔다.

"내일, 기름시장 끝 남산리에 있는 귤나무집을 찾아오너라. 오지 않으면 개경 전체를 뒤져 널 찾고 말 테다."

골목 바깥까지 쫓아간 원이 멀어지는 소년의 등에 대고 크게 소리를 질렀다. 소년은 들은 척도 않고 이내 다른 골목으로 꺾어 들어가 사라져 버렸다. 하, 한숨을 뱉는 세자를 두고 린이 고개를 저었다.

"뭘 그리 아쉬워하십니까?"

"세자부 숙위를 맡는 번番의 아이들과도 비교가 되지 않는 얼굴이다. 그들도 나름대로 곱상하다고 뽑힌 사대부 자제들 아닌가 말이지."

"아직 어려 계집과 사내가 구별되지 않는 시기여서 그렇습니다. 금방 사라질 미색이니 너무 관심 두지 마시지요."

"멋없는 녀석. 금방 사라질 미색이니 사라지기 전에 충분히 봐 두어야지 않니."

"그 아이가 말하길, 세자저하는 외모만을 마음에 들어 하여 곁에 둘 사람을 뽑을 리 없다고 합니다."

"백작약의 얼굴에 박희博戱*를 할 줄 알고, 드물게 외오아말까지 익힌 아이다. 쓸 만할 것 같지 않니?"

"글쎄요. 앙칼진 살쾡이 같았습니다."

---

* 수박희. 맨손 무예.

린은 얼굴에 대해 더 말하면 혀를 잘라 버리겠다던 소년의 사나운 기세를 상기하며 머리를 가볍게 흔들었다. 원이 좀 더 빤히 쳐다봤으면 눈도 뽑겠다고 말했을지도 몰랐다. 어딘가 사내아이치고는 가볍고 부자연스러운 맛이 있었다. 길 가던 불량배가 면이라고 약을 올릴 만큼 사내의 냄새가 나지 않는 소년이었다. 그래서 더욱 세자의 눈길을 끌었을지도 모른다. 아직 미련이 가시지 않은 세자가 동무에게 불안스레 물었다.

"내일 올 것 같지 않지?"

"예."

솔직하고 덤덤한 린의 대답에 원이 입을 쓰게 다셨다.

"넌 그런 미모를 보고도 아무 감흥이 없니? 정말로?"

"온갖 겉모양은 모두 허망하니, 모양이 모양 아닌 줄 알면 바로 여래를 볼 것이라고 부처께서 말씀하셨습니다. 누구의 겉모양이 뛰어나다 아니다 말할 가치도 없습니다."

쳇. 이런 종류의 대화엔 좀처럼 맞장구쳐 주지 않는 동무의 단정한 표정에 원은 입을 비죽 내밀었다.

사람이든 물건이든 자연이든, 혹은 남자든 여자든 절대적으로 아름답다면 순순히 반할 준비가 되어 있는 그로서는 린의 무미건조한 태도가 잘 이해되지 않았다. 남대가 시전의 행랑들 쪽으로 방향을 튼 그의 머릿속은, 사라져 버린 소년을 넓은 개경에서 어떻게 찾아낼 것인가 하는 생각으로 가득했다. 아까 확실히 붙잡고 이름과 사는 곳을 물어 둘 것을! 원은 또 한 번 아쉬워했다.

시전은 사람들로 북적였다. 물건을 사는 사람, 구경하는 사람, 세자가 베푼 쌀죽을 마시러 온 사람들. 또한 행랑에는 다양한 물건들이 많았다. 비단이나 신발, 그릇들과 마구馬具를 비롯해 원나라를 통해 들어온 서역의 진귀한 수입품들은 눈요기만으로도 즐거움을 담뿍 안겨 준다. 린과 원은 물건들을 구경하는 사람들을 구경하며 남대가를 따라 광화문 쪽으로 천천히 거슬러 올라갔다. 왕성에 거의 다다를 무렵, 갑자기 린이 세자를 따라 걷지 않고 주춤했다.

"저는 아까 지나쳐 온 행랑에 들를까 합니다. 누이가 부탁한 것이 뒤늦게 생각났습니다."

"그게 뭔데? 내가 네 누이에게 선물해 주마. 내가 줬다고 꼭 말해라."

"아닙니다. 선물로 받기에는 누이가 꺼릴 물건입니다. 저하께선 먼저 환궁하소서."

호의를 거절당한 원은 콧등을 한 번 씰룩이더니 더 이상 묻지 않고 시원스레 몸을 돌렸다. 세자의 뒤로 30여 보 떨어져 건장한 남자 둘이 따랐다. 허리춤에 장검을 찬 그들은 원과 린이 왕성에서 나와 말 시장을 거쳐 누추한 골목을 누비고 남대가 시전에 오는 동안 내내 멀찍이서 따라다니며 호위하던 세자부 직속의 낭장郎將*들이었다.

멀어진 세자의 등에서 눈을 뗀 린은 눈여겨보았던 골목으

---

* 정육품 무관.

로 재게 걸음을 옮겼다. 세자와 함께 거닐다 스쳐 간 낯익은 얼굴 하나가 꺾어져 들어갔던 골목이다. 그 사람이 평민처럼 차린 세자와 자신을 알아보았는지는 모르겠으나 린은 상대를 한눈에 알아보았다. 그의 작은형 왕전王瑔이었다. 알아주는 멋쟁이인 형이 수수한 선비처럼 입은 것도 예사롭지 않을 뿐더러 주위의 눈치를 살피는 품이 수상스러웠다. 공주와 세자에 대한 불만을 노골적으로 드러내곤 했던 형이라, 그의 밀행이 린의 마음에 자연스레 걸렸다.

따라 들어간 골목의 끝으로 형의 옥색 두루마기 자락이 막 사라졌다. 조심조심 형의 뒤를 밟은 린은 곧 푸른 깃발들이 걸려 있는 술집들이 즐비하게 늘어선 거리로 접어들었다. 작은 규모의 소박한 술집과 거대한 기와지붕의 청루靑樓*가 각자에게 걸맞은 손님을 맞이하려 문을 활짝 열고 지나가는 사람들을 반겼다. 아직 해가 넉넉히 남아 있었건만 술집에 드나드는 발길들이 적지 않았다.

그중 한 집에서 흑철릭을 입은 사내 하나가 나와 서성대다 형 왕전을 맞았다. 술집으로 들어가기 전, 왕전과 흑철릭의 사내가 주위를 경계하듯 훑어보아 린은 재빨리 허름한 주막을 낀 샛길에 몸을 숨겼다. '취월루醉月樓'란 금색 글자가 큼지막이 새겨진 그 집 대문 안으로 왕전이 마중 나온 사내와 함께 스르르 들어가 버렸다.

---

* 기생집.

'청루에서의 술자리를 가장한 비밀스런 회합임에 틀림없다.'

린은 짐작했으나 차마 청루에 발을 들이기가 망설여졌다. 들어간다 해도 형의 회합을 밀청할 수 있는 것도 아니고, 들어 갔다가 혹여나 형과 마주치면 그것도 거북스러울 터다.

'나올 때까지 기다리는 수밖에 없다. 만나는 사람이 누군지 만 알아도 족하리라.'

린은 주막의 토담에 가볍게 기대어 참을성 있게 취월루를 눈여겨보았다. 서너 시진이라도 기다릴 각오를 하고 있었던 그 였지만 기다린 시간은 단 일각에 불과했다. 형이 들어간 지 얼 마 안 되어 청루의 문가가 소란스럽더니 후다닥 사람 하나가 튀어나왔던 것이다. 뜻밖에도 뛰쳐나온 사람의 가느다란 몸통 과 새하얀 얼굴이 린에게 익었다. 바로 한두 시간 전 만났던 소 년, 세자가 두 눈으로 삼킬 듯이 쳐다보며 감탄했던 앙칼진 살 쾡이였다. 참견해도 될 일인지 아닌지 판단하기도 전에, 린은 자신이 숨어 있는 샛길 쪽으로 다급히 달려오는 소년의 손목을 낚아채 좁은 통로 안으로 획 끌어들였다. 청루에서 쫓아 달려 나오는 검은 그림자를 얼핏 본 그는 소년의 손목을 움켜쥔 채 로 일단 뛰었다.

골목을 두어 개 돌아들면서 시전 한 행랑의 열어 놓은 뒷문 으로 잽싸게 들어가 소년과 함께 몸을 숨긴 린이 문을 닫고 틈 새로 밖을 탐색했다. 그에게 붙잡혀 쫓아오는 게 벅찼던 소년 도 헉헉 숨을 몰아쉬며 린의 어깨 너머로 밖을 살폈다. 곧 사내 하나가 골목에 뛰어 들어왔다. 한 번 본 것을 웬만해서 잘 잊지 않는 린은 그 사내가 누구인지 단박에 알아챘다. 아까 형과 함께 청루로 들어갔던 흑철릭이었다. 잠시 두리번거리던 사내는 투덜대며 빈 골목을 바삐 빠져나갔다.

후, 긴 한숨 소리가 소년의 입에서 새어 나왔다. 위기를 넘겨 나른해진 소년은 천천히 얼굴을 돌려 자신을 도와준 사람을 확인하려 린을 알아보고는 눈을 키웠다. 찡그린 가느다란 눈썹 아래로 동그랗게 뜬 커다란 검은 눈이 우물처럼 깊었다. 정말 백작약이 따로 없구나. 린은 저도 모르게 그런 생각을 했다.

"또 만났네. 두 번이나 도움을 받았구나. 이번엔 정말 고맙다."

소년이 어색한 웃음을 지으며 말했다. 그때까지도 손목을 꼭 붙들고 있던 린의 손에서 빠져나오기 위해 소년이 팔을 비틀자 린이 손아귀에 힘을 주었다.

"너는 누구고, 또 너를 쫓아온 자는 누구냐? 왜 도망친 거지?"

"알 것 없다."

소년이 냉랭하게 대꾸하며 그를 밀어냈지만 형과 소년, 그리고 소년을 쫓던 흑철릭의 관계를 실토하게 할 작정으로 린은 가느다란 손목을 우악스레 쥐었다. 소년의 얼굴이 금세 고통으로 일그러졌다. 린이 안색 하나 바꾸지 않고 건조하게 명령했다.

"말해라."

"왜 알지도 못하는 너한테 그걸 말해야 하지?"

"은혜를 입었으면 보답을 하는 것이 마땅하다. 네 입으로 두 번이나 도움을 받았다고 하지 않았느냐. 너와 그자의 신분, 쫓긴 이유를 말해."

"진실로 덕이 높은 사람은 그 덕을 내보이지 않는 법이다. 보답을 바라고 베푸는 자는 덕성이 있는 것이 아니라 제 이익을 좇는 소인배다."

아무리 용을 써도 린의 손에서 빠져나오지 못하자 소년은 약이 올라 이를 갈았다. 아파서 진땀을 흘리면서도 앙칼지게 맞받아치는 소년을 더 몰아세우지 못하고 린이 손을 풀었다. 컴컴한 속에서도 붉게 손자국이 찍힌 흰 손목이 도드라져 보였다. 그걸 보니 약간 미안한 마음이 들어 린은 한결 부드러운 목소리로 달래듯 말했다.

"너를 해코지하려는 것이 아니다. 널 쫓아온 사람과 함께 청루에 있었을 사람들에 대해 알아야 해서 그런다. 아는 대로, 사실대로 말하면 네게 위해가 가지 않도록 보호해 주겠다."

"지금 내게 위해를 가하는 사람은 바로 너인데?"

소년이 멍든 손목을 번쩍 들어 린의 코앞에 들이대며 빈정거렸다. 린은 가만히 소년의 손목을 밀어 시야에서 치웠다.

"말해라. 그러지 않으면 손목에 멍드는 것으로 끝나지 않는다."

"흥, 보호해 주겠다더니 협박은."

"이놈!"

린의 목소리가 저도 모르게 올라갔다. 그러자 행랑 쪽에서 안을 살피러 다가오는 소리가 들렸다. 순간 소년이 린의 입을 와락 막고 천장까지 쌓아 놓은 물건들 틈에서 숨을 죽였다. 코끝에 훅 끼치는 난향을 맡으며 린도 따라 숨을 죽였다. 한참이 흘러 인기척이 사라진 후에야 소년이 손을 떼며 작게 으르렁거 렸다.

"조용히 해. 난 도둑으로 몰려서 가구소에 잡혀가고 싶지 않다."

"그렇다면 묻는 말에 대답해라."

"여기 계속 있다간 행랑 주인에게 들키고 말걸. 난 나갈 테 니 정 듣고 싶거든 따라오렴."

"잠깐, 아직 그자가 밖에 있을지도 모른다."

린은 성급히 문을 열고 나서려는 소년의 가슴팍을 밀어 말 렸다. 순간 헉하고 소년이 급하게 숨을 내쉬었다. 뭐지? 린은 얼른 이해하지 못하고 자신의 손을 내려다보았다. 살짝 몰랑 한 감촉이 느껴진 것도 같았다. 그가 주춤한 사이에 소년이 잽 싸게 문밖으로 뛰쳐나갔다. 뒤따라 나가긴 했지만 린은 소년을 잡지 못했다. 잡으려면야 얼마든지 잡을 수 있었고, 형의 일행 에게 쫓기고 있었으니 그냥 보내면 안 될 아이라고 생각하면서 도 발이 바닥에 심긴 듯 멍하니 섰던 그는, 당황스럽고 어처구 니없고 얼떨떨하여 소년의 가슴을 밀었던 손을 내려다보며 주 먹을 쥐었다 폈다만 반복했다.

개경 북부 자하동紫霞洞, 왕의 궁궐에 버금가리만큼 규모가 장대하고 호화로운 종실 영인백의 저택. 그 끝을 알 수 없을 정도로 길고 긴 담에 나 있는 작은 문으로 한 소년이 행여나 들킬세라 조심스레 들어갔다. 정원에 딸린 문이다. 갖가지 꽃과 나무가 즐비하고 공작과 같은 희귀한 새가 점잖게 걸어 다니는 정원은 꽤나 넓었다.

정원의 한쪽, 정자 뒤편으로 난 작은 문을 지나가면 또 하나의 정원이 나온다. 이번엔 다소 아담하고 소박한 정원이다. 담으로 첩첩이 둘러싸인 작은 정원을 가로질러 문이 또 있다. 본채와 상당히 떨어진 별채로 이어지는 문이다. 소년, 아니, 남장 소녀는 그 문으로 들어갔다. 두 겹의 정원으로 꽁꽁 둘러싸인 별채는 드나드는 사람이 없는지 퍽이나 조용했다. 내실로 들어가는 소녀를 보는 이가 아무도 없었다.

방 안에 들어선 소녀에게 다가서는 인영이 있었다. 남장 소녀와 비슷한 또래로 보이는 여자아이는 귀염성 있는 얼굴이었으나 불쌍하게도 눈 아래 검붉은 상처가 가로로 길게 패어 있었다. 남장 소녀가 문라건文羅巾*과 장포를 훌훌 벗자 얼굴에 흉이 진 소녀가 얼른 받아 들었다.

"아니야. 내가 개킬 거니까 놔둬, 비연飛燕아."

남장 소녀가 말렸지만 비연이라 불린 시비는 고개를 가로저으며 옷을 단정히 접기 시작했다.

"뛰어다니셨어요, 아가씨? 두건에 땀이 배었네요."

---

* 무늬 있는 비단 두건.

"응."

침상에 풀썩 엎드린 남장 소녀가 심드렁하니 대답했다. 그녀는 영인백의 외딸, 왕산王珊이었다. 어머니와 동경東京*의 고찰로 나들이를 갔을 때 산적의 급습을 받아 어머니를 여의긴 했으나, 소문과 달리 칼부림을 당한 사람은 그녀가 아니라 그녀의 시비, 비연이었다.

어째서 노비가 아닌 그녀가 얼굴에 상처를 입어 바깥출입을 자유로이 못 한다고 소문이 났을까? 그것은 딸이 공녀로 뽑힐까 두려워하던 영인백이 짜낸 수였다. 왕족의 딸이라고 해서 공녀에서 제외되는 것이 아니었고, 일단 공녀로 차출되면 왕비 원성공주 외에는 돌이킬 사람이 없는 시절이었다. 영인백 자신이 원성공주에게 미움을 사고 있는 터라 여차해서 딸이 공녀로 지목받을 경우 딸 산이 아닌 노비 비연을 내놓으려고 작정을 했던 것이다.

그렇기에 부러 딸과 시비를 별채에 가둬 두고 시중드는 사람도 극히 제한을 두어 비밀이 탄로 나지 않게 애쓰는 참이었다. 비적의 칼부림 아래서 살아난 사람이 산과 비연을 비롯해 극소수였기에 집 안의 노비 대다수는 실제 다친 사람이 아가씨인지 몸종인지 정확히 알지 못했다.

원나라 황실의 부마가 된 국왕이 왕위에 오르면서 본격화된 공녀 차출에 몸서리를 친 부모는 영인백뿐이 아니었다. 대부분

---

* 경주.

딸을 낳으면 쉬쉬했고 이웃에도 알리지 않았으며, 심지어는 딸의 머리를 박박 밀어 버리는 고육책을 썼다.

아가씨의 옷을 다 개어 방구석의 가리개 뒤에 숨겨 놓은 비연이 산에게 다가와 침상 끄트머리에 살포시 앉았다. 평소 별채를 빠져나갔다 돌아오면 대단한 모험담인 양 나가서 보고 겪었던 일들을 조잘조잘 세세하게 늘어놓는 산이었다. 한창 호기심이 왕성한 때에 조롱에 갇힌 새 신세가 되어 별채에서 나오지 못하는 비연에게 미안해서인지 그녀를 즐겁게 해 주려 애쓰는 주인이었다. 지금처럼 입을 꾹 다문 채 금침에 얼굴을 팍 묻고 있는 모습은 좀체 보기 힘들다. 무엇에 골몰해 있는지 밖에서 무슨 일이 있었는지 묻고 싶었지만, 이불을 꽉 움켜쥔 산의 주먹을 보니 비연은 입을 떼기가 망설여졌다.

"아, 정말!"

갑자기 산이 몸을 벌떡 일으키며 소리 지르는 바람에 비연은 화들짝 놀라 침상에서 굴러 떨어질 뻔했다. 머릿속에 계속 떠오르는 소년 때문에 산은 거의 폭발할 지경이었다. 몸도 호리호리하고 전체적으로 선이 가는 소년이었는데도 그녀를 꼼짝 못하게 틀어쥐는 완력이 대단했다. 실제로 누군가와 겨뤄본 적은 없었지만 제법 기예를 배웠다고 자부하던 그녀로서는 엄청나게 자존심이 상했던 순간이다. 하긴 왕콧구멍과 말더듬이를 단번에 제압한 걸 보면 그녀가 맞서기에는 벅찬 상대였다. 그래도 그냥 이대로 모른 척 물러날 수는 없었다. 괘씸하게도 그 소년은 이제껏 아무도 손대지 못한 그녀의 순결한 곳에

척 손을 얹지 않았던가. 게걸스레 자신을 핥듯이 쳐다보며 백작약이 어쩌네, 외오아말로 지껄이던 동무와 달리 그녀를 거들떠보지도 않는 척하던 녀석이 말이다.

린이 알았다면 사내인 줄 알았기 때문이라며 억울해 펄쩍 뛸 노릇이었지만, 산은 그가 괘씸해 전신의 털이 한 오라기도 남김없이 부르르 떨렸다. 무엇보다도, 가슴을 건드려 놓고는 뭘 잘못했는지 모르겠다는 식으로 멀뚱거리던 소년의 두 눈이 참을 수 없이 밉살스러웠다. 마치 정말 사내의 가슴을 밀었을 뿐이라는 듯 그는 자신의 손을 내려다보며 고개를 갸울였었다.

'정말 못 느꼈단 말이야?'

산은 손끝으로 슬쩍 자신의 가슴을 건드려 보았다. 아직 작긴 했지만 부드럽게 솟아오른 낮은 언덕이 얇은 비단 너머로 확실히 느껴졌다. 뻔뻔스런 녀석! 산은 얼굴을 확 붉혔다.

"구형九熒이를 불러. 오늘 밤새도록 수련할 테다!"

구형은 수박희와 검술에 재주가 있어 산을 호위하게끔 영인백이 딸에게 붙여 준 가노였다. 산은 그를 졸라 매일 별채에 딸린 작은 정원에서 무예를 배우던 터였다. 잘한다고 칭찬을 받으며 배웠기에 우쭐했다가, 처음 실력을 보일 참부터 그 소년에게 도움을 받고 급기야 가슴의 순결을 뺏긴 수모를 겪었던 것이다. 맞상대하기에 벅차다면 실력을 키워 혼내 주는 수밖에! 이대로 수치심을 가지고 방에 틀어박힐 수 없는 산은 이를 앙다물었다. 쾌활하고 명랑하던 아가씨가 분에 겨워 바들거리자 지켜보던 비연이 걱정스레 물었다.

"아가씨, 밖에서 무슨 일 있었어요?"

"아무 일도 아니야. 어서 구형이를 불러. 종을 치라고."

비연은 순순히 일어나 창으로 다가갔다. 창 위에 달린 종은 집 안 노비들이 함부로 드나들 수 없는 별채에 사람을 부르기 위해서 달아 놓은 장치였다. 한 번 치면 유모가, 세 번 치면 구형이 달려오게끔 정해져 있었다. 비연이 종에 달린 끈을 잡고 흔들려는 참에 문밖에서 기척이 났다.

"비연아, 나 들어간다."

으름장을 놓듯 말하고 들어선 사람은 땅딸막하고 펑퍼짐한 여인이었다. 그녀는 별채에 들어올 수 있는 소수의 사람들 중 하나인 산의 유모였다. 유모는 잔뜩 화가 나 씩씩대고 있었다. 들어오자마자 산을 힐끗 본 그녀가 눈알을 희번덕이며 따따따 쏟아 내었다.

"아니, 언제 들어오셨대? 오늘 도대체 어딜 다니신 거예요? 쌀죽 보시하면서 기다리고 기다리는데도 안 오시더니, 집에 돌아와 보니 구형이는 아가씨 잃어버리고 먼저 와 있고. 구형이를 똑 떨어뜨려 놓고 혼자 가 버리셨다면서요?"

"사람들이 많아서 잃어버린 거야. 잠깐 한눈파는 사이에 구형이가 안 보였다고."

"그 꺽다리가 왜 안 보입니까! 사람들 사이에 파묻혀 있어도 머리가 불쑥 나와 대번에 보이는구먼. 앞장서라고 해 놓고서 아가씨가 별안간 도망갔다면서요."

"잠깐 볼일이 있어서 그랬어. 걱정 끼쳐서 미안해, 유모."

봐 달라는 듯 빙그레 웃으며 손을 잡아 흔드는 산을 보는 유모가 어휴, 한숨을 토했다. 잔소리 몇 마디에 바뀔 아가씨가 아니라는 것쯤은 이미 수없이 겪어 보아 잘 안다. 그렇다고 존귀한 주인이 선머슴처럼 집 밖에서 도는 것을 가만 놔둘 수도 없는 그녀는 근심 걱정으로 통통한 얼굴에 주름까지 패었다. 그 마음을 아는 척 산이 두툼한 손을 다정하게 쓸었다.

"미안하다니까. 그 구겨진 얼굴 좀 펴. 참, 쌀죽 나눠 주는 건 잘했어?"

유모의 한숨이 한층 짙게 흘러나왔다.

"어휴, 채봉이 그년 데리곤 할 짓이 못 됩니다요. 얼마나 입방정을 떠는지."

"심심하지 않고 좋잖아."

"그냥저냥 수다가 아니라니깐요. 얼굴 좀 반반하다 싶은 젊은이들이 오니까 신이 나서 주둥이를 놀리는데, 까딱하면 우리 집 사람들 죄 몰살시킬 얘기를 좔좔 늘어놓는 게 불안해서 죽을 뻔했어요. 입을 꿰매 버리든지 해야지. 다음부터 그년은 집 밖에 내놓지 말아야겠어요."

"그럼 다음엔 비연이랑 나랑 가자. 비연이도 바깥바람 좀 �쐴 겸."

"네? 저도요?"

비연의 얼굴이 활짝 펴졌다.

"아이고, 이 얼굴로 어딜. 칼자국 있다고 정말 아가씬 줄 알면 어째요. 혹여나 공주께서 사람을 보내면 나서야 할 판에. 나중에 금혼禁婚* 시기가 지나면 다 나았다고 깨끗한 얼굴로 세상에 나가야 하는데, 사람이 바뀌었다고 말이 돌면 안 돼요, 안 돼."

유모가 휘휘 손을 내젓자 비연이 금세 시무룩해졌다. 신분은 천한 시비였지만 줄곧 동무처럼 별채에서 사이좋게 지내던 산이 그녀의 그늘진 기색에 펄쩍 뛰었다.

"몽수蒙首**를 쓰고 그 위에 천을 한 겹 더 가려서 눈만 내놓으면 되지. 아무 문제없어."

"그럼 아가씨는요?"

"난 당연히 이렇게 입고."

"흥, 그렇게 남장하고 다니면 사내가 계집애보다 더 예쁘다고 신기하게 볼걸요. 천여 명 식솔들을 다스릴 숙녀가 남장하고 망아지처럼 뛰어다니다니, 자꾸 그러다 들통 납니다. 그 옷들 싹 치워 버리든지 해야지, 원."

"누가 들통 난다고 그래? 오늘도 아무도 의심하지 않았다고."

그래서 한 녀석은 서슴없이 가슴까지 밀쳤지. 산은 잠시 잊었던 기억이 살아나 다시 분기가 뻗쳤다. 어서 구형이를 불러 그 녀석을 혼내 줄 비법을 하나 익혀야 해. 그녀는 손수 종을 치기 위해 벌떡 일어났지만 이번에도 기회가 없었다. 문밖에서 흠흠, 헛기침 소리가 났던 것이다.

"산아, 나다."

---

* 양가의 처녀를 공녀로 선발하기 위해 13~18세 소녀들의 혼인을 금지하는 것.
** 얼굴만 내놓고 길게 몸을 가리는 외출용 머리쓰개.

"아이고, 주인어른! 아가씨가 옷을 갈아입는 중이라!"

영인백의 목소리에 방 안의 세 사람은 혼비백산, 아직 남장인 산의 옷을 벗기고 벗고, 흰 저고리와 비단 황상黃裳[*]을 입히고 입고, 넓은 감람색 허리띠를 둘러매 주고 둘러매느라 부산을 떨었다. 마지막으로 비연이 번개처럼 머리를 빗어 내리고 붉은 비단으로 묶어 늘어뜨리자 산은 미소년에서 말짱한 숙녀로 탈바꿈했다. 유모가 열어 준 문으로 들어온 영인백은 딸이 두 손을 소매 속에 얌전히 모아 감추고 선 것을 보고 고개를 갸웃했다.

"해가 질 무렵에 새삼스레 옷을 갈아입어?"

"아가씨가 몸이 조금 불편해서 낮 동안 누워 있다가 이제야 일어나서요."

유모가 얼른 변명하고 나서자 영인백의 고개가 반대편으로 기울었다.

"엄동에도 흔한 한질寒疾[**] 한 번 안 앓는 애가? 어디가 불편한데, 엉?"

영인백은 의심스럽거나 불만스러울 때 말끝에 다그치는 콧소리를 붙이곤 했다. 높은 봉작을 받은 왕족이 내기엔 좀 고상하지 않은 말버릇이었다.

"수박을 연습하다가 손목을 좀 삐끗했어요."

---

[*] 노란 치마.
[**] 감기.

산이 소매를 젖혀 멍든 손목을 드러내 보였다. 언제 저런 자국이 생겼대? 정신없이 옷을 갈아입히느라 미처 멍 자국을 알아보지 못했던 유모가 놀란 눈을 굴렸다. 제대로 딸을 돌보지 못한 그녀를 힐난하듯 째리는 영인백의 눈초리에 유모는 황급히 고개를 수그렸다.

"유모 탓이 아니에요. 제가 아직 서툴러서 실수한 거니까요."

유모를 변명하고 나서는 딸을 보고 영인백이 혀를 끌끌 차며 유모와 비연에게 그만 나가 보라는 손짓을 했다. 주인의 심사가 어딘가 불편한 것을 직감한 유모가 비연을 끌고 육중한 몸에 비해 놀랍도록 날래게 방을 빠져나가 문을 닫았다. 의자를 끌어당겨 털썩 앉은 영인백이 딸을 가볍게 나무랐다.

"계집애가 수박이나 배우고 칼을 쓰려 하니 언제 요조하게 부인의 일을 배울 것이냐?"

"다시 비적에게 습격을 받더라도 스스로 몸을 지킬 수 있어야 한다고 말씀하셨잖아요."

"그렇다고 몸을 상하게 하면서 수련을 해? 뭐, 장군이라도 될 참이냐, 엉?"

아버지의 맞은편에 앉은 산은 어깨를 으쓱했다. 말대꾸를 해 봤자 잔소리만 늘어 갈 뿐이다. 쌀쌀맞게 시선을 돌리는 딸을 보고 영인백이 한숨을 쉬었다.

"기질이 드세니 차라리 사내로 태어났으면 좋으련만. 그러면 공녀로 뽑힐까 긍긍하지 않아도 되었을 것을."

그의 한숨에 술 냄새가 흐릿하게 섞여 나왔다.

"어디 연회에 다녀오셨습니까?"

산이 아무것도 모르는 척 물었다. 그녀는, 아버지가 취월루라는 청루에 있었던 것을 잘 알고 있었다. 그 청루에서 아버지가 가졌던 모임이 예사스럽지 않았다는 것도.

"아니, 연회는 아니고 아는 사람들과 회합이 있었다. 의논할 것이 있어서."

"그런데 일찍 들어오셨네요? 오늘 늦으리라 말씀하셨다 들었습니다만."

"중간에 일이 좀 있었다."

영인백이 씁쓰레한 입맛을 다셨다. 산은 가만히 눈을 내리깔았다. 회합이 중간에 깨진 것은 바로 그녀 때문이리라. 취월루에 몰래 스며들어 아버지가 있는 방을 엿듣다가 뒤늦게 회합에 합류하러 온 옥색 두루마기를 입은 젊은 선비와 흑철릭에게 들켜 도망쳐 나온 사람이 다름 아닌 그녀였으니까.

"그래서 제대로 된 얘기를 미처 시작도 하기 전에 모임이 파하긴 했지만 네게도 일러줘야 할 말이 있어 들렀다."

"제게요?"

"그래, 너와도 관련된 중요한 일이다."

영인백은 비밀이라도 털어놓을 듯 몸을 앞으로 내밀며 입가에 손을 가져갔다.

"네 혼사 문제거든."

"혼사요? 금혼의 나이에 걸려 있는데요? 금령을 어기면 유배를 면치 못합니다."

"쉿, 쉿. 목소리를 낮춰라."

손가락을 입술에 대고 영인백이 소리를 죽였다. 개미 새끼 한 마리도 얼씬거리지 않을 별채의 내실이건만 아까 청루에서 당했던 경험 때문인지 그는 퍽 조심스러웠다.

"상대가 종실의 공자라 성상의 뜻에 좌우될 혼사다. 네 얼굴에 큰 흉이 있다는 소문이 돌면서 전하께서도 깊이 염려하셨으니 이 혼례를 기꺼이 받아들이실 거다. 그럼 공녀 문제도 자연스레 해소되지."

"칼자국 난 신부를 맞아들이겠다는 그 남자는 대체 누구지요?"

산은 매끈한 이맛살을 한껏 구겼다. 아버지의 비밀을 손쉽게 듣나 했더니 난데없는 혼인 얘기라 그녀는 매우 언짢았다. 외모에 흠결이 있는 아내를 마다하지 않는다니 상대는 부친의 재산을 탐내는 속물임에 틀림없다. 딸의 비아냥거림에도 영인백의 얼굴이 자랑스럽게 빛났다.

"널 고려 최고의 여인으로 만들어 줄 인물이야."

"무슨 뜻입니까?"

불길한 예감이 산의 가슴을 스쳤다. 영인백이 딸에게 더욱 바싹 몸을 기울이며 속삭였다.

"장차 왕이 될 사람이라, 이 말이다."

산은 불신이 가득한 눈으로 아버지를 바라보았다. 미래의 국왕이 될 사람은 당연히 세자이지만 아버지가 말하는 상대는 분명 다른 사람이다.

"전하께서도 마음에 두셨단다. 이건 누구에게도 발설하면 안 되는 비밀이다."

"저를 세자저하와 맺어 주겠다는 말씀인가요?"

산이 짐짓 순진한 척 시치미를 뗐다. 그녀는 아버지에게서 더 자세하고 확실한 이야기를 듣고 싶었다. 그녀의 질문에 영인백이 킁, 콧방귀를 뀌었다.

"세자는 무슨. 그 몽골인은 왕이 되지 못해."

"전하의 아들이니 고려인이기도 하죠. 모후가 황제의 딸인데 누가 세자 대신 왕이 된다고 그러세요?"

"아 글쎄, 그 세자를 전하께서 아들이라고 생각하지 않으신다니까? 아들보다, 강양공江陽公*보다 더 예뻐하는 후계가 있단 말이다. 바로 네 남편이 될 사람이지!"

"도대체 그 사람이 누구예요?"

"시안공始安公의 손자요 사공 왕영의 차남, 왕전이다. 전하의 10촌 종제고 정화궁주貞和宮主**의 조카지. 아주 영민한 옥골선풍의 귀공자야. 얼마나 인물이 훤칠한지 보는 여자들마다 홀딱 반한단다. 개경에서 첫째가는 신랑감, 아니, 고려에서 첫째가는 신랑감이지."

"자기가 너무 잘생겨서 아내가 칼자국이 있건 말건 개의치 않는가 보죠?"

"다 네가 애비를 잘 만난 덕이다. 내 딸이니 믿고 거두겠다

---

* 충렬왕의 장남.
** 충렬왕의 비. 강양공의 모후.

는 거지! 신방에서 흠집 하나 없는 절세미인을 보고 깜짝 놀라 겠지만."

아버지 재산을 믿고 거두겠다는 거겠죠. 산이 실소했다. 다른 이의 반응을 마음대로 해석하는 영인백은 딸이 기꺼워서 웃는 줄 알고 따라 웃다가 곧 시무룩하니 기운을 잃었다.

"그런데 말이다, 아직 얘기가 제대로 오간 건 아니다. 왕전은 혼인에 뜻이 있는 것 같은데, 그 아비인 영이 전부터 날 탐탁지 않게 여기는 눈치라 말을 쉽게 꺼낼 수가 없어. 전하께 도움을 청해야겠는데, 하필 본격적으로 의논할 참에 우리 얘기를 몰래 엿들은 쥐새끼가 있어서……."

"엿들은 사람이 누군데요?"

"그야 모르지! 쫓아갔던 자도 제대로 못 봤다니. 언뜻 보기엔 어린 사내애 같다고 하더구나. 어찌나 빨리 도망갔는지 꼭 땅으로 꺼진 것 같더란다. 뭐, 새어 나가서 크게 위험한 말을 했던 건 아니다만 그래도 찜찜해."

제대로 못 봤다는 말에 산은 깊이 안도했다. 졸지에 쥐새끼가 되긴 했지만 들키지 않았다는 방증이니 듣기에 오히려 나쁘지 않았다. 딸의 안연한 표정을 보고 영인백이 진지하게 충고했다.

"뭐, 언제 성사될지 확언은 할 수 없다만 그런 줄 알고 좀 조신하게 행동하고. 이제라도 유모에게 배워 길쌈이니 침선이니 익히고 하란 말이야, 엉?"

"칼자국은 괜찮아도 길쌈 못 하는 건 싫다나요? 수박과 검술을 할 줄 아는 여자와 혼인할 마음은 없답니까?"

"뭐라는 거니, 엉?"

딸의 엉뚱한 말에 영인백의 눈썹이 하늘로 솟았다. 미래의 왕비가 된다는 소식에 내보일 반응이 아니었다. 그에게는 딸이 아직 세상 물정을 모르는 철부지로 보였다.

"앞날을 생각하면 지금부터 준비해도 늦어. 네 어머니가 살아 있다면 모를까, 곁에서 도와줄 사람도 없으니 네가 정신을 바짝 차려야 한다."

"아버님께선 정말로 세자 대신 수사공의 차남이 왕이 될 수 있다고 보십니까? 국왕도 원나라의 공주에게 꼼짝을 못합니다. 원나라가 아니면 왕실이 버티고 있을 수도 없어요. 그런 판국에 황제의 외손을 제쳐 두고 일개 종친이 왕이 된다니요?"

허황한 계획에 들떠 있는, 세상 물정을 모르는 어수룩한 아버지가 답답해 산이 냉랭하게 쏘아붙였다. 그러나 영인백은 자신만만했다.

"다 계획이 있다. 넌 네 할 일만 하면 되는 거야."

"그 계획, 아버님의 것입니까, 아니면 누가 아버님을 부추겨 끌어들인 겁니까?"

"끌어들인 게 아니라 뜻이 맞은 거지. 아비를 무슨 망석중이로 아니, 엉?"

"누구입니까, 그 계획을 낸 사람은?"

"있다, 아주 영리한 녀석이. 너는 자세히 알 것 없대도."

추궁하듯 따지고 드는 딸이 귀찮아진 영인백이 자리를 떨쳐 일어났다. 산이 냉큼 따라 일어나 아버지 곁에 붙었다. 그녀는 알고 싶은 게 아직 많았다.

"세자는 왕이 될 자질이 충분하다고 들었습니다. 왜 그를 제쳐 두고 다른 사람을 세웁니까?"

잠깐 망설이던 영인백이 딸의 귀에 나지막이 속삭였다.

"오랑캐에게 무릎을 꿇었던 치욕을 씻고 몽골의 피로 더럽혀진 왕실을 바로 세우기 위함이란다."

산의 커다란 눈이 불신으로 가늘어졌다. 그녀가 알고 있는 아버지는 그런 명분에 동조하여 위험한 모의를 감행할 열혈한이 아니다. 부친은 재산이 엄청난 만큼이나 부에 대한 집착도 엄청난 사람이다. 국왕뿐 아니라 왕의 총신들, 자신을 못마땅하게 여기는 왕비와 왕비의 측근들에게도 늘 선물을 넉넉히 뿌리며 광범한 인맥을 관리해 왔고 그 인맥을 바탕으로 부를 늘렸다. 하도 악랄하게 치부하여 그에게 원한을 품은 자들이 아내를 습격해 죽였다고 소문이 날 정도였다. 농장 경영 외에도 원나라를 오가는 상인들에게 은을 빌려 주는 금융업으로 막대한 이문까지 남기는 아버지가 오랑캐에게 치욕을 느낀다고 산은 생각할 수 없었다. 종친이긴 하지만 왕실을 특별히 근심하는 축도 아니었다.

'사실 아버님껜 내가 몰랐던 무언가가 있었던 걸까?'

혈육으로서 사랑하긴 했지만 존경할 순 없었던 아버지에게서 전혀 기대하지 못한 일면을 발견한 것 같아 산이 살짝 설렌 것도 잠시, 영인백이 귀엣말을 이었다.

"뭐, 그건 그 녀석이 말하는 거고, 내가 가진 걸 지키고 불릴 수 있다면 세자야 바꿀 수도 있는 거지. 지금도 공주의 눈치를 보느라 발 뻗고 자는 날이 없는데, 세자가 득세를 하면 제일 먼저 나 같은 사람을 박살 낼 테니 말이다."

역시나. 산은 입을 쓰게 다물었다. 허탈하니 물러난 산에게 영인백이 쐐기를 박듯 덧붙이고 방을 나섰다.

"이제부터라도 숙녀의 행실이 몸에 배도록 하란 말이다, 엉?"

아버지가 문을 닫고 나간 후, 산은 다시 탁자에 팔꿈치를 괴고 앉아 생각에 잠겼다. 갑자기 닥친 혼인이니, 세자에 관한 모의니 하는 커다란 문제가 그녀를 혼란스럽게 했다. 이제껏 왕공의 딸이라는 신분에 얽매이지 않은 채 하고 싶은 일은 꼭 한 반면 싫은 일은 한사코 마다해 온 그녀는, 자신의 의지와 무관하게 혼사가 논의되는 것이 일단 불쾌했다. 무엇보다도 세자를 몰아내고 왕전을 국왕의 후계로 삼는 모의에 도구처럼 이용되는 것이 싫었다.

'세자를 전복할 자금줄을 잡기 위해 나와 혼인하려는 거겠지. 아버지야 재산을 위해서 좋다고 맞장구치셨을 테고. 몽골에게 당한 치욕을 씻고 왕실을 바로잡는다고? 명분은 좋지만 내 아버지와 손을 잡고 일을 도모하는 걸로 보아 소인배의 술수를 쓰는 작자에 불과하다. 아버지 같은 사람이 인척으로 지금보다 더 권세를 휘두른다면 몽골의 피가 섞이지 않은 왕이 즉위해도 백성들에게 이로운 일이 무엇이겠는가? 금상과 다를 바 없이 백성들의 원성을 살 뿐이지. 세자가 워낙 칼같이 올곧으니 그를 두려워해 미리 음모를 꾸미는 게 틀림없다. 그런 일에 손톱만큼도 공모하고 싶지 않단 말이지, 나는.'

산은 결심을 굳혔다. 개개인의 바람과 의지가 아닌 부모의 뜻이 혼인을 좌지우지하는 시대였지만 워낙 제멋대로인 그녀는 이 혼인을 순순히 받아들일 수 없었다. 우선은 금혼의 나이까지 기다리자고 할 참이다. 금령을 깨려면 왕이 나서야 하고 왕이 나서면 결국 공주가 주목하게 될 것은 뻔한 일. 차라리 혼인을 서두르지 않는 것이 좋겠다고 제안하는 것이 가장 유효한 핑계이리라.

'그럼 길쌈이니 침선은 급하지 않지. 당장은 수련부터!'

머릿속이 말끔하니 시원해진 산은 결기를 표현하려 탁자를 세게 쾅 내리쳤다.

"아얏!"

그녀는 미간을 찌푸리며 얼얼한 손목을 들어 살살 주물렀다. 푸르게 물든 멍을 보니 잊었던 분노가 되살아났다. 그리고 문득, 시전 행랑의 창고에서 소년이 을러댄 말이 떠올랐다.

'널 쫓아온 사람과 함께 청루에 있었을 사람들에 대해 알아야 해서 그런다.'

마치 뭔가를 알고 있다는 투였다. 그 아이는 또 무슨 관련이 있기에? 눈빛은 날카로웠지만 차림새는 소박했다. 쓰고 있는 문라건에는 띠가 네 개, 즉 평민이었다.

'하지만 평범한 아이는 아니었어.'

산은 고개를 흔들었다. 역관이 되려는 아이라 했지만 어딘지 수상한 냄새가 났다. 궁금하면 직접 알아보는 수밖에! 산은 소년의 동무가 외쳤던 '기름시장 끝 남산리에 있는 귤나무집'을 기억했다. 그녀는 내일을 대비해 몸을 풀 양으로 창에 달린 종을 세 번 연달아 쳤다.

나성의 가운데에 자리한 자남산은 왕경의 지세로 보면 왼쪽 날개를 담당한 내內좌청룡에 해당한다. 그 기슭을 사람들이 번잡하게 오가는 이유는 기름시장이 있기 때문이다. 기름은 야간에 불을 밝힐 때나 음식을 만들 때도 필요하지만 화장품으로도 쓰였기 때문에 사려는 사람이 많았고, 특히 젊은 여성들이 많이 찾았다.

시전이 있는 남대가와 멀리 떨어지지 않은 이곳엔 과거 무신정권의 첫손 꼽히는 우두머리였던 최충헌의 집도 한때 있었다. 그 동네의 이름이 남산리. 남산리에서 귤나무집을 찾는 것은 매우 쉬운 일이었다. 귤은 탐라에서 바치는 공물로, 그 나무는 궁궐 정원에서나 볼 수 있으리만큼 드물고 귀했기 때문이다.

열매가 달리지 않은 귤나무를 알아보는 사람도 많지 않을 것이다. 다행히 산은 귤나무의 길쭉하고 반들반들한 잎사귀를 척 알아볼 수 있었다. 몇 년 전 전라도 안렴사 임정기林貞杞가 귤나무 두 그루를 왕에게 진상할 때, 산의 아버지 영인백도 지지 않고 공주에게 귤나무를 구해다 바치면서 한 그루는 자신의 집 정원에 심었기 때문이다. 임정기의 귤나무는 궁중으로 이송되는 동안 잎과 가지가 다 시들어 버렸지만, 영인백의 귤나무는 싱싱하니 살아 공주를 우쭐하게 했었다. 여러 해 동안 가까이서 보던 귤나무를 못 알아볼 리 없었기에 산은 굳이 시장 사람들에게 물을 것도 없었다.

기름시장에서 조금 떨어져 다른 집들과 이웃하지 않은 너른 공간에 자남산을 뒤에 지고 우뚝 선 기와집의 담장 위로, 다른 여러 나무와 나란히 솟아오른 귤나무가 보였다. 손쉽게 귤나무 집을 찾은 산은 어제 만났던 두 소년의 정체가 더욱 궁금하고 의심스러워졌다. 일개 평민이나 역관을 지망하는 신분이 소유할 수 있는 종류의 집이 아니었던 것이다.

굳게 아물린 대문을 보고 잠시 망설이던 그녀는 문을 두드리는 대신 담을 돌아 사람들의 눈에 띄지 않고 안을 들여다볼 만한 장소를 물색했다. 담장이 얼마나 길게 둘러쳐져 있는지, 그녀의 집만큼은 아니었지만 그 규모에 놀라지 않을 수 없었다. 디딤돌을 놓고 살짝 탐색한 담 안쪽은 수십여 칸의 회랑이 초라해 보일 정도로 널찍한 터가 펼쳐져 있었다. 격구擊毬*를 해도 좋을 만한 그 공간에는 실제 말을 타고 오가는 사람들도 있었다. 안에 있는 사람들은 모두 남자로, 머리에 넓적한 띠를 동여매고 갖옷을 똑같이 입은 채였다. 수박을 겨루며 훈련하는 사내들과 책을 끼고 회랑을 들락거리는 사람들까지 다 합하면 언뜻 보아 서른은 족히 될 것 같았다. 역시 역관이 되기 위해 공부하는 소년들의 집이라기엔 어느 모로 보아도 무리가 있다.

---

* 말을 타고 공을 치는 무예.

'종친이나 세가가 사사로이 양성하는 병력인지도 몰라.'

산은 담을 따라 더 뒤쪽으로 꺾어져 들어갔다. 뒤채는 거의 자남산과 이어져 있었다. 산기슭의 비탈에 올라서니 뒤채와 그에 딸린 안뜰을 엿볼 수 있었다. 중문 밖의 구정毬庭에 비할 수는 없지만 결코 좁지 않은 뒤채와 안뜰을 단 한 사람이 차지하고 있었다. 땀에 젖은 철릭의 깃이 목과 가슴에 찰싹 달라붙고, 이마에 두른 짙은 감색 띠도 군데군데 축축하니 검게 물들었는데도 목검을 휘두르는 자세가 조금도 흐트러지지 않고 반듯했다. 칼끝에 둔 곧은 시선, 거칠어진 숨을 토해 내느라 살짝 벌어진 얇은 입술, 유연하면서도 강한 허리와 단단히 몸을 지탱하는 다리, 거기에 속도감 있는 발놀림까지. 연습하는 소년의 외모와는 별개로 수준 높은 기예를 보여 주는 움직임 하나하나가 아름다웠다. 자신도 가노에게서 검술을 배우는지라 칼 쓰는 법을 어느 정도 아는 산은 순식간에 소년의 검무에 빠져들었다.

'구형이만큼, 아니, 그보다 훨씬 실력이 앞서는 것 같다.'

산은 좀 더 잘 보기 위해 몸을 내밀며 담에 얹힌 기와를 손으로 짚었다. 세게 짚지도 않았건만 헐거웠던 수키와 하나가 손의 압력에 밀려 떨그럭 미끄러지더니 그만 담 안쪽으로 떨어졌다. 안뜰의 바닥에 부딪쳐 기왓장이 깨지는 울음을 내자 소년이 목검을 거두고 그녀 쪽을 돌아보았다.

"누구……."

입을 연 소년은 끝까지 말하지 않았다. 그녀를 금세 알아본 때문이었다. 떨어진 기와에 흠칫해 눈을 동그랗게 뜬 산을, 소년이 엄하게 쏘아보았다.

그녀가 정말 이 집을 찾아올 거라곤 생각 못 했던 린이다. 남장한 그녀를 탐내던 세자에게 쌀쌀맞게 굴고 가 버렸을 뿐 아니라 청루에서 나온 일을 그에게 추궁당하고 도망쳤는데 제 발로 찾아오기를 기대할 수가 없었다. 엉뚱한 접촉으로 남장 소녀를 놓치고 만 그는, 형의 회합을 캐내지 못한 것을 안타까워했지만 어쩔 수 없다고 포기한 상태였다. 그러나 뜻밖에도 소녀가 눈앞에 훌쩍 나타났으니 어제 듣지 못한 대답을 뽑아낼 기회가 굴러들어 온 것이다. 린은 소녀를 놓치지 않기 위해 재빨리 담으로 달려가 그녀의 팔을 잡고 안쪽으로 끌어들였다. 저항할 사이도 없이 안뜰에 털썩 떨어진 남장 소녀가 '아얏!' 비명을 올렸다.

"너, 혹시 경시사京市司*에 있는 아이냐?"

가늘게 앓는 신음을 내며 바닥에 찧은 어깨를 문지르는 산에게 린이 준엄한 목소리로 물었다. 거짓을 고하면 용서하지 않겠다는 투였지만 산은 아랑곳 않고 그를 향해 눈을 매섭게 치떴다.

"뭐라고?"

"어제 청루에서 쫓겨 나온 것도 염탐질을 하다 들켜서가 아니냐? 경시사의 기녀들 중에 시전과 술집을 염탐하며 정보를 얻는 일을 하는 아이들이 있다고 들었다. 너도 그중 하나가 아닌가 묻고 있는 것이다."

---

* 시장의 상거래를 관장하는 기관.

본래 고려의 기녀는 매춘을 하던 유녀와는 다른, 국가 행사에 여악을 담당하는 예능인으로 세 개의 등급으로 나뉘어 교육과 관리를 받았다. 궁중 의식에 쓰이는 음악을 관장하는 대악사大樂司에 260명, 기녀의 실질적인 교육을 맡는 관현방管絃房에 260명, 경시사에 300명이 속해 있었다. 이중 3등급에 속하는 경시사의 기녀들은 시전을 중심으로 관청이 운영하는 술집에서 활동을 하였는데, 그중에는 시장에 흘러든 정보를 수집하는 역할을 맡은 여인들도 있었다. 즉, 몰래 뒤채를 엿보던 산을 경시사의 기녀로 린이 의심했던 것이다. 떳떳한 일을 한 것은 아니지만 기녀 취급을 받자 산은 바짝 약이 올랐다.

　"청루들이 빽빽한 골목에 서슴없이 드나드는 걸 보니 그곳 여자들에게 꽤나 익숙한 모양이구나. 여자들이 죄다 기녀나 자녀恋女*로 보이느냐?"

　"뭐?"

　"남의 몸에 함부로 손을 대는 막되고 파렴치한 자니 어련하겠느냐."

　린은 순간 응수할 말을 잃었다. 손 한 번 잘못 댔다고 유녀와 농탕치는 난질꾼으로 몰릴 판이다. 그가 별다른 의심 없이 가슴에 손을 댄 것은 순전히 남자로 꾸민 눈앞의 소녀 때문이다. 그는 아직 여자를 한 번도 만져 보지 못한 순수한 풋내기인데! 억울하기로 치면 도리어 따지고 들어야겠지만 그는 그저

---

* 창녀.

입을 쓰게 다실 뿐이다.

"보기에 그저 납작할 뿐인데 어떻게 알고 부러 손을 댔단 말이냐. 나는 그저……."

'네가 들키지 않도록 도와준 것이다.'라고 린은 말하려 했지만 퍽! 세게 뺨을 갈기는 산의 주먹이 그의 변명을 허락하지 않았다. 기둥을 부수고 벽을 무너뜨린다는 수박의 위력이런가, 매운 손찌검에 린의 얼굴이 홱 돌아갔다. 동시에 그의 입 안에 찝찔하니 비린 맛이 확 풍겼다. 너무 뜻밖이라 잠시 얼떨했던 린은 목을 제자리로 돌려 어이없는 눈으로 소녀를 보았다. 결코 희롱 삼아 말한 것이 아님에도 소녀가 눈을 활활 태우며 씩씩댔다. 왕족의, 그것도 둘째 왕비의 친질의 얼굴을 치다니 당장 태장으로 다스릴 일 아닌가. 하지만 그의 신분을 알 리 없는 남장 소녀가 분함을 이기지 못하고 파들거리는 걸 본 린은, 그가 이해 못 할 무언가가 있겠거니 너그러이 짐작했다. 여자의 마음이란 그의 이해 영역에서 벗어난 미지의 세계니까. 부풀어 오른 입술에서 흘러내리는 피를 손가락으로 쓱 닦아 내며, 그렇게 세차게 주먹을 내질러 놓고도 불만스레 이를 앙다문 산에게 그가 덤덤히 물었다.

"그래, 속이 풀렸느냐?"

산의 눈이 파르라니 빛났다. 그녀는 아무나 손댈 수 없는 귀족 아가씨다. 처음 보는 남자가 가슴을 만진 것도 보통 일이 아닌데, 그 남자가 이 대사건을 대수롭지 않게 주먹 한 방으로 때우려 한다니 괘씸하다. 터져서 피가 꽤나 배어나는 얇은 입술로 속 풀렸냐고 묻는 지극히도 태연자약한 태도는 더더욱 괘씸하다. 그녀의 형형한 눈에서 대답을 읽은 소년이 얼굴을 비스듬히 내밀었다.

"부족하면 한 대 더 치든가."

소년은 대단히 여유로웠다. 그러나 어제 그녀를 보고 호들갑 떨던 그의 동무가 보였던 반죽거리는 태도와는 사뭇 달랐다. 장난이 아니라 진심으로, 어떤 반격도 않고 맞겠다는 품이었다. 이런 자에게선 그녀가 바라는 사과를 받아 낼 수 없다. 치면 그걸로 끝인 것이다. 산은 허탈하니 굳게 움켜쥔 주먹의 힘을 뺐다.

그녀가 의욕을 잃은 것을 보고, 린은 어제의 일을 추궁해야겠다 싶어 도망가지 못하도록 목검을 들어 그녀의 목을 겨눴다.

"그럼 이제부터 어제 내가 물었던 것에 대한 답을 듣겠다. 속이려 들거나 달아나려 하면 가만두지 않겠다. 너와 너를 쫓던 자의 신분, 쫓긴 이유, 그 검은 철릭의 사내와 함께 있었던 자들에 대해 아는 대로 말하라. 목검이라 베이지 않는다고 안심하면 큰코다칠 줄 알아라. 단번에 네 목뼈가 낱낱이 흩어질 수도 있다."

"네 동무가 날더러 여기에 찾아오지 않으면 개경 전체를 뒤지겠다고 야단을 떨지 않았니? 그 수고를 덜어 주러 온 사람의 목부터 분지를 작정이냐?"

산은 목에 닿은 목검에도 떠는 기색 없이 코웃음을 쳤다. 그러나 머릿속으로는 어떻게 다시 담을 넘어 빠져나갈지 궁리하고 있었다. 동무와 달리 눈앞의 소년은 농이라곤 모르는 융통성 없는 부류임에 틀림없다. 그렇기에 대놓고 영인백의 딸이라고 말할 수는 없다. 이런 정체불명의 장소에서 정체불명의 소년이 휘두른 칼에 목이 부러지는 건 더더욱 있을 수 없다. 어떻게든 버텨야 할 텐데!

당장 좋은 꾀가 떠오르지 않는 난감한 상황에 산은 겉으론 대범하고 느긋한 척했지만 속으로는 초조하기 짝이 없었다. 이럴 때 소년의 동무가 나타나 그녀를 반겨 준다면 좋으련만! 그때였다. 그녀의 바람을 들었는지, 뒤채로 통하는 문이 벌컥 열리며 명랑한 목소리가 울려 퍼졌다.

"린, 그 애의 행방은 좀 알아봤니?"

원은 뜰에 들어서자마자 눈에 쏙 들어온 '그 애'를 발견하곤 놀랍고 반가운 마음에 함박웃음을 피웠다. 세자가 웃으며 다가오자, 린은 남장 소녀를 계속 협박할 수가 없어 목검을 스르르 내렸다.

반갑기로는 산도 원에 못지않았다. 어쩌면 이렇게 때맞춰 등장해 주었는지! 유들유들 귀찮은 녀석이지만 이번만은 환영이다. 린이 목검을 치우고 한발 물러서자 한숨 돌린 그녀는 가까이 다가온 원을 보고 눈을 큼지막이 떴다. 그가 질손質孫*을 입고 몽골식 평정건 아래 겁구아怯仇兒**를 한 머리를 세 갈래로

---

* 몽골 편복.

** 개체 변발.

땋아 내리고 있었던 것이다. 어제 보았던 고려식 민서복의 흔적은 단 한 올도 남아 있지 않았다. 왕이 나서서 머리를 깎고 개체령開剃令을 선포한 지 십수 년이 되어 가는 때, 궁정 사람들과 일부 귀족들은 몽골식 의대를 갖추고 다녔지만 상위 계급 일부에 지나지 않았다. 서민들은 물론이고 린과 같은 종실의 귀족도 고려의 옷차림을 고집하는 경우가 많았다. 원의 차림새는 그가 결코 미미한 신분이 아님을 명백히 보여 주고 있었다.

"이 아이가 제 발로 찾아온 것이냐, 아니면 린, 네가……."

원은 동무를 돌아보고 흠칫 놀랐다. 린의 터진 입술과 멍든 뺨이 눈에 띈 것이다. 상처가 신선하니 갓 생긴 걸로 미루어, 흑요석 같은 눈을 또랑또랑 굴리고 있는 미소년의 작품이 틀림없다. 의심스럽다는 듯 원이 한쪽 눈을 가늘게 찡그리며 린에게 눈짓으로 물었다. 정말 이 애에게 당한 거야? 린이 긍정의 대답으로 살짝 고개를 숙이자 그가 실소를 터뜨렸다.

"무술에 능한 백호百戶*들도 당하지 못하는 너를 이 꼴로 만들었다고? 이 야리야리한 아이가? 어제 봤을 땐 그 정도 실력이 아니었는데 하루 사이에 술법이라도 익힌 것이냐. 무슨 일이 있었던 거니, 너희들?"

원의 질문에 두 사람은 묵묵히 입을 다물었다. 한참 이쪽저쪽을 번갈아 살피며 대답을 기다리던 원은 체념하고 두 손바닥을 짝 마주치며 말머리를 돌렸다.

---

* 만호부에 속한 무관.

"어쨌든 개경 전체를 뒤지는 수고를 덜었으니 다행이다. 네가 여길 찾아온 건, 내 제안대로 세자저하의 밑에서 일할 마음이 생겼다는 뜻이겠지?"

"나는 누구의 밑에서도 일할 마음이 없다. 여기 온 것은 그저⋯⋯."

'청루 근처에서 만난 아이가 수상쩍어서다.'라고 말할 수 없는 산은 눈알을 두어 번 굴렸다.

"⋯⋯어제 도움을 받고 제대로 인사를 못 한 것이 마음에 걸렸기 때문이다."

"감사의 답례치곤 무지막지하구나."

원이 망가진 린의 얼굴을 가리키며 킬킬댔다. 대꾸할 말을 잃었는지 토라진 듯 산이 입을 비죽이며 그녀가 굴러 떨어졌던 담장 쪽으로 한 걸음 물러섰다.

"내 인사가 영 마음에 들지 않는 듯하니, 이만 가 보겠다."

"아니, 그러면 안 되지."

원이 그녀의 소매를 붙잡았다. 그 전에 린이 그녀가 도망갈 길을 막아섰다.

"세자의 밑에서 일하란 말은 취소하마. 대신 나와 동무를 하자."

산과 린의 미간이 동시에 구겨졌다. 이것은 또 무슨 꿍꿍이인가? 그녀가 의심이 깃든 목소리로 물었다.

"동무로 삼아? 나를? 그대는 명문 귀족이 아닌가."

"그래서? 그게 문제가 되니?"

"나는 내세울 것이 없는 터라."

"나와 내 동무 린은 아무하고나 친구하지도 않지만 신분의 고하로 벗을 정하지도 않는다. 그렇지, 린?"

"이 아이의 신원을 확인하는 것이 먼저입니다."

동의를 구하는 원에게 린이 잘라 말했다. 그의 냉랭한 반응에 원이 달래듯 말했다.

"딱딱하긴, 린. 일할 사람을 뽑을 때는 공정한 절차를 거쳐야겠지만, 벗을 삼을 때야 무슨 절차가 따로 있겠느냐? 의기만 맞으면 동무인 것이다."

원이 다시 산에게 관심 어린 시선을 주었다.

"내 이름은 원이다. 네 이름은 무엇이냐?"

산은 흠칫하여 들이마시던 숨을 멈췄다.

'원, 원이란 말이지. 이름이 원이라 한다고!'

그들 또래에서 왕족이나 귀족 중 한 사람을 제외하곤 원이란 이름의 아이는 아마 없을 것이다. 세자는 웬만한 여인보다 아름다워 궁인들이 백작약이라 수군거린다는 말을 들은 적이 있다. 부드럽게 눈웃음치는 길고 짙은 원의 봉목에, 산은 그제야 '아!' 하고 깨달았다. 그녀를 향해 따갑게 쏟아지는 린의 눈빛도 따라서 이해되었고, 이 소년이 왜 청루에서 있었던 회합에 깊은 관심을 보였는지 비로소 알 것 같았다. '내 동무'라고 부르는 걸 보면 시위공자 중에서도 세자와 특히 가까운 소년인 모양이다. 취월루의 회합이 세자를 반대하는 사람들의 모임이니만큼 소년이 촉각을 곤두세웠던 게 납득이 갔다.

'그러면 세자는 벌써 반대파의 면면을 헤아리고 있을까?'

아버지를 떠올린 산의 가슴이 서늘하게 내려앉았다. 하지만 그녀는 곧 미세하게 고개를 내저었다.

'이미 파악했다면 이 소년이 날 서슬 푸르게 추궁하지 않았을 것이다.'

그녀가 잠자코 대답이 없자, 시큰둥해하는 줄 알고 원이 말을 덧붙였다.

"어제 네가 세자저하에 대해 한 말에 감격하였다. 너와 같은 벗을 많이 가지고 싶은 게 내 바람이다. 신분은 중요하지 않다."

"하지만 이 아이는······."

린이 나섰다. 어제 청루의 일을 털어놓을 수는 없지만, 염탐꾼에 불과한 남장 소녀를 세자의 벗으로 만들 수도 없다.

"······계집입니다."

원의 표정이 순간 망치로 세게 얻어맞은 사람처럼 멍했다. 보통 미소년이 아니라고 여겼지만 정말 여자일 줄은 꿈에도 생각하지 못했던 모양이다. 그 자신도 여자 못지않다는 소리를 여러 차례 들었을 뿐 아니라, 예쁘장한 소년들도 시위 중에 꽤 있었다. 린도 아직 매끄러운 피부와 가느다란 선 때문에 사내답다는 말이 좀처럼 어울리지 않았다. 눈앞의 소년, 아니, 소녀도 당연히 같은 부류일 거라고 멋대로 단정한 터였다. 그래서 여자라는 말에 어안이 벙벙하리만큼 놀라기도 했으나 또 이내 수긍이 갔다. 막상 여자라는 말을 들으니 남장한 눈앞의 소년, 아니, 소녀가 전혀 남자로 보이지 않았던 것이다.

"계집, 계집이라……. 정말 여자였구나, 정말로!"

"여자인 게 문제가 되니? 신분은 중요하지 않지만 여자면 곤란해?"

원의 신분을 짐짓 눈치 채지 못한 척, 여전한 반말지거리로 산이 발끈하여 따졌다. 그녀의 기세에 눌린 원이 어깨를 움츠리며 양손을 황급히 내저었다.

"그럴 리가 있겠니. 신분이든 남녀든 벗 삼는 데 조건을 달 수는 없지. 한 가지 걸리는 것은……."

세자가 손끝으로 린을 가리켰다.

"……내 가장 가까운 동무가 여자에게 워낙 숫기가 없어 너와 잘 지낼지 걱정되는 것인데."

"숫기가 없어?"

산은 그녀의 뒤를 막아선 린을 힐끔 보고 코웃음을 쳤다.

"난 겉보기에 그냥 납작하니 사내와 다를 바 없어서 네 동무가 수줍어할 만하지 않은걸."

"뭐? 그게 무슨 소리냐?"

산의 힐난조에 린이 찔끔하자, 세자가 영문을 몰라 벙벙하니 물었다.

"아무것도 아닙니다."

"아무것도 아니다."

두 사람이 입을 모아 대답했다. 눈치 빠른 원은 눈썹을 꿈틀했지만 더 캐묻지 않고 손바닥을 짝 마주치며 마치 오랜 흥정 끝에 거래 성립을 외치는 장사꾼처럼 홀가분히 소리쳤다.

"좋아! 너희 둘이 서로 데면데면하지 않는다면 더 따지지 말자. 이제 우리를 동무로 받아들이는 거지?"

"내가 말을 높여야 하는 거니? 동무라면서 이 아이는 꼬박꼬박 상전 대하듯 하는구나."

"이미 반말이잖아."

킥, 원이 웃음을 참지 못했다. 맹랑한 녀석. 그는 자신에게 쩔쩔매기는커녕 도리어 떽떽거리는 상대를 만난 적이 없다. 물론 그가 세자라는 걸 알면 무례하게 굴지 못하겠지만, 명문 귀족임을 짐작하고도 한미한 처지에 기죽지 않고 대거리하는 별스런 아이가 아닌가. 원은 남장 소녀가 진심으로 마음에 들었다. 그는 조금 더 소녀를 놀리고 싶었지만 린이 잠자코 있지 않았다.

"모르고 저지르는 무례는 너그러이 용서할 수도 있지만 알면서 예를 갖추지 않는다면 죄를 묻는 것이 마땅하다. 세자저하께 부복하고 예를 올려라."

"아아, 린! 재미없는 녀석."

린의 폭로로 정체가 드러난 원이, 이미 진작부터 정체가 드러난 줄 모르고 안타까운 한숨을 내쉬었다. 산은 속으로 웃으면서도 깜짝 놀란 척 재빨리 몸을 숙여 공손히 절했다.

"맙소사! 저하, 소녀의 무례를 꾸짖어 주십시오."

"됐다, 됐어. 그럼 드디어 네가 어디 사는 누군지 좀 들어 볼 수 있을까?"

산은 짧은 동안 긴 갈등을 했다. 솔직히 밝혀도 괜찮을까?

공녀 차출을 피하기 위해 거짓 소문을 낸 것은 둘째치고라도, 만일 영인백의 딸이라는 것을 밝혔는데 나중에 그녀의 아버지가 뒤에서 꾸미는 일이 발각된다면……. 고민 끝에 그녀는 진중한 어조로 또박또박 말했다.

"종실 영인백의 여식, 왕산입니다, 저하."

"어?"

세자는 또 한 번 망치로 세게 얻어맞은 것처럼 멍했다. 이번에는 린도 같았다. 얼떨떨하니 굳은 둘의 멍청한 표정을 본 산이 연연히 웃었다. 희고 고른 잇바디가 살짝 드러나는 미소가 지극히 여성스러웠다.

"어……, 듣기론 영인백의 딸은 비적에게 칼부림을 당해 크게 다쳤다던데……."

상처는커녕 잡티 하나 없는 말갛고 매끈한 그녀의 얼굴에서 눈을 떼지 못하고 원이 우물거렸다. 머리가 빨리 돌아가는 그는 이내 알았다는 듯 '아!' 탄성을 작게 질렀다.

"헛소문이었더냐. 상국에 끌려가지 않기 위해서? 욕심 많다는 공주께서 딸을 공녀로 뽑아 갈까 봐 영인백이 늘 두려워한다더니 그런 소문을? 겁이 많다고 들었는데 공주와 결혼도감結婚都監*을 속이려 들다니, 영인백이 의외로 대담하군."

"왕실을 속인 죄가 무거우니 벌을 받겠습니다."

"무슨 벌을 받겠느냐?"

---

* 공녀를 차출하는 관아.

"왕공과 백관이 공녀를 회피하면 가산을 적몰하고 유배를 보낸다고 알고 있습니다. 또한 딸은 즉시 공녀로 뽑혀 끌려가는 것도."

"그런 사실을 알면서 네 신분을 밝혔느냐? 왜?"

"동무를 하자는 사람에게 어떻게 거짓을 말합니까. 신의가 없으면 동무가 될 수 없습니다."

원은 담담하게 말하는 산의 침착한 얼굴을 물끄러미 관찰했다. 빗질이라도 한 듯 얌전하니 내려앉은 속눈썹 아래 반쯤 가려진 검고 깊은 눈동자가 충분히 진실해 보였다. 거칠고 고집스러운 이면에 사려 깊은 온화한 얼굴이라니! 망아지 같던 소녀가 제대로 요조숙녀로 보였다.

"이제 막 사귄 벗을 버릴 수는 없지 않니. 그렇지, 린?"

세자가 한쪽 입술을 끌어올렸다. 어쩌면 이 소녀는 자신이 이렇게 나올 줄 알고 솔직하게 신분을 밝힌 게 아닐까? 뭐, 그렇다 해도 그가 내릴 결론은 하나였다. 이 깜찍한 소녀를 공녀로 내놓느냐 아니냐를 두고 고른다면, 당연히 후자다.

"산이라고 했지? 산, 네게 아주 무거운 벌을 내릴 테니 잘 들어라. 지금 신의를 지키기 위해 너와 네 아비의 목숨을 내놓은 것처럼, 앞으로 동무인 나와 린을 배반하는 일이 결코 있어서는 안 된다. 또 하나, 열여덟, 공녀로 차출될 수 있는 나이가 찰 때까지 그 비밀을 잘 지켜야 한다. 그 나이가 지나면, 거짓 소문에 대한 책임을 너와 네 아비가 지지 않도록 도와주겠다."

"높으신 은혜에 몸 둘 바를 모르겠습니다, 저하."

다시 고개를 조아린 산이 잠소를 머금었다.

'아버지, 제게 고마워하셔야 할 거예요.'

단아하고 아리따운 아가씨로 변한 그녀를 지켜보는 내내 린은 입맛이 썼다. 좀 전의 주먹질이 그녀의 것이라고 믿기지 않을 만큼 그녀의 변신은 놀랍도록 완벽했다.

'정말 왕공의 딸이 남장을 하고 청루를 기웃거릴 수 있을까?'

덜컥 의심부터 가지는 린이었다. 그의 찌푸린 눈살에 여자를 동무로 삼은 것을 불쾌하게 여기는 줄로 오해한 원이, 린을 끌어당겨 산의 앞으로 밀어붙였다.

"이자는 나의 분신과도 같은 벗이니 다정하게 대해 주렴. 종실 시안공의 손자로 사공 왕영의 삼남, 린이다."

"엣?"

산은 그만 침착성을 잃고 외마디 소리를 냈다. 능글맞은 웃음의 원이 세자라는 걸 알았을 때보다 훨씬, 그 수십 배로 그녀는 놀랐다. 아버지와 뜻을 같이하는 세력이 세자를 대신해 왕의 후계로 세우려는 사람은 왕전. 부르튼 입술을 지그시 물고 의심 가득한 눈으로 자신을 노려보는 소년이 바로 그의 동생이라니! 창백하게 질린 그녀를 바라보는 린의 눈동자에 서린 불신이 한층 짙어졌다.

2

탐색探索

광명사. 불력으로 창업을 다지고자 태조가 개경에 세운 십사十寺 중 하나이자 선종선禪宗選[*]을 보는 선종의 본사. 그 안에는 유서 깊은 우물이 있다. 태조의 할아버지 작제건作帝建은 신궁이라 칭송받던 활솜씨로 서해 용왕을 괴롭히던 늙은 여우를 물리치고 용왕의 큰딸과 결혼했는데, 이 용녀가 침실 창밖에 파 놓고 황룡으로 변해 용궁을 왕래하던 우물이 바로 광명정이다. 용녀가 송악에 오자마자 팠다는 개성대정開城大井과 더불어 성스러운 장소로 여겨지는 곳이다.

성스러운 곳이니만큼 기원을 올리는 사람들로 한적할 틈이 없다. 대체로 불사건 기복이건 남자보다는 여인들이 열심이라,

---

[*] 선종 계열의 승과.

광명정에도 여인들이 주로 많이 와 두 손을 모으곤 했다. 몽수를 바닥까지 드리운 부인들과 경건하게 합장하며 오가는 승려들 사이로 춘풍이 부드럽게 부는 가운데, 우물을 중심으로 자연스레 여인들의 사교적 모임이 형성된다.

"우부승지右副承旨 댁 장남이 사마시에서 떨어졌다면서요?"

"함께 수학하던 승선의 아들은 붙었답니다."

"그 집은 국학으로는 성이 안 차 이름난 선비들을 따로 불러 공부시켰다고 하던걸요."

"워낙 유명하지요, 그 집 부인이. 날마다 옆에 붙어 앉아 책을 읽는지 딴 짓 하는지 눈에 불을 켜고 감시했대요."

"우부승지 쪽은 기분이 영 안 좋아요. 장남이 낙방했는데 함께 일하는 후배의 아들은 붙었으니까."

"그 집 장남 쪽으로 몰리던 청혼이 후배 쪽으로 다 돌아섰거든요."

"어머, 어쩌지. 하지만 음직蔭職*이라도 받으면……."

"그 집이 눈치가 없어서……. 장군 최세연을 통하면 쉬운 걸, 같이 일하면서도 정작 환관들이랑 친근하지 못해요, 글쎄. 그 자리도 언제 밀려날지 몰라요."

고관대작의 아들들에 관한 정보가 오가는 모임이 있는가 하면, 씀씀이가 큰 부인들에 대한 뒷말을 숙덕이는 이들도 있다.

"호부시랑戶部侍郎 댁에서 흥국사에 은 스무 근을 냈다고 하

---

* 음서제로 받는 벼슬.

던데 들었어요?"

"괜찮은 집 한 채네요. 손도 크지."

"뭐, 그 정도를 가지고 그래요? 청주목사가 신복사에 내놓은 땅이 그 세 배는 될 텐데요."

"아니, 그 집이 무슨 재산이 그렇게 있었다고?"

"처가 새로 들어왔잖아요. 전처의 가문이 예전에는 명망이 있었지만 지금은 별 볼일 없고 가산도 넉넉하지 못하니까 내보내고 새로 대족大族의 딸을 들였답니다. 몰랐어요?"

"그랬구먼. 그럼 곧 개경으로 자리도 나겠군요."

"그러려고 좍 돌리는 중인가 봅디다. 오늘내일 좋은 자리 난다고 하더라고요."

"후처 덕을 톡톡히 보네요."

"그런데 그게 말이죠, 그 처가 은만 바치는 게 아닌가 보더라고요."

"엥? 그러면."

"나이도 젊고 얼굴도 반반해서……."

"어머, 어쩌나. 젊은 후처 들여서 남 좋은 일 시켜 주네."

"남편도 만만치 않아요. 임지에 가자마자 첫날부터 눈 맞은 기녀가 있어서 죽고 못 산다나?"

"그럼 서로 서운할 일도 없겠네. 그래, 누구한테 몸을 바쳤다나요, 그 후처가?"

"그것이……."

여인들의 이야기가 은밀해지면서 목소리가 자연스레 낮아진다. 고상한 표정에 언뜻언뜻 끈적이는 호기심이 묻어나고, 들었던 이야기를 잊지 않기 위해 머릿속으로 분주히 되새김질한다. 서넛이 소곤대던 오늘의 밀담은, 그녀들이 집에 돌아가면 남편들과 나누는 소중한 얘깃거리가 된다. 시중들던 노비가 부부의 대화를 주워듣고 그 집에 의탁한 서생 앞에서 나불대면, 서생은 이튿날 대낮에 찻집에 앉아 같은 처지의 벗과 막막한 인생을 한탄하다가 시들해지면 문득 몸을 상납한 모모의 후처를 입에 올린다.

이렇게 상류사회의 부끄러운 속살은 계급을 초월해 저잣거리에 까발려진다. 비단 저자에 국한된 것이 아니다. 소문은 여인들의 점잖은 남편들을 통해 궁에도 쫙 퍼진다. 입에서 입으로 사이좋게 나눈 소문들을 따라, 사람들은 모모의 집 누가 바람이 났는지, 집안싸움으로 기물을 몇 개나 깨부쉈는지 훤히 꿰게 된다.

사람마다 말투가 바뀌고 첨삭이 있어 소문이 와전되기도 하고 거짓이 끼어들기도 하니, 그 점을 이용해 헛소문을 퍼뜨리는 족속도 있으리라. 어쩌면 광명정 근처 귀부인들이 나누는 청주목사의 후처 이야기도 빼고 넣은 부분이 상당할지 모른다. 어쨌든 그들은 이야기를 나누는 그 순간만큼은 참 진지하고 열성적이다.

어느덧 광명정 주변은 기원하는 여인들보다 서넛씩 모여 다양한 정보를 교환하는 무리가 대부분이 되었다. 그 사이로 광명정에 천천히 다가온 소녀가 주변 여인들의 눈길을 끌었다.

몽수만으로는 부족했는지, 먼 길을 출행하는 사람처럼 입모쓰
帽에 검은 깁을 늘어뜨려 얼굴과 목, 어깨까지 온통 가리고 있
었다. 화려한 옷가지와 꾸미개가 여인들의 고유한 감각을 일깨
웠을 뿐 아니라, 얼굴을 조금도 드러내지 않은 차림새가 호기
심을 단박에 끌었다.

"저 아가씨는 누구랍니까?"

"모르셨어요? 영인백의 무남독녀예요. 불공을 드리러 유모
랑 왔다던데."

"어머, 얼굴에 자상을 입었다더니……."

"그래서 저렇게 얼굴을 꽁꽁 감추고 다니나 보네."

"얼굴의 반은 창반이라는데, 보면 끔찍하겠어요, 네?"

"유명한 의원한테 치료받는다던데요. 몇 년 더 치료하면 상
처를 완전히 없앨 수 있다고 했다나? 거기에 엄청나게 재물을
쓴다더군요."

"영인백이 얼마든지 낼 테니 얼굴을 말끔히 돌려놓으라고
했대요. 뭐, 가진 게 워낙 넘쳐 나니 얼마를 요구해도 척척 줄
테죠."

"그런데 자상이 없어질 수가 있나? 어린아이도 아니고."

"상처가 어느 정도 깊은가에 달렸겠죠, 뭐."

조잘조잘, 여인들의 속닥이는 소리가 바람에 실려 소녀의
귓바퀴를 타고 들어갔다. 가슴 앞에 모아 붙인 비연의 손이 식
은땀으로 축축해졌다. 누군가 말이라도 한마디 걸까 가슴이 쪼
그라든 그녀는, 아가씨를 잘 보호해 달라고 용신에게 기도하는

한편 자신에게 쏠린 여인들의 관심을 온몸으로 느끼며 바들바들 떨었다.

'석탑 뒤에서 유모님을 기다릴걸. 우물에 오는 게 아닌데!'

비연은 후회했지만 한 발짝도 움직일 수가 없었다. 한두 개의 눈이 그녀에게 꽂힌 게 아니었다. 조금이라도 움직이면 귀족 처녀가 아니라 노비인 것을 들킬 것 같았다. 바깥에 나와 바람을 쐰다고 잠시나마 들떴던 그녀는 이제 용신에게 유모를 빨리 오게 해 달라고 빌어야 할 형편이었다. 그나마 부인네들이 가까이 오지 않고 저희들끼리 떠드는 게 다행이었다.

"아가씨께선 혼자 계신 것이 좋으신가 봐요?"

어딘가 느릿하니 끝을 늘이는 말투가, 듣는 이의 귀에 엉겨 붙는 찰기가 있었다. 두 눈을 감고 '유모님, 빨리 오세요!'를 연방 외치던 비연은 소스라치게 놀라 눈을 번쩍 떴다. 검은 깁 너머, 한 여인이 비연을 내려다보며 붉은 입술 사이로 흰 이의 끝을 조금 드러냈다. 장미꽃처럼 진하고 농염한 얼굴이 인상적인 여인은, 선군旋裙*을 받쳐 입어 엄청나게 부풀어 오른 비단 치마를 부챗살처럼 활짝 펼쳐 놓고 서 있었다. 몽수도 엄청나게 길어 땅을 덮었고, 부풀린 머리는 숱한 보석들로 빈틈이 없었다.

사치스러운 차림은 둘째치고라도 여인에게서 풍기는 향기가 비연에게 퍽 낯설었다. 사향 같기도 하고 용연향 같기도 하고

---

* 치마폭을 넓게 하기 위해 착용한 속치마.

달착지근한 꽃향기도 섞인 듯한, 둔감한 후각을 가진 사람이라도 정신을 잃게 할 만한 복합적이고 매혹적인 냄새가 났다.

비연이 알고 있는 여자의 향기는 산에게서 나는 난향과 유모의 구수하면서도 따뜻한 냄새였다. 단아한, 혹은 단순한 그들의 냄새와는 달리, 눈앞의 여인이 발산하는 향기는 훨씬 복잡하고 간장을 간질이는 미묘한 맛이 났다. 낯선 향기에 취해 비연이 멍하니 여인을 올려다보자 짙고 긴 눈썹의 여인이 살짝 웃었다. 윗입술의 끝이 깊게 말려들어 가는 그 웃음은 가면을 쓴 것처럼 부자연스러우면서도 인위적인 아름다움이 있었다. 어떻게 근육을 움직여야 보다 어여쁘고 애교스러워 보이는지 아는 여인 같았다.

"귀한 아가씨께서 이렇게 혼자 계시니 말입니다."

여인이 한 걸음 비연에게 다가왔다. 달큼한 향이 조금 더 짙어져 비연의 코를 자극했다. 바람에 실려 주변 부인네들의 '어머머.' 하는 작은 감탄사들과 '저런 계집', '청루', '방자한' 등의 말들이 뚝뚝 끊겨 비연의 귀에 들어왔다. 문득 너무 가까이 있으면 깁으로 감춘 얼굴이 다 보이겠구나 깨달은 비연이 얼른 고개를 돌렸다. 자신을 아가씨로 착각하고서 누군가가 말을 걸어온 것이다! 겁 많은 심장이 삽시간에 오그라들었다.

"며칠 후에 아가씨 댁 구정에서 백희百戲를 벌이는데, 아시는지요?"

'어떻게 하지? 어떻게 해! 산 아가씨! 유모님!'

비연의 손바닥이 더욱 축축이 젖어 들었다. 눈을 내리깔아 소매 끝만 응시하는 그녀에게 딱히 대답을 바라지 않았던 듯, 끝을 미묘하게 늘이는 말투로 여인이 혼자 말을 이어갔다.

"그때 저도 댁에 간답니다. 그날 인사를 또 드릴지도 모르겠습니다."

"……."

"옆에 누가 있는 것이 불편하신가요?"

"……."

"말씀이 없으신 걸 보니 제가 큰 방해가 된 것은 아닌 것이지요?"

"…… ."

"아가씨께선 매우 온화하고 관대하신 분이라고 들었는데 과연 그 소문이 맞습니다. 저 같은 것이 이렇게 가까이서 뵈어도 너그러이 받아 주시는군요."

저 같은 것은 어떤 것인데? 여인의 말뜻을 온전히 이해하지 못했지만, 그녀와 함께 서 있는 일이 꼭 좋지만은 않다는 걸 비연은 깨달았다. 그녀들과 조금 떨어져서 숙덕이는 부인들의 기색에 비웃음이 섞여 있었던 것이다. 그러나 입을 열기조차 무서운 비연은 여인더러 어떻게 가라고 해야 할지 몰랐다. 그녀의 초조한 마음에 아랑곳 않고, 여인이 엿가락처럼 늘어지면서도 달라붙는 특유의 말투로 계속 속살거렸다.

"기원하시는 모습이 퍽 간절하여 보입니다. 저도 아가씨를 위해 용신께 빌고 싶어지는걸요."

"……."

"이를테면 아가씨의 그 상처랄지."

보고 있지 않아도 비연은 여인이 웃는 것을 알 수 있었다. 왜 웃는 거지? 무례한 것인지 아닌지, 무례하다면 타이르거나 나무라야 하는지, 아니면 그냥 무시해야 좋을지 비연은 갈피를 잡을 수가 없었다. 내가 잘못 처신하면 아가씨께 누를 끼치게 될 텐데!

"이년, 감히 뉘께 나란히 붙어 고개를 빳빳이 세우고 조잘대느냐?"

육중한 목청으로 비연과 여인 사이에 유모가 버럭 끼어들었다. 목청에 비례해 육중하고 펑퍼짐한 유모의 몸이 비연을 완전히 가려 주었다. 여인을 날려 보낼 듯 흥! 세차게 콧바람을 내뿜는 유모의 뒤에서 비연은 비로소 숨을 길게 뱉었다.

"송구합니다. 덕망이 높으신 아가씨를 직접 뵈어 기쁜 마음에 제가 주제를 모르고 인사를 드렸습니다."

허리를 살짝 비틀어 숙이며 공손히 사죄하는 여인에게 유모가 손을 휘휘 내저었다. 냉큼 떨어져 나가라는 신호였다. 뱀처럼 차가운 미소를 물고, 여인은 비연을 향해 절을 한 뒤 긴 몽수와 여덟 폭 비단 치마를 끌며 사뿐사뿐 멀어졌다.

"어서 가십시다, 아가씨."

유모가 부러 큰 소리를 내며 주변을 한 바퀴 둘러보자, 비연 쪽으로 쏠려 있던 부인들의 시선이 바삐 흩어졌다. 모았던 손을 그제야 내리고 발을 떼는 비연의 뒤에 바짝 붙어 유모가 들릴락 말락 속삭였다.

"어째서 그런 년이랑 나란히 서 있었니? 딱 보면 기생인 줄 모르겠어?"

비연은 울상이 되었다. 대개는 옷차림으로 신분이 구별되었지만, 가난한 왕족도 있고 부유한 양민도 있다. 부잣집 노비가 웬만한 귀부인 못지않게 화려하게 꾸미고 활보하는 경우도 있다. 집에서조차 높은 담 안에 갇혀 사는 그녀로서는, 온갖 보석을 달고 나타난 여인이 귀부인인지 기녀인지 한눈에 구별할 재주가 없었던 것이다. 이어지는 유모의 말에 마음 약한 그녀는 곧 눈물이 터져 나올 것 같았다.

"영인백 댁 아가씨가 기녀랑 허물없이 지낸다고 소문나면 어쩌려고? 그년이 옆에 오자마자 호통을 쳐서 쫓아 버렸어야지."

"하지만 말을 해서 들키면……."

"그럼 확 무시하고 다른 데로 가든지 했어야지."

"우물가에서 기다리라고 유모님이 말했잖아요."

울먹이는 목소리에 유모의 대추씨만 한 눈이 쭉 찢어졌다.

"아니, 적당히 다른 곳에 갔다가 다시 우물가에 오면 되지. 넌 그런 머리도 없니?"

목소리가 큰 유모는 안 그래도 성량을 최소한으로 줄이느라 고역을 치르는 중에, 비연의 어깨가 떨리면서 들썩이기 시작해 크게 당황했다. 그녀는 부산스레 비연의 어깨를 문지르며 목소리를 높였다.

"아니, 봄 온 지가 언젠데 날씨가 이렇게 춥대? 아가씨, 한기가 들었나 본데 어서어서 가십시다."

유모가 흐느끼는 비연의 어깨를 붙잡아 끌고 가다시피 서둘러 걸었다. 다시 소리 죽여 비연의 귀에 속삭이는 그녀의 음성에 짜증이 깃들었다.

"아이고, 아가씨는 무슨 심보로 광명사에 나오자고 하고선 도망가셨다니. 너도 그렇지, 아가씨가 입혀 주는 대로 입고 나와서 아가씨인 척하면 날더러 어쩌란 말이냐? 하마터면 주지스님 앞에서 다 들통 날 뻔했잖아. 도대체 아가씬 어딜 다니시는 거냐고?"

나도 알고 싶어요. 비연은 흘러내리는 눈물을 닦지도 못한 채 유모에게 떠밀려 광명사를 벗어났다.

산은 어리둥절했다. 황금처럼 귀한 과일인 귤이 있다고 해서 일명 금과정金果庭이라 불리는 세자의 안가, 텅 빈 구정에 서서 활을 들고 그녀를 향해 걸어오는 린을 쳐다보았다. 기예와 의술, 몽골어를 배우고 익히던 수십여 명의 사람들이 싹 사라지고, 넓디넓은 둥근 마당엔 오직 그녀와 린 둘뿐이었다. 원도 보이지 않았다.

"받아."

활을 내미는 린의 말이 지극히 짧았다. 활을 받아 드는 산을 그는 조금도 눈여겨보지 않았다. 귀찮은 짐처럼 취급받는 느낌에 그녀는 왈칵 분기가 솟았지만 애써 예사스런 투로 물었다.

"오늘은 왜 다른 사람들이 없는 거야?"

"사예射藝*가 처음이라니 연궁 중에서도 약한 것으로 시작하겠다. 네 힘이 어느 정도인지 보고 활을 다시 고르지. 사대射臺**에서 자세를 갖춰라."

"여기에서 훈련하던 사람들이 족히 서른은 되어 보였는데, 모두 어디로 사라진 거지? 그 사람들, 여기서 숙식하던 거 아니었어?"

"발을 어깨 너비만큼 벌리고 발가락에 힘을 주고 움켜 서. 발이 정丁 자가 되어서도 팔八 자가 되어서도 안 된다."

그녀의 물음을 무시한 채 린이 메마르게 지시했다. 그러나 산은 끈질기게 물었다.

"어떻게 한 사람도 보이지 않지? 여기 말고 또 다른 장소가 있는 거야?"

"네가⋯⋯."

린이 싸늘한 눈초리로 그녀와 눈을 맞췄다.

"⋯⋯사예를 배우고 싶다고 해서 저하께서 너그러이 들어주신 것이다. 저하의 명으로 여기 있던 자들을 모두 집 밖으로 몰아냈다. 네가 잔말 말고 부지런히 익혀 빨리 가면 그들에게 폐를 덜 끼치겠지. 발을 어깨 너비만큼 벌려 서라."

"왜 내가 활쏘기를 배우는데 사람들을 내보내야 해?"

---

* 활쏘기.
** 활 쏘는 자리.

큰 눈을 둥그렇게 뜨고 물어보는 산은 자못 순진해 보인다. 린의 눈썹이 그녀가 알아채지 못할 정도로 미세하게 일그러졌다.

"알 것 없다."

원이 모두를 내보내고 산에게 단독으로 궁술을 가르쳐 주라고 명령한 것은, 아무리 남장을 했어도 사내들 가운데 귀족 처녀를 놔두기 껄끄러워서였으리라. 린은 지나친 배려라고 생각했지만 순순히 받들었다. 세자의 명이어서만이 아니라, 산에게 이곳 사람들의 면면을 자세히 알려 줄 기회를 되도록이면 차단하고 싶었기 때문이다. 사라진 사람들의 소재를 궁금해하는 그녀를 보고 경계심이 더욱 커진 그의 어조가 한층 무뚝뚝했다.

"먼저 빈 활을 당겨 볼 것이다. 여기 줌통에 왼손 엄지 뿌리를 대고 하삼지下三指*로 줌통을 쥐어. 쥘 때는 가벼운 느낌으로. 검지를 꺾어서 세우고 엄지는 여기, 출전피 밑에 감싸 붙여 쥔다."

"여기서 격투기나 외국어를 배우던 사람들 모두 출신이 명확하지 않은 것 같던데, 숨어 지내는 거 아니었니? 아무 때나 밖으로 나가도 괜찮은 거였어?"

그의 말대로 활을 쥐면서 산이 궁금증을 못 참고 조잘거렸다. 활을 쥔 자신의 왼손을 주의 깊게 보느라 그녀는 린의 눈썹이 조금 더 일그러지는 것을 눈치 채지 못했다. 각지를 낀 오른손으로 시위를 당기며 활을 들어 올리는 산의 뒤에 린이 바싹

---

* 가운뎃손가락, 약손가락, 새끼손가락.

다가섰다. 자신의 허리 뒤쪽에 갑작스레 닿은 그의 손에, 그녀는 순간 뻣뻣하게 긴장했다.

"두 다리에 힘을 단단히 주고 상체를 곧게 펴라. 이러면 하단전에 힘이 모인다. 가슴을 열듯이 벌리고."

린이 그녀의 양어깨를 가볍게 쥐고 뒤로 펴 젖히자 산의 숨이 짤막하게 끊겼다. 그저 자세를 바로잡아 주는 간결한 접촉임에도 그의 손이 닿은 곳에 촉각이 몰리는 것 같다.

"숨은 깊게 들이쉬는 거다."

그의 지적에 뱃속 깊이 숨을 밀어 넣었다. 쫙 편 가슴과 깊은 호흡이 뻣뻣했던 몸을 부드럽게 했다. 그러나 이내, 그가 그녀의 오른팔을 잡아 손등과 팔꿈치가 수평이 되도록 시위를 당기게 하자 산의 호흡이 다시 굳었다. 귀에 가까이 다가온 린의 숨결이 그녀의 호흡을 산산이 흩뜨렸다.

"네가 염탐꾼이라는 내 생각은 변함이 없다. 설사 네가 진짜 영인백의 여식이라 해도. 그러니 허튼수작은 추호도 용납하지 않는다."

나지막이 속삭인 린이 산의 턱을 잡아 그녀의 자세를 교정해 주었다.

"턱은 들지 말고 살짝 잡아당기듯이. 활을 들어 올릴 때는 손이 이마보다 조금 높게. 그리고 활 잡은 어깨에 턱을 가볍게 묻어. 시위를 손으로 당기는 게 아니라 팔꿈치로 당긴다고 생각해라. 그 상태에서 속으로 천천히 셋을 센 뒤 활을 내려."

그의 목소리는 도통 변함없이 건조했다. 수 초 뒤 활을 내린 산이 째려본 그의 얼굴은 매우 덤덤했다. 반대로 그녀는 잔뜩 격앙된 상태였다.

"내가 염탐꾼이라고? 무슨 근거로?"

"여기에 있는 사람들은 모두 저하를 지키고 돕기 위해 스스로를 갈고닦는 자들이다. 저하만의 사람들에게 웬 관심이 그리 많지?"

"나는 원의 친구야. 그 이상의 이유가 있겠어?"

"넌 단 두 번 마주쳐서 저하께 너와 네 아비의 미래를 보장받았다. 네 목적이 거기까지인지는 모르겠지만, 너는 아직 청루의 일을 해명하지 않았다. 이번에는 살을 먹여 당긴다. 여기 궁대弓袋*를 차도록."

"너야말로……."

산은 이를 앙다물며 린의 손에서 궁대를 낚아챘다.

"……원의 가장 가까운 벗을 가장하여 일거수일투족을 감시하는 염탐꾼 아니야? 모든 사람을 속일 수 있다고 자만하지 않길 바란다."

"무슨 헛소리냐!"

"정화궁주의 조카가 원성공주의 아들과 둘도 없는 벗이라는 걸 곧이곧대로 믿을 사람이 누가 있을까?"

"내 고모님이 누군지는 저하께서 잘 아신다. 터무니없는 소리로 내 의심을 벗어날 생각 말고 하루라도 빨리 본심을 털어

---

* 활과 화살을 넣는 자루.

놓는 게 네게 이로울 것이다. 저하께 위해를 가하려는 사람은 누구라도 가만두지 않을 테니."

"네 형님과 상의도 없이 그럴 수 있겠니?"

비꼬는 산의 말투가 잠재해 있던 린의 불안감을 화르르 피워 올렸다. 역시 청루에서 보았던 형님과 이 계집애는 관계가 있어. 린은 칼을 찬 허리춤에 가만히 손을 올리고 산에게 한 발짝 다가섰다.

"내 형님이 저하께 반하는 일이라도 꾸민다는 말이냐? 그걸 알고 있는 너는 저하의 적이 아니고?"

"내가 아니라 너와 너의 형이겠지."

명백한 위협에도 불구하고 무서워하는 기색 없이 산이 맞섰다. 린이 그녀의 속을 꿰뚫어 보려는 듯, 산의 눈을 매서운 기세로 들여다보며 낮고 단호한 어조로 말을 뱉었다.

"저하를 위협하는 세력은, 설령 거기에 내 형님이 동조한다 해도 가만두지 않을 것이다. 네 무리에게 그렇게 전해."

"그건 내가 할 말이다."

산은 재빨리 화살을 메겨 린을 향해 시위를 당겼다.

"네가 네 형과 함께 세자를 해치려 한다면, 누구보다도 내 손에 먼저 죽을 것이다."

얼굴에 정통으로 겨눠진 화살촉이 불과 몇 보 떨어져 있지 않았지만 린은 눈 한 번 깜빡이지 않았다. 그의 날카로운 눈빛을 되받아치는 산의 눈빛도 꽤나 서슬이 퍼랬다. 적막에 싸인 드넓은 구정, 가까이 붙어선 두 사람 사이에 팽팽한 긴장감이 돌았다. 눈싸움 속에서 찬찬히 그녀를 살피던 린이 이윽고 눈에서 힘을 뺐다. 의심을 완전히 거두지는 않았지만 산을 바라보는 시선이 조금 부드러워졌다. 쿡, 그가 작게 웃었다.

"네가 한 말을 잘 기억해 두어라. 그 말 그대로 나도 할 것이다. 네가 저하께 해를 끼칠 인물임이 밝혀지면, 다른 이가 아닌 내 손에 죽을 것이다."

린은 태연하게 손을 뻗어 산의 활을 밀어냈다.

"과녁은 저쪽이다. 맞히겠다는 욕심이 앞서면 흔들린다. 정신을 집중하고 어깻죽지를 등 뒤로 모아 가슴을 한껏 펴라. 그 상태에서 멈추지 말고 조금씩 잡아당기면서 방사해."

코앞에 들어온 화살에도 꿈쩍 않는 린의 태도에 산의 기세가 한풀 꺾였다. 살짝 배어 나온 그의 웃음은, 음흉한 사람이 흘릴 만한 조소와는 거리가 먼 간결하고 깨끗한 웃음이었다.

'진짜 세자 편이란 말이야? 제 형과는 반대로?'

산은 떨떠름한 기분으로 화살을 날렸다. 화살은 보기 좋게 과녁을 피해 힘없이 떨어졌다.

"잘했다."

"잘했다고? 빗나갔잖아."

산이 어깨를 으쓱하며 삐딱하니 반문했다. 다시 화살을 메기는 그녀의 자세를 바로잡아 주며 린이 덧붙였다.

"과녁의 바로 옆에 떨어졌으니 칭찬받을 만하다. 네가 잡은 활은 연궁이니 과녁의 중앙이 아니라 좌상단을 겨냥해라."

산은 연이어 세 발을 쏘았지만 모두 빗나갔다. 그때마다 린이 세밀하게 교정을 해 주었다. 그의 말을 귀담아 들으며 산이 쏘아 올린 다섯 번째 화살이 붉은 동그라미에는 못 미쳤지만 과녁의 가장자리에 딱 들어박혔다.

"와!"

성취감에 젖어 산이 활짝 웃으며 탄성을 내질렀다. 지켜보던 린이 따라서 옅은 미소를 머금었다가 곧 엄격하게 잘라 말했다.

"쏘고 나서도 흔들림이 없어야 한다."

산은 새침하니 쏘아보곤 빈 궁대에 화살을 채워 넣었다. 세 발을 쏘아 모두 과녁을 맞힌 뒤, 그녀는 의기양양한 얼굴로 린을 올려다보았다. 린이 쓴웃음을 삼키며 그녀에게 잠깐의 휴식을 허락했다. 사대에서 물러나 구정 한쪽에 놓인 의자에 앉은 산의 곁에서, 린은 팔짱을 끼고 서서 의심스러운 듯 물었다.

"너, 정말 활을 쏘아 본 적이 없어?"

"작은 뜰이 딸린 별채에 갇혀 사는 상태라서. 활을 쏘기엔 너무 협소하거든."

"정말 처음이란 말이지? 배우는 속도가 놀랍도록 빠르구나."

린의 감탄에 진심이 어렸다. 꾸밈없는 칭찬에 은근히 기분 좋았지만, 산은 흡족한 내색을 드러내지 않고자 부러 발그레한 입술을 뾰족 내밀었다.

"너무 열심히 가르쳐 주는 거 아니야? 무슨 목적으로 세자에게 접근했는지도 모를 염탐꾼에게 이렇게 성실하게 가르쳐 줘도 되는 거니? 원에게 무슨 일이라도 생기면 어쩌려고?"

"네가 만족할 만큼 성실히 가르치라고 저하께서 당부하셨다."

"명령이 아니었다면 이렇게 가르쳐 주진 않았을 거란 말이야? 얼렁뚱땅, 설렁설렁 시간만 축내면서?"

"달리 가르치는 방법은 모른다."

짧게 대답한 린이 사대로 걸어가 자신의 활을 쥐고 살을 시위에 물렸다. 허리가 단단히 중심을 잡은 상태에서 고개를 살짝 숙여 살을 먹이고, 어깨가 들썩이는 일 없이 사뿐히 활을 들어 올려 단숨에 줌통을 쥔 왼손을 밀고 바른손으로 팽팽히 시위를 당겨 과녁을 겨냥해 화살을 쏘았다. 처음 활을 쥘 때부터 살이 시위를 떠난 뒤 두 손을 내리는 과정까지 일련의 동작이 물 흐르듯 유려하게 이어지는 모양이 매우 우아해서, 구경하던 산은 감탄하지 않을 수 없었다. 그녀에게 세세히 일러 주던 설명 그대로였다. 그의 진지했던 교수법이 새삼 고마워진 산이 큰 소리로 말했다.

"사예를 가르쳐 줘서 고마워."

다시 살을 시위에 메겨 활을 들던 린의 손이 주춤했다. 이내 침착하게 발사를 한 뒤, 그는 산을 돌아보지 않고 대꾸했다.

"감사는 저하께 드려."

"네가 말하지 않아도 원을 위해 내가 할 수 있는 일을 모두 할 거야. 여기 사람들만큼 나도 수박이나 검술을 익혔고, 몽골어와 외오아어도 말하고 쓸 줄 알아."

"네가 저하를 위해 할 수 있는 일은……."

세 번째 화살을 꺼내던 린이 그녀를 향해 돌아서서 싸늘하게 말했다.

"……그날, 청루에 있었던 사람들과 그들이 나누던 말에 대해 사실대로 털어놓는 것이다. 왜 네가 쫓겨 도망 나왔는지까지, 모두 다."

정말 형이 가담한 모임에 대해 모르는 걸까, 아니면 나를 시험하려는 걸까? 산은 아직 그의 속내를 파악할 수가 없어 침묵했다. 린이 그의 형과 한패라면 그녀의 아버지와도 한통속일 터. 뻔히 알고 있을 청루의 회합에 대해 끈질기게 물고 늘어지는 속셈이 따로 있다면 그것이 무엇일지, 그녀가 세자와 벗 삼은 일을 왜 그녀의 아버지에게 아직 알리지 않았는지 산의 머릿속이 분주히 돌아갔다.

린이 그녀 쪽으로 천천히 걸어갔다.

"내 형님이 그날 청루에 간 것을 알고 있다. 형님이 만난 자들이 누구냐?"

그날 왕전이 취월루에? 누구였지? 문밖에서 엿들었을 뿐, 모임에 참석한 인물들을 눈으로 보지 못한 산은 아버지 외의 목소리를 기억해 내려고 애썼지만 흐릿하기만 했다. 그녀가 들었던 목소리는 아버지 영인백과 젊은 남자 두세 명의 것이었다. 그중에 왕전이 있었을지도 모른다. 산이 생각에 잠긴 사이 린이 그녀의 바로 앞까지 다가왔다.

"내 형님과 함께, 너와 가까운 누군가가 있었던 거냐?"

린의 속삭임에 산이 반짝 눈을 치켜떴다. 이건 날 떠보려는 수작이야. 넘어가지 않겠어.

"내가 무언가 알게 된다면, 그리고 그게 원에게 도움이 된다면 난 당연히 말할 거야."

그녀를 속속들이 탐색하려는 린의 눈길을 비껴, 산은 그의 어깨를 부딪고 사대로 걸어갔다. 활을 잡은 그녀는 보다 분명한 목소리로 힘주어 말했다.

"네가 아니라 원에게 직접."

쉭. 화살이 포물선을 그리며 날아 과녁의 가장자리에 박혔다. 천천히 팔을 내리는 산의 곁에 다가가 사대에 선 린이 세 번째 화살을 메겼다. 쉭. 살이 시위를 떠나는 소리와 함께 그가 조용히 말했다.

"저하의 존함을 함부로 입에 올리지 마."

"그렇게 함부로 불러도 된다고 저하께서 친히 말씀하셨답니다, 왕린공자. 공자도 내 옆에서 듣지 않았나요?"

린이 돌아보니 그녀가 약 올리듯 커다란 눈을 깜찍하게 뜨고 생긋 웃었다. 쓴 입맛을 다시며 그녀를 바라보던 린이 고개를 살래살래 저으며 네 번째 살을 꺼내 들었다. 과녁에 집중하여 들이마신 숨을 일순 멈추는 린을 방해라도 하려는 양 산이 불쑥 물었다.

"그런데 왜 정말 아무도 없는 거야? 다른 사람은 그렇다 치고, 원은 어디 갔지?"

쉭. 린이 날린 화살이 날아가 앞서 쏜 세 발과 마찬가지로 과녁의 가운데에 쿡 박혔다.

"너는 알 것 없다."

냉랭하니 말을 맺은 린이 차고 있던 궁대에서 마지막 화살을 뽑았다. 시위를 당기는 그의 손이 섬세해 보인다고 산은 생각했다. 그녀도 궁대에 남아 있던 화살을 꺼냈다.

원은 수행원들과 함께 그의 이복형 강양공 왕자王滋의 집에 도착했다.

강양공. 원이 일곱 살 때 개경에서 쫓겨나 동심사에 유배됐던 그는, 린의 11촌 종질이자 고종사촌이기도 했다. 그의 모후인 정화궁주는 린의 고모로, 왕이 태손으로 있을 때부터 비였으나 원성공주가 들어온 후 원비의 자리에서 밀려나 정신부주貞信府主로 강등되어 왕과 전혀 만나지 못한 채 별궁에 틀어박힌 신세가 되었다. 장자의 권리를 박탈당한 강양공은 수년 전 개경으로 소환되어 공으로 봉해졌으나, 원성공주의 경계 속에 죽은 듯 은거 중이었다. 평소 모후의 지나친 질투와 경계심으로 고독한 처지에 놓인 정화궁주와 이복형을 안타깝고 가엾게 여기던 원이지만, 오늘 형을 방문하는 목적은 따로 있었다.

세자의 예고 없는 방문에 강양공이 놀라 버선발로 댓돌에 내려섰다. 그의 뒤를 따라 방을 나온 몇몇의 젊은이 역시 황급히 예를 올렸다. 원은 자신 앞에 조아린 이들을 굽어보며 빙그레 웃었다. 젊은 왕족과 선비들, 그 속에 린의 형 왕전도 있었다.

"전, 그토록 보기 힘들더니 여기서 보는군! 반갑기 짝이 없구나."

"우연히 지나는 길에 안부나 물을까 하여 잠시 들른 것입니다."

따뜻했지만 가시가 느껴지는 원의 말에 왕전이 더욱 깊이 고개를 숙였다.

"내 형님이 적적할 줄 알고 위문을 온 것인가? 과연 종친다운 아름다운 마음 씀씀이요."

"막 떠나려던 참이었습니다. 두 분의 우애에 거칫거릴까 저어되니 소신은 그만 물러가겠나이다."

"여럿이 모이면 더욱 즐거운 법이지. 그렇지 않소?"

뒷걸음질하는 왕전을 꽉 움켜쥔 원의 눈이 서늘하게 빛났다. 감히 세자의 명을 거역하지 못하고 왕전이 멈춰 강양공을 흘낏 쳐다보았다. 어정쩡한 미소를 입에 문 강양공은 얼핏 보면 울음을 참는 것처럼 보였다. 은둔자처럼 저택에 틀어박혀 있는 그는 아우를 제대로 만난 적조차 거의 없었다. 고작 일곱 살배기에게 위협이 된다며 쫓겨날 때부터 장자로서의 권리를 내세울 생각이 손톱만큼도 없던 그였다. 칼을 물고 고꾸라지라는 명령만 없으면 그걸로 족하리라. 그런 소박한 소망으로 연명하는 그였다. 그런데 왜 세자가 집까지 찾아왔을까? 존귀한 아우의 방문에 갈피를 잡지 못하는 그의 어색한 웃음에는 두려움이 배어 있었다.

어쨌거나 귀한 손님이 왔으니 집 안이 떠들썩하니 뒤집혔다. 세자를 환영하기 위해 즉석에서 연회 준비가 시작되었는데, 손수 나서서 종들을 재촉하는 이복형을 원이 말렸다.

"우인優人*과 기녀를 불러 형님을 번거롭게 하고 싶지 않습니다. 아우는 다만 형님과 조용히 향다香茶를 나누고 싶습니다."

원은 여전히 고개를 숙이고 있는 왕전과 젊은이들에게도 나직이 말했다.

"그대들도 함께."

세자의 한마디가 형에게는 곧 명령이라, 즉각 실행되었다. 잔치는 준비를 시작하기도 전에 중지되고 집주인이 세자와 왕전, 젊은이들을 방으로 들였다. 작지만 아늑한 방에 비단보로 덮인 탁자가 둘이었다. 그중 하나는 다정자茶亭子**로, 화려한 다구와 다기가 어찌나 알뜰히 잘 갖춰졌는지 탁자보로 쓰는 비단의 무늬가 보이지 않을 정도였다. 찻잎을 갈 작은 맷돌과 은로銀爐***까지 방 안에 갖춰 놓고 있었다. 원과 왕전, 나머지 사람들이 큰 탁자에 둘러앉자 강양공이 직접 청자 단지에서 연고차研膏茶****를 꺼내 연분에 갈기 시작했다. 다시茶匙*****로 가루를 떠, 끓인 물을 부은 사발에 넣고 조심스러운 손길로 저었다. 정성스레 점다한 차를 공이 손수 손님들의 앞에 놓았다. 한 모금 차를 머금은 원이 만족스러운 미소를 지었다.

---

* 광대.

** 다구를 놓는 탁자.

*** 은으로 만든 화로.

**** 쪄서 굳힌 차.

***** 찻숟가락.

"달고도 부드럽습니다. 어디의 차입니까?"

"화개다소花開茶所에서 궁에 납품한 것입니다. 저하께서 제게 보내 주신 바로 그 차입니다."

동생의 미소가 더욱 크게 번져 붉은 입술이 활처럼 휘었지만, 강양공은 마주 앉아 차를 마시며 전전긍긍 동생의 눈치를 보았다. 공포로 인해 그는, 형에 대한 깊은 연민과 죄책감에 짓눌린 아우의 속내를 조금도 짐작하지 못했다. 세자의 밝고 아름다운 미소는 형에게 일직사자日直使者*의 비소鼻笑처럼 보일 뿐이다.

"형님의 맑고 그윽한 성품처럼 맛이 깨끗하고 순합니다. 아마도 사욕이 없는 청정한 마음으로 지내시니 손끝에서 절로 그마음이 우러나 차에 깃드나 봅니다. 그렇게 생각지 않으시오?"

원이 왕전을 똑바로 보며 물었다. 순간 왕전의 턱이 움찔했다.

"저하의 말씀대로입니다. 강양공은 진실로 청심과욕淸心寡慾**한 종실의 모범입니다."

"맞소. 여기를 찾은 젊은 종친과 선비들도 형님을 본받아 세상의 헛된 욕심을 돌아보지 말아야겠소."

세자는 여전히 웃고 있었으나 강양공과 왕전, 차를 함께 마시던 젊은이들 모두 희게 질렸다. 쓸데없는 모략을 일삼지 말라는 경고. 오싹한 냉기가 왕전의 등줄기를 타고 쫙 흘러내렸

---

* 사람의 죽음을 결정하고 혼백을 인도하는 저승사자.
** 마음이 깨끗하여 욕심이 적음.

다. 그럼에도 왕전은 겉으로는 천연스레 웃는 낯을 했다.

"예, 저하. 명심하겠습니다."

왕전의 얇은 입술이 파르르 가늘게 떨리는 것을 원은 여유롭게 바라보았다. 모두들 조용히 차를 마셨다. 그들 사이에 더 이상 말이 필요 없었다.

"오라버니 오셨어요?"

귀가하는 둘째 오빠를 밝은 얼굴로 맞이하던 왕단王珊은 흠칫 굳었다. 오빠 왕전의 기세가 심상치 않게 사나웠다. 아니나 다를까, 누이와 눈을 마주치자마자 왕전이 고함치듯 물었다.

"린, 린은 들어왔느냐? 어디 있느냐!"

"물론 셋째 오라버니 방에 있지요. 무슨 일이십니까?"

왕전은 방해물이라도 되는 양 누이를 거칠게 밀치고 지나갔다. 비틀거리던 단이 몸을 추스르고 뒤따라갔다. 왕전이 부서져라 열고 들어가 또 부서져라 닫아 버린 린의 방문이 거세게 닫힌 여파로 흔들리는 것을 보며, 단은 불안한 마음에 두 손을 꼭 모아 쥐었다.

쾅! 커다란 문소리에 책에서 눈을 떼고 고개를 든 린은 씩씩거리는 형을 물끄러미 보며 천천히 일어났다.

"지금 들어오십니까?"

그의 말이 채 끝나기도 전에 돌연 왕전이 동생에게 달려들어 옷깃을 움켜쥐었다.

"내가 무얼 하는지 세자에게 일일이 고해바치는 것이 네 일이

더냐? 내가 밥 먹고 정방淨房*에 가는 것까지 다 일러바치느냐?”

“무슨 말씀인지 모르겠습니다.”

부들부들 떨리는 형의 손목을 떨쳐 내며 린이 담담하니 말했다. 그의 조용조용한 태도에 더욱 화가 돋은 왕전이 빠득 이를 갈았다.

“강양공의 집에서 세자와 내가 만난 일이 우연이라고 하진 않겠지? 내가 강양공을 찾아간 날에 어떻게 세자가 딱 맞춰 온단 말이냐!”

“형님께서 오늘 강양공의 저택에 가셨습니까?”

“모르는 척하지 마라, 린! 내 앞에서 강양공더러 딴마음을 품지 말라 경고하라고 세자에게 속살거린 사람이 바로 너일 텐데? 세상의 헛된 욕심을 돌아보지 말라고? 그게 무슨 뜻이더냐!”

“형님이 결백하다면 저하의 그 말씀에 화를 낼 이유가 없습니다. 그렇지 않습니까?”

“뭐야?”

왕전의 얼굴이 새빨갛게 달아올랐다. 분노로 불끈 쥔 주먹을 가까스로 내린 그는 심호흡을 거듭하여 스스로를 진정시켰다. 이윽고 본래의 말간 낯빛으로 돌아온 왕전이 턱을 치켜들고 거만하게 린을 내립떠보았다.

“나는 물론 결백하다, 몽골 왕자에게 보비위하여 일신의 영달을 꿈꾸는 너보다 훨씬.”

----

* 변소.

동생에게서 등을 휙 돌린 왕전이 문고리를 잡았다.

"형님."

린의 부름에 문을 막 열려던 왕전이 손을 멈췄다.

"뭐냐?"

"강양공의 사저에 동행했던 자들이 누구입니까?"

"알아서 뭐 하게? 내 친우들이다."

"종친의 사사로운 교류가 일견 문제될 것이 없어 보이나, 군자는 불미스러운 일을 미연에 방지하고 의심받을 상황에 몸을 담지 말아야 합니다. 형님이 강양공의 사저에 드나들면 저하뿐 아니라 경계할 사람이 많습니다. 그 친우들이 그걸 알면서도 말리지 않았다면 형님께 유익한 벗이 아닙니다. 또한 강양공을 찾아뵙기를 권하였다면 단연 멀리해야 할 인사들입니다."

침묵이 잠시 방 안을 채웠다가 '하하하.' 하는 왕전의 너털웃음에 깨졌다. 부러 큰 소리로 웃음을 친 그의 얼굴에는 웃음을 위해 주름 하나 잡히지 않은 채였다. 느리게 돌아서서 아우를 노려보는 그의 눈이 다시금 타오르기 시작했다.

"내 아우 린은 형의 벗들까지 골라 주니 살뜰하기 이를 데 없다. 너는 내 동생이 아니라 처가 되어야겠다."

"형님."

"너는 네 친구 몽골 왕자를 위해 형까지 겁박하려 드느냐?"

"형님을 위해서입니다. 형님을 위하고 아버님과 우리 집안을 위해, 왕실을 위해, 그리고 고려를 위해서입니다."

"왕실을 위해, 고려를 위해. 나 또한 그러하다. 그러나 나의 왕실과 고려는 몽골 왕자의 것이 아니라 고려인의 것이다."

"그분 역시 고려인이고 고려의 세자십니다. 종친인 형님이 어떻게 왕실을 모욕하십니까?"

"왕실을 모욕한다 했느냐? 고모님을 별궁에 유폐시킨 사람이 누구인가? 금상의 장자이신 강양공을 쫓아냈던 사람은 또 누구인가? 원성공주가 참소하고 폐하여 귀양 보낸 왕족이 한둘이더냐. 모후와 다름없는 경창궁주慶昌宮主마저 폐서인시킨 패륜을 잊었느냐? 공주보다 더 고려 왕실을 능멸한 사람이 우리 중 과연 누구겠는가? 몽골 공주가 낳은 몽골 왕자를 몽골인이라 부르는 것이 그보다 더한 모욕이겠는가?"

왕전이 핏대를 세우며 폭포수처럼 말을 토했다. 고개를 빳빳이 들고 형의 격노를 마주한 아우의 눈이 나이답지 않게 깊고 담담했다. 얼음처럼 냉담한 린의 눈동자가 오히려 다혈질인 형의 격정을 더욱 끓어오르게 부채질했다.

"어서 가 너의 세자저하께 고하라. 공주와 세자를 음해하는 무도한 왕족이 있으니 그가 곧 네 둘째 형 전이라고!"

"형님! 그 말을 제가 아니라 다른 이가 들었다면 우리 집안엔 아무도 살아남는 자가 없을 겁니다. 또한 고모님과 강양공께도 설화가 미치리라."

"네가 들어 내 목숨을 건졌다는 말이지? 네가 내 목숨을 쥐락펴락한다는 뜻이렸다. 이렇게 애틋한 우애를 보았는가."

"저하께 혹여 해가 될 일을 꾸민다면 아우의 우애를 바라지 마소서."

낮고 조용했지만 과단성 있는 린의 말에 왕전이 기어이 폭발하고 말았다. 들짐승처럼 사납게 달려들어 멱살을 틀어쥐는 형의 손목을 꽉 쥔 린의 손마디가 툭 불거져 나와 핏기를 잃고 희게 질렸다. 서로 조금만 더 밀어붙이면 뒤엉켜 차가운 바닥을 구를 참이었다. 아버지 왕영이 들이닥친 것이 그때였다. 형제는 아버지의 서슬 퍼런 눈 아래 화급히 떨어져 두 손을 모으고 고개를 숙였다. 분을 못 참아 턱을 달달 떨고 있는 왕전에게 꽂혔던 아버지의 매서운 눈길이 린의 흐트러진 앞섶에 머물러 더욱 일그러졌다.

　"너희가 과연 종실의 일원이냐? 형제가 집 안에서 시정잡배처럼 드잡이를 해?"

　"송구합니다."

　형제가 합창하듯 한목소리로 사죄했다. 왕영의 목소리에 서릿발이 섰다.

　"전, 네 목소리가 방문을 넘었다. 담장을 넘으면 어떻게 되는지 아느냐?"

　"소자가 그만 혈기를 못 참았습니다. 하오나 린이……."

　"아우의 허물을 들어 자신의 잘못을 변명하느냐? 너의 입과 혀가 집안에 화를 불러오는 줄 진정 모르겠느냐? 린의 말대로 우리 집안에 아무도 살아남는 자가 없을 것이다."

　왕전은 입술을 깨물었다. 건방진 동생을 옆에 두고 질책을 먼저 받은 것이 더할 수 없이 수치스러웠다. 곧이어 아버지는 형을 공경하지 않고 대들었다며 린을 준엄하게 질타했지만, 왕전은 모욕감에 듣지도 못했다. 결국 각자의 방에서 근신하도록 처분이 내려지자, 시비를 제대로 가리지 않고 똑같이 벌을 받게 된 것이 억울하여 왕전은 아버지를 향해 원망스러운 눈을 들었다. 자신이 한 말은 위험하지만 의기가 충만하지 않은가 말이다. 부친도 자신과 같은 마음이 아니던가. 정화궁주의 동생인 부친이라면 누구보다도 몽골 왕자와 그 모후를 못마땅하게 여길 터였다. 그러나 왕영은 둘째 아들의 마음을 다독여 주지 않았다. 아들들을 뒤로하고 방을 나서던 왕영이 문 앞에서 멈춰 나지막이 말했다.

"종실 사람들은 정사에 간여하지 않는다. 우리처럼 전하와 가까운 종친은 더욱 그러하며, 작금의 상황에서는 더더욱 그러하다. 나서지 말고 파쟁에 휩쓸리지 마라."

아버지가 나가자 무겁고 싸늘한 공기가 형제의 사이를 갈랐다. 독이 오른 왕전이 앙다문 잇새로 질근질근 씹듯이 말을 뱉었다.

"네가 세자에게 붙어 있는 한, 너 또한 나의 우애를 바라지 마라."

린이 반응을 보이지 않고 묵묵히 서 있자 왕전은 문을 있는 힘껏 걷어차고 나가 버렸다. 덜컹대는 문을 닫을 생각도 없이 린은 한참 자리를 지켰다. 문을 곱게 닫은 사람은 그의 누이동생 단이었다. 두 손을 가슴 앞에 모아 쥐고 걱정스레 자신을 올려다보는 누이에게 린이 씁쓸하니 웃어 보였다.

"아버님께 꾸지람을 들었어요?"

단은 미안한 마음이 들었다. 오빠들의 험악한 분위기에 겁을 먹고 아버지에게 달려갔던 그녀는, 근신 처분을 받게 된 오빠를 보고 자신의 경솔함을 뉘우치고 있었다. 그러나 셋째 오빠의 대답은 자못 부드러웠다.

"마땅히 들어야 할 꾸지람인걸."

"전 오라버니가 너무 화를 내서 무서웠어요. 그래서 저도 모르게 그만 아버님께……."

"그래, 미안하다. 오라비들이 보여 줄 모습이 아니었지."

"오라버니는……."

단이 원망스런 빛을 띠고 린을 보았다. 그녀는 과묵하면서도 상냥한 셋째 오빠를 좋아했다. 그리고 기분을 다스리진 못하지만 대개는 쾌활하고 솔직한 둘째 오빠도 좋아했다. 두 오빠를 모두 사랑하는 소녀에게, 심각하게 대립한 오늘의 형제는 낯설고 두려웠다. 형제간에 조금씩 금이 가고 있는 것을 어렴풋이 느끼고 있었지만 멱살까지 잡는 정면충돌은 처음이었다. 형제의 우애가 깨진 원인을 돌이켜보며, 그녀는 셋째 오빠를 은근히 탓하고 있었다.

"……세자저하가 그리 좋습니까? 전 오라버니와 틀어질 정도로?"

린이 소리 없이 웃었다. 누이의 말은, 마치 기녀에게 빠져 본처를 소박하는 사내에게 타박을 주는듯 들렸다. 좋아하냐고? 물론 좋아하지. 하지만 아름다워서, 영리해서, 고귀해서 좋아하는 것이 아니다.

"그분은 고려를 책임질 자질을 갖추셨다. 나는 그분을 미래의 왕으로서 믿는다."

단은 오빠의 얼굴에서 강한 신뢰를 읽었다. 린의 한마디에 그녀는 더 이상 세자에 대해서 말을 꺼내지 못했다.

'린 오라버니, 저하가 아무리 소중하고 귀하더라도 형제를 미워하는 지경에 이르면 안 되는 게 아닌가요. 나라면 저하를 사랑하고 돌아보는 만큼 형제를 아끼겠어요. 저하 때문에 우애를 저버리는 일은 하지 않겠어요.'

그녀는 아무 일도 없었다는 듯 탁자 앞에 앉아 읽던 책에 눈을 내리꽂은 린을 보며 속으로 말했다. 그는 미동도 하지 않았다. 책 위에 얹은 손도, 의자에 꼿꼿이 기댄 등도, 눈썹도, 심지어 눈동자도 움직이지 않았다. 마치 누이가 한방에 있다는 사실도 잊어버린 것 같았다. 마침내 단이 사락사락 소리 나는 비단 치마를 조심스레 끌며 방을 조용히 빠져나갔다.

린은 답답한 가슴을 풀기 위해 들이마신 숨을 단전까지 끌어내렸다가 천천히 토해 냈다. 세자에게 핀잔 한마디 들었다고 대뜸 자신에게 분풀이를 하는 형은 순진하기 짝이 없다. 그런 형이 모종의 음모를 꾸미는 주동자로는 도저히 어울릴 것 같지 않다. 누군가가 있어. 린은 형의 뒤에서 검은 손을 뻗친 익명의 존재를 감지했다. 세자도 형도 다치게 하지 않으면서 형을 내세워 원을 고꾸라뜨리려는 배후의 인물을 잡아내고 싶었다.

'왕산, 그 아이는 알고 있을 것이다. 형님의 뒤에 누가 있는지를.'

자신에게 대담히 화살을 겨누던 산을 떠올린 린은 다시 한 번 크게 심호흡했다. 형의 배후를 알고 있으면서도 금과정을 드나들며 세자와 자신을 살피는 그녀는 솔직히 꺼림칙하다. 세자를 위해 일하겠다는 그녀의 말이 진심이었을까? 흑요석같이 반짝이는 검은 눈동자를 상기하면 믿고 싶은 마음이 전혀 없지 않았지만 믿을 만한 근거가 없다.

'저하와 형님과 집안을 동시에 지킬 방안을 마련하려면, 무엇보다도 먼저 그 아이의 속셈을 읽어 내야 한다.'

고정되어 있던 린의 눈이 책에 박힌 글자들을 훑어 내리기 시작했다.

몰래 집을 빠져나가던 여러 번의 경험을 통해 감각을 예민하게 키운 산은, 수준 높은 도둑처럼 자신의 집 정원에 살그머니 스며들었다. 이제 별채 정원으로 이어지는 문만 통과하면 오늘 밀행도 성공이다.

그녀가 정자에까지 무사히 이르렀을 때였다. 본채 쪽으로 난 커다란 중문이 끼익 육중한 소리를 냈다. 남장을 하고 얼굴을 가리지 않았으니 부리는 노비에게도 들키면 안 되는 처지. 산은 본능적으로 몸을 숨기기 위해 정자 아래로 굴러 들어갔다.

"세자가 대놓고 말할 정도라면 몸을 좀 사려야겠는걸. 공연히 나한테 불똥 튀겠어."

영인백의 갈라진 목소리를 들은 산은 아버지의 기분이 썩 좋지 않음을 짐작했다. 곧 어떤 남자의 목소리가 정자 밑 잔뜩 움츠린 그녀의 귀에 들어왔다.

"뭔가를 알고 경고한 건 아닐 겁니다. 강양공 사저에 종친이 드나드는 건 세자로서 당연히 경계할 일이지만, 문안 인사라는데 흠이 될 게 무어겠습니까. 무엇보다 우린 아무것도 시작하지 않았는데 의심할 것도 없지요."

산은 취월루의 비밀스런 회합에 참석한 사람들 중에 지금 이 남자와 음색이 같았던 자가 있었는지 신경을 곤두세우고 기억을 더듬었다. 있었던 것 같기도 하고 아닌 것 같기도 하고, 알쏭달쏭 얼른 분간이 되지 않았다. 정원에 들어선 사람은 영인백과 남자 둘뿐이었다. 공교롭게도 그들은 산이 숨어 있는 정자 쪽으로 곧장 걸어와 자리를 잡았다. 두 사람의 대화를 듣기 위해 그녀가 한껏 숨을 죽이자, 영인백이 신경질적으로 말을 꺼냈다.

"도대체 왜 왕전은 아직도 강양공을 찾아가는 거야, 엉? 강양공도 합세한 거야, 나도 모르게?"

"절대 아닙니다. 강양공은 쓸모가 없어요. 잔뜩 겁먹고 움직일 마음이 도통 없으니까요. 평생 세자에게 굽실거리며 살아갈 사람입니다."

"그렇다면 왜? 왕으로 삼아 주겠다는데, 저보다 서열이 위인 왕족을 찾아갈 이유가 뭐냔 말이야, 엉?"

"왕전은 한참 순진하죠. 왕실을 바로 세우겠다는 대의에 충실하고자 했던 거지요. 전하와 왕실에 대한 충의가 지극해서."

"흥, 왕위를 탐내지 않는다고? 그걸 믿으란 말이야, 엉? 대단히 고결한 품성을 갖췄구먼, 왕영의 아들놈은. 그따위로 하려거든 관두라고 해! 난 내 딸을 그런 얼간이에게 줄 생각이 없으니까."

"물론 표면적으로 욕심을 보이지 않는 거죠. 명분을 내세우는 일인데, 왕전 자신도 명분이 서야 되지 않겠습니까. 전하의 장자를 세우고 싶었지만 극구 사양하여 어쩔 수 없이 나서게 되었다고 시늉이라도 해야지 않습니까. 이제 강양공 쪽은 정리하고, 우리는 우리 계획을 천천히 진행시키면 되는 겁니다."

'계획'이라는 말에 산의 귀가 저절로 쫑긋 섰다. 한마디라도 놓치지 않을 심산에 그녀는 두 사람이 앉아 있는 자리 바로 아래로 살금살금 기어갔다. 갑자기 남자의 목소리가 낮아졌기 때문에 그녀는 최대한 집중해야 했다.

"철동에 보낸 사람은 어떤 자입니까?"

"내 집에서 가장 믿을 만한 놈이지. 염려하지 않아도 돼. 이번 타위打圍* 전까지 준비되도록 일러뒀어."

"이 사냥을 공의 땅에서 벌이게 되어 일이 한층 수월해졌습니다."

"내 땅이 아니야. 내 딸의 땅이지."

"그렇습니까?"

---

* 임금이 직접 나가서 하는 사냥.

"전하와 공주, 세자 등이 거둥할 복전장福田莊은 바로 내 딸의 별업別業*이야."

"따님이 이 일에 대해 알아채지는 않겠지요?"

"물론. 내 딸이 아는 바도 없지만 안다고 해서 문제될 게 뭐야, 엉?"

"아는 사람이 적을수록 좋습니다. 다른 것도 아니고 세자를 제거하는 일인데, 비밀이 새어 나갈 구멍을 되도록 줄여야죠."

"뭐야?"

영인백이 갑자기 언성을 높였다.

"이 모든 일이 내 자금으로 이뤄지는 걸 몰라? 감히 내 딸을 뭐로 보는 거야, 엉? 내 딸이 이런 일을 나불대며 다닐 애 같아? 그 앤 집 밖으로 한 발짝도 못 나간다고!"

"쉿, 쉿. 진정하십시오."

"아무것도 모르는 내 딸보다는, 이번 사냥에 데리고 갈 그놈들이나 걱정하라고. 출신도 형편없는 것들은 당최 믿음이 가지 않는단 말이야!"

"제발 언성을 낮추십시오. 그놈들은 누구보다도 믿을 만한 놈들입니다. 그자들이 겪은 일들을 공도 잘 아시지 않습니까. 이 일에 가장 적합한 사람들이죠. 무엇보다도 '그'가 직접 모으고 기른 사람들이니까요. 어떤 상황 속에서도 '그'를 믿고 맡기겠다고, 공께서 말씀하지 않으셨습니까."

---

* 별장.

영인백의 씩씩대던 숨이 수그러들었다. 남자가 꺼낸 '그'라는 사람이 영인백을 진정시킨 듯했다. 한껏 낮아진 소리로, 그러나 여전히 불만을 품은 채 그가 중얼거렸다.

"그래, '그'를 믿지. 믿고말고. '그'가 없었다면 이건 시작도 되지 않았을 계획이니까. 하지만 서른 명이나 되는 놈들을 데리고 가도 들통 나지 않을까?"

"천5백이 넘게 가는 사냥입니다. 사냥꾼과 몰이꾼, 각종 시중을 드는 노비들이 수도 없이 섞여 있습니다. 서른 명쯤 더 붙는다고 눈에 띄지 않습니다."

"세자 쪽 사람들이 서른 정도 될 거라는 건 뭐야?"

"세자가 자신의 사냥꾼들을 직접 골라 간다고 했답니다. 아마 시위하는 군관들을 믿지 못해서인 것 같다고 '그'가 말하더군요. 몇몇을 제외하곤 모두 환관들의 수중에 있으니까요. 그러니 세자 쪽 사람들은 사냥꾼 겸 호위인 거죠."

"그들이 방해가 되지 않겠나?"

"방해는커녕 세자의 죽음을 우리 대신 책임질 사람들이죠. 그쪽도 천출들이 대부분이랍니다. 세자가 저자 등에서 거둬들인 자들이죠. 금과정이라고, 제안공齊安公 왕숙王淑의 명의로 된 집이지만 실제는 세자의 안가에서, 사공 왕영의 아들 왕린이 맡아 훈련시키는 사람들입니다."

"제안공이? 정화궁주의 딸인 정녕원비靜寧院妃와 혼인해 놓고 세자를 돕는단 말이야? 게다가 왕린이면, 전의 친아우가 아닌가."

"그렇습니다."

"정화궁주 쪽 사람이 세자의 측근이라니 어이가 없군. '그'는 뭐라고 하던가?"

"제안공은 왕실과 종친, 누구와도 척을 지지 않으려는 사람입니다. 공주 쪽을 거스르지 않을 인사지만, 전하의 의중을 가장 중요하게 여기기 때문에 걱정하지 않아도 되지요. 왕린은……, 형과 반대라고 보시면 됩니다. 앞으로 귀찮은 존재가 될 듯하니 이번에 세자와 함께 없애는 것이 최상일 거라고 얘기하더군요."

"그렇게 얘기했단 말이지, '그'가?"

"그렇습니다. 이번 사냥에서 모든 책임을 떠맡을 사람은 왕린밖에 없습니다. 왕린 말고는 모두 출신이 한미한 사냥꾼에 불과하니까요."

산은 정자 아래 듬성듬성 난 풀들을 쥐어뜯었다. 린이 아버지의 모의와 관련이 없는 게 확실해지는 순간이었다.

'도대체 타위에서 무얼 할 참인 거야!'

답답해진 그녀는 짜증이 났다. 아버지와 남자의 말을 꿰어 보자면, 사냥에 따라나선 서른 남짓의 비밀 부대가 세자를 제거하고 린에게 덮어씌운다는 것인데 구체적인 내용이 빠져 있었다. 아버지의 입에서 보다 자세한 계획이 폭로되길 바랐지만, 영인백은 대뜸 킬킬댔다.

"아들 셋이 전부 잘났다고 소문이 자자하더니 왕영이 사실은 무던히도 속 썩고 있겠군. 금상이 태손일 적, 정화궁주가 태손비로 들어갈 때 누나를 잘 뒀다고 영을 부러워했었지. 난 시집보낼 누이 하나 없었으니까! 정화궁주가 부주로 강등되고 별궁에 갇힌 뒤론 그 마음이 덜했지만, 아들들이 많은 건 또 부러웠더랬지. 하지만 둘째가 셋째를 죽이려는 걸 보니 이젠 영이 안됐다는 생각이 들어."

"왕전은 이 계획을 모릅니다. 아직 미숙해 마음을 감추는 일에 서투르니 아우를 예사로이 대할 수 없을 거라고 '그'가 말했습니다. 왕린에게 들키면 이번 일은 틀어지는 겁니다."

남자의 설명에 영인백이 '흐음.' 긍정의 콧소리를 냈다. 두 사람의 대화는 거기서 끊어졌다. 두 사람이 정원을 가로질러 빠져나간 후 정자 밑에서 나온 산은 옷 여기저기에 묻은 흙을 털어 냈다. 그녀는 고민에 빠졌다. 원과 린을 구하고 싶었지만 아버지를 반역자로 고발할 수는 없었다. 산은 조금씩 아파 오는 머리를 손가락 끝으로 콕콕 두들겨 찍었다.

산이 방에 들어서자, 초조히 앉아 있던 비연이 반가움과 원망을 버무려 주인을 맞이했다.

"아가씨, 어딜 다녀오시는 거예요?"

"미안, 조금 늦었지? 광명사엔 잘 다녀왔어? 우물에서 소원은 빌었니?"

산은 부러 활짝 웃으며 겁에 질린 시비의 손을 잡았다. 마음속 감춘 근심을 접어 두기 위해, 그녀는 쉴 새 없이 재잘대기 시작했다.

"유모한테 들키진 않았어? 시킨 대로 한마디도 안 했지? 유모가 겉으로는 둔해 보여도 눈치가 여간 빠른 게 아니거든. 기침 소리 한 번에 나랑 널 구별할지도 몰라. 내가 널 절에 대신 보낸 걸 알면 잔뜩 성이 나서 졸졸 쫓아다니며 '누구 말라 죽는 꼴 보고 싶으세요?' 떠들어 댈 테지. 말라 죽기엔 살이 너무 많지만! 그런데 너, 왜 이렇게 손바닥에 땀이 흥건해? 어디 아프니?"

"아가씨, 저……."

"말라 죽기 일보 직전이거든요, 살이 많긴 하지만!"

안타까이 눈짓을 보내는 비연이 말을 제대로 꺼내기 전에, 대뜸 병풍 뒤에서 튀어나온 육중한 유모가 양손을 허리춤에 얹고 작은 대추씨 눈을 부라렸다. 아차 하는 표정으로 산이 입을 다물었다. 장수처럼 산에게 척척 다가가 그녀의 복장을 한눈에 훑어본 유모의 얼굴에 의심이 가득 묻어났다.

"저를 감쪽같이 속여 비연이랑 광명사로 보내 놓고 아가씨는 어디서 무얼 하셨답니까? 변복은 또 왜 하고요? 거기다 이 흙이며! 싸움질이라도 하고 오셨어요?"

"무슨 소리야. 구형이랑 수련하다가 먼지 좀 묻은 거야."

산이 유모의 따가운 눈초리를 피해 볼멘소리로 변명하자 유모의 콧구멍에서 세찬 바람이 뿜어져 나왔다.

"흥, 구형이랑 수련을 해요? 구형이는 별채에서 할 일을 못 찾아 서성대다가 주인어른께서 불러 철동으로 심부름 갔다던데, 아가씨도 거기서 오는 길이오? 그럼 같이 오지 왜 구형이는 또 떨어뜨려 놓고 왔답니까?"

"심부름? 구형이가?"

"아니, 수련을 같이 한 녀석이 어디에 있는 줄도 모른답니까?"

눈을 반짝 뜬 산을 보고 그럼 그렇지, 유모가 가소롭다는 듯 피식 다시 콧바람을 뿜었다. 그러나 산은 유모의 비웃음을 받아 주지 않았다. 아버지의 대화 상대였던 남자가 언급했던 '철동에 보낸 사람'이란 말이 머릿속을 번개처럼 스쳤던 것이다. 그에 대한 아버지의 대답은 '내 집에서 가장 믿을 만한 놈'이었다. 아버지가 구형이를 시켜 모종의 준비를 하고 있는 게 분명했다. 산이 생각에 잠겨 말이 없자 유모는 그녀가 핑계를 대다가 꼼짝없이 막혀 당황해하는 줄 짐작하고 푸념을 늘어놓았다.

"아이고, 내가 정말 제 명을 못 살아요. 내 손으로 몇 년을 금이야 옥이야 키워 드렸는데 말 한마디 없이 방을 빠져나가기 일쑤요, 사내 차림에 흙투성이에 무슨 일이 있었는지 알 길도 없고, 행여나 잘못되면 몽땅 내 책임인데 나 몰라라 하시니, 내가 아무리 가진 살이 많다고 한들 남아날까. 말라 죽을 날이 멀지 않았으니, 죽어서 마님 보면 뭐라고 말씀을 올리겠소. 저세상 가서도 아가씨 한 명 제대로 못 모셨다고 타박당하지 않겠소. 도대체 그 무슨 중대한 사정이 있어 이 유모를 속이며 집 밖에 나갔는지, 한마디만 하면 언제나 아가씨 편인 유모가 알아서 도와주지 않겠소."

"정말 사실대로 말하면 내보내 주겠어?"

산이 다정스레 두툼한 손을 잡자 유모가 냉큼 맞잡았다. 왠지 모를 기대감에 유모의 눈이 빛났다.

"이유가 타당하면 왜 안 내보내 주겠어요. 그래, 어디에 갔 었어요?"

"만수산萬壽山에."

엥? 유모가 눈썹을 꿈틀했다. 산의 낯빛이 짐짓 진지하고 서 글펐다.

"만수산, 어머니 무덤에."

"거기엔 혼자서 왜요? 광명사에서 어머님을 위해 불공드리 는데 거길 빠지고 왜⋯⋯."

"이제 얼마 안 있으면 금혼이 풀리고 혼인을 하게 돼. 사실 아 무 생각이 없었는데, 지난번 아버지께서 혼인 얘기를 넌지시 꺼 내셔서 문득 어머니 생각이 간절히 났어. 몸을 던져 지켜 주신 딸이 혼기가 차도록 자랐는데 정작 보시질 못하니 안타깝고 죄 송하고 해서⋯⋯, 절이 아니라 묘소에 직접 가서 뵙고 싶었어."

"그럼 말씀을 하시지 않고! 같이 가면 되잖아요."

침울한 산을 바라보는 유모의 눈에 눈물이 괴었다.

"행렬을 끌고 가면 시간만 많이 들고 번거롭잖아. 아버지께 서 아시면 울적하실 거고. 그냥 혼자서 쌩하니 다녀오는 게 마 음 편해서 그랬어. 혼자서 어머니께 이런저런 말씀도 드리고 싶고 그래서."

"에구에구."

정이 많고 사소한 일에도 울컥하는 유모가 감정이 북받쳐 산을 껴안고 눈물을 흘렸다. 어릴 때부터 키웠던 아가씨가 혼 사 문제가 오갈 만큼 성장한 데 감격한 그녀는, 죽은 어머니를 그리워하는 소녀의 마음이 애잔해 연방 콧물을 훌쩍였다.

"그래도 혼자서는 위험하지요. 암만 아가씨가 말도 잘 타고 무예도 좀 익혔다 해도, 세상이 무섭답니다. 정 조용히 몰래 가고 싶으시거들랑 구형이라도 데리고 가셔야 해요."

"응, 그렇게 할게. 걱정을 끼쳐서 미안해, 유모."

산이 선선히 고개를 끄덕였다. 다음번엔 꼭 미리 말하고 가도록 수차례의 당부를 거듭한 끝에 콧물을 들이켜며 유모가 방에서 나가자, 산은 죽은 듯 자리를 지키고 있던 비연을 돌아보았다. 유모 못지않게 정이 많고 마음이 약한 비연의 눈가와 코끝이 발갛게 달아 있었다.

"내일은 내가 조금 아플 거야."

"네?"

산의 말이 너무 뜻밖이라, 비연은 입을 벌린 채 다물 줄을 몰랐다. 아가씨의 표정이 어느새 환하게 펴져 있었다.

"내일 유모가 아침상을 물릴 때 내가 얘기할 거야. 말을 몰고 만수산에 다녀와 너무 피곤하니 종일 누워서 쉬겠다고. 아무도 들어오지 않도록 단단히 일러둘 테니까, 비연이 넌 내가 계속 방에 있는 것처럼 행세해."

"유모가 문밖에서 지키고 있을 거예요. 몰래 나갈 수는 없다고요."

"옆방 창을 통해서 나갈 거야. 이불 속에 베개를 넣어서 내가 이불을 뒤집어쓰고 누워 있는 것처럼 꾸며. 함부로 이불을 들추진 못할 거니까 걱정 말고."

"하지만……."

불안해진 비연이 울상이 되었다. 산은 시비의 목을 다정하게 끌어안으며 귀에 대고 상냥하게 속삭였다.

"미안. 굉장히 중요한 일이라서 그래. 도와줘, 응?"

"……네."

명령도 아닌 부탁을 거절할 수 없어 비연이 맥 풀린 목소리로 대답했다. 애초부터 자신이 산의 말을 거역할 수 없으리란 것을 그녀는 잘 알고 있었다. 시비의 입에서 듣고 싶은 대답을 얻어 낸 산이 더러워진 옷을 훌훌 벗어 내렸다. 하인들처럼 콧노래를 흥얼거리는 아가씨의 몸을 닦아 주면서, 비연은 주인이 귀여워 몰래 배시시 웃었다. 그녀가 비록 간을 졸이나마 심심치 않은 하루를 보낼 수 있는 것은 모두 선머슴 같은 말괄량이 주인 덕분이었다.

'아가씨가 바라시는 일이면 뭐든지 할 거예요.'

하늘하늘 자리옷을 입은 산이 그녀를 향해 밝게 웃자 비연은 속으로 다짐했다.

취월루. 어둑한 방을 밝히는 것은 커다란 붉은 초 하나였다. 텅 빈 것이나 다름없는 방에는, 초를 제외하곤 비단 금침 한 벌과 그 위에 비스듬히 누워 한 손으로 머리를 받치고 있는 남자 한 명이 전부였다. 톡, 톡, 톡. 남자가 비어 있는 손으로 바닥을 가만히 두들겼다. 눈을 감고 있는 것이 골똘히 생각에 잠긴 듯했다. 방문이 스르르 미끄러지듯 열리자 남자의 손가락이 움직임을 거뒀다.

사각대는 비단 소리가 문지방을 넘으면서 방 안 가득 달착지근하고 몽환적인 향이 퍼졌다. 여인이 조심스런 걸음으로 사뿐히 들어왔다. 얇은 비단으로 감싸 들쑥날쑥 굴곡이 심한 몸매가 고스란히 드러난 여자는, 누워 있는 사내의 발치에 작은 단지를 내려놓고 소매에서 손가락 한 마디만 한 약병을 꺼내 단지 속 찰랑이는 기름에 몰약을 두세 방울 떨어뜨렸다.

여인이 다짜고짜 사내의 옷깃을 풀어헤쳤다. 익숙한 일인 듯, 사내 역시 말없이 여자에게 몸을 맡기고 여전히 눈을 감은 채 이불 위에 엎드려 벌거벗은 등을 위로 향했다. 향유를 두 손에 적셔 여인이 천천히 사내의 목과 어깨를 주무르며 문질러 내렸다. 부드럽게 근육을 쥐었다 놓았다 반복하는 여인의 손가락 아래, 사내가 간간이 만족스런 신음을 흘렸다. 한참 동안 등 전체를 고루 문지르던 여인이 소매를 동동 걷어붙여 희게 드러난 팔로 사내의 목을 휘감더니 토실하게 부푼 붉은 입술을 사내의 귀에 갖다 댔다.

"정랑正郎* 나리가 영인백의 집에서 돌아왔습니다."

"방영邦英이 돌아왔어? 할 말은?"

"공자 왕전이 강양공의 집에서 세자를 만난 일을 두고 화를

---

* 육조의 정오품 벼슬.

냈다고 합니다."

"왕전이 좀 쓸데없이 나대기는 했지. 그래서?"

"강양공에게 신경 쓰는 얼간이한테 딸을 주기 싫다고 했답니다."

사내가 코웃음을 쳤다.

"얼간이가 얼간이를 알아보다니, 나잇값을 하는군. 하지만 얼간이를 내세워야 제대로 일이 된다는 걸 모르니, 역시 얼간이에 지나지 않아. 다른 말은?"

"사냥에 따라갈 부대를 불안히 여겼답니다. 이번 사냥이 딸의 영지에서 거행되는 것이라 특히 조심스러운 듯하다고 정랑 나리가 그러더군요. 그리고……."

"그리고?"

"……정랑 나리도 솔직히 불안해하고 있습니다."

"방영이 그리 말하더냐?"

"말은 하지 않았지만 그렇게 보였습니다. 그 부대를 믿지 못하는 것 같습니다. 아무래도 부랑자들이나 다름없다 보니."

사내가 갑자기 돌아누워 여인을 품에 안고 빙긋 웃으며 물었다.

"네 생각은 어떤가? 그놈들이 믿을 만하냐, 그렇지 못하냐?"

"저는 그자들은 모릅니다. 하지만 나리가 믿는다면 믿습니다."

"난 아무도 믿지 않아."

잘라 말하는 사내를 게슴츠레 바라보는 여인의 눈에 애처로운 빛이 스쳤다. 사내가 또 빙그레 웃었다.

"너를 빼곤 말이지, 옥부용."

사르르 꿈결인 듯 눈을 내리깔며 옥부용이 사내의 얼굴선을 손끝으로 부드럽게 더듬었다. 강한 인상을 풍기는 사내의 각진 턱이 무성히 돋아난 가느다란 수염에 가려져 있었다. 여자는 그 수염을 한 올도 놓치지 않으려는 듯 세심하게 어루만졌다. 수염에 반쯤 덮인 입술을 윤기 흐르는 투명한 여자의 손톱이 톡 건드렸다. 입술의 곡선을 따라가는 손톱을 내버려둔 채 사내가 중얼거렸다.

"하지만 그놈들은 나를 믿지. 얼간이 영인백과 왕전도, 내종형인 방영도 모두."

"저를 포함해서요."

옥부용이 천천히 얼굴을 내려 사내의 입술에 느릿하니 입을 맞췄다. 그를 유혹하듯 정성을 기울여. 그러나 그녀의 노력에도 사내가 무덤덤해 보이자 그녀는 그의 품으로 깊이 파고들며 교태를 부렸다. 그러는 중에도 그녀의 입은 줄곧 쉬지 않았다.

"모두들 나리를 믿을 수밖에요. 이번 사냥에서 왕과 세자가 내기를 하도록 꾸민 것부터, 모든 일이 나리의 머리에서 나왔으니까요. 왕의 사냥꾼이 서른, 세자의 사냥꾼이 서른. 하루 동안 사냥하여 엽교獵較*할 적 왕의 붉은 화살과 세자의 푸른 화살이 꽂힌 짐승의 수를 헤아리는 내기……. 하지만 엽교는 이루어지지도 않는다. 천5백이 넘는 무리 중에 섞여 있는 그자들

---

* 사냥한 짐승의 많고 적음을 견주는 것.

이 혼란한 틈을 타 푸른 화살로 왕을 쏘면 왕을 보호한다는 명분 아래 모두 세자의 사냥꾼들을 공격할 테니까. 그 틈에 그자들이 세자를 죽인다."

"주의할 점은 왕은 다치지 않고 세자만 죽는 것이지. 세자의 죽음은 순전히 아수라장 같은 사냥터에서 생긴 불행한 사고야."

"왕을 암살하려는 세자의 음모가 실패한 거고요. 하지만 만의 하나, 세자가 죽지 않는다면 왕에게 화살을 쏜 자들을 색출하지 않겠습니까?"

"그자들은 세자의 사냥꾼들을 죽인 뒤 모두 죽을 것이다. 세자가 살아남아 결백을 주장한다고 해도, 반대파를 제거하기 위해 세자가 모든 걸 꾸며 냈다고 왕에게 귀띔하면 돼. 환관들이 왕을 충분히 구워삶을 수 있지. 타위 때 세자 편이라곤 없어. 천5백 대 서른 명의 대결이지. 설사 세자가 죽지 않더라도, 왕과 세자 사이를 더욱 멀어지게 할 수 있어. 이 일이 전체 계획의 끝이 아니라 그저 일부분에 불과하다는 걸 명심하라고. 참, 화살을 빼내 각명刻銘*을 복제하는 일은 어떻게 되었나?"

"구형이가 맡아 철동으로 갔다더군요."

어느새 여자의 몸짓에 이끌려 그녀를 어루만지던 사내의 손이 멈칫하였다.

"영인백이 구형이를 보냈다고? 뭔가 알고 있는 건 아니겠지?"

"천혀요. 집안에서 가장 믿을 만한 사람이라고 영인백이 말

---

* 화살에 새기는 이름.

했답니다."

"풋, 영인백이 믿을 사람은 결국 내 사람이로군. 집안에서도 말이지."

킬킬대던 사내가 기분이 좋은 듯 여자를 끌어안으며 말하자 기다렸다는 듯 그녀가 그의 옷을 벗기려 들었다. 조급한 그녀의 손을 남자가 꽉 쥐어틀어 막았다.

"광명사에서 만난 영인백의 딸에 대해 먼저 말해."

열기를 띠고 발갛게 달아오른 옥부용의 얼굴이 일그러졌다.

"……구형이 말대로, 가짜입니다."

"그래서? 그 가짜를 손안에 넣고 주무를 수 있겠나?"

꿈틀거리는 그녀의 손을 더욱 세게 붙들고 사내가 물었다. 한숨 비슷한 가느다란 신음이 옥부용의 도톰한 입술에서 새어 나왔다.

"물론이에요. 구형이가 말한 것보다 훨씬 어수룩하고 순진합니다. 제게 맡겨 두세요."

"좋아."

사내가 빙그레 웃었다. 그는 몸을 돌려 여자를 바닥에 눕히고 그녀가 꼼짝하지 못하도록 무겁게 내리눌렀다. 그를 하염없이 바라보는 옥부용의 눈동자에 들뜬 열기가 간절하니 고였다. 남자라면 흔들리지 않을 수 없을 법한 요염한 눈빛에도, 남자의 목소리는 지극히 건조했다.

"부용, 내가 너를 왜 태산泰山에서 데리고 왔다고 생각하느냐?"

"제가 쓸 만하다고 생각하셨기 때문이겠지요."

"어떤 점이 쓸 만한데?"

"모릅니다. 그저 나리가 판단하실 일이지요."

"너는 최고의 몸뚱이와 기교를 가진 나의 무기다. 누구를 공격할 무기인지 아느냐?"

"누구……, 공자 왕전입니까?"

"그 멍청이는 신경 쓰지 않아도 돼. 제가 하는 일이 정말 고려를 원나라에서 구하는 줄 아는 순진한 어린애니까. 네 힘을 빌리지 않아도 내가 왼편으로 가라 하면 왼편으로 가고 오른편으로 가라 하면 오른편으로 갈 허깨비지."

"그럼 영인백입니까?"

"그 욕심꾸러기 돼지에겐 너무 과분한 진주지. 알아서 내게 다 바치고 죽어 자빠질 놈에게 왜 미인계를 쓰겠느냐."

"그럼 누구……?"

사내의 목을 끌어안으려는 듯 살며시 올라가는 옥부용의 팔을 그가 잡아채 그대로 바닥에 꽉 붙였다. 그를 향한 모든 몸짓이 철저하게 가로막힌 그녀의 눈빛에 안타까움이 더해 갔다. 그녀는 마치 고문을 받는 사람처럼 괴로워 보였다. 사내가 낮게 속삭였다.

"부용, 내가 누구냐?"

"지도첨의사知都僉議事* 나리의 장남……. 응교應教** 송인宋璘 나

---

* 도첨의부에 속한 종이품 벼슬.

** 문한서에 속한 정오품 벼슬.

리십니다."

"그래, 너는 나를 누구라고 생각하느냐?"

"무능한 왕을 대신해 고려의 최고 권력자가 되실 분입니다……."

"듣기에 괜찮은 말이야. 그리 되려고 왕의 눈엣가시인 세자를 없애 주려는 것이다. 그다음엔 무얼 해야 할지 아느냐?"

옥부용은 대답하지 못했다. 무표정한 얼굴의 사내와 달리 그녀는 이렇듯 심상하니 이야기를 주고받는 것에 열중할 수 없었던 것이다. 그의 시선을 붙들고자 애쓰는 그녀의 눈이 무엇인가를 원한다고 더없이 절실하게 호소하고 있었다. 그러나 송인은 무심하게도 자신의 얘기를 이어 갔다.

"왕전을 세우기 전에 내 자리를 탄탄히 닦아 놓는 것이다. 왕도, 왕을 좌지우지하는 환관들도 모두 내 손아귀에 넣는 것이지. 그러면 왕이 죽고 왕전이 뒤를 이어도 여전히 고려는 나의 것이니까. 그래서 네가 필요한 것이다, 부용. 너는 왕을 묶는 실이 되는 거야. 그 실을 잡아당겨 조종하는 사람은 바로 나, 송인이지. 내 말을 알아듣겠느냐?"

"아……."

갑자기 송인이 그녀를 놓고 몸을 일으켜 세우자 옥부용이 안타까운 탄식을 흘렸다. 마치 그에게 버림받았다는 듯이. 그가 너무 세게 짓눌러 아픈 어깨와 팔을, 그 고통마저도 아쉬운 것처럼 그녀가 손끝으로 쓰다듬었다.

"부용."

송인이 제법 다정하게 여인을 불렀다.

"너는 왕을 공격할 내 최고의 무기다. 네 몸뚱이면 주색에 빠진 왕을 손쉽게 잡을 수 있다. 하지만 왕은 힘이 넘치는 젊은 사내가 아니란다. 쉰이 넘은 노인이 네 싱싱한 몸뚱이를 만족시켜 주겠느냐? 어림도 없지. 왕에게서 네가 즐거움을 얻는 게 아니라 네가 왕을 즐겁게 해 줘야 한단다. 그러려면 부단히 단련하고 연마해야지. 지금은 단련 중이란다. 내게 보여 줄 수 있겠지?"

말 잘 듣는 아이처럼 고개를 끄덕이는 그녀를 보고 송인이 조용히 웃으며 비단 이불 위에 누웠다. 온몸에 힘을 빼고 눈을 감은 그 모습을 보면 조금 전의 억센 완력이 그의 것이었다고 믿기 힘들 정도로 얌전하고 무기력하게 느껴진다. 그런 그를 내려다보며 옥부용은 허리띠를 풀었다. 그에게 다가가 몸을 숙이는 그녀를 비추던 붉은 초가 문틈으로 스며든 미풍에 파르르 떨리며 작아졌다. 차마 방을 환히 밝히기 민망하다는 듯이.

3

사냥

"아얏!"

허망하게 튕겨 나간 수련용 목검이 원의 발치에 툭 떨어졌다. 손목을 부여잡고 이맛살을 세게 찌푸린 산과 무덤덤하니 떨어진 목검을 주우러 다가오는 린을 번갈아 보며, 세자가 손을 번쩍 치켜들었다.

"세 번째! 린의 완승이다."

쉽게 승복할 수 없는 듯, 산이 저릿한 손목을 탈탈 털어 내고 린을 쫓아가 그의 소매를 붙잡고 늘어졌다.

"아직, 아직이야. 한 번만 더."

"넌 이미 세 번 죽었다."

그녀의 애원에도 린은 눈길 한 번 주지 않고 목검을 거둬들였다. 결국 산이 도움을 청하는 눈짓을 원에게 보냈다. 하지만 세자는 어깨를 으쓱할 뿐이다.

"어쩔 수 없다, 산. 넌 린의 상대가 전혀 못 돼."

"하지만······."

"오늘은 이걸로 만족해라."

원이 그녀에게 손을 내밀었다. 그의 손바닥 위엔 여섯 치가량 되는 장도가 놓여 있었다. 산호와 밀화로 자루와 칼집을 장식한 장도는 비단 끈으로 복잡한 매듭을 매어 술을 늘어뜨린 것이 퍽 귀한 물건으로 보였다. 산은 불만스런 표정으로 세자의 뒤편, 마루 위에 놓인 금과 상아로 칼머리를 장식한 환도를 흘낏 보았다. 그녀의 검술이 괜찮은 경지에 이르렀다면 받을 수 있었던 호화로운 원의 선물이었다. 린과 맞상대하여 한 번이라도 꺾는다면 제대로 된 도검을 선사하겠다는 원의 꾐에, 덥석 도전했다가 세 번 내리 지고 만 그녀는 못내 아쉬워 보였다. 떨떠름한 얼굴로 장도를 받아 드는 그녀를 두고 원이 이해할 수 없다는 듯 고개를 갸울였다.

"열 폭 비단 치마를 입고 칼을 차고 다닐 순 없는 노릇 아니냐. 늘 패용할 수 있는 장도가 훨씬 낫지 않니? 게다가 이건 길이도 여느 장도보다 긴, 궁에 납품하는 장도장이 만든 특제품이란 말이다."

"하지만 이걸로 사냥을 제대로 할 수 있겠어?"

"사냥?"

무슨 소리냐는 듯 세자의 눈썹이 치켜 올라갔다. 기다렸다는 듯 산이 말을 이었다.

"이번 타위가 열리는 곳이 내 영지인 거 알고 있어? 원, 네가 머물 곳도 내 별업인 복전장이라고."

"그래서 너도 사냥에 끼겠다는 거냐? 지금처럼 또 남장을 하고?"

"사냥에 참여하는 인원이 천 명도 훨씬 넘는다던데 내가 슬쩍 끼어도 아무도 모를걸. 내가 널 도와줄게."

"으흠."

원이 한쪽 입가를 실룩이는 특유의 웃음을 머금었다. 동무의 의욕에 찬 호의가 마음에 든 모양이다. 그러나 그는 고개를 가로저었다.

"사냥에 끼든 안 끼든 그건 네 마음이지. 하지만 날 도울 순 없을걸. 네 마음은 고맙지만, 난 이번 사냥에서 전하와 내기를 하기로 되어 있어 인원에 제한을 뒀다. 전하 쪽 사냥꾼이 서른, 내 쪽 사냥꾼이 린을 포함해 서른. 게다가 활만 쓰는데, 네 활 솜씨는 아기 걸음마 수준도 안 되잖아."

"활을 쓴다고?"

산이 커다란 눈을 굴리며 신중하게 물었다. 그녀의 말투가 미세하게 변한 것을 감지하고, 두 사람에게서 조금 떨어져 섰던 린이 미심쩍은 눈을 들었다. 원이 친절하게 설명을 덧붙였다.

"그래. 성상 쪽은 전하의 각명이 새겨진 붉은 화살만, 이쪽은 내 각명이 새겨진 푸른 화살만 사용해서 엽교 때 잡은 짐승의 수를 헤아려 겨루는 거란다. 이번 사냥을 위해서 따로 만들었다 하니, 네게 나눠 줄 살은 안타깝게도 없을 거야."

"각명이 새겨진……. 그래……."

산이 아주 작은 소리로 되새김하는 걸, 린은 목검들을 정리하는 체하며 주의 깊게 들었다. 딴생각에 젖어 든 산과 그녀를 은밀히 관찰하는 린의 사이에서, 원이 별다른 눈치를 채지 못하고 계속 말했다.

"네가 사냥을 얼마나 해 봤는지 모르겠지만, 그건 사람과 개와 짐승이 흙먼지 속에 뒤섞여 함께 구르는 혐오스런 살생일 뿐이다. 그 핏빛 아비규환에 섞이려 애쓸 것 없어."

"너와 린이 데리고 가는 사람들은 중문 밖 구정에서 지금 훈련하는 저 사람들이야?"

세자의 위로를 한 귀로 흘리며 산이 물었다. 그녀의 호기심 어린 질문을 세자는 귀찮아하지 않았다.

"그래. 실력들은 쓸 만하지만 출신이 미천해 빛을 보지 못하던 이들이지."

"전하의 사냥꾼들은 어떤 사람들인지 알아?"

"글쎄, 관심 없는걸. 이정李貞이나 원경元卿, 박의朴義같은 성상의 늙은 사냥개들이 달고 다니는 졸개들이겠지."

"그래……. 전하와의 사냥 내기 중에, 예순 명 사냥꾼 말고 다른 사람들도 모두 어울려 사냥하는 거지? 화살만 각자의 것을 쓰고?"

"그래. 대규모로 덤벼들어 아주 혼란스러울 거다. 네가 거기 끼지 않았으면 해."

산이 유순히 고개를 끄덕였다. 사냥에 참여할 의사를 거둔 것이라고 원은 생각했지만, 실상 그녀는 아버지의 계획이 어떤 것인지 짐작할 수 있을 것 같아 자신도 모르게 고개를 끄덕인 것이었다. 어쨌든 세자의 눈에는, 좀처럼 고집을 꺾을 줄 모르는 산이 말 잘 듣는 아이로 수그러든 것이 귀엽게 보였다. 제대로 된 패검이 아니라며 툴툴대던 장도를 품에 곱게 넣고 장포를 추스르는 모습도 기꺼웠다.

원은, 그녀의 이름에 착안해 산호로 장식한 칼을 선물하길 잘했다고 속으로 자찬했다. 장검이라면 그녀를 더욱 기쁘게 했겠지만, 평소에 차고 다니지도 못할 환도보다는 가슴에 늘 넣고 다닐 작은 칼이 훨씬 선물답다고 생각했다. 이제 그 작은 칼집에는 분명 그녀의 향기가 밸 것이다. 아마 비녀나 향낭을 준다면 결코 장도만 한 대접을 받지 못하리라 원은 확신했다.

"종실의 귀인들이 몸 쓰는 일을 좋아하다니, 너희 둘은 참 별난 녀석들이다. 사예나 기마술이면 모를까, 검술에 수박까지 배우다니. 너희랑 있으면 감정이 메마르겠다. 린, 내 금을 내오너라."

원이 마루에 걸터앉으며 말하자 린이 방 안에서 거문고를 들고 나왔다. 서화와 탄금에 뛰어난 재능이 있는 세자가 한 곡 멋스럽게 연주하고는, 뜰 가운데 멍하니 서 있던 산을 내려다보았다.

"귀부인들은 집에서 일꾼들을 다스리고 피륙을 생산하며 아이를 기르는 일에 매진하면 되지만, 무릇 사내라면 풍류를 모르면 안 된다. 산, 너는 부인의 일을 모르고 사내처럼 행동하지만 오직 몸을 쓰는 기술만 즐기고 익히니, 제대로 된 숙녀도, 제대로 된 선비도 아니지 않니. 린에게 검과 활을 배우려는 열의의 백 분의 일이라도 음률과 시에 할애함이 어떠냐?"

산은 세자의 입가에 옅게 스치는 비웃음을 놓치지 않았다. 생긋 웃어 보인 그녀는 방 안에 들어가더니 이내 가느다란 필률觱篥*을 들고 나왔다.

"위아일휘수 여청만학송爲我一揮手 如聽萬壑松**이니, 답례를 하지 않을 수 없구나. 비록 너만 한 재주는 없지만 말이다, 원."

피리 부리 끝, 겹으로 된 서에 그녀가 살포시 입술을 대었다. 진동하는 서가 내는 음이 공기를 타고 퍼져 가 뒤채의 작은 뜰을 메웠다. 밝은 낮에 듣기에 음색이 어두워 어딘가 조화롭지 못했으나, 가슴을 저릿하게 하는 애잔함이 그녀가 결코 서툰 연주자가 아님을 증명했다. 피리를 부는 산을 물끄러미 바라보던 원이, 그녀의 연주에 맞춰 무릎에 놓은 금에 술대를 가져갔다.

중문 밖에는 수십 명의 사내들이 곧 다가오는 사냥에 대비하여 열심히 훈련 중이었다. 어지러운 말발굽 소리, 헐떡거리는 장정들의 숨소리에 곁들여 화창한 봄볕 아래 뚝뚝 듣는 땀방울 소리까지 들려오는 것 같았다. 구정의 소란한 훈련에 상반되게, 뒤뜰의 거문고와 피리 합주가 몹시 평화로웠다. 린은

---

* 피리.

** 이백의 시 가운데 한 구절. 나를 위해 타 준 곡이 소나무 무성한 골짜기의 바람 같다는 뜻.

기둥에 기대어 연주에 몰두한 두 사람을 묵묵히 지켜보았다.

개경 시전의 중심지 십자가에서 도성의 동남쪽 장패문長霸門 쪽으로 죽 가다 보면 성벽 못미처 남쪽에 자리한 마을, 철동. 각종 농기구며 부엌살림, 생활 물품에서 무기들까지 쇠붙이가 들어가는 온갖 물건들을 만드는 철장들이 모여 사는 마을이다. 쇠붙이를 다룬다고 대장간만 늘어서 있는 것은 물론 아니고 조촐한 주막이며 다점이며 여각도 있다. 주막에서 낮술을 마시는 몇 안 되는 사내들 중엔 대장장이만 있는 것이 또 물론 아니고 주먹이 근질근질한 놈팡이도 있다. 동네 사람이 보기엔 백수건달에 불한당인 자칭 '철동 불주먹' 개원이도 그런 놈이고, 개원이를 졸졸 따라다니는 말더듬이 염복이도 그런 놈이다. 둘은 조금 전 낙타교 아래서 지나가는 사람을 윽박질러 얻어 낸 동전을 주모에게 던지며 '밑술 한 병!'을 외친 참이다.

"혀, 혀, 형님, 아, 아, 아락주*가 그렇게 마, 마, 맛좋다고 하, 하, 하던데."

"자식아, 아락주가 아무나 먹는 술인 줄 아냐? 그러려면 아까 낙타교에서 두 놈은 더 털었어야지."

"하, 하, 그, 그렇구나. 비, 비, 비싸구나, 아, 아, 아락주가."

---

* 소주.

염복이가 아쉬운지 혓바닥으로 아랫입술을 쓸며 입을 다셨다. 몽골에서 들여온 아락주는 당대 최고의 인기를 구가하는 술이었다. 왜국 정벌의 병참기지였던 안동에서 몽골군을 위해 제조된 아락주의 기막힌 맛은 산천의 경계와 계급의 높낮이를 가리지 않고 고려 전역으로 퍼져 나갔다. 그렇게 아락주는 만인의 술이 되었으나 가격이 만만찮은 게 좀 흠이었다. 염복이는 아직 맛조차 본 적이 없었고, 개원이도 고작 한두 번 마셔 본 게 전부였다. 개원이의 입 안엔 혀끝이 기억하는 미각에 침이 고였다. 쳇, 개원이가 콧구멍을 벌름거리며 커다란 주먹을 상 위에 신경질적으로 탕 올렸다.

"야장만 뺏기지 않았어도 그깟 아락주가 문제냐. 대낮에 주막에서 꽃구경이나 할 개원이가 아니지!"

"미, 미, 미안, 혀, 형님. 우, 울 어머니만 아, 아, 아니어도."

염복이가 고개를 떨어뜨렸다. 불퉁하니 두툼한 입술을 한껏 내놓았던 개원이가 언짢은 눈으로 그를 보곤 솥뚜껑 같은 손으로 염복이의 부스스한 머리를 사정없이 헝클어뜨렸다.

"인마, 그게 왜 네 어머니 탓이냐. 약값 좀 빌려 쓴다고 야장을 통째로 빼앗는 놈들 탓이지. 중놈들이 더해요, 그냥. 풍 맞은 노인네 요강까지 빼앗아 갈 놈들이라니깐."

"다, 다 내, 내, 내 잘못이야. 마, 만날 혀, 혀, 형님을 끄, 끌어다 들이고. 아, 아, 아까도."

염복이가 끝내 소매로 코를 닦아 내며 훌쩍거리자 개원이가 짜증이 치밀어 그의 뒤통수를 철썩 세게 갈겼다.

"그래, 이 자식아. 뒤에서 얌전히 있지, 왜 나서서 응방이 어쩌고 나불거려, 들통 나게! 저번에도 그래서 어린애한테 터졌구먼. 넌 왜 도대체가 교훈이란 걸 얻을 줄 모르냐. 너만 가만히 있었어도 오늘 아락주를 마셨을지 알아? 어이, 아락주 뽑아 오라는 것도 아니고 모주 한 병 갖고 오라는데 왜 이리 꾸물거려?"

염복이의 머리통을 두어 번 더 갈긴 후 술을 기다리던 개원이가 더 이상 못 참고 소리 지를 때, 그들의 상 앞에 술병을 하나 놓으며 마주 앉는 사람이 있었다. 별안간 등장한 사람을 보고 개원이가 누런 흰자위를 번득였다. 어디선가 낯이 익은 소년이다 싶었다. 희고 갸름한 얼굴에 새까만 눈동자가 별처럼 반짝이는 소년의 건방진 낯짝은 지난번 어린애에게 얻어터진 쓸쓸한 기억을 되살려 주었다.

"너!"

개원이의 콧구멍이 한껏 커지더니 쇠꼬챙이처럼 굵은 손가락이 소년의 눈을 찌를 듯 허공을 갈랐다.

"아락주다."

소년의 얼굴 중앙을 가리키는 손가락이 딱 멈췄다. 누런 흰자위에 핏발이 서도록 눈을 부릅뜬 개원이나, 멍청하니 입을 헤벌린 염복이나 소년의 얼굴에서 술병으로 시선을 옮겼다가 다시 소년에게로 눈을 돌렸다. 뭘 의심하냐는 듯 소년, 아니, 남장을 한 산이 찡긋 눈짓을 했다.

"다시 만난 기념이다. 철동 불주먹이라고 했던가?"

정말 아락주인가 싶어 병 아가리에 콧구멍을 대고 벌름거리는 염복이를 개원이가 툭 쳐냈다. 병을 들고 킁킁 주향을 확인한 개원이는 흥, 콧방귀를 한 번 날리더니 병을 상 위에 탁 내려놓았다. 술에 미련이 없다는 시위였다.

"다시 만나면 좋은 일 없을 줄 뻔히 알 텐데? 부러 나를 찾아온 것 같은데 무슨 일이지?"

"눈치 하나 빨라서 좋구나."

빙그레 웃어 보인 산이 두루마기 안쪽 주머니에서 쇄은碎銀*을 몇 개 꺼내어 개원이 쪽으로 살며시 밀었다. 헉! 은을 보고 눈이 뒤집힌 염복이가 더듬는 말조차 제대로 못 꺼내고 와락 움켜쥐려고 하자 개원이가 또 그를 툭 쳐냈다.

"무슨 일이냐고 물었소."

투박하긴 해도 어느새 약간 공손해진 그의 어조에 산이 또 조용히 웃었다.

"요 며칠 사이에 이곳에 들른 사내 한 명의 행적을 알고자 한다. 왼쪽 눈썹 위에 커다란 사마귀가 있는 검은 얼굴 사내로, 키가 6척이 훨씬 넘는 거구라 한 번 보면 쉬이 잊지 못할 외모다. 궁시장이나 도검장 등 무기를 제조하는 장인들 중 그 사내의 방문을 받은 자가 있을 것이다. 사내가 주문한 것이 무엇인지만 알아 오면 된다. 물론 비밀리에. 철동을 한 손으로 주무르는 불주먹에겐 전혀 어려운 일이 아니라고 생각한다."

개원이의 아랫눈시울이 파르르 떨렸다. 은에서 좀처럼 눈을

---

* 은화.

떼지 못하는 그의 목울대도 염복이의 꼴딱꼴딱 침 넘어가는 목
울대처럼 크게 오르내렸다.

"우, 우, 우리 형님이 모르는 자, 자, 장인바치가 없는데 그,
그, 그깟 일쯤이야."

"젊은 나리."

개원이가 솥뚜껑 같은 손으로 염복이의 입을 덮쳐 막으며
짐짓 무겁게 입을 열었다.

"나리 말씀대로 어려운 일은 아니오. 하나, 간단한 일인데도
은밀히 하라고 덧붙이신 것은 실상은 위험한 일이라는 말씀이
지요? 그 사내며 나리가 무슨 일을 하는 사람인지 묻지는 않겠
소. 알아 봤자 나나 이놈이 뒤집어쓰면 사지가 멀쩡하지 못할
지도 모르니. 나리 눈에는 우리가 지나가는 행인들이나 등쳐먹
는 잡놈들처럼 보여도, 병든 노모며 건사할 식구가 있는 놈들
이요. 당장 죽어 엎어져도 불쌍히 여길 사람 하나도 없는 그런
떠돌이들이 아니란 말이오."

산이 잘 알아들었다는 듯 고개를 주억이며 주머니에서 쇄은
을 몇 개 더 꺼내어 올려놓았다.

"그 사내가 무얼 주문했는지 유시까지 알아 오면 두 배로 주
겠다. 그보다 일각 더 빨리 알아 오면 세 배. 일각씩 줄 때마다
그에 비례해 주겠다."

개원이가 상 위에 널려 있는 쇄은들을 한 번에 끌어 모아 챙
겼다. 벌떡 일어난 그는 염복이의 덜미를 잡고서 주막의 싸리
문을 나섰다.

"혀, 혀, 형님, 아, 아, 아락주."

"갔다 와서 세 병이고 네 병이고 먹잔 말이다, 이 자식아."

연방 뒤를 돌아보며 아쉬워하는 염복이를 질질 끌고 개원이는 곧장 대장간들 쪽으로 성큼성큼 발을 옮겼다. 그러나 곧, 거사에 임하듯 비장한 걸음걸이로 술집 옆 골목으로 꺾어 들어간 그가 엉거주춤 섰다. 팔짱을 끼고 담벼락에 기대어 있던 한 소년이 그들의 길을 가로막은 것이다. 이 소년도 개원이의 기억 속에 또렷했다. 좀 전 은으로 그들을 현혹했던 소년과 더불어 기억날 수밖에 없는 인물. 호리호리한 외모와 달리 묵직한 일격으로 그들을 무릎 꿇게 했던, 다시 만나면 좋은 꼴 못 볼 것 같던 소년이었다. 술집의 소년에게서 은을 갈취했다고 오해하는 것인가? 개원이는 서둘러 변명하고자 했으나 입을 먼저 연 사람은 상대방이었다.

"너희에게 은을 준 자가 바라는 것이 무엇이냐?"

린의 나지막한 질문에 개원이도 염복이도 고개를 갸웃했다. 분명 한패라고 생각했는데 웬 뚱딴지같은 물음이런가? 어쨌든 한패가 아니라면 은을 받은 이상 의리를 지켜야 할 쪽은 정해져 있다. 은근히 두려운 가운데 개원이가 늠름하게 뻗댔다.

"알 것 없으니 비켜. 우리가 좀 바빠."

"비, 비, 비켜, 호, 혼쭐나기 전에……."

덩달아 나선 염복이의 목소리가 모기처럼 잦아들었다. 린의 손이 가만히 올라가 머문 곳에 장검의 칼자루가 떡하니 보였다. 황금과 상아로 꾸민 환도는 척 보기에도 예사스런 물건이 아니었다. 그도 그럴 것이 원이 린에게 선사한 우정의 선물로, 궁에 속한 환도장이 심혈을 기울여 만든 작품이었다. 이미 린에게 당한 적이 있는 두 사람은 칼자루에 올린 손만으로도 간이 졸아들었다.

"이런 제기랄."

혼잣말로 욕설을 내뱉은 개원이가 다소 처량한 표정으로 린을 보았다.

"두 분이 서로 아는 사이 아뇨? 나리가 저 젊은 나리한테 직접 물어보시면 되지."

"너희에게 은을 준 자가 무슨 일을 시키더냐?"

린이 질문을 반복했다. 흔들림 없는 그의 눈에서, 개원이는 대답하지 않고선 지나갈 수 없으리란 속뜻을 읽었다. 그가 발끝으로 염복이의 발뒤꿈치를 툭 건드렸다. 둘은 린에게 대답하려 합창하듯 입을 벌리는가 싶더니 날쌔게 뒤로 돌았다. 그러나 채 뛰기도 전에 염복이는 목덜미를 세게 맞아 찍소리도 못하고 자빠졌고, 개원이는 턱 밑에 서늘하게 와 닿는 칼날에 얼음처럼 굳었다. 땅바닥에 엎드린 염복이의 등을 한 발로 찍어 누르며 개원이를 장검으로 겨눈 린이 다시 조용히 물었다.

"무슨 일을 시키더냐?"

"얼굴이 검고 왼쪽 눈썹에 사마귀가 달린 6척도 넘는 거구의 행적을 알아 오라고 했소. 그 사내가 장인들에게 주문한 물건이 무언지 알아내라고. 그게 다요."

제기랄, 영문을 모르겠네. 개원이는 욕을 꿀꺽 삼켰다. 지난

번 시전 뒷골목에선 그 계집애 같은 녀석을 구해 준답시고 자신들을 때렸던 소년이 지금 그들을 조용히 위협하는 이유는? 암만 머리를 굴려도 짐작할 수 없었다. 이거 뭔가 구린 일에 말려는 건가? 개원이의 혓바닥이 말라 갈라질 참에, 생각에 잠겼던 린이 입을 열었다.

"그 아이 말대로 해라."

"예?"

"그 아이가 시킨 대로 알아보고, 알아낸 사실을 내게 먼저 보고한 후에 그 아이에게 알려 줘라. 단, 내가 여기에 있었던 일, 내게 말한 일들은 모두 비밀이다. 그 아이가 눈치 채지 않도록 알아서 해라."

목을 겨누던 칼이 스르르 내려가자 개원이가 엎어져 있던 염복이를 일으킨다. 이놈도 비밀스레 정보를 얻으려는 놈이구나! 뒤늦은 깨달음에서 개원이는 협상할 여지를 발견했다.

"젊은 나리, 나리 눈에는 우리가 지나가는 행인들이나 등쳐 먹는 잡놈들처럼 보여도, 병든 노모며 건사할 식구가 있는 놈들이요. 우리도 밥벌이를 하면서 살아야 한다, 이 말이오. 집에서 부리는 노비한테도 새경을 주는데, 맨입으로 부려먹으려 하시오? 저쪽 젊은 나리는 비밀을 엄수하라고 은병 하나는 될 만큼 줬소. 일이 끝나면 곱절은 더 받을 거요. 나리 일까지 비밀로 지키려면……."

개원이는 턱 밑에 다시 섬뜩하니 와 닿은 금속의 감촉에 말을 끊었다. 그의 이마며 콧잔등에 송송 땀을 맺게 한 칼이 내려가 칼집에 완전히 꽂히고서야 비로소 개원이는 쓴 입맛을 쩝쩝 다셨다. 협상이 애초에 불가능한 상대임을 깨달은 그가 뱉을 말은 단 한 가지.

"제기랄!"

그들은 린이 곱게 비켜 준 골목길을 휘적휘적 걸어갔다. 제기랄, 제기랄, 제기랄. 개원이의 숨죽인 욕설이 골목을 헛돌다 사라졌다. 그들이 완전히 골목을 빠져나가는 것을 지켜보던 린은, 골목 모퉁이에 몸을 감추고 싸리나무로 울타리를 친 주막의 안쪽을 살폈다.

한 손으로 턱을 받치고 말똥말똥 커다란 눈을 굴리고 있는 산은, 부유한 공자가 초라한 장소에 우연히 들러 신기한 듯 주변을 관찰하는 양 퍽 해맑았다. 희고 매끄러운 볼을 톡톡 두들기는 잘 다듬어진 손톱이 오후의 햇살에 반짝였다. 그녀가 얼마나 아름다운 소녀인지 린은 새삼 느꼈다. 세상의 더러운 부분이라곤 전혀 모를 것 같은 순진한 얼굴로 뒷골목의 거친 사내들에게 심부름을 시키는 여자라니! 그는 이내 쓴웃음을 짓고 말았다. 외모가 그 사람의 됨됨이를 말해 주지 않음을, 때로는 그 둘이 완전히 상반된 거울의 앞뒷면임을 그는 모르지 않았다. 겉모양은 허망하다. 더욱이 아름다운 사람일수록 상대를 속이기 쉬운 법이다.

'네가 네 형과 함께 세자를 해치려고 한다면, 누구보다도 내 손에 먼저 죽을 것이다.'

그에게 활시위를 겨누며 앙칼지게 쏘아붙이던 그녀는 무엇에 비할 바 없이 아름다웠다. 솔직히 그 순간에는 그녀에 대한 의심을 거두고 싶은 마음도 없지 않았다. 불꽃이 튀듯 형형한 눈빛이 진실해 보였던 것이다. 그러나 그녀가 진실성을 인정받으려면, 우선 청루에서 있었던 일들을 세세하게 밝혀야 한다. 그리고 이제는 철동의 장인들을 탐문하는 이유도 밝혀야 한다. 그렇지 않고선, 그녀는 린에게 영원한 경계 대상이며 위험한 적으로 남을 것이다. 갑작스레 세자의 허물없는 측근이 된 그녀에게 가진 경계심을, 세자를 위해서 린은 쉽게 풀 수 없으니.

설사 그녀가 원을 비롯해 세상 모든 남자를 반하게 할 만큼 탁월한 미모를 가졌다고 해도, 그것이 그녀에게 너그러워질 근거가 될 수는 없다. 그녀의 부드러운 턱과 야들한 목, 그 표면을 춤추듯 어르고 있는 가늘고 섬세한 머리칼들에 자꾸만 달라붙는 시선을 린은 힘겹게 떼어 냈다.

유시가 되기 두어 각 전.

빠른 걸음으로 주막에 들어와 상 앞에 털썩 엉덩이를 내려놓은 두 남자에게 산이 눈빛으로 재촉했다. 술집 안엔 손님이 거의 없는데도 부러 비밀스러움을 강조하려는 듯 개원이가 한껏 목소리를 낮췄다.

"말씀하신 사내가 시장矢匠을 찾아 화살 하나를 보여 주며 똑같이 다섯 대씩 서른 묶음을 만들라 했었고, 어제 물건을 받아 갔답니다."

"화살에 특이한 점은?"

"대가 푸른빛이고 깃간에 특진……, 이런 젠장맞을, 그 특진 뭐라고 한자로 각명을 길게 썼다던데."

개원이는 각명을 기억하지 못해 은을 적게 받을까 봐 초조해졌다. 이럴 때는 강조해 둘 점이 있다.

"그 장인바치가 한사코 말 안 하려는 걸 어르고 달래서 간신히 들었소. 사마귀 달린 사내가 절대 비밀이라고, 새 나가면 가만두지 않는다고 단단히 겁주고 갔답디다. 그런데 어떻게 들었냐고? 아, 다 듣는 재주가 있지. 다른 놈들은 몰라도 나는, 말하지 말아야지 마음먹은 걸 저도 모르게 나불대게 하거든. 제 입으로 비밀을 지껄였는지 어쨌는지도 몰라. 이리저리 찌르면서 여기서 조금 저기서 조금 대답 나오는 걸 사사삭 맞추면 되니까. 사실 본인은 줄줄이 다 털어놓은 것조차 모르거든."

"수고했다."

산이 그의 장황한 연설을 은으로 막았고, 그녀가 꺼낸 은병이 개원이와 염복이의 숨을 턱 막았다. 둘은 산이 자리에서 일어나는 것도 신경 쓰지 않았다.

"나를 만난 일은 절대 비밀이다. 누구에게도 발설하면 안 된다."

"예예."

건성으로 답하는 개원이는 은병에 빠져 넋이 나간 것 같았다. 듣고 싶은 말을 다 들은 듯 뒤도 돌아보지 않고 산이 주점을 나가자, 황홀하니 은병을 어루만지는 개원이에게 역시 황홀하긴 했으나 내내 켕기는 속내를 감추느라 거북했던 염복이가 걱정스레 물었다.

"하, 하, 하지만 혀, 형님, 벌써 그 저, 저, 젊은 나리한테 다, 다, 말했잖아. 고, 골목에서."

"시끄러, 이 자식아."

은병을 품 안에 쑤셔 넣은 개원이가 막사발에 향이 날아간 아락주를 따랐다.

"골목에 있던 그놈도 비밀이라고 했으니 그 두 놈이 서로 우리 얘길 할 일은 절대 없거든. 그냥 모른다고, 시킨 대로 다 했노라고 잡아떼면 제 놈들이 뭐라고 하겠니? 그리고 사실 다 그놈들이 시킨 대로 했잖아? 나머지는 그놈들이 알아서 지지고 볶겠지. 우리한테 중요한 건, 은을 이만큼 얻었으니 네 어머니 약값은 당분간 걱정 없다 이 말이다, 자식아. 그러니 신나게 마셔!"

막사발에 가득 찬 술을 단번에 꿀꺽꿀꺽 들이켜는 개원이를 따라, 쭈뼛쭈뼛 사발을 든 염복이도 난생처음 아락주를 마셨다. 코끝이 찡하니 알싸한 맛이 불을 지른 듯 목구멍을 데웠다. 한 번 들어가니 다음 사발은 밑 빠진 독에 물 붓기였다. 병 하나 동나기는 눈 깜짝할 새, 개원이가 나서기도 전에 염복이가 호기롭게 '한 병 더!' 말도 더듬지 않고 주문했다.

서해도西海道 어느 마을.

---

* 고려 행정구역 5도 중 하나로 지금의 황해도.

늦은 봄의 하늘은 쨍하니 맑고 화창했으나 땅은 바작바작 말라 타들어 가고 있었다. 이제나저제나 비를 기다리는 농민들이 논에 댈 물을 악착같이 끌어오고 퍼 올리고 난리도 아니었다. 볍씨를 뿌릴 때가 된 참이다.

구슬비지땀을 흘려 가을에 풍작을 거둔다고 해도, 조세로 수확의 십 분의 일 내고, 공물로 바칠 포 값 내고, 이듬해 쓸 종자 따로 쟁여 놓고, 그간 꾸어 먹은 곡식을 높은 이자 붙여서 갚고 나면, 1년 먹을 양식이 될까 말까 간당간당하다. 그것도 제 땅을 가진 경우에 해당되는 것이지, 개인이 수조권收租權*을 가진 땅에서 경작하는 이들은 수확의 절반을 땅주인에게 바쳐야 한다. 볍씨 뿌리기 전부터 가뭄이 들어 땅과 더불어 속이 타들어 가는 농민들은, 또 고리대에 양식을 꾸어야겠구나 미리 근심하여 이마와 뺨에 굵은 주름을 잡는다. 곱써레질을 끝낸 논에 찰랑하니 채워야 할 물을 찾지 못해 입 안 침마저도 말라 버린 농부들의 눈에, 멀리서 다가오는 검은 점이 보인다.

푸른 하늘을 이고 우뚝 솟아오른 산의 골짜기에서 물이 흘러오듯 거침없이 다가오는 검은 천川. 그러나 반가운 물이 아니고 먼지를 잔뜩 몰고 오는 기마의 일단이다. 붉게 칠한 깃대에 자줏빛 건을 들씌우고 묶은 가서봉哥舒棒이 왕의 행렬임을 한눈에 알게 해 준다. 선두에 펄럭이는 용이 박힌 깃발은 방울을 달아 잔뜩 멋을 냈다. 성상번聖上幡, 글자가 보여 주듯 왕의

---

* 조세를 받을 권리.

깃발이다. 푸르고 누르고 붉고 검고 흰 오색의 깃발들이 그 뒤를 줄줄이 따르고, 마상에 올라 허리를 꼿꼿이 편 사람들의 얼굴엔 윤기가 자르르 흘렀다.

가장 화려한 말을 탄 사람은 희끗희끗 회색 수염을 가슴까지 늘어뜨린 쉰 살가량의 사내였다. 온갖 보석으로 머리와 비단옷을 치장한 젊은 여인이 노인과 나란히 말을 몰았고, 그 뒤에는 매우 아름다운 소년이 역시 잘 꾸며 놓은 말을 타고 따랐다. 물론 이들의 풍모를 농부들이 일일이 보았던 것은 아니다. 고개를 땅에 박고 행렬이 빨리빨리 지나가길 바라는 이들 중 무엄하게 눈을 들어 말 탄 사람들의 면면을 훔쳐보는 촌부는 없었다.

말 그대로 기마의 강물이 장시간 흘렀다. 얼마나 많은들, 얼마나 오래 지나가는지 엎드린 사람들의 무릎 꿇은 다리가 저릴 지경이었다. 이윽고 행렬의 꼬리가 먼지를 폴폴 날리며 다시 검은 점이 되어 아스라이 사라질 무렵, 다리를 절룩이며 일어난 사람들이 쩍쩍 입을 다셨다.

"또 사냥이야?"

"저거 뭐, 천 명도 넘겠는데."

"물 한 동이씩 들고 와서 붓고 가도 곱게 봐줄까 말깐데, 마른논에 흙먼지를 쏟아 놓고 가? 에이!"

"짐승도 새끼 치는 철에 얼어 죽을 사냥은. 다 씨를 말리고 다시는 사냥에 나서지 말았으면!"

"어디로 가는 거야, 저 많은 사람들이? 거기 사람들 대접하느라 뼛골이 쏙 빠지겠네."

"그러게. 가뜩이나 바빠 죽겠는데."

한마디씩 불평을 내뱉던 사람들은 다시 논물을 끌어 대는 일에 열중했다. 불평을 오래 할 시간도 그들에겐 없었다.

"오랜만에 말을 타시니 상쾌하지 않으시오, 공주?"

회색 수염의 노인이 입을 뗐다. 길게 늘어진 눈은 젊었던 시절엔 분명 영롱하니 아름다웠을 테지만 지금은 누렇게 뜬 흰자 위에 안광이 퇴색했다. 잘게 겹쳐진 주름과 더불어 눈초리가 처져 영 번득이는 맛이 없는 평범한 노인의 눈이었다. 그러나 풍채가 늠름해 멀리서 보아도 눈에 띄는 노인이다. 여러 갈래로 땋아 멋을 낸 머리 위에 섬세한 백라에 검은 능견을 두른 평정건을 얹은 이 노인이 바로 왕이었다. 그리고 그가 조심스레 말을 건 옆의 여인은 바로 그의 정비인 원성공주, 쿠틀룩 케르미시[忽都魯揭里迷失]였다.

열여섯 살 어린 나이에 시집을 온 황제의 딸은, 뒤따르고 있는 의젓한 세자 원의 친모로 서른을 넘긴 지 그리 오래지 않다. 황제의 딸이라는 자부심에 그녀의 표정과 몸짓에는 광채가 어려 있었다. 다만 하늘을 찌를 듯한 자존심만 있을 뿐 타인에 대한 존중이 배제되어 거만하기 짝이 없었다. 표독스런 눈길로 자신보다 스물셋이나 많은 남편을 거침없이 쏘아보는 그녀는, 왕의 머리 위에 서 있는 고려의 최고 권력자였다.

"같이 사냥한 지 얼마나 됐다고 오랜만이라 하십니까. 늘 사냥 놀이에만 그 힘을 다 쓰시니, 국사에 임하실 때 기력이 쇠하시는 것도 이해가 갑니다, 전하."

왕의 얼굴이 칙칙한 대춧빛으로 붉어졌다. 왕비가 대놓고 그를 경멸하기가 한두 번이 아니었고 왕으로서 책무를 소홀히 하고 있으니 뾰족이 반박할 수도 없었지만, 이런 모욕은 아무리 들어도 익숙해질 수 없는 종류의 것이다. 국사를 볼 때 기력이 딸린다고 비아냥거리는 공주가 사실은 온갖 보약을 먹어도 불타오르지 않는 그들의 부부 생활을 넌지시 비꼬고 있음을 왕이 모르지도 않았다. 남편의 마음을 먼저 헤아리고 사근사근 붙어 같은 말이라도 조곤조곤 상냥하게 해야지, 째리고 노려보고 불같은 성미를 참지 못해 매양 불만과 원망을 터뜨리니, 그런 처에게 마음이 쉽게 동하겠는가? 왕도 수염에 가린 입을 비죽였다.

정략결혼이긴 했으나 처음부터 공주가 그의 몸을 데우지 못한 것은 아니었다. 불혹에 이른 사내가 열여섯 꽃다운 처녀를 맞이해 타오르지 않았다면 그야말로 불가사의. 아름답고 싱싱한 몸뿐 아니라 자신을 왕으로 만들어 주고 황실의 일원이 되게 해 준 그녀의 배경은 또 얼마나 매력적이었던가.

최초의 몇 달, 그는 어린 비에게 빠져 열락을 맛봤다. 그 덕에 그해에 덜컥 아들도 얻었다. 그러나 공주가 본색을 드러내기 시작하면서 왕의 열기는 급격히 식어 갔다. 원비였던 정화 궁주와 그 소생들을 박대하는 것은 언짢았지만 그런대로 이해하고 용서할 수 있었다. 그러나 국왕 자신을 무시하고 깔아뭉개는데 잠자리에서 정열을 불태울 만큼 속이 없진 않았다. 어린 아내에게 멸시받는 국왕의 존재란 얼마나 비참한가!

그렇다고 공주의 가시 돋친 말과 방자한 눈초리에 맞서 반박할 수도 없는 왕이다. 해 달라는 대로 다 해 주고 나서도 떠죽거리는 소리를 듣고 모멸감에 냉가슴을 앓아야 했으니, 경성궁敬成宮*을 찾는 발길이 점점 뜸해지고 함께 누워도 안을 마음이 선뜻 들지 않았다. 젊은 몸이 그리워 때때로 안기도 했지만, 그녀가 스물한둘이 넘어가면서는 그마저도 흥미를 잃었다. 10년이 넘는 세월 동안 외로운 밤을 보내는 공주는 당연하게도 더욱 독살스러워졌고, 점점 더해 가는 그녀의 독염에 왕은 더욱더 진저리를 치며 피했다. 이 악순환은 꼬리에 꼬리를 물고 해가 갈수록 심화되었다.

또 하나, 왕에겐 여자들에게 차마 말할 수 없는 커다란 고민거리가 있었다. 이 문제는 앙앙대는 왕비보다 더 심각했다. 나이 탓일까, 그의 몸이 의욕을 따라 주지 않는 것이다.

공주의 눈을 교묘히 피해 환관들이 대 주는 젊은 여인들과 살을 맞대고 비벼도 좀처럼 성공적으로 잠자리를 가질 수 없었다. 비록 쉰이 훌쩍 넘었다곤 하지만 온갖 영약으로 몸을 만들어 온 왕이었다. 의원들도 이유를 몰랐다. 다만 한 의원의 조심스런 소견으로는, 왕이 예전에 복용했던 열약의 폐단이 후유증을 남겼을 수 있으리라 했다.

공주가 시집오고 얼마 지나지 않아 원나라에서 부부의 금슬을 도울 의원을 보냈었다. 연덕신鍊德新이란 그 의원이 제조해

---

* 원성공주의 궁.

준 약은 조양환助陽丸, 글자 그대로 양기를 북돋우는 약이었다. 이 조양환의 도움으로 왕은 어린 공주를 상대로 20대 청년 못지않은 정력을 발휘했고, 그에 만족한 공주는 왕이 약을 꾸준히 복용하도록 했다. 태사국太史局*의 오윤부伍允孚가 그 약을 상용하면 자녀를 더 이상 생산할 수 없으리라 단언할 때까지 연덕신은 왕 부처의 총애를 받으며 조양환을 만들었었다. 혼인하자마자 태기가 있어 원을 낳았고, 일찍 죽기는 했지만 딸과 아들을 차례차례 낳았던 공주는, 오윤부의 말에 덜컥 겁이 나 왕에게 조양환을 끊도록 했다. 어쨌든 그 후, 오윤부의 말처럼 공주는 임신을 하지 못했고 왕은 약을 복용하기 전보다 몸이 시들시들해지고 말았다. 그것이 조양환의 영향 탓인지는 분명하지 않았지만 결과적으로 이해할 수 없는 불능의 몸이 왕의 자신감을 갉아먹었고, 흉이라도 잡힐까 왕은 공주와 더 이상 같은 금침을 쓰지 않았다.

"한창 볍씨를 뿌릴 때가 아닙니까. 왕실이 백성을 돌보기는커녕 이런 때 사냥을 나와 백성의 고통을 무겁게 하니 짐승을 산더미처럼 잡는대도 마음껏 기뻐할 수 있겠습니까."

공주는 곧잘 입바른 말을 했다. 특히 왕이 좋아하는 일을 벌일 때마다 그랬다. 평소 그녀의 행동과 어긋나는 도덕적인 훈계이기에 왕은 귓등으로 흘려들었다. 이런 식의 충고가 진심이 아니라 그저 지아비를 훼방 놓고 싶어 던지는 허울 좋은 개살구

---

* 천문, 역수 등을 맡아보던 관청.

로만 여겨지는 것이다. 따라서 왕의 반응은 자연 시큰둥하다.

"지금 학정을 하는 폭군이라 과인을 비난하는 것이오?"

"전하가 아니라 전하를 부추긴 자들을 비난하는 것입니다. 이 많은 사람들을 대접할 비용을 어디서 마련하겠어요."

공주의 독기 서린 눈총을 받은 영인백의 심장이 오그라들었다. 왕이 피식 헛웃음을 웃었다.

"그게 걱정될 양이면 공주께서 영인백을 도와 부담을 덜어 주지 그러시오? 그의 조언에 따라 송자松子*와 인삼을 강남에 팔아 쏠쏠하니 이익을 얻었다 들었소. 그것들 거둬들인다고 기르지도 않는 백성들까지 닦달했으니, 공주께서 그들을 불쌍히 여겨 도와준다면 그 은덕을 부처께서 기억하시리라."

왕이 과감하게 공주의 심기를 건드리자 피가 쉽게 끓어오르는 그녀의 눈에 금세 불길이 일었다.

"가렴주구로 백성들을 달달 볶아 대는 욕심쟁이라고 말씀하시는 것입니까, 전하?"

"허허, 누가 그랬답니까. 공주께서 평소 아랫사람을 생각하고 돌보는 마음이 지극한 줄 내 다 아는걸요. 광평공이 너무 많은 노비를 거느려 간수하기 어려워하는 것을 참작하여 그중 3백을 공주께서 친히 거둔 일이며, 백저포를 잘 짠다고 소문난 여종을 데려와 직물 생산을 손수 독려한 일들이 다 그 증좌인데요."

어머머. 공주가 얼른 받아치지 못하고 입술을 바르르 떨었

---

* 잣.

다. 광평공 왕혜王譓는 왕의 매부로 종실의 먼 친척인 왕연王淵의 노비를 하나 뺏은 적이 있었다. 후에 고발되어 광평공은 이 노비를 공주에게 바쳤었다. 사실 이 노비는 광평공의 노비와 혼인을 하여 자그마치 3백 인에 가까운 일가를 이루었기에 광평공과 왕연이 실랑이를 벌였던 것인데, 공주가 이 사실을 알고 광평공의 집에서 노비 3백을 빼앗아 버렸다. 졸지에 큰 재산을 탈취당한 광평공이 궁문에서 머리를 조아리며 사정했지만 헛수고였다.

또 언젠가는 한 여승이 꽃무늬가 들어 있는 고운 백저포를 공주에게 바친 적이 있는데, 여승의 여종이 그 옷감을 짰다는 말에 그 자리에서 여종을 빼앗은 일도 있었다. 이 일들을 들먹여, 백성들을 괴롭힌다고 잔소리 좀 하는 찰나에 너 또한 마찬가지 아니냐고 왕이 역공을 한 셈이다. 응수할 말을 마땅히 찾지 못한 공주가 흥! 콧방귀를 뀌자 왕도 지지 않고 흥! 코웃음을 날렸다. 시시콜콜 따지고 들자면 너무나 많은, 자신의 이복아우 순안공順安公 왕종王琮을 참소해 판결이 나기도 전에 재산을 몰수해 버린 거며, 국보나 다름없는 흥왕사의 황금탑을 공주궁에 떡하니 옮겨간 거며, 공주의 탐욕을 양파 까듯 죄 까발리고 싶었지만 아내가 두려워 그만두는 왕이었다. 서로의 콧바람이 점점 높아지는 가운데 행렬은 계속 앞으로 나아갔다.

앞선 부모의 설왕설래에 원의 입 한 귀퉁이가 이지러졌다. 고려 땅에선 더 높고 귀한 자가 없는, 그야말로 지고의 존재들이 바로 그의 부모였다. 또한 뭇사람들로부터 가장 강도 높은 비난을 듣는 존재들이기도 했다. 하나 그들의 나이에 어울리지 않는 대화로 미루어, 사람들이 비난한다고 서운해할 것도 없다고 원은 생각했다.

말을 타고 지나던 중 논밭의 귀퉁이에서 무릎을 꿇고 머리를 조아리던 민초들은 자신들 왕가를 받치고 있는 기단이다. 아무리 총신들이 달콤한 혓바닥과 뇌물로 화려한 누각을 지어 올린대도, 반듯하게 다듬은 기단이 갈라지고 무너지면 왕과 왕비, 자신이 서 있을 곳은 어디인가? 고귀한 신분을 온전히 주워 담기에는 부모의 그릇이 턱없이 작아 보였다.

이해심이 부족하고 괄괄하여 바람과는 달리 남편을 밀어내고 있는 어머니가 딱하다. 그리고 자신의 아내조차 제대로 다루지 못하여 멸시받는 아버지가 한심하다. 백성들에게 미움받는 것은 둘째치고라도 배우자로서 두 사람은 서로에게 전혀 성숙하지 못했다. 나라면 저렇게는 안 살지. 그는 어머니에게 대놓고 말 한마디 시원하게 못 하고 수염만 움찔대는 아버지를 보며 속으로 혀를 찼다. 군왕으로서도, 남편으로서도 그는 아버지의 전철을 밟고 싶지 않았다. 그럴 자신도 충만했다.

서로를 외면하는 왕의 가족을 힐끔거리며 뒤따르는 사람들은 제각각 누구에게 붙어 더 질기고 더 화려하게 살아남을 것인가 궁리하고 있었다. 부곡 출신이건 남반 출신이건, 환관이나 천대받는 출신이라도 왕 혹은 왕비의 마음을 사로잡는 사람이 실질적인 권력자였다. 권력을 더 실하게 다지기 위해서는 그들이 화합하는 것보다 반목하는 것이 더 반가웠다. 상처받은 상전을 위로하며 손쉽게 실리를 챙길 수 있으니, 천5백 가까이 되는 인원에서 현왕 가족의 불화를 염려하고 안타까워하는 이들은 손에 꼽을 만큼 적었다. 이렇듯 마음속 계산이 제각각인 거대한 행렬이 모두 어울려 드디어 영인백의 별업에 도착하였다. 더 정확히는, 개경의 외딴 별채에 감금되어 있을 영인백의 외동딸이 소유한 별업에 도착한 것이다.

복전장이라 불리는 이곳에 왕과 공주, 세자의 세 지존을 비롯하여 환관과 시종, 종친들과 고관들이 머물 예정이다. 복전福田이란 불교에서 이르는 말로, 문자대로 풀이하자면 복을 거두는 밭, 은유적으로는 삼보三寶[*], 부모, 가난한 자를 가리킨다. 삼보를 공양하고 부모에게 효도하며 가난한 사람에게 베풀면 복이 생긴다는 뜻인데, 악명 높은 영인백에게 좀 어울리지 않는 이름이었다. 보통 귀족의 별업은 경관이 수려한 곳에 정자와 정원을 중심으로 지은 것이지만, 이 별업은 궁궐에도 뒤지지 않을 만큼 크고 화려하여 부러움과 질시의 눈길이 영인백에게 쏟아졌다.

"대궐에 비해도 손색이 없소. 가끔 여기 와서 거하고 싶군."

왕이 감탄 어린 어조로 중얼거리자 영인백이 해죽거리며 고개를 숙였다. 왕의 말대로 대궐에 비견할 만한 화려한 집을 아니꼬운 시선으로 휘둘러보던 공주가 예의 흥! 콧소리를 들으란 듯 냈다.

---

[*] 불보, 법보, 승보.

"1년 사시사철 매사냥, 불사냥, 섶사냥, 들사냥, 틀사냥, 활사냥까지 여기서 내내 지내도 무방하리. 황망荒亡*하여 수강궁壽康宮**이 열이어도 부족하지."

혼자서 말하는 양 붉은 옻칠을 한 기둥을 보며 공주가 낸 소리는 비록 자그마했지만 모든 이들이 들을 만했다. 신료들이 고개를 숙인 가운데 왕의 얼굴이 또 불그죽죽해졌다. 누구보다도 불편한 사람은 환관들과 함께 사냥을 주도한 영인백이라, 공주의 눈치를 보느라 쩔쩔맸다.

"누지에 두 분 마마와 동궁마노라께서 임어하시와, 소신은 황공 감읍하나이다. 연회를 간소하게 마련했사오니 고단함을 푸소서."

별업의 사람들 모두 고귀한 객들을 맞이하여 연회를 준비하느라 분주한 가운데, 영인백이 공주에게 굽실거리며 눈짓 손짓으로 어서 상을 차리라 노비들을 지휘했다. 순식간에 탁자들이 정돈되고 온갖 진미가 배설되었다. 수십 명의 기녀와 창우倡優***, 악공이 쏟아져 나와 음악을 연주하며 춤과 노래로 분위기를 돋웠다. 예부터 잔치에는 머리에 꽃을 꽂는 것이 상례라, 기녀들이 공손히 올린 꽃가지들을 하나씩 꽂자 좌중이 금세 연회의 흥에 젖어 들었다. 간소와는 거리가 먼 연회였다. 사냥 일정

---

* 사냥의 즐거움에 빠짐.
** 왕이 사냥을 자주 나갔던 마제산馬堤山에 지은 궁.
*** 광대.

을 마치고 개경으로 돌아갈 날까지 매일 이런 사치스러운 연회가 열릴 것이다.

산은 멀리 복전장에서 바람을 타고 들려오는 왁자한 소리가 차차 엷어지는 것에 귀를 기울였다. 며칠째 저녁마다 되풀이되는 연회가 내일 왕과 세자의 사냥 내기를 위해 일찌감치 마무리되는 모양이다. 그동안 낮에는 오리 따위를 풀어놓고 가벼운 매사냥 정도만 하고, 흥겨운 연회에 밤늦도록 흥청대던 왕의 일행이 마지막 사냥을 크게 벌이기 위해 푹 쉬려는 것이다.

아직 불그스름한 빛이 하늘의 언저리에 퍼져 있었다. 완전히 어두워지기를 기다리며, 산은 회랑의 툇마루에 앉아 청각을 곤두세웠다. 그녀가 왕의 일행보다 먼저 도착해 머물고 있는 곳은 장사莊舍, 농장을 관리하는 곳으로 장두莊頭*와 농장에서 일하는 농민들이 사는 곳이다. 말하자면 노비들의 숙사로, 그녀의 소유인 거대한 복전장이 자그맣게 보이는 산자락에 자리하고 있었다.

탁 트인 마당에 두어 명이 지나가는데도, 산은 칼자국이 없는 매끈한 얼굴을 감추려 들지 않았다. 오히려 그녀에게 다가와 말을 거는 사람들에게 웃으며 대답을 하는 등 거리낌 없이

---

* 농장 관리자

신분을 드러내는 중이었다. 유모의 남편인 장두는 물론이고 장사에 기거하는 사람들은 모두 남장을 한 산이 그들이 일하는 농장의 주인임을 잘 알고 있었다. 실상 그들은 산이 거두어 맡은 유랑민들이었다.

당시 궁내 관료들과 종친들, 공주의 겁령구들이 토지를 넓히는 방법은 다양하고 악랄했는데, 그 으뜸가는 방법이 바로 사패賜牌를 조작하는 것이었다. 몽골의 침입 후 황폐해진 농지와 산을 농민들에게 나누어 주어 개간하게 했는데, 이 토지들은 사패라는 증명서와 함께 지급되었고 조세를 면제해 주었다. 이를 악용한 부유한 전주들이 사패를 많이 받아 확보한 땅을 자신들의 노비에게 일구게 하면서 세금도 내지 않았고, 더 나아가서는 문서를 위조해 주인이 있는 토지인데도 사패를 받았다고 속여 가로챘다. 이것을 모수사패冒受賜牌라고 하였다.

산의 아버지 영인백 역시 모수사패로 드넓은 농장을 여럿 가졌을 뿐 아니라 고리대업까지 손대, 곡식이나 포를 갚지 못한 농민들에게 땅으로 대신 변제하도록 강요했다. 땅으로도 갚지 못하는 양인 농민들을 노비로 삼아 부렸고, 때로는 세금에 짓눌린 양인들이 노비를 자처하며 농장으로 들어오기도 했다. 조세를 바칠 땅과 양인들이 줄면서 자작하는 농민들에게 더 많은 세금과 요역이 부과되자, 그것을 견디지 못한 평민들이 또 권세가의 농장에 들어갔다. 따라서 시간이 지나면 지날수록 영인백과 같은 대농장주의 토지와 노비도 늘어 갔던 것이다. 여기에 불법적인 수탈을 감시하기 위해 파견한 별감 등의 지방관까지 부패하여 가세하면, 농장주의 힘은 무소불위였다.

산이 자신의 영지에 받아들인 유민들은 대부분 아버지 영인백이나 다른 대농장주의 수탈에 못 견디고 도주한 양인들이었다. 그녀와 유민들이 허물없이 지낼 수 있었던 데는, 얼굴을 함부로 드러낼 수 없는 그녀와 신분을 숨기고 살아야 하는 장사의 거주민들 사이에 비밀을 공유하려는 공감대가 있었던 때문이었다.

장사 안에 사는 사람 중 관청 호적대장에 떳떳이 등록된 유일한 사람인 장두가 산에게 다가왔을 때는 해가 완전히 저문 뒤였다. 그가 몇 마디 속삭이자 산이 오랫동안 웅크려 앉았던 몸을 펴고 일어났다. 장두의 손에서 천을 여러 겹 둘러 빛이 희미해진 등롱을 받아 들고 그녀가 대문 쪽으로 걸어갔다. 주인의 눈짓에 끼익 문을 열던 장두가 불안스레 물었다.

"정말 향이네 들렀다 오시는 거지요?"

산이 긍정의 표시로 눈을 깜박해 보였다. 그녀는 장사 바깥쪽에 사는 유민들 중 유달리 귀여워하는 아이를 만나러 가겠다고 장두에게 거짓말을 해 두었다. 왕의 사냥 때문에 어디든 외부 사람이 출몰하는 때라 눈에 띄지 않을 시각에 외출을 한다지만, 어린 주인을 혼자 내보내는 장두의 마음이 영 편치 못하다.

"꼭 혼자 가셔야겠습니까? 밤길이 워낙 어두워서."

산은 그저 빙긋 웃었다. 걱정 말라는 뜻인 동시에 절대 따라오지 말라는 무언의 명령이었다. 친숙한 웃음의 의미를 파악한 장두는 무거운 마음으로 멀어져 가는 등롱을 바라보았다. 개경에 있는 자신의 처가 안다면 노발대발할 일이었다. 아가씨를 밤길에 등롱 하나만 달랑 들려서 보내다니! 사실 농촌의 저녁 들판은 밤에도 등불로 환한 개경과는 달리 몹시 컴컴했다. 달이 환하게 떴다지만 그에 의존하다가는 자칫 돌부리에 채여 발목이 접질리기 좋았다. 그냥 면박을 당하더라도 쫓아갈걸. 새삼 밀려드는 후회와 절대 쫓아오지 말라고 거듭 다짐을 두셨으니 할 수 없다는 변명이 뒤섞여 장두의 골치가 지끈거려 왔다.

"에구, 아가씨랑 지내면 말라 죽기 딱 좋아."

혼잣말을 중얼대던 장두는 문득 부스럭부스럭 풀들이 내는 미미한 울음을 들었다. 얼른 둘러보았으나 장사의 주변엔 쥐새끼 한 마리도 보이지 않았다. 불빛이 완전히 먹혀 버린 새까만 들판 쪽에 한동안 귀를 기울여 보았지만 고요하기만 했다. 쥐새끼가 벌써 도망간 게지. 장두는 아가씨의 등롱이 더 이상 보이지 않는 것을 재차 확인하고 장사로 들어가 문을 닫았다.

한참 동안 컴컴한 어둠을 등롱 하나에 의지하여 걷던 산은 농지를 지나 얕은 덤불로 이루어진 숲길로 들어섰다. 여러 번지나 봤던 길인 듯 컴컴한 어둠 속에서도 그녀는 거침없이 걸었다. 숲을 곧장 가로지르자 그 끝에 환한 빛이 보였다.

산은 걸음을 멈추고 등을 껐다. 덤불을 헤쳐 등롱을 숨긴 뒤 그녀는 몸을 낮추고 조심스레 불빛 쪽으로 다가갔다. 그곳엔 사냥꾼들이 임시로 지은 막사들이 있었다. 복전장에 묵을 수 없는 하급 무관들과 사냥꾼, 몰이꾼, 잡역부들이 며칠 묵기 위해 세워 둔 막사들에서도 비교적 멀찍이 떨어진 이 천막들 주변에는 횃불을 군데군데 놓아 환하긴 해도 사람이 지키고 서지 는 않았다. 들락거리는 사람도 없는 것으로 미루어 모두 잠이 든 모양이다.

수풀 속에서 눈을 또랑또랑 굴리며 한참을 살피던 산이 살 그머니 몸을 일으켰다. 대담하게도 막사들 중 하나로 발을 옮 긴 그녀는, 드나드는 입구를 가린 장막의 한 귀퉁이를 들췄다. 어둠에 익숙해진 눈과 예민한 귀로 잠든 사람들을 확인한 그녀 는 찾고 있던 천막이 아닌 듯 옆의 막사로 또 살금살금 다가갔 다. 세 개의 막사를 숨죽여 들여다본 후, 네 번째 작은 막사에 서 산은 완전히 안으로 들어가 숨었다.

그곳은 엽구獵具*를 비롯해 사냥꾼들에게 필요한 물품들을 놓아둔 천막이었다. 한쪽 구석에 놓인 활들과 전동箭筒**들 속 화살들을 살펴본 산은 막사 안 곳곳을 뒤지기 시작했다. 더듬 더듬 물건들을 뒤적이던 그녀는 수북한 갖옷들 아래 묻힌 대나 무 전동들을 발견했다. 그녀가 전동 하나에서 화살을 꺼내 눈 에 가까이 대고 들여다보려는 순간, 누군가가 번개처럼 들어 와 산의 입을 틀어막았다. 옴짝달싹 못하게 그녀의 몸을 껴안 은 상대에게서 익숙한 소나무 향기가 은은히 풍겼다. 왕린! 상 대의 이름을 부르고 싶었지만 단단히 막힌 그녀의 입은 조금도 벌어지지 않았다. 더구나 천막 바깥에서 부스럭부스럭 풀을 함

---

* 사냥 도구.

** 화살을 넣는 통.

부로 짓밟는 소리까지 나자 산은 숨마저 멈췄다.

횃불들 때문에 바깥쪽 사람의 그림자가 천막에 뚜렷이 드리워졌다. 바지춤을 끄르더니 수풀 위로 쪼르르 오줌 줄기가 쏟아지는 소리가 났다. 시원하게 오줌보를 비운 뒤 부르르 떠는 그림자 옆에 또 하나의 그림자가 성큼 다가가 섰다.

"왜, 잠을 안 자고?"

걸걸한 저음이 천막을 뚫고 들렸다. 소변 방울을 탈탈 털어 낸 그림자가 바지를 추스르며 또 한 번 부르르했다.

"아니, 자고 있었어요. 갑자기 찬바람이 들어오는 것 같아 깼는데 깨고 보니까 소변이 마려워서. 대정隊正* 어른은 왜 나왔소?"

"네놈 나오는 소리에 나왔지. 나온 김에 나도 풀숲에 물 좀 주자."

쫠쫠. 아까보다 거센 소리가 고요한 밤공기를 타고 울렸다. 키득, 먼저 볼일을 봤던 그림자가 기묘하게 웃었다.

"내일 죽을지도 모르는데 오늘 똥오줌은 갈겨야겠고, 사람 몸뚱이라는 게 참 마음 같지 않소."

"으흠."

배설 후 만족스런 신음을 흘린 그림자가 바지 끈을 질끈 묶었다. 그는 오줌이 튀었는지 바지에 쓱쓱 문댄 손을 들어 울먹이듯 웃어 대는 사내의 등을 탁탁 내리쳐 위로했다.

---

* 최하위 군관으로 부대의 우두머리.

"죽는 거 먼저 생각하면 일에 집중을 못 해. 우선은 내일 일을 잘 끝내는 것만 생각하자고. 잠이나 자 둬."

"잠이 오겠어요? 내일 되면 다시 눈을 뜨지 못할지도 모르는데."

"이제껏 잤잖아? 일단 누워 보라고."

고개를 주억거리며 막사에 들어가려던 사내가 주춤 뒤돌아보았다.

"안 들어가요?"

"자기 전에 화살들 확인 한 번 더 해 보려고."

"아까 필도가 확인했어요. 나도 같이 봤고."

"알아."

알았다던 사내가 곧장 엽구를 모아 둔 천막 쪽으로 걸어왔다. 저벅저벅 다가오는 발소리에, 입이 막힌 채 커다란 눈을 굴리던 산이 그녀를 단단히 감은 린의 팔을 꽉 붙들었다. 그녀를 껴안고 재빨리 바닥에 납작하게 엎드린 린은 갖옷 뭉치를 덮어써서 몸을 숨겼다. 바닥에 등을 댄 산이 그녀를 덮쳐 짓누르고 있는 그를 조금이라도 자신의 가슴에서 떼어 놓기 위해 둘 사이에 손을 밀어 넣고자 꿈틀거렸다. 그러자 린이 그녀에게 두른 팔에 더욱 힘을 주었다.

"쉿."

가느다란 입김이 그녀의 귓바퀴를 타고 들어가는 순간, 장막이 훌쩍 걷혔다. 땅에 가까이 붙어 있는 그녀의 귀에 발소리가 점점 크게 들리다가 겹겹이 쌓여 있는 갖옷 뭉치 앞에서 딱 멈췄다. 온몸을 죄어 오는 긴장감으로 산은 사지가 뻣뻣해졌다. 옷들을 들춰내는 소리가 유난히 크게 들렸다.

그런 숨 막히는 상황 속에서도, 마르고 호리호리해 보였던 린의 품이 꽤 넓다고 생각하는 자신에게 산은 놀랐다. 손이 미처 비집고 들어가지 못한 그들 사이는 공기가 통하지 않을 정도로 밀착되어 있었다. 옷감 사이로 오르내리는 린의 가슴팍이 느껴졌다. 아마 그 역시, 불편한 숨을 참고 있는 그녀의 가슴이 부풀었다 꺼지는 것을 생생히 느끼리라. 움직이거나 소리 내지 않을 테니 떨어져 달라고 말하고 싶었지만, 바로 옆에서 사내가 전동의 화살들을 조사하는 와중엔 불가능한 일이었다. 이 사내가 그들을 덮고 있는 갖옷을 그대로 놔두고 나가기 전까지, 그녀는 귓속 가늘고 섬세한 솜털을 간질이는 린의 따뜻한 숨결을 견뎌야 했다.

산은 조금씩 빨라지는 자신의 심장 고동이 그에게 전해지지 않기를 간절히 빌었다. 진정해, 진정해야 돼, 제발. 그녀를 누르고 있는 린 때문인지, 아니면 그들에게 바짝 다가온 사내 때문인지 좀처럼 말을 듣지 않는 심장을 달래느라 그녀는 더욱 초조했다.

굉장히 오랜 시간이 흘러간 것 같았다. 전동들을 일일이 확인한 사내가 갖옷들을 차곡차곡 대통 위에 얹었다. 린의 등을 덮고 있던 갖옷들 중 하나도 집어 들었다. 발각되면 제일 먼저 무얼 해야 하지? 산은 그제야 정신이 번쩍 들었다. 소란을 피우기보단 도망치는 것이 상책이겠지만, 어떻게? 아마 격투를 피할 수는 없을 것이다. 린의 팔뚝에 박힌 그녀의 손가락들에 힘이 들어갔다. 그때 사내가 일어나 저벅저벅 걸어 나갔다. 들춰졌던 장막이 다시 내려가고 안이 조용해졌다. 사내의 발소리가 바깥쪽으로 멀어지더니 이내 사라졌다.

비로소 린이 덮고 있던 가죽옷들을 벗어던지고 일어났다. 그의 팔에서 벗어나 몸을 움직일 수 있게 된 산은 참았던 숨을 시원하게 토했다. 아야야! 그가 너무 세게 움켜쥐어 얼얼해진 위아래 턱을 문지르며 그녀가 이맛살을 찌푸렸다. 아프긴 했지만 그가 아니었다면 꼼짝없이 들켜서 위태로운 처지에 놓였을 것이다. 어디서부터 쫓아왔던 것일까? 돌이켜봐도 뒤를 밟힌다는 느낌은 전혀 없었다.

"도대체 여기서 뭐 하는 거야?"

산은 화가 났다는 걸 분명히 알리기 위해 고함이라도 지를 듯 입을 크게 벌리고 물었다. 거의 들리지 않을 정도로 작은 소리였지만 고요한 밤의 막사 안에서는 충분히 들릴 만큼 컸다. 어둑한 공간에서 약간 떨어져 앉은 린의 얼굴이 그녀에게 뚜렷이 보이지 않았다. 다만 대답하는 그의 냉랭한 목소리에 밴 불신만은 똑똑히 느낄 수 있었다.

"그건 내가 묻고 싶은 말이다."

사실대로 불지 않으면 목뼈를 낱낱이 부숴 버리겠다고 목검으로 위협하던 때와 똑같은 억양이었다. 말투로 보아 그녀를 깔아뭉갠 걸 사과할 눈치가 아니다. 이런 놈 품에서 두근대던 내가 미쳤던 거지! 산은 가만히 입술을 물었다. 어쨌든 지금은 말다툼을 할 때가 아니었다. 장소도 매우 부적절하다. 그녀는 잔뜩 쌓인 갖옷들을 들춰내며 속삭였다.

"간단하게 말할게. 방금 왔던 사내들은 내일 사냥에 참가하는 사냥꾼 행세를 하면서 원을 시살할 작정이야. 여기 아래 그 자들이 쓸 화살이 있어. 푸른 화살, 너희 쪽 사냥꾼들이 쓸 화살이지."

산이 갖옷들에 묻혀 있던 전동을 꺼내 화살을 하나 뽑아 건네자, 린이 바깥에서 스며드는 약한 빛에 깃간을 비추어 보았다. 특진상주국고려국왕세자特進上柱國高麗國王世子. 대원제국의 황제, 쿠빌라이 카안이 외손자에게 내려 준 작호였다. 화살을 돌려준 린이 잠시 뜸을 들였다 물었다.

"이자들이 누군데?"

"몰라."

냉큼 대답한 산은 린의 눈이 가늘어지는 것을 보고 얼른 덧붙였다.

"정말 몰라. 내가 아는 건, 이 사람들은 개경에서부터 전하를 따라온 자들이 아니라는 거야. 오늘 도착한 사람들이라고. 여긴 내 영지이기 때문에 잘 알아. 난 너희 일행이 오기 전에 이곳에 도착해서 누가 어디에 막사를 치고 묵는지 다 파악하고 있었어."

"이 사람들이 누군지는 모르지만 저하를 시해할 계획을 꾸미고 있다는 건 안다고?"

"그래! 이 화살들을 보면 알잖아. 네 휘하의 사냥꾼들만 가질 수 있는 화살이 여기에 있어!"

린이 한숨을 푸 뱉으며 손바닥으로 얼굴을 세게 문질렀다. 그의 불신을 제대로 감지한 산의 볼이 부어올랐다.

"지금은 이 사람들의 정체가 뭔지 토론할 때가 아니야. 이 화살들을 어떻게 하지 않으면 내일 원이 죽을 수 있어!"

그리고 너도. 마저 나오려는 말을 그녀가 삼켰다. 세자가 푸른 화살에 맞으면 사냥꾼 부대를 통솔하는 그에게 모든 책임이 돌아가는 것을 린이 모를 리 없다. 잠자코 있긴 했지만 대강의 상황을 이미 눈치 챈 것으로 보였다. 산은 다급하게 전동들에서 화살을 빼내기 시작했다. 그러나 곧 린에게 손이 잡혀 그녀의 작업은 중단되었다.

"이들의 계획을 어떻게 알았지? 이자들에게서가 아니면, 도대체 누구에게서 들은 거냐?"

"그건……, 말할 수 없어."

산이 우물거리자 린의 눈에 깃든 의혹이 조금씩 옅어지더니 이내 사라졌다. 모른다는 말보다 말할 수 없다는 대답에서 그는 직관적으로 깨달았다. 감히 세자 시해를 획책하는 음모에 그녀의 아버지가 연루되어 있는 것이다. 아버지를 밀고할 수 없는 처지에서 세자를 구하기 위해 이런 위험한 짓을 감행하다니! 린은 그녀의 무모함이 딱했다.

얇은 입술을 꾹 다물고 얌전해진 그가 산에겐 여전히 의심을 거두지 못한 것으로 보였다. 이 못 말리는 답답이, 고집불통, 벽창우에 의심꾸러기 같으니라고! 그녀는 일순 울컥했다.

"린."

가까스로 마음을 가다듬은 그녀가 조용히 그를 불렀다. 그의 눈동자가 아주 미세하게 흠칫 흔들렸다. 그녀가 성을 붙이지 않고 그를 부른 것은 이번이 처음이었다. 화살들을 움켜쥔 그녀의 손을 누르고 있는 그의 손 위에 산이 나머지 손을 살포시 얹었다.

"난 원의 동무야. 그리고 네 동무야. 지금 당장은 이 무엄한 음모를 어디서 들었는지 밝힐 수 없지만, 내가 말한 건 모두 사실이야. 나를 믿어야 해. 지금 이 화살들을 없애지 않으면 내일 원과 네 목숨을 구할 수 없어. 날 도와줘, 제발."

제발이라는 말이 그에게 긴 여운을 남겼다. 그런 낱말이 그녀의 입에서 나올 수 있으리라고 상상해 본 적도 없었다. 미처 대비하지 못했던 산의 언행에 방심했는지, 진정성을 담은 그녀의 눈에 린은 덜컥 붙들렸다. 한 번 빠져들면 헤어나기 힘든 그 우물 같은 눈은 티끌 하나 없이 맑기만 했다. 그들을 감싸고 있는 어둠보다 더 짙은 눈동자. 취한 듯, 얼이 나간 듯 린은 미동도 없었다. 이제 납득을 했나 보다고 여긴 산이 그의 손을 살며시 들어 올렸다. 고분고분 떨어져 나가던 그의 손이 문득 화살을 쥔 그녀의 손을 더욱 세게 붙잡았다.

"뭐 하자는 거야?"

기어코 화가 난 산이 낮게 으르렁거렸다.

"그만둬."

잘라 말한 그가 그녀의 손에서 화살들을 가로챘다. 완력으로 치자면 산은 도저히 그를 당해 낼 수 없다. 그가 전동들을 갖옷 무더기 아래 도로 묻어 두는 걸 속수무책으로 보며, 산은 소리 나지 않게 발을 굴렀다.

"이 화살들을 그대로 여기에 놔둘 셈이야? 네가 죽어도 좋아?"

린은 들은 체 만 체 막사 안을 흔적 없이 정리하고 산의 팔을 움켜잡아 밖으로 끌고 나갔다. 산이 그의 손아귀에서 빠져나오려 몸부림치자, 그녀의 눈앞에 얼굴을 들이대고 린이 속삭였다.

"이자들을 깨우면 어떻게 될지 알겠지? 조용히 따라오는 게 좋을 거야."

산은 화가 머리끝까지 치밀었지만 별수 없이 그가 끌고 가는 대로 수풀 속으로 들어갔다. 막사들이 멀어진 곳에 이르러 린이 덤불을 헤쳐 그녀가 숨겨 둔 등롱을 꺼내 들자, 그녀는 아드득 이를 갈았다.

"너, 언제부터 쫓아왔던 거야?"

"네가 장사에서 나왔을 때부터."

주머니에서 부시쌈지를 꺼내 등에 불을 붙이는 린을 보며, 내내 쫓아왔던 낌새를 전혀 알아차리지 못했던 자신이 한심해 산은 더욱 골이 났다. 등롱을 내밀며 심상하게 말하는 린 때문에 그녀는 거의 폭발할 지경이었다.

"장사로 돌아가자."

"돌아가자니, 제정신이야? 저 화살들은 어쩔 셈이야?"

"넌 신경 쓰지 않아도 돼."

"뭐야? 내일 일을 네게 알려 준 사람이 누군데!"

린은 더 이상 대꾸하지 않고 다짜고짜 그녀를 잡아끌었다. 끌려가는 내내 산이 투덜대고 화를 내고 때론 호소하기도 했지만, 그는 여전히 묵묵부답인 채로 숲을 가로질러 걸어갔다. 결국 체념한 그녀가 토라져 그의 손을 뿌리치고 팔을 획획 휘두르며 성큼성큼 앞질러 걸었다. 그렇게 장사 앞까지 온 산이 휙 뒤돌아 린에게 등롱을 건네받으며 야멸치게 그를 노려보았다.

　"네가 죽든 말든 전혀 신경 쓰지 않을 거야! 하지만 원이 다치거나 죽으면 그건 모두 네 책임이야, 이 멍청아!"

　그녀의 말에 린이 어이없어 픽 웃었다. 종실 숙녀의 입에서 나올 말로는 적절하지 않았지만 왠지 그녀에겐 어울렸다. 그렇다고 그녀가 천박하다는 생각은 들지 않았다. 그는 산이 보기 전에 얼른 웃음을 지우고 건조하게 말했다.

　"들어가서 잠이나 자. 다시 나와서 숲에 갈 생각은 안 하는 게 좋아. 난 이곳에 도착하면서부터 널 감시해 왔고 오늘 밤도 마찬가지야. 장사를 나서는 즉시 들어가게 될 테니까 헛수고하지 마."

　"나보다 숲 속 그 사내들을 감시해야지. 바보 같으니라고!"

　장사의 문이 갑작스레 끼익 열려 산은 입을 합, 다물었다. 부스스한 몰골로 나온 장두가 그녀를 보고 급히 밖으로 굴러나왔다.

　"아이고, 이제 오시다뇨. 밤길에 다친 덴 없으십니까, 아가씨?"

　산이 주변을 둘러보았을 때는 이미 린이 자취를 감춘 뒤였다. 어디에 숨었지? 그를 찾아 두리번거리는 그녀의 옆에서 엉거주춤 선 장두가 물었다.

"왜 그러세요. 무얼 찾으시는 겁니까?"

"아니야, 아무것도."

"아까 무슨 소리가 들리는 것 같았어요."

"답답해서 혼잣말 좀 했어. 이제 됐으니 들어가."

뭔가 이상하다고 생각했지만 아가씨가 그렇다면 그런 것, 장두가 군말 없이 문을 열었다. 들어가던 산이 뒤돌아 한 번 더 어둠 속 너머를 훑었지만 역시 린은 보이지 않았다.

"멍청이!"

그녀의 목소리는 작았지만 청염하니 밤하늘에 울려 퍼졌다.

"예?"

졸음에 감기던 눈을 휘둥그레 뜬 장두에게 그저 혼잣말이라고 얼버무리며 서둘러 들어간 산의 등 뒤로 대문이 닫혔다. 어둠 속에서 린이 또 한 번 실소했다.

왕은 서둘러 별업을 나섰다. 공주와 왕족들, 신료들을 거느리고 사냥터에 이르렀을 때는 검푸르죽죽한 기운이 아직 가시지 않은 새벽이었다. 사냥 준비를 마친 남반南班 군관들과 숙련된 사냥꾼이 산자락에 모여 있었다. 왕의 오랜 사냥 친구인 원경과 박의 등이 뽑은 서른 명의 사냥꾼들이 왕의 뒤편에 부복했는데, 그들이 메고 있는 어피전동엔 붉은 화살이 가지런히 담겨 있었다. 이미 동물들을 몰기 위해 불도 질러 놓았고, 몰이꾼들이 개와 함께 산을 죽 훑어 오는 참이었다. 이제 곧 몰려올 짐승들을 고대하며 왕이 군침을 삼켰다. 활을 잡은 왕의 손에 기대와 흥분으로 핏줄이 툭툭 불거졌다. 나이 들어 흐릿해진 눈이 생생하게 빛나는 유일한 시간이었다.

왕이 원래부터 사냥에 미쳤던 것은 아니었다. 원나라에 인질로 가 있으면서부터, 그곳에서 사냥에 매료되어 헛헛한 마음을 달래며 소일하던 것이 이제는 뗄 수 없는 취미가 되어 버린 것이다. 비위를 맞춰 주는 신하들에게 홍알홍알 이빨 빠진 호랑이처럼 휘둘리다 문득 자신이 한없이 무능하게 느껴질 때, 딸 같은 아내에게 툭하면 긁히고 업신여김 당할 때, 머리에 피도 안 마른 어린 아들이 세자랍시고 훈계할 때, 그럴 때면 사냥에 대한 생각이 몹시도 간절해진다.

그의 믿음직했던 남성마저 배신한 이즈음에는 더욱 그랬다. 사냥을 나와 달리고 쏘고 찌르고 찢으면 속이 확 풀리는 것 같았다. 자신이 아직 건재하다고 만인에게 당당히 선언하는 것 같았다. 이번 사냥은 특히나 얄미운 아들과 겨루는 만큼, 자신의 위용을 그 앞에서 한껏 보여 주고 싶었다. 그런데 막상 경쟁자가 모습을 드러내지 않아 늙은 왕은 그만 초조해졌다.

"세자는 무얼 하느라 이렇게 꾸물대는가. 몰이꾼들은 벌써 시작했는데!"

왕의 옆을 지키는 환관들이 당황한 기색으로 서로 눈짓을 교환했다. 공주도 눈살을 찌푸렸다. 모인 사람들이 술렁술렁하니 미처 달아오르지 못한 분위기가 식어 갔다. 왕의 인내심이 바닥을 드러낼 즈음, 세자가 백마를 타고 어슬렁어슬렁 나타났다. 배위한 수행인 하나 없이 혼자 유유히 다가오는 세자를 보고 왕의 눈썹이 꿈틀했다.

"어째서 이리 늦은 것이냐! 동궁의 사냥꾼들은 어디에 있느냐?"

"모두 돌려보냈습니다."

낭랑한 세자의 음성이 웅성대던 사람들의 입을 다물게 했다. 왕의 한쪽 눈썹이 더 치켜 올라갔다.

"무어라고 했느냐?"

"전하께서 들으신 대로입니다."

"그게 무슨 말인가, 돌려보내다니? 이제 곧 몰이꾼들이 짐승을 몰고 올 것인데!"

"소신이 평소 용맹이 부족하고 심약하와 활과 칼을 다루는 일에 늘 불안하였습니다. 게다가 가뭄이 극심한 농사철에 사냥의 뒤치다꺼리를 하느라 농민들이 논을 비우고 산을 헤매니 안타깝기 그지없고, 불살생의 계를 어겨 가며 짐승을 도륙하는 일은 아무래도 즐길 수가 없습니다. 저의 작은 기쁨을 위해 숱한 생명을 앗아 가는 내기를 하는 것은 부처의 뜻에 분명 어긋나리다. 어리석고 몽매한 신이나 오계를 지켜 부처의 가르침을 거스르고 싶지 않사오니, 전하께서 널리 헤아려 주소서."

"이질 부카[益知禮普花]!"

공주가 질책하듯 날카롭게 아들의 몽골 이름을 불렀다. 그

자리에 있는 누구에게든, 원의 해명은 자신의 즐거움을 좇느라 백성의 고통과 불가의 세속 계율 따윈 아랑곳 않는 왕에 대한 비아냥거림으로 들렸다. 사냥에 따라와 며칠 동안 동행해 놓고는, 이제 와서 불살생을 운운하며 왕을 비웃다니! 세자의 안하무인에 모두 혀를 내두를 따름이다. 요 발칙한 놈이! 부글부글 끓어오르는 눈으로 아들을 노려보는 왕의 머릿속엔 지금 그를 향해 마구 내달려 올 짐승들이 헤집고 다녔다. 더 이상 지체할 시간 따위란 없는 것이다.

"동궁의 뜻이 그러하다면 어쩔 수 없지. 물러가도 좋다."

"망극하옵니다."

원이 은은히 웃으며 감사했다. 그 웃음도 왕의 눈에는 그저 비웃음이다. 그는 왕더러 보란 듯이 느긋하게, 왕의 총애를 극진히 받는 환관 최세연과 도성기陶成器에게 다가갔다.

"내가 싣고 온 꾸러미를 받아라."

세자가 다가온 까닭을 몰라 의아해하던 두 환관은 서로 눈치를 보며 백마의 엉덩이에 걸쳐진 무거운 보따리를 끙, 집어들었다. 왕을 비롯해 모두의 시선이 세자에게 쏠렸다.

"오늘의 내기를 위해 준비된 화살들이다. 내가 사냥을 그만두면 오직 이번 내기만을 위해 특별히 만들어진 이 화살들을 그냥 버리고 말 것이니, 만든 이들의 수고를 생각하면 그 또한 가엾지 않은가. 늘 전하를 성심껏 보필하는 그대들에게 상으로 내리고자 하니 이 화살들로 전하를 즐겁게 해 드리기 바란다."

보따리를 풀어 수십 묶음의 푸른 화살을 확인한 환관들이 떨떠름한 낮으로 세자에게 감사의 예를 올렸다. 할 일을 다 했다는 듯. 원은 왕과 왕비에게 인사한 후 무리를 뒤로하고 사냥터를 떠났다.

세자가 자리를 뜨기 무섭게 매캐한 흙먼지를 일으키며 사냥감들이 쏟아져 나오기 시작했다. 왕이 제일 먼저 붉은 화살 하나를 메기고 시위를 당겼다. 핑. 포물선을 그리며 날아간 화살이 어느 짐승에겐가 맞았을 것이다. 그게 멧돼지였던가? 화살을 맞고도 튕겨 내고 내달리는가 싶더니 곧 비칠거렸다. 뒤치다꺼리를 하는 하급 군관이 창으로 멧돼지를 깊게 찔러 한 바퀴 후벼 내고 다른 사냥꾼이 칼로 스윽 베어 거들자 짐승이 견디지 못하고 쿵 넘어갔다. 튕겨 낸 줄 알았던 화살이 박혀 있는데, 분명 왕이 쏜 붉은 화살이다.

어라? 흐릿한 눈을 크게 뜬 왕도 자신의 실력에 놀라는 눈치다. 정말 맞았던가? 왕이 반신반의하는 차에 백관들이 양팔을 높이 들어 환호를 한다. 활을 든 팔을 번쩍 치켜드는 왕의 얼굴에 좀처럼 보기 드문 자긍심이 번득였다. 이것을 신호로 왕의 사냥꾼들을 비롯해 모두가 사방으로 내달리는 짐승들에게 일제히 활을 쏘았다. 겨냥하고 쏘고 찌르고 베고, 짐승들의 산이 쌓여 가며 사냥이 절정으로 치닫는다. 내몰린 짐승들이 죄다 쓰러질 때까지 절정은 굴곡 없이 지속된다.

"놀랍습니다. 전하께서 한 발에 멧돼지를 끝내셨나이다."

사람들과 짐승들이 뒤엉킨 아비규환을 구경하고 있는 공주의 옆에서 사냥에 뛰어들지 않은 영인백이 감탄해 마지않았다.

공주도 조금 놀란 눈치, 늙은 남편이 이렇게 호쾌하게 시작할 줄은 몰랐다. 늘 변변찮았지만 사냥은 자신 있어 하더라니, 멋있는 면도 있었다. 저 호방한 기세를 침전까지 이어가면 좋으련만. 나직이 한숨 쉬는 공주의 눈가가 그래도 많이 부드러워졌다. 공주의 눈치를 보니 오늘 연회는 밤늦도록 질펀하겠다 싶어 영인백은 안도했다. 그렇지만 요상타. 왜 하필 시작되기 직전에 세자가 왕에게 사냥을 하지 않겠노라 알렸을까? 그저 우연인가? 어떻게 생각해? 영인백이 공주의 뒤에 선 최세연에게 째긋째긋 눈을 찌그려 물었다. 푸른 화살 더미를 떠맡고 감히 사냥에 끼어들지 못한 환관이 좁은 어깨를 으쓱하는 게, 자신도 모르겠다는 눈치다.

사냥은 반나절 동안 지속되었다. 먼지와 땀과 피로 끈적대는 소매로 이마에 흐르는 땀을 훔치고, 왕이 홍소를 터뜨리며 막사로 돌아왔다. 그동안 억눌렸던 심사를 몇 시간 만에 모두 토해 낸 듯 시원하고 후련해 보였다. 왕을 모시고 돌아온 이들의 표정도 덩달아 밝았다. 잡아 온 짐승들을 분류해 보니 붉은 화살이 박힌 것이 적지 않았다. 푸른 화살이 박힌 놈은 물론 단 한 마리도 없었다. 금으로 테를 두른 빈 전동을 기분 좋게 두드리는 왕을 보고 백관들이 또 환호했다.

시장하고 지치고 들뜬 가운데 사냥터에서 즉석으로 연회가 열렸다. 농장을 비롯해 근방에서 동원된 농민들과 노비들이 바삐 움직이며 커다란 가마솥을 여기저기 걸고 잡은 짐승을 삶았다. 언제 왔던가, 악공들이 비파며 거문고를 들고 와 자리를 잡고 기녀들이 꽃가지를 담은 쟁반을 줄줄이 날랐다. 아락주의 강렬한 맛이 거친 사냥 뒤 칼칼한 목을 축이는 데 적절했다. 왕이 흐뭇하니 술잔을 들어 한입에 털어 넣고 기녀가 바치는 쟁반에서 꽃가지를 하나 집었다. 그는 오늘 꽃을 꽂고 춤을 출 참이었다. 왕은 술을 마시면 곧잘 춤을 추었다. 오늘은 그에게 있어 춤추고 싶은 날이었다.

원은 사냥터를 등지고 거대한 별업을 향해 천천히 말을 몰았다. 뒤에서 왁자한 함성 소리가 바람을 타고 들렸다. 일꾼들이 증발하고 비어 버린 넓은 논밭에는 군데군데 작은 초가들이 몇몇 모여 있을 뿐, 으리으리한 건축물은 영인백의, 정확히는 산의 복전장이 유일했다. 그저 평화롭고 소박한 농촌인데 혼자 우뚝 서 있는 별업이 아름답다기보다는 경관을 해치는 꼴사나운 흉물 같다. 원의 눈에는, 큰 덩치에 벽옥이네 금이네 장식하고 붉게 칠한 이런 집을 소유했다는 걸 뻐기는 맛에 지은 저택으로 보인다. 저 집에 들어가 혼자 하릴없이 뒹굴고 싶진 않다. 복전장엔 노비 몇 사람만 있을 뿐, 모두 사냥터로 몰려가 텅 빈 상태다. 린도 없고 금과정 사람들도 없다.

"오늘 사냥은 그만두셨으면 합니다."
새벽녘 그를 찾은 린이 대뜸 꺼낸 말이다.

"왜?"

의아해하는 원에게 돌아온 대답은 그가 알던 린의 것이 아니었다.

"예감이 좋지 않습니다."

예감이라. 평소의 넌 막연한 예감 따위에 흔들리지 않지. 국왕과의 약속을 깨야 할 정도로 불길한 예감이 들었다면 그에 걸맞은 근거가 있을 것이다. 원은 생각했지만 벗을 추궁하지 않았다. 린이 말하지 않은 것이 있다면 그에 대한 이유도 존재할 것이기 때문이다. 뭐, 좋아! 흔쾌히 받아들이는 원에게 린이 또 덧붙였다.

"우리 쪽 화살들을 모두의 앞에서 처분해 주십시오."

"이것도 네 예감이냐?"

빙그레 웃으며 묻는 원에게 린이 고개를 살짝 숙여 보였다. 미소로 벗의 청을 수락한 원이 장난스럽게 물었다.

"또 없니?"

"없습니다. 소신의 무례한 청을 거두어 주셔서 감사합니다."

짤막하게 인사를 하고 그의 앞을 떠난 린은 아침 내내 보이지 않았다. 금과정에서 데리고 온 사냥꾼 서른 명이 세자에게 절을 하고 개경으로 출발할 때도 그의 곁에 린은 없었다.

'그것도 이유가 있겠지!'

씁쓸하니 입술을 잘근잘근 씹던 원은, 화살 무더기를 떠맡고 당황하여 작은 눈을 씀뻑이던 환관들을 떠올렸다. 그들의 표정으로 미루어 린의 이상한 부탁이 어디에서 비롯되었는지 추측할 수 있을 것도 같다.

"흐흠."

원이 음흉하니 웃었다. 귀찮은 추측은 그만두고 농촌을 한가로이 거닐며 하루를 소진할 작정으로, 타박타박 평이한 속도로 걷는 말을 그는 재촉하지 않았다.

그렇게 단조로운 풍광을 훑던 그의 귀를 문득 자극하는 소리가 있었다. 꺽꺽, 숨을 주체하지 못하는 흐느낌 같은 가는 소리였다. 귀 기울여 보면, 울부짖는 고양이 소리 같기도 하고 발광하는 아이 소리 같기도 했다. 소리를 따라 조금 빠르게 말을 몰던 그는, 곧 멀리 밭두렁에서 꼼질대는 덩어리와 그 덩어리를 거의 가리고 있는 말의 커다란 엉덩이, 그리고 그 위에 앉아 있는 사내의 등을 발견했다. 가까이 다가갈수록 아이가 악을 쓰며 우는 소리가 분명해졌다. 그리고 아이를 윽박지르는 소리도 섞여 들렸다.

"요 건방진 꼬마가 그래도 울음을 그치지 못하고! 정녕 죽고 싶은 게야?"

위협이 빈말이 아닌 듯 사내가 허리에서 환도를 뽑아 들자, 아이가 겁에 질려 더욱 크게 고함을 치며 울었다. 목이 쉬어 끽끽대는 소리가 못내 거슬렸는지 사내는 금세라도 칼을 휘두를 기세였다.

"멈춰라."

때맞춰 등장한 원의 엄한 목소리에 사내가 웬 훼방꾼이냐고 묻듯 언짢은 얼굴로 돌아보았다.

"아이고, 동궁마노라!"

그를 알아본 사내가 비명 지르듯 세자를 부르며 말에서 냉큼 뛰어내렸다. 동시에 원과 눈을 마주친 아이가 거짓말처럼 울음을 뚝 그쳤다.

아이와 눈을 맞추던 원은 사내를 흘낏 보았다. 옷 입은 품이 고위 관리로, 부왕과 함께 사냥 중인 사람들 중 하나임을 금세 알 수 있었다. 아이를 볼 때 다정했던 그의 눈빛이 차갑게 얼어붙었다.

"누구냐?"

"전라도 왕지별감王旨別監, 권의權宜옵니다, 마노라."

"무슨 일이냐?"

"사냥 중 마록馬鹿* 한 마리를 쫓아 농지로 나왔는데, 이 아이가 갑자기 앞을 가로질러 가는 바람에 제 말이 크게 놀라 발목이 부러질 뻔했습니다."

"그래서?"

"다 잡은 짐승을 놓치고 말까지 상할 뻔했으니 아이의 부모에게 알려야겠다 싶어 집을 묻는데, 이놈이 대답은 않고 어찌나 악을 쓰는지 기가 막히던 참이었습니다."

"그래서?"

"예?"

---

* 고라니.

짜증이 잔뜩 묻어나는 세자의 질문을 별감 권의가 이해하지 못하고 뒤룩뒤룩 눈알을 굴렸다. 아이의 부모를 찾으면 제 것도 아니었던 마륵과 다치지도 않은 말을 변상하라 협박하겠지. 보지 않아도 뻔한 일이라 원은 더 듣기도 싫었다.

'어찌 이자뿐이랴. 이런 자가 고려 방방곡곡에 한둘이 아니리라.'

원은 권의를 채찍으로 갈기고 싶은 마음을 애써 눌렀다.

'부왕은 이런 자들을 보필로 삼아 정치를 하신다. 참으로 한심하다!'

나는 절대 부왕과 같은 왕이 되지 않겠다. 원은 다짐했다. 아버지와 같은 남편이 되지 않을 자신이 있는 것처럼, 아버지와 같은 왕이 되지 않을 자신도 충만했다. 벌레를 보듯 권의를 내리깔아 보던 원이 내뱉은 목소리가 의외로 부드러웠다.

"가거라."

"예? 하오나 동궁마노라."

"알았으니 가거라. 내가 그대를 기억하겠다."

"아, 예예!"

권의가 얼른 절을 하고 물러갔다. 구지레한 아이를 붙들고 으르는 것보다 세자의 기억에 남는 편이 훨씬 실속 있을 것이다. 물러가는 권의의 가슴이 기대에 부풀었다.

'내가 너를 기억함이 네가 바라듯이 좋은 일은 아닐 것이다.'

벌판 저편, 점이 되어 사라지는 권의를 보며 세자는 비소를 머금었다. 원이 다시 아이를 내려다보니 아이가 밭둑에 엉덩이를 붙인 채로 뒤로 물러나려 꿈지럭댔다. 아마도 날카롭게 날이 선 그의 눈매가 두려웠던 모양이다. 그는 눈초리를 부드럽게 내리며 상냥한 목소리로 아이를 달랬다.

"이제 괜찮다. 집에 가도 좋다."

믿음 반 의심 반, 여전히 경계심이 밴 눈으로 아이가 그를 올려다보았다. 아주 작은데다 앉아 있기까지 한 아이는 커다란 말에 올라탄 그를 보기 위해 목을 아예 뒤로 꺾고 있었다. 그러자니 입이 자연스레 헤벌어졌고 고였던 침이 기어코 뚝 떨어진다. 지저분하기도 했지만 귀엽고도 우스워서 원이 킥킥댔다. 그 웃음이 아이를 안심시켰는지 아이가 천천히 일어나기 시작했다. 그러나 온전히 일어나기 전에 아이는 배칠거리다 아얏 소리를 내며 다시 주저앉았다.

"왜 그러니?"

세자가 몸소 말에서 뛰어내려 아이 앞으로 다가가 쪼그려 앉았다. 그제야 아이의 바지에 묻은 붉은 얼룩을 발견했다. 밭의 불그스름한 흙이 잔뜩 묻어 있던 더러운 옷이라 피와 얼른 구별이 되지 않은 탓이다. 원이 조심스레 아이의 바지를 걷어 올리니 무릎이 심하게 깨져 있었다. 아마도 권의의 말을 피하려다 넘어질 때 생긴 상처이리라. 그때까지도 맹하던 아이는 제 상처를 확인하고는 금세라도 울음을 터뜨릴 듯 얼굴을 일그러뜨렸다.

"쉬, 괜찮아."

원이 아이의 머리통을 쓰다듬었다. 그는 머리에 썼던 건을 벗어 박음질한 부분을 뜯고 넓게 펼쳐, 세 겹으로 길고 반듯하게 접어 아이의 무릎에 감아 단단히 묶어 주었다. 그가 하는 양이 낯설고 재미있었는지 울먹울먹하던 아이의 입이 아까처럼 방심하여 헤벌어졌다.

"이제 됐다. 집에 가서 약을 붙이고 얌전하게 있으면 곧 낫는다."

원이 빙그레 웃어 보이자 아이도 해죽 따라 웃었다. 웃다가, 또 맹하니 동그란 눈을 깜빡이며 그를 쳐다보았다. 좀 전의 두려움이나 경계심은 사라지고 호기심으로 가득 찬 눈빛이었다. 감히 세자를 뚫어져라 바라보는 아이의 코를 그가 살짝 잡아 흔들었다.

"왜 그렇게 빤히 보느냐?"

"여기, 머리카락이 원래 없어요?"

아이가 용감하게도 손을 올려 세자의 이마 위를 살살 만졌다. 응? 원의 눈이 커지고 붉은 입술은 유쾌한 웃음을 함박 머금었다. 궁중 사람들과 귀족들 중 일부만이 하는 개체 변발을, 농촌의 새카맣게 튼 아이가 본 적이 있을 리 없다. 홍안의 소년이 앞머리만 빼놓고 노인네처럼 정수리가 홀랑 까졌으니 아이가 놀라 눈을 못 뗀 것도 당연했다. 원은 고개를 조금 숙이고 아이의 손을 잡아 뒷머리와 옆머리도 만지게 해 주었다. 아이의 손이 머리 뒤쪽에서부터 세 갈래로 땋은 머리를 쓰다듬고 내려와 그의 목을 스쳐 가슴 위에 늘어뜨린 땋은 머리끝에 이르렀다. '여기에는 숱이 많네.' 아이가 신기한 듯 웃으며 입속으로 벙싯거렸다.

"이것은 케쿨[揶仇兒]*이란 것이다. 내가 사는 곳에서 유행하는 머리지."

"어디서 왔는데요?"

"개경."

원은 변발 덕에 말문을 연 아이의 어투가 이상하다는 것을 깨달았다. 서해도에 사는 어린아이의 말에 전라도 억양이 묻어 있었다.

"이름이 뭐지?"

"향이요."

"그래 향이야, 난 개경에서 왔어. 넌 어디서 왔는데?"

아이가 머뭇거렸다. 원을 쳐다보던 눈동자가 한 바퀴 굴러 이리저리 헤매다가 다시 원에게로 돌아갔다. 망설이는 아이에게 그가 또 웃어 보였다. 믿을 수 있는 사람이라고 여겼는지, 아이가 기어드는 목소리로 중얼거렸다.

"모르는 사람하고 말하면 안 돼요. 장사에 있는 사람들 빼고는 말하지 말랬어요. 그리고 예쁜 옷 입은 사람하고는 절대로 말하면 안 된다고 했어요."

"누가 그랬는데? 어머니가?"

"형아가요. 형아도 개경에서 와요."

"그렇구나. 모르는 사람하고 말하면 안 된다고 그랬단 말이지……. 하지만 향이야, 우린 이제 아는 사이잖아. 상처도 이렇

---

* 개체 변발의 몽골어.

게 치료해 줬고, 난 네 이름도 알잖아."

곰곰이 생각하던 아이가 고개를 끄덕였다. 그럴싸하게 들린
모양이다. 빈틈을 놓치지 않고 원이 물었다.

"형이 또 뭐라고 했지?"

"나쁜 사람들이 엄마랑 나를 도로 데려갈 거라고 그랬어요.
아까 그 아저씨 같은 사람이요. 그러니 모르는 사람이 보이면
절대 아무 말도 하지 말고 얼른 장사로 뛰어오라고요."

"으흠, 형이 너 말고 다른 사람한테도 그렇게 말하든?"

"순병이랑 난실이요. 옆집 애들이랑 장사에 사는 애들한테
도 그랬어요."

"형 말을 잘 듣는 걸 보니 향이는 형이 좋은 모양이구나?"

"예! 맛있는 것도 갖다 주고 재밌는 얘기도 해 줘요. 뜀박질
도 같이 하고 칼싸움도 해요. 이제 공부도 해야 한다고 책도 줬
어요. 아직 읽지 못하지만요……. 엄마나 아저씨, 아주머니들
도 다 좋아해요. 엄마가 만날 그러는걸요. 형아가 아니면 우린
모두 죽었을 거라고요. 그런데 형아는 너무 뜨문뜨문 와요. 자
주 오면 더 좋은데……."

아이가 문득 킬킬댔다.

"엄마랑 장두 아저씨는 형아한테 아가씨라고 해요."

"아가씨라고?"

원이 아이를 따라 웃었다. 아무래도 아이가 말하는 형은 원
이 짐작하는 그 사람인가 보다.

"남잔데 왜 아가씨라고 부르냐고 물어보면, 아가씨처럼 예

뻐서 그런대요. 사실은요, 형아가 진짜로 예뻐요……. 우리 엄마보다 더. 난 엄마 앞에선 우리 엄마가 제일 예쁘다고 하지만요! 엄마보다 예쁜데 장두 아저씨보다 더 빨리 달려요. 참나무 꼭대기에도 제일 먼저 올라갈 수 있고요."

"흠, 대단하구나, 그 형은."

"예!"

제가 좋아하는 사람을 인정해 주는 게 기뻐 아이가 소리 높여 대답했다. 그 순진한 모습에 원은 가슴이 뭉클했다. 그는 아이를 일으켜 세우고 어깨를 잡아 다정스레 아이의 눈을 들여다보았다.

"알았다. 오늘 네가 내게 한 말은 모두 비밀이다. 엄마에게도, 형에게도. 알겠니?"

"왜요?"

"너는 나와 아는 사이지만 엄마나 형은 나를 모르기 때문이다. 향이는 착한 아이니 엄마나 형을 걱정시키고 싶지 않지? 나도 비밀을 지킬 테니 너도 사내답게 입을 꼭 다물고 있어라. 할 수 있겠니?"

전부 알아들은 것 같지 않았지만 아이는 고개를 끄덕였다. 원이 아이를 번쩍 안아 들었다.

"좋아! 이제 집에 데려다 주마."

"난 장사에 갈 거예요. 혼자서도 갈 수 있어요. 저기 조그맣게 보이잖아요."

아이가 고집을 피우자 원은 잠시 망설였다. 무릎이 깨진 아이를 혼자 보내기가 걸렸지만, 아이와 함께 오는 세자를 보고 장사의 사람들이 불안에 떨 일을 생각하면 이대로 아이와 헤어지는 것이 맞다. 아이를 다시 내려놓은 그는 거칠게 튼 아이의 뺨을 살짝 꼬집었다.

"잘 가라."

아이가 절뚝이며 걷기 시작했다. 밭둑길을 한참 가던 아이가 문득 뒤돌았다. 어느새 백마가 꽤 멀어져 있었다. 말을 탄 소년의 땋아 내린 머리가 그의 등을 철썩철썩 때리는 것을 보며, 아이는 자신의 작은 이마와 숱 많은 정수리를 살살 문질러 보았다.

린은 작은 계곡을 발견하고 말에서 내려 땀이 흐르는 얼굴을 씻었다.

새벽부터 숲을 훑었지만 정체불명의 사냥꾼들을 단 한 명도 발견하지 못했다. 숲 너머의 천막들도 이미 사라졌고, 사냥터에 자리 잡은 사냥꾼들과 몰이꾼들 중엔 수상한 자들이 없었다. 사냥이 시작되고 뿔피리 소리와 고함 소리가 천지를 진동하는 가운데, 내달리는 짐승들 사이를 누비며 눈에 불을 켜고 뒤질 수 있는 곳을 모두 뒤졌다. 몇 명 붙들긴 했지만 소속이 명확한 자들로 그가 찾는 자들이 아니었다. 결국 사냥을 마무리하는 나발을 듣고 린은 수색을 멈췄다.

'새벽까지 기다리지 않고 군사를 끌고 갔다면 그자들과 그자들의 배후, 이런 일에 형님을 끌어들인 실질적인 배후까지 잡을 수 있었다.'

계곡의 편평한 바위에 앉아 세운 무릎에 팔을 걸친 그의 턱에서 물방울들이 뚝뚝 떨어졌다. 린은 입술을 지그시 깨물었다.

'하지만! 그랬다면 이 음모에 형님이나 영인백이 간여한 것을 숨길 수가 없어. 모두 역도가 되어 중벌을 피할 수 없게 된다. 그렇게 되면……'

거대한 피바람이 개경을 휩쓸 것이다. 형 왕전이 역도로 지목되면 영문도 모르는 정화궁주와 강양공도 의심받을지 모른다. 안 그래도 두 모자를 미워하던 원성공주가 기회를 놓칠 리 없다. 그리고 영인백이 잡히면, 그의 딸인 산도 무사하지 못할 것이다. 린은 화살을 없애기 위해 수십 명의 사내가 우글거리는 막사에 잠입했던 산의 무모하고도 순진한 행동을 떠올렸다.

"젠장!"

그답지 않게 욕이 튀어나왔다. 세자에게 사냥을 피하라고 권한 뒤 혼자서 놈들을 수색했던 건 형과 산의 아버지를 덮어주기 위해서였던 것이다! 놈들 중 한 명이라도 붙잡아 족치면 이 계획을 지휘하는 진짜 원흉의 정체를 캐낼 수 있다고 자위하며 숲을 헤매고 있지만, 결과적으로 세자를 속이고 말았다. 형과 의절할 준비도 되어 있다고 생각했던, 세자를 위해 거리낄 게 없었던 그가 저지를 일이 결코 아니었다. 그는 어젯밤 그자들을 즉시 체포하고 화살을 압수해 증거를 확보했어야 했다.

그러나 그렇게 하지 않았다. 망설이고 머뭇거리고 주저하다가 그자들을 모두 놓치고 증거를 잃었다. 무엇을 위해서?

'나는 사실 놈들을 놓친 걸 다행스럽게 여기는 게 아닌가? 형님과 영인백이 역모를 꾸몄다는 증거가 없어졌으니!'

린은 자기혐오에 주먹을 불끈 쥐었다.

'천하에 비겁한 놈! 반역자! 왕린, 너는 저하를 배신했어!'

사냥에서 빠져 달라는 그의 청을 원은 아무 말 없이 들어줬다. 묻고 싶지 않았을 리 없지만 세자는 끝끝내 묻지 않았다. 오직 그를 믿었기 때문이다! 린은 입속 연한 살을 피가 배어나도록 씹어 짓이겼다. 분노를 참을 때 저도 모르게 나오는 버릇이었다.

수풀이 바스락 흔들렸다. 벌떡 일어난 린은 재빠르게 칼을 뽑아 소리 난 곳을 겨눴다. 수풀이 갈라지며 말 한 마리가 뚜벅 걸어 나왔다. 그의 칼끝이 향한 곳에 말고삐를 틀어쥔 산이 있었다. 그가 허탈하니 칼을 거뒀다.

"어떻게 됐어?"

그녀가 다급히 물으며 말에서 뛰어내려 린에게 다가섰다. 린은 대답 대신 그녀를 나무라기부터 했다.

"여기서 뭐 하는 거냐? 영인백은 네가 개경에 있는 줄 알고 있던데 이렇게 돌아다녀도 되는 거야? 근방에 사람들이 천 명이 넘어."

"그렇게 많아서 그런지 아무도 신경 안 쓰던걸. 어떻게 됐어, 원은?"

"저하께선 사냥에 참가하지 않으셨고 우리 쪽 사냥꾼들은 모두 개경으로 돌아갔다. 나발 소리를 들었는지 모르겠지만 사냥은 잘 마무리되었어. 물론 저하도 다치지 않으셨다."

"아무 일도 없었단 말이지? 다행이야!"

진심으로 안도하는 산의 얼굴이 활짝 펴졌다. 그녀처럼 순수하게 즐거워할 수 없는 린은 씁쓸함에 몸을 돌려 나무에 묶어둔 말고삐를 풀었다. 그녀가 의아하니 그의 눈을 들여다보았다.

"왜 그래? 잘됐잖아. 일단 원도 너도 무사하고 전하의 사냥도……."

"그자들이 사라졌어. 새벽부터 샅샅이 뒤졌지만 결국 찾지 못했다. 이 일을 꾸민 배후를 밝혀낼 수가 없어."

"……그렇군."

산의 얼굴이 복잡하게 그늘졌다.

"언젠가……, 밝혀내야 하겠지. 원을 위해서."

혼잣말처럼 중얼거리는 그녀를 린이 불편한 시선으로 바라보았다. 그는 뭔가 말하려고 하다가 이내 그만두고 말 위로 훌쩍 뛰어올랐다. 산이 고삐를 붙잡아 그를 막았다.

"왜 물어보지 않지?"

"무얼?"

"그자들의 배후에 관해서. 이 일을 모의한 무리에 대해서."

"네가 말할 수 없다고 했잖아."

"그건……, 묻고 싶지만 참는다는 거야?"

산의 눈이 둥그레졌다. 그건 전혀 너답지 않다고, 우물처럼 깊은 검은 눈망울이 말하는 것 같았다. 자신을 올려다보는 그녀가 퍽 천진스러워 보여 린은 가슴이 먹먹해졌다.

"산."

그가 가만히 불렀다. 흠칫 놀란 그녀가 드러나지 않게 움찔했다. 린이 그녀의 이름을, 그것도 이렇게 다정하게 부른 것은 처음이었다.

"난 저하를 위해 형제의 우애를 끊겠다고 이미 형님에게 말했다. 그게 내 의지다. 네게 나와 똑같이 하라고 강요할 순 없다. 너는 네 의지대로 선택하면 된다. 내게 말하고 싶지 않은 것을 억지로 알릴 필요는 없어."

"웬일로 내 목에 칼을 들이대고 추궁하지 않지? 더 이상 나한테 얻어 낼 게 없다고 생각한 거야, 아니면 이 일의 배후로 이미 짐작 가는 사람이 있는 거야?"

"널 믿기 때문이다."

"……!"

담담하면서도 부드럽게 말하는 린의 태도가 왠지 당황스러웠던 산은 부러 빈정거렸다가 진지한 그의 대답에 더욱 당황했다.

"저하에 대한 네 충심을 믿는다. 그리고 청루의 일이며 이번 사냥 건에 관해 세세히 말할 수 없는 네 사정도 이해해. 낱낱이 밝히라고 더 이상 강요하지 않을 것이다."

"네가 이 일의 배후라고 여기는 사람, 네 형이나 내……, 내 아버지 역시 누군가의 계획에 이용되고 있을 뿐이야. 그자를 찾지 않고 내 아버지를 잡으려고 해 봤자 헛수고야. 하지만 그가 누구인지 몰라."

"그 말도 믿는다."

옅은 미소가 린의 입가에 떠올랐다가 이내 사라졌다. 그녀의 심장이 갑작스레 쿵 내려앉았다. 무거운 돌덩이가 누르듯 산은 가슴에 커다란 압박감을 느끼고 숨쉬기가 불편해졌다. 지난밤 그의 품 안에 꼼짝없이 안겼을 때처럼 맥박이 급격히 빨라지기 시작했다. 왜 이러지? 어제처럼 딱 달라붙어 있는 것도 아니고 이만큼이나 떨어져 있는데! 그녀는 가슴 밖으로 튀어나갈 듯이 두근대는 심장의 고동 소리가 그의 귀에까지 닿을까 봐 걱정되었다. 다행히 그는 못 들은 듯 찬찬히 말을 이었다.

"다만, 이번 일은 이렇게 넘어가지만 다음번에 증거를 잡으면 저하께 반역을 꾀하는 무리를 남김없이 뿌리 뽑아 버릴 것이다. 그때는 네 아버지를 보호하지 않을 거야. 누군가에게 이용되고 있다고 해도, 자금을 대고 적극적으로 동조하는 이상 반역임에는 틀림없으니까. 각오해 두는 게 좋을 거다."

"왜 지금이 아니라 다음번이지?"

"명확한 증거 없이 왕공대인을 잡아들일 수는 없지."

"내가 내 아버지를 보호하기 위해 널 해칠 거라는 생각은 안 해?"

산은 태연스레 말하기 위해 있는 힘을 쥐어짰다. 날뛰는 심장에서 뿜어 나오는 피가 온몸의 혈관을 뜨겁게 달구는 것 같다. 바보 같은 심장! 자신의 의지로 제어할 수 없는 근육 덩어리에 대한 분노로 그녀는 저도 모르게 눈에 힘을 주었다. 화가 난 듯 눈빛을 날카롭게 갈아세운 그녀를 보고 린이 쓰게 웃었다.

"그런다고 해도 이해하지 못하는 바는 아니다. 네게 다른 선택이 없는 거니까. 하지만 쉽게 당해 주지 않을 테니 조심하도록 해. 네 실력이야 내가 이미 너무나 잘 아니까."

딱 부러지게 말을 맺은 린이 천천히 말을 몰았다. 산은 고삐를 놓고 뒤로 물러섰다. 더 이상 그를 붙들고 있기엔 그녀의 심장이 견뎌 낼 것 같지 않았다. 우선은 그를 보내 놓고, 자신의 심장에게 무슨 일인지 따져 물어봐야 할 것 같았다. 그러나 눈치 없게도 린이 몇 걸음 가지 않아 말을 멈춰 세웠다.

"산."

그가 아까와 똑같은 부드러운 어조로 그녀를 불렀다.

"왜?"

반면 되묻는 그녀의 목소리는 짐짓 퉁명스러웠다.

"어젯밤처럼 위험한 일에 함부로 뛰어들지 마라. 넌 그냥 네 자신을 보호하고 지키면 돼."

"왜……, 그런 걱정을 해 주는데?"

"동무니까."

간결한 대답과 함께 린이 탄 말이 나무들 사이로 사라졌다. 말이 지나간 여운으로 흔들리는 수풀을 멍하니 보는 산의 심장은, 린이 사라졌음에도 좀체 가라앉지 않고 여전히 요동쳤다. 살을 맞대고 있는 것도, 얼굴을 보고 있는 것도 아닌데 쿵쾅거리는 심장이라니! 태어나서 지금까지 동고동락해 왔던 심장이지만 이 순간만큼은 너무나 낯설다. 왜 그러냐고 따져 물어도 대답을 들을 수 있을 것 같지는 않다. 그 대답은 오직 그녀 자신만이 할 수 있을 테니까.

"아이고, 내가 정말 우리 아가씨 때문에 제 명에 못 죽지. 아주 입맛이 딱 없는 게, 오늘내일 쓰러진대도 이상할 거 하나 없다니까."

유모가 비연의 머리를 빗기다 말고 두툼한 주먹으로 제 가슴을 팡팡 때리자, 비연이 죄지은 사람처럼 고개를 폭 수그린다.

"주인어른이 임금님 사냥 행차 때문에 복전장에 내려가신 동안 이 넓은 집에 혼자 있을 아가씨가 불쌍타고 가무백희歌舞百戲까지 준비해 주셨는데 정작 아가씨가 없다니? 도대체 어느 사이에 쏙 빠져나가 혼자서 복전장 장사에 가셨단 말이냐, 구형이도 따돌려 놓고? 이러다가 주인어른이 알아채시기라도 하면!"

"주인어른 돌아오시기 전날 한발 앞서 오신다고 했잖아요."

기어들어 가는 목소리로 비연이 아가씨의 전갈을 상기시킨 것이 유모의 분노를 더욱 돋웠다.

"그래서 그동안은 널더러 대신하라고? 입만 꼭 다물면 아무 일도 없을 거라고 살살 꾀었단 말이지, 요 앙큼한 아가씨가! 그게 그렇게나 간단하면! 주인어른이 집을 비우실 땐 장재掌財*가

---

* 재물의 출납을 맡아보는 사람.

아가씨를 찾는데 그 앞에서 네가 뭐라고 할 테냐?"

"그건 유모님이 적당히 둘러댈 수 있다고……."

"오늘 같은 날은 아가씨가 주인어른 대신 전두纏頭*를 직접 내리시는데, 그건?"

"그것도 유모님이랑 같이 있으면 문제없을 거라고……."

잔뜩 주눅 든 가운데서도 꼬박꼬박 아가씨의 말씀을 전하는 비연 앞에서 유모는 더 이상 억박지를 말을 잃었다. 말괄량이 아가씨를 막을 재주가 비연이라고 있겠는가 싶었던 것이다. 어머니를 대신해 왔던 그녀 자신도, 그녀가 아는 산의 유일한 친구인 비연도 결국은 노비일 뿐, 주인의 명령이라면 따라야 할 처지니 말이다. 아가씨가 저 반만큼이라도 얌전했으면! 겁에 질린 낯으로 무릎에 놓은 두 손을 꼭 움켜쥐고 처분을 기다리는 비연을 본 유모는 저도 모르게 그런 생각을 했다. 언제쯤이나 음전하니 자리를 보전하고 앉아 있는 요조숙녀가 될 것인가? 이제까지의 아가씨 행동을 보면 참 까마득하기만 하다. 그러나 유모가 한숨 쉴 여유도 없이 문밖에서 구형이가 다급히 물었다.

"배 직사가 아가씨께 여쭐 말씀이 있답니다. 어떻게 할까요?"

배 직사는 영인백의 막대한 재산을 관리 감독하는 사람인데, 스무 곳이 넘는 농장들과 수많은 시전 점포들, 원나라를 오가는 무역상들을 모두 상대하고 있었다. 직사直司란 본래 절의

---

* 광대, 기녀, 악공 등에게 주는 사례.

곳간을 책임지는 사람으로, 예전 큰 사찰의 직사로 있었던 터라 영인백의 집 모두가 그를 그냥 배 직사라고 불렀다.

"아이고, 벌써 시작이네, 시작이야!"

유모가 머리통을 절레절레 흔들며 방문을 왈칵 열어젖혔다. 문밖에 6척 다섯 치 장신의 사내가 서 있었다. 검은 얼굴에 왼쪽 눈썹 위로 손톱만 한 사마귀를 달고 있는 사내는, 유모가 워낙 무섭게 쩌리는 바람에 큰 덩치에도 불구하고 움츠러들었다. 유모의 잔소리를 꽤나 경험했기에 나오는 준비 자세인 듯하다. 과연 유모는 그냥 넘어가지 않는다.

"자네는 키만 멀쑥하니 어쩜 그리 허술한가. 제 어깨도 못 미치는 아가씨 하나 못 붙들고 밤에 집을 빠져나가게 놔둬? 그래 가지고 아가씨를 지키는 사람이랍시고 어떻게 이 집에서 꾸역꾸역 끼니마다 밥을 먹는단 말이야? 처음부터 아가씨 비위 맞춘다고 수박이니 칼싸움이니 가르쳐 주며 농땡이 칠 때부터 내 알아봤지!"

"면목이 없소."

"시끄럽고! 아가씨 돌아오실 적까지 저 애 옆에 잘 붙어 있어. 남들이 보기에 저 애가 아가씨란 걸 의심하지 못하게 주변 것들을 알아서 막아."

유모가 턱으로 비연을 가리켰다. 순종의 표시로 고개를 숙이는 구형을 한 번 더 쩌린 유모는 비연에게도 주의 주는 걸 잊지 않았다.

"조금 이따가 채봉이를 보낼 테니까 그때까지 옷 갈아입고 준비해. 이 방에서 나가면 한마디도 하면 안 된다. 특히 채봉이 그년은 입을 한시도 가만두지 못하는 년이니까 넋 놓고 있다가 말려들지 말고 정신 바짝 차려. 알겠니?"

끄덕끄덕 겁먹은 병아리처럼 순응하는 비연을 두고 요란하게 유모가 방을 나섰다. 구형이 밖에서 조용히 문을 닫았다.

비연은 일어날 기운은커녕 손가락 하나 까딱할 힘조차 남아 있지 않은 듯싶었다.

'미안. 나만 자꾸 나가서 정말 미안해.'

'아니에요, 아가씨. 오랜만에 백희를 볼 생각을 하니 벌써 두근거리는걸요.'

남겨 둔 시비가 마음에 걸렸는지 나가다 말고 돌아와 속삭이는 산에게, 광대들 재주를 대신 보게 되어 좋다고 되레 신난 얼굴로 말한 그녀였다. 아슬아슬 주삭走索[*]이니, 감탄이 절로 나오는 농환弄丸^{**}이니 못 본 지 몇 해였던가. 어릴 적 보았던 재인들의 놀이마당이 까마득하기만 한 비연은 솔직히 들떴다. 유모에게 온갖 소리를 들은 뒤에야 아가씨의 대역이 만만한 모험이 아님을 깨달았지만 이미 엎질러진 물, 돌이킬 수 없는 일이었다. 백희고 가무고 진귀하고 재미있는 구경거리도 이제 다 무섭고 싫어졌지만, 그래도 비연이 마음을 다잡고 힘이 쭉 빠진 손으로 옷을 갈아입는 것은 오직 이 일이 산에게 도움이 되

---

* 줄타기.
** 공 던지기 놀이.

기 때문이다. 아가씨에게 도움이 되는 존재인 것, 이 하나만으로 비연은 대저택의 가짜 주인 역을 꿋꿋이 해낼 작정이었다.

늘 산이 옷 입는 걸 곁에서 시중들었던 그녀인지라 혼자서도 겹겹이 둘러친 성장을 갖추는 데 어려움이 없었다. 오히려 옷가지를 하나씩 겹쳐 걸칠 때마다 풀 죽어 있던 그녀의 뺨이 발그레하니 살아났다. 안에 받쳐 입는 홑겹은 최고급의 세백저로 살갗에 직접 닿는 감촉이 산뜻하고 가벼웠다. 그녀로서는 입을 기회가 없는 풍성한 선군을 광명사 나들이 이후 두 번째로 걸쳤다. 꽃무늬가 정교한 비단 치마를 두르고 저고리 위로 넓은 감람색 허리띠를 맨 후 향낭과 금 구슬을 늘어뜨리니, 거울에 비친 자신이 마치 공주처럼 보인다. 조심스레 머리에 쓴 검은 깁을 찰랑찰랑 내려 얼굴을 가리면, 영락없이 아가씨가 된 그녀가 서 있는 것이다.

'정말 예쁜 옷이야!'

빙그르르 한 바퀴 돌아 보는 비연은 깁 너머 만족스런 웃음을 띠었다. 이런 옷을 마다하고 허구한 날 남장을 하고 싸돌아다니는 아가씨가 언뜻 이해되지 않는다. 먼저 오른쪽으로 살짝, 왼쪽으로 살짝 몸을 조금씩 틀어 가며 맵시를 확인했다. 그러고는 이쪽으로 걸어 보았다가 저쪽으로 걸어 보았다가, 비연은 사각대는 비단들의 우아한 울림을 만끽하며 옷태를 점검하고 또 점검했다.

그렇게 즐겁게 거울과 놀고 있는 참에 여종 채봉이가 들어가노라고 구형이 바깥 섬돌 아래서 외쳤다. 다시금 불안해진 비연이 소매 속에 감춘 양손을 꽉 맞잡고 들어오는 여종을 깁 너머로 바라보는데, 벌써 손바닥에 땀이 흥건하다. 화려하게 차려입은 그녀가 거의 울상인 것을 모르는 채봉이가 반가워 어쩔 줄 몰라 하며 방정맞게 달려들어 왔다. 휴식이란 걸 모르는 그녀의 입이 방 안에 들어서자마자 활발하게 움직였다.

"어머, 어머, 아가씨, 이게 얼마 만이래요? 저 기억하세요? 아가씨 어릴 적 인절미며 엿이며 몰래 갖다 드렸던 그 채봉이 예요! 세상에, 키가 훌쩍 크셨네. 그때는 요만하니 완전히 꼬맹이였는데! 이렇게 가까이서 보는 거, 정말 오랜만이네요. 만날 유모만 곁에 두시고……. 얼굴에 그은 자국 때문에 저나 순영이 대하기가 영 껄끄러우셨던 거예요? 이렇게 옆에 있어도 가려서 보이지도 않는데!"

해도 될 말 안 될 말 가리지 않고 소나기처럼 쏟아 붓는 여종의 수다에 비연은 잠깐 얼이 나갔다. 그녀도 잘 아는 여종이었다. 늦은 밤 부엌에 스며든 어린 산과 그녀에게 살강의 그릇들 뒤에 숨겨 둔 군것질거리를 꺼내 주곤 했던 채봉이를 오롯이 기억하는 비연은, 밉살스런 입방정에도 불구하고 반가워 눈물이 나올 것 같았다. 몇 년 동안 사람들과 교류라고는 없이 별채에 갇혀 살고 있는 그녀에게, 산과 유모와 구형이 아닌 낯익은 얼굴과의 반가운 대면이었다. 하지만 유모 말대로 채봉이에게 휩쓸려 대꾸하면 큰일 날 노릇이다. 비연은 그녀를 애써 무시하고 잠자코 방을 나섰다.

신나게 떠들던 채봉이는 냉랭한 아가씨의 태도에 잠깐 숨을 죽였다. 초적들에게 변을 당하기 전까지 그렇게 활발하게 까불던 아가씨였는데! 얼른 따라나서는 그녀는 주인이 그저 안타깝고 불쌍하다. 자그마한 가죽신을 신는 아가씨의 시중을 들기 위해 구르듯 섬돌로 내려온 그녀는 별채와 작은 정원 사이의 문가에서 소리를 높이는 구형이 쪽으로 눈을 들었다. 비연도 자연 그쪽을 바라보았다.

구형이보다 조금 작기는 했지만 꽤 키가 큰 사내가 구형이와 말다툼을 벌이는 중이었다. 나서기 좋아하는 채봉이가 큰소리로 물었다.

"아니, 뉘라고 별채에 들어와 있대? 구형 아저씨, 그 사람은 누구요? 우리 아가씨가 지금 막 구정에 나가시려는 참인데!"

구형이가 비연을 향해 고개를 숙이는데도 옆에 있던 사내는 무례하게도 비연을 똑바로 쳐다보았다. 그에 비연도 채봉이도 이 낯선 사내의 생김새를 잘 관찰할 수 있었다. 서른이 넘었을 법한 사내는 낡고 볼품없는 옷을 걸치고 있었지만 건장한 체격을 가졌다. 넓고 네모진 가슴과 굵은 목이 퍽 단단해 보이는 사내의 살짝 걷어 올린 소매 아래, 굵은 핏줄이 불거져 나온 근육질의 팔뚝이 드러나 있었다. 검게 그을린 얼굴은 여인들의 관심을 받기에 부족하지 않을 만큼 이목구비가 뚜렷하니 잘생긴 편이었다. 다만 왼쪽 눈가에 칼자국이 길게 드리워져 있었다. 꽤 오래전에 입은 상처인지 자국이 옅었지만 한 번 벌어진 상처가 지워질 수는 없는 법, 검은 천 너머로 보는 비연의 눈에도 또렷하니 들어왔다.

"오늘 온 재인들과 한패거리인 놈인데, 채붕彩棚*을 걸 끈이 모자라다고 그걸 찾아 여기까지 기어들어 왔답니다."

구형이 고했다. 어떻게 대처해야 좋을지 몰라 가만히 있던 비연 옆에서 채봉이가 대신 조잘조잘 입을 놀렸다.

"내가 여기 들어오기 전까지 구정에 있었는걸! 채붕도 다 걸고 줄도 다 묶고 했던데, 큰 정원을 지나 여기까지 끈을 찾아오는 게 말이 되나? 끈은 핑계고 어디 훔쳐 갈 거 없나 살펴보는 거 아니오?"

도둑놈 취급에 사내가 화가 난 듯 눈을 부릅떴다. 거무스레한 얼굴에 대비되어 유난히 희게 빛나는 눈자위가 서늘하여 오히려 채봉이가 졸아들었다. 여전히 어떻게 해야 좋을지 모르는 비연은 사내의 형형한 눈에 못 박힌 듯 얼어붙어 있을 뿐이다.

"아니, 어디서 우리 아가씨를 똑바로 보는 거요, 천한 우인 주제에? 당장 그 눈깔 내리지 못하냐고……."

"이놈을 어떻게 할까요, 아가씨? 묶어 두고 혼쭐을 낼까요, 아니면 그냥 놓아줄까요?"

채봉이가 우물우물 끝을 흐리자 구형이 물었다. 유모가 아무 말 하지 말라고 했는데! 비연은 선뜻 입을 열지 못하고 축축해진 손을 쥐었다 폈다 하였다. 그러는 중에도 사내는 고개를 빳빳이 들고 그녀를 줄곧 쳐다보았다. 도둑질할 사람은 아닌 것 같아. 그 와중에도 비연은 생각했다. 결국 그녀는 거의 들리

---

* 무대를 꾸미는 비단 장막.

지 않는 소리로 중얼거렸다.

"그냥……."

그 한마디가 그렇게 힘들어 뜸을 들였나 싶어 채봉이가 아가씨를 미심쩍게 흘깃거렸으나 비연은 서둘러 자리를 떴다. 우리 아가씨가 원래 이런 성미가 아닌데 완전히 조용조용한 숙녀가 다 되었네! 쫓아가는 채봉이는 아가씨의 성숙한 변신이 신기할 따름이다. 별채를 나서 큰 정원을 지나 연회나 불사 등을 위해 특별히 지은 누각에 이를 때까지, 비연의 머릿속에 아까 본 낯선 사내의 눈이 자꾸 떠올랐다. 채봉이 역시 그 사내가 퍽 인상적이었던 모양이다.

"예의범절이라곤 조금도 모르는 게, 아마 재주도 없이 패거리에 끼어서 물건이나 실어 나르고 하는 일꾼인 것 같아요. 아니, 훔쳐 갈 마음이 없으면 그만이지 거기 어디 째릴 사람이 있다고 째려? 별채에 기어든 것만으로도 태질을 당할 판에 말이죠. 그렇게 째려보면 누가 겁난다나, 흥! 그래도 생긴 건 번듯하니 멀끔하던데, 그렇죠? 그 눈가의 쭉 찢어진 흉터만 아니면 훨씬 순해 보일 텐데요. 아무래도 얼굴에 난 흉은 너무 눈에 띄니까……. 아차!"

말실수를 깨달은 채봉이가 입을 다물자, 비연은 사내의 얼굴에 그어져 있던 상처를 새삼 깨달았다. 그건 칼부림에 찍힌 흉터인가? 묘한 동질감을 느끼며 그녀는, 사내의 잔상이 좀처럼 지워지지 않았던 게 그 때문인가 하였다. 흉터에 대해 사람들이 수군대는 걸 뻔히 아는 기분이란 어떤 것일까? 자신의 얼굴에 난 깊은 가로줄이 화끈거리는 느낌에, 비연은 사내의 흉터를 함부로 입에 올린 채봉이의 무신경이 원망스러웠다. 이윽고 그녀들은 구정에 도착했다.

오늘은 영인백의 저택에서 재미난 백희를 볼 수 있다 하여 자하동 사람들뿐 아니라 개경 북부의 주민들이 중문까지 몰려들어 우글거렸다. 누구의 생일도 아니고 특별한 손님을 모시지도 않았지만 저택의 안팎이 잔칫집인 양 떠들썩했다. 요사이 영인백이 가무백희를 즐기는 날이 퍽 잦아 그가 광대놀음에 푹 빠졌다고 입소문이 도는 가운데, 공짜로 눈요기를 하게 된 주변 사람들은 그저 좋기만 했다. 눈요기뿐인가? 술은 없었지만 기름진 음식들, 꿀로 만든 과자, 향긋한 차를 얻어먹고 마실 수도 있었다. 때문에 먹구름이 푸른 하늘을 잡아먹는 양 구경꾼의 무리가 집 안팎을 야금야금 채워 들어가고 있었다.

영인백의 저택에는 커다란 누각이 있다. 얼마나 큰지 노비 수백 명이 함께 둘러앉아서 밥을 먹어도 될 정도다. 촌부들의 눈이 돌아갈 정도로 화려한 주란화각 아래에는 격구를 해도 될 만큼 너른 공간이 펼쳐져 있다. 예전 그 막강하던 최씨 집안 진양공晉陽公*이 이웃집 수백 호를 부숴 만들었다는 누각과 격구장 못지않은 규모다. 그렇게 너른 마당 주변은 집안 노비들과 구경꾼들로 빼곡히 찼고, 한가운데는 재인들이 줄을 매어 놓고 높게 세운 무대에 비단 막을 내려뜨려 연희를 보여 줄 준비를

---

* 무신 집정자 최우.

갖췄으며, 그 가장자리 한쪽에 악공들이 자리를 잡았다. 여덟 폭 비단 치마를 각각 펼쳐 앉은 예닐곱의 기녀들도 준비를 마쳤는지 새침하니 표정을 가다듬는다.

어서 시작하지 않고 뭘 한담! 초조하니 누각을 힐끔거리는 군중의 시야에 드디어 자리의 주인공인 영인백의 딸이 시비를 데리고 등장하였다. 누각에 마련된 의자에 그녀가 앉자, 아래쪽에 선 하인이 백희를 시작하라 주문한다. 1년에 한 번이든 한 달에 네 번이든, 언제 봐도 흥미진진한 곡예에 너나없이 빠져들었다. 장대타기도 좋고, 여섯 개의 금공을 높이 던졌다 받았다 하는 농환도 좋고, 칼을 삼키고 불을 뿜는 차력도 좋다. 하지만 무엇보다도 높게 맨 가느다란 동아줄 하나에 몸을 싣고 흔들흔들, 한 발짝 나서는 것만으로도 위태로워 보이는 줄타기에 사람들의 이목이 집중됐다.

비연이 가장 보고 싶었던 묘기도 줄타기였다. 손가락 굵기밖에 되지 않는 줄 위에서 앉았다 뛰었다 무릎 꿇었다 하며 아슬아슬하니 균형을 잡는 광대의 몸짓에 여느 구경꾼들처럼 손뼉을 쳐 가며 환호하고 싶었지만, 그녀는 그러지 못했다. 요조한 아가씨의 흉내를 내야 하기 때문만은 아니다. 재인들의 무리 중에서 아까 별채에 침입했던 그 사내가 얼른 눈에 띄지 않았다. 탄탄한 몸이나 준수한 생김새는 물론이고 얼굴의 칼자국만으로도 금방 알아볼 사내인데 도대체 어디에 있는지? 구정에 흩어져 있는 사람들의 얼굴을 하나하나 뜯어보느라 좋아하는 줄타기도 건성으로 훑었다. 갑자기 아까 내린 '그냥⋯⋯.'이란 판결이 너무나 부족하게 느껴져 초조해졌다.

'그 말만으로는 구형 아저씨가 어떻게 해야 할지 알 수가 없을 텐데. 놓아주라는 말로 잘 알아들었을까? 잡아 놓고 야단치고 때리면 어떡하나?'

이리저리 시선을 옮겨 다니던 비연의 눈동자가 딱 고정되었다. 그녀의 눈길이 무대로 쓰이는 채붕의 뒤쪽에서 몸을 반쯤 가리고 선 사내에게 향했다.

'구형 아저씨가 놓아줬구나!'

안도하던 비연이 소매 속 손으로 비단 치마를 꼭 움켜쥐었다. 사내가 그녀 쪽으로 흘낏 고개를 들었던 것이다. 손바닥이 축축하니 젖어 들었다. 우연히 머리를 돌린 것뿐인지, 정말 그녀를 보고 있는 것인지 알 수 없었다. 비연의 속눈썹이 파르르 떨렸다. 갑자기 '아!' 하는 사람들의 놀란 탄성이 파도처럼 퍼졌다. 줄 위의 재인이 부채를 든 팔로 크게 원을 그리며 옆으로 넘어갈 듯 크게 기우뚱했던 것이다. 그러나 사내는 광대 쪽을 거들떠보지 않는다. 그의 눈동자는 여전히 한곳만을 응시했다. 그곳이 어디인지 비연은 알고 있었다. 모두 줄 위의 위태로운 몸짓에 '아!', '어?', '저런!', '아이쿠!' 등 제각각 반응하며 집중하는 가운데, 두 사람만이 다른 세계 속에서 서로를 뚫어져라 바라보았다.

'나를 보고 있어!'

갑자기 음악 소리가 멈춘 것 같았다. 줄 아래서 재담을 늘어놓는 광대의 말도 들리지 않고 입만 벙싯거리듯 보였다. 사람들의 모든 움직임이 둔하고 느린 가운데, 눈 한 번 깜빡이지 않고 자신을 쳐다보는 사내의 시선만이 느껴졌다. 얼마나 지났는지 비연은 시간에 대한 감각도 잃었다. 유모가 다가왔을 때는, 광대들의 잡희는 물론 기녀들의 춤이며 노래가 모두 마무리될 즈음이었다.

"기녀와 악공, 재인들에게 전두를 내릴 시간입니다, 아가씨. 제가 나눠 줄 테니 아가씨는 감사 표시를 하는 이들에게 고개만 살짝 끄덕여 주세요."

유모의 속삭임에 비연은 퍼뜩 놀라 깨었다. 연희에 참여한 인원이 수십 명. 그들에게 모두 비단이나 은을 상으로 내리는데, 그에 쓰이는 재물이 만만치 않았다. 부러움에 구경꾼들의 입 안에 침이 고일 정도다. 전두를 받은 기녀들과 광대패의 우두머리, 악공들의 대표가 비연에게 인사하는 동안 하인들이 음식과 차를 구정으로 날랐다. 다시 음악이 경쾌하게 흐르면서 구정이 흥겨움에 들썩들썩하였다.

"배 직사가 말하길, 서실書室*에 잠깐 들러 하실 일이 있답니다. 어서 가시지요."

인사를 드리는 사람들에게 고개를 끄덕이는 것만으로도 잔뜩 긴장했던 비연을 유모가 끌어당겼다. 유모를 따라 시끌벅적한 구정을 떠나면서 그녀가 채붕 뒤를 살폈지만 그사이 사내는 사라지고 없었다. 어딜 갔지? 저도 모르게 두리번거리는 비연

---

* 서재.

의 옆구리를 유모가 쿡 찔렀다.

유모가 비연을 데리고 간 곳은 본채 영인백의 침실에 가까이 있는 작은 서재였다. 사방을 둘러친 서가에 물품과 금전의 출납을 기록한 치부책이 빽빽이 얹혀 있는 영인백의 사무 공간이었다. 본채에 드나든 지 오래되었을 뿐더러 주인어른이 쓰는 방에 출입한 적이 단 한 번도 없었던 비연의 간이 문지방을 넘으며 콩알만 해졌다. 그나마 체격만큼 든든한 유모가 곁에 있어 주어 다행이었다. 그런데 기다리고 있던 배 직사의 말이 그녀의 간을 아예 오그라들어 사라지게 만들었다.

"유모는 그만 나가게. 이따가 부를 것이니."

"아니, 무슨 말씀이오? 이 방에 아가씨 혼자 놔두라고요?"

화들짝 놀라는 유모의 낯빛도 검은 비단에 가린 비연의 그것만큼이나 칙칙해졌다.

"주인어른께서 신신당부하신 일이니 나가서 기다리게. 오래 걸리지 않을 것이야."

내키지 않았지만 뻗댈 수 없는 처지라 유모는 께름칙한 입맛을 다시며 방에서 물러났다. 그녀를 좇는 비연의 애처로운 시선을 못 느낀 건 아니었지만 도와줄 방법이 없었다. 그저 말하지 말고 배 직사가 시키는 대로만 하면 별일은 없을 거야! 유모가 문을 닫기 직전에 눈을 째긋하였다.

"매번 백희가 끝나면 주인어른께서 따로 불러 직접 전두를 내리는 사람이 있습니다. 전두야 제가 대신 내어 줄 수 있으니 문제가 없지만, 이 사람이 아가씨께 특별히 올릴 말씀이 있다며 꼭 뵈어야겠다는군요. 이 사람의 요구는 무엇이든 들어주라는 나리의 말씀이 있었기에 아가씨를 모셨는데, 만나 보시겠습니까?"

긴장으로 꽁꽁 언 비연은 '특별히'나 '무엇이든', '나리의 말씀' 등의 단어들이 주는 중압감에 고개를 끄덕였다. 만나지 않겠다고 해도 되리라는 생각은 미처 못 한 것이다. 배 직사가 옆방의 문을 소리 나지 않게 열자 사륵, 비단이 맞부딪쳐 비벼 대는 소리가 났다. 배 직사가 말한 '이 사람'이 옆방에서 기다리고 있었던 모양이다.

"먼저 주인어른께서 내리신 물건을 제가 전달하고 나서 들이겠습니다."

옆방으로 건너간 배 직사는 탁자 위에 놓인 제법 큼직한 함을 열고 안에 있던 피륙을 한 필씩 꺼냈다. 몇 필 들어내자 함의 아랫부분을 채우고 있던 물건이 드러났다. 은병들이 함의 밑바닥에 가지런히 줄지어 누워 있었다. 자그마치 열여섯 냥이나 나가는 은병은 하나만으로도 집 한 채와 맞먹었다. 무신정권 시절, 재인이나 기녀들에게 금백을 나눠 주느라 왕실의 재정이 휘청하던 때도 있었지만, 그때도 한 사람에게 은병 수십 개를 전두로 주지는 않았을 것이다. 함에 들어 있는 재물은 전두라 보기엔 확실히 지나치게 많았다. 배 직사가 옆방으로 통하는 문을 닫아 놓았기 때문에 비연은 함에 무엇이 얼마나 들었는지 알지 못했다. 하지만 주인이 밀실이나 다름없는 곳에 따로 불러 전두를 내리는 일이 예사롭지 않다는 것만은 알 수 있었다. 그러나 하늘같은 주인어른이 하시는 일에 일개 노비에 불과한 그녀가 의혹을 가질 이유도 없다.

"확인하였습니다."

배 직사가 말한 '이 사람'의 목소리가 방문의 틈을 파고들어 비연의 귀까지 들렸다. 끈적끈적한 여운을 남기는 목소리는 어딘가 그녀에게 익었다. 어디서 들었던 목소리였더라? 비연의 궁금증을 풀어 주려는지 금세 방문이 열리며 '이 사람'이 들어와 그녀 앞에 서서 허리를 굽혔다. 천천히 가슴을 펴고 그녀와 마주서서 시선을 맞추는 '이 사람'을, 비연은 알고 있었다. 엄청나게 부풀어 오른 비단 치마, 보석들을 빈틈없이 꽂아 장식한 부풀린 머리, 몽환적인 야릇한 체취, 그리고 짙은 눈초리와 통통한 새빨간 입술. 광명사에서 마주쳤던 기녀였다.

"앉지 않으십니까? 아가씨께서 먼저 앉으셔야 제가 앉을 수 있습니다만."

시종일관 침착하고도 끝을 느릿하게 끄는 특유의 찰진 말투로 기녀, 옥부용이 말했다. 기녀 따위가 함부로 아가씨에게 말을 걸지 못한다는 사실을 광명사에서 이미 배웠지만, 비연은 옥부용의 기에 눌려 까맣게 잊고 말았다. 누가 상전이고 누가 아랫것인지 구별이 되지 않을 정도로 순순히 탁자 앞에 앉은 그녀의 바로 옆에 옥부용이 의자를 끌어당겨 앉았다. 기녀의 야릇한 향기가 그녀의 코에 훅 끼쳐 왔다. 무슨 말을 하려는 걸까? 비연은 엉겁결에 움찔 몸을 뒤로 젖혔다.

"제가 무서우세요?"

옥부용이 귀엽다는 듯 웃었다. 이미 기선을 제압한 그녀는 눈앞의 소녀가 조롱에 들어온 작은 새와 다름없음을 직감했다.

"제가 특별히 드릴 말씀이 있는데, 어떤 말인지 짐작하시겠는지요?"

비연이 가만가만 끈에 매달린 인형처럼 고개를 저었다.

"광명사의 우물에서 뵌 적이 있는데, 혹시 기억하시나요?"

이번에는 가만가만 고개를 끄덕였다. 비연은 귀신에라도 홀린 듯 무서우리만큼 아름다운 기녀의 눈과 입에 집중했다. 옥부용의 미소가 훨씬 짙어졌다.

"다정하신 아가씨, 저 같은 천것을 기억해 주시다니! 그 우물에서 이미 아가씨가 누구보다도 상냥하고 너그러운 분이라는 걸 알았답니다. 모든 귀부인들이 저를 두고 험담을 할 때, 아가씨만이 가까이 다가가는 걸 허락하셨으니까요. 그래서 아가씨께 꼭 보답을 하고 싶었답니다. 오늘이 그 어느 때보다도 아가씨께 중요한 날이기에, 무례인 줄 알면서도 뵙겠다고 고집을 부렸답니다."

"왜, 왜 중요한데요?"

말을 하면 안 된다는 유모의 당부를 깜빡하고 비연이 저도 모르게 그만 입을 열었다. 어이없는 존대였지만 옥부용은 지적하지 않았다.

"아가씨께선 오랫동안 외롭고 쓸쓸한 날을 보내셨지요? 광명사의 우물에서 뵈었을 때 단번에 알아봤지요. 이렇게 착하고 아름다운 아가씨가 활짝 피어날 나이에 집 안에만 틀어박혀 젊은 아가씨들이 누릴 즐거움이라곤 하나도 모르시니, 보는 제가 얼마나 안타까웠는데요! 그런데 오늘은 다르답니다."

"다르다니……, 어떻게?"

"제게 작은 재주가 있어 점을 조금 칠 수 있답니다."

옥부용이 소매에서 아주 작은 난합卵盒과 손가락만 한 청자 호리병, 금사로 수놓은 비단 향낭을 꺼냈다. 그러고는 난합을 열어 호리병에 든 향유를 붓고, 향낭에 담긴 정체불명의 붉은 가루를 조금 뿌리더니 손가락으로 살짝 휘저어 나선무늬를 만들었다. 무슨 의미인지 도통 알 수 없는, 천천히 진행되는 그 낯선 과정이 비연에게는 더할 나위 없이 신비로워 보였다. 신통력이 뛰어난 무녀처럼 옥부용은 그녀에게 경외심을 불러일으켰다.

"오늘 아가씨께서는 특별한 인연을 맺게 된답니다. 어떤 인연이냐고요? 아가씨, 아가씨는 그 예쁜 얼굴에 깊은 상처를 가지고 계시지요. 하지만 아가씨 마음엔 더 큰 상처가 있답니다. 아가씨조차도 얼마나 깊은지 모르는 상처 말이지요. 오늘 맺는 인연이 비록 얼굴의 상처를 치료할 수는 없겠지만 아가씨의 마음을 낫게 해 줄 거랍니다. 그 사람처럼 아가씨의 아픈 가슴을 잘 이해할 수 있는 사람은 이 세상에 또 없어요."

"오, 오늘?"

광대 패의 그 사내를 떠올린 비연의 가슴이 철렁 내려앉았다.

"네, 오늘. 어쩌면 벌써 만나셨을지도 몰라요."

계속 기름을 저으며 무심히 말하는 기녀가 얼마나 영험해 보이는지! 아무래도 그 남자를 두고 말하는 것만 같아 비연은 초조해졌다. 그는 벌써 자기 패거리와 함께 이 집을 떠나 버렸을 것인데! 그녀의 마음을 꿰뚫어 본 것처럼 옥부용이 살그머니 웃었다.

"한 번에 그치고 마는 만남이라면 인연이라고 할 수 없겠지요. 걱정하지 마세요. 다시 만날 수 있답니다."

"하지만 나는……."

별채에 들어가면 누군가를 만나는 건 꿈도 못 꿔요. 비연은 하소연하고픈 마음을 꾹 눌렀다. 축 늘어진 그녀의 손을 옥부용이 와락 움켜쥐었다. 너무나 돌발적이어서 비연은 기녀를 뿌리치지 못하고 멍했다.

"마음이 있으면 그 어떤 방해도 이겨 낼 수 있답니다. 여기……."

옥부용이 비연의 손을 끌어 그녀 자신의 가슴에 대게 했다.

"……불이 있어요. 지금은 아주 작아서 금방이라도 꺼질 것 같지만, 아가씨가 마음을 열면 활활 타오를 불이. 아가씨에게 다시없는 즐거움을 만끽하게 해 줄 그런 불이. 이번에 맺어져 타오르지 않으면 이런 인연은 평생 다시 오기 힘들지도 몰라요. 그러니 그 사람에게 맡겨 둬요. 그냥 맡기면 되는 거랍니다. 이 가슴도……."

비연은 기녀가 이끄는 대로 손을 들어 비단 너머 자신의 입술을 어루만졌다.

"……그리고 여기도. 무서워할 것도 부끄러워할 것도 없답니다. 어느 때보다도 행복한 경험을 하실 거예요. 그러니 이제 나가셔서 별채에 딸린 작은 정원에서 잠깐 쉬세요. 작은 정원에서, 아셨죠?"

갑작스레 옥부용이 비연의 손을 놓고 일어나 옆방으로 들어가 버렸다. 그녀가 서실에서 빠져나가자마자 유모가 밖에서 부르는 소리가 났다.

"아가씨, 저 들어갑니다. 아가씨!"

비연은 몽롱하니 정신이 흐릿했다. 은은하니 몸을 나른하게 하던 향유 때문인지, 끈끈하니 달콤하던 기녀의 목소리 때문인지 분간할 수 없었지만, 방문을 요란스레 열고 들어온 유모가 일으켜 세워 끌듯이 별채까지 데리고 가는 동안 내내, 그녀는 아슴아슴한 꿈속에서 헤매는 기분이었다. 다만 기녀의 손길에 이끌려 더듬던 자신의 가슴과 입술에 불길이 일어난 듯 화끈거리는 감각만이 생생했다.

"비연아, 얘, 괜찮니, 너? 얘, 얘!"

큰 정원을 지나 별채에 딸린 자그마한 정원에 이르러 다른 이들의 이목을 온전히 피하게 되자 유모가 걱정스레 속삭였다. 그제야 조금 정신을 차린 비연이 더운 숨을 길게 내쉬었다.

"저 안에서 무슨 일 있었니? 왜 그래?"

"아뇨, 아무 일도요. 조금……, 숨이 막혀요. 저 잠깐 여기서 바람 좀 쐴게요, 유모님."

유모가 안쓰러운 눈길로 비연을 살폈다. 한나절이나 아가씨 흉내를 내느라 안 그래도 겁이 많은 것이 얼마나 가슴을 졸였을지, 불쌍한 것! 유모는 그녀의 작은 부탁을 거절할 수 없었다. 어차피 별채의 뜰로 들어오면 외부의 출입은 구형이가 막아 줄 것이다. 유모가 오랜만에 너그러이 말했다.

"그래, 연못가에서 숨 좀 돌리고 들어가. 난 배 직사를 또 봐야 해서 본채로 가야 하는데, 혼자서도 괜찮겠니?"

고개를 끄덕이는 비연을 두고 유모가 큰 정원 쪽으로 발길을 돌렸다. 유모가 완전히 사라지자 비연은 연못가 바위에 살며시 앉았다. 기녀의 지시를 곧이곧대로 지키려고 일부러 뜰에 남은 것은 아니었다. 그녀의 가슴과 입술에 스멀거리는 기묘한 열기를 식혀 줄 시원한 공기가 필요했다.

'그 사람에게 맡긴다는 건 무슨 뜻일까?'

비연의 머릿속은 이 질문으로 가득 차 곧 터질 것 같았다. 그녀는 명확한 답을 몰랐지만, 이 질문엔 뭐라고 표현할 수 없는 간질간질한 설렘이 내포되어 있다. 그 사람이 바로 그 사람이 아니라면 이 이상한 감정은 다 무엇인지? 비연은 그 사람이 꼭 그 사람이었으면! 하는 바람에 골몰해 별채의 담을 훌쩍 넘어 뜰에 침입한 인영을 전혀 눈치 채지 못했다. 그것은 그녀의 감각이 무딘 탓도 있었지만, 사실 이 침입자가 보통내기가 아닌 점도 큰 몫을 했다. 담을 넘는 날렵한 몸짓이며 뛰어넘은 뒤 소리 죽여 내려앉는 품이며 비연에게 다가가는 내내 기척을 숨기는 기술이, 단순한 재인이라고 하기엔 지나치게 탁월한 감이 있었다. 어쨌든 그가 바위에 앉은 그녀의 가느다란 숨을 잘 들을 만한 거리까지 접근하도록 비연은 넋 놓고 '그 사람'을 생각하고 있었다.

지극히 무방비한 상태에서 무심코 얼굴을 돌리다가 몇 발짝 떨어진 곳에 있는 큼직한 사내를 발견했을 때의 놀라움이란! 설사 아무리 그가 여태껏 생각하고 있던 '그 사람'이라고 해도 말이다. 반가워할 사이도 없이 비연은 질겁해 뒷걸음질했다. 그 바람에 바위에 뒤꿈치가 부딪혀 가죽신이 벗겨져 그만 얕은 못에 풍당 빠졌다. 신발 주인도 자칫하면 함께 빠졌겠지만, 사내가 민첩하게 달려들어 붙잡아 준 덕에 물귀신을 면했다.

"에구머니!"

가녀린 비명이 나오긴 했지만 사람들을 불러올 만한 소리가 아니었다. 가장 가까이서 지키고 있을 구형이도 달려오는 기색이 없었다. 넓은 근육질의 가슴에 안겨, 비연은 사내를 밀칠 생각조차 못 했다. 짙은 땀 냄새가 그녀의 순한 코를 자극하여 어찔하니 현기증을 일으켰다. 너무나 수동적인 그녀의 반응에 상대가 되레 놀란 듯 먼저 그녀를 놓아주었다.

'그 사람에게 맡겨 둬요.'

기녀가 말했었다. 꼭 의도한 것은 아니지만 비연은 그녀의 충고를 충실히 따르고 있었다. 맡겨 두면, 그다음은? 미지의 결과에 대한 기대로 부풀어 오르는 가슴과 입술이 다시 뜨겁게 데워지는 것 같았다. 사내는 열에 들뜬 그녀를 잠시 내려다보다가 허리를 깊게 굽혀 연못에 빠진 신발을 건져 올렸다. 흥건히 젖은 가죽신을 거꾸로 세워 물을 뺀 뒤 소매로 쓱쓱 닦았다. 그에게 맡겨 둔 결과가 너무 뜻밖이라 멍해진 비연의 치맛

단 근처에 가죽신을 내려놓은 사내가 드디어 입을 열었다.

"젖어서 당장은 신으실 수 없겠습니다."

묵직한 음성이 가볍지 않아 듣기 좋다고 비연은 생각했다. 퍽 친절한 사람이라고도 생각했다.

"……괜찮아요."

모기 소리처럼 작은 목소리가 떨려 나왔다. 사내가 고개를 갸우뚱했다. 천인에게 하대하지 않는 것이 신기했던 모양이다. 하대를 해야 할지 존대를 해야 할지조차 구별 못 한 채 허둥대는 그녀는, 그의 친절을 무시하지 않는다는 표시로 얼른 신발을 신으려 했다. 그런데 젖은 신에 발이 얼른 들어가지 않아 애를 먹었다. 낑낑대는 그녀를 보고 사내가 무릎을 꿇고 앉더니 무례하게도 그녀의 발을 덥석 잡아 신발을 신겨 주었다.

"고마워요."

사내가 피식 웃었다. 30대 사내의 여유로운 웃음에 10대 소녀가 꼼짝없이 잡혔다. 그가 한 발짝 다가섰다. 무엇을 하더라도 그에게 맡길 뿐! 소녀는 각오를 다졌지만, 다가선 것은 단한 발짝. 물끄러미 비연을 바라보던 사내가 꾸벅 절을 하더니 들어올 때처럼 날쌔고 민첩하게 담을 넘어 사라져 버렸다.

홀로 오도카니 남겨진 비연은 자신이 잘한 것인지 잘못한 것인지 판단을 못 하고 멀뚱멀뚱 사내가 넘어간 담벼락에서 눈을 떼지 못했다. 갑자기 들이닥친 남자에게 어떻게 대응해야 할지 그녀는 누구에게도 배운 바가 없다. 그녀와 말을 나누는 사람은 아가씨와 유모뿐, 혼자 있는 때 말고는 대부분 아가씨와 함께 시간을 보냈다. 그녀의 아가씨가 낯선 남자를 보면 소리를 지르며 피하라고 가르쳐 줬던가? 그렇지 않다. 그리고 그는 아주 낯선 남자가 아니고 그녀의 집에 연행을 하러 온 무리 중 하나다. 이미 낮에 한 번 마주친 '조금' 낯이 익은 사람이다. 또한 넘어지려는 그녀를 잡아 줬고, 젖은 신발을 건져 줬고, 자신의 옷에 그 신발을 닦아 줬고, 심지어 신겨 주기까지 했다! 그러니 사내에게 맡겨 두라고 한 옥부용의 말대로, 결과는 허무할지라도 그를 거부하는 몸짓이나 말을 하지 않았던 것이 옳다. 그녀는 아주 잘했던 것이다. 비록 사내가 욕심을 부리지 않고 후퇴하는 바람에 두근대던 설렘이 아쉬움으로 바뀌었지만, 기녀의 말대로 한 번 스치고 지나가면 진정한 인연이 아닐 터, 비연은 새로운 기대를 가슴에 품었다. 지극히 폐쇄적이던 그녀의 생활이 오늘, 바뀌었다.

비연의 오늘을 인생에서 가장 특별한 날로 만들어 준 사내는 별채의 담을 뛰어넘어 큰 정원으로 나와 마치 집 안 구석구석을 죄 아는 사람처럼 성큼성큼 정원을 가로질러 바깥으로 통하는 작은 문에 이르렀다. 문가에 서 있던 구형이 사내가 다가서자 말없이 문을 열어 주었다. 이미 어스름이 깔린 저녁 무렵이라 담에 면한 길가에 인적은 없었다.

"생각보다 빨리 나왔네?"

어디서 나타났는지 불쑥 사내의 앞을 가로막은 여인이 있었다. 미리 만날 것을 약속한 듯, 그다지 놀라지 않은 사내가 여인이 기대고 선 조랑말의 고삐를 잠자코 잡았다. 대꾸할 마음이 없어 보이는 사내에게 옥부용이 바싹 다가가 대답을 독촉했다.

"그 애를 못 만난 거야? 누가 방해한 거야?"

"아니. 할 만큼 했으니까 걱정 마시오."

턱 바로 아래까지 다가와 얼굴을 들이대는 옥부용이 부담스러운지 사내가 외면하며 답했다. 가늘게 눈을 뜨고 미심쩍이 사내를 관찰한 옥부용이 나긋하니 웃으며 사내의 팔뚝에 손을 가만히 얹었다.

"들어가자마자 후다닥 해치운 거야? 그 애, 처음일 텐데 너무 급하게 한 거 아니야? 그래도 좋아하던가? 풋향기 나는 처녀애는 어떤 느낌이야?"

부드러이 쓸어내리는 손길에도 고삐 잡은 사내의 팔뚝이 이렇다 할 반응이 없자, 이번엔 얇은 비단에 싸인 그녀의 통통하니 알찬 젖가슴이 팔의 맨살갗을 스쳤다. 사내가 이맛살을 확 구기며 무작스레 그녀를 밀쳐 냈다. 날카롭게 노려보는 사내의 눈에 경멸하는 빛이 뚜렷했다. 발라당 나자빠질 뻔한 옥부용은 간신히 균형을 잡고 화를 냈다. 그러나 그녀가 화난 이유는 사내가 유혹에 꼼짝 않았기 때문도, 자신이 밀려 넘어질 뻔했기 때문도 아니었다.

"그 애같이 순진하고 어수룩한 계집은 한 번 네 것으로 만들면 쉽게 손에 넣고 부릴 수 있지만 잘못하면 골치 아파져. 몸을 주면 아무에게도 말하지 못하지만, 그게 아니면 누군가에게 떠들어 댈 수도 있는 계집애란 말이야. 그래서 미적대지 말고 오늘 당장 취하라고 했잖아! 어설프게 일하려면 그만둬!"

"알아서 할 테니 잔소리 집어치우고 말에 타기나 해."

사내도 성이 나 이를 온통 드러내며 으르렁거리자 옥부용이 단호히 말을 받았다.

"이 일이 아니면, 네 무리와 함께 사냥에 따라가서 너도 죽은 목숨이야. 내 말을 따르지 않고 일을 그르치면 대가로 네 동료들을 쫓아 황천길에 올라야 할 거야. 다음번 연희 때 다시 별채에 들어가면 확실히 그 애를 잡아."

"알았어. 빌어먹을!"

사내가 신경질적으로 침을 퉤 뱉었다.

"무석武晳."

사내의 부축을 받아 말에 올라탄 옥부용이 그녀만의 독특한 억양으로 그를 불렀다.

"설마 그 아이를 진짜로 마음에 품은 건 아니겠지?"

"허튼소리."

앞만 보고 퉁명스레 말을 자르는 사내, 무석의 뒤통수를 내려다보며 옥부용도 입을 다물었다. 터벅터벅 걸어가는 조랑말과 한 쌍의 남녀를 제외하고 어둑해진 길이 텅 비어 있었다.

4

공녀貢女

"마노라, 더 늦게 출발하시면 서둘러도 평주平州*엔 밤에나 도착합니다."

환관의 말에 원은 나성의 서쪽 관문, 선의문宣義門으로 다시 힐끔 눈길을 주었다. 봇짐을 지거나 말을 타고 드나드는 사람들이 많았지만 그가 기다리는 얼굴은 없었다.

"수사공 저택에 보낸 사령은 돌아왔는가?"

"아직입니다."

"그렇다면 조금만 더 있자. 공자 왕린이 전갈을 받으면 바람처럼 오리니."

"하오나 공주마마께서……."

---

* 현재의 평산군.

"조금만 더 있자고 말했다."

손가락을 들어 환관을 만류하는 몸짓과 더불어 빙긋 미소 짓는 태도가 더없이 부드러웠으나 말끝은 딱 부러졌다. 찔끔한 환관이 어쩔 도리 없이 물러났다.

이곳, 서교西郊*에서 서북쪽으로 뻗은 역도驛道를 따라가면 강음江陰**과 평주를 지나 황주黃州를 거쳐 서경西京***까지 갈 수 있다. 그리고 서경에서 다시 북쪽의 의주義州로, 이후 원나라의 겨울 수도인 대도까지가 원의 이번 여행길이 된다. 그곳에 먼저 가 있는 왕이 아내와 아들을 입조하라고 불렀던 것이다.

평주의 온천에선 먼저 간 어머니가 그를 기다리고 있다. 경기 일대를 순시하느라 늦어진 원은, 모후가 일러둔 시간에 맞추려면 지체할 짬이 없다는 걸 알지만 굳이 서교에서 행차를 멈추길 고집했다. 몇 달, 혹은 1~2년이 넘을지도 모르는 입조 길이기에, 심부름꾼의 전갈을 받은 린이 산을 데리고 오면 동무들과 일별하고 조속히 평주로 내달릴 생각이었다.

초조해진 환관이 다시 길을 재촉하려 나설 무렵, 선의문에서 습보로 내달려 오는 한 소년이 보였다. 눈 깜짝할 새 세자 앞에 이른 린이 말을 세우기가 무섭게 뛰어내려 부복했다. 그 혼자임을 확인한 원은 조금 실망한 듯했지만 내색하지 않고 웃

---

*   서쪽 교외.
**   현재의 금천군.
***   평양.

224

으며 말에서 내렸다.

"요즘 바쁜가 보구나, 린."

"송구합니다. 판도사判圖司*에 있느라 전령을 늦게 만났습니다."

세자가 몸소 기다려 준 것이 죄스러워 린이 당황하며 고개를 숙였다. 집과 금과정을 두루 돌아다니며 자신을 찾던 사령을 통해 원이 오랫동안 기다리고 있었다는 걸 알고 숨이 터져라 달려온 참이었다.

"요즘 판도사에 들르는 일이 잦구나?"

혼잣말처럼 중얼대는 원의 질문에 린이 뜨끔했다. 일과 중 판도사에 틈틈이 드나드는 이유가 몇 달 전 임금의 사냥 때 있었던 세자 암살 기도와 무관하지 않기 때문이다. 그는 여전히 복제된 화살을 가지고 있던 정체불명의 사내들을 추적하는 중이었다. 철동에서 만났던 왕콧구멍과 말더듬이가 자취를 감추었기 때문에, 단서라곤 엽구 막사에 숨어들었을 때 들었던 단어 하나였다. 그때 한 사내가 다른 사내에게 '대정 어른'이라고 불렀던 것을 그는 똑똑히 들어 기억하고 있었던 것이다. 대정이란 종구품의 최하급 지휘관으로 스물다섯의 졸병으로 이루어진 대隊의 우두머리였다. 즉, 그 가짜 사냥꾼들은 군인이거나 퇴역 군인일 가능성이 많았다. 그래서 린은 판도사에서 호적대장 중 군반씨족軍班氏族**의 호구 사항을 기록한 군적軍籍을

---

* 호부.
** 군역 세습 집단.

뒤지고 있었다. 세자에게 알리지 않고 혼자서만 조사를 진행하는 참에, 원이 어렴풋이 알아챈 것 같아 린은 당황했다.

"저하, 그것이⋯⋯."

"잠깐, 린."

세자가 목소리를 한껏 낮추고 동무의 팔을 잡아끌어 수행원들에게서 멀찍이 떨어져 섰다.

"지금 말하지 않아도 된다. 지난번 타워 때처럼 꼭 필요한 말만 해. 사냥에서 빠지라든가, 화살을 처리하라든가 그런 식으로. 세세한 이유는 굳이 대지 않아도 괜찮아. 말할 때가 오면 네가 모든 것을 다 밝혀 줄 거라고 믿고 있다. 네가 나를 지키기 위해 일하는 줄 잘 알고 있어."

"저하⋯⋯."

린은 원의 깊은 신뢰에 할 말을 잃었다. 사냥 이후 몇 달 동안 그가 숨기는 것이 있음을 짐작하면서도 가만히 참아 준 세자에게 한없이 미안하고 부끄러웠다. 어쩌면 세자는 그가 입 다물고 있는 이유에 대해서도 다 알고 있을 것 같았다. 그의 어깨를 다정히 감싸며 원이 벗의 귀에 속삭였다.

"무슨 일이 있어도 정화궁주와 강양공 형님, 그리고 너희 집안을 보호할 것이다. 네 형들을 포함해서."

"⋯⋯!"

"나를 싫어하는 사람들로 둘러싸인 네게, 내 옆을 지키겠다고 고집 부리는 일이 고통스러울 줄 안다. 내가 널 결코 놓아주지 않을 테니 앞으로는 더욱더 그렇겠지. 네 고통을 없앨 수는 없지만 힘이 닿는 한 그 고통을 줄여 주겠다. 이 마음을 알아 둬라."

"무슨 일이 있어도 저하를 보호할 것입니다. 그러니……."

"알아, 알아! 그러니 지금처럼 해. 나중 일은 내가 맡겠다는 얘기다. 그리고 산에 대해서 말인데……."

린은 또 한 번 뜨끔했다. 그녀의 아버지가 엮인 일이라는 것까지 알아차린 것인가? 워낙 영민한 원이니 그럴 가능성도 없진 않았다. 긴장한 그는 저도 모르게 마른침을 삼켰다.

"……그 녀석이 제 농장에서 왕보다 더 왕다운 노릇을 하고 있다. 알고 있니?"

"모릅니다."

린은 가슴을 쓸어내렸다. 무슨 일인지 모르겠지만 세자 암살 미수와는 관계가 없는 게 분명했다.

"제 아비 같은 권문세가에게 땅을 뺏기고 노비가 될 처지의 사람들이 유망하여 들어온 걸 땅과 집을 주며 거두고 있어. 지방 별감들의 횡포를 피해 온 사람들도 받고 있다. 천민으로 떨어진 자들을 천적賤籍*에도 올리지 않고 숨겨 둔 거야. 그 인원이 수십 가구나 된다. 사냥 때 그 녀석 농장에서 한 아이를 만나 알게 된 일이지. 몇 달 동안 은밀히 조사하게 해 알아냈다."

맙소사. 린은 입술 안쪽을 지그시 깨물었다.

"무거운 형을 받을 대죄이긴 합니다만, 산이 어질어 억울한 사정의 양민들을 보고 측은지심이 우러나 한 일이니……."

---

* 노비를 등록한 호적.

"알고 있다. 그래서 그 유망한 자들을 다시 양인으로 만들어 주려 한다. 그러면 산이 들켜 벌을 받을 염려가 없지."

"변정도감辨正都監*은 이미 철거하였습니다. 그들이 복권되는 길은 세가들이 범법한 죄를 묻는 것뿐입니다."

"그러면 유망한 자들을 받아 준 산에게도 허물이 돌아간다. 나는 이 일이 눈에 띄지 않게 처리되길 바란다."

"호적을 위조하라는 말씀입니까? 법을 어기는 일입니다."

"봐라, 린! 불의를 바로잡고자 설치된 변정도감이 방관한 일이다. 지금 내가 세가들의 만행을 바로잡을 힘이 있다면 왜 그렇게 하지 않겠니. 큰 불의에서 빚어진 결과를 고치려면 작은 불의는 감수해야 하는 것이다. 내가 왕이 되면 철저히 변정할 것이니 일단 산을 은밀히 도와줘. 대도에 가 있는 동안은 그 녀석이 곤란한 처지에 놓여도 내가 도와줄 수 없잖아."

"알겠습니다."

원하는 대답이 나오자 원의 입가에 미소가 번졌다.

"부탁을 들어주어 고맙다. 이런 일을 시켜서 미안하구나. 네가 산을 달가워하지 않는다는 걸 안다."

"그렇지는……."

"하지만 그 녀석은 내가 아끼는 동무다. 그러니 너와도 사이 좋게 지냈으면 하는 바람이다. 우린 셋 다 아비의 뜻을 제멋대로 어기는 악동들이 아니냐."

---

* 토지와 노비를 정리하기 위해 만든 임시 관아.

친구들과의 공통점이 마음에 들었는지 원이 키득키득 어깨를 들썩였다. 그녀를 달가워하지 않는다고 옆에서 느낄 만큼 자신이 산에게 모질었던가 생각하며 린도 따라 쓰게 웃었다.

"그런데 린……."

세자가 웃음을 그치고 잠시 뜸을 들이더니 물었다.

"……산은 왜 오지 않았지? 지금 보지 않으면 한참이나 지나야 볼 수 있는데."

"저하께서 순시를 떠나신 후에 저와 조금 다투었습니다. 그 일이 있은 후 요 며칠 동안 보이지 않습니다."

"서로 싸우기엔 나이들이 적지 않은 것 같은데. 제발 나 없는 동안 사이좋게 지내 줘, 응?"

원이 심술궂게 웃으며 린의 어깨를 세게 쥐고 흔들며 그의 눈을 들여다보았다. 문득 동무의 눈동자 깊은 곳에 드리워진 그늘을 발견하고 그가 진지해졌다.

"무슨 일이 있는 것이냐?"

"무슨 말씀이십니까?"

"아까도 일렀듯이, 내게 나중에 알릴 일은 말하지 않아도 돼. 하지만 내가 당장 도와줄 수 있는 일은 말해."

"그런 일 없습니다."

"정말이냐?"

"정말입니다."

그렇지 않아. 원은 더욱 유심히 린의 얼굴을 뜯어보았다. 확실히 순시를 떠나기 전과 지금, 동무에게 뭔가 달라진 점이 있었다. 겉으로 드러내지 않기 위해 이를 악물고 참고 있는 고통 어린 무언가를, 린의 무덤덤한 눈에서 원은 희미하게 읽었다. 캐묻기 위해 그가 다시 입을 열었을 때 멀리서 두두두 말들이 빠른 속도로 달려오는 소리가 들렸다.

"마노라, 누군가 이쪽으로 곧장 옵니다."

환관이 다가와 말을 끝내기도 전에 먼지 덩어리를 잔뜩 몰고 온 너덧 필의 말이 세자의 앞에 다다랐다. 재빨리 뛰어내려 머리를 조아리는 사람을 원이 알아보고 미간을 찌푸렸다.

"전라도 왕지별감 권의가 아닌가. 임지에서보다 다른 곳에서 그대를 자주 보게 되니 어찌 된 일인가?"

일은 안 하고 왜 싸돌아다니느냐고 힐난하는 말이었지만 부복한 권의는 세자가 약속대로 자신을 기억하고 있다는 사실에 감격하여 그저 헤벌쭉하였다.

"공주마마와 동궁마노라께서 입조하시는데 어찌 배웅하지 않을 수 있겠는지요. 조금이라도 보탬이 되고자 부랴부랴 말을 달려오는 참이었나이다. 마침 서교에서 옥지玉趾*를 멈추시어 이렇게 뵙게 되었으니 참으로 다행이라, 비록 보잘것없사오나 저하를 정성스레 모시고픈 소신의 뜻에 감복한 백성들의 작은 성의이옵니다. 입조하시는 길, 노자에 보태소서."

"그 짐들이 내 노자란 말이지? 안에 든 것이 무엇이냐?"

"부끄럽사옵니다. 은 마흔 근, 호피 스무 장이 전부일 따름

---

* 임금이나 귀인의 발걸음.

입니다."

부끄럽기는커녕 자랑스러운 빛이 가득했다. 제가 생각해도 이만큼 살뜰히 챙기기는 쉽지 않다 여겼던 것이다.

"권의."

나직이 그를 부르는 세자의 입술 한쪽 끝이 올라가며 묘한 웃음을 그려 냈다. 세자의 미소를 본 권의도 뿌듯해하며 씩 웃음을 머금었다.

"내, 너를 이미 기억하고 있어 그 탐욕스러운 머리를 몸뚱이에서 떼어 놓을 때를 고르고 있던 중이었다. 또 한 번 이렇게 내 기억에 남았으니, 이제 돌아가서 목을 잘 닦고 처분을 기다리도록 하여라."

"예? 마노라, 그 무슨 말씀이신지……."

사근사근 부드러운 말투가 내용과 영 맞지 않아 권의는 어리둥절하기만 하다. 상을 내리겠다는 말인지 목을 따겠다는 말인지, 말투로 보면 전자에 가깝고 내용으로 헤아리면 분명 후자다. 아둔한 머리로 눈을 뒤룩뒤룩 굴리는 참에, 원이 친절하게도 설명을 덧붙여 주었다.

"이것이 네 집에 있던 은이고 네가 잡은 호랑이라 해도 사사로이 재물을 받을 마음은 없다. 하물며 백성들에게 긁어 거두어 온 물건들임에랴. 백성의 눈물을 닦아 주어야 할 왕실이 그들의 울음 섞인 물건들을 쓸 수 있겠느냐? 왕실로 하여금 백성들의 원망을 사게 했으니 네 말대로 너는 참으로 부끄러운 관원이다. 하여 네게 합당한 대가를 치르게 할 것이니 가서 얌전히 대죄하라.”

“아이고, 마노라!”

뒤늦게 자신의 처지를 깨달은 권의가 원의 바짓가랑이에 매달렸다.

“듣기로 마노라께서는 불심이 깊고 자비로우시니 산부처라, 어리석은 신의 충심을 전하고자 행한 과실이니 너그러이 자비를 베푸소서.”

“진정한 자비란 과실을 덮어 주는 것이 아니다. 그 과실을 엄중히 다스려 바로잡는 것이 부처께서 말씀하신 자비니, 파직과 유배는 곧 네 자신의 그릇됨을 깨닫도록 거세게 내리쳐 주는 고마운 죽비니라. 또한 백성들의 응어리진 고통을 풀어 주리니, 너 하나로 그치지 않고 천인 만인에게 베푸는 자비가 된다.”

“하오나, 마노라! 공주마마께선 이번 입조길에 쓸 노자를 마련코자 중랑장을 시켜 강화의 민가들에서 은 쉰 근을 모으지 않으셨는지요. 소신은 알아서 한 죄밖에 없사온데…….”

원의 입가에 여유롭던 미소가 지워지고 냉기가 싸하니 돌았다. 권의가 말한 강화에서의 모후의 강탈은 사실이다. 위아래가 가릴 것 없이 썩어 빠졌고 사방 천지에 적이로구나! 원의 차가운 봉목에서 불꽃이 튀었다. 그는 손짓으로 낭장 하나를 불렀다.

“진관眞瓘! 이자를 당장 끌고 가라. 이자가 가지고 온 물건들도 가지고 가 네가 직접 주인을 찾아 돌려주어라.”

“마노라, 어서 평주로 떠나셔야 합니다.”

눈치 보던 환관이 끼어들었다. 이미 시간이 너무 많이 지체

되어 가만히 있을 수가 없었던 것이다. 공주가 불호령이라도 내린다면 고스란히 뒤집어쓸 사람은 그이니 말이다. 아랫사람의 불안을 짐작한 원이 걱정스레 린을 돌아보았다. 권의가 귀중한 시간을 허비하도록 설친 바람에 동무를 괴롭히는 원인을 아직 밝혀내지 못한 터였다. 린이 옅게 웃었다.

"서두르십시오, 저하. 정말 아무 일 없습니다."

원이 두 손을 들어 린의 뺨을 붙잡고 얼굴을 바싹 들이댔다.

"내가 네 동무라는 걸 잊지 마라. 널 위해서 무엇이든 할 사람이란 걸 잊지 마."

"어서 말에 오르십시오."

부드럽게 재촉하는 벗을 남겨 두고 원은 개운치 않은 마음으로 말에 올랐다.

"너희들, 나 없는 동안에 싸우지들 마라. 산에게도 그렇게 말해. 그럼 나중에 만나자, 이 고집불통들아!"

마지막까지 린에게 눈길을 주었던 원이 마침내 서북쪽으로 향했다. 서두르기 위해 수레 대신 말을 탄 세자의 일행이 빠르게 사라졌다. 린은 기마행렬이 일으킨 먼지가 다 가라앉은 후에야 말에 올라탔다. 선의문 쪽으로 방향을 꺾으며 그는 또 한 차례 쓴웃음을 머금었다. 세자의 마지막 당부가 싸우지들 말라는 말이라니, 그와 산이 어지간히 서로 으르렁댔나 보다고 생각했기 때문이다.

'내가 산에게 편협하게 굴었던가?'

곱씹어 보면, 그 자신이 산을 못살게 굴었다든가 냉대했던 일은 특별히 없는 것 같다. 오히려 그녀 쪽에서 사소한 일에도 트집을 잡고 화를 내고 토라지고 쌀쌀맞았던 적이 많았다.

'처음 만났을 때부터 함부로 대했던 데다 아버지에게 위협이 될지도 모르니 나를 보는 게 마음 편할 리 없지.'

린은 그녀의 마음을 십분 이해할 수 있을 것 같았다. 그래도 이렇게 며칠씩이나 그녀가 모습을 보이지 않은 적은 없었다. 린은 다른 방향으로 은근히 걱정되었다.

'집에서 몰래 빠져나오려다 들킨 것이 아닐까? 갑작스레 병이 나서 꼼짝 못하고 있는 건?'

그는 십자로를 거쳐 자남산으로 가려다가 그녀의 집이 있는 자하동으로 방향을 바꾸었다. 가 봤자 밖에서 멀거니 서 있는 것 외엔 할 수 있는 일이 아무것도 없지만, 왠지 그대로 금과정에 들어갈 수 없을 것 같았다.

비연은 바느질하던 옷감에서 눈을 들었다. 아가씨는 아침부터 내리 책만 읽고 있는 참이다. 삐딱하게 앉아 턱을 괴고 시큰둥하니 눈을 내리깐 모습이 나가지 못해 몸이 근질근질한 상태를 잘 말해 주고 있었다. 의자 위에 올려놓은 벗은 발의 발가락들이 쉼 없이 꼼질거리는 것을 보고 비연은 웃음을 터뜨릴 뻔했다.

'얼마나 답답하실까? 이틀이 멀다고 밖에 나가시던 분이 며칠째 갇혀 계시니.'

안타까운 생각에 나오려던 웃음이 쏙 들어가 버리는 비연이었다. 그녀가 산과 오붓하니 시간을 보내는 것은 실로 오랜만이었다. 늘 생쥐처럼 빠져나가던 아가씨가 종일 있으니 반갑기도 하고 이야기도 도란도란 나누고 싶지만, 아가씨는 당최 그럴 마음이 없어 보인다. 책에만 눈이 박혀 좀체 비연을 볼 줄 모른다.

'다 나 때문이야!'

산이 나가지 못하는 이유를 더듬어 보던 비연이 고개를 푹 숙였다. 그녀의 무릎에 놓인, 원나라에서 들여온 귀한 솜을 넣어 누빈 저고리는 아가씨가 걸치기엔 너무 크다. 아가씨의 것은 이미 여러 벌 만들어 둔 솜씨 좋은 그녀는 남은 솜으로 누군가를 생각하며 한 땀 한 땀 정성스레 바느질을 하고 있었다. 그 누군가란 바로 지난 백희 때 그녀의 가죽신을 연못에서 건져 준 사내, 무석이었다.

가무백희는 복전장의 타워에서 주인이 돌아온 이후로 도통 열리지 않았다. 백희가 열리면 또 그를 만날 수 있으리라 은근히 기대하던 비연으로서는 맥이 풀리지 않을 수 없었다. 신발을 신겨 주려 그가 그녀의 발목을 잡았던 순간부터 마음까지 송두리째 잡혔는지도 몰랐다. 어쩌면 그 이전에 그와 눈을 마주쳤을 때부터, 그의 왼쪽 눈에 난 칼자국에 이유 없는 슬픔을 느낄 때부터.

그의 품에 안겼던 짧은 기억을 떠올리며 비연은 억제하기 힘든 그리움을 달랬다. 그때 맡았던 땀 냄새가 코끝에서 되살아나 그녀의 가슴까지 후비고 들어와 뜨겁게 지졌다. 환각에 취해 넋을 잃고 있다가, 문득 창피해져 베개에 코를 파묻고 발을 동동거리면 들뜬 마음이 차츰 가라앉았다. 그예 아쉬워 또 그 냄새를 찾아 몸을 오그리곤 하며, 비연은 난생처음 찾아온 연심에 얼굴을 붉혔다.

그런데 그 마음이 일방적이지만은 않았던 듯 사내가 찾아왔다. 어떻게 알고 왔는지, 아가씨도 몰래 집을 빠져나가고 유모도 본채에 가고 구형이도 없는 딱 그때 잘도 맞춰 왔던 것이다. 특별한 말도 없고 손가락 한 마디 스치지도 못했지만, 비연은 나란히 앉은 그의 옆에서 땀 냄새를 한껏 들이마시며 가슴을 떨었다. 한 번이 두 번이 되고 몰래 만나는 횟수가 거듭되면서 그녀는 그 땀내에 익숙해 갔다.

여름 동안 수차례나 대담하게 별채의 담을 뛰어넘어 드나들던 그에 대해 비연이 알아낸 사실이라곤 이름이 무석이라는 것뿐이었다. 그러나 그것만으로도 충분하다고 그녀는 생각하고 있었다. 그녀는 자신에 대해 단 한마디도 하지 않았으니 말이다. 아마도 사내는 여전히 그녀를 영인백의 외동딸로, 얼굴을 검은 비단으로 꽁꽁 가리고 별채에 갇혀 있는 가련한 귀족 처녀로 알고 있을 것이다. 별채 주변에 젊은 비복들이 철통같이 지키고 서서 누구도 나가지도 들어오지도 못하게 된 지금까지도.

며칠 전 그가 담을 훌쩍 넘어 사라지는 걸 별채로 들어오던 유모가 보고 질겁하여 소리 지른 후, 간 큰 도둑이 드나들도록 제대로 별채를 지키지 못한 구형은 당분간 본채로 쫓겨났다. 그리고 그 대신 열 명도 넘는 건장한 노비들이 밤낮으로 물샐

틈 하나 없이 별채를 지켰다. 유모에게 무석은 어디까지나 도둑이었지만, 무석이 도둑처럼 스며드는 것은 고사하고 산도 몰래 집을 빠져나가기 어렵게 되어 버린 것이다.

"아얏!"

갑작스레 비연이 손가락을 움켜쥐어 산이 비로소 책에서 눈을 들었다. 비연의 손톱 아래 피가 검게 번져 갔다.

"침선하다 찔리다니, 네가 웬일이야? 나라면 몰라도."

서둘러 시비의 손가락에 천을 동동 감아 주는 주인을 보고 비연은 고맙고도 미안하여 그만 왈칵 눈물이 솟았다. 그녀의 눈물에 깜짝 놀란 산이 당황했다.

"왜 그래? 많이 아프니? 유모더러 금창약을 가져오랄까?"

"아니, 아니에요."

아가씨가 방에 갇힌 것이 자신 탓이기에 죄스러워서 그런 것인지, 그리운 사람을 이젠 못 만날 것 같아 답답하여 그런 것인지, 혹은 둘 다인지 비연은 눈물을 쉽게 거두지 못했다. 그렇다고 산에게 모든 것을 털어놓을 수도 없어, 비연은 아가씨를 감히 바라보지 못하고 울먹울먹 끊어지는 말을 간신히 이었다.

"저, 저는……, 참 쓸모가 없어요. 아가씨가 나가고 싶어도……, 이렇게 답답해하셔도 도움도 못 되고……."

"무슨 소리야? 아무것도 훔쳐 가지 못한 좀도둑 하나 때문에 유모가 호들갑을 떤 건데, 뭐. 조금 있으면 다시 원래대로 돌아갈 거니 신경 쓰지 마. 내가 갑갑할까 봐 걱정돼서 그런 거야?"

비연이 고개를 끄덕이자 산은 어이없어 풋, 웃음을 터뜨렸

다. 이런 일로 울다니 정말 마음이 여리고 눈물도 많다. 산이
그녀의 어깨를 감싸 토닥였다.

"그런 걱정 할 거 없어. 오히려 집에 있으니까 책도 차분히
읽을 수 있고 괜찮은걸."

"그 책, 아직 한 장도 안 넘어갔어요. 아침부터 펴 놓은 그대
로잖아요."

"어."

펴 놓은 책을 흘깃 본 산이 멋쩍게 웃었다.

"차도 다 식도록 한 모금도 입에 안 대셨고요."

눈물을 훔치며 비연이 코맹맹이 소리를 냈다.

"다 제 잘못이에요."

"아이 참, 그건 또 무슨 소리야? 그저 잠시 다른 생각을 했던
것뿐이야."

"무슨 생각을요? 무슨 근심거리라도……."

"아니, 네가 신경 쓸 거 없어, 전혀."

"역시 저는 아가씨께 손톱만큼도 도움이 안 되는 아이예요."

또다시 눈물을 쏟을 준비가 된 비연의 눈시울을 산이 급히
닦아 주었다. 비연의 마음을 좀체 짐작할 수 없어 난감했지만,
분명한 것은 그녀가 산의 몇 안 되는 소중한 친구들 중 한 사람
이라는 것이다.

'내가 그동안 원이랑 린하고만 어울려 지내느라 소홀해서 서
운했던 게 틀림없어. 혼자서 많이 외로웠을 테지! 그나마 며칠
같이 있으면서도 혼자 딴생각만 하고 있었으니.'

238

문득 미안해진 산이었다.

"이제껏 말하지 않았지만 내겐 몰래 만나는 동무가 있어. 지난번에 나갔을 때 그 동무가 좀 이상했어. 그게 마음에 걸려서 정신을 팔고 있었던 거야."

비밀을 털어놓는 것만큼 상대를 감동시키는 일도 없다. 이내 비연의 눈이 눈물을 거두고 호기심을 담아 초롱초롱 빛났다. 언제부턴가, 그토록 뻔질나게 나가면서도 바깥에서 겪었던 일을 아가씨는 말하지 않았다. 늘 궁금했지만 차마 묻지 못했는데, 직접 말해 주려나? 비연은 자신도 모르게 침을 꿀꺽 넘겼다.

"며칠 전에 그 동무와 함께 말을 타고 기름시장 주변을 둘러보는데, 그날따라 좀 이상했어. 말도 없고 날 쳐다보지도 않고."

"보통 때는 말을 많이 하던 분이에요?"

"뭐, 그렇지도 않지만…… 그날은 유독 더했단 말이지."

그날은 그랬다. 금과정에서 그녀를 맞이하는 린을 본 순간부터 그를 둘러싼 공기가 매우 무겁다는 걸 산은 깨달았다. 줄곧 입을 굳게 다물고 있었을 뿐 아니라 그녀에게 눈길을 제대로 주지도 않는 것이, 그녀가 보이지 않는 것처럼 철저히 무시하고 있었다. 왠지 바보 취급을 당하는 것 같아 산은 골이 났다. 안 그래도 복전장의 사냥 이후로 린과 어울리는 시간이 불편했던 그녀였다. 그와 같은 공간에 있다는 사실만으로도 벌떡벌떡 뛰는 심장이 곤혹스러워 스스로가 바보스럽게 여겨지곤 했다. 마음에 안 드는 게 있다면 뭔지 말을 하란 말이야, 이 멍청아! 정면만 응시한 채 나아가는 린의 옆얼굴에 대고 그녀가 속으로 쏘아붙이던 찰나, 그가 우뚝 말을 세웠다. 그의 시선을 따라 그녀도 눈을 옮기니, 말을 탄 젊은이들이 어지럽게 날뛰고 있었다.

"홀치가 마을을 쑥대밭으로 만들고 있었지. 한쪽엔 우리 또래 여자애들이 줄줄이 묶여서 울부짖고 있었어. 양민들의 집을 뒤져서 처녀들을 찾고 있었던 거야. 공녀로 데려갈 여자들을. 그 동무와 내가 선 자리에서 불과 수십 보 앞에서 홀치 하나가 어린 여자애를 끌고 문을 나섰어. 그 뒤를 부모가 쫓아 나왔지. 울며불며 딸을 부여잡으려는 부모를 다른 홀치가 후려쳐 거꾸러뜨렸지."

"끔찍해라! 듣고만 있어도 몸서리가 쳐지는데, 아가씨랑 동무분은 직접 보셨으니 얼마나 참담하셨을까요."

"그런데 린이 너무 태연했어."

후, 산의 한숨이 길게 나왔다.

쓰러진 부모를 돌아본 소녀가 비명을 지르며 끌려가지 않으려고 버텼지만 젊은 사내의 힘을 당할 수는 없었다. 굴비 두름처럼 엮인 다른 소녀들이 합세해 통곡하는 바람에 귀가 멀 지경이었다. 창백하게 질린 산이 부들부들 떨었다.

"뭐야, 저거?"

"공녀로 차출된 아이들이다. 이번 입조길에 데려가려고 공주께서 홀치를 시켜 양가를 수색하고 처녀들을 모아 오도록 명하셨다."

벙어리처럼 입을 다물고 있던 린이 차갑고 낮게 말했다. 조금도 낯빛을 바꾸지 않고 강 건너 불구경하듯 냉랭한 그의 모습에 산은 흠칫했다. 그때 땅에 처박혔던 소녀의 아비가 다시 일어나 홀치의 다리를 붙잡고 애원하다가 걷어채고 말았다. 더이상 보고만 있을 수 없던 산이 욱하여 나서려는데, 린이 재빨리 말 머리를 비틀어 그녀를 가로막았다.

"나서지 마라, 산! 여기서 한 명 못 끌고 가게 막아 봤자 다른 곳의 처녀가 끌려갈 뿐이다. 쓸데없는 짓 그만둬."

"결혼도감이 아니라 홀치가 여자들을 부모에게서 강탈하고 있어! 그냥 보고만 있겠다는 거야?"

"결혼도감이든 홀치든 여자들을 끌고 가는 건 다르지 않아. 그리고 이건 공주의 명이다."

"난 네가 공주의 홀치가 아니라 원의 친구라고 알고 있는데? 고려 여자들이 이런 식으로 끌려가는 걸 원이 바랄 것 같아?"

"저하께서 바라지 않으신대도 이 일은 돌이킬 수 없다. 지금 우리가 나서면 저하께 심려를 끼치게 돼. 물러서. 소란을 피우겠다면 널 묶어서 가는 수밖에 없다."

린이 뿜어내던 냉기가 며칠이 지난 지금까지 여전히 느껴져 산은 부르르 몸을 떨었다.

"처음부터 끝까지 눈 하나 깜짝 않고 보는 거야. 슬프고 안타까운 기색도 없고, 오히려 평소보다 더 담담하고 냉정했지. 홀치의 만행을 두고 볼 수 없어서 나서려는 날 말렸어."

"그건……, 그분이 잘하신 것 같은데요. 안 그러면 봉변을 당하셨을 거예요. 홀치를 말릴 수 있는 사람이 누가 있나요."

"내가 봉변당할 걸 염려해서 말린 게 아니야. 누군가에게 폐를 끼치기 싫어서 말린 거지."

흥, 코웃음 치는 불만스런 말투에 비연은 어렴풋이 짐작되는 바가 있었다. 이름이 린이라면, 그 동무는 사내일런가? 당장 묻고 싶었지만 일단 미뤄 두었다.

"동무분께 화를 내셨나요?"

"화낸다고 꿈쩍할 사람이 아니지."

산이 입술을 지그시 물었다.

"어떻게 아무렇지도 않게 끝까지 볼 수가 있어?"

린을 노려보는 그녀의 목소리가 분노로 가늘게 떨렸었다.

"정말 아무 느낌이 없어? 그런 거야?"

"내가 느끼는 건 지금 저들에게 아무 도움이 안 돼. 감정을 드러내건 드러내지 않건 그건 중요하지 않아."

메마르게 대답하는 린을 보며 그녀는 고개를 가만히 내저었다.

"아니야, 린. 사람은, 화가 나면 소리 지르고 슬프면 울고 좋으면 웃는 거야. 눈물이 나오면 우는 거라고. 비록 다른 사람이 당하는 일이라도 내가 당하는 것과 마찬가지로. 저런 일에 무감각한 사람이 백성을 가엾게 여기라느니 사랑하라느니 하는 말을 원에게 하면 안 되는 거야. 누군가의 땅이나 노비를 빼앗지 않고 뇌물이나 청탁을 받지 않는다 해도 그걸론 충분하지 않아. 진짜 사람의 피가 흐르는 누군가가 원의 옆에 있어야 해. 너처럼 더운피 한 방울 나오지 않을 냉혈한이 아니라."

린이 시선을 내리깔고 희미하게 웃었다. 그녀의 말을 수긍하는 것인지 비웃는 것인지 산이 갈피를 잡지 못하는 사이, 그가 나직이 말을 뱉었다.

"중요한 건 공녀의 수를 줄여 나갈 방법을 찾는 거야. 동정심이 문제를 해결해 줄 수 있다면 좋겠지만, 그게 저하께 골칫거리가 된다면 기꺼이 버리겠다. 여기서 울고 화내는 건 너만으로도 충분해."

기가 막혀 입을 다물지 못하는 그녀를 내버려둔 채 린이 말의 배를 찼다. 앞서 가는 그의 등에 대고 산이 '위군자僞君子'라 비난했지만, 그는 심상히 멀어져 갔다. 씩씩대던 그녀는 그를 쫓아가지 않고 그대로 집에 돌아와 버렸다. 그날이 바로 담 넘는 무석을 유모가 보고 집 안이 발칵 뒤집혔던 날이었다.

"어쨌든 린답지 않았어. 평정심을 잃은 적도 없지만 메마른 사람도 아니거든. 그날은 흡치 못지않게 잔인하다고 생각해서 화가 났었는데, 돌이켜보니 이상해."

"그럼 동무분이 원래는 아가씨께 다정하신가요?"

조심스레 물어보는 비연이 다시 침을 꼴깍 삼켰다. 그녀의 물음에 산이 깔깔대고 웃음을 터뜨려 비연은 그만 어리둥절했다.

"다정하냐고? 린이? 만난 첫날부터 내 손목을 부러뜨리려던 사람인걸! 묻는 말에 대답하지 않으면 목뼈를 낱낱이 바숴 버리겠다고 했지. 아마 진심이었을 거야. 내가 친구라는 걸 인정한 날에도 멍이 들 만큼 턱을 쥐고 비틀었지. 지금도 만날 목검으로 두들겨 패는걸."

"세상에나! 보통 악독한 사람이 아니잖아요."

비연이 비명을 지르며 몸을 오그렸다. 악독하다는 말에 산이 퉁명스레 반박했다.

"그땐 그럴 수밖에 없었어. 두들겨 맞는 건 내 실력이 너무 모자라기 때문이고. 내가 위험할 때 세 번인가 구해 줬고, 내가 주먹으로 쳐서 입 안이 찢어졌을 때도 마음 풀릴 때까지 더 치라고도 했단 말이야."

"주먹질을 하셨다고요? 아가씨가?"

어이없어 입을 딱 벌린 비연의 말을 귓등으로 흘리며 산이 단호히 말했다.

"그러니 잘 모르면서 악독하니 어쩌니 함부로 말하지 마."

동무를 옹호하는 아가씨를 보고, 비연의 막연했던 짐작이 뚜렷한 확신으로 바뀌었다. 그녀는 넘쳐 나는 호기심을 주체하지 못하고 물었다.

"아가씨, 그분과 있으면 왠지 편안하지 않지요? 어쩌다가 눈이라도 마주치면 간장이 쑥 아래로 빠지는 것처럼 덜컹하지요?"

"……자주는 아니야."

"그래서 보지 않으려고 일부러 다른 데만 쳐다보다가도 어느새 그분을 몰래 다시 보게 되지요?"

"······그랬을지도 모르지."

"그렇게 보고 있으면 자갈밭을 굴러가는 바퀴처럼 심장이 덜커덩덜커덩 마구 뛰고요."

"······비슷해."

"크게 숨을 들이마시는데도 숨이 가빠 가슴이 답답하고요."

"그렇다고 쳐도······, 그런 게 지금 무슨 상관이야? 문제는 린이 좀 이상하다는 거야."

"바로 그거예요!"

비연이 기쁜 듯 손뼉을 짝 쳤다.

"아가씨가 그분 옆에서 내내 두근두근 불편하듯, 그분도 아가씨 옆이라 그런 거예요. 아가씨를 의식하면서도 내색하지 않으려니까 평소랑 다르게 보인 거라고요."

산은 눈썹을 찡그렸다. 린이 정말 그녀처럼 제어되지 않는 심장으로 고통을 느낄까?

복전장에서 돌아온 뒤로, 그를 볼 때마다 산은 매우 혼란스러웠다. 검을 휘두르는 그의 땀에 젖은 머리칼이 찰랑일 때 그녀의 마음도 따라 흔들렸다. 그에게서 희미하게 나는 소나무 향기에 숨이 막히곤 했다. 우연히 마주치는 그의 시선에 가슴이 덜컹하면서도 그의 눈빛이 무덤덤하니 평온하여 화가 났다. 그의 작은 손짓, 걸음, 흘려보내는 말 하나하나가 그녀의 날카로운 신경을 붙잡고 고통스럽게 했다. 바보 같은 일이야 이건! 산은 생각했지만 저절로 그에게 쏠리는 감각과 감정을 통제할 수가 없었다.

더 큰 문제는, 이 모든 것이 오직 그녀만의 일방적인 고뇌라는 것이다. 원인 불명의 이 고뇌를 들키고 싶지 않아 그녀가 번번이 짜증과 억지를 부려도 그는 좀처럼 반응이란 게 없었다. 그녀가 공격적으로 나오면 한발 물러서서 제풀에 가라앉기를 기다릴 뿐, 왜 그러냐고 묻지도 괜찮으냐고 다독이지도 않았다. 괴롭거나 동요하는 쪽은 늘 산이었던 것이다.

홀치의 처녀 사냥을 묵묵히 지켜보던 린을 떠올리며 산은 고개를 내저었다. 씁쓰레한 미소가 입가에 떠올랐다.

"그런 게 아니야. 나 때문이 아니야. 뭔가를 숨기고 그걸 드러내지 않으려고 지독하게 절제하고 있었지만, 결코 나 때문은 아니야."

"그분에 대해 아가씨가 알고 있는 게 전부가 아닐지도 몰라요."

산의 미간에 솟아난 주름을 비연이 부드러이 펴 주었다.

"사내는 마음에 있는 걸 다 말하지 않으니까요. 만나고 싶다 해서 만나자 말하지 않아요. 좋아한다 해서 좋아한다 말하지 않지요. 오히려 사내가 여인보다 부끄럼이 많다는 걸 아세요? 그분이 아가씨 앞에서 냉정한 모습을 보인 건, 사실 본마음을 숨기고 싶어서일 거예요. 여인 앞에서 사내는 강하게 보이고 싶어 하니까요! 여인은 슬프면 울고 속상하면 화낼 수 있지만 사내는 그럴 수 없지요. 약해 보이니까요."

"그는 충분히 강해. 억지로 강해 보이려 애쓸 필요가 없어, 누구 앞에서도."

"단 한 사람 앞에서는 다를 수도 있어요."

"만의 하나 그렇다 해도, 그 단 한 사람이 내가 아니라는 거야."

"정말로요? 정말 그렇게 생각하세요?"

"정말로."

비연이 눈을 깜빡였다. 도통 이해가 되지 않는 얼굴이다.

"어떻게 아가씨를 옆에 두고 좋아하지 않을 수가 있죠? 누구보다도 어여쁘고 마음씨 고운 분인데? 어떤 사내라도 마음을 뺏기지 않곤 배길 수 없을 거예요! 그분 심장은 돌이나 나무로 만들어졌나요?"

"난 예쁘지도 않고 착하지도 않아."

산이 소리 내어 웃었다.

"숙녀답지도 않고 여인이 갖출 덕목이라곤 하나도 가진 게 없어. 그러니까 린이 아니라 그 누구라도 날 좋아하긴 어려울 거야. 하지만 그의 심장에 피가 돌지 않는 건 사실일 거야. 돌이나 나무로 만들어졌대도 놀랍지 않아."

연연히 웃는 그녀를 마주 보는 비연의 가슴이 아프게 죄어 왔다. 무엇 하나 부러울 것 없이 죄다 갖춘 주인이 자신을 비하하다니, 그것도 그녀에게 무관심한 사내 때문에! 비연은 그 린이란 사내에게 화가 났다.

"그런 분이 뭐가 좋습니까? 공연히 마음 상하지 말고 잊어버리세요."

"그럴 수 있다면 좋겠지만……."

가느다란 한숨이 체념 어린 미소와 어우러져 애틋하니 산을 성숙한 처녀다워 보이게 했다.

"……뭐가 좋아서 좋아하게 됐는지도 모르고, 좋아하기로 마음먹어서 좋아하는 것도 아닌걸. 갑자기, 어느 순간 번개를 맞은 것처럼 심장이 내려앉아 제멋대로 팔딱이는 걸 어떻게 말릴 수 있겠어?"

"어느 순간 번개를 맞은 것처럼요? 어떤 순간이었을까요?"

"모르겠어. 그저 무심히 돌리던 눈길이 마주쳐서? 어쩌면 보일 듯 말 듯 잔잔한 잠소 한 번으로 충분했는지도 몰라. 믿는다며 지나가는 인사치레로 던진 말 한마디였을지도. 보이는 것, 말하는 것 그 자체가 중요한 건 아니었어."

"맞아요. 중요한 건 바로 그 사람이라는 거예요."

"그래, 그 사람이기 때문에 그냥 지나쳐 버려도 괜찮았을 작은 순간들이 갑자기 크게 느껴진 거야."

"그 순간들이 뇌리에 박혀 떠나질 않죠. 혼자 있을 때나 잠자려 누웠을 때, 심지어 다른 사람들과 있을 때도. 내 머릿속에 깊이 새겨진 그 순간들 덕에 그 사람과 늘 함께 있을 수 있어요."

"누구 얘기야?"

몽롱하니 꿈꾸는 듯한 얼굴이 된 비연을 산이 일깨웠다. 아련히 미소를 머금던 시비가 퍼뜩 정신을 차리고 새빨갛게 달아오른 뺨을 양손으로 감싸며 벌떡 일어났다. 그 바람에 무릎에 놓여 있던 반쯤 꾸민 저고리가 바닥에 툭 떨어졌다. 산이 저고리를 주워 들자 비연이 얼른 빼앗아 품에 꼭 안고 등을 돌렸다. 갑작스런 그녀의 낯선 행동에 산은 잠시 어안이 벙벙했다. 직감하는 바가 있었지만 어떻게 말을 꺼내야 좋을지 몰라 당황하던 그녀가 가까스로 입을 열었다.

"크구나."

"예?"

"그 옷, 나나 네가 입기엔 너무 커. 누굴 염두에 두고 짓는 거니?"

"그것이……."

"네 머릿속에 깊이 새겨진 그 사람?"

비연의 얼굴이 금방 울음을 터뜨릴 듯 일그러졌다.

"저런, 비연아."

산이 다가가 시비를 다정하게 끌어안았다.

"나무라는 게 아니야. 네가 누군가를 마음에 품었다면 그건 기쁜 일이지! 난 그저……, 조금 놀랐어. 네가 볼 수 있는 사람은 나와 유모와 구형이뿐이잖아. 설마 구형이를?"

"아니에요."

눈물이 고인 채로 비연이 키득 웃었다. 그녀의 머리칼을 부드러이 쓰다듬으며 산도 웃었다. 구형이에겐 미안한 일이지만 그녀도 비연이 그를 좋아할 거라고 생각하진 않았다. 그랬기에 산의 머릿속은 뭉글뭉글 부풀어 가는 호기심으로 더욱더 채워졌다. 산은 비연을 의자에 앉히고 그녀의 가슴을 채운 미지의 사내에 대해 달래듯 어르듯 물었다. 처음엔 곤혹스러워하던 비연은 곧 자신의 이야기에 스스로 빠져 머뭇거리면서도 무석과의 평범하지 않았던 만남부터 지금까지의 인연을 털어놓았다. 그동안 들어줄 사람이 없어 몹시 답답했던지 한번 말문을 열자

봇물 터지듯 술술 쏟아져 나왔다. 며칠 전 담을 뛰어넘었던 사람이 바로 무석이었다는 이야기까지 들은 산은 놀랐고, 신기했고, 비연이 대단해 보였으며, 부럽기까지 했다.

'밖으로만 쏘다니는 나보다 집에 갇혀 있는 비연이 먼저 사랑을 하다니! 역시 차분하고 순종적이고 조용한 그 성격 때문일까?'

남자들은 그런 여자를 좋아하나 봐. 산은 은근히 씁쓸한 기분마저 들었다.

'사내처럼 드센데다 한마디도 지지 않으려고 악착스레 굴어댔으니 꾐을 받기란 애초부터 글렀는지도 몰라. 심장이 돌이나 나무로 만들어진 사람에게선 특히나!'

"이 옷, 다 꾸민다고 해도 줄 기회가 없을 거예요, 이젠."

구겨진 저고리를 만작이는 비연의 손등에 눈물이 한 방울 똑 떨어졌다.

"그렇지 않아."

산이 고개를 푹 수그린 그녀의 턱을 들어 올려 살며시 눈물을 닦아 주었다.

"그자가 꼭 다시 올 거야. 그때를 대비해서 짐을 챙겨 둬."

"무슨……, 무슨 말씀이세요, 아가씨?"

비연의 눈동자에 눈물 대신 두려움이 고였다. 그녀를 안심시키려 산이 빙긋 웃어 보였다.

"넌 그자와 함께 떠나는 거야. 너는 내 시비가 아니고 그자는 광대가 아닌 거야. 그래, 복전장에 가면 신분을 감추고 살

250

수 있어! 내가 다 알아서 해 줄 테니 아무 염려할 것 없어. 보고 싶은 만큼 그를 보면서 지어 주고 싶은 대로 옷을 지어 줘."

"그럴 순 없어요, 아가씨가 혼인하기 전까진."

"그때는 너무 늦을지도 몰라. 내 대신 끌려가 버리기라도 하면 그 사람과는 그대로 끝이잖아. 그가 찾아오면 꼭 내 말대로 해야 돼."

"하지만……."

바깥이 갑자기 왁자지껄 떠들썩하니 소란스러워졌다. 익숙한 발소리가 쿵쿵 나더니 곧 유모가 들어섰다.

"공주님의 이번 행차에 우리 집 가노 둘을 더 넣을 수 있게 됐답니다. 그치들이 싣고 갈 물건을 챙기려고 노비들을 죄 풀어 각 행랑이랑 장부藏府* 에 보내는 중이올시다. 내일이면 공주님께서 평주온천을 떠나신다니, 별채를 지키던 비복들도 부려야 할 판이에요."

산이 물어보기도 전에 유모가 바깥의 상황을 좔좔 정리하였다. 사신이나 공주의 수행원으로 원나라에 들어가면 사사로운 무역으로 이익을 두둑이 챙길 수 있었다. 이재에 밝은 영인백은 원나라를 드나드는 모든 행차에 노복들을 끼워 넣어 짭짤하니 재미를 보곤 했다. 끼워 넣는 노비 수에 따라 재물도 불어나니, 이번에도 환관들에게 뇌물을 주어 노비 둘을 더 넣었던 것이다. 그 자체로는 산에게 별 관심이 없는 일이었지만 별채의

---

* 창고.

감시가 느슨해지니 반갑기 그지없다. 그런 그녀의 마음을 모를 유모가 아니었다.

"이 틈에 옳거니 하고 나가시려는 거, 다 압니다. 이따가 주인어른이 들른다고 하셨으니 나가실 마음은 일찌감치 접으시는 게 좋아요. 정원으로 통하는 길에는 구형이도 있고요. 오늘만큼은 절대 이 방 안에서 꼼짝도 하지 마세요!"

좀처럼 주인을 믿지 않는 유모는 좀 더 확실히 못 박고 싶었지만 너무 바쁜 상황이라 본채로 쿵쿵 줄달음쳤다. 별채를 지키던 노비들의 소리도 그녀의 육중한 발소리와 함께 멀어져 갔다. 이윽고 조용해지자 산이 주섬주섬 바지와 두루마기, 문라건 등을 챙겼다.

"아가씨, 오늘은 주인어른께서 오신다고…….."

비연이 초조하게 보는 가운데 산이 태연스레 옷을 갈아입었다.

"이건 유모가 지금 나갔다 오라고 친절하게 일러준 거야."

그럴 리가 없지요. 생각은 그리 하면서도 비연은 아가씨가 옷 입는 것을 도왔다. 금방 보송보송한 미소년으로 바뀐 산이 탁자 위에 펼쳐져 있던 책을 집어 들었다.

"줄을 당겨 구형이를 불러. 오면, 이 책을 내주고 서가에서 두공부집杜工部集* 셋째 권을 가져오라고 시켜. 구형인 방으로 들어오지 못하니까 내가 나가려 준비한 줄 모를 거야."

---

* 북송의 왕수王洙가 편찬한 두보杜甫의 시문집.

책을 받아 든 비연은 말려 봤자 소용없음을 숱한 경험으로 알았다. 그리고 지금은 말리고 싶지도 않았다. 오히려 그녀가 빠져나가 동무와 재회하기를, 사랑에 빠진 소녀로서 깊은 동질감을 느끼는 참이라 응원하고 싶은 마음이었다. 그래서 비연은 기꺼이 산이 시킨 대로 충실히 따라 했다. 그렇게 구형이 별채를 비운 사이 산이 살그머니 방문을 열고 나섰다.

"어서 가세요, 아가씨."

비연의 애정 어린 독촉을 받으며 산은 두 개의 정원을 순식간에 지나 밖으로 나가, 다람쥐처럼 빠르게 걸음을 재촉해 금과정이 있는 남산리로 향했다.

'며칠 동안 내가 안 보였는데 그 이유를 조금은 궁금해하지 않았을까?'

린을 떠올리자 문득 머리를 스치는 의문에 산은 곧 쓰게 웃지 않을 수 없었다.

'어림도 없지. 원이라면 몰라도!'

린에 연상되어 원에게까지 생각이 미치니, 세자가 대도로 가는 먼 여정에 이미 올랐다는 걸 뒤늦게 깨달았다. 잘 다녀오라는 인사도 하지 못했다. 지방을 순시한다고 벌써 한 달 가까이 만나지 못했고 앞으로도 몇 달이나 못 볼지 모르는데, 벗으로서 너무 무심한 게 아니었던가 싶어 산은 조금 미안한 마음이 들었다. 그리고 곧 린에게 공연히 심통이 났다.

'날 며칠 안 본 건 아무렇지도 않겠지만 원이랑 떨어져 있는 건 꽤나 울적하겠지!'

그렇게 생각하니 자신도 모르게 쿡 웃음이 났다. 그녀의 경쟁 상대는 같은 여자가 아니라 사내인 것이다! 여인이 아니어서 더 강력한 상대일지도 몰라. 산의 웃음이 더욱 짙어졌다. 그러나 자하동을 막 벗어나 구재동九齋洞 언저리를 지나치면서 그녀 앞에 펼쳐진 광경을 목격하자 웃음은 그만 얼어붙어 버렸다.

젊은 숙위 하나가 열대여섯쯤 된 예쁘장한 소녀를 잡아끌고 어떤 집의 문을 나서는 중이었다. 부모가 울며불며 쫓아 나오는데, 이미 반항하다 꽤나 맞았는지 머리며 옷매무새가 잔뜩 흐트러진 채 딸과 딸을 질질 끌고 가는 홀치를 붙잡고 매달렸다. 멀리 둥글게 모여 선 마을 사람들은 감히 다가갈 생각도 못 하고 발을 구르고 있다가 홀치가 노려보자 슬금슬금 자리를 피했다. 며칠 전 산이 린과 함께 지켜보던 장면과 꼭 닮아 있었다.

"나리, 자식이 얘 하나뿐인데 그걸 빼앗아 가면 어쩝니까!"

"공주께서 내린 명이다. 감히 거역하는 자는 호된 맛을 보리라!"

"공주께서도 멀리 타향에 시집오셔서 아실 것을, 어쩌면 이렇게 무심하신지요! 예, 나리!"

"무엄한 계집, 그런 언사를 입에 담고 무사할 줄 알았더냐. 방해하는 자는 누구든 죽여도 좋다고 이미 허락이 났느니!"

거친 발길질로 부부를 밀어내던 홀치가 찰거머리처럼 엉겨 붙은 아낙에게 기어코 칼을 휘둘렀다. 획. 날카로운 칼날이 반원을 그리며 아낙의 어깨를 향해 질주했다. 그 자리에서 한쪽 팔이 떨어져 나갈 참이었다.

"아악!"

비명이 터져 나왔지만 칼은 허공을 베었을 뿐이다. 칼끝에서 전해 오는 허전함에 갸웃한 홀치는 난데없이 솟아난 소년이 아낙을 끌어안고 바닥을 구르는 것을 보고 일순 어안이 벙벙하였다.

"이놈이! 넌 또 뭐냐?"

"딸을 뺏긴 것도 억울한 사람을 죽이기까지 할 셈이냐?"

산이 으르렁거렸다. 그녀는 아낙을 베려는 홀치를 보고 앞뒤 가리지 않고 뛰어들었던 것이다. 갑작스런 방해에 얼이 빠지긴 했지만 이내 홀치가 산을 향해 칼을 들었다.

"방해하는 자는 모두 죽는다! 나는 공주마마의 명을 받은 금상전하의 홀치야!"

칼이 공중에서 번쩍 빛났다. 검이 없는 산으로서는 대적할 방법이 없었다. 꼼짝없이 등이 두 쪽 날 참이었다.

'원이 준 장도가 있어!'

퍼뜩 스친 생각에 산은 두루마기를 뒤적거렸다. 그러나 날아오는 칼날은 장도를 꺼내 막을 만큼의 여유를 주지 않았다. 쐬액. 공기를 가르는 예리한 마찰음에 산은 아낙을 온몸으로 감쌌다. 베인다! 그녀가 생각한 순간, 쨍 소리가 고막을 강하게 때렸다. 몸에 와 닿는 금속의 촉감이 전혀 없었다. 살그머니 고개를 들어 올려다보니, 홀치의 칼을 장검으로 막고 나선 말을 탄 사내의 뒷모습이 눈에 들어왔다. 꼿꼿이 편 그 등만 보아도 누구인지 알겠다.

"이건 또 뭐야?"

홀치가 이를 악물고 칼자루를 쥔 손에 힘을 더했지만 린은 조금도 밀리지 않았다.

"여자를 말에서 내려라."

낮고도 맑은 차분한 목소리는 비명과 울음소리가 뒤섞인 상황에서 퍽 낯설었다. 하지만 그래서인지 더욱 거역하기 힘든 위엄이 있었다. 린의 조용한 기세에 눌린 홀치가 당황하여 말을 더듬었다.

"내, 내가 누군지 모르겠나? 금상전하의 홀치란 말이다! 이 계집은 공주께서 대도로 데려갈 공녀다! 공무를 훼방 놓는 자는 지위 고하를 막론하고 엄벌에 처할 것이다! 검을 거둬! 그러지 않으면 네 목을 치겠다! 공주마마의 명이라는데도!"

"공주께서 개경을 떠나신 지 이미 여러 날 되었다. 공녀들의 선발은 며칠 전 끝났고, 차출된 공녀들도 모두 출발했어. 지금 너는 공무를 수행하는 것이 아니라 사사로운 욕심을 채우기 위해 민가의 처녀를 강탈하는 것이다. 그걸 두고 감히 두 분 전하를 입에 올려 욕되게 하였으니, 목이 달아날 사람은 내가 아니라 바로 너다."

"하지만 나는 금상전하의 홀치니라……."

홀치가 완전히 기가 죽어 말끝을 흐렸다. 생쥐처럼 눈을 되록되록 굴리는 그의 칼을 밀어 떨어뜨리고, 린이 희게 질린 홀치의 목에 칼끝을 갖다 대었다.

"여자를 부모에게 돌려줄 것이냐, 아니면 이 길로 순마소에 갈 것이냐? 네게 선택할 기회를 주마. 매우 관대한 제안임을 네가 더 잘 알 것이다."

홀치가 부랴부랴 등 뒤에 묶여 있던 소녀를 내렸다. 소녀가 쓰러져 있는 부모에게 달려가자 홀치는 쓴 입맛을 다시며 서둘러 말을 몰아 사라졌다.

산은 바닥에 앉은 채로, 서로 부둥켜안고 한 덩어리가 되어 엉엉 우는 소녀와 부모를 바라보았다. 다행이다! 그녀는 안도하며 고개를 들어 린을 올려다보았다.

"무모한 것도 정도가 있다, 산!"

나지막한 목소리는 화난 듯 들렸다. 뜻밖에 나타나 아낙과 자신을 구한 린의 뒷모습에 가슴이 철렁했고, 몇 마디 말로 홀치를 몰아세워 소녀를 풀어 주게 하는 모습에 심장이 뛰었던 산은, 눈을 마주치자마자 그가 나무라자 기분이 상하고 말았다.

"넌 방금 죽을 뻔했다. 당랑거철도 유분수지, 너라는 아이는 정말⋯⋯."

"상관할 거 없잖아? 난 누구랑 달라서 이것저것 재지 않으니까!"

뾰로통하니 입술을 내밀고 산이 벌떡 일어났다.

"너야말로 왜 이런 일에 나섰는지 모르겠구나. 똑같은 일을 보고도 눈 하나 깜짝 않더니, 며칠 사이에 없던 동정심이 살아났니?"

"그때와 지금은 다르다."

"그렇겠지. 그때 나섰으면 원에게 성가신 일이 생길 테고 지금은 그럴 염려가 없으니까! 누가 끌려가든 죽든, 네겐 그게 전혀 문제가 되지 않을 테니까! 그때 끌려간 수십 명의 여자들은 눈에 보이지도 않았겠지. 네가 저 부모와 같은 처지였어도 과연 그랬을지 퍽이나 궁금하구나."

산이 여전히 서로를 꼭 끌어안고 있는 가족을 가리켰다. 린은 대꾸하지 않았다. 굳게 다문 그의 입술이 안쪽 연한 살을 짓씹고 있는 듯 조금 말려 들어가 창백하니 핏기를 잃었다. 무서우리만치 조용하게 뿜어 나오는 냉기에 오싹해진 산은 쏘아 대길 멈췄다.

"말에 올라타."

착 가라앉은 그의 말에 순순히 따라 산이 그의 뒤에 올라타자, 린은 그 자리를 빠르게 벗어났다.

'바보 같으니라고!'

차마 그의 허리를 껴안지 못하고 옷자락만 살짝 쥔 산은 곧 후회했다. 어찌 됐든 그녀를 비롯해 일가족을 구해 줬는데 고맙다는 인사는커녕 힐난을 퍼붓다니! 그가 제때 오지 않았더라면 그녀는 이 세상 사람이 아닐지도 몰랐다. 그가 그녀를 구해 준 것만도 이번이 네 번째다.

'이러면서 린에게 뭔가를 기대한다면 그건 너무 뻔뻔한 거야!'

부드러이 스쳐 가는 미풍에 익숙한 솔향기가 산의 코끝으로 실려 왔다. 그녀의 가슴에 닿을락 말락 가까이 있는 그의 등에서 나온 온기가 주먹 하나 들어갈 만한 그들 사이의 좁은 틈에 갇힌 공기를 데웠다. 따스하다고 산은 생각했다.

경솔했던 자신을 탓하는 그녀의 작은 한숨이 린의 목덜미를 간질이고 바람에 잘게 흩어졌다. 흠칫한 그가 무겁게 입을 열었다.

"무슨 일이 있니?"

"아무것도."

산이 이마를 그의 등에 콩 찧으며 가볍게 기댔다. 그의 등 근육이 일순 뻣뻣하게 경직되었지만 그녀는 눈치 채지 못했다.

"미안해."

산이 처음으로 사과의 말을 꺼냈다.

"앞뒤 가리지 않고 무모하게 덤벼들어 너까지 끌어들인 거, 미안해. 내 몸이 나도 모르게 먼저 나서서 그만."

"미안할 거 없다. 네가 그런 사람인 줄 잘 알고 있으니까."

남이 사과하는데 무뚝뚝하긴! 산은 발끈했지만 꾹 참았다. 아직 할 말이 끝나지 않았다.

"그 여자애가 부모에게 돌아가서 정말 잘됐어. 그 어미나 나도 다치지 않아서 다행이고. 다 네 덕분이야. 그러니까……, 고마워."

"지나가다 네가 보였기 때문에 끼어든 일이었다. 따지고 들면 네 덕분이지. 하지만 전에도 말했듯 위험한 일에 함부로 뛰어들지 마라. 네 자신을 먼저 보호하고 지키란 말이다. 내가 네 뒤를 쫓아다니면서 일일이 도와줄 수 없으니까. 이번에도 순전히 우연하게……."

"그러고 보니, 어쩌다 여길 지나가게 된 거야?"

산의 물음에 린이 머뭇했다. 며칠 동안 보이지 않아 걱정되어 그녀의 집 쪽으로 가는 길이었다고 사실대로 말한대도 이상할 것 하나 없었지만, 왠지 멋쩍었다.

"저하께서 서경으로 출발하셔서 뵙고 금과정으로 가는 길이었다."

"서경으로 가려면 선의문 쪽이 아니야? 거기서 남산리로 가는데 왜 북부까지 온 건데?"

"……송악산에서 바람을 좀 쐬고 가려던 참이었다."

그렇구나. 원과 오랫동안 떨어져 있는 게 아쉬웠던 거야! 산은 쓸쓸히 웃었다. 뜻밖에도 집 근처에서 그를 만나 작은 기대가 피어올랐으나 말끔히 부서졌다.

'하긴 비연이의 사내처럼 담을 넘을 것도 아닌데 이 멍청이가 날 찾아올 리 없지.'

잠시나마 설레었던 자신이 무척이나 바보스럽게 여겨져, 산은 또다시 가느다란 한숨을 내었다. 그녀의 한숨을 낚아챈 맑은 가을바람이 키 큰 활엽수의 말라붙은 나뭇잎을 찰랑찰랑 두드렸다. 바람에 못 이긴 나뭇잎들이 무거워진 그녀의 마음처럼 하나둘 떨어져 내렸다.

금과정에 들어선 두 사람은 곧장 뒤채로 갔다. 린이 뒤채의 뜰로 통하는 문을 열다가 멈칫했다. 누군가 뒤채의 뜰에 있었다. 뒤채는 오직 세자와 린이 사용하는 공간으로, 그 둘을 제외하고 마음껏 드나들 수 있는 사람은 세자가 특별히 허락한 산뿐이다. 문틈으로 뜰에 선 사람을 살피던 린이 산에게 낮게 속삭였다.

"산, 오늘은 돌아가는 게 좋겠다."

"왜? 저 사람 누구야?"

문틈에 눈을 바싹 갖다 대고 관찰하던 산이 불퉁하니 물었다. 그들만의 특별한 공간을 침범한 낯선 이가 그녀를 언짢게 했다. 무엇보다, 며칠 만에 가까스로 만난 린과의 시간이 허무하게 끝나 버린 것이 곱절로 그녀를 언짢게 했다.

"제안공齊安公이시다. 네가 저분과 마주치면 곤란해질 수도 있다."

"하지만······."

"조심해서 가라. 아까처럼 함부로 나서지 말고."

뭐얏! 발끈하여 째리는 그녀를 뒤로하고 린이 들어갔다. 쾅! 요란한 소리와 함께 코앞에서 닫힌 문을 보며 산은 주먹을 불끈 쥐었다. 이대로 돌아가려니 도저히 안 될 일이었다.

'몇 달 동안 온 적도 없던 분이 왜 하필 오늘 오셨담!'

눈치 없는 제안공을 원망하며 산은 뒤채를 둘러싼 담을 따라 살금살금 걸어갔다. 마침 전각 뒤편 담 아래쪽에 정원을 꾸밀 용도로 가져다 놓은 커다란 바위가 있었다. 바위를 딛고 담에 쉽게 기어 올라가 뒤채로 들어간 그녀는 뜰에서 이야기를 나누고 있는 두 사내에게 들키지 않도록 커다란 기둥 뒤에 섰다.

'저 사람이 제안공이구나.'

산은 린과 마주 선 키가 크고 머리가 희끗한 남자를 찬찬히 뜯어보았다.

제안공 왕숙. 왕의 이복누이인 경안궁주慶安宮主의 남편이었고, 경안궁주를 잃은 후에 왕과 정화궁주의 딸인 정녕원비靜寧院妃와 결혼한, 선왕과 현왕 2대에 걸친 부마였다. 선왕의 비인 경창궁주가 그의 누이로, 신분이 매우 높은 왕족이었다. 예전 정화궁주가 모함을 받았을 적, 그도 반역을 꾀한다는 참소를 받고 옥에 갇혔었다. 누명을 벗고 풀려난 이후에도 원성공주는 그를 곱게 보지 않았으나 왕이 믿고 아껴 일을 맡겼다. 순후한 인품으로 정직한 사람들의 호감을 샀고 세자도 그를 좋아했다.

"그럼 저하를 뵈었구나?"

깨끗한 음성이 노인의 성품을 짐작하게 했다. 노인 앞에 선 린의 얼굴에 옅게 드리운 그늘을 눈여겨본 산이 더욱 귀를 쫑긋 세웠다.

"서경으로 떠나시기 전에 네 누이 이야기를 했겠지, 린아?"

"아닙니다."

"뭐? 그럼 저하께서 아시면서도 내버려두었다는 말이냐?"

"저하께선 순시하시느라 이 며칠간의 일을 모르십니다."

"그런데도 귀띔 한 번 드리지 않았다고? 네가 말씀드리지 않으면 누가 저하의 마음을 움직여 네 누이를 구하겠느냐?"

"단이는 이미 공주와 함께 떠났습니다. 돌아오지 못합니다."

"저하께서 공주의 마음을 바꿀 수 있다. 저하만이 하실 수 있어!"

"사사로운 청을 드리려고 저하의 곁을 지키는 게 아닙니다."

"너, 너는 누이가 공녀로 가도 아무렇지 않느냐? 누구도 제

핏줄이 공녀로 가기를 필사적으로 막을 터인데, 왜?"

묵묵하니 서 있는 린을 보고 이해할 수 없다는 듯 제안공이 고개를 흔들었다.

"오늘 밤까지 공주께서 온천 별궁에 머무르신다고 들었다. 지금이라도 어서 말을 몰아 평주로 가거라. 가서 저하께 단이가 공녀로 차출되었다고 알려. 아시면 반드시 단이를 돌려보내 주실 것이다."

"안 됩니다."

"무어? 린아!"

"단이가 돌아오면 종실의 다른 여인이 공녀가 됩니다. 제 누이를 빼내려고 다른 사람을 희생할 수 없습니다."

"단이가 바로 그 희생이다!"

노인이 답답해 견딜 수 없다는 얼굴로 자신의 가슴을 두드렸다.

"본래 단이가 차출된 게 아니야! 공주께서 영인백의 딸을 지명하셨는데 영인백과 환관들이 갖은 수단으로 공주의 마음을 흔들었단 말이다!"

"영인백의 딸은 얼굴에 상처가 있어 공녀에 적합하지 않습니다."

"그건 거짓이라던데! 영인백이 딸을 공녀로 내놓지 않기 위해 일부러 헛소문을 퍼뜨렸다고들 한다. 그래서 공주가 그 딸을 택했던 것이다. 네 누이가 아니고 바로 그 아이를 먼저! 몰랐었느냐?"

헉, 산은 두 손으로 입을 틀어막았다. 정신이 아득해졌다. 린의 누이가 공녀로 뽑혔다는 사실만으로도 경악스러운데, 그게 다름 아닌 자신을 대신해서라니! 놀란 나머지 제대로 서지 못할 정도로 다리가 휘청했다. 스르르 기둥을 타고 주저앉은 그녀의 귀에 환청처럼 린의 가라앉은 목소리가 들렸다.

"알고 있었습니다."

"그렇다면 단이가 풀려나고 원래대로 영인백의 여식이 공녀로 가면 되는 일이다! 순리에 어긋난 일이 아니라 오히려 어긋난 일을 바로잡는 것이지. 그런데도 입을 다물고 있어?"

"영인백과 환관들이 공주의 마음을 바꿔 놓은 이상, 이 일은 돌이킬 수 없습니다."

"하지만 저하께서……."

"저하께서도!"

저도 모르게 언성을 높인 무례를 깨닫고 린이 입술을 물며 고개를 숙였다. 계속하라는 노인의 손짓에 그의 목소리가 다시 침착하게 낮아졌다.

"저하께서도 마음대로 공녀를 바꾸실 수 없습니다. 게다가 단이는 정화궁주의 조카이니, 그 애를 풀어 달라고 하면 공주께서 언짢아하실 겁니다. 이런 일로 저하와 모후 사이를 벌어지게 할 수는 없습니다. 공주께선 저하의 가장 강력한 후원자이십니다."

"하지만 얘야, 린. 저하께서 나중에 아신다면 널 볼 때마다 얼마나 우상하시겠느냐. 게다가 원비가 말하기를 네 어머니가

264

혼절해서 며칠째……."

"이 일로 저하께서 저를 대하기 불편해하신다면 차라리 제가 저하의 곁을 떠나겠습니다."

"나, 나는 도무지 알 수가 없구나, 린아. 정말 네 마음이 그러하냐?"

"……예."

"단이를 이대로 보내도 괜찮으냐?"

고개를 숙인 린은 말이 없었다. 제안공은 굳이 대답을 강요하지 않고, 머리를 연방 가로저으며 그의 곁을 떴다.

고즈넉한 뜰의 한가운데서 린은 그대로 오랫동안 서 있었다. 이윽고 마음을 가다듬은 듯, 목검을 집어 들고 평소처럼 수련을 시작했다. 그러나 몇 합 휘두르다 말고 목검을 획 던져 버렸다. 나무 아래 놓인 널찍한 돌 위에 앉아 고개를 떨어뜨린 그는 두 손으로 머리를 감쌌다.

넋을 잃은 채 주저앉았던 산은 가슴이 먹먹했다. 홀치가 처녀들을 잡아가던 장면을 냉랭하니 바라보던 린이 떠올랐다. 그녀들 가족의 처지에서 생각해 보라고 몰아붙였던 자신 앞에서 얼음처럼 굳었던 얼굴이며 핏기를 잃었던 얇은 입술 등이 꼬리를 물고 생각났다.

'그랬구나! 그랬던 거야!'

가까스로 몸을 돌려 뜰 쪽으로 시선을 던지니, 린이 바위 위에 웅크리고 있는 모습이 보였다. 그가 이토록 무기력하고 쓸쓸해 보인 적이 없었다고 생각하니 가슴이 빠개질 듯이 아프게 죄어 왔다. 내가 공녀로 갔다면 훨씬 좋았을 것을! 산은 자신의 존재가 사무치도록 미웠다. 그녀를 빼낸 아버지도, 아버지의 뇌물을 받고 공주를 설득한 환관들도, 환관들의 설득에 넘어간 공주도, 그리고 아무것도 모르는 원도 모두 미웠다. 심지어 세자에게 말하지 않고 버틴 린도 미웠다.

산은 후들거리는 다리로 일어났다. 그녀가 천천히 걸어 그의 앞에 설 때까지, 린은 머리를 감싼 채 꿈쩍도 않고 있었다. 땅에 박은 시야에 산의 오혁리鳥革履*가 들어오자 그가 팔을 내리고 고개를 들었다.

"평주에 가자."

가늘게 떨리는 그녀의 입술을 바라보던 린이 시선을 돌렸다. 체념 어린 옅은 미소가 그의 입가에 맺혔다. 외면한 그의 시선을 좇아 산이 몇 발짝 옆으로 걸음을 옮겼다.

"우리 함께 평주에 가자. 가서 원을 만나서……."

"집으로 돌아가라, 산. 지금 당장."

담담하면서도 단호했다. 그러나 말하기 위해 벌어진 그의 입술 안쪽이 다 뜯겨져 검게 부풀어 오른 자국을 산은 볼 수 있었다. 얼마나 수없이 입속 제 살을 물어뜯고 짓이긴 걸까? 산의 눈시울이 뜨겁게 달궈졌다.

"원래 내가 갈 길이니까 지금이라도 내가 가겠어."

"원래 같은 건 없어. 공주가 누굴 뽑고 싶어 했는지는 중요

---

* 검은 가죽신.

하지 않아. 지금 그분과 함께 대도로 떠난 사람이 공녀일 뿐."

"하지만 내 아버지가 아니었다면 네 동생은……."

"선택하고 결정하는 사람은 네가 아니야! 네 아버지도 아니고 저하도 아니야. 공주의 마음에 달린 일이었고 공주께선 결정을 이미 하셨다. 네가 가책할 일이 아니니 나서지 마!"

버럭 소리를 지르며 린이 벌떡 일어났다. 놀란 산이 펄쩍 뒤로 물러섰다. 겁에 질린 그녀의 동그란 눈을 보고 그가 돌아서며 이를 물었다. 화를 억제하지 못하는 그를 처음 본 산은 그만 눈물이 나올 것 같았다. 눈을 연방 깜빡이며, 산은 메인 목을 다시 가다듬었다.

"그럴 순 없어. 평생 동안 내 대신 네 동생을 공녀로 보냈다는 죄책감을 지고 살 순 없어. 네가 가지 않겠다면 나 혼자서라도 평주에 가서 원에게 말하겠어."

애써 또박또박 말한 산이 중문으로 한 발을 뗐다. 그러나 다음 발을 옮기기도 전에 그녀는 린에게 어깨를 잡혔다. 그가 무서운 힘으로 그녀를 나무에 밀어붙이고 옴짝달싹 못하게 눌렀다.

"네 죄책감 따윈 중요하지 않아! 저하께 너와 내 누이 중 한 명을 공녀로 선택하도록 강요하는 상황을 만들고 싶지 않단 말이다! 어느 쪽이든 저하께는 괴로운 선택이 된다는 걸 모르겠어? 그런 불충은 용납하지 않겠다, 산! 나서지 말라면 나서지마! 알겠니?"

울퉁불퉁한 나무껍질이 산의 등을 파고들었다. 그 고통 못지않게 억센 손아귀 아래 꽉 잡힌 어깨가 아팠다. 그러나 무엇보다도 그녀를 아프게 했던 것은, 원의 마음을 소중히 생각하는 그가 그녀의 감정 따윈 아랑곳 않는다고 분명히 선언한 점이었다.

'원이 공주랑 뒤틀어질까 염려해서 동생도 공녀로 가게 내버려두는 사람이야! 내 감정 따위가 다 무슨 소용이겠어!'

참았던 눈물이 그녀의 뺨을 타고 흘러내렸다. 그녀의 어깨를 움켜쥔 손바닥에 가늘게 전해지는 떨림에 린은 힘을 풀고 손을 뗐다. 산의 눈물에 당혹해하는 기색이 뚜렷했다.

"미안하다, 산. 네게 화난 게 아니야. 나는…….."

린의 목소리가 상냥해진 탓에 그녀는 눈물을 더욱 멈출 수가 없었다. 어쩔 줄 몰라 하며 허공을 맴돌던 그의 손가락이 부드럽게 그녀의 젖은 뺨을 스쳐 아랫눈시울을 조심스레 훑었다. 그것이 눈물샘을 한층 자극했다. 린이 곤혹스레 그녀를 불렀다.

"산, 어느 종친이든 딸이 공녀로 뽑히면 네 아버지처럼 손을 쓸 거야. 내 아버지와 형님들이 노력하지 않았다고 생각하는 거니? 그렇지 않아. 공주가 내 누이를 데려가기로 마음먹은 건 정화궁주의 조카이기 때문이야. 더구나 넌 지금까지 이 일에 대해 까맣게 몰랐어. 네 책임이라곤 조금도 없단 말이다. 물론 네 마음이 편치 않다는 거 잘 알고 있다. 네 성격에 가만히 보고만 있을 수는 없겠지. 하지만 제발 참아 줘. 이번만은 말이야."

"내버려둘 수 없어. 바로 네 누이이기 때문에! 내 동무의 누이잖아. 누이를 보내게 만들고 내가 어떻게 네 친구로 남을 수 있겠어?"

산은 복받치는 감정을 이기지 못하고 엉엉 울었다. 공녀로 가서 영영 린을 보지 못하는 것보다 그녀 대신 누이동생을 보낸 그의 옆에 있는 것이 훨씬 괴로울 것 같았다. 그러나 린은 고개를 저었다.

"그렇지 않아."

린이 그녀의 젖은 눈을 가만히 들여다보았다.

"내 누이와 상관없이 넌 저하와 내 동무야. 그리고 분명히 말해 두겠는데, 너와 내 누이 중 공녀로 갈 사람을 내게 선택하라 한다면, 그건 내 누이야. 그러니 네가 내 친구로 못 남을 이유가 없어."

"……어째서? 어째서 내가 아니라 동생을……. 왜?"

산의 커다란 검은 눈동자가 어지러이 흔들렸다. 잠시 머뭇거리던 린이 대답했다.

"네가 저하의 소중한……, 동무이기 때문이야."

린에게 동무라는 말은 다소 만족스럽지 못했다. 그러나 달리 적당한 말도 떠오르지 않았다. 원이 드러내 놓고 말한 적은 없었지만, 산에 관한 한 눈에 띄게 밝아지는 그의 옆에서 린은 어렴풋이 느끼는 바가 있었던 것이다. 만일 세자가 산을 마음에 두고 있다면 자신은 당연히 그녀를 보호해야 한다. 비록 사랑하는 누이를 희생하더라도.

단지 그것뿐? 산의 눈썹이 일그러졌다. 어째서 세자의 친구가 자신의 누이보다 우선인 것인지, 린의 기준이란 걸 그녀는 이해할 수가 없었다. 그 와중에도 여전히 친구로 남을 거라는 그의 말이 커다란 위안이 되었을 뿐.

'나란 애는 정말! 얼마나 이기적인지!'

무거운 죄책감에 그녀는 고개를 떨어뜨리고 또 울었다. 한참을 울고 나니 차츰 진정되면서 눈물이 잦아들었다. 마지막 눈물을 끅끅 삼키는 그녀를 보고 린이 아이를 달래듯 속삭였다.

"가자. 내가 집까지 데려다 줄게."

산이 고개를 저었다. 얼마나 울었는지 눈이며 코며 입술이 발갛게 부어올라 있었다. 그 모양 그대로 집에 보내기엔 린의 속이 불편했다. 하지만 데려다 주겠다고 그가 거듭 제안할 때마다 산은 고집스레 고개를 저었다. 결국 그는, 그녀가 혼자 중문을 나서는 걸 지켜볼 수밖에 없었다. 늘 쭉 곧았던 그녀의 등과 어깨가 힘없이 축 늘어진 것을 보니 착잡했다.

'저하의 마음이 산에게 있을지 모르기 때문에……. 정말 그것뿐?'

린은 아직 축축하니 젖어 있는 자신의 손가락을 내려다보았다. 그녀의 뺨을 스칠 때 느꼈던 부드러운 감촉이 아직 손끝에 여운을 남기고 있었다. 세자 때문이 아니라 자신이, 그녀가 공녀로 가지 말았으면 하고 바랐던 것은 아닐까? 린은 스스로를 검열했다. 그러다 문득 자기혐오에 몸을 떨었다. 다른 사람도 아닌 누이가 결부된 일이었다. 그는 손가락을 세게 문질러 물기를 완전히 날려 버렸다.

물이 맑다 해서 이름 붙여진 배천[白川]을 따라 산은 걸었다. 머릿속도 가슴도 잔뜩 얽은 실타래처럼 헝클어져 어수선했다.

발바닥이 땅에 닿는 느낌조차 희미했다. 결국 그녀는 가던 걸음을 멈추고 수풀 위에 앉아, 졸졸 흘러가는 내를 멍하니 바라보며 하염없이 시간을 보냈다. 지는 해의 붉은빛이 반짝이던 수면이 점점 짙어지는 어둠에 묻혀 제대로 보이지 않을 때까지, 그녀는 움직일 줄을 몰랐다.

산이 집에 들어갔을 때는 완전히 어두워진 늦은 밤이었다. 평소 같으면 불이 꺼지고 고요했을 별채가 곳곳에 밝혀 놓은 등롱들로 대낮처럼 환했다. 디딤돌 위에 서 있던 구형이 달려와 그녀를 맞았다. 무슨 사달이 난 것처럼 덩치 큰 가노의 얼굴이 잔뜩 일그러졌다. 그러나 그를 보지 못한 것처럼 스르르 지나친 산은, 조심성이라곤 찾아볼 수 없는 태도로 벌컥 방문을 열어젖혔다. 동시에 영인백이 손바닥으로 탁자를 탕 치며 세차게 일어섰다.

"너, 너, 산아, 너!"

시뻘게진 얼굴로 더듬더듬 고함치는 영인백의 뒤에는 유모와 비연이 새파랗게 질려 바들바들 떨고 있었다. 그래도 초점을 잃어 흐릿한 산의 눈은 무심하니 아무것도 보지 못하는 듯했다.

"너, 너, 그런 꼴로, 아비 몰래 나가 이 시간까지 도대체 뭘 하고 돌아다니는 게야! 넌 네가 누구라고 생각하는 게냐, 엉?"

"꼭두각시, 망석중이, 남의 뜻에 우왕좌왕하는 인형입니다."

"뭐? 뭣이라?"

딸이 흡사 정신 나간 백치처럼 보여 영인백은 덜컥 겁이 나 한층 누그러진 어조로 물었다.

"밖에서 무슨 일이라도 당한 것이냐? 누가 해코지를 하더냐,

아가? 산아, 엉?"

"제가 해코지를 당한 게 아닙니다. 해코지를 했지요."

"아, 이거 정말. 무슨 말인지 알아듣게 말을 해야지, 엉? 네가 누굴? 누굴 해코지해. 그럴 리가 없잖니, 엉?"

"저 때문에 비연이는 방에 갇힌 신세가 되었고, 수사공의 딸이 공녀로 갔습니다. 두 사람의 인생을 망쳤으니 이보다 더 큰 죄가 있겠는지요."

엥? 영인백이 갸웃했다. 잠시 머리를 굴리는가 싶더니 허, 실소한 그는 유모와 비연에게 나가라고 손짓했다. 두 사람이 옆방으로 건너가자 영인백이 또 허허 헛웃음을 냈다.

"너는 왕공의 딸이고 비연이는 한갓 천비다. 주인의 소용이 닿는 곳이면 어디든 쓰는 게 노비인데, 망치고 말고 할 인생이란 게 있느냐, 엉? 또 영의 딸이야 귀한 신분이니 가면 황족의 비가 될 터, 그 집에 나쁜 일은 아니지. 대국 황실의 인척이 고려 왕실의 인척보다 더 행세할 수 있지 않겠냔 말이다. 사실 부러 딸을 바치는 자들도 있잖니, 엉?"

"그럼 제가 공녀로 가 황실에 시집가면 아버님께도 나쁜 일이 아니잖아요. 재산을 늘리고 권세를 잡으려면 나서서 저를 공주께 바치셨어야죠!"

"그게 아비에게 할 소리냐, 엉?"

영인백의 목소리가 올라가면서 얼굴도 다시 시뻘겋게 불타올랐다. 그의 목에 선 핏대가 터질 듯 불거져 나왔다.

"영의 딸이 공녀로 가지 않으면 네가 가게 되겠지. 그럼 우리 거짓말이 탄로 나게 되고, 결국 가산은 몰수되고 아비는 유배될 텐데 어떻게 그런 철없는 소리를 지껄여! 넌 전前 추밀원 부사 홍문계洪文系가 맏딸을 공녀로 보내지 않으려고 그 딸의 머리를 깎았다가 무슨 봉변을 당했는지 듣지도 못했니, 엉? 있는 대로 고문을 받다가 재산도 다 뺏기고 귀양을 갔지! 문계가 누구냐? 매부인 임유무林惟茂를 죽여서 선왕을 지킨 공신 중의 공신이야! 금상을 세자 시절부터 모신 자요, 첨의찬성사僉議贊成事 자번子藩의 사촌이다. 그런 자도 속절없이 당하는데 내가 무사할 것 같으냐, 엉? 그 딸은 어떻게 됐니? 공주께서 직접 철편鐵鞭으로 온몸에 피를 칠갑하도록 때리셨단 말이지! 그러곤 몽골 장수에게 줘 버리셨다. 알고나 있니, 엉? 황족의 비? 흥! 어떤 놈의 첩으로 들어갈지 모른단 말이다!"

"누군가 저를 대신해 평생 눈물 흘리면서 산다면, 저 역시 평생을 죄스러운 마음으로 살 거예요. 그런 식으로 살 수 없어요, 저는."

"이미 늦었어! 비연이는 호적에서도 지워진 목숨이고, 공녀 건은 끝났다!"

"……그렇군요."

산이 힘없이 의자에 앉았다.

"저는 이대로 사라지고 싶어요, 이 세상에서."

생기를 잃은 딸을 보고 영인백은 어쩔 줄 몰랐다. 늘 드세어 난감했던 딸이 이렇게 풀이 죽어 있으니 당황스럽기 짝이 없었다. 재물에 대한 탐심만큼이나 딸에 대한 사랑이 깊은 그는 상냥하게 산의 머리를 쓰다듬었다.

"아비는 다 널 생각해서 그런 거란다. 환관 놈들에게 얼마나 퍼 줬는지 알기나 하니, 엉? 공주께 얼마나 바친 줄이나 알아? 그게 다 널 위해서야. 넌 내 재산을 물려받을 유일한 혈육이잖니, 엉?"

산이 허탈하니 웃었다.

"그 재산이 없었다면 아버님이나 저나 훨씬 떳떳했을 거예요."

"그건 또 무슨 말? 그 재산이 없다면 우린 사람답게 살지도 못해!"

"사람답게 살기 위해서치곤 너무 많다고 생각지 않으세요?"

"너무 많은 건 없단다. 많으면 많을수록 좋은 게 재물이야. 많아야 더 빨리, 더 잘 불어나니까."

"많아서, 더 많아서 좋다니, 뭐가 말이에요? 왜 좋은데요?"

"좋은 데 이유가 있니?"

딸의 말을 이해할 수 없어 영인백이 눈을 연방 끔뻑였다.

"아직 네가 어려서 그렇지, 곧 아비 마음을 알게 될 거다. 이게 다 널 위한 일이란 걸! 그러니 얌전히 아비가 시키는 대로 하렴. 당장 그 옷부터 갈아입고 말이지. 영락없이 사내로구나, 그 꼴은! 나도 한때 아들을 바란 적은 있었다만 이건 아니지. 잘 들어라. 공주가 없는 틈을 타서 너와 왕전의 혼사를 추진하고 싶었는데, 하필 그의 누이가 공녀로 가서 그 집이 지금은 너무 어수선하구나. 잠깐 시간을 두었다가 네 혼사를 의논하게 될 거란다. 그동안은 제발 함부로 밖에 나가 돌아다니면 안 돼.

왕전이 알게 되면 아무래도 꺼리지 않겠니? 아무리 절세미인에다 재산이 많아도, 데리고 살 처가 선머슴 같다면 말이다."

"전 그와 혼인하지 않아요."

"뭐?"

잘못 들었나 싶어 영인백이 귀에 손을 대고 딸 쪽으로 몸을 기울였다. 산이 단호하게 되풀이했다.

"그와 혼인하지 않는다고요. 절대로. 그 누구와도, 아버님이 마음에 들어 하실 만한 사람과 혼인하지 않아요. 억지로 혼인을 시키시면 전 더 이상 살지 않을 거예요."

"너! 오늘은 이미 날 충분히 화나게 했다, 산아! 더는 안 돼!"

딸을 조용히 구슬리려 나름대로 애쓰던 영인백이 더 이상 참지 못하고 폭발했다.

"무슨 일이 있어도 넌 왕전과 혼인하는 거야! 왜냐면 내가 그러겠다고 하니까! 그때까진 이 방에서 한 발짝도 나가지 못할 줄 알아!"

씩씩대며 뜨거운 콧김을 뿜어내는 아버지를 산은 싸늘히 바라볼 뿐이었다.

"못된 것!"

영인백이 문을 발로 걷어차고 나갔다. 활짝 열린 문으로 가을 저녁의 찬바람이 쌩하니 들어와 방을 채웠다. 머리칼들이 얼굴을 휘덮고 춤을 추었지만 산은 그냥 내버려두었다. 허겁지겁 옆방에서 들어온 유모가 문을 닫았다. 비연이 산의 흐트러진 머리카락을 정리하며 물었다.

"아가씨, 괜찮으세요? 아가씨!"

"유모, 몸을 씻게 준비해 줘. 갈아입을 옷도."

산이 건조하게 말했다. 평소라면 잔소리를 퍼부었을 유모지만 이때만큼은 조용히 목욕물을 준비하러 방을 나섰다.

"아가씨, 무슨 일 있었나요? 동무분은 만나셨어요?"

걱정스러운 목소리로 비연이 물었다. 순간 산의 눈시울이 다시 젖어 들었다.

"아가씨, 아가씨! 왜 그러세요?"

놀란 비연의 목소리에 벌써 울음이 섞였다. 와락 산을 안은 그녀의 눈에도 눈물이 마구 쏟아지기 시작했다. 마치 진짜 인형이나 된 것처럼 미동도 않는 주인은 차갑게 굳어 있었다. 비연의 어깨에 스며드는 뜨거운 눈물방울만이 그녀가 살아 있는 사람임을 증명했다. 늘 밝고 명랑하던 아가씨가 왜 우는지 모르겠지만, 비연은 안타까움에 가슴이 터질 것 같았다.

평주, 늦은 밤.

"늦으셨습니다, 마노라. 곤하시겠습니다."

마중 나와 있던 부지밀직副知密直 인후印侯가 말에서 내리는 세자를 부축하며 살살거렸다. 그는 공주가 시집올 때 데려온 겁령구 중 하나로, 본명은 홀라타이[忽剌歹]라고 했다. 고려에 뿌리를 내리면서 이름도 고려식으로 바꾸고, 같이 겁령구로 와 귀화한 장순룡과 더불어 공주의 측근으로서 남부럽지 않은 권세를 누리며 살았다. 몽골에서는 미미한 신분이었으나 고려에 와서 막강한 권력자가 된 입지전적 인물이었다.

"공주마마께서 아직 침수 들지 아니하시고 기다리십니다. 어쩌다 이렇게 늦어지셨는지요?"

원이 인후를 곁눈으로 흘깃 보았다. 예의 속을 알기 힘든 미소를 띠고 있었지만 어쩐지 눈길이 곱지 못했다.

"내가 불쌍해 보였는지 노자를 보태 주겠다며 너도나도 몰려들어 바짓가랑이를 잡는 통에 늦어졌지."

"하하. 마노라, 너무 언짢게 여기지 마소서. 너무 맑은 물엔 고기가 모이지 못한다고 하지 않습니까. 모다 주군을 섬기는 충심에서 우러나온 행위가 아닌지요."

인후가 교활한 눈을 반짝였다. 이를 드러내며 히죽 웃는 그에게 원도 씩 웃어 보였다.

"그렇겠지. 그래서 충심을 보여 주는 방식을 좀 바꿔 보라고 할 참이다. 장군 최세연과 낭장 도성기를 파직, 유배하라. 남의 노비를 빼앗고 뇌물에 관직을 마음대로 팔았다. 전라도 왕지별감 권의를 파직하라. 지방관과 유지의 횡포로부터 지켜야 할 백성에게 오히려 물건을 빼앗아 아첨하려 하였다."

"마노라, 그것은 전하께서 결정하실 일이옵니다."

인후가 정색을 하였다. 세자가 거론한 사람들 모두 그의 충실한 자금줄이었으며 든든한 동료들이었다. 그들 대신 다른 사람이 궁중에 채워지면 그의 권력에 균열이 가기 시작할 것이다.

그의 속셈을 이미 꿰뚫어 본 듯 원이 거침없이 잘라 말했다.

"전하께서 입조하신 동안 내가 맡은 일이다. 너는 내일 개경에 돌아가 이 일들을 처리하라. 그 후에야 나를 쫓아 대도로 갈 수 있을 것이다."

"하지만 마노라, 그들은 모두 공주마마께서 특별히 아끼는 자들로……."

"너도 끼고 싶다면 그렇게 하마. 내일 내가 이른 대로 일을 다 마치면 집에 들어가 그대로 쉬어라. 면직이다."

인후는 아래턱을 떨어뜨린 채 할 말을 잠시 잃었다. 햇살처럼 방글거리는 세자의 말은 농이 아닌 것이 분명했다. 정신을 가다듬은 그가 애써 웃음을 되찾았다. 그는 노회한 늙은이. 소년에게 팔짱낀 채 당할 수는 없었다.

"죄목이 없이 면직시키심은 전하를 대행하는 권위를 남용하는 일입니다, 마노라."

"일찍이 네가 김주金州*에 소용대장군昭勇大將軍 진변만호鎭邊萬戸로 임명되었을 적, 남의 노비와 토지를 탈취하고 수없이 뇌물을 받아 남도 백성들의 원성을 산 것, 잊지 않고 있다."

"그래도 저를 내치실 수 없습니다. 이제껏 그런 일로 저를 꾸짖으신 일이 단 한 번이나 있었는지요."

원이 가볍게 피식 코웃음을 쳤다.

"너를 이제껏 내 곁에 두었던 건 너를 사랑해서가 아니다.

_____

* 김해.

278

상국의 주요 인물들과 접견을 주선하는 재주가 남달랐기에 쓸모가 많아서였지."

"하하. 너무 솔직하십니다, 마노라."

"정직은 믿음을 주나니, 군왕의 기본적인 덕목이다."

"옳습니다. 굳이 거짓되게 둘러댈 필요는 없지요. 하지만 군왕이 마음속에 담은 말을 모두 입 밖에 내면 흉기가 되어 돌아올 수 있습니다."

"좋은 협박이야. 기억해 두마. 더 할 말이 있느냐?"

고개를 떨어뜨린 인후가 뭔가 잠시 생각하더니 빙그레 웃으며 눈을 들었다.

"아마도 공자 왕린이 마노라께 여러 가지 말씀을 올렸나 봅니다. 그렇지 않습니까?"

"아무리 린이 말했다 해도 내가 옳지 않다고 생각하면 받아들이지 않는다."

세자의 미간이 구겨지자 인후가 손을 휘휘 내저었다.

"아니, 그게 아니옵고, 공자 왕린이 미처 올리지 못한 말씀이 있는 것 같아……."

"무슨 소리냐?"

"저기 이궁離宮 옆, 임시로 지은 게르*에 수십 명의 공녀들이 있습니다. 공주께서 친히 순군巡軍**과 홀치를 시켜 개경을 샅샅

---

* 몽골 모전 천막.
** 순라군.

이 훑어 뽑아 들인 처녀들이지요."

"그래서?"

원의 빙글거리던 웃음이 싹 가셨다. 둥근 지붕의 막사를 보는 그의 봉목이 어두워졌다. 자세히 들어 보면, 불 꺼진 막사 안에서 울음소리가 흘러나왔다. 한껏 소리를 죽인 가느다란 흐느낌이 구슬픈 피리 소리 같다. 원의 미간이 한층 구겨졌다.

"저 처녀들만 있는 게 아닙니다. 소신이 염승익廉承益과 함께 종실과 양가의 딸들을 선발했습니다. 그녀들은 게르가 아니라 별궁에 따로 있지요."

"그래서 하고 싶은 말이 뭐냐?"

"사공 왕영, 대장군 김지서金之瑞, 시랑 곽번郭蕃, 별장 이덕수李德守의 딸이올시다."

"뭐, 왕영?"

원이 그만 소리를 높였다. '예.' 하듯 턱을 아래로 끌어내린 인후가 능글맞게 웃었다.

'린, 이 망할 자식! 아무 말도 안 했단 말이지?'

원이 입술을 꽉 깨물었다. 어쩐지 낮에 서교에서 만난 동무에게서 꺼림칙한 뭔가가 느껴지더라니. 하필이면 린의 누이가 공녀로 뽑히다니. 그의 입술이 타들어 가듯 순식간에 말랐다.

'어떻게 한다? 이대로 누이를 바치고 돌아오면, 무슨 낯으로 린을 대해!'

원은 입술을 혀로 축이며 재빨리 머리를 굴렸다.

"저런 마노라, 안색이 영 좋지 않으십니다. 무슨 일로 번우

하신지 소신에게 말씀해 주소서. 마노라의 근심을 덜어 드릴 수 있는 일이라면 어떤 것이든 마다 않을 소인이올시다."

짐짓 침통한 얼굴로 걱정이 뚝뚝 묻어나는 목소리를 내는 인후를, 원이 지그시 노려보았다.

"이 일을 지금 말하는 이유가 무엇이냐?"

"무슨 일 말이옵니까?"

"모르는 체 마라! 영의 딸을 뽑아 와 지금 별궁에 가둬 놓았다고 네 입으로 말했잖느냐."

"아아, 그 일 말씀이십니까. 예, 공주마마의 명을 받들어서 저와 승익이……."

"인후!"

짧게 내지르는 세자의 부름에 분노가 실렸다. 그러나 노인은 태연하니 소년의 귀에 얼굴을 가까이 대고 속삭였다.

"한 번 뽑힌 공녀는 무를 수 없습니다. 특히나 정화궁주의 조카는 어렵습니다."

"알고 있다."

"단 한 가지 방법이 있다면……."

"……!"

"……공주마마의 마음을 돌리는 겁니다."

"어떻게 말이냐?"

"제가 말씀드리기를 원하시는지요, 마노라?"

노인이 히죽 웃었다. 그를 노려보던 원이 한참 만에 찡그렸던 눈썹을 폈다. 석류처럼 붉은 그의 입술에 특유한 미소가 떠올랐다.

　"인후, 생각해 보니 너는 내게 꼭 필요한 사람이다. 대도에서 많은 도움을 받을 것이라 기대하고 있다."

　"물론입니다, 마노라."

　인후가 공손하게 허리를 깊이 숙였다. 그를 내려다보는 원의 시선이 싸늘히 식었다.

　온천 별궁의 작은 방. 열려 있는 둥근 창밖으로 횃불들의 밝은 빛이 쏟아져 들어왔다. 늦은 밤이었지만 단은 잠을 이루지 못했다. 횃불이 미치지 않는 깊은 어둠 너머로 개경이 보이는 것 같았다. 날이 밝으면 개경에서 가까운 여기 평주를 떠난다고 했다. 더 멀어지기 전에, 그녀는 개경을 잘 봐 두고 싶었다. 그녀가 태어나고 자랐던 집과 부모님과 다정한 세 명의 오빠들이 있는. 그러나 눈에 들어오는 것은 칠흑 같은 어둠뿐이다.

　"아가씨, 감환感患* 들면 어쩌시려고요."

　자리끼를 들고 방에 들어온 궁인이 창을 닫으려고 다가섰다.

　"내일 서경으로 출발하면 그다음엔 의주, 강 건너 심양에 대도까지, 길이 얼마나 먼데 벌써 몸 상하면 큰일 납니다. 모르시나 본데, 가다가 목숨을 잃는 이도 더러 있답니다."

---

* 감기.

"잠시만."

단이 궁녀를 막아서며 부드러이 만류했다.

"이 창이 남쪽으로 나 있어요. 그러니 개경이 저쪽에 있는 거예요. 잠시만 더 볼게요."

깜깜하기만 한데요. 궁녀는 생각했지만 단의 잔잔하고도 슬픈 미소에 뒷걸음질해 물러났다. 아련하니 어둠을 응시하는 단의 희고도 가는 목이 일렁이는 불빛에 퍽 애잔했다. 불쌍한 분! 궁녀의 가슴이 아렸다.

"평주는 처음이시지요? 종친도 마음대로 쓸 수 없는 온천이니. 오늘 저녁 들어갔다 오셔서 그런지 백옥이 따로 없네요, 아가씨. 살결이 어쩜 이리 희고 고운지."

"이렇게 멀리 나와 본 적이 없어요."

한숨처럼 단이 입속으로 작게 중얼거렸다.

"어머님과 불공을 드리러 갈 적을 빼놓고 대문 밖에 나서는 일이 없었거든요."

"시전도 안 가 보셨어요?"

"시전도."

"팔관회나 연등회 때는요? 개경 사람들 중에 그때 밖에 안 나오는 사람이 없잖아요? 뭐, 못 나올 사람들도 몇몇 있긴 하겠지만요."

"내가 그 몇몇 중의 한 사람이에요."

단이 희미하게 미소 지었다. 천성적으로 사람들과 부대끼는 것을 좋아하지 않기도 했지만, 자녀들이 숨죽이고 살기를 원하는 아버지 왕영의 영향이 컸기에, 아버지의 속을 태우는 둘째 오빠, 셋째 오빠와 달리 그녀는 큰오빠 왕분王玢과 함께 집에서 조용히 지냈다. 여인들의 바깥출입이 비교적 자유로웠던 시대에 있는 듯 없는 듯 살아왔던 그녀가, 개경에서 대도까지의 상상도 못 했던 먼 길을 이제 막 밟아 나가기 시작한 참이다.

"대도엔 여러 번 가 보았나요?"

이번엔 단이 물었다.

"공주마마를 따라 두 번 가 보았답니다."

"어떤 곳인가요?"

"크고 화려하고 웅장하지요. 처음엔 낯설고 두렵지만 곧 익숙해진답니다. 거기도 햇빛이 비추고 바람이 부는 땅이니까요. 상국이라고 해서 햇빛이 더 찬란하지는 않아요. 고려와 다를 바 없답니다."

"하지만 사람이 다르지요."

단의 눈이 창밖 멀리 어둠을 더듬었다. 며칠 전 헤어졌던 가족들의 모습이 벌써 아련한 기억이나 되듯 애틋하다. 울다가 지쳐 결국 쓰러져 버린 어머니, 근엄한 표정을 잃지 않은 채 두 눈을 꼭 감고 있던 아버지, 서글퍼 보였던 큰오빠. 그리고, 그리고 또……

"부모님을 생각하시는지요?"

안타까이 단을 보던 궁인이 조심스레 물었다.

"오라버니들이 생각납니다."

"오라버님들께서 몹시 슬퍼하셨는지요?"

"내 둘째 오라버니와 셋째 오라버니는 불과 얼음이라, 서로 마음을 닫아 버려 보기에 늘 조마조마했습니다. 이제 내가 공녀로 떠났으니, 두 오라버니 사이가 더 벌어질까 염려됩니다."

"두 분 모다 마음 아프실 텐데, 왜 아가씨로 인해 사이가 벌어지겠습니까?"

단은 가마가 떠나기 전 끔찍했던 가족의 풍경을 고스란히 떠올렸다. 어머니가 혼절하자, 분을 못 참은 둘째 오빠가 아버지의 눈앞임에도 셋째 오빠의 뺨을 있는 힘껏 내갈겼다.

'너의 대단한 벗이 하는 일이 이것이냐! 네 누이를 이 꼴로 만들려고 그 대단한 분께 그동안 잘도 아양 떨며 보비위를 맞췄구나!'

아버지의 불호령과 형의 제지에도 불구하고 왕전은 아우를 붙잡고 마구 흔들며 고함쳤다.

'뭐라고 말이라도 해라! 누이가 가는 길에 이렇게 무심할 수 있느냐, 너는! 왜, 저하가 상국에 바치는 선물로 가는 것이라 입 한 번 뻥긋 못 하는 것이냐!'

가마가 집을 떠나 꽤 멀리 오기까지 왕전의 고함 소리가 쩌렁쩌렁 들렸다. 이윽고 울음과 고함이 잦아들어 들리지 않자, 단은 혼자 남은 두려움에 섬뜩하여 몸을 떨었다. 낯선 땅 낯선 남자의 아내가 되어 낯선 사람들 틈에서 어떻게 살 것인가? 가마에서 뛰어내려 달아나고 싶다고 생각한 순간 가마가 멈췄다. 셋째 오빠가 따라왔던 것이다. 작은 창 너머, 창백한 오빠는 아주 작은 소리로 속삭였다.

'……미안하다.'

그녀가 공녀로 뽑혔다는 전갈을 받은 뒤로 줄곧 말이 없었던 오빠였다. 짧은 한마디였지만 단은 오빠의 마음을 다 알 것만 같았다. 눈물이 가득 괸 얼굴로 그녀는 오빠에게 살포시 웃어 주었다. 그리고 가마는 다시 출발하였다.

"두 분 모두 마음이 아플 것이기에 더욱 염려가 됩니다."

단은 창밖 어둠에서 눈을 돌렸다. 한 명은 앞뒤를 재지 않고 피가 끓는 대로 타오르는 저돌적인 불과 같고, 또 한 명은 차가운 얼음으로 무장한 듯 보여도 속에는 누구에게도 뒤지지 않을 뜨거운 불을 품고 있으니, 두 불이 부딪치면 한쪽이 다른 한쪽을 삼켜 버리지 않고는 꺼지지 않으리라. 짐작하는 그녀는 자신의 처지보다도 서로 으르렁거릴 형제가 걱정되었다. 그녀의 속내를 알지 못하는 궁인은 창을 닫으며 고개를 갸웃할 따름이다.

"내일 일찍 준비하시려면 이제 주무셔야……."

단이 옷을 벗는 걸 도우러 다가선 궁인이 말을 끊었다. 복도에서 여러 사람이 다가오는 소리가 들렸던 것이다. 단도 불안스레 궁인을 돌아보았다. 그때 방문 밖에서 낭랑한 목소리가 들렸다.

"공주마마와 동궁마노라께서 드셨습니다."

이 시간에? 단과 궁인이 눈이 휘둥그레져 서로를 바라보았다. 궁인이 문을 열자 지체 없이 공주가 방 안에 발을 들여놓았다. 급히 허리를 숙인 단은 떨리는 가슴을 손으로 지그시 눌렀다. 궁인들을 모두 내보내는 공주의 카랑카랑한 음성에 그녀는 고개를 한층 깊이 박았다.

원성공주는 붉은 비단으로 묶은 소녀의 둥근 머리통을 가만히 내려다보았다.

"고개를 들어라."

단이 끽소리 못하고 얌전히 얼굴을 들었다. 그녀의 시선이 감히 왕비를 향하지 못하고 바닥에 박혔다.

"눈을 뜨고 나를 보아라."

고분고분 단의 눈꺼풀이 올라갔다. 붉은 포를 두른 여인이 미간을 잔뜩 찌푸린 채 그녀를 째리고 있었다. 길고 짙은 눈이 인상적인 여인의 뒤에는 역시 비슷한 눈매의 늘씬한, 셋째 오빠 또래의 소년이 서 있었다. 소년이 그녀를 향해 씩 웃더니 한쪽 눈을 찡긋했다. 놀란 단이 그만 시선을 다시 떨어뜨렸다. 곁눈으로 아들을 쏘아본 공주가 그녀를 세밀히 관찰했다.

"예쁘구나."

공주가 윗입술을 비죽여 빈정거리듯 말하자 원이 흠흠, 가볍게 헛기침을 했다. 혼자 의자에 앉은 공주가 또 한참이나 단을 훑어보았다. 예쁘구나. 공주는 속으로 한 번 더 중얼거렸다. 창백한 작은 얼굴이 깨끗하고 단아한데 슬픔이 옅게 배어 더욱 고아했다. 수선화 같은 청초함이 깃든 소녀였다.

'닮았어, 그 여자와.'

정화궁주를 떠올린 공주의 심기가 불편해졌다. 자신이 살아 있는 동안은 결코 왕과 만나지 못할 고려 출신 왕비. 이미 늙어 자신과 경쟁이 되지도 않지만 그래도 미운 여자.

'같은 집안 출신이니 닮을 수밖에!'

공주의 가슴속에서 뜨거운 덩어리가 꿈틀했다. 정화궁주의 조카를, 다른 이도 아닌 내 아들이 마음에 품다니, 나의 이질 부카가! 정말 기막힌 일이다!

"여자를 고르는 눈이 아버지를 빼닮았구나, 이질 부카."

"아바마마의 아들이기 때문이겠지요."

쇳소리처럼 쩽쩽하니 울리는 공주의 목소리를 원의 능글맞은 말투가 눌렀다. 어이없다는 듯 공주가 피식 웃었다.

'나의 아들인 줄만 알았던 네가, 내 아들인 동시에 그 사람의 아들이기도 해서, 이런 하늘하늘하니 부러질 것 같은 아이를 좋아한단 말이지. 나의 작고 귀여웠던 이질 부카, 네가!'

공주는 아들을 흘겨보았다. 단을 부드러운 눈길로 바라보는 아들이 은은하니 웃고 있었다. 거기에는 그녀가 알고 있던 어린 아들은 더 이상 없었다. 귀염둥이 소년에서 갑자기 사내로 변신한 젊은이가 마음에 드는 여자를 눈으로 어루더듬고 있을 뿐이다. 풋, 공주는 다시 웃음이 나왔다.

'이 계집애가 좋단 말이지? 내 작은 이질 부카 네가, 어느새 사내가 되어, 저 빨간 입술에 입 맞추고 싶고 저 밋밋한 가슴에 손을 넣고 싶어 아내로 삼겠단 말이지?'

벌써 그런 나이가 되었구나! 공주는 감회가 새로웠다. 어미의 품이 아니라 여인의 품에 파고들어 갈 나이가 된 아들과 그 아들의 연인을 나란히 놓고 보니, 지나왔던 세월이 무상하기만 했다. 시집왔던 때가 열여섯, 얼마나 젊고 아름답고 향기로웠던가, 지금 저 처녀처럼! 아리따웠던 그녀를 숭배하던 뭇 남성들을 잊고 두려움과 기대에 떨면서 남편의 품에 안겼었던, 아무것도 몰랐던 자신이 단에게 겹쳐 보여 애잔해진 공주였다.

"부럽구나."

자신도 모르게 한탄하듯 공주가 내뱉었다. 그녀는 일어나 단에게 다가서서, 손가락 하나로 소녀의 턱을 들어 올렸다. 잘 다듬은 왕비의 기다란 손톱이 하얗게 얼어붙은 소녀의 매끄러운 뺨을 베기라도 할 듯 스쳤다.

"부럽구나. 너를 아내로 맞으려는 사내가 너를 사랑한다고 한다. 그건 우리 같은 신분에선 좀처럼 드문 일이지."

무슨 뜻이지? 단은 도통 알아들을 수가 없었다. 그녀가 정신을 다잡기 전에, 공주가 문으로 성큼 걸어가 그대로 나가 버렸다. 가까스로 숨 쉴 수 있게 된 단이 눈을 돌리자, 세자가 그녀의 안색을 살피고 있었다.

'이분이 세자저하!'

남자가 이렇게 예쁠 수 있다니! 단은 경탄의 눈길을 보냈다. 그녀의 오빠들 모두 옥골선풍이라고 명성이 자자했지만 눈앞의 왕자는 그들과 전혀 다른 느낌의 얼굴을 가졌다. 오빠들이 백옥같이 순수하고 단아한 맛이 있다면 세자에게선 짙고 유혹적인 사향이 풍겼다. 타인의 시선을 빨아들여 돌리지 못하게 하는 마력이 있었다. 그래서인지 단도 홀린 듯 세자에게서 눈을 떼지 못했다. 별안간 그가 빙그레 웃었다. 안심하라는 뜻의 미소에 단의 숨이 멎고 가슴이 내려앉았다.

"이질 부카!"

그가 무언가 말을 하려 입을 떼려는 순간 날카로운 음성이 복도에서 날아들었다. 그 부름에 세자가 왕비를 따라 나갔다. 홀로 남은 단은 꿈을 꾸는 듯 몽롱했다. 차가운 공기를 들이마시고 정신을 차려야 해. 그녀는 비척이며 창가로 다가갔다. 활짝 열어젖힌 둥근 창 너머는 여전히 어두웠다. 그러나 그녀의 마음은 아까와 달리 새벽 햇살을 맞아들인 듯 환하게 밝아 왔다.

촤악! 세차게 퍼부어진 찬물에 개원이는 깨어났다. 눈을 떴음에도 사방이 캄캄했다. 껌뻑, 껌뻑. 잠이 덜 깼나 싶어 반복하여 눈을 감았다 떴다. 여전히 캄캄하다.

'아아, 눈을 가렸었지.'

그제야 눈을 덮은 두툼한 천을 새삼스레 깨달았다. 자고 있는 게 아니라는 걸 깨닫자마자, 정신을 잃었을 때 그나마 잊었던 고통이 한꺼번에 살아났다. 허벅지 안쪽이 불이 붙은 듯 뜨겁고 쓰라렸다. 매캐하니 살 타는 역한 냄새는 분명 거기서 나오는 것이다. 끄응 소리가 저절로 나왔다.

"이놈 정신이 돌아왔습니다, 나리."

바로 옆에서 누군가가 말했다. 조금 전 그의 다리를 지진 인간일 것이다. 다른 누군가가 다가오는 기척이 느껴졌다. 그의 다리를 지지라고 한 인간인 모양이다.

"네가 소위 철동 불주먹인 개원이란 놈이냐?"

"뉘신지 모르겠으나 개원이인지 아닌지 죽도록 때리고 나서야 확인하시면 어쩝니까? 개원이가 아니면 애먼 사람 잡는 거고 개원이면 맞는 이유는 말씀해 주시고 때려야죠."

퍽! 둔탁한 소리와 함께 개원이의 턱이 돌아갔다. 퉤, 그가 비릿하니 입에 가득 찬 피를 뱉어 냈다.

"아직 뻗댈 기운이 있구나. 더 쳐라."

보이지 않는 사내가 신경질적으로 말했다. 이런 젠장맞을! 개원이가 다급히 소리쳤다.

"잠깐만요, 나리! 아니, 뭘 물어보시고 때리든가 하셔야지!"

"네가 개원이란 놈이 맞느냐?"

"아 그래, 제가 개원이인데, 개원이라서 이렇게 다짜고짜 처맞는 법이 어디 있답니까?"

"주둥이가 펄펄 살았구나. 쳐라."

다른 곳도 솜털 하나 성한 곳 없는 듯 욱신거렸지만 하필 때리는 자가 불에 지진 허벅지 안쪽을 집중적으로 두들겨 패기 시작했다.

"나리, 나리! 주둥이 나불대지 않을 테니, 어이구!"

매질이 멈췄다. 간신히 숨을 헉헉 몰아쉬는 개원이의 온몸은 추운 가을날 찬물을 뒤집어썼는데도 땀이 비 오듯 했다.

"다섯 달 전, 네가 사내 한 명을 수소문하러 철동을 누비고 다닌 일을 기억하느냐?"

"어떤 사내 말씀이신지요?"

"쳐라."

"아차! 검은 얼굴에 왼쪽 눈썹 위에 큼직한 사마귀가 달린 키 큰 사내를 말씀하셨던 것인지요? 이제 생각이 납니다."

"누가 알아보라고 시켰느냐?"

"글쎄요, 그게……."

"쳐라."

"아이고, 나리! 그게 그러니까, 아주 젊은 나리였는데 말입니다, 누군지는 모릅니다. 정말이거든요!"

"뉘 앞에서 거짓을 지껄여. 쳐라!"

다시 매질이 시작되었다. 허벅지가 아프다 못해 마비된 것처럼 제 살이 아닌 것 같았다. '아이고!'를 연방 외치는 개원이의 비명에 울음이 섞였다.

"살려 주시오! 정말 모른단 말입니다!"

"모르는 놈이 타위가 끝나자마자 자취를 감춰? 누굴 보호하려고 숨었던 것이냐?"

"그 키 큰 사내 얘기를 해 줬던 궁시장 박씨가 쥐도 새도 모르게 없어진 걸 알고 무서워서 숨은 것이지, 보호하긴 누구를요? 주점에서 술 마시는데 갑자기 앞에 앉더니 은을 한 움큼 내놓으며 그 사내에 대해 알아 오라고 시켰단 말이지요! 그것뿐이라고요, 아이고오!"

"그래, 그 은을 준 자가 누구냔 말이다. 바른대로 대지 않으면 네 다리를 도려내야 할 것이다!"

"나이는 열너대여섯일고여덟쯤이오, 계집애처럼 예쁘장한

292

얼굴에 목소리도 여리고 몸도 가느다란 공자였습니다. 더 이상은 몰라요, 아이고오오!"

"알지도 못하는 자가 왜 하필 너를 찾았느냔 말이다!"

"제가 철동에서 알아주는 인물이라 쓸모가 있어 그랬지 않았겠습니까, 아이고오오오!"

매질이 그쳤다. 푹 꺾어진 개원이의 턱이 덜덜 떨림을 멈추지 못했다. 철벅철벅 바닥의 물을 밟으며 사내가 멀어지자 개원이가 기진한 가운데 없는 힘을 쥐어짰다.

"나리, 저랑 같이 있던 놈은 어떻게 하셨는지요?"

"숨은 붙어 있느니라."

문소리가 끼익 나더니 탁 닫혔다. 문밖의 세상이 낮인지 밤인지, 눈을 가린 개원이에겐 똑같이 깜깜하기만 했다.

취월루의 창고에서 나온 송방영宋邦英은 손을 탁탁 털었다. 아까 노복의 몽둥이가 개원이를 내리칠 때 핏방울이 투두둑 튀었던 것이다. 세게 털었지만 염병 걸린 환자의 분비물처럼 그를 찜찜하게 만드는 핏자국이 조금 남았다. 쩝, 입을 쓰게 다시며 송방영은 기루의 가장 내밀한 방으로 찾아갔다. 술에 거나히 취한 사내들의 소리와 악기들의 울림으로 시끄러운 가운데 그가 들어선 곳만은 주위를 싹 비운 듯 고즈넉했다. 덕분에 방안에서 흘러나오는 뜨거운 신음 소리가 생생하게 잘 들렸다. 여인의 끈적이는 교성에 그는 잠시 망설이다 어험, 목을 가다듬었다. 앙탈을 부리듯 배배 꼬이던 여인의 신음이 뚝 끊기더니 부스럭부스럭 옷들을 비벼 대는 소리가 났다.

"날세."

송방영이 모기만 한 소리로 말하기 무섭게 방문이 열렸다.

"안으로 드시지요."

옥부용이 허리를 구부려 그를 맞았다. 얇은 백저의 홑겹만을 걸친 그녀가 커다란 가슴을 한 손으로 가렸음에도 윤곽이 도드라져 보였다. 저절로 시선이 그곳에 머물렀던 송방영은 문득, 여인의 어깨 너머 상의를 벗고 있는 송인을 보고 어험, 또 목에 힘을 줬다.

"앉으시오, 형님."

송인이 몸을 천천히 일으키자 옥부용이 재빨리 다가와 그의 벗은 어깨에 웃옷을 걸쳐 주었다. 송인에게 찰싹 달라붙어 앉은 기녀의 탐스러운 몸매를 힐끗힐끗 곁눈질하며 송방영은 연방 불편한 헛기침을 내었다.

"알아낸 것이 있습니까?"

송인이 저고리를 팔에 꿰며 태연히 물었다. 사촌 동생이었지만 그의 앞에선 언제나 기가 죽는 송방영은 아직 달큼한 열기를 내뿜고 있는 여자를 외면하고 말을 꺼냈다.

"두 놈을 따로따로 족쳤는데, 그저 심부름을 한 것에 불과해. 정보를 캐내려는 자가 누구였는지 전혀 알지 못하더군. 계집애처럼 생긴 젊은 공자라는 게 전부야."

"세자나 왕린과 관계가 있겠습니까?"

"아직 모르겠네. 그런데……."

"그런데요?"

"왜 예전에, 여기서 회합을 가졌던 때 말이야. 내가 왕전과 함께 들어섰을 때 방문 앞에서 마주쳤다는 소년이 하나 있었지 않나."

"형님이 쫓아갔지만 결국 놓치셨지요. 그래서요?"

"왠지 그놈이 떠오르더군. 기억에 아주 말끔하니 생겼던 것 같단 말이야. 만일 그놈이 화살에 대해 캐묻던 공자와 동일인이고 세자나 왕린의 졸개라면, 이미 그쪽에서 다 아는 게 아닐까?"

송인의 눈썹이 가운데로 모였다. 가늘게 뜬 눈동자가 이것저것을 재어 보는 양 간간이 움직이다가 천천히 원래대로 돌아왔다. 불안한 얼굴로 마른침을 꼴깍 삼키는 종형을 보고, 그는 비웃듯 실쭉 입가를 일그러뜨렸다.

"다 알고 있다면 이렇게 마냥 내버려둘 리가 없지요. 형님이 그 소년을 놓친 이후로 우리가 모인 일이 없고 타워 때 일을 그르친 후로는 조용히 지내잖소? 그 회합 때 특별히 위험한 말을 했던 것도 아니요. 사냥 때 위조한 화살은 모두 폐기하고 화살을 만든 궁시장도 없앴소. 영인백 집에서 벌이는 잡희까지 중단하고 있는데, 무얼 걱정합니까."

"하지만 세자가 사냥 내기를 취소했어, 일을 벌이기 직전에! 내가 쫓아갔던 아이가 궁시장들을 탐문하게 했던 공자와 동일인이 아니라도, 어디까지 알고 있는지 확인하지 않으면 다른 일을 도모할 수가 없네. 자칫하면 모두 죽는 거야."

"좋습니다. 우선 그 계집애 같이 생긴 공자를 찾도록 하세요. 잡아서, 과연 세자나 왕린의 졸개인지, 어디까지 우리 일을 파고들었는지, 세자 쪽이 얼마나 알고 있는지 불게 하세요."

"하지만 어떻게?"

"철동의 불한당 두 놈이 있지 않소? 개경 전체를 뒤져서라도 찾게 만들어요."

"놓아줬다가 또 잠적하면? 그놈들을 잡는 데만도 시간이 보통 든 게 아니야."

"말더듬이의 병든 노모를 써먹으면 되지 않습니까. 일일이 다 말해 줘야 합니까?"

송인이 짜증을 냈다. 스승의 꾸지람을 들은 학생처럼, 송방영이 찔끔하여 고개를 끄덕였다. 이제 볼일이 끝난 듯, 송인이 옥부용의 하늘거리는 자리옷 위로 그녀를 쓰다듬기 시작했다. 송방영은 얼굴을 구겼지만 선뜻 일어나지 않았다. 나가라는 신호에도 눈치 없이 앉아 있는 종형에게, 송인이 또 짜증을 냈다.

"더 하실 말씀이 있습니까?"

"평주서 사람이 왔네. 세자가 최세연과 도성기를 파직하고 귀양을 보내라는 명을 내렸어."

송인이 느릿하던 손길이 멈추고 송방영을 흘겼다.

"그걸 왜 이제야 말씀하시오? 그 환관들이 궁을 나가면 얼마나 곤란한지 알면서."

"또 있네. 아주 뜻밖의 일이지."

"말해 보세요."

"왕영의 딸을 세자비로 삼고자 개경으로 돌려보낸다고 하네."

"뭐? 공주가 그렇게 결정하였단 말이오?"

"세자가 전부터 마음에 뒀다더군. 아들이 좋다는데 어미가 어쩔 수 없지 않겠나."

"풋, 젖비린내 나는 꼬마인 줄만 알았는데?"

"웃을 일이 아니야. 누이가 세자비가 되는데, 왕전이 계속 우리 편에 있겠는가? 그가 세자 쪽에 붙으면 우린 정말 끝장이야. 세자나 왕린보다 왕전을 먼저 처치해야 할지도 모르네."

"아아, 그 반대로 생각하셔야지요, 형님. 왕전의 누이가 세자비가 되면, 우리는 그녀를 이용해 더 수월하게 세자를 제거할 수도 있어요. 글렀다고 생각되는 일을 기회로 만드는 게 중요한 겁니다. 일단은 영인백 쪽부터 먼저 처리하도록 하지요."

"어떻게 진행되고 있는지 내게도 말해 주면 안 되겠는가?"

"형님은 화살에 대해 묻고 다니던 공자나 찾으시오. 영인백 쪽은 이 아이가 맡아서 잘할 테니까."

송인이 옥부용의 어깨에 팔을 두르고 자신 쪽으로 바짝 당겼다. 자신을 못마땅한 눈으로 훑어보는 송방영에게 끈적끈적한 눈웃음을 날리며, 옥부용은 송인의 가슴에 더 바짝 기댔다.

"도대체 자네는……."

화난 음성으로 붉어진 송방영이 쏘아붙였다.

"한갓 천한 계집이 나보다 더 믿음직하여 일을 맡기고도 일언반구 설명조차 없는가! 성상께 바칠 아이라면서 허구한 날 곁에 끼고 주무르고 있으니, 실상은 기녀에게 빠져 일을 그르치려는 게 아니야?"

"형님이 누이를 성상께 바쳐 내 계획을 틀어 놓지 않았다면 내가 계속 부용을 옆에 둘 이유도 없었을 것이오!"

송인이 날카롭게 맞받아쳤다. 이번에도 사촌 아우에게 찔끔한 송방영이 금세 꼬리를 내렸다.

"그건, 그건 환관 김려金呂가 혼자 나서서 한 일이지, 내 탓은⋯⋯."

"그래요, 그래!"

귀찮다는 듯 송인이 손을 저었다.

"그게 다 우리 누이의 미모가 특출하여 생긴 일입니다그려. 남편 없는 틈을 타 김려와 눈이 맞아 즐기다가 이젠 성상의 품까지 차지하고 앉았으니, 형님에겐 다시없는 기회요. 누이 덕에 출셋길이 열렸으니 알아서 잘해 보지 그러시오? 우리 핏줄을 성상 옆에 두면 공주가 우릴 두고 참 어여쁘다 하시겠습니다? 형님은 유소維紹를 구슬릴 궁리나 하시오!"

낭패를 본 듯 송방영이 울상을 지었다. 화를 내는 종제를 이해하지 못할 바가 아니었다. 매부인 왕유소王惟紹가 독노화禿魯花*로 원나라로 간 사이, 환관 김려가 그의 누이를 꾀어 동침한 뒤 왕의 총애를 얻기 위해 그녀를 바치는 바람에 옥부용이 궁에 들어가는 시기를 늦춰야만 했던 것이다. 직위가 대번에 세 계단이나 뛰었지만, 전체적인 계획에 차질을 준 탓에 송방영은 기뻐할 수만도 없는 처지였다.

"그 일은 미안하게 되었어. 그러니까 그건 김려가⋯⋯."

* 인질.

"우리 목적이 괜찮은 벼슬자리 하나 얻는 것이오? 그렇다면 굳이 청루 뒷방에서 이리 수고스레 모의할 이유가 없소. 우리 집안에서 재신宰臣*이 되는 건 어려운 일도 아니니까!"

"나도 아네. 그러니 미안하다고……."

"형님."

송인이 누그러진 어조로 사촌형을 불렀다.

"형님은 저 멍청한 왕전이나 영인백과는 달라요. 몽골을 몰아내느니, 왕통을 바로잡느니 모두 허울뿐인 명분임을 형님은 알겠지요. 앞으로 백 년은 거뜬할 원나라를 무슨 수로 몰아내겠소. 문제는 승승장구하는 현재의 세가들이 사실 바람 앞에 등불처럼 위태롭다는 거요. 세자와 그를 따르는 새로운 무리가 곧 권신들을 일소할 텐데, 정작 내 아비를 비롯한 권신들은 돼지처럼 눈앞의 이익에만 급급해 아무 대비도 않고 있소. 그들과 함께 헛되이 사라지지 않기 위해 내가 수 년 전부터 암중모색을 거듭해 왔음을 형님만은 알잖소?"

"알지, 알고말고."

"지금은 황제의 사랑을 듬뿍 받는 세자이지만, 왕이 되면 원나라에서도 마냥 좋아하지만은 않을 거요. 고려를 개혁하니 어쩌니 하며 원 조정과 맞서는 일도 비일비재할 것이며, 그 잘난 성질에 고분고분할 리가 없을 테니까. 결국 원나라가 바라는 임금은 금상이나 왕전 같은 얼간이가 될 거요. 그래서 우

---

* 종2품 이상의 재상.

리가 그들을 이리도 지극 정성으로 돌보는 겁니다. 그러다 보면……, 왕씨가 하는 일, 송씨도 할 수 있소."

"어허, 그런 말은……."

"형님이니 이런 말도 합니다. 참새 떼가 대붕의 뜻을 알겠소. 내 웅심을 이해하고 돕는 이는 오직 형님뿐이잖소. 그런 형님이 날 의심하면 나는 누구와 일을 도모합니까. 부디 믿고 잠자코 따라 주오."

"그, 그렇지. 그야 물론이네."

"그럼, 영인백의 일은 이쪽에 맡겨 두고 형님은 그 공자를 얼른 찾아보세요."

맹한 졸개를 닦아 세우기보다는 다독이고 구슬리는 송인에게 송방영이 고개를 주억이며 일어났다. 그는 나가며 방에 있는 남녀를 더 이상 방해하지 않기 위해 알아서 조심스레 방문을 닫는 것도 잊지 않았다.

"저는 언제 궁에 들어가게 될까요?"

송방영이 나가자 옥부용이 말끝을 늘여 물었다. 그녀의 손이 느슨히 여민 송인의 저고리를 다시 풀기 시작했다.

"왜, 하루라도 빨리 들어가고 싶으냐?"

송인이 느물스럽게 웃었다. 곱게 눈을 흘기며 옥부용이 그의 가슴을 두드리는 시늉을 했다.

"그럴 리가 있겠습니까. 나리를 떠나는 일인데요."

"영인백을 처리하고 그 집 재산을 모두 손에 넣을 때까진, 싫더라도 내 곁에 있어야 한다."

"그렇지 않다니까요! 제 마음을 다 아시면서 왜 그리 서운하게 말씀하시나요?"

서글픈 표정으로 옥부용이 사내의 가슴에 얼굴을 묻었다. 목멘 소리를 내는 그녀는 짐짓 순진한 소녀처럼 보였다. 송인이 그녀를 품에서 떼어 냈다. 알아 달라는 듯 옥부용의 눈이 간절히 빛났지만 그는 건조하게 물었다.

"영인백의 상태는 어떠한가?"

"아직 멀쩡한 것 같습니다만 겉으로 그리 보일 뿐, 조금씩 굳어 가 사지 말단부터 마비가 시작될 것입니다."

"생각보다 오래 걸리는군."

"천천히 진행될수록 좋지요. 아무도 그가 웅황雄黃*을 장복하는지 눈치 못 챌 테니까요."

"좋아. 무석이는?"

"그 시비의 마음을 잡은 것 같습니다."

"몸을 섞지 않고도?"

"예. 구형이 말로는 무석이에게 홀딱 빠진 것 같답니다."

"알고 보니 무석이가 대단한 재주가 있었군. 그저 보기만 해도 계집을 홀릴 수 있다니!"

송인이 몸을 젖혀 가며 껄껄 웃었다. 완전히 드러난 그의 가슴에 옥부용이 입을 맞추었다. 진심을 전하고 싶은 그녀의 입술이 자못 정성스러웠다. 그에 취한 듯 그가 그녀를 물끄러미

---

* 염료에 쓰는 비소화합물.

보았다.

"그래, 그렇게. 아마 네 혓바닥 놀림에 늙은 왕도 벌떡 할 것이다."

옥부용이 원망스런 눈을 들었다.

"나리께선 이 모든 것이 마음에 조금도 없습니까? 오직 왕을 공략하기 위함입니까?"

"내가 널 태산에서 데려온 이유를 이미 말했던 것 같은데?"

"하지만 저는 나리가 아니면 아무 의미가 없습니다. 제가 일을 하는 것은 오직 나리 때문입니다."

"그러니 일을 계속해. 쉬지 말고."

사내가 차갑게 명령했다. 더 이상 말대꾸하지 못하고, 옥부용이 다시 그에게 입술을 댔다. 살며시 눈을 감은 그녀의 눈가에 작은 물방울이 맺혔다.

5

팔관회八關會

팔관회八關會. 음력 11월 보름, 추위 속에서 행하는 고려 최대의 국가 의례. 천령天靈과 오악五嶽, 명산대천明山大川과 용신龍神을 섬김으로써 부처를 공양하고 신을 즐겁게 하는 자리[供佛樂神之會]. 태조의 유훈에 따라 몽골에게 쫓겨 강화로 피난을 가서도 지켰던 행사였다.

전날인 소회일小會日에 법왕사法王寺로 행차하여 불력이 국가를 수호하길 기원한 국왕이 구정을 굽어보는 누각에 올라서면 본격적인 대회大會가 시작된다. 구정의 한곳에 높이 설치한 윤등輪燈과 곳곳에 벌여 놓은 향등香燈이 사방을 밝히는 가운데, 왕이 신하들의 하례와 헌수, 지방에서 올라온 관리들의 선물 봉정, 외국 사신의 조하를 받으면, 오색 비단 장막을 늘어뜨려 꾸민 채붕에 만인의 시선이 쏠린다.

거대한 산대에는 높은 산과 용, 봉鳳, 코끼리, 말, 수레, 배를 꾸미고 그 앞에서 기녀와 재인들이 가무백희를 벌인다. 동서에 마련된 찬방饌房과 다방茶房에서 맛난 냄새가 풍기고 개경 사방에서 구름처럼 몰려든 백성들의 함성이 요란하다. 몽골의 간섭으로 국왕에게 황제의 예를 올리지 못해 권위가 시들었지만, 그래도 팔관회는 국왕과 신하와 백성들의 국가 위아래가 다 함께 즐기는 최고의 연회였다.

사람들을 더욱 들뜨게 하는 것은 밤새도록 마음껏 흥을 낼 수 있다는 점이다. 낮의 엄격한 의례가 마무리되면 왕을 위한 천세 소리가 우레처럼 울리고, 악기들이 저마다 고유한 음색을 뽐내는 속에 그윽한 향등과 별빛 아래 신분 고하를 막론하고 술을 즐겼다. 백희가 궁 안 왕뿐만 아니라 일반 백성들을 위해서도 거리에서 펼쳐져 이날 밤은 낮과 다름없이 북적인다. 고대 제천의 맥을 이은 축제인 것이다. 사람들이 몰려나오니 장사꾼들도 와글와글 음식과 물건을 팔고, 사이좋게 광대들의 춤과 노래, 재주를 구경한다. 웬만한 일탈도 눈감아 주는 꿈같은 하루, 남녀노소 들뜨지 않은 사람이 없겠지만 젊은이들은 특히나 설렌다.

바로 이런 팔관회 대회일 밤, 원은 사람들이 우글거리는 거리에서 조금 떨어져 돌 위에 앉아 있었다. 평범한 장포에 문라건으로 변발을 잘 감춘 그는 영락없이 밤놀이를 나온 젊은이다. 제법 늠름한 청년의 윤곽이 잡혀 가는 얼굴은 여전히 화려한데, 처녀들이 힐끔힐끔 훔쳐볼 때마다 은근히 웃어 주는 모습이 이 밤에 딱 어울리는 한량의 그것이다. 지나가는 여자들을 상대로 장난질에 한창 열중인데, 다가선 사람이 있었다.

"늦어서 송구합니다, 저하."

나직한 맑은 목소리에 눈을 들어 올린 원이 빙긋 웃었다.

"이런, 처남이 왔군? 수정후綏靖侯."

"아직 그렇게 부르지 말아 주십시오."

린이 떨떠름한 얼굴을 했다. 그의 누이가 곧 세자비가 된다. 공주와 세자가 북방에 도적이 출현하는 통에 가던 도중 서경에서 돌아오고, 대도에 있던 왕이 귀국하자 단의 혼사가 급진전되었다. 세자비부世子妃父로서 아버지 왕영은 일찌감치 서원후西原侯로 봉작되었고, 공公, 후侯, 백伯의 아들과 사위들을 사공司公이나 사도司徒로 삼는 것이 원칙이지만 린과 형들은 예외적으로 모두 후로 봉작되었다. 큰형 왕분은 익양후益陽侯로, 둘째 형 왕전은 서흥후瑞興侯로, 린은 수정후로 작위를 받았다.

세자비의 오빠로서 받아들여야 할 호칭이었지만 린은 그다지 내키지 않았다. 아직 국혼이 치러지지 않았기도 하지만 호칭에서 거리감이 느껴졌기 때문이다. 그의 마음을 알아차린 원이 즐거이 웃었다.

"우린 이제 벗이면서 진짜 가족인 거야! 정말 형제 같지 않니?"

"저하께선……, 괜찮으시겠습니까?"

"뭐가 말이야?"

원이 웃음기 가신 얼굴로 친구를 올려다보았다. 친구는 뭔가 불편해하고 있었다. 서경에서 돌아온 후 원이 줄곧 느끼던

점이다.

"말해 봐, 린! 내가 괜찮지 않을 게 뭐가 있겠어?"

"외람된 말씀이오나⋯⋯."

"좋아, 좋아! 외람이고 자시고 일단 말을 하란 말이다!"

"⋯⋯동정심으로 아내를 취할 수는 없습니다."

"뭐? 무슨 소리야?"

벌떡 일어난 원은 주변을 의식해 목소리를 낮췄다.

"내가 동정심으로 네 누이와 혼인한다는 말이냐? 그런 뜻이야, 린?"

"그 외에 다른 이유가 있습니까?"

원은 다소 당황했다. 누이가 공녀로 끌려가지 않는 것보다 중요한 게 있을까? 그는 친구가 왜 기뻐하지 않는지 알 수가 없었다.

"내가 네 누이를 사랑하지 않아 박대할까 봐 걱정이냐?"

린의 입술이 미미하게 실룩였다. 그건 아니란 말이군. 원이 다시 머리를 굴렸다.

"동정이 아니다, 린. 평주에서 단이를 보자마자 마음을 뺏겼단 말이다. 네 누이인지도 몰랐어, 나는."

"저하께서 진실로 원하는 사람이 따로 있다면 곧 후회하실 겁니다. 그럼 제 누이도 불행해질 테죠."

"내가 진실로 원하는 사람이 따로 있다는 말이냐? 그게 누군데?"

"⋯⋯."

"말해 봐, 린! 네 누이 말고 내 마음속에 있는 사람이 누구야?"

"그건⋯⋯."

린은 선뜻 대답을 못 했다. 준비한 답이 없어서가 아니었다. 그럼 왜? 린은 답을 못 하는 이유에 대한 답을 찾지 못했다. 세자의 마음을 함부로 넘겨짚은 불경스러움이 걸려서일지도 모른다. 아니면⋯⋯. 린이 망설이자, 세자가 심각한 얼굴로 친구의 어깨에 손을 얹었다.

"네가 알고 있으리라곤 생각하지 못했다, 린."

"⋯⋯!"

린은 가슴이 아주 뾰족한 무언가로 꿰뚫린 것처럼 날카로운 통증을 느꼈다. 이건 또 왜? 역시 답을 찾지 못했다. 원의 목소리가 침중하니 가라앉았다.

"하지만 내가 진실로 원하는 사람은 나와 맺어질 수가 없어."

"어째서입니까?"

"왜냐면⋯⋯, 왜냐면 말이지, 그 사람이 바로⋯⋯."

갑자기 원이 코가 부딪칠 정도로 바싹 얼굴을 들이댔다.

"⋯⋯너기 때문이지!"

린의 눈썹이 꿈틀하며 곤두섰다. 한 치 앞으로 다가온 원의 자못 진지한 눈동자 속에 장난기가 반짝 빛났다.

"아주 오래전부터 그런 내 마음을 알았던 거지, 넌, 린⋯⋯."

"그만두십시오."

애처롭게 잦아드는 원의 목소리가 터져 나오는 웃음에 묻혀 버리자 린은 어깨에 놓인 세자의 손을 치워 버리고 물러섰다.

정말 농이 안 통하는 놈이라니까! 화난 듯한 친구를 보며 원이
밝게 웃었다.

"봐라, 린! 내가 원하는 사람은 네 누이고, 그래서 혼인할 거
다. 정말이야! 믿지 않아도 할 수 없지만 난 동정심으로 혼인하
려는 게 아니다. 사랑하는 이를 온전히 내 것으로 만들려 혼인
하는 거야! 됐니?"

구김살 없이 활짝 웃는 세자를 두고 린은 혼란에 빠졌다. 세
자가 산을 마음에 품었다고 생각했던 건 그저 착각이던가? 그
녀에게 베푼 세자의 엄청난 호의는 연정이 아닌 순수한 우정에
서 비롯된 것이었나?

"그나저나 네가 그런 간지러운 얘길 하다니 놀랍다. 진실로
원하는 사람이라! 너도 이제 사내에게 뭐가 중요한지 깨달은
모양이지?"

"제가 잘 알지도 못하면서 나섰습니다. 송구합니다."

그의 음흉스런 웃음에 당황한 린이 서둘러 사과하자 원은
더욱 신이 났다. 이런 주제로 린을 몰아세워 쩔쩔매게 하는 일
은 드물지만 드문 만큼 재미있다.

"진실로 원하는 사람이 있는 건 바로 너였구나? 그렇지? 말해!"

"그런 게 아닙니다."

"말하면 내가 도와주마. 뜨거운 경험을 할 수 있게 말이지!"

"그런 마음은 조금도 없습니다."

"헤, 정말?"

원이 심술궂게 웃었다.

"그건 우리 또래 사내들에겐 가능하지 않아, 린. 그래서도 안 되고. 설마 아직 여자를 안아 본 적이 없는 건 아니겠지?"

"저하!"

"그렇다면 넌 초야에 톡톡히 망신당할 거다. 미리 연습해 두지 않으면 크게 당황할걸."

"그 말씀은, 저하께선 미리 연습을 충분히 하셨다는 겁니까?"

"뭐, 적당히는. 누이에게 말하진 마!"

결국 웃고 만 린에게 원이 위협하듯 눈을 부라리다 곧 자신도 웃음을 못 참고 키들거렸다.

"언제든지 연습하고 싶으면 말해. 난 너와 함께 기루에 갈 마음도 있다."

"전 없습니다."

"조금이라도 생각 좀 하고 말해, 그렇게 단칼에 자르지 말고. 만날 무술 연마에 책만 읽고 있으니 네가 그 모양인 거야……. 영웅호색이란 말도 모르니? 색을 즐기지 않으면 영웅이 아니라 좀팽이에 불과해. 네 옆에 여자라곤 산밖에 없어서 그렇게 무딘지 모르겠다만……."

산의 이름을 듣자 린은 아까처럼 가슴에 통증을 느꼈다. 마치 잔뜩 벼린 창이 날아와 몸의 한가운데를 관통하는 것 같았다. 고통이 너무나 극심한 탓이었는지 그는 산의 얼굴을 한 어떤 소녀의 환영까지 보았다. 이런 일이 있을 수 있을까? 린은 자신의 눈을 의심했다. 황금빛 치마를 두르고 붉은 비단으로 윤기 나는 머리칼을 묶어 다소곳이 늘어뜨린 소녀는 눈부셨다.

얼굴은 분명 익숙한 그녀인데 완전무결한 숙녀로 차린 낯선 사람이다. 린은 호되게 뒤통수를 맞은 듯 벌어진 입을 수습하지 못했다. 그의 시선을 따라 뒤돌아본 원 역시 말을 잃었다.

산은 멍청하니 자신을 바라보는 두 친구에게 다가갔다. 집에서 늘 입는 옷인데도 오늘은 왠지 불편하다. 어벙하니 입을 헤벌리고 선 두 친구가 불편을 증폭시켰다. 그들을 만난 이후 처음 보는 지극히 바보스러운 표정이었다.

'나한테 이 옷이 안 어울린다고 생각하는 거야, 이 멍청이들은!'

산은 비연의 말을 들은 것을 후회했다. 선머슴 같은 여자가 여자로 보일 리 없지. 풀 죽은 그녀에게 비연은 남장 대신 본래의 모습을 보이라고 강권했다. '여자답게 보이지 않아서 문제였다면 여자답게 보이면 되잖아요?' 비연이 말했다. 그렇게 간단한 문제라면 세상에 연정으로 속 태우는 사람은 아무도 없을 거야. 산은 생각했지만 여자다운 모습에 린이 조금이라도 반응할지 모른다는, 지푸라기라도 잡는 심정으로 바지와 발립鈸笠[*] 대신 치마와 머리끈을 걸쳤다. 그런데 막상 눈을 둥그렇게 뜬 린과 원을 보자니, 스스로 나서서 마음속을 다 까발린 것 같아 수치심이 확 일었다.

'멍청이들, 날 비웃으면 목을 졸라 버릴 테다!'

그녀는 호흡을 가다듬고 미소하며 최대한 부드러이 말했다.

"늦어서 송구합니다, 저하. 미안해요, 수정후."

---

* 정수리에 보옥을 단 몽골식 좁은 갓.

310

원과 린은 가뜩이나 머리를 얻어맞은 듯 멍하던 참에 한 대 더 맞은 기분이었다. 눈앞에 있는 아리따운 처녀는 산이지만 산이 아니다!

"뭐야, 산?"

원이 얼떨하니 그녀를 따라 웃었다.

"린에게 너무 물들었구나, 너."

"저하께 그동안 지나치게 불경했나 봅니다. 이런 당연한 말투를 어색해하시다니."

"다시 불경해지길 바란다. 팔에 소름이 돋았어."

"어찌 존귀하신 저하께 감히."

"존귀하신 저하를 감히 엄동에 기다리게 해? 얼른 그 소름 돋는 말투나 집어치워! 린을 좀 봐, 기가 막혀서 말도 못 하잖아."

"뭐가 기가 막힌다는 거야?"

산이 고양이처럼 가늘게 눈을 흘기자, 원과 린이 동시에 안심한 듯 휴, 숨을 내쉬었다. 벗이 원래대로 돌아온 것이다. 겉이 아무리 우아한 숙녀라도 속은 영락없는 말괄량이인 그들의 산이다.

"이래야 너지! 아깐 너무 놀라서 까무러치는 줄 알았다."

진정으로 안도한 얼굴로 씩 웃는 원을 보고 산은 부아가 끓어올랐다.

'이런 목 졸라 버릴 놈들 같으니라고!'

그녀가 린에게로 눈을 돌리자 그는 얼른 시선을 피해 버렸다. 멍청이, 내가 누구 때문에 이러는데! 산은 너무 분해 눈물이 날 지경이었다. 그녀의 골난 표정에 원이 웃음을 터뜨렸다.

"아까보다 낫구나, 산! 얌전빼고 있으니 얼마나 무섭던지. 대체 왜 그런 거야?"

"뭘?"

"말투도 나긋하고 옷도 그렇고, 완전히 여인 같았어."

"난 여자야. 몰랐어?"

쏘아 대는 그녀의 말투가 원을 즐겁게 했다.

"너무 화내지 마라, 오랜만에 만났잖니. 내가 지방 순시를 떠나면서부터 못 봤으니 이게 얼마 만이냐? 얼굴도 까먹을 정도인데 갑자기 다른 사람처럼 구니까 놀랐을 뿐이다. 왜 전처럼 금과정에 자주 오지 않는 거냐?"

"아버지 감시가 부쩍 심해져서. 요즘엔 하루에도 몇 번씩 내가 별채에 있는지 확인하러 오거든. 오늘은 대회일이라 모두 나가서 그나마 쉽게 빠져나올 수 있었던 거야."

"으흠, 영인백이 왜? 무슨 일이라도 있나?"

말썽꾸러기 딸의 혼사가 걸려 있기 때문이지. 산은 대답을 삼켰다. 여자로 차려입은 일이 놀림감이 될 정도라면 혼인이라는 말엔 이 두 멍청이가 포복절도할 것이다. 더 이상의 망신은 사절이거니와 린 앞에서 혼인 얘기를 꺼내고 싶은 마음은 추호도 없다. 더구나 상대는 그의 형이다.

"뭐, 그런 건 접어 두고……."

원이 얼어붙은 손을 마주 비볐다.

"너희를 위해 내가 특별히 나와 주었으니 대회일을 즐겨 보자꾸나. 이제 곧 혼례를 올리면 이런 기회는 또 만들기 힘들 테니까!"

토라져 삐죽대는 산과 거북한 듯 쭈뼛거리는 린을 몰아, 원은 저자로 향했다.

악기 소리가 밤공기를 타고 사람들을 모았다. 궁중의 가무백희만큼 장대하고 화려하지 않아도 재인들의 재주는 언제나 사람들의 넋을 뺐다. 개경의 상인들은 물론 외국의 무역상까지 몰려와 장사에 열 올리는 날이기도 했기에, 진귀한 외국 물품들을 보느라 멈춰선 행인들이 서로 어깨를 밀어 댔다. 물건을 벌인 사이사이마다 큰 솥을 걸어 놓은 간이음식점들이 고소한 냄새로 유혹했다. 먹을거리도 구경거리도 많은 밤이었다. 술에 관대한 사회인데다 날이 날이니만큼 취객들도 여느 때보다 훨씬 많았다. 원이 동무들을 이끌고 간 곳은 길거리에 임시로 세워진 간소한 술집이었다.

"팔관회라면 뭐니 뭐니 해도 술이지."

뜨끈하게 데운 술을 두 친구에게 손수 따라 주며 원이 눈을 찡긋했다. 산은 화를 삭이느라, 린은 어색한 기분을 전환하려 말없이 술을 마셨다. 한겨울 추위에 얼었던 터라 몸이 따뜻한 술을 반겼다. 몇 잔에 훈훈해지자 원이 정사政事에 관해 린과 이야기를 시작했다.

"그러니까 권농사勸農使*를 폐지하잔 말이지?"

---

* 지방에 파견되어 농사일을 살피던 관원.

"권의와 같은 별감들의 횡포를 이미 아시지 않습니까. 권농사가 지방의 토호나 관리들과 결탁하여 농민들을 갈취하니, 권농사의 파견은 백성들에게 더 큰 짐을 얹어 주는 셈입니다."

"그럼 그들이 맡은 일은 어디에 이관하면 좋을까?"

"안렴사按廉使*가 겸해도 크게 무리가 없을 줄 압니다."

"좋아, 부왕께 권농사 폐지를 건의하마. 아마 뇌물 먹은 환관들의 반발이 있을 것이다."

"파견된 관원들의 만행을 조사해 두었으니 조목조목 따지고 든다면 누를 수 있을 것입니다."

술을 처음 마셔 본 산은 몽롱하니 두 사람의 대화를 흘려들었다. 고작 서너 잔에 그녀는 몹시 나른했다. 권농사, 안렴사, 어쩌고저쩌고. 분명 가벼운 이야기가 아니었건만 산은 좀체 집중할 수가 없었다.

'어지러워.'

산은 감기려는 눈을 바짝 힘주어 떴다. 벗들의 낮은 목소리가 귓가에 윙윙 울렸다. 추운 바깥에 앉아 있건만 몸이 뜨끈히 달아올랐다. 속도 약간 울렁이는 것이 메슥거렸다. 그녀는 취기를 들키지 않기 위해 최대한 신경 쓰며 기둥을 잡고 일어났다.

"어디 가는 거냐?"

그녀의 뒤통수에 대고 린이 물었다. 둘만의 이야기에 빠져 있더니 내가 있는 줄은 알고 있었네. 산은 샐쭉하니 곁눈으로

---

* 각 도의 우두머리.

째렸다.

"가만 앉아서 대회일을 어떻게 즐겨? 잡희라도 보고 있을 테다. 너흰 계속 얘기하라고!"

그녀가 균형을 잃지 않으려 조심조심 걷기 시작하자 등 뒤에서 원이 키득거렸다.

"너무 멀리 가지 마라. 우리도 곧 일어설 테니까."

둘이서 하고 싶은 얘기가 많기도 한가 보구나! 산은 얼른 따라 일어서지 않는 그들이 아니꼬워 흥, 콧소리를 냈다. 앉았을 때보다 훨씬 어지러웠지만 그녀는 악착같이 버텨 사람들의 파도를 요리조리 헤치며 길을 건넜다.

산이 시야에서 사라지자 원이 목소리를 아까보다 더욱 낮췄다.

"산이 복전장에 숨겨 둔 유민들의 호적을 처리했느냐?"

"거의 되었습니다. 하지만……, 생각보다 호구 수가 훨씬 많았습니다. 누군가 마음먹고 살펴보면 발각될 수도 있습니다."

"그래도 유민들이 떳떳이 정착할 수 있게 된 걸 알면 산이 기뻐하겠지? 모두 내가 책임질 테니 마무리까지 부탁하마."

"예."

린이 고개를 숙였다. 술잔에서 피어오르는 김을 바라보며 린은 저도 모르게 딴생각에 빠져들었다. 세자가 진심으로 원하는 사람이 산이 아니라 단이라면, 그가 산에게 보여 줬던 깊은 관심과 호의가 모두 우정에서 비롯한 것이라면……. 린은 쉴 새 없이 세자의 감정을 관찰하고 파헤치고 추측하는 불경한 자신에게 퍼뜩 놀랐다. 세자는 원하는 이를 얻을 자리에 있다. 그것은 절절한 연심과 상관없고 상대의 의지나 바람 따위와도 무관하며 반드시 한 명으로 국한될 이유도 없다. 린이 불현듯 빠져드는 이런 어처구니없는 상념은, 산을 떠올리면 영락없이 그의 가슴을 꿰뚫는 날카로운 고통과 같은 궤적을 그린다. 원인 불명. 왜 이러는지 도무지 알 수 없다고 스스로 우기지만, 마음속 어디선가 이미 답을 알고 있다. 그의 사심이 모든 잡념과 부끄러운 고통의 원천이다.

'내가 원하는 사람은 네 누이고, 그래서 혼인할 거다. 난 동정심으로 혼인하려는 게 아니다. 사랑하는 이를 온전히 내 것으로 만들려 혼인하는 거야!'

세자의 대답은 만족감과 안도감을 주는 동시에 부끄러움도 안겼다. 그는 누이를 위해 혹은 세자를 위해 원을 추궁했던 것이 아니었다.

'비겁한 놈.'

린은 식어 버린 술잔 안을 지그시 노려보았다. 잔잔하게 일렁이는 술의 표면 위에 그를 혐오스레 쏘아보는 사내가 하나 있다. 그 사내의 눈동자에서 그는 깊숙이 숨겨 놓은 욕망을 읽는다. 린은 잔을 들어 단숨에 술을 입에 털어 넣었다.

혼례를 석 달 앞둔 팔관회의 대회일, 단은 생애에서 가장 대담한 모험을 감행했다.

개경으로 돌아온 뒤 그녀는 이전과 다를 바 없이 어머니의 일을 돕거나 책을 읽으며 소일했다. 달라진 점이 있다면, 궁중 예법과 몽골어를 공들여 교습받는 정도였다. 공주의 앞에서 실수하거나 당황하지 않도록 사소한 것이라도 성실히 익혀야 했다. 마마라는 존칭은 궁에서 가장 지위가 높은 왕과 왕비에게만 쓸 수 있다는 것, 세자와 세자비를 높여 부를 때는 마노라라고 부른다는 것, 임금의 진지는 수라라고 한다는 것 등등 이미 알고 있는 몽골 어휘뿐 아니라, 공주가 고기 요리나 고운 무늬의 비단을 좋아한다거나 하는 따위도 배웠다.

'아가'라는 말이 왕족이나 귀족의 처녀를 일컫는 몽골어라는 것도 새삼스레 알게 되었다. 높은 신분의 처녀들을 아가씨라 부르는 일이 고려에서 그리 오래되지 않았음을 깨닫고 신기하기도 했다. 곧 그녀의 남편이 될 그이가 써 왔던 말이기에, 그녀는 새로운 말들에 친근감을 느끼며 기꺼이 배웠다. 그 말들은 이제 그녀의 말이기도 했다. 그녀가 익혀 가는 몽골어들이 하나하나 쌓이는 동안, 더불어 그이에 대한 그리움도 차곡차곡 쌓였다.

그날, 평주 별궁에서 가졌던 짧은 만남을 단은 결코 잊을 수 없었다. 잊기는커녕 날마다 시간마다 매순간마다 그이가 씩 웃으며 눈을 찡긋하던 장면이 무한히 머릿속에서 반복되었다. 그때마다 별궁에서와 마찬가지로 그녀의 가슴이 쿵 내려앉았다. 그렇게 짧은 시간에 누군가에게 반할 수 있다니! 단은 스스로에게 놀랐다. 자신이 마음을 쉽게 빼앗기는 편이라고 생각하면 부끄럽지만, 그것은 불가항력적이었다. 그이는 미소 한 번만으로 그 어떤 여자의 마음도 사로잡을 수 있는 사람이니까! 그런 그이가 그녀를 선택한 것은 기적이었다. 그래서 단은 간혹 의문을 품었다.

'정말 저하께서 나를 아내로 맞고 싶다고 말씀하셨을까? 그것도 사랑하여서?'

불쑥불쑥 떠오르는 불신이 그녀를 견디기 어렵게 했다.

'이렇게 보잘것없는 나를 왜? 그렇게 아름답고 다정하신 분이!'

불신이 번져 불안에 떨게 되면서, 단은 세자를 만나 확인하고픈 열망에 입속이 바짝 말랐다. 자신을 향해 눈을 찡긋하던 그 남자가 정말 남편이 될 그 사람인지를, 그가 상냥한 미소를 던진 것이 우연이 아님을 확인하고 싶었다. 그도 그녀 때문에 애태우는지 확인하고 싶었다. 아니, 그저 이도 저도 따지지 않고 한시라도 빨리 보고 싶었다. 석 달 후가 아니라 3초 이내에 못 보면 가슴을 달구는 불길이 그녀를 삼켜 버려 재조차 남기지 않을 것처럼 조바심이 났다. 그래서 단은, 그녀를 아는 사람이라면 누구도 상상하지 못할 엄청난 일을 벌였다.

팔관회의 대회일 밤, 셋째 오빠의 뒤를 살그머니 밟았던 것이다. 계획적인 미행이 아니라 순전히 그이를 보고 싶다는 간절한 바람이 부추긴 충동적인 행동이었다. 그녀가 저지르기엔 너무 엉뚱한 짓이어서인지, 빈틈없는 셋째 오빠는 한 번도 뒤돌아보는 일 없이 사람들이 가장 들끓는 십자가로 단을 안내했다. 술이 오른 사내들이 혼자인 이 아리따운 아가씨를 게슴츠레 훑어보며 군침을 삼켰지만, 단의 눈에는 아무도 보이지 않았다. 단 한 사람, 길가에 아무렇게나 앉아 있다가 가까이 다가선 셋째 오빠를 올려다보고 씩 웃는 그 사람을 제외하곤.

'아아, 저기에!'

울음이 나올 것만 같아 두 손으로 자신의 입을 틀어막은 그녀의 숨이 일순 멎었다. 머릿속에서 그리고 또 그렸던 그 얼굴이 눈앞에 있었다. 별궁에서 그녀에게 보냈던 그 미소를 머금고서. 틀림없는 그이였다. 장난꾸러기처럼 웃었다가 별안간 진지했다가 다시 키들거리는 그를, 그녀는 꿈꾸듯 몽롱하니 바라보았다. 그렇게 그를 관찰하는 행복감에 젖어 있자니 그도 그녀를 봐 주었으면 하는 욕심이 슬그머니 생긴다.

'저하, 제가 왔습니다. 단이에요. 저를 보고 싶다 생각하셨는지요? 제가 그리워한 만큼, 아니, 그 반만큼, 아니, 조금이라도 좋으니 저하께서도 저를 그리워하셨는지요?'

그러다 세자와 눈이 마주칠라 하면 소스라쳐 몽수를 끌어모아 얼굴을 급히 감췄다. 귀족 처녀에게 있을 수 없는 부끄러운 야행이었다. 세자에게 이 모습을 보여 주느니 그 자리에서 죽는 편이 나을지도 몰랐다. 이대로 실컷 보기만 하다 돌아간대도 큰 행운인 것을! 단은 탐욕스런 자신을 질책하며 또 하염없이 그이를 바라보았다. 보고 싶은 이를 마음껏 볼 수 있다는 행복감과 자신을 드러내고 싶지만 그럴 수 없는 곤혹감 사이에서 갈팡질팡하며 시간 가는 줄 모르던 그녀의 눈이 문득 얼어붙었다.

다른 세계에서 건너온 존재인 듯 흥청망청한 군중들 속에서 혼자 반짝반짝 빛을 내는 한 소녀가 그이에게 서슴없이 다가갔다. 그 소녀를 본 그녀의 그이가 순간 넋이 나갔다. 그리고 그녀에게만 보여야 할 미소를 그 낯선 여자를 향해 함빡 머금었다! 단의 가슴 한가운데서 쩍, 무언가 갈라지는 소리가 났다.

'저 여인은 누구?'

세자가 오빠와 소녀의 등을 떠밀며 어디론가 몰아가기 시작했다. 단은 궁금증과 불안감에 짓눌린 채 그들을 뒤쫓아 노천의 작은 술집 근처까지 따라갔다. 좁은 상에서 어깨를 붙이고 술을 나누는 세 사람을 보며 단은 쓰라려 오는 가슴을 손으로 눌렀다.

'특별한 관계가 아니라면 저하께서 팔관회의 밤에 궁에서 나와 어울리실 까닭이 없지.'

분명 그들은 한두 번 보았거나 우연히 지나치다 자리를 함께한 사이가 아니다. 허물없는 태도가 멀리서 봐도 매우 친근한 사이임을 짐작할 수 있게 했다. 혼약자보다 더 가까운 여인이라니!

'어째서 린 오라버니는 저 여인에 대해 한마디도 안 하였을까?'

단은 차마 세자를 원망할 수가 없었다. 대신 오빠에게 깊이 서운했다. 아무리 세자의 충실한 벗이어도 그렇지, 다른 여인과 어울리는 사실을 친누이에게 귀띔해 줄 수 없었던가?

'사내는 사랑하는 여인이 있어도 미녀를 보면 눈을 못 뗀답니다. 저하는 미색이 출중한 여인들로 둘러싸여 있으니 쉬이

상심하면 안 됩니다.'

세자비로 간택된 그녀에게 어머니가 처음 건넨 충고였다. 이런 일을 예고한 것인가? 단은 정겨운 세 사람을 뒤로하고 돌아섰다.

'하지만 너무 빠르잖아요, 어머니. 아직 혼례도 올리지 않은 걸요.'

신발 코끝에 맑은 눈물이 한 방울 똑 떨어졌다. 오라버니를 쫓아 몰래 나오지 않았더라면 좋았을 것을! 단은 그이를 보고 픈 욕망을 이기지 못한 자신이 어리석게만 느껴졌다. 그냥 그이가 나를 사랑한다고 곧이곧대로 믿고 있었으면 좋았을 텐데……. 솟구치는 눈물에 고개를 숙인 단은 그녀의 앞을 가로막은 덩치 큰 사내들에게 부딪혀 휘청했다.

"아니, 예쁜 아가씨가 이 좋은 밤에 무슨 서러운 일이 있어서 그러셔?"

능글대는 품이 아까부터 단을 노리고 접근한 것이 분명했다. 그러나 바깥출입이란 걸 해 보기는커녕 혼자 돌아다닌 일조차 없는 단으로서는, 짐짓 걱정해 주듯 그녀의 얼굴을 들여다보는 사내의 의중을 알 리가 없다. 아버지도 오빠도 아니고 세자도 아닌 생판 처음 본 남자가 한 뼘밖에 안 되는 거리에서 술내를 풍기는 것이 몹시 언짢을 뿐이다.

"비키시오."

그녀의 목소리는 울음이 약하게 섞였음에도 위엄이 깃들어 있었다. 온전한 정신의 보통 사람들 같으면 움찔할 만도 했지만, 그녀 앞에 선 세 명의 한량들은 술이 올라 건들건들한 터라 자그마한 여자가 눈을 부릅뜬 게 귀엽게만 보일 뿐이다.

"속상한 일 죄다 잊게 해 줄 테니까 우리랑 같이 갈까?"

사내가 다짜고짜 손을 뻗었다. 놀란 단이 뒷걸음질하자 세 명이 금세 그녀를 둘러쌌다.

'팔관회의 밤엔 불미한 일도 많다더니!'

단은 비로소 사내들에게 두려움을 느꼈다. 그녀는 다시 뻗어 오는 손을 피해 몸을 틀다가 뒤에서 떡하니 버티고 있던 다른 사내의 가슴에 부딪혔다.

"네가 아니고 내가 좋다는구먼, 요 귀염둥이가!"

그녀를 뒤에서 끌어안은 사내가 낄낄거렸다. 기겁한 단이 바둥거리며 몸을 빼내려 애썼지만 사내의 굳센 팔 안에 갇혀 벗어날 수가 없었다. 그녀의 몸부림이 오히려 취한들의 소소한 재미를 돋운 듯, 껄껄 크게 웃어 대기만 했다.

"이것들이 이 길을 다 샀냐? 왜 이리 거치적거려?"

대장간 망치 소리처럼 쩡쩡거리는 쇳소리가 울리더니 세 명의 취객이 퍽, 퍽, 퍽! 연달아 머리를 얻어맞고 비틀거렸다. 덕분에 느슨해진 사내의 팔에서 단이 후다닥 빠져나왔다.

"어딜!"

사내가 비틀거리면서도 그녀의 손목을 낚아챘다. 취한들이 얼얼한 정수리를 문지르며 쇳소리가 난 곳을 노려보니, 큼직한 콧구멍이 솟은 중년의 사내가 마른 체구의 사내를 옆에 달고 섰다.

322

"이, 이, 이 길을 너, 너희가 다, 다 샀냐?"

주먹을 휘두른 이는 왕콧구멍이 분명한데 옆에 선 놈이 밉살스레 깐족거리니 한량들은 기분이 상했다. 그렇지만 귀여운 여자도 하나 붙잡았는데 드잡이하며 시간을 낭비하고 싶지 않았다.

"대회일 아뇨. 좋은 게 좋다고, 시비 걸지 말고 지나갑시다."

단에게 제일 먼저 치근덕거렸던 사내가 왕콧구멍, 바로 철동 불주먹 개원이의 가슴을 툭툭 치며 건들거리자, 한쪽 콧구멍을 막고 시원하게 팽 코를 푼 개원이가 사내의 옷자락에 손가락을 쓱쓱 닦았다. 어라? 사내가 흘겨보기 무섭게 개원이는 아직 자신의 가슴께에 머물러 있는 사내의 손목을 잡아 비틀어 반 바퀴 꺾었다.

"아이고야!"

사내가 손목을 쥐고 구르자, 술기운이 번쩍 깬 나머지가 단을 끌고 주춤주춤 물러섰다.

"도와주시오!"

단이 가냘픈 비명을 질렀다. 그러자 개원이가 킁킁 콧구멍을 벌름거렸다. 수수한 차림이었지만 혼자 팔관회의 밤에 구경 다닐 그런 여인은 아닌 것 같다고 그의 예리한 감각이 알려 주었다. 희고 가느다란 손가락 끝의 잘 다듬어진 길쭉하고 윤기 도는 손톱이 허드렛일을 해 보지 않은 그녀의 신분을 말해 주고 있었다. 취객들에게 돈을 뜯어내기보다 이런 여인의 은인이 되어 보상을 받는 편이 훨씬 수지맞을 거라고, 그의 감각이 거듭 속삭였다.

"야 이놈들아, 싫다는 사람 붙잡고 패악 부리라고 팔관회 한다던?"

개원이가 땅바닥에 널브러진 놈의 몸뚱이를 우지끈 밟았다. 이에 질세라 염복이도 거들었다.

"시, 시, 싫다는데 패, 패악을……, 하, 한다던?"

두 짝패가 단을 붙잡은 한량들에게 덤벼들었다. 그러나 개원이와 염복이가 실력을 발휘하기도 전에 그 두 녀석이 '어이쿠!' 외마디를 지르며 다리가 꺾여 넘어졌다. 그 기세에 덩달아 넘어가는 단을 한 여자가 얼른 붙들어 세웠다. 두 놈이 쓰러진 게 바로 그 여자 때문임을 개원이는 단박에 알아차렸다.

'엉? 이 여자는!'

개원이가 눈을 크게 떴다. 유리알처럼 맑은 얼굴, 검고 커다란 눈동자, 앙다문 입술의 저 시건방진 표정! 시전 뒷골목에서 자신을 패대기쳤던, 철동의 주막에서 심부름을 시켰던 그놈과 너무 닮았다. 지금은 비단 치마를 칭칭 감은 계집애 차림이지만, 도도하니 허리에 손을 떡 올리고 있는 모습이 그 까들막거리던 애송이와 꼭 같았다. 고로 이 계집은 바로 그놈이다! 전광석화 같은 깨달음과 더불어 그의 허벅지 안쪽이 지글지글 쓰라려 왔다. 이놈을 잡기 위해 밤이고 낮이고 개경을 이 잡듯 훑었었다. 그런데 이렇게 정면으로 마주치다니! 팔관회는 정말 길일인 모양이다.

'계집이었구나! 어쩐지 너무 가늘다 했어.'

단을 부축하는 산을 향해 이글이글 눈을 불태우며, 개원이가 염복이의 뒤축을 쿡쿡 찔렀다.

"괜찮아요?"

단은 자신을 잡아 주며 상냥하게 묻는 여자를 보고 앗, 소리가 나올 만큼 놀랐다. 조금 전까지 세자와 셋째 오빠의 옆에 있었던 그 여자였다.

"오늘 밤은 취한 사람들이 많아서 여자 혼자 다니기엔 위험해요."

자신도 취해서 혼자 다니는 주제에 충고한 산이 개원이와 염복이를 노려보았다. 흐릿한 시야에 어딘가 낯익은 콧구멍 두 개, 아니, 세 개가 가물가물 흔들리며 하늘로 솟았다. 그 옆엔 붕어처럼 뻐끔거리는 입이 이중 삼중으로 겹쳐 옴지락거리는 게 귀신 탈이라도 뒤집어쓴 놈인가? 어지럼증을 이기기 위해 그녀는 눈을 더욱 부라렸다.

"너희도 혼나고 싶으냐?"

"아닙니다. 이 사람들은……."

'나를 도와주려던 사람들입니다.'라고 단이 말하려 했으나 기회가 없었다. 개원이가 달려들어 산의 두 팔을 잡고 염복이가 치마를 그러쥐어 다리를 붙든 후, 그녀를 둘러메고 골목으로 바람처럼 번개처럼 사라졌던 것이다. 혼자 남은 단은 정돈되지 않는 머리를 손으로 짚었다. 지나가다 봉변당하는 자신을 구해 주던 호인들이 다른 여자가 나타나자 냅다 끌고 갔다. 왜? 단은 퍼뜩 깨어 세자와 오빠가 있던 술집으로 달리다시피 재게 걸었다. 그이의 여자가 위험에 빠진 것이다, 그것도 자신을 돕다가!

"오라버니! 린 오라버니!"

술집에 앉아 술잔을 기울이는 두 사람을 보고 단이 오빠를 불렀다. 동시에 린의 잔이 쨍그랑 떨어졌다. 원 역시 놀라기는 마찬가지. 들었던 술병을 놓지 못하고 멍청하니 단을 보았다. 누이를 보는 린의 눈이 의아함으로 일그러졌다.

"왜 여기에 계십니까? 혼자 나오신 겁니까? 어떻게……."

"그게 문제가 아니에요. 두 분과 함께 있던 아가씨를 어떤 사람들이 강제로 데려갔습니다. 어서 쫓아가지 않으면!"

린과 원이 동시에 벌떡 일어났다. 허리춤의 장검을 고쳐 잡고 뛰던 린이 문득 섰다. 뒤돌아 세자를 바라보는 그의 눈에 난감한 빛이 스쳤다. 세자와 누이를 남겨 놓고 휑허케 가 버릴 수는 없는 노릇이었다. 원이 답답한 듯 재촉했다.

"진관과 장의壯宜가 가까이 있다. 누이는 내가 책임질 테니, 넌 산을 찾아!"

"두 사내가 그 아가씨를 둘러메고 다점들 끝에 있는 골목으로 들어갔습니다. 더 멀리 가기 전에 어서!"

단도 따라 재촉했다. 기다렸다는 듯 린이 누이가 가르쳐 준 방향으로 휘달렸다.

'저렇게 허둥대는 건 본 적이 없어.'

단은 생각했다. 그녀가 기억하는 한, 셋째 오빠는 꽤 어렸을 때부터 형들보다 훨씬 더 어른스럽고 침착했다. 어떤 일에도

326

당황하거나 흐트러지는 법이 없었다. 피도 눈물도 없는 놈이라고 둘째 오빠가 종종 비난했지만, 얼음 같은 태도 속에 깃든 온화함과 다정함을 알고 있는 그녀는 셋째 오빠의 잔잔한 모습이 좋았다. 그런데 이 밤에 본 셋째 오빠는 다른 사람이 된 것처럼 침착성을 잃고 조급하게 서둘고 있다. 그는 세자의 존전을 떠나기 전 간단한 목례마저도 잊고 허겁지겁 가 버렸다.

'그 아가씨 때문에?'

미묘한 감정이 단의 가슴속에 가늘게 피어올랐다. 도대체 그 여자가 누구인지 궁금증이 한층 짙어진다. 시선을 돌려 세자를 보니, 그는 린이 사라진 곳을 뚫어져라 보고 있다. 가지런한 눈썹이 가운데로 몰려 매끄러운 미간에 울퉁불퉁 요철을 만들어 냈다.

'그 아가씨를 걱정하고 있구나!'

단은 가슴에 아릿한 통증을 느꼈다. 옆에 있는 그녀의 존재를 잊을 정도로, 세자는 사라진 여자의 행방을 근심하는 게 분명했다. 내가 저하를 보러 나오지만 않았어도 그 아가씨에게 해 될 일은 애초에 생기지 않았을 것! 그녀는 쏟아지려는 눈물을 애써 참았다.

"걱정할 것 없어, 린이 찾아낼 테니까."

따뜻한 음성이 단의 얼어붙은 귓불을 녹였다. 올려다보니 세자가 그녀를 안심시키려는 듯 빙그레 웃었다. 온천 별궁에서 보았던 미소 그대로여서, 단은 그만 참았던 눈물을 떨어뜨리고 말았다. 의지와 무관하게 흘러내린 눈물 때문에 단 자신도 당황스러웠지만, 세자도 그녀 못지않게 어쩔 줄 몰라 하였다.

"괜찮아! 산은 무사할 거야. 그 녀석이 보기엔 야리야리해도 꽤 하니까."

어째서 그 여자를 걱정해 운다고 생각하는 것인가? 단은 소매 끝으로 눈물을 찍어내며 의문을 품었다. 하지만 세자가 워낙 다정스러웠기에, 그녀의 가슴을 짓누르던 묵직한 껄끄러움이 눈 녹듯 사라졌다. 어쨌든 그가 그녀를 비난하기는커녕 위로했던 것이다. 안도하는 마음에 눈물이 마르자, 단은 불현듯 마주 선 사람이 그이라는 사실을 의식했다. 멀리서 보기만 해도 숨이 멎을 것 같았는데 숨결이 느껴지는 거리에서 마주 보고 있으니 도무지 정신을 차릴 수가 없었다.

갑작스레 그녀를 둘러싼 공기가 바뀌었다. 숨 쉬는 것도, 눈을 깜박이는 것도, 침을 삼키는 것도, 손가락을 꼼질거리는 것도, 자질구레한 움직임 모두가 너무나 불편했다. 등줄기 전체가 뻣뻣하니 경직된 가운데 세자가 그녀의 어깨 위로 손을 뻗자 단이 파득 떨었다.

술집으로 밀려드는 주정뱅이들에게서 보호하기 위해 그녀를 아주 살짝 잡았던 원은, 약혼녀가 지나치리만큼 긴장한 걸 알아챘다. 건드리기도 전에 바싹 얼어 굳어 버리는 심약한 처녀가 무슨 배짱으로 혼자 밤거리를 나섰는지 이해할 수가 없다.

'여자들이란 정말 종잡을 수 없다니까! 산만 봐도 그래. 그 말괄량이가 숙녀가 되어 나타날 줄 누가 짐작이나 했겠냐고? 물론 본색이야 감출 수 없지만!'

원은 산이 끌려갔다는 쪽으로 흘깃 시선을 던졌다. 린을 따라 달려가고 싶지만 이미 늦은 일, 거기다 자신은 싸움에 능하지 못하니 도움도 못 된다. 그리고 그에겐 단을 집까지 무사히 데려다 주어야 할 의무도 있다.

'할 일을 미루지 않는 게 군왕의 도리지.'

원은 오른손을 들어 가벼운 수신호를 했다. 어디서 솟았는지 두 명의 사내가 세자와 단의 앞에 섰다. 그들은 늘 세자를 멀찌감치 떨어져 쫓아다니며 호위하는 낭장들이었다. 다른 사람들이 듣지 못하도록 원이 나직이 속삭였다.

"장의는 지금 곧 수정후를 따라가 위급한 일이 생기거든 도와라. 진관, 너는 나와 아가씨를 지켜 서원후 저택으로 간다. 그곳에서 곧장 환궁할 것이니 장의는 내 처소에서 보고를 올리도록 해라."

두 무관이 고개를 살짝 숙였다. 장의라는 낭장이 먼저 훌쩍 사라지자, 원이 진관에게 따로 주의를 주었다.

"아주 멀리서 따라와. 방해되지 않도록."

진관이 거듭 고개를 숙였다. 무관의 표정은 전혀 달라지지 않았지만 단은 얼굴이 화끈 달아올랐다. 무엇에 방해가 되지 말라는 뜻일까? 그녀의 가슴이 불분명한 기대감에 부풀어 올랐다.

'사내들은 참을성이 부족하답니다. 여인이 곁에 있으면 몸부터 움직이는 게 사내들이에요. 저하께서 혹 성급하게 대하시더라도 저어하거나 두렵다는 내색을 하시면 안 됩니다. 거스르지 마시고 순종하셔야 합니다.'

어머니의 충고가 떠올랐다. 동시에 그녀의 소맷자락을 스치는 세자의 손가락이 느껴졌다. 이렇게 빨리! 이렇게 사람이 많은 곳에서! 과연 사내들은 참을성이 없다고 단은 절절히 깨달았다. 그러나 부끄러움은 있어도 두려움은 없었다. 남녀 간의 세밀한 행위를 모르는 그녀로서는 기대가 훨씬 컸기에 세자가 무엇을 원하든 기꺼이 순종할 준비가 되어 있었다.

"오늘 밤은 무례한 사람들이 많으니 길 안쪽에 서는 게 좋아."

세자의 부드러운 목소리에 단이 반짝 정신을 차렸다. 낭장 진관은 어느새 사라졌고, 사람들이 우글대는 길에서 그녀를 덜 혼잡한 쪽으로 걷게 하기 위해 원이 그녀의 소매를 당겼던 것이다. 그나마도 금세 놓았다. 원은 그녀의 앞과 옆에서 비비적거리는 사내들을 경계하여 막아 주면서도 단을 배려해서인지 되도록 건드리지 않았다. 은근히 기대했던 은밀하고 달콤한 미지의 그 '무엇'은 없었지만 단은 세자의 절제된 태도와 행동이 고맙고 좋았다. 그는 참을 줄 아는 사내인 것이다.

'다정하신 분!'

대낮처럼 향등을 밝힌 개경의 거리를 세자와 함께 걷고 있다는 행복감이 굳었던 단의 근육을 조금씩 느슨하게 했다. 호흡이 여전히 부자연스러웠고 콩닥거리는 심장도 좀처럼 진정되지 않았지만, 그마저도 그이와 같은 공간에서 같은 시간을 나누고 있다는 증거였기에 오히려 기뻤다. 이대로 영원히 걸어도 피곤하지 않을 것 같았다. 그녀의 새끼손가락이 아슬아슬하게 닿지 않는 세자의 손가락을 생생히 느끼고 있었다. 그 즐거운 긴장감이 그녀의 창백한 뺨에 발갛게 불을 지폈다.

'아무 말 없이 이대로 이분과 밤새도록 걷고 또 걸었으면.'

단은 빌었다. 그러나 어색한 침묵을 즐기지 않는 원이 그녀의 소박한 바람을 깼다.

"왜 시비 한 명도 거느리지 않고 혼자 나왔지?"

흠칫 놀란 단이 커다란 눈을 들어 미래의 남편을 올려다보았다. 눈이 마주친 그가 싱긋 웃었다. 나무라는 게 아니라 순수한 호기심에서 물어본 것임을 알고 단은 안도했다.

'저하를 뵙고 싶었습니다. 그저 그것뿐이에요.'

대답이 입속을 맴돌다 그대로 침잠했다. 솔직하게 말할 만큼 그녀는 낯이 두껍지 못했다.

"혼자서 개경의 밤놀이를 구경하고 싶었던 거야? 혼인하기 전에 마지막으로 맞는 팔관회니까, 평소와 다르게 보내고 싶었던 건가?"

도와준답시고 원이 머리를 짜냈다. 그녀가 얼밋얼밋 흐릿하게 웃었다. 긍정인지 부정인지 모르겠지만 그 이상 답해 줄 마음도 없어 보여, 원은 더 캐묻지 않았다. 다만, 지독한 모범생인 린의 누이가 홀로 야행에 나선 것이 재미있고 신기하고 한편으로 기특하기까지 했다. 꽤 귀여운걸! 원은 강아지 다루듯 그녀의 자그마한 머리통을 쓰다듬어 주고 싶은 마음마저 들었다. 그의 어린 아내는 남다른 구석이 있는 것이다! 순진하고 음전한 이면에 숨겨진 무모하고 경솔하고 충동적인 기질이 원은 마음에 들었다.

"그대만 좋다면 다음 팔관회에도 우린 이렇게 뭇사람들과 섞여서 삼경三更*까지 놀 수 있을걸. 장담하지."

좋으냐고? 그건 두말할 필요도 없다. 그녀야말로 세자만 좋다면 언제 어디든 따라갈 사람이니까! 단은 대답을 못 하고 장난꾸러기처럼 눈을 찡긋하는 그이를 몽롱하니 보았다. 그녀의 지아비 될 사람은 누구보다도 파격적이다. 그래서 더욱 아름답다.

"단."

세자가 그녀의 이름을 불렀다. 아내의 이름을 부르는 왕세자라니, 그는 정말 파격적이다.

"나와 둘이 있을 땐 원이라고 불러도 좋아."

"......!"

"그리고 말을 낮춰도 괜찮아. 지금 나처럼."

단은 그제야 세자가 보자마자부터 대뜸 말을 낮췄다는 걸 깨달았다. 마치 어렸을 적부터 알고 지낸 사이처럼, 평민처럼 세자는 그녀에게 말했던 것이다. 그럴 수 없는 일이지만 그는 아무렇지 않게 그렇게 했다. 무례했지만 그마저도 그녀의 마음을 사로잡았다. 격식을 차려 존대를 했더라면 그녀가 느끼는 그의 매력이 절반은 줄었을 것이다. 단은 세자가 반말을 서슴없이 쓰는 것이 좋았다. 그러나 그녀가 세자에게 반말하는 것은 전혀 다른 문제다.

"어찌 그럴 수 있겠습니까, 저하."

---

* 밤 11시에서 새벽 1시 사이.

자그마한 얼굴을 반쯤 차지할 듯 휘둥그레지는 단의 눈을 보고 세자가 웃음을 터뜨렸다.

"과연 린과 형제임을 알겠어. 린도 똑같이 펄쩍 뛰거든. 산은 처음부터 아예 하대했는데 말이야."

원이 이름을 말하는 동시에 단은 잊었던 여자를 상기했다. 웃다가 금세 침울하니 가라앉은 세자 역시 그 여자를 떠올리고 있음을 단은 눈치 챘다. 세자는 여전히 그 여자의 안위를 걱정하고 있는 것이다.

"그 아가씨는……."

원은 공포로 흔들리는 약혼녀의 눈을 의아하게 들여다보았다. 이내 그는, 산이 그녀에게 전혀 낯선 존재라는 것을 알았다.

"산은 나와 린의 친구야. 여인이지만 사실은 사내와 다를 바 없는 아이지. 내게 린과 그 아이는 형제나 마찬가지야. 우린 서로에게 그렇지. 그대는 린의 형제고 나의 비니, 그대에게도 산은 형제처럼 가까운 사람이야."

"린 오라버니의 동무라고요? 그 아가씨가?"

"그래. 들어 봐. 부왕도 마찬가지지만 난 정적들에 둘러싸여 있어. 그들에게서 나를 지키고 내 일을 하려면 내게 온전히 충성하는 재능 있는 자들이 많이 필요해. 그래서 신분이나 출신, 남녀를 가리지 않고 믿음직한 사람들을 골라 곁에 두고 있어. 그중에 으뜸가는 사람이 바로 린과 산이야. 내가 가장 아끼고 신뢰하는 사람들이지. 그러니 그대도 나를 대하듯 그들을 대해 줘."

"그 아가씨가 어떤 사람인지⋯⋯."

"그녀가 누구의 딸인지는 중요하지 않아. 내 동무라는 사실이 중요하지. 지금은 그렇게만 알아 두면 좋겠어."

단이 유순하게 고개를 끄덕였다. 묻고 싶은 말들이 뭉글뭉글 솟아 입을 뚫고 나올 것 같았지만 용케 참았다. 세자의 설명 중 몇 마디가 인내심을 주었다. 그녀의 가슴을 철렁하게 했던 산의 미모에도 불구하고 세자가 사내와 다를 바 없다고 단언한 것이다. 여인이 아니라 신하라면, 그리고 벗이라면 문제가 없지 않은가? 순진하기 짝이 없는 그녀가 생각했다. 하지만 셋째 오빠가 여자를 동무로 삼다니, 뜻밖이다. 세자의 파격적인 기질이 오빠에게 전이된 것일까? 세자와 오빠는 여러모로 너무 다르다. 그들은 어떻게 친구가 되었을까? 그것도 둘도 없이 가장 가까운 사이의 친구가. 단이 매우 조심스럽게 물었다.

"저하께서는 왜 제 오라비를 친우로 삼으셨는지요?"

"예뻐서."

엥? 망설임 없이 나온 대답에 단의 눈썹이 살짝 모였다. 상상할 수 있었던 모든 대답들과 전혀 동떨어진 답이었다. 그녀의 얼굴에 원이 빙그레 웃었다.

"열 살 때던가, 정화궁에 몰래 숨어들었다가 마침 그곳에 들렀던 린을 만났었어. 내가 누군지 모르고 왕비궁에 함부로 들어왔다고 나무라더군. 그때 린을 본 처음 느낌이 상쾌하고 서늘한 게, 두고두고 보고 싶을 만큼 예쁘다고 생각했었지. 그 나이 때 린은 정말 예뻤거든. 확실히 지금은 그때만큼 예쁘다는 말이 어울리지 않지만. 아무래도 사내들은 크면 너무 달라지니까."

"제 오라비의 생김이 마음에 드셔서 친우로 삼았다는 뜻입니까?"

"시작이 그랬다는 거지. 린의 담백하고 곧은 성품을 좋아해. 순진해서 놀리기 좋아."

"그럼 산이라는 그 사람은?"

"비슷해. 너무 예뻐서 처음 본 순간 가슴이 덜컥했거든."

그리고 지금은 그때보다 더 예뻐졌지. 원은 퍽이나 여성스러웠던 산의 턱과 목선을 떠올렸다. 그 야들한 손에 검이라니! 땀에 젖은 머리칼을 쓸어 올리던 손가락이 무척 여려 보였는데 말이다. 그녀는 린보다 더 단순해서 놀리기 훨씬 좋았다. 어떤 장난에도 발끈해서 달려들기 때문이다. 산과 있으면 지루하지 않다. 길들여지지 않은 고양이처럼 사납고 귀여운 나의 산. 원은 길 양옆에 매달아 놓은 등롱에서 깔깔대는 산의 환영을 보았다.

"생김새 때문에 곁에 둘 사람을 고르시다니, 저는 믿기지 않습니다."

"난 보통을 넘어서는 재능을 좋아해. 학문도, 무예도, 역어譯語도. 악기를 다루는 재주나 그림을 그리는 재주가 뛰어난 사람도 좋아하고, 외모가 특출한 사람도 좋아하지. 타고났든 노력해서 익혔든, 그들이 가진 탁월함을 사랑해."

"하지만 제 오라비는 겉보기만 아름다운 사람이 아닙니다."

단이 볼멘소리로 항변했다. 오빠를 과소평가한다고 여겨 반발하는 그녀의 뿌리 깊은 우애에 원이 만족스레 웃었다.

"맞아! 린과 산은 외모뿐 아니라 많은 재주를 가지고 있어. 한 가지만 가져도 충분할 텐데 말이지. 그래서 그것들을 한 몸에 가진 그들을 아끼고 사랑해."

길을 잃은 사람처럼 단의 발끝이 흔들렸다. 그들이 놀라운 재능을 갖추고 있어 세자의 괌을 받을 만하다면 자신은 무엇으로 그의 마음을 온전히 움켜쥘 것인가?

'산이라는 사람처럼 아름답지도 못하고 린 오라버니처럼 학문이나 무예가 뛰어난 것도 아니다. 할 줄 아는 것은 오직 길쌈과 침선이니, 그걸로 저하의 괌을 기대할 수 있을런가?'

단은 울적하니 갑갑증을 느꼈다. 갑자기 원이 그녀의 소매를 잡아당기는 바람에 단이 기우뚱했다. 세자가 손을 뻗어 그녀의 허리를 잡아 세웠다. 어질하니 현기증을 느끼며 단은, 그녀가 서 있는 곳이 갖가지 보석을 늘어놓고 뭇 여인들을 현혹하는 한 색목인의 행랑 앞임을 알았다. 여기는 왜? 동그래진 눈으로 단은, 금방울과 향낭이 달린 채색 끈을 몇 개 골라 든 세자를 멍하니 쳐다보았다.

"허리띠가 너무 밋밋해."

원이 그녀의 허리띠에 손수 방울을 달아 주며 속삭였다. 귀족 여인들은 보통 두루마기에 맨 허리띠에 색실로 금방울이며 향낭을 달아 장식한다. 이 수가 많을수록 귀인으로 대접받았다. 신분에 따라 꾸미개도 엄격히 제한하는 사회였지만, 민가의 여자들도 재물만 있다면 고급 비단을 걸치고 화려한 꾸미개를 꽂을 수 있었다. 세가의 여종이 왕후만큼 꾸미고 다녀 귀천을 구별하기 힘들다고 할 정도였다. 그에 비해 단의 차림은 민가의 여자들보다 더 소박하고 검소했다. 그게 눈에 들어왔는지 원이 보석들이 진열된 장행랑 앞에서 멈췄던 것이다. 단은 장신구를 걸어 주는 세자를 보며 감격했다. 섬세하게 움직이는 그의 기다란 손가락들이 허리를 스치며 그녀를 부끄럽게 했다. 그리고 말할 수 없이 행복하게 했다.

"난 언제나 린이 부러웠어."

대뜸 세자가 말했다. 그녀의 허리띠에 매인 구슬들을 손가락으로 흘려 보는 원의 눈매가 부드럽게 내려앉았다. 무엇이 부러우시던가요? 단이 눈으로 물었다. 황제의 외손이자 차기 고려 국왕이 누굴 부러워하다니! 할 수 있다면 그가 갈구하는 모든 것을 자신이 채워 주고 싶었다. 그녀를 보지 않은 채 여전히 구슬들을 희롱하며 원이 혼잣말하듯 중얼거렸다.

"린은 형들과 누이를 무척 사랑하지. 그들도 린을 사랑하고. 둘째 형과 조금 부딪치긴 하지만 부딪치는 만큼 서로에게 감정이 있지. 하지만 나는, 혼자야."

그가 왕의 유일한 혈육이 아님을 단은 잘 안다. 그녀의 고모가 낳은, 그러니까 그녀의 고종들인 강양공과 정녕원비, 명순원비가 있고 궁인 소생의 소군小君*이 있다. 그러나 혼자라는 말이 과장된 허언이 아님을 그녀는 느낄 수 있었다.

---

* 승려가 된 왕의 서자.

"나의 형님과 누님들은 나를 두려워하지. 나를 사랑하기에 그들은 너무 많은 희생을 했어. 내가 그들을 사랑해서 보고 싶고, 말을 나누고 싶고, 함께 차를 마시고 싶어도 그들은 두려워서 내 눈을 보지도 못해. 그래서 나는 그들을 놓아주고 돌아보지 않고 없는 듯 무시하지. 그게 내가 그들을 아끼는 방식이야."

원의 쓸쓸한 웃음을 본 단의 마음속에 그를 와락 안아 주고 싶은 충동이 일었다. 세자의 손가락 사이로 구슬들이 잘그락잘그락 부딪치며 소리를 냈다.

"내게도 손아래의 동복누이와 아우가 있었어, 모두 단명하여 기억에 가물가물하지만. 그들이 무탈하니 자랐으면 린과 그대처럼 서로 아끼는 형제가 되었을까, 아니면 같은 배에서 나와도 권좌를 다투어 서로를 헐뜯고 미워했을까?"

또 한 차례 헛헛한 미소가 입술 끝에 걸렸다가 사라졌다. 단은 더 이상 참지 못하고 구슬을 만지작거리는 그의 손가락 끝에 그녀의 손가락을 살짝 갖다 대었다. 수줍은 접촉에 비로소 세자가 그녀를 바라보았다.

"제가 저하의 누이가 되어 드리겠습니다."

간곡한 말투에 진심이 가득했다. 원이 소리 없이 웃음을 터뜨렸다.

"그대는 나의 비인데 누이가 되다니?"

"제 오라비가 저하의 형제와 같다고 말씀하셨지요? 그러니 이미 저는 저하의 누이와 진배없습니다. 아내지만 동시에 누이가 되겠습니다. 혈육들이 냉담하여 혼자라고 느끼실 때에는,

338

그들보다 더욱 가까운 누이가 항상 곁에 있다고 생각하세요."

단은 술술 쏟아지는 말들을 제어하지 못했다. 입이 아니라 가슴이 말하고 있었다. 이치에 맞는 말인지 잘 알 수 없지만 이 순간만큼은 진실로 단은 그의 다정한 누이가 되고 싶었다. 그가 원하는 것이 그것이라면 그녀는 그의 마음에 꼭 맞는 누이가 되고 싶었다. 그녀의 마음을 읽었는지 원의 손가락이 그녀의 손가락에 얽혀 들었다. 단의 가슴이 뿌듯하니 가득 차올랐다. 손가락이 전하는 온기가 그녀의 몸 전체를 데워 주었다.

'저는 저하께서 바라시는 대로 되어 드릴 것입니다, 그것이 무엇이든. 그게 제가 저하께 보여 드릴 재주입니다.'

단은 그녀의 손을 따스하게 감싸 쥔 그의 손을 내려다보며 굳게 다짐했다. 그녀의 허리춤에서 짤랑이는 금방울들의 맑은 어울림이 평화롭고 아름답게 들렸다.

원은 오른손으로 약혼녀의 손을 잡고, 늘어뜨린 왼손 안에 들어 있는 채색 끈 한 가닥을 가만히 굴렸다. 끈의 말미에는 은과 산호로 교묘하게 장식한 구슬이 달려 있었다. 금방울과 향낭들을 단의 허리띠에 달아 주면서 남겨 둔 그 장식은, 행랑의 물건들 중 맨 처음 그의 눈에 띈 것이다. 그래서 냉큼 골라 집어 들었지만 약혼녀를 위해서는 아니었다. 그녀에게는 어울리지 않는다. 산호가 어울릴 사람은 따로 있는 것이다. 올록볼록 튀어나온 산호의 질감을 느끼며 원은 아까부터 지속되는 초조함을 달랬다.

'산은 어떻게 되었을까? 린이 찾아서 구했을까?'

올려다본 겨울밤 하늘에 보름달이 둥실 떠 있다. 원은 밝은 달을 보며 벗들이 무사하길 거듭 기원했다.

달빛이 종이 바른 문을 통해 부드러이 내려앉았다. 해시亥時*의 말미인데도 비연은 뒤척였다. 바람을 타고 들려오는 악기들의 가냘픈 가락들과 사람들의 왁자한 웃음소리들이 귀에 거슬렸다. 모두들 즐기고 있는 팔관회의 밤이었지만 그녀에게는 여느 날과 다를 바 없었다. 같은 시각에 저녁을 먹고 같은 시각에 바느질을 마치고 같은 시각에 잠자리에 들었다. 한 가지 다른 게 있다면, 아가씨가 오늘만은 아리따운 처녀로 꾸미고 간 것이다. 그녀가 부추겼고 그녀가 아가씨 본인보다도 정성을 다해 치장해 주었다.

남몰래 사랑을 품은 소녀들 사이에 흐르는 동질감과 동료 의식이 비연의 열정을 북돋았고, 그 열정을 충분히 발산하여 산의 머리를 붉은 비단으로 예쁘게 묶어 주었다. 한창 물이 오른 나이라 따로 화장품을 바르지 않아도 충분히 아름다운 아가씨였다. 머리의 삼 분의 일 정도 비틀어 묶어 오른쪽으로 늘어뜨린 아가씨는 뛰어다니고 소리만 지르지 않는다면 보는 이마다 보름달에서 내려온 항아라고 여길 것이다. 그렇게 아가씨를

---

* 밤 9시부터 11시.

보내고 잠자리에 든 비연의 가슴 한구석이 싸하고 허무한 것이, 오늘따라 외로움이 뼛속으로 침습하는 것 같다.

'오늘도 오지 않아…….'

비연은 손가락을 들어 어둑한 허공에 천천히 선을 그었다. 눈을 감으면 그녀가 떠올리는 얼굴의 윤곽이 더욱 또렷해져 그리기 쉬웠다. 그래서 비연은 눈을 감고서 그를 그렸다. 그녀가 그려 놓은 그가 어둠 속에서 무뚝뚝한 표정 그대로 멋쩍게 웃었다. 그 웃음에 비연의 감은 눈에서 눈물이 흘러나와 귀와 베개를 적셨다.

'무석…….'

가슴으로 부른 이름에 비연은 목이 메었다. 그는 더 이상 오지 않았다. 담을 넘다 들킨 이후로 발을 뚝 끊어 버렸다. 그날 거의 붙잡힐 뻔했으니 그녀를 다시 찾을 엄두가 나지 않을지도 모른다. 어쩌면 도둑고양이처럼 드나드는 일이 지겨워졌을지도 모른다. 아니면 그녀를 보고 싶은 마음이 사라졌는지도.

사내들이란 눈에 차는 여자가 있으면 무슨 수를 써서라도 잡아먹으려 한다고 유모가 말해 준 적이 있다. 그 말을 정확히는 알 수 없지만 남녀 간의 야릇하고도 은밀한 육체적 접촉이리라 비연도 어렴풋이 짐작하고 있었다. 무석이 그녀 옆에서 손가락 하나 대지 않고 있을 때도, 누가 가르쳐 주지 않았지만 그녀의 몸은 항상 긴장하며 무언가 간절히 기다렸던 것이다. 얼른 잡아먹지 않는다는 것은 눈에 차는 여자가 아니라는 말도 되기 때문에 비연은 가끔 초조하기까지 했다. 그리고 결국 그는 그녀를 잡아먹지 않았고 그 상태에서 발길을 끊었다. 마음이 식었다 해도 이상하지 않은 것이다.

'잊어버린 거야. 나란 아이는 누구도 기억하지 않을 테니까…….'

침실에 덩그러니 혼자 버려진 것이, 희미하게 들려오는 축제의 소리와 대비되어 더없이 비참하고 슬펐다. 허공을 헤매던 손에서 스르르 힘이 빠졌다. 눈을 감아 더욱 예민해진 다른 감각으로 그녀는 서늘하고 신선한 공기와 더불어 익숙한 땀 냄새를 맡았다. 강렬한 체취는 비연의 감각에 깊숙이 각인된 그만의 특별한 표식이었다. 그를 상상할 때마다 그녀는 무엇보다도 아랫배에 야릇하니 독특한 긴장감을 일으키는 냄새의 기억에 의존했다. 그리움이 한계에 이른 것인가, 오늘따라 환후幻嗅의 현실성이 너무 강했다. 코끝에 스민 상상의 냄새가 폐와 혈관을 거쳐 온몸을 휘젓기 시작했다. 그러자 아랫배에 자글자글한 흥분이 피어올랐다. 점점 참기 힘든 미묘한 간질거림에 비연은 다리를 꼬고 비틀었다. 저절로 다리 사이에 힘이 들어가면서 발가락이 바들대며 구부러졌다.

"아…….'

그녀가 울먹이듯 탄식했다. 이불을 움켜쥔 그녀의 손이 딱딱하고 거칠면서도 뜨거운 무엇엔가 덮인 것은 그 순간이었다. 비연은 눈을 번쩍 떴다. 어둠 속에서 누군가가 그녀를 내려다보고 있었다. 그녀의 손을 뒤덮은 무언가가 그 인물의 손임을 퍼뜩 깨닫고 그녀는 침상에서 굴러 내리려 했다. 그러자 그녀의 손을 붙잡은 인영이 도망치려는 그녀를 막고 속삭였다.

"쉿! 나 무석이요, 아가씨."

"아!"

반쯤 삼켰던 탄성이 비연의 입에서 다시 나왔다. 비연은 달빛을 등지고 앉은 사내의 윤곽에서 그를 알아보았다. 꿈이 아니었다. 그래서 그의 땀 냄새가 그토록 생생했던 것이다! 비연이 젖은 눈을 문질렀다. 확실히 그가 맞았다. 넓고 각진 어깨를 쫙 펴고 그녀를 내려다보는 사내는 분명 무석이었다.

"어, 어떻게……, 여기까지 들어온 거예요?"

"팔관회라 사람들이 느슨해질 줄 알고 넘어왔소. 모두 술에 취해 정신이 없고 이 별채는 무주공산이오."

"그렇다고 해도 어떻게 방에까지……."

"더 참을 수가 없었소. 아가씨를 못 본 지 너무 오래되어."

또 눈물이 왈칵 솟았다. 나를 잊은 게 아니야! 나에 대한 마음이 식은 것도 아니야! 그녀는 감격에 겨워 사내의 품에 와락 뛰어들고 싶었다. 그러다 불현듯, 달빛이 밝아 그의 얼굴이 그런대로 보인다는 걸 알았다. 왁, 작게 소리 지르며 비연이 다급히 얼굴을 가렸다. 그녀가 그의 얼굴을 본다는 것은 그도 그녀의 얼굴을 본다는 것이다! 비연은 그에게 얼굴을 보여 준 적이 없었다. 늘 검은 깁으로 가리고 있었던 것이다. 언젠가 보일지도 모르지만 아직은 아니었다.

무석은 그녀가 서둘러 얼굴을 감춘 이유를 잘 알았다. 평생 지워지지 않을 상처를 지니고 사는 고통보다 사랑하는 이에게 그 상처를 보여 주는 고통이 더 강하다는 것을. 그가 부드러이 말했다.

"나를 봐요."

"내 얼굴은, 보면 끔찍할 거예요."

모기만 한 소리에 울음이 섞였다. 작은 어깨가 달빛에 가늘게 떨렸다. 서글프게 웃으며 그는 그녀의 손을 잡아뗴었다. 그러자 비연이 황급히 나머지 손으로 얼굴을 가리고 고개를 틀었다. 무석이 그녀의 손을 이끌어 천천히 자신의 얼굴로 가져갔다. 그녀의 작고 마른 손가락들이 그의 왼쪽 눈과 그 주위를 더듬도록 아주 느리게 안내했다. 길게 그어진 상흔이 뺨을 지나쳐 귀까지 이어져 있었다. 비연의 손끝이 다르르 떨렸다.

"왜 다쳤는지 물어봐도 되나요?"

"싸움에서 다쳤소. 죽을 뻔했지요. 하지만 이 상처는 내 자랑이요. 이 상처가 있어서, 온갖 수모를 이겨 내고 지금도 살수 있는 겁니다."

"무슨 말인지 모르겠어요."

"나중에 더 자세히 말해 주겠소."

비연은 더 묻지 않는 게 좋겠다고 생각했다. 무슨 곡절이 있을 터다. 상처가 자랑인 사람도 있구나! 놀라웠다. 그녀의 상처는 결코 자랑이 될 수 없었다. 상처는 상처일 뿐이다. 아프고 서러운 자국이며 평생 남에게 얼굴을 드러낼 수 없는 슬픈 낙인이다.

"나는 도적에 맞아 다쳤어요. 죽을 뻔했고요. 난 이 상처가 부끄러워요."

"아가씨가 맞았기 때문에 누군가 맞지 않았을지도 몰라요. 희생은 부끄러운 게 아니오."

그건 내가 다쳤기 때문에 산 아가씨가 무사했다는 말인가요? 내가 이 상처를 가졌기에 내 소중한 아가씨가 지금까지 살아 있다고, 그래서 내 상처도 자랑스럽다고 그렇게 생각해도 괜찮다는 말인가요? 비연은 가슴이 벅차올랐다. 무석이 손을 놔주었지만 비연은 여전히 손가락으로 그의 왼쪽 눈썹 위부터 시작된 불퉁한 자국을, 감은 눈과 두드러진 광대뼈 위를 가로질러 어루더듬었다. 그 감촉은 퍽 익숙한 것으로, 자신의 얼굴을 만질 때마다 느꼈던 곤혹스럽고 불쾌하고 억울했던 감촉과 꼭 닮아 있었다. 그러나 그의 얼굴에서는 그 감촉이 아름답고 강하고 당당하게 느껴졌다. 결국 비연의 눈에 고여 있던 눈물이 밀려 내려오고 말았다. 어느새 그녀는 자신의 얼굴을 가렸던 손을 내리고 그의 상처를 손가락과 더불어 눈으로 어루만지고 있었지만 전혀 의식하지 못했다.

무석은 그녀의 맨얼굴을 비로소 세세히 볼 수 있었다. 깊은 흉터가 뚜렷하니 그가 상상했던 것보다 훨씬 심했다. 그는 마디가 굵고 단단한 손가락으로 길고도 깊은 칼자국을 조심스레 더듬어 갔다. 그녀의 눈물이 더욱 뜨겁게 쏟아져 내렸다. 무석은 그녀의 얼굴 위로 천천히 고개를 숙였다. 그의 입술이 상처가 시작된 그녀의 눈 바로 밑을 축축하게 눌렀다. 상처를 따라 콧잔등에서 뺨으로, 그는 느리게 작은 입맞춤을 뿌렸다.

"너무 끔찍하지 않아요?"

"내가 생각했던 그대로요. 예뻐요, 아주."

비연의 입술이 소리 죽여 우느라 바르르 떨렸다. 그 떨림의 유혹을 뿌리치지 못하고 무석이 그대로 그녀의 입술을 삼켰다. 서른도 훌쩍 넘은 그는 마치 십대의 초조한 소년처럼 조급하게 그녀에게 입을 맞췄다. 막혔던 둑이 터진 것처럼 사납고 맹렬하게 그가 덤벼들자, 비연은 속수무책으로 당했다. 그런데 사내가 돌연 그녀에게서 떨어져 앉아 숨을 헐떡였다. 공격을 당할 때도 그랬지만 공격이 멈추는 것을 예상도 준비도 못했던 비연은 자신이 지금 어디에서 무얼 하는지 모를 만큼 얼떨떨했다. 그의 흰자위가 광기를 머금은 듯 번쩍였다.

"원하지 않으면 지금 말해야 돼."

짐승처럼 그르렁거리며 그는, 다가앉기 위해 꿈틀하는 그녀를 사납게 노려보았다.

"지금! 지금 말해, 싫으면 싫다고!"

비연은 그의 변화를 이해할 수 없었다. 그가 바라는 것이 무엇인지도 알 수 없었다. 확실한 것이 하나 있다면, 그와 떨어져 있는 이 상태를 참기 힘들다는 것이다.

"괜찮아요, 난."

"괜찮지 않아, 아무것도 모르면서!"

무석이 그녀를 매몰차게 밀어내 버렸다. 왜 이러는 거예요! 그녀는 그렇게 소리 지르며 울고 싶었다. 당황스럽고 어이없고 기가 막혔다. 문득, 그가 자신을 아가씨로 착각하고 있다는 생

346

각이 뇌리를 스쳤다. 천인과 귀족 여인은 절대 가까이 할 수 없는 사이, 계급을 무시하고 정을 통했다간 목숨을 잃을 수도 있었다. 그것 때문이라면 문제없어! 비연은 사내의 굵은 목을 있는 힘을 다해 끌어안았다. 그가 고개를 버둥거리자 그녀는 더욱 세게 껴안았다.

"천것이 천것과 어울리는 것이니 괜찮아요."

무석이 멈칫하고 그녀를 바라보았다. 일그러진 그의 눈은 죄책감과 거부의 뜻이 혼재되어 흐릿했다. 비연이 부드럽게 그의 얼굴을 쓰다듬었다.

"나는 이 댁 노비예요. 아가씨의 시비예요. 가짜 노릇을 하는 천것이에요. 그러니까……."

그녀의 따스한 입술이 땀으로 범벅이 된 무석의 이마에 닿았다.

"……나를 밀어내지 말아 주세요."

이마에서 내려간 작은 입술이 무석의 커다란 입술을 파고들어 묻혔다. 누가 가르쳐 준 것도 아닌데 비연이 능동적으로 그에게 입을 맞췄다. 멍하던 무석이 그녀를 천천히 감싸 안고 자리옷의 허리띠를 풀었다. 비연은 아득하니 혼미해졌다. 꿈같다. 꿈이라면 깨고 싶지 않다. 그저 이대로, 모든 것을 그에게 맡기고 싶다. 영원히. 비연은 어떤 저항도 없이 무석을 맞아들였다.

비연은 눈을 뜨지 않았다. 눈을 뜨면 모든 것이 흔적도 없이 사라져 버릴 것 같았다.

그녀는 눈을 감은 채 뒤에서 자신을 껴안은 그를 음미했다. 그의 온기가 살갑게 느껴졌다. 그녀는 만족스레 베개로 삼은 그의 팔뚝을 쓰다듬었다. 그가 답으로 그녀의 목덜미에 입술을 대고 세게 눌렀다. 간지러운 느낌에 움츠리며 비연이 까르륵 웃었다. 꿈이 아니야! 그녀는 가만히 눈을 떠, 그의 존재를 확인하고 싶은 욕구에 고개를 돌렸다. 과연 그가 거기에 있었다. 그를 향해 살포시 웃던 비연의 미소가 일순 얼어붙었다. 그녀가 사내와 함께 있는 이 방은 아가씨의 방과 문 하나를 두고 연결된 곳이다! 비연은 황급히 일어나 앉으며 이불을 끌어당겨 몸을 가렸다.

"왜 그래?"

반말이 자연스럽게 무석의 입에서 나왔다.

"아가씨가 돌아오시면 들키고 말아요!"

무석은 옆방으로 통하는 방문에 흘깃 눈길을 던졌다.

"아가씨는 어딜 갔지?"

"친구들을 만나러 몰래 나가셨어요. 아가씬 집에 가만히 있는 걸 좋아하지 않으세요."

"깜찍한 아가씨로군!"

껄껄 웃으며 그가 침상에서 내려섰다. 은은한 빛에 죄 드러난 그를 보고 비연이 붉어진 얼굴을 무릎에 파묻자, 무석이 그녀의 귀에 탁한 숨을 불어넣었다.

"아가씨가 알면 처소에 몰래 들어온 쥐새끼 같은 놈을 당장 죽여 버리라고 호통하시겠지?"

"그렇지 않아요. 아가씬, 당신이 찾아오면 함께 떠나라고 말씀하셨어요."

"떠나라고 했다고? 아가씨가 날 알고 있단 말이야?"

무석의 눈이 기이하게 빛났다.

"우리가 광대도 시비도 아닌, 백정白丁*으로 살게 도와주신다고 하셨어요. 짐도 미리 싸 놓으라고 하셨고요. 우린 언제든지 떠날 수 있어요."

"안 돼."

무석이 단호히 말했다.

"뭐가요?"

"지금은 도망가면 안 돼. 금방 잡혀 버리고 말 거야."

"하지만 아가씨가……."

"아가씨가 혼인해서 공녀로 차출될 위험이 없어지면 영인백이 내보내 준다 했다면서. 호적을 만들어 면천도 시켜 주고 평생 먹고살 재산까지 준다고 했다며. 그럼 지금 서둘러 나가지 않아도 괜찮잖아?"

"그렇긴 하지만……."

"난 기다릴 수 있어. 조금만 참으면 네가 양인 호적을 얻을 텐데, 널 도망 다니는 신세로 만들고 싶지 않아."

"아가씨가 우리 둘 모두 거둬 주신다고 했어요."

"그래 봤자 영인백 손아귀야. 곧 들통이 날 테고 둘 다 죽게

---

* 일반 농민.

돼. 죽지 않더라도 서로 다른 곳에 팔려 가 영영 만날 수 없을 거야. 그래도 괜찮겠어?"

비연이 겁에 질려 고개를 흔들었다. 또 눈물이 솟으려고 했다. 영영 만나지 못한다니! 다른 건 몰라도 그것만은 참을 수 없을 것 같았다. 무석이 그녀를 따뜻하게 안아 주었다.

"괜찮아. 아가씨가 혼례를 올릴 때까지 버티기만 하면 돼. 나도 그때는 패거리를 나와서 새 호적을 꾸밀 수 있게 해 둘 테니까."

"그게 쉽게 되는 일인가요?"

"어렵지만 방법이 있어. 너랑 살기 위해서라면 무슨 수라도 쓸 테니까 염려할 것 없어. 날 믿어!"

굳건한 그의 목소리가 비연에게 커다란 신뢰를 심어 주었다. 하고자 한다면, 그는 못할 일이 없을 것 같다. 그의 단단한 가슴에서 그녀가 좋아하는 냄새가 짙게 풍겼다. 그의 말대로 하면 왠지 모든 것이 잘될 것만 같다!

"내 말대로 할 건가?"

거듭 확인하는 그에게 비연이 순순히 고개를 끄덕였다. 그가 그녀를 더 세게 끌어안았다.

"아가씨가 떠나라고 말해도 남겠다고 해."

"그럴게요."

비연은 고분고분 대답했다. 그녀의 순응이 기특하여 보상하려는 듯 사내가 그녀를 눕히고 다정스레 어루만졌다. 사내의 떡 벌어진 어깨 너머로, 문을 투과해 어른거리는 달빛을 보며 비연은 어이없게도 아가씨를 떠올렸다.

'아가씨는 그 친구분과 어떻게 되셨는지?'

오늘 밤, 소녀들이 상상했던 모든 것을 단번에 뛰어넘는 경험의 최고치에 먼저 도착한 선배로서, 비연은 산을 여유롭게 걱정했다. 월궁항아처럼 아름다운 주인이 목석같은 벗을 흔들어 놓았을 것인가? 만일 그렇다면 그들은 어디까지 서로를 맡길 것인가? 그러나 곧 비연은 그녀를 끌어안은 무석의 품에 갇혀 머릿속을 비웠다. 부드러운 달빛이 두 사람 위로 희게 부서져 내렸다.

보름달이 개경의 골목골목을 훤히 비추는 아래, 개원이와 염복이는 열심히 달렸다. 사람들이 흥청이지 않는 곳이 드문 팔관회 대회일 밤, 다행히 그들이 붙잡은 '실은 계집이었던 계집애같이 생긴 공자'가 정신을 잃은 덕에, 둘러업고 뛰어다니는 그들을 의심스런 눈초리로 보는 사람들은 없었다. 만취하여 길에 쓰러지는 사람들이 부지기수였으니 여자 하나가 대롱대롱 업혀 간대도 그러려니 하는 것이다. 술집들이 즐비한 길로 들어서자 그들 말고도 취객을 업거나 부축하는 이들이 부쩍 많았다. 어딜 가나 술이 넘치는 날인데도 술집들은 평소보다 더욱 호황을 누리고 있었다. 취월루가 저만치 보이는 큼직한 떡갈나무 아래, 개원이는 계집애같이 생긴 공자였던 계집을 내려

놓았다.

"내가 계집을 지키고 있을 테니까, 염복이 너, 담을 끼고 돌아가서 신호를 보내."

대궐만큼 크고 높아 아무나 출입할 수 없는 기루의 번잡한 대문을 주시하며 개원이가 목소리를 한껏 낮췄다. 흑단에 큼지막한 금 글씨가 박힌 간판 너머 어딘가에, 그들을 거의 죽을 때까지 패고 지지던 사람들, 혹은 그들과 연락이 닿을 사람이 있을 것이다. 염복이의 병든 노모와 그들의 목숨 값으로 건네줄 사람을 드디어 찾아왔지만, 이 계집을 넘기는 데는 복잡한 절차와 단계가 있었다. 비밀이 많은 사람들인지 고문에서 풀려날 때까지 개원이나 염복이나 자신들을 때렸던 자들의 얼굴은커녕 터럭 한 올도 보지 못했다. 그저 연락할 방법으로 부엌과 연결된 뒷문을 짧게 세 번, 길게 두 번 두드리도록 되어 있을 뿐. 그러면 어린 사내종이 나오고 그 아이에게 주문한 것을 가지고 왔다고 말한다. 그 이후는 저쪽에서 시키는 대로 따라갈 뿐이다.

"깨, 깨, 깨어나면 어, 어떻게 해. 소, 소, 소리라도 지, 지르면."

염복이가 불안스레 더듬자 여자를 힐끗 쳐다본 개원이가 콧바람을 뿜었다.

"흥, 그렇게 쉽게 깨지 않아. 곯아떨어졌다고."

처음엔 이 계집을 끌고 오는 일이 만만찮으리라 경계했던 개원이다. 시전 뒷골목에서 그에게 벼락같은 발길질을 했던 계집이다. 실력이야 대단치 않지만 빠르기로는 다람쥐보다 더한 녀석임을 잘 알고 있었다. 천혜의 기회를 놓치지 않으려 긴장도 했지만 잠시 버둥거리던 계집은 곧 축 늘어졌다. 얼마나 마셨는지 모르겠지만 상앗빛 뺨이 발그레한 것이, 술에 취한 게 틀림없었다. 개원이는 여자의 코 밑에 손가락을 가져갔다. 꽤나 깊이 잠에 빠진 듯 숨이 아주 규칙적이다.

"어서 가. 당분간 괜찮겠어."

초조하게 눈을 끔벅이는 염복이에게 개원이가 채근했다. 시킨 대로 미적미적 길을 가로질러 담을 따라가는 염복이를 개원이는 영 미덥지 않은 눈으로 좇았다.

"신호나 잊지 않았으면 좋으련만."

그는 쓰게 중얼대며 쿨쿨 자고 있는 산의 옆에 주저앉아 담장까지도 무늬를 새겨 넣은 화려한 청루를 바라보았다. 저 안에서 야들야들하고 보들보들한 계집들을 끼고 미주와 산해진미를 처먹는 놈들은 전생에 무슨 공덕을 쌓았기에 호강을 하는지. 딸만 한 계집을 납치해 목숨을 구걸해야 하는 자신의 처지를 돌아보니, 세상은 참 살맛 없게 만들어졌다. 누가 1년 치 양식이 꼬박꼬박 나오는 땅만 주면, 그거나 죽어라 파면서 살아도 불평 한마디 안 할 텐데! 그는 청루에서 들려오는 악기 소리와 간드러진 웃음소리에 귀를 탈탈 털었다.

"에라, 잡것들! 많이들 퍼먹고 설사나 싸질러라!"

부아가 돋은 그의 입에서 욕이 절로 나왔다.

"이 자식은 왜 이렇게 안 돌아와? 혀만 굳은 게 아니라 다리도 꼬였나, 쥐꼬리만큼도 쓸모가 없으니, 이거 원!"

잽싸게 돌아오지 않는 염복이에게로 욕이 옮아갔다. 그러고 보니 시간이 꽤 지난 것 같은데 이놈이 올 생각을 안 한다. 짜증이 부풀어 노염으로 변했다가 이젠 불안해진다. 그와 염복이를 달포나 꼬박 앓도록 매질하던 인간들은 원하는 걸 갖다 놨는데도 왜 재깍재깍 안 나타날까? 뭔가 시키면 속셈이 따로 있는 게 아닐까? 의심이 시작되자 속이 타기 시작한다. 어차피 꿈쩍도 안 할 계집인데 염복이더러 지키라 하고 내가 가 볼 것을! 후회도 되었다. 그러다 헐떡대며 오는 염복이를 보자 팽팽한 시위에서 화살이 튕겨 나가듯 벌떡 일어났다. 염복이의 얼굴이 영 울상인 것이 심상치 않다.

"왜 그래, 이 자식아! 무슨 일이야?"

길에 오가는 사람들을 의식해 염복이의 멱살을 잡아 나무 뒤로 확 끌어당긴 개원이가 이를 갈며 작게 물었다. 우거지상을 한 염복이가 말을 더욱 더듬었다.

"무, 무, 문을 두, 두드리기도 전에 여자가 하, 하나 나와서 비, 비, 비럭질하려거든 다, 다른 데 아, 알아보라고……. 그, 그래서 아, 아, 아니라고 말하려는데 무, 무, 물을 한 바가지 뿌, 뿌린다고 그러고……. 그, 그래서 그, 그 여자가 들어가기를 기, 기, 기다려……."

"잠깐!"

아까와 다른 이유로 속이 타오른 개원이가 손을 번쩍 치켜들었다.

"그러니까 네가 담을 따라 뒷문까지 갔어. 문을 두드리려는

데 여자가 하나 나왔어. 그 여자가 널 비렁뱅인 줄 알고 꺼지라고 했어. 그 말이야?"

"으, 으, 응. 그, 그래서…….."

"가만, 가만! 그래서 그 여자한테 비럭질하러 온 거 아니라고 하려는데 여자가 당장 꺼지지 않으면 물을 한 바가지 퍼붓는다고 했다, 그 말이지?"

"뿌, 뿌, 뿌린다고…….."

"그거나 이거나, 이 자식아! 그래서 여자가 들어가길 기다렸는데 그 여자가 안 들어갔다, 이거냐, 네 답답한 주둥이가 하고 싶은 말은?"

"으, 응. 기, 기, 기다리는데…….."

"암만 기다려도 그 여자가 안 들어가서 이제껏 욕만 먹다 왔다, 이 얘기 아냐, 그러니까!"

"으, 응, 그, 그, 그 여자가…….."

"아이고, 이 화상아!"

큰 소리도 못 지르고 개원이가 주먹으로 제 가슴을 팡팡 쳤다.

"그럼 가는 척했다가 여자가 문 닫고 들어가면 좀 이따 신호를 보내든가!"

"아, 그, 그, 그런 수가 이, 있었네…….."

염복이가 겸연쩍어 천진난만하니 웃었다. 하아, 개원이는 긴 체념의 한숨을 폐부 깊숙이에서 끌어내 토했다. 그다지 놀랍지도 않다. 염복이는 원래 이런 놈, 뭐 하나 제대로 끝맺는 걸 못 봤다. 자신이 직접 갔으면 되는 일이었을 뿐, 떡갈나무 아래서 하릴없이 후회할 일은 결코 아니다. 개원이는 염복이의 어깨를 콱 내리눌러 앉혔다.

"계집에게서 눈을 떼지 마라."

개원이는 위엄 있게 당부하고 성큼성큼 길을 가로질러 갔다. 그러나 이내 후다닥 돌아왔다.

"그 계집애가 혹시나 깨어나 소란을 피우면 곤란해. 찍소리도 못 하게 묶어, 알았지?"

손짓으로 재갈을 물리라는 시늉을 해 보이는 개원이에게 염복이가 크게 고개를 주억거렸다. 그에게 엄청스레 미안했던 염복이는 개원이가 사라지자마자 산에게 다가갔다.

염복이는 먼저 여자에게 재갈을 물려야겠다고 생각했다. 근데 뭐로 입을 막지? 빈 손바닥을 멍하니 내려다보다가 주섬주섬 자신의 몸을 더듬었지만 딱히 쓸 만한 천 조각이 없다. 개원이의 말이라면 한겨울 송악산 계곡에 빠질 각오도 되어 있는 염복이는 난처하여 머리만 긁적였다. 그러다 손에 철컥 걸린 것이 머리에 동여맨 해진 두건이다. 이거다 싶어 두건을 벗어 산의 입가에 가져가던 그가 멈칫했다.

이름은 염복이되 염복艶福이라곤 없는 그였지만 눈앞에서 새근새근 자고 있는 여자가 대단한 미색을 지녔다는 걸 모르지 않았다. 이 소녀와 비교할 만한 여자는 그의 기억 속에 없었다. 개원이의 당부에 더 이상 충실할 수 없을 정도로 그는 여자에게서 눈을 떼지 못했다. 음심이 돋아서가 아니었다. 잠시 땅에 내려온 천녀를 보는 듯 순박한 그의 가슴에 경외심이 우러났다. 왜 똑같은 얼굴인데 치마를 둘렀다 해서 사내 차림일 때와 사람이 완전히 달라 보이는 거지? 사내 행세를 하던 이 계집의 표독스럽고 건방졌던 기억이 머릿속에서 싹 지워졌다. 염복이는 자신의 두건을 스르르 거뒀다. 눈송이로 빚은 듯 희고 매끄러운 얼굴엔 꼬질꼬질 시커멓게 때가 낀 두건이 영 부끄럽다.

'좀 더 어울릴 만한 것이……'

주위를 둘러보았지만 나무 아래는 메마른 흙과 돌멩이들뿐이다. 쩔쩔매던 그의 눈에 산의 머리를 맵시 있게 묶은 붉은 비단이 퍼뜩 들어왔다. 이거다 싶어, 그는 조심조심 비단을 끌렀다. 자칫 그녀를 깨울까 손가락들이 경련을 일으켰다. 깨어나 소란을 피울까 염려한 것이 아니라 단잠을 방해하기가 미안해서였다. 진땀나게 풀어낸 비단 끈으로 재갈을 물리는 것도 쉽지 않았다. 입술을 누르면 모양이 안 날 것 같고, 너무 세게 묶으면 흰 뺨에 자국이 생길 것 같다. 삼단처럼 매끄러운 머리가 엉킬까 봐 조심스럽다.

이렇게 재갈 한번 물리려 서툰 손끝으로 용을 쓰고 있으니, 그의 등 뒤에서 얼핏 보면 뺨을 비비는 것도 같고 입을 맞추는 것도 같은 게, 딱 기절한 여자를 탐하여 희롱하는 자세였다. 그럭저럭 재갈을 참 곱게도 묶는 일이 성사되기가 무섭게, 염복이는 덜미가 잡혀 그대로 나동그라졌다.

퍽! 날 선 도끼가 아름드리나무에 찍히듯 명치에 내리꽂힌 단단한 무릎 공격에 염복이는 숨이 컥 막혔다. 이어 무시무시한 힘으로 목을 옥죄는 손아귀가 전신을 마비시켰다. 겁에 질려 깜빡이는 것조차 잊은 그의 눈에 귀신이 비쳤다. 푸른 불꽃이 눈에서 파직 튀고, 머리칼이 꿈틀거리는 뱀처럼 온통 흩어진 귀신은 아름다웠으나 섬뜩하리만큼 무서운, 그야말로 수라의 현신이었다. 숨 막히는 공포 속에서도 염복이는 이 귀신이 낯설지 않다는 걸 상기했다. '실은 계집인 계집처럼 생긴 공자'와 마주치면 어김없이 더불어 맞닥뜨리는 바로 그 사내였다. 땀 한 방울 흘리지 않고 머리카락 한 올 흐트러지지 않은 채 그들을 제압했던 사내가 귀신으로 변했으니, 염복이의 간과 창자가 한껏 오그라들지 않을 수 없었다. 목을 조르는 것만으론 부족한지 손가락 하나하나를 단단히 말아 쥔 주먹을 높이 치켜든 사내를 보고 히익! 넘어가는 소리를 내며 염복이가 눈을 감았다.

'죽는다!'

그러나 염복이는 죽지 않았다. 반대로 목을 조르던 손이 멀어지면서 숨통이 탁 틔었다. '으응.' 하고 가늘게 흘러나온 잠꼬대에, 귀신이 여자에게 달려갔던 것이다. 그녀는 확실히 천녀일 것이다, 적어도 염복이에게는. 고맙기도 하지! 염복이는 이 짧은 기회를 놓치지 않고 꽁지가 빠지게 기어 나가 오가는 사람들 틈에 들어갔다.

린은 사내를 잡으러 가지 않았다. 산에게 어떤 일이 닥쳤는지, 그녀가 괜찮은지 확인하는 게 우선이었다. 그녀의 입을 묶은 비단 끈을 풀면서, 허술하니 모양만 낸 재갈이 의아스러워 그는 눈살을 찌푸렸다. '으응.' 한 번 더 비음을 낸 산이 커다란 나무 밑동에 불편하게 기댔던 머리를 고쳐 기울이더니 다시 곤히 잠들었다. 미소까지 머금고 자는 그녀의 얼굴에 린은 허탈하니 기운이 쭉 빠졌다. 미친놈처럼 헤매며 달려왔는데 이렇게 안연하니 평화로울 수가! 하지만 이보다 더 다행일 수는 없으리라.

린은 그녀의 머리칼 몇 가닥이 뺨과 입술에 흘러내린 것을 보고 살그머니 손가락을 대어 떼어 냈다. 손가락에 가볍게 스치는 입술이 그의 몸을 경직시켰다. 보드랍고 따뜻하다. 그는 비로소 깨달았다. 왜 산의 이름을 듣거나 떠올리면 어김없이 비수로 가슴을 후벼 내듯 날 선 고통을 느끼는지. 왜 세자가 그녀를 여인으로서 마음에 두지 않길 은근히 바랐는지. 그것은 이 입술 때문일 것이다. 더 정확히는, 이 입술에 입 맞추고 싶은 그의 욕망 때문일 것이다. 입술뿐 아니라 매끈한 이마, 둥근 뺨과 오뚝하니 잘 빚어진 코, 가늘고 섬세한 눈썹과 단정한 눈꺼풀, 그 아래 쉬고 있을 초롱초롱한 검은 눈, 갸름한 턱의 선과 쭉 곧은 목선, 그리고 그 아래쪽, 옷으로 단단히 감싼 모든 부분들을 삼켜 버리고 싶은 뜨거운 열망이 이미 오래전부터 끓고 있었기 때문일 것이다.

마치 석가세존이 보리수 그늘에서 깨달음을 얻은 것처럼, 린은 번쩍 벼락을 맞은 듯 찌릿찌릿한 경련을 느꼈다. 마음속 깊이 누군가를 원했던 사람은 원이 아니라 바로 그 자신이다! 억눌렸던 욕망을 각성한 그는 혼란스러우면서도 갓난애처럼 자고 있는 산의 얼굴에 콧날이 시큰해졌다. 그의 그녀는 무사한 것이다.

"산, 산! 일어나."

린은 그녀의 뺨을 가볍게 두들겼다. 손끝에 닿는 서늘한 감촉의 살갗이 몹시 부드러워 그는 흠칫했다. 손가락의 미미한 접촉만으로도 가슴 전체가 흔들릴 수 있다는 사실이 놀랍고도 민망했다. 단잠을 방해받은 산이 '으응.' 투정을 부리자 린은 더 이상 손을 대기가 부담스러웠다. 고양이 울음처럼 가늘고 비틀리는 소리가 가슴을 파고들어 할퀴면서 묘한 느낌을 남겼다. 통통하니 살이 올라 주름마다 촉촉한 습기를 머금은 그녀의 입술이 무언가 호소하듯 옴직거렸다. 린은 저도 모르게 엄지손가락을 그녀의 입술에 가져갔다. 보드레한 입술이 작은 마찰에 자극을 받아 살짝 벌어졌다.

"수정후!"

린이 재빨리 돌아 벌떡 일어섰다. 낭장 장의가 그의 앞에 다가와 고개를 숙였다.

"저하께서 위급한 일이 생기면 도우라 저를 보내셨습니다."

"저하께서는?"

낯빛을 태연스레 다듬으며 린이 물었다.

"서원후 댁을 거쳐 곧장 환궁한다 하셨습니다."

"그럼 그대도 궁으로 돌아가 모두 무사하다고 저하께 전하게."

"제가 더 조사할 일이 없겠습니까?"

린은 불빛이 휘황한 청루들을 흘깃 보았다. 예전 산이 숨어들었던 취월루가 건너편에 있다. 지금 그녀가 이곳까지 끌려온 것이 단순한 우연일런가? 린은 입술을 물었다.

"그건 내게 맡기고 어서 궁으로 가게. 저하께서 더 근심하시지 않도록."

고개를 까딱해 보인 장의가 시원스레 훌쩍 날아가 버렸다.

취월루를 다시 째리는 린의 머릿속이 복잡했다. 산을 묶고 있다가 그에게 내동댕이쳐진 사내는 일전에 철동에서 봤던 말더듬이가 틀림없다. 자취를 감춘 지 몇 달이나 된 지금에 와서 왜 그녀를 납치하려 했을까? 부녀자를 잡아다 팔아넘기는 불한당에 불과한가? 어쩌면 취월루에서 그의 형이나 영인백 등과 회합을 가졌던 작자들에게까지 연결된 것은 아닐까? 그렇다면 세자를 음해하는 역당이 산의 정체를 알고 있다?

'만약 산이 누군지 알고 있다면 이런 식으로 끌고 갈 리가 없어. 영인백이 알아서 처리하게끔 다른 방법을 썼을 것이다. 어쨌든 역당이 산을 알고 있다면 화살에 대해 조사해서일 것이다. 이대로 예전처럼 돌아다니면 산이 위험해져.'

린은 산의 앞에 한쪽 무릎을 꿇고 앉아 그녀를 물끄러미 바라보았다. 조그맣게 벌어진 입술 사이로 하얀 입김이 솔솔 새어 나왔다. 그는 그녀의 입술에 갖다 대었던 손가락을 애꿎게 비틀었다. 장의가 오지 않았다면 무슨 짓을 했을 것인가? 자신도 짐작할 수 없다. 어쨌든 정신을 차린 이상 동무에게 부끄러워할 짓은 하지 않을 것이다. 그녀가 깨어난 뒤 마주 보며 얼굴 붉히는 일이 없도록! 젠장! 버릇처럼 린은 입속 연한 살을 짓이겨 씹었다.

잠시 망설이다가 그는 조심스레 그녀를 업었다. 추운 날씨에

한정 없이 흙바닥에 재울 순 없는 노릇이다. 곯아떨어진 그녀가 축 늘어졌지만 린은 가볍게 일어났다. 그런데 자꾸만 미끄러져 내리는 바람에 그는 그녀의 부드러운 엉덩이를 잡고 추슬러 올려야 했다. 그러자 '으응.' 고양이 소리가 뜨거운 숨과 함께 그의 귓바퀴를 타고 들어와 솜털을 간질였다. 잠결에 두 팔로 린의 목을 감은 산이 그의 목덜미에 코를 대고 비볐다. 움찔한 린이 목을 틀자 그녀가 더욱 달라붙었다. 말랑말랑하고도 탱글탱글한 살덩이가 그의 등 위에서 뭉클하니 이지러졌다. 선명하고도 유혹적인 촉감에 린은 경악했다. 결국 업고 가는 걸 포기하고 등에서 그녀를 내린 그는, 산의 어깨를 세게 흔들었다.

"일어나, 산!"

가슴을 스치는 차가운 공기에 산이 어깨를 움츠렸다. 그녀는 여전히 눈을 감은 채 온기를 쫓아 그의 품을 파고들었다. 당황한 한편으로 린은 화가 치밀었다. 상대가 자신이어서 그녀가 기댄 것이 아니다. 아마 앞에 있는 따뜻한 존재가 곰이어도 그녀는 상관없을 것이다.

"산, 정신 좀 차려!"

성난 린의 목소리가 커지자 산이 눈꺼풀을 힘겹게 들어 올렸다. 깜빡, 깜빡, 두어 번 세게 눈을 깜빡여 초점을 맞춘 산이 코앞에 바싹 다가와 있는 린의 얼굴에 화들짝 놀라 그를 세게 밀어 버렸다. 손을 바닥에 짚어 볼썽사납게 나뒹구는 걸 모면한 린이 작게 투덜거렸다.

"린……? 뭐 하는 거야? 여긴……."

산은 길 잃은 어린애처럼 주위를 두리번거렸다. 손을 털고 일어난 린이 팔짱을 끼고 그녀를 내려다보았다.

"내가 묻고 싶은 말이야. 잡희를 구경한다고 자리를 떠선 허술하게 납치나 당하다니, 도대체 뭘 한 거냐?"

"납치? 내가?"

믿기지 않는 듯 큰 눈을 데굴데굴 굴리며 산이 기억을 더듬다가 아하, 탄성을 흘렸다.

"어떤 아가씨를 괴롭히는 녀석들이 있어서 때려눕혔는데 알고 보니 두 놈이 더 있었어. 그놈들에게 잡혔던 거야, 내가? 날 납치한 자들은 어디 있지?"

"도망갔어."

잘라 말하는 린을 보고 산은, 그가 쫓아와 그녀를 구해 주었다는 것을 충분히 짐작할 수 있었다. 한편으로는 그녀를 위해 달려와 주었으니 기뻤고, 다른 한편으로는 허술하게 당했다며 그녀의 실력을 폄하하니 언짢았다. 술에 취했다고 솔직하게 말하려니 부끄러워져, 그녀는 치마를 살짝 들어 보였다.

"얻어맞은 게 아니야. 치마가 거추장스러워서 발이 걸린 것뿐이지."

"변명은 그만둬. 내가 찾지 못했으면 어쩔 뻔했어! 왜 그런 차림을 하고 나온 거야?"

산의 얼굴이 하얗게 굳었다. 어울리지 않는다고 놀려 대도 이보다 분할 것 같지는 않다. 그녀의 노력이 그의 무딘 마음에 손톱만큼도 먹히지 않아도 지금은 괜찮았다. 문제는 그보다 훨씬 심각했던 것이다! 그녀가 여자라는 사실을 그는 잘 알고 있지 않았던가? 그녀가 치마를 두를 만한 사회적, 신체적 조건을 빠짐없이 갖췄다는 명백한 사실을 무시하는 이유는 단 하나뿐이다. 그는 그녀를 여인으로 생각하지 않는 것이다! 그의 누이가 남장을 해야 나올 법한 질문을, 치마를 입었다는 자연스러운 이유만으로 그녀는 받았다. 이보다 더 괘씸한 반응이 있을 수 있을까? 그것도 연심을 품은 상대에게서!

"끈!"

산이 날 선 소리를 질렀다. 뭐? 어리둥절한 그를 쏘아보며 그녀가 발딱 일어나 검지를 곧게 뻗었다.

"내 머리끈 말이야! 왜 네가 들고 있어?"

때마침 바람이 그들 사이를 헤치고 지나면서 산의 길고 가느다란 머리칼을 흩날렸다. 백설처럼 뽀얀 얼굴에 검은 비단실처럼 흐트러진 머리가 단정하다고 할 순 없지만, 그래서 더 고혹적이었다. 그제야 무슨 말인지 알아챈 린이 그의 주먹 안에 구겨진 붉은 비단을 내밀었다. 훔친 물건도 아닌데 뺨이 화끈거려 그가 작게 부연했다.

"네 입을 막으려고 그자들이 이걸 재갈로 ……."

"변명은 그만둬!"

그녀가 빼앗듯 그의 손에서 끈을 낚아챘다. 분노로 떨리는 손 때문인지, 비연이 꾸며 준 대로 묶으려고 여러 번 시도하던 그녀는 번번이 실패하고 말았다.

"도와줄까?"

보다 못한 린이 다가섰다. 그것이 그녀의 화를 더욱 돋웠다. 여자답지 못한 본색을 나서서 증명한 셈이 되어 버린 것이다.

"됐어! 이런 건 어차피 나한테 어울리지 않으니까!"

심술꾸러기 아이처럼 양 볼을 불룩 내밀며 쏘아붙인 산이 성큼성큼 걸어갔다. 그녀가 왜 화를 내는지 감을 잡을 수 없는 린은 잠자코 그녀를 쫓았다. 그의 보폭이 그녀의 것보다 훨씬 컸기 때문에 그는 곧 그녀를 추월해 앞장섰다. 큰길들을 피해 작고 낮은 숲과 동산을 가로질러 가는 그의 뒤를 부지런히 쫓으며, 산은 앙다문 이를 부드득 갈았다.

얼마나 걸었는지 몰랐다. 바람에 자꾸 감겨드는 치마가 거추장스러워 산은 린을 따라잡기가 어려웠다. 한 번 돌아보기만 해도 그는 잠시 멈춰 기다려 주었을 것이다. 그러나 그는 귀찮은 짐짝을 빨리 운반하고 돌아가고 싶은 짐꾼처럼 유달리 서둘렀다.

'기다려 주길 바라다니, 저 멍청이한텐 너무 큰 바람이지.'

다시금 골이 난 산은 달빛이 쏟아지는 동산의 바위에 털썩 주저앉았다. 숨 가쁘게 걷다가 갑자기 멈추니 이마에서 차가운 땀이 솟아올랐다. 그녀는 한참 동안 눈을 감고 거칠어진 숨을 골랐다. 린이 돌아보건 말건 그냥 내버려둘 참이었다. 그녀가 도중에 사라진 걸 알고 그가 당황했으면 좋겠다는 심술궂은 바람마저 들었다. 눈을 감고 가만히 귀 기울이니, 축제의 소음들이 아스라한 가운데 숲엔 정적이 내려앉아 있었다. 들리는 것은 삭풍에 떠는 나무들의 신음뿐이다. 그는 정말 가 버린 걸까?

'흥, 가 버리라고, 멍청이! 난 하나도 아쉽지 않으니까!'

마음과 달리 한숨이 길게 나왔다. 가슴 전체가 뻐근하니 갑갑하다. 이윽고 눈을 뜬 산은 깜짝 놀라 소스라쳤다. 언제 되돌아왔는지, 린이 걱정스런 눈으로 그녀를 들여다보고 있었다.

"괜찮니?"

그의 목소리가 다정해서, 오늘 밤 섭섭하고 미웠던 순간들이 깡그리 지워졌다. 증거로, 대답하는 그녀의 어조가 한결 부드러웠다.

"물론이야. 금방 일어날 수 있어."

린이 두루마기를 벗어 그녀에게 둘러 주었다. 산은 이 뜻밖의 행동에 너무 놀라 눈 한 번 깜박일 수 없었다. 이것은 기적이다!

"땀이 식으면 한기가 스며들어."

해명 비슷한 그의 부연에 산은 얼떨하니 고개를 끄덕였다. 몸 전체를 따뜻하게 감싸는 솔향기에 취해, 그녀는 고맙다는 말도 잊었다.

"내 어머님께서 말씀하시길, 여자는 몸을 차갑게 하면 안 된다고……."

왠지 거북해 보이는 린이 흠, 목을 가다듬으며 말을 덧붙였다. 그는 약간 무안쩍어 보였다. 콧잔등을 쫑긋거리는 산을 보고 옷에서 냄새가 난다는 걸 깨달았기 때문이다. 결코 더럽다고 할 수 없는 옷이지만 그녀를 찾아 한동안 뛰어다녔으니 땀이 배었을 터, 산이 아예 소매를 팔에 꿰고 옷깃을 단단히 여미

자 린은 곱절로 민망했다.

당황하는 그와 달리 놀람이 어느 정도 가신 산은 무척 즐거웠다. 그의 어머니가 어떤 상황에서 아들에게 그런 가르침을 주었는지 모르겠지만 참으로 적절한 말씀을 하셨다! 산은 한 번도 보지 못한 서원후비 황보씨에게 감사했다. 살포시 일어난 산이 치마를 양쪽으로 잡아 펼쳐 걸으며 수줍게 변명했다.

"치마 때문에 빨리 걷기가 힘들었어. 바람을 받으니까 자꾸 뒤로 밀려서."

"미안하다. 그 생각은 못 했다."

린이 멋쩍어하며 그녀에 맞춰 보속을 조절했다. 잇따라 일어난 작은 기적에 행복해진 산은, 그에게 부당하게 성냈던 일을 사과하고 싶었다. 늘 남장만 하던 그녀에게 왜 여자로 차려입었는지 묻는 건 당연한 일 아니겠는가?

"네 말대로 이런 차림을 하는 게 아니었어. 간신히 나왔는데 괜히 어울리지도 않게 차려입어서 재밌게 놀지도 못하고 오늘 밤을 망쳐 버렸잖아."

"그런 뜻이 아니었다, 내 말은……."

자책하는 듯한 그녀의 말투에 린이 또 당황했다.

"험한 일을 당할까 봐 걱정했던 거지, 어울리지 않는다거나 그런 게 아니다. 오히려 그 반대야. 오늘 넌 나나 저하를 놀라게 했어. 그 옷이 너무 잘 어울려서 말이지……. 누구보다도 예뻤어."

산은 자신의 귀를 잠시 의심했다. 왕린의 입에서 여자로서의 그녀에 대한 찬사가 나오다니! 이건 기적 중의 기적이야! 오늘은 소원을 비는 날도 아닌데 어떻게 된 거지? 그녀는 소매 속 두 손을 꼭 맞잡고 둥그런 달을 감격에 겨워 우러러보았다. 부처여, 천령이여, 바다의 용신이여, 송악의 신령이여 감사합니다! 그녀는 팔관회가 섬기는 모든 존재에게 인사했다. 신령들이 돕지 않고서야 이런 기적은 일어날 수 없다. 또 한편으로 산은 비연에게 감사했다. 그녀가 아니었다면 저 왕린에게서 '예쁘다.'는 말을 들을 수 있었겠는가? 남자들이 좋아하는 여인이란 역시 여자답다는 말에 충실한 여자인 것이다. 산은 최대한 여자답게, 부드럽게, 온순하게 말했다.

"나도 이제 몸가짐을 삼가고 부인의 일을 배워야 할 나이가 됐다고 생각하거든. 칼이나 활 말고도 다른 걸 손에 쥘 때가 되지 않았나 싶고."

"어떤 것?"

린이 의아하니 물었다. 그는 아직 여성스러움을 마구 드러내고픈 그녀의 의도를 파악하지 못한 것 같다. 산이 부끄러운 듯 살며시 웃음을 머금었다.

"길쌈이나 침선 같은……, 그런 것."

"네가 옷감을 짜고 바느질을 한다고?"

린의 입가에도 미소가 떠올랐다. 비웃음은 아니었지만 믿지 못하겠다는 눈치가 너무 눈에 띈다. 산은 조금 언짢아졌지만 부드러운 태도를 잃지 않았다.

"물론 당장 옷을 짓고 멋지게 수를 놓을 순 없겠지. 지금부터라도 배우겠다는 거야, 나는. 노력하다 보면 언젠간 되겠지. 칠석에 걸교乞巧*도 하고."

"천손天孫**이 곤란해하겠는걸."

린의 웃음이 조금 더 짙어졌다. 빠직, 인내심이 파열되는 소리가 그녀의 가슴에서 났다. 그러나 그녀는 발칵 성내지 않고 오히려 연연히 미소했다. 린이 그녀와 이런 주제로 농담을 나누는 것도 팔관회의 보름달이 내려 준 놀라운 기적 중의 하나일 테니까. 그녀는 너그러이 대꾸했다.

"맞아. 극성인 내 유모가 오래전에 포기했는데 천손이라도 쉽진 않겠지. 바늘에 실을 꿰는 것부터 배워야 할 처지니까."

"그렇지 않아. 넌 이해가 빠르고 매사에 열의가 있으니 금방 잘할 거야."

서둘러 의견을 수정한 린의 목소리가 진지했다. 평소처럼 낮고 침착했지만 확실히 평소보다 따뜻했다. 산의 가슴이 행복감으로 부풀어 올랐다.

'좋아해, 린. 내가 이러는 건 다 너 때문이야.'

지금 당장 말해도 괜찮을 것만 같다. 하지만 산은, 모든 바람을 다 들어줄 것 같은 보름달 아래 이 아늑한 만족감을 더 오래 만끽하기 위해, 성급히 고백하고 싶은 마음을 꾹 참았다.

"어쨌든 잘됐구나."

---

* 칠석에 바느질 솜씨가 늘기를 아녀자들이 직녀성을 보면서 기원하는 일.
** 직녀.

린이 한숨처럼 나직이 말했다. 뭐가? 그를 돌아보는 산의 눈동자가 커졌다. 갑자기 린이 멈춰 그녀도 따라 멈췄다. 생각에 잠긴 듯 그가 지그시 눈을 내리깔았다. 산은 그의 입을 주시했다. 윗입술이 좀 얇지만 입매가 워낙 정갈하여 가벼운 느낌이 없는 그 입은, 실제 불필요한 말이나 실없는 농을 올리지 않는다. 그 입술에서 오늘은 여느 때와 달리 특별한 말이 나올 것 같다.

"산."

그의 입이 무겁게 열리자 그녀의 가슴이 뛰기 시작했다. 대답하는 그녀의 목소리가 의지와 무관하게 떨렸다.

"왜?"

"네가 말한 대로, 이제 집에서 부인의 일을 배우며 자숙해."

"뭐?"

이게 아닌데? 의아해하는 그녀의 눈길을 피해 줄곧 땅을 보며, 그가 빠르게 말을 이었다.

"더 이상 금과정에 드나들지 마. 아니, 정식으로 수행인을 거느린 외출이 아니라면 집 밖에 아예 나서지 마."

"그럼 너나 원을 어떻게 만나란 거야? 우리 집 종복들을 끌고 어떻게……."

"만나지 않는 거야."

산은 망연히 그를 바라보았다. 소나무 향기에 젖은 몸이 얼어붙는 것 같았다. 그녀를 흘깃 본 린이 난감한 듯 이마를 문질렀다.

"우린 이제 어른이야. 지금까지처럼 마냥 놀 수는 없는 거야. 각자 할 일이 있고 감당할 의무가 있어. 저하께선 혼인을 하고, 혼례 후엔 황제께 보고를 올리러 대도로 가서."

"그것 때문에 내가 집 안에 틀어박혀 있어야 한다고? 원이 입조하기 때문에?"

그녀가 다급히 그의 팔을 잡았다.

"너도 가는 거야? 그래서 그래? 언제? 얼마나 오래?"

"아니, 난……, 당장은 아냐."

린이 그의 팔에 박힌 그녀의 손가락을 살며시 잡아, 찬바람에 언 그녀의 손을 자신의 손안에 가둬 천천히 녹였다.

"하지만 곧 저하를 따라 입조하게 될 거야. 그럼 금과정도 닫을 거고 네가 거기 가더라도 아무도 만나지 못할 거야."

"네가 수정후로 봉해진 건 독노화로 가기 때문이야?"

"작위가 있는 왕족이 질자質子*로 더 적합한 건 너도 잘 알 잖아."

산의 눈동자가 어지러이 흔들렸다. 린의 담담한 태도가 그녀를 혼란스럽게 했다. 조금 전까지 그가 유달리 따뜻하다고 생각한 것은 온전히 착각이었던가? 그는 지금 아무렇지도 않게 안녕을 고하고 있다. 산은 강하게 고개를 내저었다.

"네가 입조하기 전까지는 괜찮잖아. 원이 없는 동안에도 우린 금과정에서 만났었고."

---

* 볼모.

"안 돼. 넌……."

'위험해.'라는 말을 린은 삼켰다. 그는 그녀를 잘 안다. 위험이란 말로는 그녀를 집 안에 묶어 두기 힘들 것이다. 오히려 기를 쓰고 위험을 자초할 그녀다. 산의 손을 잡고 린이 부드럽게 달랬다.

"넌 집에서 네 할 일을 해. 만나지 않는다 해서 우의가 끊어지진 않아. 저하와 내가 돌아오고 너도 금혼에서 풀리면……."

"그때까지 버틸 수가 없어!"

산이 애처로이 부르짖었다.

"금혼이 풀리기 전에 아버지가 내 혼사를 추진하고 있어."

"그건 말이 안 돼. 금혼령을 어기면 유배감이야."

"아버지가 성상의 허락을 받아 낼 거야. 너희가 대도에서 돌아오면 난 누군가의 아내가 되어 있을 거라고!"

그 누군가는 바로 네 형이야. 말을 잇지 못하는 그녀의 목이 메었다. 그녀의 눈에서 상황이 진짜이고 심각하다는 것을 읽은 린은 할 말을 잃었다. 힘이 쭉 빠진 그의 손이 그녀의 손을 놓았다. 머릿속이 아득하니 하얗게 빈 것 같다.

"네가……."

한참 만에 그가 입술을 떼었다.

"……갑자기 부인의 일을 배우겠다는 건 혼인을 준비하는 거였구나."

"아냐, 난……."

"요즘 들어 네 아버지의 감시가 심해진 것도 그 때문이고."

"그렇긴 하지만, 난……."

"그렇다면 넌 집 밖으로 더욱더 나와선 안 돼. 안의 감시도 심해진 데다 바깥도 안전하지 않다면……."

무표정하니 중얼거리는 그를, 산은 아연하니 바라보았다. 오늘 밤의 모든 기적은 이 순간을 위한 것이었다, 그녀를 조롱하기 위해! 그녀와 헤어지더라도, 그녀가 다른 사람과 혼인할지 모르는 상황에서, 슬픔 한 조각, 눈물 한 방울 없이 초연한 그를 보여 주기 위해!

"내가 순순히 아버지 뜻에 따라 혼례를 올릴 것 같아?"

무아몽중에서 홀연히 깨어난 린의 눈에 핏기 잃은 산의 얼굴이 들어왔다.

"내가 원하는 사람이 아니면 혼인하지 않아. 억지로 혼례를 올리게 하면 도망칠 거야. 도망치다 붙들리면, 그 자리에서 죽어 버릴 거야. 알겠어?"

"산……."

"난 꼭두각시가 아냐. 다른 사람 뜻대로 평생을 살아가는 인형이 아니라고! 내가 원하는 사람과 함께 내가 바라는 대로 살 거야! 알겠어?"

"모두 부모가 정한 대로 혼인해. 부모가 정해 준 상대와 혼인하기 싫다고 죽는 사람은 없어."

"난 그럴 거야! 좋아하지도 않는 사람과 사느니 죽는 게 나아!"

"선택은 네가 하는 게 아니야. 게다가 네가 누굴 좋아하게 될지도 모르잖아. 네 아버지가 골라 준 상대를 좋아하게 될지도…….”

“좋아하는 사람이 있어!”

그녀가 악쓰듯 소리 질렀다. 그녀의 긴 머리칼이 마구 흩어져 허공에 나부꼈다.

“좋아하는 사람이 있다고! 그 사람이 아니면 안 돼! 그 사람이 아니면 죽어 버릴 거야!”

흡사 광인처럼 그녀가 발을 구르며 울부짖었다. 린은 심장이 멎는 듯한 고통에 입속 살을 세게 물었다. 그녀는 달빛을 받아 지독하게 아름다웠고 그래서 그는 더욱 고통스러웠다. 온몸의 감각이 마비되고 심장의 고통만이 예민하게 느껴졌다. 불현듯 고통이 증오로 바뀌었다. 그녀의 마음을 채 간 미지의 인물, 그녀가 죽음마저 불사하며 사랑하는 작자를 향한 적개심이 그의 내부를 맹렬히 태웠다. 그러나 이내, 그는 익숙지 않은 질투에 혐오감을 느끼고 부르르 떨었다. 무시무시한 자제력으로 내부의 열기를 식힌 린은, 평정을 가장한 눈으로 지그시 산을 보았다. 그녀의 얼굴이 눈물로 온통 젖어 있었다. 자기혐오와 더불어 그녀를 향한 연민이 그의 심장을 죄어 왔다.

“산…….”

그가 마른침을 삼키며 목을 가다듬었다.

“……내가 도움이 될 수 있다면 무엇이든 할게. 그러니까 죽는다는 말은 그만둬.”

“돕는다고? 네가? 뭘?”

울어서 부푼 입술이 연방 떨리며 작게 달싹였다. 그 입술을 달래 주고 싶은 충동에 휩싸여, 린은 그만 눈을 내렸다.

'충격이 어지간히 컸나 보군, 왕린! 염심을 다스리지 못할 지경까지 오다니.'

그의 입가에 쓴웃음이 옅게 맺혔다.

"네가 그렇게 도망가고 싶다면 도와주겠다는 말이다. 하지만 기억해 둬. 도망치는 그 순간 너는 신분을 잃게 돼. 천민과 다를 바 없게 된단 말이다."

"그런 건 상관없어. 난 어떤 처지라도 감수할 수 있으니까. 하지만……."

흑요석같이 깊고 검은 그녀의 두 눈이 절망으로 덮였다.

"네가 날 돕겠다고? 내가 도망가는 걸? 그리고 나선? 내가 도망가면 넌 어떻게 할 건데?"

"네가 바라던 대로 살게 해 달라고 부처께 빌어야겠지."

린은 다시금 입속 살을 씹었다. 이미 터진 입속에 피비린내가 확 끼쳤다. 천민이 되어도 상관없다고? 다시 끓어오르는 분노를 잠재우기 위해 그는 깊게 숨을 들이마셨다.

현기증이 일어 산은 비틀거렸다. 저 멍청이는 그녀가 말하는 사람이 자신인 줄 꿈에도 모르고 도망을 돕겠다며 나서는 것이다!

'결국 네게 나는 그 정도밖에 안 되는 거야. 남자와 도망간다 해도 놀라지 않고 기꺼이 도와줄 친구 정도밖에. 놀랍도록 두터운 우의로구나, 린!'

균형을 잃고 기울어지는 그녀의 팔을 린이 얼른 붙잡았다.

그대로 안기고 싶은 욕망을 간신히 억제하며, 산은 있는 힘껏 그를 떠밀었다.

"네 도움 같은 건 필요하지 않아. 차라리 내가 죽게 내버려 둬!"

파르라니 독이 오른 눈으로 그를 쏘아보며 산이 한 걸음 한 걸음 뒤로 물러섰다. 다가서려고 그가 발을 떼자 그녀가 날카롭게 외쳤다.

"쫓아오지 마, 왕린! 쫓아오면 오늘 밤이라도 죽을 테니까!"

그녀는 얼음처럼 굳어 빳빳해진 린에게서 홱 뒤돌아서 무섭게 질주했다. 풀어헤친 머리와 헐렁한 두루마기가 깃발처럼 흔들리며 그에게서 멀어져 갔다. 이윽고 달빛이 미치지 않는 숲 속으로 들어간 그녀는 완전히 어둠에 묻혀 버렸다.

6

혼담 婚談

왕이 술잔을 탕 내려놓았다. 환관 최세연이 얼른 다가와 부랴부랴 잔을 채웠다. 크윽, 불콰해진 왕이 환관을 노려보니 그가 히죽 웃는다. 어인 일로 노화를 내시는지요? 태연자약하게 묻는 듯한 그는, 키가 작고 어깨가 무척 좁아 왜소했는데 머리가 유난히 커 다소 우스꽝스러웠다. 그러나 밋밋한 얼굴 한가운데 몰려 쥐처럼 교활하게 반짝이는 눈동자가 보통내기가 아님을 증명하고 있었다. 왕과 눈을 마주치고서도 두려운 기색이 조금도 없이 오히려 히죽거리는 그를 보고 왕도 따라 히죽 웃었다.

"다시 와서 좋으니?"

최세연이 좁은 어깨를 한껏 움츠렸다. 그의 주름진 얼굴에 여유가 넘쳤다.

"물론입니다, 마마. 낮밤으로 늘 주군만 그리며 살았더이다."

큭, 왕이 조소를 흘렸다.

"네 혀가 닳도록 핥을 수 있는 사람도 나뿐이란다. 또 쫓겨나 섬에서 낚시나 하지 않으려거든 부디 세자 앞에서 조심하렴. 다음번은 유배로 끝나지 않을지도 모르니까."

"소인은 마마의 신臣이올시다. 마마의, 마마만의."

"그래그래, 그래서 세자가 입조하기 무섭게 널 다시 데려다 앉히지 않았니. 원이 돌아오면 널 보자마자 달려오겠지? 저 뱀 같은 놈이 왜 또 궁에 똬리 틀고 있나요, 아바마마? 그렇게. 내가 저놈을 쫓아냈는데 도대체! 감히! 누가! 불러 들였나요? 그렇게."

"고려 땅에서 왕 위에 설 자가 누가 있습니까? 전하께서 바로 왕이십니다."

"나도 알아!"

탕! 술이 어지러이 튀었다. 늙은 왕의 희끗한 수염이 파르르 떨렸다.

"내가 왕이지! 왕은 나야!"

환관이 잔을 채우며 어깨를 추어올렸다. 누가 뭐라나요? 하듯. 반대로 왕의 어깨는 축 처졌다. 빨리 흥분했던 만큼 그는 빨리 기세를 잃었다.

"그런데 그놈이 벌써 왕이나 된 것처럼 내 상전 노릇을 하려 들거든. 제 어미를 쏙 빼닮아서 말이지. 이제 혼인까지 했으니 다 컸다고 더 설치겠지."

"아직은 전하의 사람들로 궁이 채워져 있습니다. 동궁을 경계하시는 것이 마땅합니다만, 두려워하셔서는 안 됩니다. 전하는 황제의 부마이고 황실에서 서열도 높습니다."

"하지만 그놈은 황제의 외손자지. 이제까진 사근사근 웃었지만 곧 시퍼런 비수를 내 등에 꽂고 제가 왕이라 나설 거야. 난 알아! 그놈의 눈이 늘 말하거든. 난 아버지와는 전혀 다른 왕이 될 거요! 그렇게. 내가 왕이 되면 모든 걸 바꿔 놓겠소. 그렇게!"

"하지만 국왕의 자리는 그렇게 만만치 않지요."

흥! 콧물이 튀도록 왕이 콧바람을 뿜었다. 다시금 흥분이 발작처럼 일어나는 전조였다.

"만만치 않지, 만만치 않아! 그놈도 곧 알게 될 거야, 부용국의 왕이란 게 얼마나 초라한 존재인지! 머잖아 나처럼 황실의 부마가 되어, 그놈도 뼈저리게 느낄 거야, 아내를 모시고 살아야 하는 사내의 치욕을! 애송이! 이 자리를 어떻게 지켜 왔는지 눈곱만큼도 모르는 철부지! 원묘元廟*께서 국왕을 제 집 똥개처럼 갈아 치우는 놈들에게서 지켜 낸 자리다! 내가 수많은 고려인을 징발해 왜국의 앞바다에 수장시켜 가며 지킨 자리! 공녀며 해동청이며 말이며 금은까지 바칠 수 있는 온갖 것을 바쳐 보장받는 자리! 고려 국왕의 자리란 그런 거야, 이질 부카!"

흥분이 지나쳤는지 헉헉대며 탁자 위로 기울어지는 왕의 얼

---

* 원종元宗. 충렬왕의 부친.

굴이 흙빛으로 물들었다. 그는 자신이 더 이상 젊지 않으며 그 반대로 조락하여 쭈그러든 것을 새삼 느꼈다. 강화와 원나라, 개경을 오가며 고려를 지켰던 그의 한창 때는 허무하게 지나가 버린 것이다. 남은 것은 자괴감과 무력감, 노쇠한 육체뿐이다.

"다 부질없다, 세연아. 모든 것이 다 부질없구나……."

"전하, 전하! 정무에 너무 열중하시와 혼곤하신 것입니다. 조금 쉬시면 금세 기력을 되찾으시리라! 이럴 줄 알고 제가 준비한 것이 있습니다."

왕이 취한 눈을 게슴츠레 들었다. 쥐새끼처럼 반짝거리는 최세연의 눈에 자신감이 넘쳤다. 환관의 속셈을 읽은 듯 왕이 허허로이 웃었다.

"오늘 밤 네가 나를 여기 데려온 이유를 알겠구나. 김려가 유소의 처를 바치니 불안하던? 미안하지만 나는 이제 물렸단다. 너무 많이 먹었나 보다."

"그저 그런 음식이 아니올시다. 입에 짝짝 달라붙는 상찬입니다. 지친 용심을 위로하고자 특별히 마련한 진미올시다. 제 정성을 보시어 부디 맛나게 젓수소서."

"내게 맛난 반찬을 집어 주고 또 무얼 바라니? 땅이 더 필요하니, 노비가 아쉽니, 벼슬자리가 부족하니? 누가 자리 하나 달라던?"

"전하께서 맛나다 기꺼워하시면 그보다 큰 상이 없습니다."

왕이 또 헛웃음을 냈다. 좋아서, 즐거워서 웃는 게 아니다. 환관들의 경쟁이 치열할수록 그의 피로도가 급격히 올라갔다.

좀처럼 일어서지 않는 그의 남성이 밀려드는 상납에 더 위축되었던 것이다. 그렇지만 그는 너무나 충성스러운 환관들의 상납을 거절한 적이 없다. 몸이 시들수록 더욱 거세지는 욕망이 미녀들을 끊임없이 원했다.

"그래, 미식인지 악식인지 맛이나 한번 보자."

왕이 의자에 비스듬히 기대어 수염을 쓸었다. 최세연이 빠르게 물러가자, 덩그러니 혼자 남게 된 왕은 술을 한입에 털어 넣었다. 피곤한 몸에 술까지 잔뜩 마셨으니 그의 늘어진 중심이 제대로 일을 할 리 만무하다.

'벗겨 놓고 춤이나 추라고 해 볼까?'

몸이 느른하니 의자에서 미끄러져 내려왔다. 의자 끝에 엉덩이를 걸친 그는 거의 누운 형상이 되었다. 가만히 눈을 감자 문이 열렸다. 달라진 공기로 그는 누군가 들어선 것을 알았다. 기이하고 묘한 향기가 났다. 보통 맡아 왔던 달콤하고 싱그러운 냄새가 아니라 끈끈하고 야릇한 냄새, 피부를 달뜨게 하는 냄새, 사라졌다고 여겼던 욕구를 강하게 부활시키는 야성적인 냄새가 났다. 왕은 눈을 감은 채 코와 귀에 집중했다. 바닥을 가볍게 스치는 비단의 마찰음이 그에게로 천천히 다가오고 있었다. 더불어 그의 혈류를 빠르게 하는 냄새가 짙어졌다. 왕이 눈을 떴다. 오늘 밤 그의 먹을거리가 이제껏 보지 못했던 요상한 차림을 하고 서 있었다. 평범한 예상이 깨지면서, 차갑고 메말랐던 욕망의 샘이 꿈틀했다.

그녀는 입었으되 반쯤 벗은 거나 다름없었다. 위에서 아래로 길고도 잘게 쪼갠 하늘거리는 얇은 천이 팔랑대며 매끄러운 살결을 희끗희끗 드러냈다. 그것은 옷이라기보다 가느다란 허리띠에 달아 놓은 술들에 가까웠다. 왕은 시선이 여자의 몸을 위에서 아래로, 아래서 위로 빠르게 훑었다.

그리고 노인은 사르르 뜬 여인의 짙고 긴 눈에 사로잡혔다. 사내의 정기를 빨아들여 진액을 모두 삼켜 버릴 듯한 마물의 눈이었다. 끄응, 왕이 신음을 냈다. 여인이 설핏 입가를 말아 올리더니 들고 있던 그릇을 탁자에 내려놓았다.

"그것은……, 무엇이냐?"

왕이 느릿하니 물었다. 수백 명의 여인을 상대한 관록이 있는 만큼, 그는 흥분을 쉽게 드러내지 않았다. 그러나 옥부용은 발발 떨리는 왕의 회색 수염을 보았다.

"피로하여 굳은 몸을 풀어 줄 향유입니다."

길게 늘어지는 말투가 독특하고 야릇하다.

"내 몸이 신통치 않아서 그 짓을 제대로 못할까 봐 걱정한다는 말이렷다?"

왕이 이죽거렸다. 그에 옥부용은 은은히 미소하며 그릇에 푹 손을 담갔다.

"그 짓이 무엇인지, 소인은 알지 못합니다."

"뭐라고?"

"소인은 용체의 고단함을 덜어 드리러 왔을 뿐입니다."

여자가 향유를 잔뜩 바른 손을 치켜들었다. 왕은 자신도 모르게 가슴을 내밀었다.

"무슨 뜻이냐? 그저 주물러 주고만 가겠다, 이거냐?"

"시작은 그렇습니다."

왕의 눈이 커졌다. 이 여인의 시작은 그가 이제껏 품었던 여자들의 시작과는 너무나 달랐다! 마치 꿈속에 빠지듯, 노인은 이제껏 거닐어 본 적 없는 몽환적 세계를 천천히 산보하는 기이한 경험을 했다. 사실 음사에 관한 한, 왕도 꽤 조예가 깊었다. 영민했던 그는, 정치에서 쓰지 못하는 그 두뇌를 사냥과 여자에 적극 활용했다. 수많은 여자들과의 교접이 지루하게 반복되자, 잘 돌아가던 머리는 점점 독특하고 변태적인 만족을 원했다. 그러나 대부분 여인들은 조심스럽고 수동적이었다. 왕의 앞이라 더욱 그랬다. 그가 요구하는 음란한 놀이에 적극적으로 응해 주는 여자는 좀처럼 없었다. 그가 바라던 은밀한 행위들을 알아서 먼저, 에두르지 않고 실행한 여인은 이 여자가 처음이었다. 그의 욕망을 충실히 채워 주는 운명적인 동반자를 이제야 만난 것이다! 미숙한 십대 소년처럼 노인의 심장이 두근거렸다.

옥부용은 웃음을 잃지 않았다. 욕지기나는 속에서도 그녀는 웃었다. 입으로 못 웃으면 눈으로라도, 기쁘고 즐거워 못 견디겠다는 듯 연방 웃으며 그녀의 '일'을 했다.

'나리, 이 모든 것은 나리를 위해서입니다!'

처음부터 끝까지 그녀의 머릿속은 송인뿐이었다. 그녀와 닿은 모든 것이 송인의 것이라는 환상 속에서, 그녀는 무사히 절정으로 치달아 모든 것을 쏟아 내어 왕에게 봉사할 수 있었다. 마지막의 마지막까지, 그녀는 속으로 송인을 불렀다.

침상에 여자와 나란히 누운 왕은 만족감에 뿌듯했다. 이제까지의 삶은 전생이었고 비로소 현생의 삶을 시작하는 느낌이었다. 그의 어깻죽지 위에 머리를 얹은 여자를 보며, 왕은 오랜만에 마음의 평온이란 걸 맛보았다.

"진미였다, 세연의 말이 맞았어."

키들거리는 왕을 그녀가 가만히 올려다보자, 탁한 그의 눈동자가 음흉스레 빛났다.

"오늘 네 재주를 다 보였다고 생각하지 않는단다."

"더 보여 드리길 바라시는지요?"

"물론! 다 보여 주렴, 네가 할 수 있는 모든 것을."

"다 보여 드리면, 그다음엔 어떻게 합니까?"

"글쎄……, 어떻게 하면 좋을까? 처음부터 다시 보면?"

"전하와 제가 둘이서 놀이를 새로이 만들면 어떻겠습니까."

왕의 입이 길게 죽 찢어졌다.

"새로운 놀이라……. 그거 좋지."

"그럼, 소인이 전하의 곁에 아침까지 있을 수 있겠습니까?"

"아침이라고! 무슨 소리! 넌 내 옆을 떠날 수 없어! 내일도, 모레도, 다음 날도, 그다음 날도, 넌 내 옆에 있을 게다. 밤에, 낮에, 사냥 때마다, 넌 내 옆에 있을 것이야!"

"그럼 많은 놀이를 만들어야겠군요."

그녀의 끈적이는 목소리에 다시 달뜬 왕이 조르듯 물었다.

"너는 누구냐, 응? 도대체 넌 누구야?"

"아무도 아닙니다. 그저 전하를 하루 모신 광영을 누린 천한 궁인입니다."

"아니야, 넌 특별한 아이다. 누구에게도 비할 수 없는 특별한 아이야!"

아이처럼 그녀에게 매달린 왕이 애원조로 말했다.

"내 옆에 있어 다오."

"하지만 공주마마께서 아시면 저는 무사하지 못할 테지요."

"내 옆에 꼭 붙어 있으면 돼. 공주가 해코지할 시간도 없을 것이다. 네게 모든 걸 해 주마. 공주가 부럽지 않도록, 모든 것을, 모든 것을 다 주마!"

노인이 여인에게 엉겨 붙었다. 술과 흥분에 피로했던 그는 곧 기진해 쓰러지고 말았다. 쏟아지는 졸음을 눈에 머금고 왕이 중얼거렸다.

"이름이, 이름이 무엇이냐."

"그런 것은 없습니다. 그저 전하의 사람일 뿐⋯⋯."

"그럼 내가 이름을 주마. 너는⋯⋯, 누구와도 견줄 수 없으니 이름을 무비無比라 하자. 너는 이제, 무비니라⋯⋯."

왕의 머리가 이불 위에 툭 얹혔다. 옥부용은 잠든 왕을 곁눈으로 싸늘히 노려보았다. 사막처럼 비어 버린 그녀의 눈에서 눈물이 주르륵 흘렀다.

단은 고모인 정화궁주를 만나러 가는 길에 문득 멈춰 섰다.

인사라도 올리는 듯 나무 한 그루가 그녀에게 검은빛 가지를 길게 드리웠던 것이다. 아직 봄이라기엔 이른 철, 앙상한 가지에 잎눈이 오롯이 움터 기특했다. 이 생명이 파릇하니 돋아날 즈음이면 그이가 돌아오실 것인가? 대도에 간 남편을 그리는 그녀의 마음이 홀연 애잔하였다. 그녀는 손가락으로 허리춤에 엮인 금방울들을 스쳤다. 잘그락잘그락, 그녀를 행복하게 해 주는 소리가 났다. 세자가 황제에게 간 지금, 팔관회 밤의 기억만이 덩그러니 혼자 남은 궁에서 그녀가 기댈 수 있는 유일한 버팀목이다.

"저런 방자한 계집이! 감히 세자비마노라 존전에 고개를 빳빳이 세우고 지나치다니."

따르는 궁인의 분노 어린 혼잣말에 단이 시선을 돌렸다. 정화원貞和院으로 통하는 문 저편으로, 왕후 못지않은 차림의 한 여인이 예닐곱의 시녀들을 달고 지나갔다.

"누구인가요, 저 사람은?"

나직이 묻는 단에게 상궁이 내키지 않는 듯 주뻣주뼛 대답했다.

"……새로 들어온 궁인입니다."

"궁인이 저런 차림에 여관들을 수 명이나 거느리고 다니니, 무슨 일을 하는 궁인인가요?"

"직분은 따로 없고 주상전하의 시중을 든답니다. 몸뚱이 하나로 전각이며 재물을 하나 가득 하사받은 계집입니다. 어디에서 무얼 했는지 모르겠으나, 전하께서 밤낮으로 끼고 희롱하시며 잠시라도 없으면 허전하여 못 견디신다니, 잘난 몸뚱이로 이러저러한 일을 한 발칙하고 천한 계집이 틀림없습니다. 재주가 어찌나 요망한지, 저 계집의 전각에 소속된 여관들이 밤마다 들리는 망측한 소리에 놀라고 부끄러워 귀를 막고 잠을 못 이룬다 합니다."

"그만."

얼굴이 붉어진 단이 손을 들어 말렸다.

"전하께서 아끼시는 이를 두고 어찌 함부로 이러쿵저러쿵하시오. 성상께 불충일 뿐 아니라 악덕을 쌓는 일이 아닌가요."

"이제껏 전하를 모시던 여인들을 숱하게 보아 왔습니다. 그네들에 대해 입 한 번 놀린 일이 없는 저올시다만, 저 계집만은 꺼려집니다. 사내를 호리도록 타고난 계집입니다. 어떻게 암컷의 냄새를 풍기고 다니는지, 백관들이 곁눈질하고 환관들마저 침을 삼킨다고들 합니다. 오죽하면 기교가 남다르다 하여 전하께서 무비라는 이름을 내리셨을까요. 저런 것이 들어와 전하의 곁을 차지하고 있으니 공주마마께서 환궁하시면 반드시 파란이 일 것입니다……."

깊게 주름진 상궁의 미간에서 단은 희미하게 불길한 예감을 읽었다. 고개를 돌려 보니 여인은 이미 사라지고 미약한 사향 냄새가 바람에 묻어왔다. 정화궁에 들어가서도, 단은 여전히 꼭뒤에 달라붙은 듯한 냄새를 떨치지 못해 불쾌했다.

정화궁주는 창가에 기대어 회색빛 정원을 바라보고 있었다. 세월의 흔적과 마음의 병으로 초췌한 왕비가 아까 본 젊은 여인과 너무나 대비되어 단은 가슴이 아팠다.

"고모님."

단이 조용히 부르자 늙은 궁주가 천천히 돌아보았다.

"세자비께서 갇힌 늙은이를 보러 와 주셨구려."

"아직 날이 춥습니다. 제가 창을 닫겠습니다."

"날이 아무리 추워도 내 마음보다 차가울 수는 없다오."

"고모님."

안타까움에 단은 목이 메었다. 예전의 미모가 아직 남아 있는 궁주에겐 왕의 새로운 총첩에게서 볼 수 없는 기품이 서려 있다. 조카의 젖어 드는 눈을 본 궁주가 웃으며 손수 창을 닫았다.

"그렇게 불러 주니 좋소. 궁에 일가붙이가 있구나 생각하니 기운이 납니다."

"그럼 제 기운도 돋워 주십시오. 그냥 전처럼 단이라고 불러 주세요."

궁주의 입가에 팬 주름이 더욱 깊어졌다.

"단아."

대답 대신 단이 예쁘게 미소했다. 정화궁주는 그녀의 작은 손을 잡아 만족스레 두드리며 탁자로 이끌어 앉혔다. 묵묵히 그녀를 관찰하던 궁주가 조용히 말했다.

"나는 네가 궁에 들어오지 않았으면 했단다."

왜요? 단이 커다란 눈을 들었다.

"결국 나와 같이 될 테니까."

"고모님, 제가 선택한 것이 아닙니다. 저하께서 선택하신 거예요."

"너는 그 선택을 마음에 들어 했지? 그렇지?"

"……저하를, 믿습니다."

한숨처럼 궁주의 입에서 웃음이 새어 나왔다. 그녀의 눈에 안쓰러움이 가득했다.

"무얼 믿는다는 말이니? 세자의 마음을? 공녀로 가는 널 빼내 아내로 삼을 정도니 평생 그 마음이 변치 않으리라 믿는다는 말이니? 아가, 전하도 그러셨단다. 언제까지고 나만 사랑할 거라고 입버릇처럼 말씀하셨지."

"고모님께서 염려하시는 일이란, 저하께서 황실의 공주와 혼인을 하게 되면 제가 밀려난다는 것이겠지요? 그래서 저하의 마음과는 상관없이 저도 음해를 받으며 냉궁에 유폐되고 저하를 두 번 다시 만날 수 없는 처지가 되리라고 말씀하시는 거지요? 그래도 좋습니다. 전 지금 저하의 아내예요."

"그걸로 족하다고?"

"저하께서 아내로 삼아 주신 것만으로도 전 평생을 버틸 수 있어요."

"단아, 아아, 단아! 너는 정말 아직 어리구나."

궁주가 고개를 세게 흔들었다.

"지금은 남편 품에 안긴 사람이 너 혼자니 그런 소리가 나오는 거란다. 네 남편이 다른 여자를 침상에 끌어들이면 내가 무슨 말을 하는지 알게 될 거야. 두 번 다시 만나지 못하는 괴로움만 있는 게 아니란 걸! 네 남편이 네게 그랬듯 다른 여자를 안을 거란 말이다. 네게 사랑한다 말하던 입술로 그 여자들의 입을 맞추고 널 어루만졌던 손으로 그 여자들을 희롱한다는 말이다. 네가 외로운 밤을 뜬눈으로 지새우더라도 네 남편은 그 여자들의 젖가슴을 베개 삼아 편안하게 잔단 말이다. 그리고 그 여자들을 너는 걸핏하면 만나게 되지……."

노인의 말이 하도 노골적이라, 단의 얼굴이 붉어졌다가 창백해졌다가 다시 붉게 달아올랐다. 민망한 가운데서도 단은 설핏 웃었다. 고모의 걱정을 비웃는 것이 아니었다. 고모는 너무 앞서 나갔던 것이다. 하긴 눈앞의 조카가 아직 처녀의 몸이란 걸 노인이 어떻게 짐작이나 할 수 있으랴! 사랑한다 말하던 입술? 입을 맞추고 손으로 더듬어 희롱해? 젖가슴을 베개 삼아? 그녀에게조차 아직 손가락 하나 대지 않은 그가 어떻게 다른 여자에게 그런 짓을 할 수 있겠는가? 그녀가 순진한 만큼 남편도 아직 남녀 간의 은밀한 일에 서툰 소년인 것을. 단이 확고한 어조로 말했다.

"저하는 다릅니다."

"다르다고? 맙소사! 사내란 모두 똑같은 거야. 네 어머니가 아무 말도 않더란 말이냐?"

자신감 충만한 조카의 눈동자에 궁주가 기가 막혀 그만 웃음을 터뜨렸다. 고모의 말이 무엇을 의미하는지 단도 안다. 사내는 참을성이 없어 사랑하는 여인이 있어도 다른 여자에게 손을 내미는 동물이라고 이미 들은 바 있다. 그러나 그녀의 사내는 다르다. 사랑하는 여인에게도 참을성을 발휘할 수 있는, 드문 사내인 것이다.

'누이는 아직 어리니 서둘지 않겠어.'

동뢰同牢* 후, 그녀의 옷을 벗기는 대신 원이 단의 귀에 대고 나직하니 속삭였었다. 엄청난 긴장감 속에 혼례를 치렀던 단은 남편의 그런 유별난 배려 속에 첫날밤 푹 잘 수 있었다. 물론 그녀가 기대하지 않았던 것은 아니었다. 허리에 금방울을 달아 주기 위해 손가락으로 스치는 정도가 아니라 훨씬 은밀하고, 달콤하고, 강렬한 무언가가 있으리라 생각했기에 아쉽고 허탈했다. 오늘이 아니면 다음 날, 다음 날이 아니면 그다음 날이라도 그 '무엇'이 있으리라고 그녀는 두근댔지만 남편은 꿋꿋이 인내했다. 그런 남편과 뭇 사내를 비교할 수는 없는 일이다, 비교할 상대가 지존의 임금이라 해도! 단은 고모를 보며 단호히 고개를 저었다.

"그분은 달라요, 고모님."

궁주가 그녀의 뺨을 가만히 쓸었다.

"시간이 지나면 내가 한 말을 알게 될 거다. 나도 전하를 믿었었지. 어쩔 수 없이 공주와 결혼했지만 여전히 내 사람이라고, 그 마음이 내게 있으리라고 믿었었지. 사실 그분은 그러셨단다. 공주가 딸이나 다름없이 어렸지만 그분의 마음을 잡고 있는 건 공주가 아니라 나였어. 물론 젊은 여자와 한방에 있는데 아무 짓도 안 하고 그냥 잘 수는 없지. 그래서 그 해에 공주

---

* 혼례 후 부부가 음식을 같이 먹는 절차.

가 원자를 생산했지만 그건 충분히 이해할 수 있었어⋯⋯. 그
분은 내게 미안해하셨지만 나는 정말 괜찮았단다. 그래서 내가
나서서 축하 잔치를 열었지. 공주를 위해서가 아니라 그분을
위해서 말이다. 다른 여자에게서 아이를 낳았지만 그것도 기쁘
게 받아들이겠어요, 전하를 사랑하니까요! 그런 뜻이었지⋯⋯.
그 철딱서니 없던 공주가 망쳐 놓지만 않았어도! 그날 일을 알
고 있니, 단아? 정말 끔찍했단다."

단은 물론 여러 차례 들어 알고 있었으나 아무 말도 하지 않
았다. 고모가 이 이야기를 꺼낼 때는 막을 도리가 없다는 것을
그녀는 경험으로 알고 있었다. 보통 나이든 여자가 그렇듯 정
화궁주도 수십 번 되풀이했던 과거의 기억을 마치 처음 말해
주듯 세세히 늘어놓곤 했다. 지금도 궁주는 자신의 이야기에
빠져 왜 이 이야기가 시작되었는지 잊고 있었다.

"별것도 아니었는데! 동상東廂*에 편 자리가 정침正寢**만 못
하다고 전하께서 지나가듯 말씀하신 게 사달의 시작이지. 동
상에 평상을 놓고 공주의 자리를 마련한 건 순전히 공주를 위
해서인 것을, 그 어린것이 뭣도 모르고 날뛰는 바람에⋯⋯. 옆
에 있던 사속인의 입이 방정이었다. 평상에 자리를 마련한 게
공주를 나와 동등하게 취급하는 거라나? 세상에! 그 한마디에
불같이 성을 내더니 서상西廂에 가서 앉아 나를 꿇어앉게 만들

---

* 전각의 동쪽 곁채.

** 몸채의 방.

었단다. 아무리 황상의 딸이라 해도, 나 역시 고려의 왕비인데 말이다. 내가 그 수모를 받는데 전하라고 편하실까, 말씀은 않으셔도 용안이 어두우셨지. 그걸 눈치 채고 그 어린것이 강샘을 부리지 뭐겠니? 원자 생산을 경하한다고 내가 술을 올리는데 갑자기 눈알을 희게 뜨더니 전하께 달려들지 않겠니? '왜 날 흘겨보나요? 궁주가 꿇어앉아서요?' 깜찍하게 대들더니 '이 잔치는 끝났어요!' 하며 저 혼자 분에 겨워 자리에서 내려가더구나! '내 아기한테 가겠어요, 우리 원자한테!' 소리 지르며 울고불고, 난리도 그런 난리가 없었지. 공주의 유모가 말리지 않았으면 그 자리에서 상국으로 돌아갈 기세였단다. 고작 열여섯 살짜리가 그 소란을 피워도 난 꿇어앉아 용서를 빌어야 했으니, 20년이 다 되어 가도 생생하니 노엽구나! 그 이후로 나를 그토록 미워하더니, 무당과 짜고 저를 죽이려 저주한다며 이렇듯 별궁에 십수 년을 가둬 두는구나!"

그날의 기억을 씹고 또 씹었던 정화궁주의 콧날이 새삼 시큰해 왔다. 분노로 바르르 떠는 노인의 주름진 입가에 처연하니 미소가 떠올랐다.

"하지만 공주는 알고 있단다. 사람들이 누굴 진짜 고려왕의 정비로 여기는지. 그래서 내 작호를 빼앗고 정신부주로 낮추어도 모두 나를 여전히 궁주님이라 부르는 거지⋯⋯. 그 여자는 알고 있어. 그렇지 않으면 전하 옆의 여자들은 내버려둔 채 유독 내게만 모질게 굴 리가 없잖니. 그렇지 않니, 단아?"

단은 고모와 눈을 마주치지 않기 위해 탁자의 비단 무늬만 줄곧 내려다보았다. 그녀는 이 이야기가 불편했다. 하지만 그녀가 불편해하는 것을 안다면 고모는 얼마나 서운하겠는가? 잠자코 있으면 긍정의 표현이라고 궁주가 마음대로 해석해 줄 것이다. 단이 보고 있던 비단 무늬가 갑자기 일그러졌다. 정화궁주가 천을 와락 움켜쥐었던 것이다.

"그런데 전하는 말이다! 그날 나를 안쓰러워하시던 전하는 어떻게 되신 것이냔 말이다, 단아. 내가 여기서 꼼짝 못하는데, 유부녀, 기녀, 궁녀 가리지 않고 탐하시니. 처음엔 마음 둘 곳이 없어 그러시는구나, 안타깝고 가엾었는데……. 지금은 달리 생각되는구나. 그분은 나를 잊었어."

"그렇지 않습니다. 고모님 말씀대로 마음이 허하시어 간신들이 바치는 대로 여인들을 받아들이시는 것뿐입니다."

"넌 듣지 못했느냐, 새로 들어온 궁녀에 대해서?"

"……무비란 아이 말씀이신지요."

"과연 이번 아이는 다르구나! 궁 안의 숙덕임에 귀 막은 세자비까지 알고 있다니."

"아는 바 없습니다. 그 사람도 금세 잊힐 것이니, 고모님께선 마음 쓰지 마시지요."

"아니야, 아니란다!"

늙은 궁주가 고개를 후드득 흔들었다.

"사람들이 보는 앞에서도 그 계집을 핥고 빨아 댄다지만, 그 때문에 그리 생각하는 건 아니란다. 전하께서 말씀하시길 '이제껏 살아온 것은 바로 무비를 만나기 위해서였다!' 그러셨다는구나. 그분이 누구냐, 단아? 왕이야, 왕! 왕실을 위해서도, 백성을 위해서도, 고려를 위해서도 아니고 그까짓 계집 하나에 살아온 의미를 몽땅 둘 수 있는 사람이 아니란 말이다. 그런데 그분은 그러셨어! 40여 년 부부로 살아온 나도 아니고, 그를 왕으로 만들어 준 원성공주도 아닌, 몸이나 팔던 천한 계집을 두고…… . 이 춥고 외로운 별궁에서 그분만 생각해 온 나는, 도대체 무엇 때문에 이제껏 살아온 것이냐. 무엇 때문에, 응? 단아……."

맹맹하니 잠겨 드는 넋두리를 듣는 단은 뭐라 할 말이 없었다.

"고모님, 그 무비라는 궁인 때문에 부르신 거라면 저는 할 수 있는 일이 없습니다."

"아니, 그 계집 때문이 아니다."

궁주의 시들하던 눈빛이 별안간 소생하여 단을 놀라게 했다.

"네 어머니가 긴히 의논할 일이 있다고 날 만나길 소망했단다. 네게 말하기 전에 내 말을 듣고 싶다고 했지만, 내가 다 함께 의논하자고 널 부른 거지."

"어머니께서요? 무슨 의논입니까?"

"오면 말한다더구나. 제안공과 정녕원비도 불렀다."

단은 활기를 띤 궁주의 얼굴에서 오랜만에 웃어른 노릇을 한다는 자부심을 읽었다. 마침 그녀의 어머니와 셋째 오빠가 방으로 안내되어 들어섰다.

"세자비마노라!"

서원후비 황보씨가 놀라면서도 기쁘게 딸의 손을 잡았다.

궁에 들어오고 처음으로 어머니를 본 딸은 목이 메었다. 궁 안에 홀로 남은 외로움과 이유를 알 수 없는 설움이 어머니와 마주하자 북받쳐 올랐던 것이다. 단은 금세라도 흘러나올 것 같은 눈물을 참으며 어머니를 안고 그리운 냄새를 맡았다. 여러 번 눈을 깜빡여 눈물을 도로 밀어 넣은 그녀는 어머니의 품에서 빠져나오며 걱정스레 물었다.

"집에 무슨 일이 있습니까?"

황보씨가 딸만큼 겁 많고 눈물 많은 커다란 눈을 깜빡이며 어색하게 웃었다.

"좋은 일인지 아닌지 알 수가 없어서 궁주님을 찾아왔습니다. 세자비마노라께도 곧 말씀드리려고 했답니다."

무슨 일인지 조급히 물어보고픈 단을 자제시켜 준 것은 제안공 부부가 도착했다는 전갈이었다. 단은, 제안공과 정녕원비가 들어와 정화궁주며 황보씨며 린과 차례대로 인사하고 안부를 묻고 둘러앉아 향기로운 차를 음미하며 몇 가지 잡담을 나눌 때까지 참을성 있게 기다려야 했다.

"자, 그럼 이제 긴한 의논을 나누어 보세."

이윽고 궁주가 본론으로 화제를 틀었다. 모두의 눈이 쏠린 가운데 황보씨가 말을 꺼냈다.

"전에게 혼담이 들어왔습니다."

"그럴 나이가 됐지. 왕경에서 제일가는 미남을 남편으로 맞을 운 좋은 처녀가 과연 누구요? 아마 대단한 집 여식이겠지?"

궁주가 얼굴을 활짝 폈다. 혼사 같은 일이야말로 가문에서 자신의 존재를 확인할 수 있는 적절한 일거리다. 반면 황보씨는 미간을 좁혔다.

"그것이……, 종실 영인백의 외동딸입니다."

"얼굴에 자상이 깊게 났다는 아이?"

정녕원비가 대뜸 물었다. 고개를 끄덕이는 황보씨는 난감해 보였다. 원비가 언성을 높였다.

"전이 무엇이 모자라 그 아이를 받아요. 재물이 좀 많다고 영인백이 기고만장했군요?"

"그 아이와 혼인하고 싶다고, 전이 제게 말했습니다."

황보씨의 말에 원비가 입을 다물었다. 모두 잠시 말이 없었다. 침묵을 깬 사람은 제안공이었다.

"얼굴에 흠이 있다는 소문이 거짓이라는 말도 있습니다. 공녀로 차출되는 것을 막기 위해서 말이지요."

"그 집 여식의 문제가 아니지. 그 아비가 어떤 작자인지 개경에서 모르는 사람이 있는가."

정화궁주도 고개를 흔들었다.

"종실이라 해도 왕실과 가까운 겨레붙이가 아니고 오로지 상납으로 작위까지 받은 자인데……. 서원후는 뭐라고 하오? 본래 영인백 같은 인물을 몹시 미워하는 성품인데."

"금혼에 묶인 처녀지만 성상께서 윤허하시겠다고 전에게 은밀히 말씀하셨답니다. 전하의 뜻을 거역할 수 있겠는가. 그렇게만 말하더이다."

"전하께서 왜 나서셨을꼬?"

황보씨의 설명에 궁주가 더 알 수 없다는 표정으로 갸웃했다. 원비가 또 나섰다.

"재물로 봉작을 받은 자가 재물을 쓰는 일 말고 뭘 하겠습니까. 듣자니 지난번 세자비께서 공녀로 선발되셨을 적 원래는 그 처녀가 뽑혔다면서요. 다시 공녀로 보내질까 무서워 영인백이 혼인을 비밀스레 밀어붙이는 것입니다. 원성공주가 세자와 함께 입조했으니 지금이 적기일 테고요."

"전하께서 윤허하신다면 그것으로 끝이 아닙니까."

가만히 듣고만 있던 단이 조용히 말하자 그녀의 어머니가 불편한 표정을 감추지 않았다.

"하지만 영인백의 딸을 맞아들이면 우리가 그 집 가산에 눈이 어두워 전을 팔았다고들 수군거릴 것입니다. 이는 궁주님께도 누를 끼치는 것이고."

"전 오라버니가 원한다면서요? 당사자가 바라는 일인데 가문의 명예를 지키기 위해 오라버니의 마음을 저버릴 순 없지 않은지요. 안 그런가요, 린 오라버니?"

단이 동의를 구하듯 셋째 오빠를 보았다. 말없이 입을 꾹 다물고 있는 오빠는 매우 창백했다. 원비가 단의 시선을 좇아 린을 보았다.

"네 형이 그 집 여식에게 왜 매달리는 것인지 아느냐? 혹 왕실보다 더 가진 게 많다는 가산 때문이냐?"

"린도 지금 막 들어 놀란 모양이에요. 이 얘기는 서원후와 저, 전만이 나눈 터라 아직 익양후 내외도 모릅니다."

묵묵히 앉아 있는 아들의 무례를 변호하기 위해 어머니가 나섰다. 원비가 답답한 듯 짜증을 냈다.

"제가 전하께 그 집 여식의 금혼을 풀지 마시라 하겠습니다! 전이 정말 그 처녀가 마음에 들어서라면 몰라도, 재물에 눈이 어두워 남들의 비웃음을 산다면 가만있을 수 없는 일 아닙니까! 전이 그 처녀를 한 번이라도 봤답니까?"

"그건 아닌 듯합니다……. 그 처녀의 자상이 소문인지 사실인지 전도 확실히 알지 못하는 것 같으니까요……."

며느릿감이 탐탁지는 않지만 아들이 비난당하는 것도 싫은 서원후비가 어물어물 말을 흐렸다. 그녀를 도와주기 위해 제안공이 슬쩍 나섰다.

"그 처녀에 대한 다른 소문도 있어요. 시전 뒷골목의 빈민들에게 빈번히 음식과 옷가지를 나눠 주며 고아들과 노인들을 거둬 보살핀답니다. 개경 빈민들 사이엔 영인백의 외동딸이 바로 미륵자존彌勒慈尊이란 말이 있을 정도입니다. 아마 린이 더 잘 알지 않나 싶습니다만. 그 소문을 확인해 본 적이 있느냐, 린?"

"……사실입니다. 빈민 구휼에 매우 적극적입니다."

린이 무거운 입을 열어 간단히 대답하고 다시 다물어 버렸다. 다른 생각에 골몰하는 듯, 그의 눈이 공허했다. 계속해서 결론이 나지 않는 논의가 이어지는 동안에도 그는 전혀 귀담아 듣는 것 같지 않았다. 가장 지위가 낮은 그가 토론에 무성의하게 일관하는 것은 대단한 무례겠지만, 여인들이 다투어 자기주장을 펴는 속에서는 그렇게 문제되지 않는 법. 둘째 오빠의 뜻을 존중해 주자는 세자비와 며느릿감을 꺼리는 어른들 사이에서 이야기는 계속 같은 자리를 맴돌고 있었다. 지루한 시간이 흘러가고 결국 그들은, 당사자가 원하고 임금이 도와주며 서원 후가 이미 항복한 만큼, 자신들이 할 수 있는 일이 없다는 사실만 깨달았다.

"그럼……."

정화궁주가 윗사람으로서 마무리를 짓고자 말했다.

"……그 여식을 한번 직접 만나 보면 어떨까 싶은데."

"저는 왠지……."

황보씨가 망설이자 아직 기운이 남아 있던 정녕원비가 나섰다.

"그럼 제가 만나 볼까요?"

"제가 만나겠습니다."

원비의 말이 채 끝나기도 전에 이번엔 단이 잘라 말했다. 그녀의 말투가 워낙 단호하여 원비가 찔끔할 정도였다.

'전 오라버니의 사랑을 지켜 줄 사람이 나 외엔 없으니!'

사랑이란 걸 알고 있고, 또 하고 있는 단은 사명감에 불타올랐다. 둘째 오빠와 그의 연인을 기필코 지켜 줄 참이었다.

"그렇게 하지요. 처녀가 괜찮다면 아비가 허물이 있더라도 너그러이 받아들입시다. 집안보다는 사람을 맞아들인다는 생각으로 말이오."

정화궁주의 말로 논의는 싱겁게 끝났다. 다음은 궁주가 이미 단에게 쏟았던 넋두리를 반복하는 것으로 이어졌다. 이미 들어 신물이 난 단은, 그 넋두리를 그녀보다 수십 배나 더 들었을 어머니나 정녕원비가 진심으로 맞장구치는 것을 보고 경이로워했다. 궁주가 냉궁에 유폐된 시절에 함께 고초를 겪었던 제안공까지 가세하자 그녀는 두통마저 느꼈다. 문득 셋째 오빠를 보니, 그가 드러나지 않게 아주 약한 눈짓을 보내고 있었다. 단의 눈이 동그래졌다.

'내게 할 말이 있어요?'

그녀가 눈썹을 살짝 실룩여 물었다. 린이 눈을 한 번 깜빡였다. 그녀에게만 하고 싶은 말이 있다는 뜻이 분명했다.

'전 오라버니의 편을 한 번도 들어주지 않았으면서! 린 오라버니도 이 혼사를 마음에 들어 하지 않는 게 틀림없어. 하지만 무슨 말을 하더라도 난 넘어가지 않을 거니까!'

단은 마음을 굳혔다. 이윽고 모든 얘기가 끝나 각자의 집으로 흩어질 시간이 되자, 그녀는 세자가 셋째 오빠에게 전해 달라고 한 것이 있다며 린을 데리고 자신의 전각으로 갔다.

"전 오라버니의 혼사에 대해서라면 듣고 싶지 않습니다."

자리에 앉자마자 단이 못을 박았다. 린이 미처 자리에 앉지도 않은 참이었다. 린은 선 채로 의자를 만지작거리며 입술을 지그시 물었다. 늘 빈틈없어 보이던 오빠의 입을 막은 것에, 단은 조금 통쾌한 기분이 들었다. 그러나 사랑하는 오빠를 오랫동안 당혹스럽게 하고 싶지 않은 그녀는 이내 가볍게 책망하듯 물었다.

"오라버니도 전 오라버니의 이번 혼담이 못마땅합니까?"

"저는……."

린이 말문을 열 듯하다가 다시 다물고 입 안 연한 속살을 잘근잘근 씹었다. 이렇게 망설이는 오빠를 본 적 없는 누이동생이 한숨을 쉬었다.

"오라버니는 전 오라버니와 늘 부딪쳤지요. 저하에 대해 전 오라버니가 어떻게 생각하는지 저도 잘 압니다. 그래서 사실 마음속으로 늘 전 오라버니보다는 오라버니를 편들곤 했습니다. 하지만 이번은 그럴 수 없어요. 혼인하고 싶은 처녀가 있다는데 가족이 막는 것은 너무 잔인한 일입니다. 만일 오라버니가 연모하는 이와 혼인하고자 하는데 가문에서 막는다면, 그때 저는 오라버니의 편을 들고 기꺼이 도울 거예요. 그러니……."

"형님이 추진하는 이번 혼사는 연모와 관계가 없습니다."

린이 뱉듯이 말하고 누이에게서 몸을 확 돌렸다. 그는 몹시 초조한 모습으로 서성이기 시작했다. 누이를 외면하며 그가 빠르게 말을 이었다.

"저는 이 혼담에 대해 할 말이 없습니다. 하지만 제가 이 혼사를 반대한다면 그건 비마노라와 같은 생각이기 때문일 겁니다. 형님은 물론 그 처녀도 서로에 대해 연모의 감정이라곤 전혀 없으니까요."

"그게 무슨 말씀이세요?"

단이 눈썹을 치켜뜨며 이마에 주름을 잡았다.

"오라버니가 전 오라버니와 그 처녀의 마음속을 어떻게 아십니까?"

"어떻게 아느냐는 중요하지 않습니다. 그저 이 혼사가 비마노라께서 생각하시는 것처럼 아름다운 감정에서 비롯된 것이 아니라는 겁니다."

"그건 아무도 모르는 거예요! 저에 대한 저하의 마음도 오라버니는 모르지 않았습니까? 저하의 옆을 늘 지키고 있던 오라버니가 말이에요."

항변하는 그녀의 얼굴이 살짝 붉어졌다. 그러나 린은 누이의 수줍음을 살필 겨를도 없이 바싹 말라 오는 입술을 혀로 축였다. 더 이상 에둘러 말할 여유가 없었다.

"말씀드렸지만 이 혼담에 대해 제가 왈가왈부할 무엇도 없습니다. 그저 비마노라께 부탁을 하나 드리고 싶을 뿐입니다."

"부탁이라니요?"

"영인백의 딸을 만나실 때 제가 그녀와 둘이 이야기할 수 있도록 해 주십시오."

"뭐라고요?"

단의 입이 절로 딱 벌어졌다. 당연하게도 그녀는 귀를 의심했다. 그러나 린은 누이의 눈을 들여다보며, 나직하면서도 똑똑히 되풀이해 주었다.

"저와 영인백의 딸을 만나게 해 주십시오."

방 안에 침묵이 길었다. 남매는 눈싸움이라도 하듯 말없이 서로를 보았다. 먼저 말을 한 사람은 누이 쪽이었다.

"앉으세요, 오라버니."

손짓까지 하여 오빠를 맞은편에 앉히며 그녀는 미심쩍은 표정을 감추지 않고 말했다.

"그 부탁, 이유를 말씀하시지 않으면 들어 드릴 수 없습니다."

"이 혼사를 밀어붙이면 그 처녀는 필시 자결을 할 겁니다. 한시라도 빨리 그녀를 만나 의논해야 합니다. 그녀를 죽게 내버려둘 수가 없습니다."

"잠깐만요! 도무지 알아들을 수가 없네요. 왜 그녀가 자결을 하죠? 또 왜 오라버니가 그녀를 도와야 하고요? 모두 말씀해 주세요, 제가 이해할 수 있도록 말예요!"

"……지난 팔관회 대회일 밤에, 저와 저하와 함께 있었던 여인을 기억하십니까?"

단은 머리칼이 쭈뼛 서는 느낌이 들었다. 기억 못 할 리가 없다. 그 여자가 아니었다면 그날의 추억이 생겨나지도 않았을 테니까. 왜 갑자기 그 여인에 대해 말을 꺼내는 것일까? 머릿속에 즉시 질문이 떠올랐지만 대답은 이미 궁금하지 않았다.

"저하께서, 저하와 오라버니의 절친한 벗이라 하셨습니다. 그 여인이 바로 영인백의 여식인 것입니까?"

"예."

"자상은, 원래부터 없었군요."

"제안공의 말대로 공녀 차출을 기피하고자 영인백이 꾸민 거짓 소문입니다."

"그 아가씨가 자결한다는 건……, 그만큼 이 혼인을 거부한다는 뜻인가요?"

"그렇습니다."

"오라버니는 방금 전에야 이 혼인에 대해 알았습니다. 그런데 어떻게……."

"대회일 그날, 그녀가 말했습니다. 억지로 혼인하게 되면 도망갈 거고, 도망치지 못한다면 자결하겠다고 말입니다. 그 상대가 누구인지 오늘 알게 되었죠."

"그 아가씨가 진짜 그렇게까지 할지는 아무도 몰라요."

"저는 그녀에 대해 잘 압니다. 허세를 부리는 게 아니었습니다. 불행한 일이 생기기 전에 도와야 합니다. 그리고 도울 수 있는 사람은 저뿐입니다."

"돕다니, 어떻게요? 정말 도망이라도 치게 말인가요?"

"그 방법밖에 없다면, 예, 그럴 겁니다. 하지만 일단은 그녀와 만나서 이야기를 해야 합니다. 팔관회 이후로 전혀 만날 수가 없습니다. 비께서 도와주십시오, 제발."

단은 놀란 눈으로 오빠를 응시했다. 이렇게 불안정하고 초조한 오빠를 본 적이 없다. 그러나 전혀 낯설지도 않다. 팔관회 그날, 그 여자가 괴한들에게 끌려갔다는 말을 듣고 피부처럼 달고 다니던 침착성을 잃고 허둥대던 그 모습과 겹쳐 보였다. 아아! 불현듯 깨달은 그녀가 어머니처럼 자애로운 얼굴로 물었다.

"그 아가씨, 오라버니께 매우 특별한 사람입니까?"

"……들으신 대로 그저 벗입니다."

그녀를 바라보던 오빠의 눈동자가 흔들렸다. 시선을 피하는 오빠의 곤혹스런 표정만으로도 단은 대답을 얻었다. 가슴에서 새로운 열정과 사명감이 불처럼 일었다. 사랑하는 여인이 형의 혼약자라니! 혼인을 강요당한 여인은 차라리 죽겠다고 호소하고, 사랑에 빠진 사내는 도저히 두고 볼 수 없어 그녀를 빼내 혼사를 파기시키려 한다! 얼마나 자극적인가! 단은 셋째 오빠의 사랑에 도취되어, 영인백의 딸과 셋째 오빠가 서로 좋아하는 사이라고 혼자 단정해 버렸다. 가슴속에 퐁퐁 솟아오르는 동정심과 애틋함, 사랑스러움이 뒤섞여 대단히 흥분한 단은 이 혼사를 밀어붙이려는 사람 역시 자신의 오빠라는 사실조차 잊었다.

"알겠어요. 그 아가씨와 단둘이 만나게 해 드리겠습니다."

"감사합니다, 마노라."

린의 얼굴에 안도의 빛이 스쳤다. 그것이 단의 가슴을 더욱 안타깝게 흔들었다. 오빠를 보내고 나서도, 그녀는 좀체 가라앉지 않는 흥분에 가만히 앉아 있기가 힘들었다.

'다른 사람도 아니고 린 오라버니가!'

세자와 관련된 일이 아니면 지나치리만큼 무심해 보였던 얼음 같은 오빠에게도 누군가를 사랑하는 뜨거운 심장이 있다는 사실이 순진한 소녀를 감동시켰다.

'저하께서 이 일을 아신다면……'

그녀는 벅차오르는 가슴을 주체하지 못하고 창을 활짝 열어젖혔다. 남편이 안다면, 지금 그녀가 결심했듯 힘겨운 사랑에 고통스러울 두 남녀를 위해 적극적으로 나설 것이다. 어쩌면 비밀스런 만남을 주선하는 것으로 그치지 않고 함께 도주할 수 있도록 힘쓸지도 모른다. 그렇다면 나도 그렇게 해야지! 단은 방 안에 휘몰아치는 차가운 바람에 달아오른 뺨을 식혔다. 자신의 사랑이 아닌 다른 이의 감정에도 이렇게 동요할 수 있다는 것에 새삼 놀란 단은, 이 놀라움을 그녀의 남편과 나누고 싶었다. 지금, 당장.

　대도. 선대 카안들의 수도 카라코룸[哈剌和林]을 떠나 그가 즉위했던 상도上都를 여름 수도로 삼은 쿠빌라이 카안은, 겨울 수도 겸 자신만의 도시, 대도를 건설했다. 예전 연燕나라의 수도였기에 연경燕京이라고도 불리는 이 도시는, 음양과 오행에 따라 천간과 지지를 교합한 완전한 숫자 60을 본떠 나성 둘레를 60리로 맞춰 지은 완벽한 계획도시다. 도시 안 거대한 황성에는 황제의 집다운 화려한 궁전이 자리 잡고 있지만, 황제는 거기에 없다. '이동하지 않는 자에겐 죽음만이 있을 뿐'이란 그의 조부 칭기스 카안의 뜻에 충실하게, 유목하는 초원의 아들답게 쿠빌라이는 황성 안에 드넓은 목초지를 만들어 그곳에 오르도[帳幕]*를 조영하였다.

　팔순이 다 되어 가는 초원의 아들은, 나약한 대륙 문화에 물든 자손들을 보며 불안감을 느꼈다. 그러면서도 한편으론 대륙의 학문과 문화를 감탄하고 경청했다. 용맹한 몽골의 계승자인

---

* 이동 궁전. 본영.

동시에 깊고 풍부한 학식과 덕을 고루 갖춘 대륙의 지배자를 후계로 원하는 그는, 너무 오래 살았음인지 아들들을 모두 먼저 보내고 많은 손자와 증손자들 가운데 마땅한 인물을 골라내려 고민 중이었다.

그의 사랑을 듬뿍 받는 외손자 왕원은 훌륭한 자질을 갖추었지만 계승 서열에서는 밀려나 있는 고려의 왕세자였다. 그는 갓 혼인한 사실을 외조부에게 알리고자 대도에 도착한 참이었다. 카안을 알현하기 전 기다리는 동안, 원은 여독을 풀 겸 궁전만큼이나 거대한 정원을 혼자 산보했다. 사실 이곳은 개경과 비교할 수 없었다. 세계에서 가장 광활한 제국의 중심과 동방의 작은 나라의 수도는 규모뿐 아니라 모든 점에서 엄청난 격차가 있었다. 그러나 원은 당장이라도 개경으로 돌아가고 싶었다. '혼인하자마자 떠나온 아내가 그리워서'라고 다른 이들은 지레짐작하겠지만, 정작 그의 마음은 다른 곳에 있다. 팔관회 이후로 전혀 볼 수 없던 산과 어딘가 줄곧 어두워 보이는 린, 그 두 사람이 그의 곤두선 신경을 내내 붙들고 있었다.

특히 그는 산이 염려되었다. 린은 무슨 일이 있어도 알아서 해결하리라는 믿음이 갔다. 하지만 산은 불안정하고 감정적이며 폭발적이다. 어디로 튈지 모르는 예측 불가의 충동으로 가득 찬 모험가이며 즉흥적이며 고집도 세다. 린에게 산을 잘 돌보길 거듭 당부하고 오긴 했지만 그 둘은 서로를 못마땅하게 여기는 앙숙이 아니던가. 점잖은 린이 도발적인 산을 무시하여 큰 충돌이야 피하겠지만, 그 때문에 산은 더욱 불처럼 달아올라 동동거릴 것이다.

'그 녀석들은 내가 없으면 안 된다니까!'

원은 살짝 움켜쥔 손안의 작은 구슬을 이리저리 굴렸다. 산호로 섬세하게 장식된 구슬은 팔관회의 밤에 그가 산을 떠올려 고른 것이다. 어쩐지 단에게 떳떳하지 못한 느낌이 들어 몰래 감췄던 그 구슬은, 그날 이후로 그의 손에서 벗어날 줄 몰랐다. 특히 산을 생각할 때는 그녀를 대신할 존재로서 각별한 의미가 있었다.

"이질 부카!"

등 뒤에서 크게 부르는 소리에 원은 급히 구슬을 소매 안 주머니에 감췄다. 돌아보는 그의 눈에 체격이 다부진 소년이 들어왔다. 나이는 어렸지만 어른처럼 강인한 가슴과 팔을 가진 그 소년은 쿠빌라이의 많은 증손자 중 하나인 카이샨[海山]이었다. 아직 어리고 계승 서열도 삼촌들에게 밀렸지만 쿠빌라이가 가장 아끼는 인물이었다. 용맹하고 활달하며 관대한 카이샨은, 원보다 다섯 살이나 아래였지만 그와 친구로서 매우 가까웠다.

"뭘 숨기는 거야?"

장난스럽게 그의 소매를 들춰 보는 척하는 소년을 보고 원이 빙그레 웃었다. 천부적으로 타고난 거짓된 웃음이 아니라 진짜 미소였다. 그는 이 소년을 무척 아끼고 사랑했다. 황실 사람들 중 원의 마음에 든 유일한 사람이었다. 어린 나이에도 불구하고 아랫사람들이 흠모하는 탁월한 무장이란 점에서 린과 닮았지만 지독한 장난꾸러기이기도 했다.

"아무것도 아니다."

소매를 털어 그를 떨쳐 내는 원에게 카이샨도 똑같은 미소를 지었다.

"흥, 숨기는 걸 보니 뭔지 알겠어. 뻔히 보인다고, 이질 부카!"

"뭔데?"

"아내가 준 정표 같은 거겠지. 여자들이란 잠시라도 떨어지는 걸 못 참으니까! 늘 자기 생각만 하라고 줬겠지? 여자들은 남자들이 다른 생각을 하거나 다른 일을 하는 건 용납하지 않지."

"그건 여자나 남자의 문제가 아닌 것 같은데, 꼬마야?"

원이 눈을 찡긋하며 소년의 이마를 손가락으로 툭 쳤다. 아얏! 카이샨이 과장되게 소리치며 뒤로 펄쩍 물러났다.

"사랑하는 아내와 같은 마음이란 거야? 그래서 넌 장수가 될 수 없는 거야, 이질 부카!"

"난 싸움을 하는 왕이 되지 않아. 싸움을 말리는 왕이 되겠지."

"싸우지 않고는 진정한 칸이 될 수 없어. 우린 푸른 늑대의 피를 가졌으니까."

"피로 따지자면 고려인도 그 늑대들에 못지않다는 걸 모르니? 몽골에 쉽게 굴복하지 않고 수십 년을 저항한 유일한 전사들이라고. 하지만 난 고려를 전쟁으로 몰아넣고 싶지 않아. 너무 많은 피를 봤으니 말이지. 내가 만들고 싶은 고려는 시와 음악과 그림의 나라야. 그러려면 사랑하는 여자와 남자들이 아주 많아야 돼. 난 많이 사랑하라고 부추기는 왕이 될 거야. 말하자면 사랑의 왕이지⋯⋯."

느긋하니 입가를 말아 올리는 원에게 카이샨이 머리를 흔들어 보였다.

"카안이 나얀[乃顏]*을 토벌했다고 모든 게 끝난 줄 아는 거야? 지금도 전쟁은 계속되고 있다고! 네 고려가 거기서 벗어나리라고 생각하면 착각이야. 너도 이 전쟁에서 빠질 수 없어. 네 야망과도 직결된 일이니까."

"내 야망이라? 사랑의 왕이 되겠다는 야망을 말하는 거야?"

어느새 원의 미소가 변질되어 얼굴 가죽만이 웃고 있었다. 그의 차가워진 태도를 감지한 카이샨이 성급히 굴지 말라는 듯 손을 흔들었다.

"난 언제든 널 도울 사람이야, 이질 부카. 그러니 내게 솔직해도 돼."

"솔직해야 할 사람은 너 같은데, 카이샨. 하고 싶은 말이 있거든 그냥 다 하라고."

"네 아내는 고려인이야, 그렇지? 고려 출신 왕비로 쉽게 고려왕이 되리라고 생각하진 않겠지. 왕이 된다 해도 황실에서 지위가 낮아지니 힘이 약해질 거고. 그래서 넌 황실의 공주들 중에서 비를 물색했을 거야, 네 아내를 만나기 전부터. 네가 원하는 최선의 조건을 가진 사람이 있지. 그게 누군지 알아."

원이 고개를 갸웃하며 딴청을 피웠다.

"그래? 난 모르겠는걸. 벌써 사랑하는 사람과 혼인을 했으니

---

* 쿠빌라이에게 반기를 든 옷치킨 가문의 칸.

말이야."

"부다슈리[寶搭實憐]."

카이샨이 낮게 중얼거리자 원이 피식 웃었다. 아랑곳 않고 카이샨이 말을 이었다.

"내 할아버지인 황태자 칭킴[眞金] 칸이 돌아가신 뒤로, 작은 할아버지들이나 그 자손들은 밀려나고 서열상 후계가 카말라[甘麻剌] 백부와 테무르[鐵目耳] 숙부로 좁혀졌어. 내 아버지 다르마발라[答剌麻八剌] 칸이 살아 있었다면 분명 카안께서 후계로 삼으셨겠지만 그저 필요 없는 가정일 뿐이지. 넌 카말라 백부가 장손인 만큼 제위를 승계할 가능성이 높다고 생각해서 백부의 딸인 부다슈리를 고른 거야. 그렇지?"

"추천해 줘서 고마워. 기억해 두도록 하지."

"이질 부카, 날 믿어! 네가 제실에서 세력을 키우는 걸 난 얼마든지 도울 거야. 하지만 장담하건대, 제위는 카말라 백부에게 가지 않아."

찌릿, 원의 눈길이 날카로이 카이샨의 얼굴에 꽂혔다. 자신의 말에 확신한다는 뜻으로 카이샨이 고개를 끄덕였다.

"백부가 국계國界*의 서부에서 카이두 칸에게 패퇴했어. 반면 숙부는 나얀의 동방 왕가들을 제압하는 데 공을 세웠지. 카안의 마음이 어디로 쏠릴 것 같아?"

원이 눈살을 찌푸렸다. 어린 친구에게 속내를 간파당해 불

---

* 국경.

쾌하기도 했지만 카이샨이 전해 준 이 최근의 전황이 마음에 들지 않아서였다.

당시 몽골제국은 완전하고 안정된 통일체가 아니었다. 황제의 직할지인 대원 울루스*를, 태조太祖 칭기스 카안의 아들들과 형제들에게서 뻗어 나온 방계 왕가들이 둘러싸고 각자의 영역을 구축하고 있었다. 특히 칭기스의 삼남으로 카안에 올랐던 태종太宗 우구데이[窩闊台]의 영지에서, 그의 손자인 카이두[海都]가 제위를 노리고 가문의 부흥을 꿈꾸며 공공연히 쿠빌라이를 적대시하고 있었다. 실제 우구데이 가문에서 보자면, 제위를 이을 권리를 칭기스의 사남 톨루이[拖雷]** 계에게 빼앗긴 셈이었기 때문이다. 거기에 칭기스의 차남인 차가타이[察合台]의 후예들도 카이두의 세력 아래 있었고, 쿠빌라이와 제위를 다투던 쿠빌라이의 동생 아릭 부케[阿里不哥]의 아들들도 카이두와 합세한 형편이었다.

또한 칭기스의 동생들의 울루스들인 동방 3왕가, 즉 카사르와 카치운, 옷치긴의 세 가문이 카이두에 호응해 반란을 일으켰다. 황제의 본영을 방계의 연합이 협공하는 형국에서, 쿠빌라이는 친정親征으로 동쪽의 반란을 진압하고, 반란군 3왕가의 주도자인 옷치긴 가문의 젊은 수장 나얀을 잡아 주살하였다. 그러나 황제의 가장 거대한 적인 서쪽의 카이두가 쿠빌라이의

---

* 영지領地.
** 쿠빌라이의 아버지.

장손 카말라의 군대를 박살내 버리면서 건재함을 과시했던 것이다. 카말라에게 기대를 걸고 그의 딸을 염두에 두었던 원에게 실망스런 소식이 아닐 수 없었다. 그러나 원은 겉으로 실망을 드러내는 어리석은 짓 따윈 하지 않았다. 그는 곧 태연한 낯빛으로 웃으며 카이샨을 보았다.

"카안께서 건재하신데 우리가 후계를 논하는 건 참람한 일이야, 카이샨."

"네가 다음 카안의 사위가 되진 않더라도 부다슈리는 여전히 쓸모가 있어. 내 사촌 누이는 적어도 다음 황제의 조카가 될테니까."

"그다음 황제에겐 사촌이 되고? 네가 원하는 게 그거라고 솔직히 까발리지 그래?"

"그게 어떻다는 거지? 네겐 손해날 일이 없어, 이질 부카! 나와 함께라면 넌 카안 다음으로 강력한 힘을 가질 거야. 넌 고려의 왕뿐 아니라 대원 울루스의 칸이 되는 거야."

어린 나이에 어울리지 않게 카이샨의 야심 찬 눈이 번득였다. 이놈은 린과 닮기는커녕 정반대에 가깝군. 원이 키득거렸다.

"왜 내게 그런 말들을 하지? 난 힘없는 부용국의 세자일 뿐인데."

"네게서 나와 같은 냄새가 나기 때문이지. 이질 부카, 너는 늑대야. 원하는 것을 얻기 위해 가장 아끼는 사람을 잘라 낼 수도, 손에 얼마든지 피를 묻힐 수도 있지. 네 적에 대해 더없이 냉혹하고 가장 잔인한 처벌도 서슴지 않을 거야. 언젠가 내가 내 일족을 짓밟고 올라서야 하는 날이 온다면, 널 적이 아니라 동지로 두고 싶다. 내 안다[安答]*로 삼아 평생을 함께하겠어."

"맙소사! 카이샨, 네게 두 손 들었어. 꼬마란 말은 취소야. 맹세컨대 네 적이 되어 목 졸리는 일은 바라지 않겠다. 당장이라도 손가락을 잘라 피를 섞자고. 하지만 나에 대한 평가는 영 마음에 들지 않는데. 말했지, 난 사랑의 왕이 되겠다고……."

원이 항복하듯 두 손을 어깨 위로 치켜들었다. 그의 과장된 몸짓에 다시 장난꾸러기로 돌아간 카이샨이 씨름이라도 할 태세로 달려들었다.

"새신랑이 아직 꿈에서 벗어나질 못했군. 이런 정국에 사랑 타령이라니, 그렇게 그녀가 마음에 들었던 거야?"

"아아, 뭐……."

목을 껴안고 다리를 걸어 넘어뜨리려는 카이샨을 가까스로 막으며 원이 얼버무렸다. 사실 모르겠어, 전혀 생각을 안 했거든. 그는 떠오른 대로 솔직하게 말할 수가 없었다. 카이샨이 걱정스러운 듯 물었다.

"나중에 부다슈리를 맞아들이면 그녀가 크게 상심하겠는걸. 괜찮겠어?"

"그녀는 이해할 거야."

"자신만만하군!"

"너도 크면 알게 된다고, 꼬마야!"

---

* 서약으로 피를 섞어 마시고 몸에 걸치던 옷이나 허리띠를 서로 맞꾼 의형제.

둘은 넘어져 한데 엉켰다. 그들의 무게에 깔려 바작거리는 삭정이들 위에서, 이제껏 나눈 은밀한 말들이 무색하게도, 황제가 부른다고 전령이 원을 데리러 올 때까지 둘은 어린애처럼 천진하게 웃으며 뒹굴었다.

옷을 갈아입고 카안의 오르도에 들어선 원은, 외조부의 가늘어진 눈초리를 보고 등골이 서늘해졌다. 아름다운 외손자를 누구보다도 귀여워했던 쿠빌라이였다. 원이 들어설 때면 늘 팔을 벌리고 크게 그의 이름을 부르곤 했다. 그러나 이번은 삐딱하게 턱을 괸 채 가만히 그를 바라보고만 있었다. 황제의 옆에 선 원성공주도 고개를 푹 숙이고 있었다. 무언가 잘못된 것이다. 원은 당당한 걸음으로 황제에게 가까이 가 무릎을 꿇고 절을 했다.

"일어나라, 이질 부카. 더 가까이 와."

노인의 목소리가 카랑카랑하니 울렸다. 원이 일어나 원성공주의 옆에 서자, 노인의 콧바람 소리가 킁 울렸다.

"이제 정말 어른이 되었구나. 사내가 되었어. 혼인을 했단 말이지?"

"예, 폐하."

"축하할 일이구나, 정말 축복할 일이야……."

말끝이 시큰둥하니 잦아들었다. 원성공주가 변명하듯 끼어들었다.

"처는 얼마든지 더 들일 수 있습니다. 이제 막 시작인걸요, 이질 부카는!"

"물론이다! 더 많은 처를 들여야 해, 열 명이고 스무 명이고. 하지만 시작이 마음에 안 든다는 거야, 나는."

황제가 턱을 받치고 있던 손을 빼 의자의 팔걸이를 탕 내리쳤다.

"한집안 사람을 아내로 들이다니, 고려가 제 오랜 풍습을 지키는 걸 허락한 건 바로 나지만 이 경우는 아니다, 이질 부카! 네 아내는 너와 같은 성을 가진 같은 핏줄이야. 이건 수치스러운 일이라고!"

"같은 성씨지만 제 비와 저는 11촌이나 됩니다. 그리고 그녀는 세자비가 되기에 조금도 부족함이 없습니다. 정비로서 역할을 충분히 감당할 수 있는⋯⋯."

"정비는 황실의 공주여야 마땅하다. 네 아내는 고려 왕실의 여자니 당연히 서열이 아래여야지. 네 어미가 정화궁주보다 늦게 궁에 들어갔다고 지체가 더 낮거나 동등한 게 아닌 것처럼. 무엇보다, 같은 집안끼리 결합하는 천박한 습성은 어디에도 없다, 고려를 빼고는. 공자孔子의 가르침을 익히 안다고 뻐기면서 공공연히 내혼을 일삼다니. 난 이미 네 아비가 왕에 오를 때부터 불쾌하다고 일러두었단 말이다!"

원은 황제의 말이 지극히 옳다는 표시로 말없이 고개를 숙였다. 황실의 공주를 아내로 맞겠다는 계획은 그도 이미 가지고 있었고, 황제가 왜 단의 세자비 책봉에 바르르하는지 짐작하고도 남았기 때문이다. 황제는, 고려 왕실이 대대로 족내혼을 하며 왕실의 결속을 다지고 권위를 높이 세웠던 풍습을 경계하는 것이다. 용신의 자손끼리 혼인하여 피의 순수성과 고귀함을 보존하려는 고려 왕실의 폐쇄성이 나중에 시집갈 제실의 공주들을 배척하고 그 지위를 흔들까 봐 미리 걱정하는 것이다. 원이 얌전한 태도로 말했다.

"제가 아직 어려 제대로 분별을 못 했습니다. 이후로는 이런 일로 심려를 끼쳐 드리지 않을 것입니다."

"네 태도를 분명히 해야 할 거야, 이질 부카. 다른 가문에서 빨리 다음 세자비를 들여라. 고려에 돌아가자마자, 당장."

"그리하겠습니다."

"네 아들이 태어나도 마찬가지다."

"앞으로는 결코 고려에서 왕씨끼리 혼인하는 일이 없을 것입니다."

쿠빌라이가 그제야 빙긋 웃으며 예전처럼 외손자를 향해 팔을 벌렸다.

"이리 온."

다가간 원의 두 손을 붙잡고 황제가 수염 사이로 이를 통째로 드러냈다.

"네 아내가 그렇게 대단한 미인인가? 한눈에 반해 공녀로 오는 길에 빼돌렸다지. 그건 아주 사내다운 일이야, 암. 네가 이렇게 컸다는 게 자랑스럽구나! 아름다운 여인을 차지할 자격이 있어! 지금 네 눈엔 정화궁주의 조카만 보이겠지만 아내를 여럿 맞다 보면 그것도 장점이 있다는 걸 알게 될 거다. 너무 속상해할 것 없다."

원이 씁쓸하니 웃었다. 사실 황제의 위로를 받기에 그는 너무도 아무렇지 않았다. 고려로 돌아가자마자 두 번째 비를 맞이하면 단이 가슴 아파하겠구나 싶었지만 그것은 그녀가 왕가의 여인으로서 감당해야 할 의무였다. 원은 스스로 생각해도 냉정하다고 여길 만큼 담담했다. 무언가 답답한 느낌이 가슴 아래쪽에 턱하니 걸렸지만 단 때문이 아니었다.

'뭐지, 이 느낌은?'

원은 명치 근처를 손가락으로 꾹꾹 눌렀다. 답답했던 곳이 체한 것처럼 거북하고 찜찜했다. 그 불쾌감이 점점 더 크고 또렷해지는데 이유를 알 수가 없었다. 카안과 가벼운 담소를 나누고 오르도를 나오는 길에, 그는 어머니의 중얼거림을 듣고야 가슴 아래가 퍽 뚫리는 것 같았다.

"이럴 줄 알았으면 정화궁주의 조카보다는 영인백의 딸이랑 혼인했으면 좋았겠다! 재산이라도 건졌을 것 아니니. 이제 종실에서 처를 얻을 수 없으니 다 소용없는 말이지만!"

그녀의 말에서 원은 체증의 원인을 깨달았다. 황제가 그의 혼인을 비난하는 순간 그는 생각했던 것이다. '결코 산과 혼인할 수 없겠구나!'라고.

산은 무릎에 내려놓은 짙은 감색 두루마기를 물끄러미 들여다보았다. 한참 들여다보다 그걸 끌어안고 가만히 코를 묻었다. 실제론 아무 냄새도 나지 않았지만 그녀는 희미한 솔향기를 맡았다. 그녀는 침상 옆에 놓인 조그만 보퉁이를 풀어 두루마기를 곱게 개어 넣었다. 비연이 들어와 의아하니 갸웃했다.

"아까보다 짐이 커졌어요, 아가씨."

"어, 으응."

"여기서 나성 밖까지 말을 타지 못하니 패물만 가지고 가신다고."

"두고 갈 수 없는 게 있어서."

산은 보퉁이를 안고 설핏 웃었다. 웃음이 처연하여, 비연은 코끝이 아렸다. 아무리 패물을 많이 챙겨 간대도 아가씨는 유람이 아니라 도주를 하는 것이다. 언제까지 도망 다닐 수 있을지, 언제나 돌아올 수 있을지, 돌아온 후에 무슨 일이 벌어질지 그건 아무도 모른다. 비연이 유일하게 위안으로 삼는 것은, 무석이 이 탈주를 도와주겠고 기꺼이 나선 일이다.

"별채 중문에 있는 사람은 구형이뿐이니?"

산이 예사로운 어조로 물었다. 마치 걸핏하면 몰래 나가던 이전처럼. 그때는 꼬박꼬박 돌아왔었다. 그러나 이젠 영영 떠나 버리는 것이다. 비연은 울음을 터뜨릴 것처럼 입술을 꼭 오므리고 고개를 저었다.

"아뇨, 구형 아저씨도 없어요. 잠깐 측간에 갔는지……."

"그럼 당장 떠나야겠다. 오늘은 왠지 운이 좋은걸. 유모가 낮부터 오지 않더니 구형이까지 자리를 떠 주고."

"바깥에서 그이가 기다리고 있을 거예요."

산은 '그이'라는 단어에서 특별한 억양을 느꼈다. 신뢰가 듬뿍 묻어나는 그 말엔 의지하고 싶도록 만드는 힘이 깃들어 있었다. 그런 말이 자연스럽게 나오다니! 산은 비연이 부러웠다.

"저기, 아가씨, 그 나리께는 언제 알리실 거죠?"

문을 열려다 산이 멈칫했다.

"……그 나리라니?"

"전에 말씀하신 동무분 있잖아요. 주인어른이 고르신 분이 그분이 아니라서 지금 이렇게 가시는 거잖아요. 그럼 그분께 빨리 알려야……."

"안 돼."

산이 급하게 비연의 말을 끊었다.

"린을 곤란하게 만들 수 없어. 말했잖아, 난 그의 형과 혼인해야 하는 거야."

"하지만 그분은 아마 도와주실 거예요, 아가씨를."

산은 입술을 깨물었다.

'그런 멍청이, 다신 안 볼 거야! 좋아하는 남자랑 도망가서 잘살라고 부처께 빌어 준다잖아! 내가 저를 좋아하리라곤 전혀 생각도, 기대도 안 하는 멍청이. 그건 린이 날 결코 좋아하는 상대로 여기지 않는다는 말이지. 이전에도, 앞으로도…….'

산은 진심으로 자신을 걱정해 주는 시비의 손을 따뜻하게 꼭 쥐었다.

"린에게 알리는 건 나중에. 일단은 그 무석이란 사람을 따라 안전한 곳에 가야 하니까. 그보단 네가 더 문제지. 고집 피우지 말고 나랑 지금 떠나자. 내가 없어진 걸 알면 아버님이 가만 계시지 않을 거야. 유모가 방 안에 들어오면 당장 발각될 일인데."

"둘 다 한꺼번에 여길 비우면 더 빨리 들통 나요. 한 명은 남아서 시간을 벌어야죠. 유모님은……, 제가 알아서 할게요."

"하지만 어떻게 너만 두고……."

"제 걱정은 마세요. 무석이 절 지켜 준다고 했어요. 그이가 금방 절 구하러 올 거예요."

"그 사람은 그저 광대일 뿐인데."

"아가씨께서도 그이를 보시면 믿으실 거예요."

산은 그만 입을 다물었다. 저렇게 여유롭고 어른스러운 건, 아마도 '그이'가 있기 때문일 것이다. 겁쟁이였던 비연을 바꿔 놓은 것은 사랑일까, 아니면 그 무석이란 사내일까? 그녀에 비해 자신이 한없이 초라하다는 느낌에 산은 움츠러들었다. 그녀는 비연이 이끄는 대로 순순히 별채의 섬돌에 내려섰다.

비연의 말대로 별채를 지키는 사람은 아무도 없었다. 큰 정원으로 통하는 문을 연 비연의 손을 산이 다시 꼭 잡았다.

"무석이 돌아오면 나 있는 곳으로 빨리 와야 해."

"예, 아가씨. 걱정 마시라니까요."

"유모가……, 내가 이렇게 간 걸 알면 많이 속상할 텐데."

"지금은 그냥 아가씨 생각만 하세요. 빨리, 빨리요. 언제 누가 올지 몰라요."

예전에 빠져나가던 것과 달리 발이 가볍게 떨어지지 않았다. 산은 별채를 둘러보았다. 어머니의 횡사 후 내내 갇혀 지내야 했던 지긋지긋한 공간이었음에도 가슴에 저릿한 아쉬움이 남았다. 안녕, 내가 태어나고 자란 집! 산은 비연의 재촉을 여러 번 받고서야 정원을 가로질러 달려갔다.

그녀가 저택에서 완전히 빠져나가는 것을 확인한 비연은 서둘러 별채로 들어가 북쪽을 향해 무릎을 꿇고 머리를 조아리며 빌었다.

"아가씨가 무사히 도망칠 수 있도록, 제발, 신명이시여, 제발⋯⋯."

얼마나 오랫동안 빌었는지 몰랐다. 수없이 머리를 바닥에 조아리던 비연은 밖에서 들리는 기척에 벌떡 일어났다. 다리에 쥐가 나 비틀거리며 그녀는 황급히 얼굴을 가릴 천을 찾아 탁자 위를 더듬었다. 그녀가 너울을 뒤집어쓰자마자 문이 사납게 열렸다. 이렇게 무례하게 들어올 수 있는 사람은 이 저택 수백여 명 중 단 하나, 바로 주인 영인백이었다.

"유모는 도대체 뭐 한다니!"

들어와서 다짜고짜 소리친 영인백은 몹시 화가 나 있었다. 두려워 터질 것 같은 심장을 안고 구석에 얌전히 선 비연에게 그가 다가왔다.

"며칠 후에 세자비마노라께서 널 보자 하시는데 챙길 게 좀 많아? 그런데 아침부터 코빼기도 비치지 않아, 엉? 여기도 없는 거니?"

비연이 고개를 끄덕였다. 대답을 해야 마땅하겠지만 목소리가 나오지 않았다. 이렇게 빨리 주인이 들이닥칠 줄 짐작도 못했던 그녀는, 공포에 휩싸여 결심했던 만큼 자연스레 아가씨 흉내를 낼 수가 없었다. 그러나 요사이 혼인하지 않겠다며 앙칼지게 대들던 딸이 체념한 듯 워낙 얌전해져, 영인백은 비연의 태도를 문제 삼지 않았다. 문제는 펑퍼짐한 유모를 찾으려야 찾을 수가 없다는 것이다. 아내가 없기에 혼례 준비를 줄곧 유모와 의논했는데, 오늘따라 그 덩치가 보이지 않았다. 누구에게 물어도 보지 못했다는 대답만 들어 결국 폭발한 그는, 혹시나 싶어 별채에 들렀지만 역시나 없자 귀에서 김이 모락모락 날 정도로 화가 끓었다.

"도대체 어디로 사라졌단 말이냐, 천 근은 나갈 사람이! 너한테도 안 왔어, 엉?"

"……."

"언제부터 안 보였니, 엉?"

"……."

"왜 말을 안 해? 언제부터 안 보였냐니깐, 애, 산아!"

"아, 아침부터……."

들릴락 말락 가느다란 소리가 나오는 듯싶다가 금세 꺼졌다. 엥? 영인백이 걱정스런 눈초리로 딸을 흘깃 보았다.

"너, 어디 아프냐?"

영인백이 한 걸음 비연에게 다가섰다. 저도 모르게 그녀가 한 걸음 물러섰다. 영인백이 콧등을 찡그렸다. 또 한 걸음 다가서자 그녀가 또 주춤 물러섰다.

"산아?"

424

영인백이 얼굴을 쑥 내밀었다. 비연의 깁에 코가 닿을 정도로 얼굴을 들이민 그는 검은 깁의 수많은 미세한 구멍 사이로 딸을 보고자 눈알을 희번덕거렸다. 비연이 와들와들 떨기 시작했다. 예상과 너무 다른 상황이 전개되자 원래대로 소심하고 겁 많은 그녀로 돌아왔다. 영인백이 갑자기 방 안을 휘휘 둘러보았다.

"비연은 어딜 갔니?"

"……."

"비연은 어딜 갔어!"

영인백의 억센 손아귀에 비연의 가냘픈 어깨가 잡혔다. 아까보다 더 작은 소리가 덜덜 떨려 나왔다.

"……저, 저 방에서 자고 있……."

"아하?"

철썩! 따귀 소리가 요란히 방에 울려 퍼졌다. 무지막지한 힘에 비연이 꽈당 넘어졌다.

"네 이년! 산은 어딜 갔느냐, 엉?"

영인백이 쓰러진 그녀의 머리채를 잡아챘다. 격분한 그의 손이 마구 떨렸다.

"전처럼 몰래 나가 왕경을 싸돌아다니다 늦는 게 아니지, 그렇지, 엉? 유모까지 없어진 걸 보면 둘이서 도주라도 한 게야? 그런 게야, 엉?"

"그, 그런 것이……, 아닙니다."

"아니긴! 어쩐지, 유모가 종일 보이지 않는다 했다! 이제 보니 중문에 구형이도 없었구나! 이것들이 모두 짜고 산을 도망 시켰어, 이것들이!"

영인백은 비연의 머리를 내동댕이치고 벌떡 일어났다. 이렇게 노비와 실랑이하고 있을 시간이 없는 것이다. 그는 방에 들어왔을 때처럼 거칠게 문을 열고 나갔다.

"아, 안 돼!"

비연이 주인을 쫓아 바짓가랑이라도 붙잡을 작정으로 구르듯 뜰로 내려갔다. 걷어채어 머리통이 깨지는 한이 있어도 시간을 벌 생각이었다. 성큼성큼 걸어가는 영인백을 간신히 잡겠다 싶을 즈음, 별안간 영인백이 엇, 소리를 내더니 한쪽 무릎이 꺾여 기우뚱했다. 비연이 그의 팔을 붙들어 일으키려 했을 때는 이미 바닥에 널브러진 후였다. 순식간에 일어난 일에 비연은 아까보다 더 당황했다. 거품처럼 보글거리는 침을 흘리며 신음조차 제대로 내지 못하는 그를 잡고 그녀는 정신없이 흔들어 댔다.

"나리, 나리!"

주인을 한참 흔들던 비연이 멀리 있는 본채를 향해 소리 질렀다.

"도와줘요! 누가 좀 와 주세요!"

영인백은 사람들이 몰려와 자신과 비연을 둘러싸는 것을 똑똑히 보았다. 하인들이 비연을 아가씨라고 부르는 소리도 들었다. 자신을 들어 올리는 하인들에게 영인백은 뜻대로 움직이지 않는 손을 휘저으려 갖은 애를 썼다. 그러나 마비가 시작된 그의 몸은 점점 굳어 갈 뿐 손끝이 약하게 떨리는 것이 고작이었다.

'저건 내 딸이 아니야! 저건 산이가 아니라고! 그냥 천한 계집종이라고! 내 딸을 찾아, 내 딸! 우리 산이를! 산, 산아!'

영인백은 목 놓아 딸을 불렀지만 아무에게도 들리지 않았다. 그리고 그의 진짜 딸은 이미 자하동의 계곡을 따라 송악산으로 들어가고 있었다.

무석의 엄청나게 넓은 등을 보며, 산은 비연이 왜 그토록 '그이'를 철석같이 믿고 있는지 이해할 수 있을 것 같았다. 첫인상부터 심상하지 않은 사내였다. 눈가에 길게 나 있는 상처 때문만이 아니었다. 형형한 눈빛과 근육이 잘 발달된 팔, 날랜 몸놀림과 소리를 죽인 발걸음 등, 재인이라기보다 잘 훈련된 군인처럼 보였다. 금과정에서 린이 훈련시키던 사내들과 같은 느낌이 짙게 풍겼던 것이다.

'평범한 광대가 아닌 거야, 이 사람은.'

그럼 어떤 사람일까? 타고난 강한 호기심으로 그녀는 무석을 관찰했다. 쫓기는 죄인일지도 몰랐다. 그럴 가능성이 가장 높았다.

'하지만 지금 그런 걸 따져서 뭐 해.'

산은 쓰게 웃었다. 그녀는 아버지와 집과 신분을 버리고 나섰다. 어디서 어떻게 살아야 할지 아무것도 결정한 게 없는 상태다. 지금은 시비의 애인에게 도움을 받아 나성을 벗어나는 것이 가장 중요했다. 이 사내가 어떤 사람이었는지 따윈 현재 그녀에겐 문제가 아니다. 더구나 그는 비연이 믿고 사랑하는 사내가 아닌가. 비연이 믿는다면 그녀도 믿는 것이다.

"조금만 더 가면 됩니다."

빨라진 산의 숨소리를 듣고 무석이 격려하듯 한마디 했다.

"험하긴 하지만 나성까지 가장 빨리 가는 길이죠."

"걱정 마. 난 다리가 튼튼하거든."

실제 그녀의 걸음이 늦어지거나 하는 일은 없었다. 저토록 가늘고 하늘거리는 소녀의 어디에서 이런 힘이 솟는지, 무석은 비연을 떠올리지 않을 수가 없었다. 이렇게 씩씩하게 거친 길을 걷는 소녀가 시비여야 할 것 같고, 흐물흐물한 그녀가 아가씨여야 할 것 같다. 혹시 아가씨를 업고 길도 안 난 산을 헤쳐 가야 하는 거 아닐까? 출발 전까지만 해도 무석은 살짝 걱정했었지만 그건 군걱정에 불과했다. 가는 방향만 알고 있다면 이 아가씨는 그를 앞질러 갈 수도 있을 것이다. 등 뒤에서 소녀가 물었다.

"야금夜禁*에 나성을 어떻게 빠져나가지? 급한 전령이 아니면 아무도 성문을 통과할 수 없어."

"걱정 마시지요, 문을 통과하지 않을 테니. 누구에게도 들키지 않고 왕경을 빠져나가기 위해 이 길을 택한 겁니다."

"성벽을 타고 넘는단 말이야?"

"눈치가 빠르시군요."

---

* 통행금지.

"하지만 빈손이잖아? 갈고리 달린 줄이라도 있어야 하는 게 아니야?"

"가 보면 압니다. 이제 조용히 해 주시지요. 나성보다 호랑이부터 만날지 모르니까."

소녀가 입을 다물었다. 무석의 말은 허풍이 아니다. 실제 송악산은 호랑이가 들끓었다. 수도의 중심까지 내려오는 경우도 있었으니 산속은 말할 것도 없다. 침묵 속에 걸으며 두 사람은 언제 닥칠지 모르는 호환을 대비해 신경을 곤두세웠다. 그렇게 한참을 걸어, 드디어 그리 높지 않은 나성의 성벽에 도착했다.

이제 어쩔 셈이지? 산이 삐딱한 눈으로 보자 무석이 가늘게 휘파람을 불었다. 두 번, 세 번, 끈질기게 바람소리를 내니 성벽의 반대편에서 밧줄로 엮은 사다리가 휙 날아와 늘어졌다. 산의 얼굴에 그늘이 드리웠다.

"성벽 저편에 누가 또 있지?"

"제 일행입니다."

무석이 태연스레 대꾸했다. 별걸 가지고 따진다는 식이다. 산은 은근히 화가 치밀었다.

"어째서 다른 사람을 끌어들였지? 난 비밀리에 도망치는 거야."

"그래서 도움이 필요한 겁니다. 무사히 도망가고 싶다면 절 믿으십시오. 아니면 여기서 돌아가시든가."

언짢은 마음보다 불길한 느낌이 강했지만 산으로서는 다른 선택이란 없었다. 그녀는 잠자코 줄사다리를 잡아, 무석이 감탄할 정도로 민첩하게 성벽을 기어올랐다. 반대편 성벽 아래 산과 무석이 발을 딛자 납작하게 엎드리고 있던 사내들이 일어났다. 어둠 속, 윤곽이 드러난 수가 넷이나 되었다. 산은 주춤, 성벽에 등을 붙이고 가슴에 손을 가져갔다. 그녀에게 무기가 될 것이라곤 원이 선사했던 장도밖에 없었다.

"어, 저, 저, 저거, 혀, 형님!"

심하게 더듬는 목소리 하나가 튀어나왔다. 그 옆에서도 엇! 놀라는 소리가 났다. 산 역시 깜짝 놀랐다.

"철동 불주먹?"

산이 손가락으로 개원이를 가리켰다. 마주 선 개원이와 염복이도 손가락으로 그녀를 가리키며 멍했다. 마치 오랜 동무를 만나 반가움에 겨워 말을 못 하는 모양새였다. 개원이, 염복이와 함께 있던 나머지 두 명이 어리둥절하여 무석에게 가까이 갔다. 무석이 이맛살을 찌푸렸다.

"뭐야, 서로 아는 사이인가?"

"아니, 아는 사이라기보다."

개원이가 퍼뜩 깨어났다.

"이 계집이 확실해?"

"묶어."

무석이 개원이의 질문을 무시하고 다른 둘에게 명령하자 사내들이 산에게 달려들었다. 개원이와 염복이를 보고 방심했던 산은 쉽게 손발을 묶여 버렸다. 당황하고도 화가 난 그녀가 소리를 질렀다.

"무슨 짓이냐!"

"입도."

무석이 또 짤막하니 말했다. 꼼짝없이 재갈까지 물린 그녀가 묶인 두 발을 쾅쾅 구르며 몸부림을 쳤다. 그 모습을 보는 개원이가 입을 쩝쩝 다셨다.

"이거 참, 기분 묘하구먼."

"기, 기, 기분이……."

무석이 신경질적으로 개원이와 염복이를 째렸다.

"너희는 당장 이 아가씨를 옮겨. 동트기 전에 가마를 준비해 둔 곳까지 가야 하니 서둘러."

"무슨 소리야? 우린 이 계집……이 아니라 아가씨가 죽는 것만 확인하면 끝이야. 너야말로 서둘러. 우리도 그리 한가하진 않거든."

"우, 우리는 하, 하, 한가하지……."

무석이 손을 번쩍 치켜들어 염복이의 입을 막았다. 그의 뺨이 실룩이자 칼자국이 위협적으로 구겨졌다.

"이 아가씨는 우리 쪽이 맡을 거야. 너희는 '그자'에게 가서 그렇게 보고하게 될 거야."

"이런 제기랄! 이 여자 때문에 우린 벌써 한 번 죽을 뻔했어. 그리고 이 덜된 놈 어머니까지 잡혀 있다고. 솔직히 이런 어린 계집애를 죽이는 게 영 기분 더럽지만, 우린 '그자'에게서 빨리 벗어나고 싶어. 그냥 약속대로 이 자리에서 죽여!"

"시끄러워. 결정은 우리가 하는 거야. 대들면 이 여자보다 너희가 먼저 죽을 수 있어."

무석이 얼굴의 칼자국을 더 세게 구겼다. 개원이와 염복이의 양옆에 서 있던 사내들이 동시에 칼을 뽑아 들고 그들의 목을 겨눴다. 히익! 놀란 염복이가 개원이의 팔을 붙잡고 눈알을 어지럽게 굴렸다.

"혀, 혀, 형님."

"제기랄!"

"내가 시킨 대로 하고 살아서 '그자'에게 가든지, 지금 이 자리에서 죽든지 그건 네게 맡기겠어. 이미 말했듯, 시간이 없으니까 지금 당장 대답해."

"우린 그냥 심부름만 하는 처지야! 왜 이러는 거야, 도대체?"

개원이가 작게 항변했으나 무석의 메마른 눈은 꿈쩍도 하지 않았다.

"너희를 죽이고 다른 심부름꾼을 보낼 수도 있어. 잡혀 있다는 너희의 인질도 얼마든지 찾아 죽여 주지. 이제 대답해, 죽을지 말지."

개원이가 이를 악물었다. 이 계집이랑 엮이면서 그들의 인생이 더럽게 꼬여 버렸다. 어째서 만나는 놈들마다 그와 염복이를 죽이겠다고 난리들인지 모르겠다. 그들은 개경의 후미진 곳을 굴러다니는 먼지 같은 존재들이 아니던가. 그렇지만 그런 목숨이라도 '옜소.' 하고 선뜻 내놓을 순 없는 노릇이다.

"뭐, 그럼, 일단은 네 말을 들을게. 지난번엔 이 여자를 산 채로 넘기는 거였으니까, 뭐, 굳이 죽이지 않아도 되겠지."

생색내는 개원이를 보지도 않고 무석은 제 동료들에게 나직하니 지시를 내렸다. 사내 둘이 고개를 주억거리자 무석이 산의 발목을 묶은 끈을 풀었다.

"아가씨가 원하는 대로 해 주는 거요. 아가씨의 아버지가 절대 찾아내지 못할 안전한 곳에 데려다 주겠다 이 말이오."

분노에 찬 산의 눈빛을 무시하고 무석이 다시 개원이에게 말했다.

"너와 말더듬이가 아가씨의 양옆에 붙어 간다. 우리 쪽 둘이 칼을 겨누고 있으니 허튼짓을 하거나 게으름을 피우지 말도록."

그의 말에 따라 개원이와 염복이가 산을 일으켜 세우자 칼을 든 두 사내 중 하나가 앞장섰다. 그들이 떠나자 혼자 남은 무석은 다시 줄사다리를 타고 성벽을 넘었다. 칼로 땅에 매어 둔 줄을 잘라 나성 저편으로 사다리를 던져 버리고 그는 유유히 자하동 쪽으로 돌아갔다.

7

산채의 포로

사방이 두툼한 흙벽으로 막힌 어둑한 창고 안에서 개원이와 염복이는 피곤에 절어 벌렁 드러누웠다. 그들과 조금 떨어져, 산은 여전히 손과 입이 묶인 채 두 눈을 시퍼렇게 벼리고 있다. 그 눈빛이 어찌나 사납던지 우연히 마주 본 염복이가 간장이 뚝 떨어지는 줄 알고 몸을 떨었다. 염복이가 개원이를 쿡쿡 찔렀다.

"혀, 혀, 형님. 왜, 왜 우, 우, 우리를 이렇게 가, 가, 가둬 놨을까?"

"낸들 알겠냐. 무슨 속셈인지 모르지만 곧 누군가 오겠지."

"배, 배, 배도 고, 고픈데."

"너만 고프냐? 이런 제기랄, 뭐 마실 거라도 주면서 일을 시켜야지, 원!"

"저, 저, 저 아가씨도 배, 배……."

"야 인마, 지금 누구 걱정을 할 때가 아니야! 이게 다 저 여자 때문인 거 몰라? 제기랄!"

슬금슬금 눈길을 피하는 염복이와 달리 개원이는 눈을 부라리며 그녀를 마주 흘겨보았다. 그는 산의 등에 매달린 보퉁이를 보고 염복이의 엉덩이를 발로 툭툭 찔렀다.

"야, 야! 저 여자 짐 좀 가져와라. 말린 떡이라도 있나."

내키지 않았지만 염복이는 개원이의 말이라면 껌뻑하는 놈이라, 산을 향해 엉금엉금 기어갔다. 그녀의 왼쪽 가슴 위에 있는 매듭에 손을 대려 하자 산이 묶인 두 발을 번쩍 들어 그를 냅다 걷어차 버렸다. 어이쿠! 염복이가 한 바퀴 굴렀다. 강아지처럼 낑낑대는 그를 한심스레 내려다본 개원이가 결국 직접 나서 산의 어깨를 우악스레 짓누르고 보퉁이를 빼앗았다. 짐을 풀어 본 개원이는 잠시 입을 다물지 못했다. 그 작은 보따리에 이렇게 많은 보석이 들어 있을 줄이야! 색색의 비녀와 동곳, 귀고리와 가락지, 금방울들에 눈이 뱅글뱅글 돌았다. 배를 깔고 기어 온 염복이도 입을 헤벌리고 정신을 한껏 팔았다. 허기도 갈증도 어디론가 증발해 버렸다.

"이 여자……, 아니, 이 아가씨가 보통 분은 아니구먼."

"여, 여, 여기 오, 오, 옷도."

염복이가 두루마기를 펼쳐 들어 올려 보였다.

"이, 이, 이거 되게 조, 조, 좋아 보이……, 킥!"

평소에도 도중에 뚝 잘리곤 하던 염복이의 말이 갑작스레 날아온 산의 발길질에 끊어졌다. 불편한 손으로 두루마기를 빼앗으려는 산이 연방 그를 걷어찼다. 멀쩡한 양손과 양발을 쓰지 않고 방어하는 데만 급급한 염복이는, 그녀가 원하는 것이 뭔지 몰라 얼른 두루마기를 놓지 않는 바람에 계속 얻어터졌다.

"그만, 그만 해! 제기랄! 그거 놔, 염복이 이 자식아!"

간신히 두 사람을 떼어 놓은 개원이가, 마구 구겨진 두루마기를 끌어안고 독살스레 눈을 째리는 산을 질렸다는 듯 쳐다보았다. 단단히 막힌 입으로 그녀가 쉴 새 없이 악악대고 있었다. 내버려두면 입가가 찢어질 것 같아 개원이는 재갈을 풀어주었다.

"너희들, 둘 다 무사하지 못할 줄 알아!"

그녀의 첫마디에 개원이가 흥! 콧방귀를 세게 뀌었다.

"이미 무사하지 않거든? 우리가 이러는 건 다 댁 때문이라고!"

"대, 대, 대, 댁 때문……."

산이 찌릿 노려보자 염복이가 시선을 피하며 머리를 긁었다. 조금 차분해진 목소리로 그녀가 말했다.

"그저께 너희가 말하는 걸 보니 무석이가 날 죽이기로 돼 있었던 것 같은데, 누가 시킨 일이냐?"

"몰라."

개원이가 만사 귀찮다는 표정으로 심드렁하니 대꾸했다.

"사실대로 말하면 그 금붙이들을 주마."

개원이가 피식 헛웃음을 웃으며 보석들을 품 안에 쑤셔 넣었다.

"보시오, 아가씨. 아가씨가 주지 않아도 이렇게 내 품에 쏙쏙 들어온답니다."

"나처럼 너희도 지금 갇힌 몸이야. 누군가 들어오면 네 몸을 뒤지라고 말할 테다. 하지만 내가 묻는 말에 대답을 잘하면 난 아마 아무 말도 않겠지."

개원이의 손길이 주춤했다. 그는 짜증스레 대답했다.

"사실대로 말한 거요. 우린 누가 시킨 일인지 몰라!"

"모르는 사람의 심부름을 어떻게 한단 말이냐? 날 죽이라고 한 자가 누군지 말해! 너희와 무석이 뒤에 있는 자가 누구인지, '그자'라고 불렀던 자가 누구인지!"

"이보시오, 아가씨."

개원이의 음성에 분노가 섞였다.

"아가씨한테야 우리 목숨이 파리 목숨이나 매한가지겠지만 우리도 목숨이란 건 하나씩밖에 없거든요. 그 목숨, 이미 아가씨 때문에 한 번 고비를 넘겼소. 아가씨가 철동으로 우릴 찾아와서 궁시장을 들쑤시게 하는 통에 우린 눈 가린 채 끌려가서 누가 때리는지도 모른 채 죽도록 맞고 지짐을 당했다 이 말이오. 누가 그랬냐고요? 내가 묻고 싶소. 도대체 그 화살들이랑 아가씨랑 우리를 불로 지져 대던 작자들이랑 다 무슨 관계요?"

"그 사람들이 날 찾아내라고 했단 말이지? 너희를 고문하면서?"

산의 눈동자가 반짝였다. 그녀의 머리가 빠르게 회전했다.

"그래요, 그래! 대회일에 아가씨만 제대로 넘겼으면 이 지경 까지 안 왔을 텐데, 제기랄! 다 이 덜된 자식 때문에 망쳐 버렸 다니깐!"

"잠깐. 팔관회 때 날 납치한 게 너희들이었어? '그자'의 사주 를 받고?"

"화살에 대해 캐묻던 소년을 찾아내라고 했죠. 알고 보니 여 자였지 뭡니까. 우리도 깜짝 놀랐지요."

"그래서 날 납치했는데 린이 와서 너흴 쫓아 버렸구나?"

"낸들 아나요. 내가 자릴 비운 새 이 자식이 수라한테 죽을 뻔했다고 얼굴이 새파래져서 도망 왔는걸. 정말 귀신이라도 본 것처럼 벌벌 떨기에 뭔가 했더니, 예전 시전 뒷골목에서 사내 처럼 차렸던 아가씨를 도왔던 그 공자라고 합디다."

"그래, 그게 린이야. 린이 그날 날 구했었지……."

그녀의 목소리가 보드레하니 아련해졌다. 뭐라는 거야? 개 원이와 염복이가 서로를 쳐다보며 갸웃했다. 정신을 차린 산이 다시 엄격한 어조로 물었다.

"그런데 왜 그저께는 나를 죽이라고 했지?"

"우리야 그저 심부름꾼이라니까요! '그자'가 지시하길, 무석 인가 하는 그놈이 여자를 죽이는 걸 확인하라고 했단 말이오. 그래서 우린 무석이란 놈을 만났고, 그놈이 나성 밖에서 제 동 행들과 기다리라고 해서 기다렸고, 여자를 데리고 왔기에 죽이 는 걸 확인하겠다고 한 거였다고요. 그 여자가 아가씨인 줄은 꿈에도 몰랐죠!"

"화살에 대해 캐묻던 소년이 남장한 여인이라는 걸, 너희에게 심부름시킨 '그자'도 알아?"

"음……, 모를 거요. 그러고 보니 우리가 '계집애같이 생긴 공자'가 '알고 보니 여자'였다는 말을 안 했군요."

산은 천천히 고개를 끄덕였다. '그자'는 분명 원의 시해를 모의한 배후일 것이다. 그리고 '그자'는 영인백의 딸을 죽이고 싶어 한다. 화살에 대해 알고 있는 소년과 영인백의 딸이 동일 인물인 것을 모르고서. 그런데 왜 영인백의 딸을 죽이려는 걸까? '그자'는 영인백과 손잡고 세자를 없애려는 사람이 아닌가. 더구나 그 딸은 그들이 왕으로 세우고 싶어 하는 왕전과 혼약을 할 참인데. 산은 생각에 잠겼다가 다시 개원이를 향해 눈을 반짝 떴다.

"너희가 '그자'에 대해 전혀 모른다면 지금 우리를 가둔 사람들이나 무석에 대해서도 아는 게 없겠구나?"

"그래요. 우린 아가씨가 죽……, 뭐, 미안한 말이지만 아가씨가 죽는 걸 확인한 뒤 보고만 하면 풀어 주겠다는 약조를 받았소. 이 모자란 자식의 어머니도 돌려보내 준다고 했고……. 벌써 하루가 꼬박 넘어갔으니 우리가 도망갔다고 생각할지도 몰라요. 그럼 늙은 할멈은……. 제기랄, 병들어 골골하는 늙은이란 말이오!"

"흐, 흐흑……."

갑자기 염복이가 울음을 터뜨렸다. 산의 눈빛이 안쓰러움으로 누그러졌다.

"잘 들어."

그녀의 목소리가 갑자기 낮아졌다.

"우릴 가둔 사람들은 '그자'에게 이제껏 협력하다 돌아선 사람들인 것 같아. '그자'는 당장 날 죽이길 바랐지만 이쪽에서 맡을 거라고 무석이가 말했잖아. 너흰 그걸 전하러 '그자'에게 갈 거고. 무슨 말인지 알겠지? 너희는 곧 풀려날 거란 말이야. 풀려나면 '그자'에게 가지 말고 자남산 기름시장 옆 금과정이란 집에 가서 수정후 왕린을 찾아. 산이 보냈다고 하면 만나 줄 거야. 그 사람에게 내가 여기 갇힌 걸 알려. 그럼 너희도 나도 살아날 수 있어."

"우, 우, 우리 어, 어, 어머니는요?"

훌쩍거리며 염복이가 끼어들었다.

"그것도 그에게 얘기해. 네 어머니도 구해 줄 거야."

"아니! 우린 '그자'에게 보고만 하면 돼. 더 이상 일을 복잡하게 만들고 싶지 않아. 충분히 겪을 만큼 겪었어!"

개원이가 진저리치며 말했다. 그는 품에 넣었던 값진 꾸미개들을 꺼내 던져 버렸다.

"더 이상 아가씨랑 엮이고 싶지 않소. 수정후 왕린? 왕족이구먼요. 아가씨도 그에 못지않은 귀족이겠지요? 높으신 분들이 싸우는 틈에서 끼어 죽기 싫으니 우린 빠지겠소!"

"모르겠어? 네 말대로 높으신 분들이 은밀히 싸우는 중이기 때문에 '그자'는 이 일이 새어 나가는 걸 원하지 않을 거야. 너흰 '그자'에게 가자마자 죽게 돼. 너희 어머니도 무사하지 못할 거고. 내 말을 믿어!"

산이 그들을 번갈아 보았다. 휙 고개를 돌린 개원이보다 그녀의 눈을 못 피하고 어쩔 줄 몰라 하는 염복이가 더 쉬운 상대로 보였다. 그녀가 묶인 손으로 염복이의 손을 꽉 잡았다.

"너희와 어머니, 그리고 내가 모두 사는 방법은 수정후 왕린을 찾아가는 거야, 알았어?"

보드라운 손에 잡힌 염복이가 헉, 얼었다. 개원이가 벌컥 화를 내며 그를 밀쳤다.

"그만! 이 얘긴 끝났어! 심부름만 하고 다 끝내는 거야!"

"제발 내 말을 들어! 아니면 너희는……."

나무문이 끼익 열리면서 산의 말이 끊겼다. 아슴푸레 밝은 바깥쪽에서 다부지게 생긴 서른 살 남짓의 여인이 들어오다가 보석들이 흩어진 보자기를 밟았다.

"뭐야, 금은붙이로 이 녀석들을 매수라도 할 참이었어?"

가소롭다는 어조로 쏘아붙인 여인이 황량黃粱*이 가득한 주먹밥과 물을 담은 대통이 들어 있는 소쿠리를 내려놓았다. 산을 보는 그녀의 시선에 비웃음이 어렸다.

"영인백이 재물로 왕까지 쥐락펴락한다더니, 딸도 그런가 보네? 소문엔 아비와 반대라던데, 피는 못 속이나 보지?"

"당신이 여기 두목이야?"

여인을 똑바로 쳐다보며 산이 물었다. 질문이 너무 천진스

---

* 노란 조.

러웠는지 여인이 비꼬던 시선을 거두고 크게 웃음을 터뜨렸다. 여인이 산의 손을 풀어 주며 말했다.

"밥이나 먹어."

우두머리는 아니지만 그에 가까운 사람인가 보다. 산의 짐작대로 과연 잠시 후 들어온 커다랗고 시커먼 사내에게 여인이 아버지라 불렀다. 이자가 두목이로구나! 산은 굵은 수염이 얼굴을 가득 덮은 사내를 올려다보았다.

"다 먹었나?"

걸걸한 목소리가 낮게 울렸다. 입가에 밥풀을 묻힌 염복이가 마지막으로 남아 있던 주먹밥을 얼른 집어 들었다. 두목이 발밑에 걸린 보석들을 발견하고 딸에게 턱짓을 하자 여인이 보자기로 패물을 돌돌 말아 빈 소쿠리에 담아 나갔다. 아쉬움에 젖은 눈으로 소쿠리를 좇던 개원이의 앞에 두목이 앉았다.

"잘 듣고 '그자'에게 전해라. 영인백의 딸을 대정 유심柔心이 데리고 있다고 말이다. 그동안 우리의 대의에 맞지 않는 허접스런 일에 우리를 써먹은 것, 더 이상 못 참는다고. 끌고 간 우리 동지들과 은 3백 근을 보내면 영인백의 딸을 준다고 해. 영인백의 재산을 홀랑 먹을 판에 충분히 들어줄 만한 조건인 거 안다고, 그러지 않으면 당장 영인백의 딸을 개경으로 보내 그간의 일을 까발려 준다고 해. 그리고 앞으로는 동등한 입장에서 일을 하자고. 나흘 내로 연락이 없으면 모든 게 끝장이라고. 알았어?"

"다 못 외우겠어."

개원이가 진정 난처한 얼굴로 말했다. 털북숭이 두목, 대정 유심이 다 이해한다는 표정으로 고개를 끄덕여 주었다. 그러나 개원이와 염복이의 처지는 달라지지 않았다. 유심은 사람 좋게 끄덕이던 고갯짓을 멈추고 잘라 말했다.

"잘 전해. 일이 틀어지면 너희나 그쪽에 잡힌 너희 인질을 무석이 죽일 테니까."

그는 더 이상 하소연을 들을 맘이 없는 듯 곧장 바깥쪽으로 몸을 돌렸다.

"잠깐."

불쑥 튀어나온 낭랑한 목소리에 유심이 걸음을 멈췄다. 어느새 다리를 묶은 끈도 풀어낸 산이 그의 앞에 다가섰다. 말해 보라는 듯 유심이 턱짓을 했다.

"그런 전언을 보내면 너희는 모두 죽게 될 거야."

"뭐라고, 이 꼬마 아가씨야?"

유심이 재롱부리는 손녀를 보듯 산을 내려다보자, 그녀가 손가락으로 그의 가슴 한복판을 쿡 찔렀다.

"당신과 당신 딸, 당신 부하들 모두."

"그거 참, 듣기 좋은 얘기는 아니구려."

"생각해 봐. 당신은 '그자'의 약점을 잡았다고 협박하지만, 이번만으로 그 협박이 끝나겠구나 하고 그가 안심하겠어? 약점을 숨기는 가장 좋은 방법은 약점을 아는 자들을 모조리 없애는 거야. 날 죽이려는 걸 보면 충분히 그럴 사람이지. 그러니 이 둘이 당신 말을 전해 주기 무섭게 여기 모두를 죽이려고 할 거야."

"우린 지질구레한 좀도둑 패거리가 아니라고. 그건 '그자'도 잘 알고 있어. 그는 우릴 쉽게 건드리지 못해."

"그만큼 위협적인 존재니 더욱 없애려 하겠지."

유심이 고개를 주억였다. 산을 대견스레 보던 그는 문밖에 서 있던 사내들에게 일렀다.

"이 아가씨를 송화松花에게 데려다 줘라. 그리고 내가 한 말을 외우도록 이놈들을 연습시켜. 대충 말뜻을 전할 거 같거든, 곧장 떠나게 해."

"이봐, 내 말을 알아들은 거 아니었어?"

산이 화가 나서 유심의 소매를 잡아당겼다. 투정하는 아이를 달래듯 인자하니 그녀를 바라보던 그는 소매를 떨치고 그대로 광을 나섰다. 걸걸한 목소리가 바깥에서 들렸다.

"아가씨 말은 잘 알아들었소. 하지만 결정은 내가 해."

"당신이 바라는 만큼 은을 줄 수 있어. 당신의 동지들을 구해 내는 일도 돕겠어. '그자'가 누군지 알려 주고 날 풀어 줘. 그럼 모든 걸 해결해 주겠어!"

"아가씨는 혈혈단신으로 야반도주한 이유가 있잖소. 우리가 풀어 준대도 집으로 돌아가지 않을 줄 잘 알고 있다오."

유심의 목소리는 이미 멀어져 있었다. 칼을 찬 사내들이 산에게 다가왔다. 한 걸음 주춤 물러선 산이 염복이의 옆을 스쳤다.

"아까 내가 한 말, 잘 기억해. 그래야 모두 살 수 있어."

염복이에게만 들리도록 나직이 속삭인 그녀는 사내들에게

이끌려 밖으로 나갔다.

린은 인기척을 느끼고 귀를 기울였다. 광명사의 가장 조용한 방은 아침부터 누구의 접근도 허락되지 않았다. 세자비와 영인백 딸의 만남이 예정되었기 때문이다. 린이 긴 다리를 불편하게 포개고 앉은 곳은 이 방에 딸린 지대방이다. 지대방이란 이불이나 옷 또는 지대, 즉 승려가 행장을 넣어 다니는 자루 따위를 두는 작은 방으로, 산이 방에 들어와 세자비를 기다리는 동안 린은 여기서 나가 그녀를 만날 작정이었다. 그는 문틈 사이로 방 안을 살폈다.

넓찍한 방에 들어선 사람은, 자개함이 여러 개 놓인 은반銀盤을 하나씩 든 계집종 둘이었다. 낮고 긴 나무 탁자에 쟁반을 내려놓은 그녀들은 얼른 나가지 않고 미적미적하는 게, 함 안이 못 견디게 궁금한 눈치다. 한 여자가 먼저 넌지시 떠본다.

"애, 채봉아, 아가씨 오시려면 시간이 좀 있지 않니?"

"광명정에서 기원 드린다니까 당장 들어오시진 않지."

"세자비께서는 더 늦게 오시겠지?"

"아직 도착도 안 하셨대. 불공드리고 어쩌고 하면 한참은 더 걸릴걸."

누가 먼저랄 것도 없이 두 여자가 쪼그려 앉았다. 시선은 자개함들에 고정되었지만 들켰다간 경칠 일이라, 둘 다 선뜻 열지 못한다.

"애, 채봉아. 너, 이거 비뚤게 놓지 않았니?"

"어머, 정말. 세자비께 올릴 선물인데 정갈하지 못하게 놔두면 안 되지."

핑곗거리를 찾아낸 여자들이 함을 고쳐 놓는 척하다 뚜껑을 젖혔다.

"세상에!"

두 계집종이 동시에 비명 섞인 감탄을 뱉었다. 작은 함이긴 했지만 가득 들어 있는 우윳빛 진주알이 적지 않았다. 하나를 열어 보면 그다음은 거리낌이 없다. 여종들은 다투어 함들을 열고 금방울이며 마노와 유리옥을 박은 반지, 은과 파란으로 장식한 비녀들을 꺼냈다.

"정말 엄청나다. 이걸 다 세자비께 드리는 거야?"

커다란 호박을 은으로 된 거미발로 물린 반지를 들고 채봉이가 감탄했다.

"채봉이 넌 별채 시중들면서 아가씨 패물 좀 봤을 거 아냐. 선물이 아무려면 그보다 더 많겠니? 뭘 그리 놀라는 척하니?"

"모르는 소리 마. 패물은 고사하고 아가씨가 사람을 얼마나 꺼리는지, 옆에 가지도 못해. 씻는 거며 입는 거 전부 혼자 하시고, 난 문밖에서 이것저것 들여 주기만 하는걸. 얼굴도 늘 가리셔서 맨얼굴 한 번 본 일도 없다고."

"그 몇 년 새 유난해지셨나? 많이 드시지도 않는다며?"

"내가 전에 중문까지 진지 날랐었잖아. 그땐 정말 농사짓는

머슴 못지않았는데, 지금은 새 모이만큼이나 드실까? 아무튼 고걸로 어떻게 사는지 이해가 안 돼."

"혼담이 오가는 처녀가 전이랑 똑같을 수 있겠어? 아무래도 떨리고 두렵고 그러지."

주제가 패물에서 아가씨로 넘어가자 린의 귀가 쫑긋하니 섰다. 산이 매우 괴로워하는구나! 여종들의 수다로 미루어 족히 짐작이 갔다. 더 자세히 말해 주었으면! 가슴이 바싹 타들어 가는 것 같았다.

"새 모이만큼만 드시고 기운 빠져서 나중에 낭군님이랑 어떻게 밤을 보내신대?"

여종 하나가 무엄하니 킥킥 웃었다. 채봉이가 정색을 하며 소리를 낮췄다.

"있잖아, 이건 정말 비밀인데. 우리 아가씨 말이야⋯⋯."

"응? 뭐가?"

"⋯⋯누군가 있는 것 같아."

"뭐?"

"주무실 땐 날 아예 쫓아내시거든? 그런데 어제 내가 별채 뒤쪽 섬돌에서 깜빡 잠이 들었단 말이야. 눈을 떠 보니까 사방이 컴컴하니 늦은 밤이더라고. 부랴부랴 일어서려니까 아가씨 방 쪽에서 소리가 나잖아."

"꿈꾸시며 잠꼬대라도 하셨나 보지."

"그게⋯⋯, 막 헐떡헐떡하면서 앓는 소리가 나는 게⋯⋯. 아이고, 왜 있잖아!"

"설마 내가 지금 상상하는, 뭐 그런 거는 아니겠지?"

"왜 아니야! 처음엔 나도 뭔가 싶어서 멀뚱했는데 말이지……. 이불인지 옷인지 막 부스럭거리는 소리에, 쪽쪽거리는 망측한 소리도 나고, 나중엔 '으응.' 하고 남자 신음 소리까지!"

"어머, 어머, 어머, 어머머!"

"내가 얼마나 놀랐겠어. 그 자리에서 완전히 돌이 됐다니까. 심장이 막 덜컹거리면서 간이 오그라들었다 펴졌다가 또 졸아들었다가, 아주 얼굴이 화끈거리는 게 듣는 것만으로도 벌렁벌렁하더라. 한참 있으니까 누군가 나가더라? 어떻게 나갔는지 보지 않아 모르겠지만 스사삭 소리와 함께 조용해졌어. 방에서는 아가씨가 훌쩍거리고……. 그래서 나, 밤새 한잠도 못 잤다니까? 내 눈에 핏발 선 거 안 보여?"

"어머머머, 어머! 채봉이 너, 주인어른께 말씀드려야 하는 거 아니니?"

"주인어른은 지금 배 직사만 볼 수 있잖아. 뭣보다 우는 소리 들으니 먹먹하고 안타까운 게, 고자질할 마음이 안 들더라. 별채에 들여서 밤까지 보내는 정인이 있는데, 혼사가 소문나면 안 된다며 쉬쉬하면서도 이렇게 예물 준비한다고 부산떨고……. 그 마음이 어떻겠어?"

진정 안타까운 듯 채봉이가 가슴을 두드렸다.

린은 입속 살을 물었다. 사내를 방으로 끌어들이다니, 어떻게 그럴 수가! 그는 주먹을 불끈 쥐었다가 이내 실소했다.

'어떻게 그럴 수가 있냐고? 왕린, 너야말로 그녀에게 무엇이기

에? 다른 이의 잠자리까지 참견하다니, 참으로 염치가 없구나!'

좋아하는 사람이 아니면 죽어 버릴 거라던 그녀의 외침이 생생했다. 그리도 연모하니 처녀의 명예도 무릅쓸 수 있었겠지!

'나는 산을 도망시키려 여기 온 게 아니던가? 도망친다는 건 그 사내에게 간다는 뜻인데 지금 와서 화를 내고 있으니 넌 얼마나 속 좁은 인간이더냐, 왕린! 네 벗이 밤새도록 괴로워 울었다는데, 넌!'

어젯밤 내내 울었을 그녀를 생각하면 가엾고 애달프다. 밉고 저주스럽다. 그리고 보고 싶다. 린은 힘없이 뒤통수를 벽에 기댔다. 허탈하고 무력했다.

다른 사람들 소리가 나면서 여종들이 허둥지둥 함들을 수습했다.

"자리를 정돈하고 막 나가려던 참이었습니다."

변명하는 채봉이의 목소리가 들렸다. 이어지는 점잖은 중년 여성의 목소리는 린에게 익었다. 누이의 상궁이었다.

"세자비마노라께서 곧 오시리다. 아무도 얼씬 못 하게 하겠으니 편히 기다리시지요."

치마들이 바닥을 쓸고 가는 소리, 한 명만이 남아 사붓이 앉는 소리가 나더니 곧 고요해졌다. 문 저편 공기를 타고 가늘게 쉬는 여자의 숨소리가 린의 귓바퀴를 타고 들어왔다. 그는 질끈 눈을 감았다.

'난 산을 도우러 왔다. 그녀가 어떤 결정을 하든, 그렇게 되도록 도우러 온 거야!'

속으로 몇 번이나 다짐한 린이 지대방의 문을 가만히 밀자 문에 달린 쇠고리에서 쩔꺽 소리가 나는 동시에 앉아 있던 여자가 흠칫하여 돌아보았다.

"나다, 산."

린이 다가가자 여자가 앉은 채로 뒷걸음질하며 도망가려 했다.

"산?"

의아한 린이 눈썹을 세게 찡그렸다. 여자가 뭐라고 하기 전에 그는 그녀의 목을 덥석 쥐고 졸랐다. 그의 눈이 위협적으로 빛났다.

"넌 산이 아니구나!"

여자가 온 힘을 다해 벗어나고자 애썼지만 그의 완력을 당해 낼 수 없었다. 린이 한 번 더 힘을 주자, 숨이 넘어갈 듯 그녀의 고개가 뒤로 꺾였다. 그녀의 얼굴을 덮고 있던 깁이 린의 다른 손에 홱 벗겨졌다. 얼굴을 길게 가로지르는 상처 자국을 가진 그녀는 물론 비연이었다.

"이제 네 목을 놓아주겠다."

린이 차가운 어조로 낮게 속삭였다.

"내가 묻는 말에 대답해. 소리를 지르거나 거짓을 고하면 네 목을 부러뜨려 버릴 것이다. 알겠느냐?"

비연이 힘겹게 고개를 끄덕이는 시늉을 했다. 린이 목을 놓아주자 막혔던 숨이 한꺼번에 터져 그녀가 연방 콜록거렸다. 그녀의 눈에 고인 눈물을 보자 린은 언짢은 마음에 눈을 돌렸다. 그는 천한 신분에도 불구하고 자매처럼 친근한 시비에 대해 산에게서 들은 적이 있었다. 비연이 어느 정도 진정되자 린이 물었다.

"산은 이미 도망친 것인가?"

그녀가 고개를 끄덕였다. 린은 머리에서 피가 썰물처럼 빠져나가는 느낌에 어질했다. 그러나 그의 목소리는 여전히 침착했다.

"언제?"

"사, 사흘 되었습니다."

갑작스레 안도감을 느끼고 린은 적이 당황했다. 사흘이면 어젯밤 정사는 산과 관련이 없지 않은가. 제일 먼저 그 생각이 들었던 것이다. 혼자 무안해진 그는 흠, 공연스레 목을 가다듬었다.

"어디로 갔지?"

"모, 모릅니다, 저는."

"그것 참 이상하구나."

린이 다시 그녀의 목을 죌 듯 다가앉았다.

"산 대신 네가 아가씨 노릇을 한다면 곧 영인백에게 들킬 텐데, 이렇게 대담하게 그녀인 척 행세하는 이유가 뭐지? 사실은 그녀에게 무슨 일이 생겼는데 영인백이 숨기고자 너를 내보낸 것이 아니냐? 혹 그녀가 자해라도 한 것인가?"

"아, 아닙니다, 아니에요!"

린의 날카로운 눈빛에 겁을 먹은 비연이 고개를 마구 흔들었다.

"저, 저는 아가씨가 붙잡히지 않도록 시간을 벌려는 것뿐입니다……. 주인어른은 편찮으셔서 경황이 없으십니다."

"영인백이……, 드러누웠다고?"

"예예, 그렇습니다."

"증세가 심한가?"

"예, 지금은……, 그런 듯합니다."

"그런 듯하다니? 넌 산 대신 영인백을 문안하고 의원의 보고를 받을 게 아니냐."

"그것이……, 주인어른의 환후를 아는 사람이 가산을 관리하는 자뿐이라서……. 소문이 나면 시전의 행랑들을 제대로 관리할 수가 없다고 해 집안사람들도 대부분 잘 모릅니다."

린은 잠시 생각에 잠겼다. 이윽고 비연과 마주친 그의 눈이 퍽 간절해 보였다.

"만일 산과 산의……, 동행이 힘겨운 도주를 하고 있다면 내가 도와주고 싶다. 그리고 영인백이 위중하다면 혼사는 미뤄질 수 있어. 그녀가 돌아오는 편이 좋을지도 모른다. 산이 어디로 도망쳤는지, 그곳이 안전한지 전혀 모르느냐?"

"혹시 나리께선……, 수정후 나리신지요?"

대답 대신 비연이 떨리는 목소리로 가늘게 물었다. 미심쩍은 빛이 린의 눈을 스쳤다.

"그렇다, 내가 왕린이다. 산에게서 들은 적이 있는가?"

물론이죠! 비연은 눈물이 왈칵 나올 것 같았다.

'이분이야, 이분이 바로 아가씨가 그렇게……'

그녀의 아가씨를 울고 웃게 만들었던 그 문제의 사내가 바로 눈앞에 있는 것이다. 상상하던 모습과 너무 달라 비연은 그만 실소할 뻔했다. 손목을 부러뜨리려 했다는 둥, 목뼈를 바숴 버리겠다고 협박하거나 멍이 들도록 턱을 쥐고 비틀었다는 둥 아가씨의 묘사가 워낙 폭력적이어서 그녀가 상상했던 린은 꽤나 우락부락하고 험상궂었던 것이다. 유난히 흰 피부와 매끄러운 윤곽, 마른 듯한 몸통에 얇은 선홍색 입술을 가진 소년과는 너무나 괴리가 큰 상상이었다. 하지만 영 틀린 것도 아니었다. 그는 비연을 보자마자 산이 아니라는 이유로 목을 졸라 버렸으니까 말이다. 그래도 그건 아가씨를 위해서니까! 비연은 오히려 린이 다짜고짜 거칠게 나왔던 것이 고맙고 흐뭇했다.

'아름다운 분이다. 아가씨와 꼭 어울리는 분이야. 아가씬 이분이 영 무심하다고 했지만 사실은 아가씨를 무척 염려하고 있어. 어쩌면, 어쩌면 이분도 아가씨를……'

두근두근하는 가슴에 손을 얹고 비연이 상기된 목소리를 냈다.

"아가씨께서 계신 곳을 알 방법이 있습니다."

"뭐? 어떻게 말이냐?"

"아가씨가 안전한 곳으로 피할 수 있도록 도운 사람을 알고 있습니다. 그 사람에게 물어보면……."

"그 사람이, 누구지?"

불편한 듯 린의 말투가 약간 어색해졌다. 비연도 얼굴을 붉히며 더듬거렸다.

"저, 저와 가, 가까운 사람입니다. 내, 내일 볼 수 있으니, 제
가 물어보면⋯⋯."

"네가 어제 별채에서 만난 사람인가?"

"어떻게 아시는지요?"

깜짝 놀라 눈을 동그랗게 뜬 비연을 보고 린은 아차 하였다.
어젯밤 정사가 산과 무관하다는 걸 확인하고 싶은 마음에 섣부
르게 아는 척을 한 자신은 얼마나 저급한 사내인가! 그는 비연
에게 몹시 미안하고 민망하였다.

"그저 짐작이다. 산은 그럼 안전하단 말이지?"

"예. 제가 그⋯⋯, 아는 사람에게 물어 장소를 알아 놓겠습
니다. 나리께서 가 주신다면 아가씬 정말 기뻐할 거예요!"

린은 거듭 민망했다. 그녀의 아가씨는 그의 도움을 받느니 죽
어 버리겠노라 극언하며 가 버린 팔관회의 밤에 대해선 말하지
않은 모양이다. 멋쩍어하는 그의 표정에 비연은 확신이 생겼다.
아가씨에 대한 이 남자의 감정은 분명 우정 이상이리라. 그러나
아가씨가 워낙 강하게 부인했기에 그녀는 조심스레 물었다.

"나리께서는, 아가씨를 집으로 돌려보내실 작정이십니까?"

"외지에서 불안에 떠는 것보다 낫지. 아까도 말했지만 영인
백의 병세에 따라 혼사는 미뤄질 수 있으니."

"미뤄진다는 건 나중에라도 나리의 형님과 혼인해야 한다는
뜻이 아닙니까."

"마침 우리 집 쪽에서 영인백을 탐탁지 않게 여기고 있으니

이번에 미뤄지면 거부의 뜻을 분명히 할 것이다. 그러니 걱정하지 않아도 된다. 산을 만나면 그걸 말해 줄 참이다."

"그럼 나리께선 어떻게 우리 아가씨와 혼인하실 겁니까?"

"뭐?"

"그런 이유로 혼사가 파기되면 나리께선 어떻게 아가씨와 혼인하실 것이냔 말입니다."

"내가 산과……? 그게 무슨 말이지?"

그녀가 눈에 파랗게 불을 켜고 당돌하니 물어보아 린은 벙한 얼굴이 되었다.

"우리 아가씨가 누구 때문에 단신으로 집을 떠나셨는데, 나리께서는 아가씨를 도로 데려다 놓으면 그만이란 말씀이십니까? 나리께서 그러신다면 굳이 제가 아가씨 있는 곳을 알려 드릴 이유가 없군요! 아가씨께선 나리를 보는 것만으로도 괴로우실 테니까!"

"누구 때문에 떠나다니? 왜 나를 보고 산이 괴롭단 말이냐?"

갑자기 수세에 몰린 린이 황망히 물었다. 비연은 아가씨의 마음고생을 충분히 이해했다. 왜 사내들이란 눈치라는 게 도통 없을까? 왜 일일이 말을 해 줘야 비로소 알아듣는 것일까? 분한 마음마저 들어 눈물이 나오려 했다. 실제 그를 꾸짖듯 소리치는 그녀의 음성엔 이미 울음이 조금 섞여 있었다.

"나리가 아니면 안 되기 때문에 우리 아가씬 작은 보퉁이 하나만 들고 밤에 나성을 넘어 갔습니다! 나리껜 그저 동무일지 몰라도, 아가씨는 그게 아니란 말입니다! 나리 때문에 팔관회 때 그렇게나 예쁘게 꾸미고 가셨는데……. 나리는 그걸 보고서도 전혀 눈치 채지 못하셨단 말인가요, 예?"

"산이, 나를……?"

믿기지 않는다는 얼굴로 그가 중얼거렸다. 그의 무지에 흥분한 비연이 계속 소리쳤다.

"절대 아가씨가 있는 곳을 가르쳐 드리지 않겠습니다. 제 목을 부러뜨린다고 하셔도, 절대로! 아가씨께선 나리를 피해서 떠나신 겁니다. 나리의 그 무심함을 견딜 수 없어서요!"

린은 소녀가 진정될 때까지 잠자코 있었다. 잠시 뒤 제풀에 꺾인 비연이 훌쩍이기 시작하자 그가 잔잔하니 말했다.

"내일, 네가 말한 사람을 만나겠다. 언제 어디서 볼 수 있는지 알려 다오."

"그럴 수 없습니다. 아가씨가 나리를 보며 또 가슴앓이하는 걸 볼 수 없어요……."

"나는 산을 만나야겠어. 그리고 네 말대로라면 산도 그걸 바랄 것이다."

차분하면서도 맑은 목소리가 비연을 압도했다.

"내일 그가 너를 언제 찾아오느냐?"

"유심이 그런 식으로 나오다니, 일이 꼬이는군요."

말의 내용과 달리 느긋하니 말하며 송인이 콧수염을 손가락으로 꼬았다. 그런 사촌 동생을 보는 송방영은 속이 끓는다.

"꼬이는 정도가 아니야. 유심이 죽을 각오를 하고 까발리면 우리는 물론 일가 전체가 몰살이야. 애초부터 그런 부랑자들을 데려다 쓴 게 잘못이야. 그놈들은 언제고 섶을 지고 불구덩이에 뛰어들 것들이었어."

"으흠."

송인이 종형의 비난에 수긍하듯 고개를 끄덕끄덕했다. 가느다란 그의 눈초리가 방구석에 박힌 꼬질꼬질한 두 사내에게 향했다. 눈을 가린 개원이와 염복이가 무릎을 꿇고 앉아 목을 한껏 움츠렸다. 개원이 앞에 쭈그려 앉은 송인이 속삭이듯 물었다.

"영인백의 딸을 너희가 유심의 소굴에 데리고 갔단 말이지?"

"예, 나리."

개원이는 목소리가 퍽 간질거린다고 생각했다. 청루의 문을 두드리자마자 눈이 가려져 질질 끌려온 것이 불길했다. '너희는 가자마자 죽게 돼!'라던 산의 말이 저주처럼 뇌리를 스쳤다. 조금이라도 빨리 여기를 벗어나려면 고분고분 답하는 방법밖에 없으리라. 하지만 그래도 결국 죽지 않을까 하는 불안감이 그의 마음을 어둡게 덮었다.

"자기 일당이 대의에 걸맞지 않은 일만 해서 못 참겠다고?"

"뭐, 그 털북숭이는 그게 좀 언짢았나 봅니다요."

"영인백의 딸과 맞바꾸는 조건으로 제 일당과 은 3백 근을 내라고?"

"생긴 건 털털한데 욕심이 꽤 있더라고요."

"들어주지 않으면 영인백의 딸을 이용해 날 죽이겠다 협박했단 말이지."

"아니, 저, 죽이겠다, 뭐 이렇게 직접적으로 말한 건 아니고요, 까발려 준다, 그런 식이었지요. 예. 앞으로 동등하게 일하자, 그런 걸 보면 완전히 등을 돌린 건 아닌 것 같던데요……."

"까발린다는 게 곧 죽인다는 말이야!"

송방영이 화가 나 버럭 소리 질렀다. 그는 자신을 통해 다 아는 얘기를 누추한 잡놈에게 확인하는 송인 때문에 더욱 화가 났다.

"이렇게 뒤통수 맞으려고 그 대역 죄인들을 먹여 주고 입혀 주고 살뜰히 보살펴 줬나? 키우는 사병도 적지 않은데 왜 그런 놈들까지 손댄 거야, 자네는!"

"쉿, 형님. 그 얘기는 나중에 합시다."

"영인백 쪽은 어찌 되었나? 그 일을 맡은 무석이 딸을 빼돌렸지 않아! 일을 시작할 때부터 이럴 작정이었던 거네! 그래서 구형이까지 죽였던 거야."

"치부책과 문서들을 넘긴 걸 보면 무석이나 유심은 완전히 배신하지 않았소. 구형이를 죽인 건 딸을 빼돌리는 데 방해받지 않기 위해서였을 뿐이오. 제 놈들이 날 도왔으니 나도 제 놈들의 요구를 거절하지 않으리라 생각했던 걸까요? 그 녀석들은 정말 순진하게 날 협박했어요."

씩씩거리는 사촌 형에게 씩 웃어 보인 송인이 다시 개원이를 보았다.

"무석이 여자를 끌고 왔을 때 너흰 왜 그 자리에서 여자를 죽이지 않았지? 그러면 이런 말썽은 없었을 텐데."

"저기, 나리께서 무석이란 놈이 여자를 죽이는 걸 확인하라고만 하셨습니다요. 그냥 그러면 되는 줄 알았죠. 나서서 뭔가 했다가 일을 망치면 나리들께 폐만 끼치지 않겠습니까요."

"그것 참 옳은 말이야. 모두 너처럼 생각한다면 그것도 나쁘지 않은데 말이지……."

송인이 흘낏 송방영을 보았다. 내 잘못이란 말이야? 송방영이 당황해서 어깨를 으쓱했다.

"하지만 고지식하게 시킨 대로만 하는 놈들은 상황이 조금만 변하면 뭘 해야 될지 몰라 허둥대거든. 눈치가 없는 놈들은 참 귀찮아."

송인의 중얼거림에 개원이는 등줄기를 죽 타고 흐르는 한기를 느꼈다. 간질거리는 목소리가 건조하고 무겁게 돌변한 것이 죽음의 전조처럼 들렸다. 개원이가 다급하니 외쳤다.

"저희는 나리들이 어떤 분인지, 뭘 하시는지, 뭘 하시려는지 도통 모른답니다! 그러니 시키신 대로 따를 수밖에요! 그저 말을 잘 들은 죄밖에 없습니다. 나리께서도 아실 겁니다!"

"물론이야. 잘 알지. 하지만 내 형님께서 너흴 내게 데리고 온 게 문제야. 난 부리는 사람을 이렇게 가까이서 보는 걸 아주 싫어하거든. 내 말을 듣는 것도 너무 싫어."

"저희를 보세요. 눈을 완전히 가렸어요! 나리가 어떻게 생기셨는지도 몰라요! 게다가 저희는 어리석어서 기억도 못 해요. 무슨 말씀을 하셨는지 벌써 다 잊었답니다!"

개원이의 안타까운 외침을 흘려들으며 송인이 송방영에게 다가가 조용히 말했다.

"유심이 딴마음을 먹었다면 없앨 수밖에요. 그리고 저 두 녀석……."

송인의 턱이 개원이와 염복이를 슬쩍 가리켰다.

"……더 이상 쓸모가 없는데다 무석이나 유심, 영인백의 딸까지 다 만났으니 당장 처리하세요."

"우, 우, 우리 어, 어, 어머니는요?"

숨죽이고 있던 염복이가 울먹였다. 송인이 친절하게 대꾸했다.

"우리 형님께서 그러시는데 늙은이가 너무 시끄러웠다는구나."

"어허허!"

웃음 같기도 한 울부짖음이 염복이의 목에서 터져 나왔다. 송인이 눈살을 세게 찌푸렸다.

"난 시끄러운 건 질색이야, 특히 천한 것들이."

송인이 고개를 절레절레 내저으며 방을 나갔다. 사촌 동생이 나간 자리를 보며 후, 불만스레 한숨을 내쉰 송방영이 문밖으로 몸을 내밀어 사람들을 불렀다.

"거기 누구 없니?"

퍽! 송방영은 뒷머리에 번쩍 불이 나는 것을 느끼며 그대로 쓰러졌다. 평소라면 감히 그림자도 밟지 못할 귀족 나리겠으나 개원이는 다급한 김에 송방영의 등을 밟고 문지방을 넘었다. 양손 양발 멀쩡히 놔두고 눈가리개만 하다니, 이 육시할 놈들이 철동 불주먹을 우습게 봐도 유분수지. 혼자 남은 놈 뒤통수 치기로는 따라갈 위인이 없거늘! 한 방에 송방영을 대자로 뻗게 한 개원이는 허겁지겁 복도로 나갔다가 아차 하여 다시 송방영을 밟고 방 안으로 뛰어 들어와 여전히 꺽꺽대는 염복이를 일으켜 세웠다. 넋 나간 사람처럼 풀린 염복이의 눈에서 눈물이 줄줄 흘러내렸다.

"일어나, 이 자식아! 사람들이 온다고! 꾸물거릴 시간이 없어!"

개원이의 말 그대로 두 사람은 방을 나서자마자 달려오는 사내들에게 발각되었다. 둘은 사람들이 들이닥치는 방향의 반대편으로 정신없이 뛰었다. 도망 다닌 경험이 적지 않은 그들이었지만 쫓아오는 사내들도 만만치 않았다. 청루가 가득한 골목이라 숨을 곳도 많을 텐데 너무 급하게 달리는 통에 주변을 돌아볼 여력이 없었다. 그저 앞으로만, 앞으로만 내달릴 뿐이라 잡히는 것은 시간문제였다. 골목을 오가는 사람들을 밀치고 길거리에 펼쳐 놓은 좌판과 평상들을 걷어차거나 뛰어넘으며, 두 사람은 한발 한발 다가오는 죽음의 공포 속에 미친 듯이 내달렸다.

"어, 어, 어떡해, 혀, 형님!"

달리면서 울고, 울면서 달리는 염복이가 헉헉대며 소리쳤다. 낸들 아니! 이를 악물고 달리는 개원이의 머릿속에 퍼뜩 산이 떠올랐다.

"너 인마, 그 아가씨 말 기억해?"

"누, 누, 누구?"

"영인백 딸인지 뭔지 그 여자! 그 여자가 말한 곳, 기억해?"

"자, 자, 자남산."

"그래! 기름시장 옆 금과정! 수정후 왕린!"

"그, 그, 금⋯⋯."

"잘 들어, 이 자식아. 저기 갈라진 길에서 헤어지는 거야! 둘 다 살지, 둘 다 죽을지, 하나만 남을지 그건 모르겠지만, 기름 시장 옆 금과정이란 곳에 가는 거야! 거기서 수정후를 찾고 우 릴 살려 주면 그 아가씨가 있는 곳을 말해 준다고 하는 거야! 알아들었어?"

"어, 어, 어!"

갈라진 곳에서 자남산 방향으로 염복이를 밀어 보낸 개원이 가 길 한가운데 우뚝 섰다. 그는 재빨리 옆의 행랑에서 말채찍 을 집어 들고 항전 태세를 갖췄다.

"혀, 혀, 형님!"

돌아본 염복이가 기겁을 하고 부르자 개원이가 호통을 쳤다.

"어서 가, 이 자식아! 말해 준 거 잊어 먹지나 말고!"

염복이가 비척비척 뒤를 보며 달려가는 사이, 그들을 쫓아 온 사내들은 물론 말채찍의 주인과 주변 상인들까지 개원이에 게 몰려들었다. 커다란 콧구멍으로 힘껏 바람을 뿜은 개원이가 두 팔을 쫙 벌려 길을 막고 기세 좋게 외쳤다.

"빨리 가구소에 가서 알리시오! 채찍 훔친 도둑놈이랑 그놈을 잡아 죽이려는 놈들 몽땅 싸잡아 가라고! 멍하니 구경만 하지 말고, 어서!"

개원이는 쫓아온 사내들 중 하나가 휙 뛰어오르는 것을 보고 채찍을 힘차게 휘둘렀다. 그의 눈앞에서 칼날이 번쩍 춤을 추었다.

송화는 가늘게 실눈을 뜨고 한숨을 쉬었다. 짜증보다는 동정심이 일 지경이다. 산이 밥 뭉치를 주물럭거린 지 일각이 다 되어 간다. 아마 그 밥알들은 모두 죽이 되었을 것이다.

"그렇게 해서 언제 다 만드니? 사람들 뱃가죽이 벌써 등에 붙었겠다."

"이게 말이야, 밥알끼리 붙어야 하는데 자꾸 내 손에 달라붙잖아."

으스러진 주먹밥을 내보이며 산이 하소연을 했다. 과연 밥알이 모두 부서져 형체가 보이지 않는 떡이 되었다.

"손바닥에 물을 먼저 바르라니까!"

"아차."

실패한 밥덩이를 대나무 그릇 위에 던져두고 산이 손을 적신 후 새롭게 도전했다. 무서운 힘으로 눌러 대는 통에 또 하나의 밥덩이가 떡이 되었다. 송화가 참다못해 쏘아붙였다.

"야, 주먹밥이랑 무슨 원수졌니? 그렇게 힘을 주면 딱딱해져서 맛없잖아. 밥도 너무 많이 들어가고. 좀 적당히 못 해?"

"아, 미안."

선선히 사과한 산은 또 밥덩이를 던져두고 밥을 한 줌 움켜쥐었다. 이번에는 제법 힘을 조절해 조물조물 한참 만에 둥글게 빚은 주먹밥을 내밀었다.

"이건 어때?"

품평을 기다리는 산의 눈에 기대감이 어렸다. 한입 베어 문 송화의 눈썹이 심하게 주저앉았다. 이번만은 자신 있었던 산이 고개를 갸웃했다.

"맛이 별로야?"

"별로고 자시고, 맛이란 게 안 나. 아무것도 안 넣었어?"

"응? 뭘 넣어야 하는 거야? 밥을 동그랗게 뭉치면 그게 주먹밥이잖아."

말똥말똥 눈을 굴리는 산의 앞에 송화가 작은 단지 하나를 탕 내려놓았다.

"적어도 간은 돼야지. 그 사람들은 엄청나게 땀을 흘려서 짭짤한 게 당긴단 말이야."

"아하."

산이 소금을 집어 함지에 뿌리는 것을 보며 송화가 설핏 웃었다. 그들의 포로인 이 소녀는 맘대로 동무처럼 굴었다. 엄청난 신분 격차에도 불구하고 반말을 찍찍 내뱉는 송화의 무례한 태도를 자연스레 받아들였고, 죽을 날이 다가오는데도 놀이를 하듯 명랑하게 일을 도왔다. 대갓집 아가씨를 본 적 없는 송화지만 산이 별스럽다는 건 알겠다. 한 가지 의아한 점은, 아무리 귀녀라도 집안을 다스리려면 일하는 법을 배웠으련만 이 소녀는 여인의 일에 영 젬병이란 것이다. 길쌈도 모르고 바느질도 못했으며 음식은 해 본 적이라곤 없는 사람 같다. 도대체 할 줄 아는 게 뭐야? 송화가 짜증이 일어 비아냥거린 게 며칠 전이다.

'입는 것도 먹는 것도 남이 해 줘야만 하니 할 줄 아는 게 아무것도 없지! 누가 도와주지 않으면 도대체 어떻게 살래? 일하지 않아도 평생 먹고사니 높으신 분들은 참말 좋겠다.'

그녀의 거침없는 말에 산은 화내지 않았다. 오히려 수긍하는 듯 보였다.

'그래, 맞아! 지금껏 누가 해 주는 대로만 살았지. 이제 혼자 살아가야 하니 나, 처음부터 다 배워야겠다.'

그러더니 뭐든 다 하겠다고 팔 걷고 나섰다. 번번이 야단에, 구박에, 호통에, 미운 소리만 들었지만 주눅 들 줄 모르고 실패를 거듭하며 씩씩하게 도전하는 중이다. 귀엽기도 하고 대견하기도 해 연방 소금을 뿌려 대는 산을 보며 조용히 웃던 송화는, 화들짝 놀라 단지를 빼앗았다.

"아니, 얼마나 퍼 넣을 작정이야? 주먹밥을 만들려는 거야, 소금밥을 만들려는 거야, 지금?"

"어? 너무 많았어?"

손에 움켜쥔 나머지 소금마저 탈탈 털어 넣으며 산이 눈을 동그랗게 떴다. 단지 속을 들여다본 송화는 그 태연스러운 태도에 기가 막혔다.

"소금이 얼마나 귀한 건데 모래 퍼 넣듯이 막 퍼 넣느냐고. 너희 집에서야 말로 쓰든 섬으로 쓰든 아무렇지 않겠지만, 우리한텐 금이나 다름없단 말이야!"

"미안, 그렇구나. 조심할게."

"거기다 이렇게 짜면 어떻게 먹어? 에, 퉤퉤!"

맛을 본 송화가 우거지상을 하고 뱉어 버렸다. 정말 미안해진 산이 당황하여 좁은 부엌 안에서 우왕좌왕하였다.

"어쩌지? 물을 부을까?"

"주먹밥이 아니라 죽을 끓이자는 말이니? 비켜! 밥을 더 해서 섞을 테니까!"

송화가 산을 밀어내고 밥을 새로 안치며 쏘아붙였다.

"이래 가지고 집 나와서 어떻게 살려고 했어? 금은붙이 팔아 가며 너희 집에서 살듯이 똑같이 아가씨 행세를 하려고 했어?"

"별로 생각을 못 했어."

아궁이에 불을 땔 때는 송화의 곁에 쪼그려 앉아 산이 솔직하니 말했다.

"닥치는 대로 살겠다고 생각했는데 정말 나, 너무 형편없구나."

"그러게 왜 집은 나와 가지고. 호강에 겨웠군!"

마음은 그렇지 않지만 입이 거칠고 직설적인 송화는 일단 내뱉어 놓고 아차 했다.

"……맞아, 호강에 겨웠지."

쪼그려 세운 무릎에 턱을 얹은 산이 불길을 응시하며 혼잣말처럼 중얼거렸다.

"모두 저마다 바빴는데 난 아무 생각도 없었어. 이것저것 손대긴 했지만 뛰어나지도 않았고 정작 쓸모도 없었지. 누구처럼 친구를 지켜 주는 것도, 괜찮은 의견을 내놓는 것도 아니고 그저 내가 재밌어서 한 것뿐……. 결국 혼자 살아야 할 때가 되어선 할 수 있는 게 아무것도 없게 돼 버렸어. 날 위해 희생해 준 사람을 볼 낯도 없이."

"뭐, 그렇게 스스로를 책망하진 마. 그다지 나쁘진 않으니까 말이야, 너도."

뜻밖의 약한 모습을 드러낸 산을 보고 너무 심했다 싶어 송화가 말했다. 이 아가씨가 왜 가출했는지 송화도 들었다. 목숨을 부지하기에도 급급한 그들의 처지에선 호강에 겨운 이유지만, 어떤 사람에게는 그게 절실한 이유가 될 수 있다고 생각하는 송화는 조금 부드러워진 목소리로 물었다.

"지금 입고 있는 그 두루마기 주인이지? 네가 집을 나온 이유."

움찔한 산이 대답을 못 하고 무릎에 고개를 파묻는다.

"왜 그 사람한테 안 가고 무석을 따라 나섰어?"

"상관 마."

웅크린 그녀를 바라보던 송화가 똑같이 쪼그려 앉아 턱을 무릎에 얹었다.

"말해 봐. 언니가 조언을 해 줄 수도 있잖아?"

송화가 또 아차 했다. 언니라니, 얼토당토않다. 계속되는 반말지거리에 너무 물든 모양이다. 게다가 곧 죽을 사람에게 무슨 조언? 자조하는 그녀에게 산이 입을 열었다.

"화가 났었어."

산이 고개를 들고 무릎에 턱을 괴었다. 그녀의 눈이 아궁이의 불길을 더듬었다.

"억지로 혼인하느니 도망가겠다고 했는데, 좋아하는 사람이 아니면 죽어 버릴 거라고도 했는데, 상대가 자신이라는 걸 전혀 몰라. 그러면서 도망가게 도와주겠다는 거야. 알고 있었어, 내가 누굴 좋아하든 말든 그 사람에게 중요하지 않다는 거. 중요한 일이 따로 있는 사람이란 거. 늘 그랬는데, 알고 있었는데 더 참을 수가 없었어. 그래서 다시는 보지 않겠다고 결심했어. 마침 도와주겠다는 사람이 나섰고 그게 무석이었을 뿐, 그 사람만 아니라면 누구에게라도 도움을 받았을 거야."

"중요한 일이 따로 있는 사람이라……. 그 사람에게 말했어? '내가 좋아하는 사람이란 바로 너야!' 그렇게 말했어?"

"말해서 뭐 해? 콧방귀도 안 뀔 사람인데. 모든 걸 세자에게 바친 사람이니 내 마음 따윈 받아들일 자리도 없을 거야."

"바보 같긴!"

송화가 산의 이마에 대고 손가락을 세게 튕겼다.

"그런 걸 왜 미리 따져? 넌 그저 네 마음을 말하고 그는 그저 그의 마음을 말하는 거야. 그냥 툭 털어놓고 말해! 중요한 일이 따로 있어서 여자를 마다할 사내는 없어. 일도 하고 여자도 얻는 거지."

"그는 그런 사내가 아니야."

"그런 사내가 아닌 사내는 없어."

"어떻게 알지? 넌 사내도 아니잖아."

"사내는 아니지만 경험이란 게 있잖니. 너 같은 풋내기랑은 다르지."

"좋아하는 사내가 널 거들떠보지 않은 적 있어?"

"있지, 10년 정도."

산의 눈이 접시만큼 휘둥그레졌다. 10년! 엄청난 격차를 느끼며 그녀는 송화에게 경외심을 품었다. 송화의 담담한 표정에서 연륜이 묻어나는 것 같았다. 밀물처럼 밀려드는 호기심을 가누지 못하고 산이 물었다.

"어떻게 됐어, 10년 후엔?"

"부부가 됐지."

아? 산의 입이 벌어졌다. 그녀의 놀람을 이해한다는 듯 송화가 고개를 가볍게 끄덕였다.

"열세 살 때부터 쫓아다녔지. 처음엔 날 귀여워했어. 여긴 특수한 패거리라 여자애가 거의 없었거든. 난 모두의 누이동생이었지. 그래서 그도 날 누이처럼 아껴 줬어. 하지만 연심은 없었어. 그럴 조건이 아니잖아? 우린 목숨을 걸고 하루하루를 사니까! 게다가 그는 아주 무뚝뚝하고 감정을 죽이는 사람이었어. 너의 그 사람처럼 중요한 일이 따로 있다고 생각했었지. '사랑이니 가족이니 달콤한 것들은 모두 내세에서.' 그렇게 현재의 즐거움을 모두 미뤄 뒀었지. 알고 있었지만, 이해하고 있었지만 좋아하는 마음을 돌이킬 수가 없는 거야. 그래서 열일곱이 되던 해, 말했지. 좋아한다고, 이 불안한 삶에서 하루라도 사람답게 살고 싶다고, 그러니 아내로 맞아 달라고, 그렇게 말했지…….”

“그래서?”

“단칼에 거절당했어. 우린 살아도 산목숨이 아니니까. 이미 오래전에 모두 죽었어야 할 사람들이니까. 사람답게 산다는 게 사치고 과욕이거든. 그 사람은 그걸 잘 알았지.”

산은 마치 자신의 이야기를 듣는 것처럼 빨려 들었다. 그녀는 송화가 되고 린은 송화의 남편에 겹쳐졌다.

“어떤 말로도 설득할 수 없었어. 그땐 죽고 싶다고도 생각했지. 그를 보는 하루하루가 절망이었거든. 하지만 보지 않으면 그것도 참을 수 없을 것 같더라. 그래서 난 선택을 했어, 괴롭더라도 가까이서 그를 보면서 사는 생을. 그렇게 평생 그의 동지이자 누이로 남을 마음이었어. 그런데 내가 스물셋이 되던 해에, 아버지가 어떤 사람을 만나서 우린 떠돌이 생활을 마감했어. 그 어떤 사람이, 너도 짐작하겠지만, 널 죽이라고 명령한 사람이야. 우리는 땅이란 걸 가졌고 집에서 잠을 자게 되었어. 발 딛고 설 곳이 생기면서 난 또 욕심이 났어. 그래서 다시 아내로 맞아 달라고 했지. 그리고 또 한 번 거절당했어.”

“맙소사. 나라면 견딜 수 없을 거야.”

“거절일 뿐인걸! 내가 싫다는 게 아니라 그저 아내를 원하지 않는다는 거지. 어쨌든 나는 평범한 애원은 그만두기로 했어."

"다른 방법이 있었단 말이야?"

"그래, 좋은 방법이라곤 할 수 없지만 막다른 길에서 꺼낸 최후의 방법이었지."

"그게……, 뭔데?"

"한밤중에 알몸으로 그의 이불 속에 들어갔지."

산의 얼굴에 피가 몰리면서 목까지 빨개졌다. 홍시처럼 잘 익은 얼굴에 송화가 웃음을 터뜨렸다. 얼마간 웃다가 정색을 한 송화의 입가에 쓸쓸한 미소가 걸렸다.

"좋은 방법은 아니었어. 나도 인정해. 하지만 그땐 그 방법 외엔 생각이 안 났던 거야. 그도 놀라서 화를 냈지."

"그래서……, 다른 방법을 썼어?"

"바보니, 넌? 아직 끝나지 않았단 말이야! 난 화내는 그에게 말했어. 오늘 하룻밤으로 평생을 살겠다고. 그게 나를 살아가게 해 주는 힘이 될 거라고."

"하지만 그건……."

"구걸이라고? 맞아, 난 구걸했어. 그렇게 해서라도 그의 것이 되고 싶었어. 그래서 그의 손을 잡아서……."

송화가 산의 손을 잡고 자신의 왼쪽 가슴에 얹었다. 뭉클한 느낌에 산이 소스라치며 손을 빼려고 했지만 송화가 단단히 붙잡고 놓아주지 않았다.

"……이렇게 놓았지. 내 심장이 얼마나 세게 뛰는지 느껴 보라고 말이야. 악착같이 그의 손을 잡고 있으려니까, 어느새 그가 내 가슴을 한 손 가득 움켜쥐었지."

"알았어, 알았으니까 제발 놔줘!"

얼굴이 희게 질렸다가 다시 빨개지기를 거듭하는 산을 약 올리듯 송화는 한참 만에 손을 놓아주었다.

"그렇게 우리는 부부가 되었어. 뭐, 너한테 이렇게 하라고 권하는 건 아냐."

"굉장한 얘기구나."

산이 흠흠 목을 가다듬으며 양손을 뺨에 대고 얼굴을 식혔다.

"그 사람, 내가 여기서 본 사람이야?"

"보긴 했지, 여기선 아니지만."

"응? 여기서가 아니라고?"

"내가 얘기한 사람은 무석이야. 그가 내 남편이야."

산의 얼굴을 데웠던 피가 얼어붙었다. 그녀가 파래지자 송화가 피식 웃었다.

"무석이 한 일을 내가 알게 될까 봐 겁나니?"

"알고……, 있어? 그가 한 일을?"

산의 목소리가 떨렸다.

"그것도 모두 우리의 대의를 위해서야! 여기까지 끌려와 놓고 무석이 진심으로 그런 일을 했을 거라고 생각하진 않겠지? 그가 쉽게 마음을 내주지 않는 사람인 건 지금 말해 줬잖아."

아무렇지도 않은 듯 송화가 말했다. 그러나 높아지려는 어조를 애써 누르는 기색을 완전히 지울 수는 없었다. 그녀의 괴로움을 감지한 산의 머릿속이 더욱 혼란스러워졌다. 비연은 무석을 철석같이 믿으며 모든 것을 내줬다. 송화는 남편이 다른 여자를 품도록 용납했다. 그녀들이 겪은, 그리고 겪을 고통을 대의라는 이름으로 강요하다니? 그건 대의도 뭣도 아니야! 산은 분노에 휩싸여 버럭 소리를 질렀다.

"어떤 대의? 우리 집의 재산을 가로채려는 대의? 그걸 위해서 내 친구의 순진한 마음을 유린하고 날 죽이려고 했어? 그걸 위해 아내를 배신해?"

"배신이라고? 난 배신이라고 생각하지 않아! 내가 괜찮다는데 누가 무석을 욕할 수 있지? 넌 그가 도둑놈이라고 비난하고 싶은가 본데 그건 우리 일의 일부였던 거야. 우린 더 큰 목적이 있어!"

송화가 맞받아 큰 소리로 외치자 산이 질세라 목소리를 더욱 높였다.

"더 큰 목적이 뭔데? '그자'가 시키는 대로 따라 하는 것?"

"우린 같은 목적을 가지고 그와 손잡은 거야. 이 땅에서 몽골 세력을 몰아내고 고려인만의 세상을 만들 거라고!"

무섭게 번득이는 송화의 눈빛에서 산은 일종의 결의를 읽었다. 복전장에 흘러든 유민들과는 너무도 달랐다. 산의 목소리가 누그러졌다.

"너희는……, 누구야?"

"너 같은 꼬마가 태어나기 전에 탐라에서 마지막까지 몽골군에게 대항하던 사람들이 있었지. 내 아버지가 바로 그들 중 하나야. 몽골군이 모두 몰살시켰다고 생각하겠지만 남해안 일대에서 살아남은 사람들이 있었어. 우린 죽기 직전에 빠져나왔고 전국을 누비면서 항전을 계속했어. 그러니까 우린, 마지막까지 남은 최후의 삼별초야."

"삼별초!"

린에게 들은 적이 있었다. 삼별초는 예전 고려를 한 손에 주무르던 최씨무신정권 때 조직되었던 군대였다. 무인들과 그들의 추종자들이 자행한 가혹한 수탈에 들고일어난 백성들을 초적으로 몰아 진압하기 위해 만든 것으로, 처음에는 야별초夜別抄 하나였으나 그 수가 많아 좌우별초로 나누고 뒤에 몽골에서 도망해 온 사람들을 모아 따로 신의군神意軍이란 부대를 만들어 이 셋을 합해 삼별초라 불렀던 것이다. 이들은 무인 집정자들의 사병 조직으로 정권에 대항하는 자들을 제압하는 것이 그 임무였다. 몽골과의 전쟁으로 고려 전체가 위기에 빠졌을 때, 권력을 몽골에게 빼앗기지 않기 위해 왕실과 함께 강화로 들어간 무신정권을 보호하는 역할을 맡았던 부대였다. 몽골에 짓밟히면서도 강화의 조정에 여전히 무거운 세금을 내야 했던 백성들의 저항을 억누르고 처단했던 부대였던 것이다.

선왕*이 몽골과 화친을 꾀하면서 오랜 전쟁이 종식되자, 내분에 휩싸인 무신정권은 무너졌고 그 주력부대였던 삼별초는 존속할 기반을 잃어버렸다. 해체 위기에 몰린 군인들은 반란을 일으켰고 그것이 몽골군과 왕실에 대한 대규모 항전으로 이어

---

* 원종.

474

졌다. 이전까지 몽골과 무신정권에 저항했던 백성들은 이제 삼별초와 함께 몽골과 왕실에 저항했다. 백성들에게 실질적으로 필요했던 것은 제대로 일하고 그 결과를 정당하게 누리는 지극히 당연한 삶의 조건이었을 뿐, 지배자가 무인이건 왕실이건 크게 문제가 되지 않았던 것이다. 모두 피와 땀을 빨아먹는 거머리에 불과했으니 말이다.

마침 항쟁 대상이 같았던 삼별초를, 이전 자신들을 억압하고 진압했던 군대였지만 백성들은 현재의 목적을 위해 열렬히 응원하고 더 나아가서 함께 싸웠다. 그리고 그들은 모두, 고려군을 지원하던 몽골에 의해 몰살되었다. 그 후 20여 년이 훌쩍 지난 지금, 산은 살아남은 삼별초의 무리 속에 있었던 것이다.

"너희가 삼별초라고?"

산이 의아하여 물었다.

"그 당시에 너흰 어렸을 텐데? 네 아버지를 제외하곤 탐라나 남쪽 해안가에서 싸웠을 만한 사람이 없어 보이는걸. 너 역시 열 살도 안 되었을 때인데."

"그래, 아버지만이 우별초의 대정이야. 나머지는 삼별초의 아이들이거나 유랑하는 동안 합류한 유민들이지. 하지만 우린 모두 삼별초의 긍지를 가슴에 품고 살고 있어!"

송화의 눈이 자랑스러움으로 번쩍였지만, 산은 여전히 의아함을 거두지 못했다.

"어떤 긍지?"

"죽음을 무릅쓰고 몽골에 끝까지 저항한 긍지! 고려인으로

서 당연하잖아? 몽고풍蒙古風에 찌든 너희한테서야 찾을 수 없는 고귀한 정신이지."

"정말 몽골에 저항한 사람들은 따로 있었어. 삼별초는 몽골에 저항하기 위해 난을 일으킨 게 아니라 무인들과 함께 몰락하고 싶지 않아서 왕실에 반기를 든 거야. 사실 삼별초는 몽골에 대항하던 백성들을 줄곧 핍박했다고. 항몽은 그들에게 허울이야. 왕실이 몽골의 비호를 받았기 때문에 그런 식으로 둘러댔던 거라고. 긍지를 찾는다면 삼별초가 아니라 처음부터 몽골에 저항했던 백성들에게서 찾아야지!"

"똑같은 거야. 우리가 그 백성이야! 너희랑은 타고난 피가 다르다고! 너희 식대로 말하자면 천한 것들이지!"

"똑같지 않아. 삼별초는 부패하고 타락한 세가의 사병이었어. 권력자의 주구였다고. 너희가 그 백성이라면, 누군가의 꼭두각시가 되어 세자 시해나 강도짓을 하는 대신에, 탐욕스럽고 부정한 관리들을 처단하고 애민하는 마음으로 백성들의 생활을 안정시키려는 세자를 도와야 해. 왜냐하면 너희와 손잡았다는 '그자'는 예전 무인들처럼 권력을 잡아 전횡하기 위해 거치적거리는 걸림돌이 될 세자를 없애려는 거니까."

"무슨 소리 하는 거야? 세자는 몽골 공주의 아들이야. 몽골 사람이라고."

송화가 실소했다.

"고려 사람이기도 해! 대국이 손을 뻗은 곳은 무수히 많아. 그 속에서 고려인들이 고려의 국체國體를 지키며 살 수 있는 길은, 황실의 일원인 세자가 조정에서 힘을 가지고 정사를 돌보는 거야. 세자는 권농사를 없애고 뇌물로 정사를 어지럽히는 간신들을 귀양 보냈어. 세자를 시해하려던 '그자'는 백성들을 위해 뭘 한다고 했지? 그런 말은 한 적도 없을걸! 몽골에 대한 반감을 부추겨 너희를 이용할 뿐이지. 세자가 없어지면 좋아할 사람은 백성들이 아니고 백성들을 핍박하는 탐관오리들이야!"

송화는 당혹스러웠다. 얼른 반박할 말이 떠오르지 않았다. 그러나 어린 산에게 밀리고 싶지 않았기에 그녀는 고집스레 고개를 저었다.

"우린 몽골 왕자의 종이 되지 않을 거야. 고려인만의 나라를 만들 거라니까!"

"고려인만의 어떤 나라? 땅 뺏기고 쌀 뺏기고 종자까지 뺏겨 허덕이다 야반도주하는 농민들로 가득한 나라? 능력과 인품이 아니라 인맥과 뇌물로 벼슬 얻는 관리들이 득세하는 나라? '그자'가 만든다는 나라가 지금과 어떻게 다르지? 그런 얘기를 들어 보기나 했어? '그자'가 조금이라도 사람에게 애정이 있다면 너희에게, 무석에게 이런 일을 하라고 시켰겠어? 도대체 이따위 일이 네가 말하는 고려인만의 나라와 무슨 상관이야? 이 일로 괴로워진 고려인들은 도대체 어디 사람들이야?"

"하지만 우린 어차피 왕실의 반역자들이야. 우리가 갈 수 있는 길은 하나뿐이라고."

생동감이 퇴색한 눈길을 떨어뜨리며 송화가 중얼거렸다. 산이 그녀의 손을 꽉 잡았다.

"길은 있어. 세자에게 가서 너흴 사주한 '그자'가 누군지 밝혀. 세자와 함께 고려 백성을 살리는 길을 걷는 거야."

"말도 안 돼!"

산의 손을 매섭게 떨치며 송화가 펄쩍 뛰었다.

"그건 배신이야!"

"아니, '그자'의 사주에 놀아나는 게 너희의 그 빛나는 긍지에 대한 배신이야."

산이 분명한 어조로 잘라 말했다.

"그리고 너희는 '그자'에게 곧 배신당할 거야. '그자'는 너희를 한 번 쓰고 버릴 도구 이상으로 보지 않으니까."

"타는 냄새가 나는데?"

부엌문이 벌컥 열리더니 사내 하나가 불쑥 들어왔다. 깜짝 놀란 산이 아궁이 속 다 탄 삭정이를 부지깽이로 끌어 모으는 시늉을 했다. 송화가 머리를 매만지면서 일어섰다.

"필도 너, 왜 부엌까지 왔어?"

"대정 어른이 저 여자를 데려오라고 해서."

"개경에서 사람이 왔니?"

"응, 지금 막 도착했다나 봐."

"우리 사람들은? 같이 왔어?"

"몇 명이 먼저 도착했고, 우리 사람들이랑 은 3백 근은 지금 고개를 넘고 있대. 근데 밥은 아직 멀었어? 웩, 퉤!"

주먹밥을 집어 한입 가득 물었던 필도라는 사내가 비명을 올렸다.

"이거 뭐냐? 우릴 죽일 셈이야?"

"시끄러워. 저 애나 데리고 가. 그리고 사람들한테 밥은 조금 더 기다리라고 해. 새로 만들어서 가져갈 거니까."

송화가 함지를 번쩍 안고 밥을 퍼 담기 시작했다. 나무 주걱으로 밥을 섞어 가며 김을 빼는 그녀의 등 뒤로 부엌의 턱을 넘어가는 산의 발소리가 들렸다. 송화는 돌아보지 않았다. 아니, 돌아보지 못했다. 죽으러 가는 사람에게 인사할 정도로 그녀는 낯가죽이 두껍지 못했다.

"여러 가지로 가르쳐 줘서 고마웠어. 다음엔 좀 더 잘하는 모습을 보여 줄게."

산이 명랑하니 송화의 등에 대고 말했다. 송화는 저도 모르게 움찔했다. 그들 사이에 다음이란 없는 것이다.

필도를 따라 유심의 산채로 가면서 산은 주변을 둘러보았다. 교주도交州道*와 퍽 가까운 곳, 바늘잎나무들이 하늘을 가릴 듯 솟아 있다. 여자와 아이들이 지내는 부엌 딸린 산채와 유심과 남자들이 머무는 산채, 그들의 배를 채워 주기엔 너무나 부족한 밭뙈기와 멀리 떨어진 연무장까지, 유심의 세력권 전체를 이 나무들이 병풍처럼 둘러쌌다. 사방이 빽빽이 막힌 이 요새를 어디로 드나드는지 도통 모르겠다.

"너희 동료들이랑 은이 어디로 들어오지? 숲이 완전히 시야를 막고 있잖아."

---

* 강원도.

산을 따라 주변을 둘러본 필도가 걱정 없다는 듯 손을 내저었다.

"숲 어귀 고개 쪽에 망보는 사람이 있어. 거긴 연무장이랑 가까우니까 무슨 일이 나면 금방 처리할 거야."

필도는 산의 신중한 눈길을 힐끗 보고 덧붙였다.

"그러니 아가씨가 도망친다 해도 발각되는 건 시간문제야. 무엇보다 우리 안내 없이 혼자 숲을 빠져나갈 수도 없고. 쓸데없는 생각은 안 하는 게 좋아."

그는 허리춤의 칼을 툭툭 쳐 보였다. 흥, 산은 가볍게 코웃음을 날렸다. 그러나 유심의 산채에 점점 다가가면서, 탈출할 방법이 뾰족이 떠오르지 않은 그녀의 얼굴에 그늘이 드리워졌다. 이대로 서르나문 걸음만 더 가면 영락없이 목이 베일 것이다.

'하지만 살아남는다 해서 뭐가 달라지지?'

무거운 의문이 맥연히 산의 머리를 스쳤다. 집에 돌아갈 수도 없고 가진 것도 없다. 신분을 감춰야 하니 어디에도 떳떳이 정착할 수 없다. 떠돌며 허드렛일을 하거나 구걸을 하는 삶 외에 선택이 있는가? 결국 생의 마지막 순간엔 누더기를 걸치고 먼지를 뒤집어쓴 채 길가에서 뒹굴고 있을 것이다. 그런 구차한 미래를 상상하자 욕지기가 치밀어 올랐다.

'차라리 여기서 죽어 버리는 게 낫지.'

산은 체념한 듯 고개를 떨어뜨렸다. 필도가 그녀의 변화를 눈치 채고 떠름하니 물었다.

"괜찮아?"

산이 묵묵히 발끝만을 보면서 걷자 필도가 혼잣말하듯 구시렁거렸다.

"죽으러 가는데 괜찮을 리가 없지. 솔직히 요 며칠 아가씰 보면서 우리 엄청 이상스레 여겼다니까? 뭘 그리도 묻고 배우고 여기저기 깔깔대며 다니는지. 애들이랑 흙바닥에서 뒹굴질 않나, 우리가 반말해도 화도 안 내고, 먹기도 주는 대로 얼마나 날름날름 잘 먹어? 고려에서 첫손가락 꼽히는 부잣집 아가씨라던데, 암만 봐도 이상해 못 믿겠더라고. 그런데 말이야, 생각해 보니까 그게, 죽을 날 받아 놓은 사람이 정상적으로 산다는 게 더 이상하더라고."

"너는 왜 사는 거야?"

"엥?"

뜬금없는 질문에 필도가 말을 딱 멈췄다. 왜 살다니? 살게 되었으니 살지? 머리에 떠오른 답이 질문에 비해 영 심오하지 못한 것 같아 필도는 콧구멍 밑을 살살 긁으며 고민했다. 산이 재차 물었다.

"왜 사는 거야? 제대로 입지도 못하고, 먹는 건 황량으로 빚은 주먹밥에, 언제 죽을지도 모르는 불안한 생활인데 뭐가 아쉬워 질기게 살고 있어? 널 지탱시켜 주는 힘이 뭐야? 삼별초의 긍지?"

"삼별초는 뭐, 나랑 상관도 없었는걸."

필도가 쑥스러운 듯 머리를 긁었다.

"난 들어온 지 얼마 안 돼. 꾸어 먹은 쌀 한 말이 한 섬으로 둔갑한 게 너무 분통터져서 쌀 꿔 준 향리를 때려죽이고 도망친 걸 대정 어른이 거둬 준 거야. 어차피 죽을 목숨이었는데 이렇게 처지가 비슷한 사람끼리 어울려 사니, 그게 위안이 되고 좋은 거지, 뭐."

"이렇게 계속 살고 싶어? 다른 욕심은 없어?"

"뭐, 욕심이야 사람인데 왜 없겠어. 내 맘대로 된다면 그저 예전처럼 농사짓고 살고 싶지. 난 주먹 쓰고 칼 쓰는 거, 솔직히 안 좋아해. 나중에 잘 풀리면 넓은 땅에 오순도순 모여 사람답게 살 거라고 대정 어른이나 송화가 말해서, 그걸 바라고 사는 거지."

"영영 이렇게만 살아야 한다면? 쟁기 대신 칼을 휘두르고 피 묻히며 살다가 오늘이라도 죽어 버릴 수 있는 거잖아?"

"옳은 일을 하기 위해서라면 어쩔 수 없지."

"옳은 일이라고, 이게? 넌 삼별초의 긍지랑 상관도 없다면서 왜?"

"송화가 그랬어, 대정 어른이 하는 일은 다 옳다고. 송화가 그러면 그런 거야."

산은 필도의 억양이 미묘하게 흔들리는 것을 감지했다. 연방 머리를 벅벅 긁어 대는 그의 어깨 위로 하얗게 풍설風屑*이 내려앉았다. 그의 순진한 수줍음에 산은 어리둥절했다.

"송화는 이미 남편이 있잖아?"

---

* 비듬.

"남편이라고 해 봐야 오지도 않는걸, 뭐. 말만 부부지, 처녀나 똑같단 말이야. 그리고 무석이 형은 언제 죽어도 이상하지 않을 사람이고……. 정작 송화가 어떻게 되어도 눈 하나 꿈쩍 안 할걸. 그러니 송화가 딴 맘을 먹는대도 할 말 없을 거라고."

"그러니까 네가 송화를 생각하듯이 송화도 널……."

"아니, 아니! 그런 거 아니다! 송화는 무석이 형밖에 몰라! 나 같은 건 보지도 않아!"

필도가 시뻘게진 얼굴로 호들갑스레 뛰어올랐다.

"그냥 보기만 하는 거야! 손댈 생각은 꿈에도 안 했다고!"

속내를 스스로 까발려 버린 필도가 저 혼자 당황하여 어쩔 줄 몰라 했다.

"난 그냥, 남편이 옆에 있어 주지 않으니까 멀리서라도 대신 지켜 주려고……. 그뿐이야. 더는 없어, 진짜!"

"그래, 알았어."

그녀가 곧 죽을 사람이란 걸 잊은 듯, 필도가 설핏 웃는 산에게 손가락으로 입을 막는 시늉을 해 보였다.

"아무한테도 말하지 마. 난 욕심 같은 거 안 내, 보는 걸로도 가슴이 그냥 뻐근하니까. 이대로 죽어도 괜찮아. 그러니까 아무한테도 말하지 마."

선선히 고개를 끄덕이는 산의 가슴이 찡하니 울렸다. 죽을 때까지 보는 것만으로도 만족하는 소박한 사랑이라니! 그녀는 무심한 린에게 절망하여 두 번 다시 보고 싶지 않다고 화를 냈는데 말이다.

'이대로 죽어 버린다면?'

산은 문득 공포에 휩싸여 얼어붙었다. 바람대로 린을 두 번 다시 못 보게 될 것이다! 진정 그걸 바랐던가? 아니야! 손끝에서 시작된 소름이 온몸으로 번져 그녀를 떨게 만들었다.

'보고 싶어, 보고 싶어, 린을, 단 한 번이라도 다시!'

파랗게 물든 그녀의 입술 사이로 가느다란 혼잣말이 흘러나왔다.

"안 돼. 난……, 못 가."

"뭐?"

몇 발짝 앞서 있던 필도가 물었다. 그와 눈이 마주친 산이 고개를 저었다.

"나, 난 여기서 나가야 돼. 난 만나야 할 사람이 있어."

"하지만 대정 어른이……."

"이렇게 끝나면 안 돼. 송화가 그랬어, 말해야 한다고! 난 아직 한마디도 안 했어."

"이, 이봐……."

송화까지 들먹이자 필도가 난처하여 엉거주춤했다. 무슨 말을 지껄이는지 이해는 안 되지만 결국 죽으러 못 가겠단 뜻임은 알겠다. 그녀가 딱하긴 했지만 놓아줄 수 없는 필도는, 천천히 뒷걸음질하는 산에게 같은 속도로 다가갔다.

"늦었소, 아가씨."

걸걸한 목소리가 산의 걸음을 멈추게 했다. 어느새 다가온 유심이 그녀의 팔을 붙잡았다. 털북숭이는 화가 나 있었다.

"정말 간교한 아가씨군. 이런 덜떨어진 놈을 꼬드겨 달아날 생각인 거요?"

"그렇지 않아!"

"그런 게 아닙니다요!"

산과 필도가 동시에 소리쳤다. 변명은 필요 없다는 듯 유심이 직접 그녀를 끌고 산채로 향했다. 산이 버둥거리며 소리를 높였다.

"너희 동료와 은을 확인하기 전까지 날 들여보내면 안 돼! 내가 저길 들어가자마자 우릴 모두 죽일 거야. 여자들도, 사내들도, 이곳에 있는 사람들 모두!"

"또 그 얘긴가? 이미 끝났소, 아가씨."

"너흰 모두 착각하고 있어! 이건 몽골에 항거하거나 고려를 새롭게 일으키는 거랑 아무 상관도 없어. 권력 싸움을 일삼는 자들의 종노릇을 하는 거나 마찬가지야!"

"그건 두고 봅시다."

"두고 보면 늦는 거야. 이 고집쟁이 노인네 같으니라고!"

"우리에겐 달리 방법이 없소. '그자'와 함께 일하는 것만이 우리가 살아갈 수 있는 유일한 길이오. 그러니 아가씨, 미안하지만 이제 조용히 갑시다."

"너희 모두 내 영지에서 땅을 일구며 살 수 있어! 안전하고 풍요롭게, 넓은 땅에 오순도순 모여 사람답게 살 수 있다고! 필도!"

산채의 문 앞까지 이르고도 산이 완강히 버티며 큰 소리로 필도를 불렀다. 어, 나? 산을 보는 그의 얼굴이 멍했다.

"필도! 넌 가서 고개를 넘어오는 사람들을 맞아라."

유심의 명령에 퍼뜩 정신이 든 필도가 불쌍한 소녀를 일별하고 재빨리 사라졌다. 이제 산에게는 저승길로 들어갈 일만 남았다.

유심이 문고리를 잡았다. 순간 산이 품속에서 장도를 꺼냈다. 그러나 그녀가 유심을 찌르기 전에 문이 벌컥 열리면서 안에서 튀어나온 사내가 칼을 크게 휘둘렀다. 순식간에 등을 베인 유심이 휘청 기울었다.

"유심!"

산이 그를 부축하는 사이 사내 두어 명이 더 튀어나왔다. 곧 산채 안에서 불길이 화드득 일어나 나무로 지어 올린 산막을 삼켰다. 산을 감싸 안은 유심의 등과 허리에 사내들의 칼침이 연달아 꽂혔다.

"이놈들!"

금방 죽어 넘어져도 이상하지 않았지만 유심은 대성일갈하며 칼을 뽑아 산에게 달려드는 사내들을 막았다.

"몽골이 진도와 탐라를 불태울 때도 살아남은 나다! 대정 유심이야! 내 목을 쉽게 베어 가기는 힘들 거다, 이놈들!"

"여자를 죽여라!"

고참인 듯한 사내가 붕 날아올라 유심의 어깨를 내리치며 고함쳤다. 기다렸다는 듯 한 사내가 산을 겨누어 칼을 번쩍 치켜들었다. 악! 비명 소리가 났지만 그것은 산의 비명이 아니었다. 사내가 맥없이 쓰러졌던 것이다. 쓰러진 사내의 뒤에 선 필도가 난자당한 유심을 보고 부들부들 떨었다.

"그 여자를 데려가! 안쪽 산채에 있는 사람들을 데리고 숲으로 들어가라, 필도야!"

"대정 어른!"

상대를 껴안고 뒹구는 유심을 뒤로한 채 필도가 울부짖으며 산을 잡아끌었다. 남아 있던 사내가 필도와 산에게 날래게 뛰어왔다. 산을 밀쳐 낸 필도의 팔에 칼이 날아들었다. 팍! 피가 튀어 산의 얼굴에 뜨뜻하니 흘러내렸다. 필도의 비명에 아득해진 그녀는 얼떨결에 장도를 휘둘러 사내의 칼 쥔 손등을 벴다. 뜻밖의 일격에 격분한 사내가 다른 손으로 산을 세게 때려 고꾸라뜨리고 그녀의 배를 깔고 앉아 목을 졸랐다.

'죽는구나! 이대로 죽어!'

땅에 머리를 세게 부딪은 그녀의 흐릿한 시야에 칼을 치켜든 사내의 일그러진 얼굴이 보였다. 순간 살고 싶다는 욕망이 불길처럼 일었다. 그녀는 온 힘을 쥐어짜 장도를 사내의 가슴에 깊숙이 박았다. 퍽! 사내가 비명도 지르지 못하고 그녀의 위로 무너졌다. 그가 치켜들었던 칼날이 자신을 향해 곧게 내려오는 걸 보며 산은 눈을 감았다.

'널 봐야 하는데, 린! 난 네게 할 말이 있어!'

그녀는 완전히 의식을 잃었다.

송화는 주먹밥이 담긴 함지를 머리에 이고 연무장으로 향했다. 아버지의 산채 쪽을 힐끗 본 그녀는 발걸음을 더욱 재게 놀렸다.

'불쌍한 것!'

산을 떠올린 그녀는 함지 아래에서 머리를 홰홰 가로저었다.

'생각하면 뭘 해, 돌이킬 수도 없는걸.'

송화는 입술을 물었다. 지금쯤이면 산채에 들어갔을 것이다. 벌써 죽었는지도 모른다.

'바보 같은 것!'

'고마워!', '미안!' 해맑던 목소리가 귀에 남아, 송화는 왠지 눈물이 나오려 했다. 사랑이 뭐라고 그 좋은 집을 뛰쳐나와 이지경에 이르렀는지 딱하고 한심하다. 우리 여자들은 사랑에 빠지면 어쩜 그리 앞뒤 가리지 않고 무모할까? 지난날의 자신에 산을 겹쳐 본다. 답은 없다. 그게 여자니까! 송화는 애잔해져 연무장에 들어섰다.

배고픈 사내들이 훈련을 멈추고 반가이 달려들었다. 다투어 함지에 손을 넣는 사내들을 살펴보며 송화가 물었다.

"필도는 아직 안 왔어?"

"그러게. 그 녀석 어딜 갔지?"

"아까 대정 어른이 불렀잖아. 거기 있겠지."

아직 산채에 있으려나? 송화는 유심의 산채 쪽으로 고개를 돌렸다. 뭉게뭉게 피어오르는 연기가 멀리 보였다.

"저거, 무슨 연기야?"

그녀에게 대답해 줄 사람이 없었다. 갑자기 숲 쪽에서 화살이 빗발치듯 날아왔던 것이다. 불화살도 더러 있어 연무장의 산막에 금세 불이 붙었다. 삽시간에 아수라장으로 변한 연무장을 연기가 매캐하니 덮는 가운데, 한 떼의 사내들이 들이닥쳤다. 갑작스런 공격에 우왕좌왕하던 유심의 부하들은 눈 깜짝할 새에 전멸당할 위기에 몰렸다. 다행히 무기를 쥐고 있던 참이라 곧 치열한 백병전이 벌어졌다.

송화는 동지들이 몸으로 부딪쳐 열어 준 탈출구로 숲까지 뛸 수 있었다. 목적지는 아버지의 산채지만 칼을 겨눈 한 소년에 의해 이내 앞이 막혔다. 희고 갸름한 얼굴에 키가 훤칠한 소년의 옆에서 옹송그린 사내가 그녀를 손가락질했다.

"이, 이, 이 여자도 하, 하, 한패입니다, 나리!"

송화는 말더듬이를 알아보았다. 이놈이 산채를 몰살시킬 부대를 안내했으리라.

'그 애 말이 맞았어! 우린 배신당한 거야!'

그녀의 목에 칼이 바싹 들어왔다. 소년이 입을 열었다.

"영인백의 딸이 있는 곳을 대라."

이 아비규환 속에서 지나치게 담백하고 가라앉은 목소리였다. 거부하기 힘든 위엄에 송화는 하마터면 산이 있는 곳을 손으로 가리킬 뻔했다.

'가르쳐 주면 나를 죽이고 그 애마저 죽이러 가겠지!'

송화가 대담하니 맨손으로 칼날을 움켜잡았다. 흭! 말더듬이가 숨을 삼켰고 소년도 의외의 반응에 좀 놀란 눈치였다. 눈을 홉뜨며 그녀가 다부지게 말했다.

"영인백의 딸은 이미 **빼돌렸다**. 나는 대정 유심의 딸로 그 장소는 나만이 안다. 싸움을 멈추고 우릴 살려 주면 가르쳐 주겠다. 아니면 그냥 날 죽여!"

"너희 쪽이 흰 옷인가?"

대답할 사이도 없이, 소년이 송화의 팔을 꺾어 말더듬이에게 넘기고 연무장 한가운데로 뛰어들었다. 어지러운 칼부림 속에서 송화는 소년의 흔적을 쉽게 좇을 수 있었다. 그가 지나는 길에 검은 옷의 사내들이 풀잎처럼 쓰러졌던 것이다. 그러나 그가 흰옷도 무차별적으로 쓰러뜨리자 송화는 이를 갈았다.

"저런 나쁜 놈! 다 죽이고 있잖아! 절대 말하지 않을 거야, 그 애가 있는 곳은!"

"아, 아, 아니야. 희, 희, 흰옷은 칼등으로 치, 치, 치시는 거……."

말더듬이가 진땀을 흘리며 변호했다. 다시 소년을 주시한 송화는 말더듬이가 잘못 보지 않았음을 알았다. 하지만 흰옷만 칼등으로 치는 것도 아니었다. 이편이나 저편이나 가릴 것 없이 칼등에 급소를 맞아 고꾸라졌던 것이다. 수십 명을 상대하면서도 몸놀림이 가볍고 경쾌한 것이, 마치 춤을 추는 것 같았다. 그녀는 놀라움에 입을 딱 벌렸다.

"저 사람, 대체 누구야?"

"아, 아, 아가씨가 불러 다, 달라고 해, 했던 수, 수정후 와, 와, 왕린 나리……."

송화는 해독하기 힘든 말더듬이의 뚝뚝 끊어지는 말을 간신히 이해했다.

'그랬구나! '그자'가 보낸 사람이 아니라 그 애가……'

소년은 바로 산이 입고 있던 두루마기의 주인이었던 것이다. 송화는 어느새 자신 앞에 선 그를 올려다보았다. 거친 숨을 고르며 그가 인내심을 짜내듯 말했다.

"싸움을 끝냈으니 그녀가 있는 곳을 대라."

시키는 대로 꼬박꼬박 다 하고, 엄청 순진한 나릴세! 송화는 실소할 뻔했다. 그녀는 단번에 이 사내가 산에게 푹 빠졌다는 걸 알아챘다. 그녀의 눈에 스친 조소를 본 린이 칼을 꼬나들었다.

"네가 말해 주지 않아도 나는 여길 샅샅이 뒤지면 된다. 하나 그전에 넌 죽을 것이다."

"아니, 어서 갑시다. 나도 아주 급하거든요."

송화가 벌떡 일어나 내달렸다. 처음 봤던 연기는 아버지 쪽에 변이 생겼다는 신호다. 산채에 가까워질수록 그녀의 가슴이 세차게 방망이질했다.

'아버진 쉽게 당하지 않아! 거기엔 필도가 함께 있어!'

하지만 무참하니 뒹구는 몸뚱이들이 그녀를 경악케 했다. 반쯤 탄 계단 아래에 검은 옷 하나가 널브러져 있었다. 조금 떨어져 유심과 또 한 명이 얽힌 채 쓰러져 있었고, 거기서 좀 더 바깥쪽으로 필도가 모로 누워 있었다. 필도의 근처엔 또 다른 검은 옷이 엎드린 채 죽어 있었다.

"아버지!"

송화가 외마디 비명을 지르며 유심의 몸을 뒤집었다. 죽은 상태에서도 단단히 틀어쥔 그의 칼은 검은 옷의 몸뚱이를 관통해 유심 자신의 배까지 반 치 정도 박혀 있었다. 송화는 연달아 아버지를 부르며 머리를 쥐어뜯었다.

"이, 이, 이 사람, 사, 사, 살았어……!"

필도를 들춰 본 염복이가 힉! 아까처럼 숨을 삼켰다. 송화가 달려와 필도를 안아 들었다.

"필도! 필도야!"

필도의 팔이 덜렁거리며 힘없이 꺾였다. 상처를 꽉 잡아 누르며 송화는 정신없이 그를 불러 댔다.

한편 린은 산을 얼른 찾지 못하고 허둥댔다. 살아남은 사람이 하나도 없어 보였다.

'산은 어디 있지? 도망친 건가?'

겨우 엎드린 사내 아래 완전히 깔려 거의 보이지 않는 사람 하나를 알아보았다. 허겁지겁 사내를 옆으로 밀치자 피로 범벅된 산이 누워 있었다. 엄청난 충격 속에 린은 잠시 멍했다.

'죽은 것인가?'

린은 털썩 무릎을 꿇었다. 새하얗던 그녀의 얼굴이 피에 얼룩졌다. 그는 떨리는 손으로 그녀의 뺨을 어루만졌다. 아직 온기가 있었다.

'내가 산을 죽였다! 내가 너무 늦은 거야! 나 때문에 죽었어!'

격정에 사로잡혀 린은 그녀를 와락 끌어안았다. 너무나 따뜻하고 너무나 부드럽다. 한참 후에야 그는 뭔가 이상하다는 것을 깨달았다. 산의 가슴에 귀를 갖다 댄 린은, 그녀의 심장이 여전히 뛸 뿐 아니라 아주 규칙적인 걸 확인했다. 서둘러 손가락을 코 아래 대 보았다. 따뜻한 숨을 고르게 뿜고 있었다. 그녀는 말짱했던 것이다!

"맙소사, 산! 넌 날 죽일 작정인 거야?"

린은 그녀의 뺨을 가볍게 두드렸다. 산이 움찔하더니 파르르 속눈썹을 떨었다. 눈을 번쩍 뜬 그녀는 악몽에서 깨어난 듯 와, 공포에 질린 비명을 올렸다. 린이 부드럽게 불렀다.

"나야, 산!"

"……린?"

믿기지 않는다는 듯 커다란 눈이 불안스레 흔들렸다.

"이제 괜찮아."

안타까움에 린이 옅게 웃었다. 손으로 그의 얼굴을 더듬어 보고서야 산은 그의 존재를 믿는 것 같았다. 그제야 안심했는지 그녀가 두 팔로 그의 목을 힘껏 껴안고 격렬하게 울음을 터뜨렸다. 그녀의 목덜미에 코를 묻은 린은 피비린내 속에서 난향을 맡았다. 조금 전까지만 해도 완전히 놓쳤다고 생각했던 향기였다. 그는 말없이 그녀를 꽉 껴안았다.

8

균열龜裂

그곳은 완전히 폐허였다. 산막들은 모조리 불탔고 연무장은 무덤들이 줄지어 선 묘지가 되었다. 염복이와 함께 마지막 봉분에 흙을 뿌리고 난 린은 괭이를 짚고 섰다. 을씨년스러운 풍광을 둘러보는 그의 가슴은 답답하기만 했다.

검은 옷의 사내들은 모두 죽었다. 죽이지 않으면 죽는다는 위기의식 속에서 살아왔기 때문인지 당한 만큼 갚아 준다는 철두철미한 복수 관념 때문인지, 살아남은 유심의 패거리는 적들을 모조리 도륙했다. 뒤늦게 연무장으로 돌아온 린은 괴한들의 배후를 쫓을 수 있는 단서를 어이없게 말살한 생존자들을 탓할 수 없었다. 더 큰 문제는, 배후인 '그자'에 대해 아는 사람이 생존자 중 하나도 없다는 것이었다. 송화마저도 알지 못했다.

'아버지만이 '그자'를 알고 있었습니다.'

그 말은 린을 무척이나 실망시켰다. 무석에 대해서도 물었지만 그 대답 역시 실망스러웠다.

'무석도 '그자'가 아니라 어떤 여자의 지시를 받는다고 들었습니다만, 그 여자 또한 저희는 모릅니다.'

침착하게 말하던 송화가 갑자기 두려움에 젖은 눈으로 물었다.

'무석이 살아 있을까요?'

린은 대답하지 못했다. 무석을 만나기 전에 염복이가 금과정에 난입해 개원이를 살려 달라고 애걸복걸했었다. 심하게 더듬대는 그의 말대로 개원이를 구하고 산을 찾아 달려오는 동안 린은 무석을 까맣게 잊고 있었다. 아마 그도 죽임을 당했겠지 생각할 뿐이다. 어쨌든 '그자'와 연결될 만한 끈은 죄다 끊어진 셈이다.

'이번 목적은 영인백의 재산을 가로채는 것이었다. 그러니 재산이 어디로 넘어가는지 조사하면 될 거야. 그놈을 잡을 수 있다. 잡아서 산에게 한 일을 톡톡히 갚아 주겠다!'

린은 괭이를 던졌다. 더 이상 여기서 할 일은 없다. 남은 건 산을 데리고 개경으로 돌아가는 것뿐이다. 그는 부엌이 딸린 산막으로 발을 옮겼다. 그곳에선 산이 송화 등과 함께 짐을 싸고 있었다. 그녀는 살아남은 사람들을 복전장에 보낼 생각이었다. 그들이 삼별초의 잔당이란 사실을 알게 된 린이 반대했지만 그녀는 고집을 버리지 않았다.

'그들도 모두 원의 백성들이야. 그러니 우린 그들을 보호해

야 해.'

'그들은 역적이었고 여전히 역모에 가담하고 있었어. 이건 네가 유민들을 거두는 것과 또 달라. 어떤 결과를 초래할지 모른단 말이다.'

'이젠 아니야!'

산이 애원하듯 그의 팔을 붙잡고 매달렸다.

'그들이 바란 건 땅과 집이야. 그들이 유심에 동조한 건 사람답게 살 수 없었기 때문이야. 유심이 죽어 버린 마당에 역모를 꾀할 사람은 이제 없어. 제발, 린! 내 말을 들어줘.'

결국 린은 산의 뜻을 꺾지 못하고 물러났다. 절대 안 된다고 생각했지만 그녀의 촉촉한 검은 눈을 마주하곤 딱 부러지게 말할 수가 없었다.

'할 수 없지. 산이 이전에 거둔 유민들처럼 송화 등의 호적을 만들어 주는 수밖에.'

그녀를 막을 수 없다면 거들 수밖에! 그의 결론이었다.

걸어가며 린은 품에서 장도를 꺼내 들었다. 산의 위에 엎드려 있던 사내의 가슴에 박혔던 것을 그가 발견하고 세심히 닦아 두었던 것이다. 칼집을 쓰다듬으며 린은 그녀가 칼을 꽂는 광경을 상상했다. 죽음의 공포 속에서, 연습이 아니라 진짜로 그녀는 사람을 죽였던 것이다.

'얼마나 무서웠을까? 가엾은 산⋯⋯.'

비명을 지르며 깨어나 한참이나 그에게서 떨어지지 못하고 울던 산을 떠올리니 가슴이 에이듯 아팠다. 조금만 빨리 도착해서 괴한들을 모두 해치웠으면 그녀가 그런 끔찍한 경험을 하지 않아도 되었을 것이다. 모든 것이 자신의 탓이었다.

'다시는 그런 일이 없도록 하겠다!'

린이 장도를 힘껏 쥐었다. 멀리서 송화가 달려오는 모습이 보였다. 문득 불길한 느낌이 그의 가슴을 스쳤다.

"무슨 일인가?"

"나리! 나리! 아가씨가 이상해요! 갑자기 쓰러지셨습니다!"

"뭐? 어째서!"

"생채기라곤 없는데 아마 내장이 상한 게 아닌가 싶고……."

린이 달리기 시작했다. 워낙 빨랐기 때문에 송화도 염복이도 그를 따라잡지 못하고 뒤처졌다. 단숨에 산막에 도착한 린은 산이 머무는 가장 안쪽 방으로 직행했다. 너무나 급박한 나머지 그는 문부터 벌컥 열었다.

"앗!"

안에 있던 산이 화들짝 놀랐다. 그녀는 옷을 갈아입는 중이라 맨어깨를 드러내고 있었다. 놀란 것은 린도 마찬가지로, 가는 선이 둥글고 매끄러운 곡선을 그리는 희고 섬세한 어깨를 얼떨하니 바라보며 우두커니 섰다. 산이 후다닥 바닥의 옷을 집어 들어 가슴을 가렸다.

"뭐 하는 거야, 린!"

"아, 나는, 그러니까……."

그는 변명할 말을 얼른 찾지 못하고 쩔쩔매다, 손에 든 장도를 들어 보였다.

"이걸 돌려줘야 해서……."

"알았으니까 문이나 닫아!"

그제야 정신이 돌아온 린이 문을 쾅 닫았다. 바보가 된 느낌이었다. 이런 난처한 경우를 겪기도 처음이지만, 이토록 사리 분별 못 하고 멍청하니 정신을 놓았던 적도 없었다. 난생처음으로 그는 얼굴이 화끈 달아오르는 것을 느꼈다. 빠른 걸음으로 산막을 벗어나자마자 그는 달려오는 송화와 마주쳤다. 아까의 급박하던 표정은 간데없고 흥미진진, 호기심이 반짝이는 얼굴이, 그가 얼굴을 붉히는 걸 보고 고소한 빛을 띠었다. 화가 난 린이 나지막이 그녀를 꾸짖었다.

"무슨 짓이냐?"

"아니, 왜 여기 계시죠? 그 방엔 아가씨 혼자밖에 없는데."

태연스레 반문하는 그녀 앞에서, 린은 입속 살을 지그시 물 따름이다. 송화가 조소를 머금었다.

"이렇게 빨리 나오시면 어쩝니까? 꼭꼭 감춘 정의情誼 좀 나누시라 부러 자리도 마련해 드렸는데."

"분수없는 짓이다."

"좀처럼 아가씨 옆에 계시질 않으니 이럴밖에요. 아가씨는 나리를 좋아하고 나리는 아가씨를 좋아하는데, 왜 서로 말을 하지 않습니까?"

"여기엔 네가 모르는 사정이 있다. 함부로 나서지 마라."

"귀한 분들은 사랑법도 다르답니까? 좋으면 좋고 싫으면 싫지, 그 사정이 얼마나 대단한지 모르겠지만 아가씨가 이 고생을 겪은 것도 다 나리가 미적미적 꾸물대서가 아닙니까."

깐족깐족 혀를 놀리는 송화 앞에서 린은 쓰게 입을 다물었다. 하찮아서가 아니라 어느 정도 수긍하기 때문이었다. 그래도 벗은 처녀의 방에 사내를 들여보내는 것은 용납할 수 없는 일.

"너는 아가씨를 도와준답시고 나섰지만 아가씨에게 매우 폐가 되는 일이었다. 다시는 이런 터무니없는 일을 벌이지 마라."

"폐가 된다고요? 아가씨는 바라고 있답니다. 나리께선 그걸 아셔야 해요. 말로 못 하시거든 행동으로라도 보이셔야죠! 넌 뭘 이제야 어기적거리고 나타났어! 얼른 네가 짊어질 보따리를 챙기란 말이야!"

린이 뭐라고 반박하기 전에 송화가 뒤따라온 염복이를 질질 끌고 가 버렸다. 남아 있던 그는 기가 막혀 헛웃음을 뱉었다. 그러나 송화의 훈계는 효과가 있었다. '아가씨는 바라고 있답니다.' 그녀의 말이 린의 머릿속에 콱 박혔던 것이다.

짐도 다 쌌고 부상자들도 수레에 태웠으니 산막을 떠날 일만 남았다. 마지막으로 산채 사람들은 연무장에 묻힌 자들에게 작별을 고했다. 여자들은 모두 울었지만 송화는 울지 않았다. 그녀는 머리에 꽂힌 비녀를 빼어 유심의 무덤 발치에 꽂았다. 그 비녀에 엉긴 검은 핏자국은 유심의 것이었다. 그걸 보고 다른 이들도 지니고 있던 물건들을 무덤가에 놓았다. 그렇게 흔적을 남기고 그들은 조용히 숲을 빠져나왔다.

바깥세상으로 통하는 고개를 넘자 송화가 모두를 멈추게 했다.

"저희는 몇몇씩 흩어져 서해도로 가겠어요. 나리와 아가씨는 한시라도 빨리 개경에 도착해야 하니 저희와 따로 가세요."

"괜찮을까?"

산이 걱정스레 묻자 그녀가 단호히 고개를 끄덕였다.

"얼른 가셔서 제 아버지와 산채 사람들을 죽인 '그자'를 찾아 주세요. 저희 때문에 발길 늦추시면 안 됩니다."

산이 린을 돌아보자 그가 고개를 끄덕였다. 둘 사이를 염복이가 눈치 없이 끼어들었다.

"그, 그, 그럼 저, 저, 저는 나리와 아, 아, 아가씨를 따라서……."

"넌 우릴 거들어야지, 어딜 쫓아간다는 거야?"

송화가 염복이의 귀를 잡아당겼다. 꽥 소리를 지르며 염복이가 버둥거렸다.

"하, 하, 하지만 아가씨 보, 보, 보따리를 들 사, 사, 사람도 있어야……."

"저 보퉁이, 아가씨가 직접 들고 오신 거거든?"

"하, 하, 하지만 개경에 내, 내, 혀, 형님이……."

"그 개원이란 자는 금과정에서 다 나을 때까지 돌봐 줄 것이다. 너는 걱정 말고 이들을 도와 복전장에 가 있거라. 네가 원한다면 언제든지 금과정으로 와도 좋다."

린이 결론을 내 주어 더 할 말이 없어진 염복이가 자라목을 하고 물러섰다. 송화가 린을 보고 설핏 웃자 거북해진 그가 외면했다. 의심을 살까 염려해 어두운 밤 숲길을 이용할 작정으로 송화 등이 흩어지고 산과 둘이서만 길에 남게 되자 린은 더욱 거북해졌다.

산은 나란히 걷고 있는 린의 옆얼굴을 물끄러미 보았다. 늘 그랬듯 그는 반듯하니 앞만 본다. 그래도 좋다. 그걸로 이젠 충분하다. 살아서 다시 그를 볼 수 있다니! 그녀는 팔관회 그 밤처럼 천지와 신명에게 감사했다. 정말이지, 그저 바라보는 외엔 욕심이 없다는 필도를 이해할 수 있을 것 같다. 송화는 마음에 있는 말을 툭 털어놓으라고 했지만 그녀는 더 이상 욕심부리지 않기로 했다. 린은 그녀의 부름에 기꺼이 달려와 도와주고 다독여 주었다. 물론 벗으로서. 연인이 아니어도, 그는 곁에 있는 것이다.

'린, 나는 이제 내 마음을 네가 알아주길 포기할래. 그게 더 오랫동안 우리가 서로를 볼 수 있는 길이라면 난 그 길을 선택할래.'

산은 애잔하고도 연연한 미소로 그를 응시했다. 어쩌면 너는 한눈 한 번 팔 줄 모르니! 속으로 타박하던 그녀는, 문득 린이 돌아보아 가슴이 철렁 내려앉았다.

"무슨 일 있니?"

"아니, 난……."

산이 얼른 눈을 내렸다. 친구로 영원히 남겠다고 결심했지만 그를 예사롭게 보기는 힘들다. 공연히 발끝에 걸린 돌멩이를 걷어찼다.

"아까 돌려주겠다고 한 거, 그거 언제 주나 하고……."

"아, 그거."

린이 황급히 품에서 장도를 꺼내 건넸다. 무심코 받으려 내민 그녀의 손이 그의 손과 스치자 둘 다 화들짝 손을 뗐다. 그 바람에 장도가 짤그랑 소리를 내며 바닥에 떨어졌다. 동시에 장도를 줍기 위해 숙인 둘의 이마가 쿵 부딪쳤다.

"미안!"

"아니, 내가."

어색한 공기가 그들 사이에 흘렀다. 침묵. 굳이 말을 나누지 않아도 얼마든지 어울려 지냈던 그들이었지만 지금의 침묵은 어쩐지 숨쉬기조차 불편했다. 린이 가까스로 말문을 열었다.

"아까는 미안했다."

"뭐가?"

"네가 그⋯⋯, 그런 때 갑자기 문을 열어서."

그런 때? 갸웃하던 산의 얼굴이 확 붉어졌다. 그녀가 저고리를 훌훌 벗고 속살을 드러낸 일을 말함이다. 아까 그에게 보였을 어깨가 화끈하여 산은 고개를 모로 틀었다. 아차, 린은 입속살을 물었다. 안 하느니만 못한 말을 꺼내 더 어색하게만 되었다. 다시 침묵. 아까보다 곱절로 불편하다. 호젓하고 고즈넉한 숲길에 오직 둘의 발소리만 울렸다.

한참 만에 린이 좀 전보다 더 힘겹게 말을 꺼냈다.

"아마도 네 혼담은 깨질 것 같다. 네 아버지의 상태도 그렇고 세자비께서도 힘써 주신다 했어. 그럼 넌 네가 좋아한다는 그 사람과⋯⋯."

"이제 됐어, 그 문제는."

"뭐?"

린이 우뚝 서서 큰 소리를 냈다. 산도 깜짝 놀라 섰다.

"왜 그래?"

"이제 됐다니, 무슨 말이냐?"

"이제 집에 돌아가 지금까지 해 왔던 대로 살겠다는 말이지."

"그 사람이 아니면 안 된다고 네 입으로 말했잖아. 그 사람 때문에 집을 나왔던 게 아니었어? 그 사람이 아니면……, 죽겠다고, 그러니까 네가……."

당혹하여 말을 잇지 못하는 린을 보며 산의 눈빛이 절망으로 어둑해졌다.

"그래서? 개경에 돌아가면 그 사람이랑 도망가게 도와주겠다는 말이야, 지금?"

연인이 될 수 없다면 벗으로라도 곁에 남겠노라 다짐했지만 이건 아니다. 다른 남자와 도망가라고 등 떠밀며 축복해 주는 그를 보는 건, 죽는 것보다 더 절망적이다. 차라리 죽으라고 해! 꼭 깨문 그녀의 입술이 바르르 떨렸다. 그녀의 성난 얼굴을 마주한 그는 몹시 혼란스러워 보였다.

"이제 됐다는 건, 그 사람을 더 이상 마음에 두지 않는다는 말이냐?"

"그래, 그럴 거야."

"그럴 거라고? 그건 또 무슨 뜻이지?"

"난 그 사람이 아니면 죽을 만큼 좋아하지만 그 사람은 나란

애한테 손톱만큼도 마음이 없으니까! 그러니까 그 사람이랑 도망가게 도와주겠다는 망집은 집어치우라고!"

"아."

린의 짤막한 탄성이 그녀의 신경을 긁었다. 나쁜 놈, 이건 바로 널 두고 한 말이야, 이 멍청아! 다혈질의 성격이 부글부글 끓어올랐다. 반면 린은 아까보다 훨씬 편안해 보였다. 그의 입가에 옅은 미소마저 지나간 것 같아 산은 잔뜩 독이 올랐다.

"그 사람에 대해서 말해 봐, 산. 어떤 사람이니?"

"멍청이야."

"아아, 그래. 그 멍청이에 대해서 말해 봐."

"아주 멍청해. 내가 하는 말을 죄다 못 알아듣거든."

"흠."

"사람 마음이란 걸 전혀 몰라. 그러면서 다 이해하는 척 엉뚱한 소리만 해 대지."

"저런."

"돌처럼 무디고 단단한 심장을 가졌어. 감정이란 게 없는 사람이야."

"정말 그렇게 생각해? 그런 사람이 좋단 말이야, 너는?"

서로의 가슴이 붙을 듯 가까이 선 린이 산의 눈동자를 들여다보았다. 코를 스치는 시원한 솔향기를 산은 진정제라도 되듯 깊게 들이마셨다. 사나운 기세가 어느새 수그러들고 슬픈 빛이 그녀의 큰 눈을 채웠다.

"그 멍청이는……."

그녀가 힘겹게 입술을 달싹였다.

"……의기가 강하고 포부가 커. 참되고 맑은 정신으로 나를 감화시켜. 하지만 앞만 보고 가느라 날 돌아봐 주지 않아. 항상 옆에서 그 사람만 보고 있는 날……."

그녀의 눈에 물기가 고이기 시작했다.

'안 돼, 더 이상은. 아무리 노력해도 예사롭게 말할 수 없어.'

산은 한계에 이르렀음을 절감했다. 눈물이 그녀의 의지를 배반하고 볼을 적셨다.

"맙소사, 산."

린이 양손으로 그녀의 뺨을 감싸 쥐었다.

"그 멍청이가 지금까지 널 얼마나 괴롭혔는지조차 몰랐구 나. 지금이라도 뉘우친다면 용서해 줄래?"

그게 무슨 뜻? 산은 그의 얼굴이 천천히 내려오는 것을 무방 비하게 보았다. 솔향기가 따뜻한 입김에 실려 짙어졌다. 전혀 빠르지 않은 행동이었는데도 그녀는 피하지 못했다. 곧 그의 입술이 깃털처럼 부드럽게 그녀의 입술을 눌렀다. 뜨겁고 말 랑한 촉감에 그녀의 눈이 한껏 커졌다. 곧 입술을 뗀 린이 멍 해진 그녀를 내려다보며 멋쩍게 웃었다. 숨이 멎을 듯한 놀람 이 진정되면서 산은 지금 그가 무슨 짓을 했는지 어렴풋이 깨 달았다.

"이건 내가 불쌍해서야?"

작게 중얼거리는 목소리가 떨렸다. 린의 눈썹이 와락 구겨 졌다.

"이런! 산, 아무리 나라도 그렇게까지 멍청하진 않아."

그의 입술이 다시 내려왔다. 이건 꿈이야. 산은 눈을 감고 그녀의 입술을 덮는 열기를 오롯이 느꼈다. 느리게 움직이는 뜨겁고 얇은 핏빛 피부가 그녀의 예민한 붉은 주름들을 문지르며 간질였다. 현기증이 났다. 꿈이라기엔 너무 생생하잖아! 꿈이란 경험들이 조각조각 해체되고 다시 조합되어 얽힌 가공된 경험이다. 전혀 경험도 없고 전혀 무지한 감각을 꿈에서 느끼는 것이 가능하겠는가? 고로 이것은 완벽한 현실이며 다시없는 기적인 것이다! 너무나 놀라운 기적에 산은 숨쉬기를 잊었다.

"산, 숨은 쉬어야지!"

린이 걱정스레 입술을 떼었다. 참았던 숨을 몰아서 뱉으며 산이 가까스로 눈을 떴다.

"내가 아는 한 그 멍청이는 이런 걸 할 줄 모를 텐데."

"그럼 이제 조금은 멍청이에서 벗어난 거야, 그 멍청이는?"

연하게 웃는 그를 보니 불이 붙은 듯 얼굴이 뜨거웠다. 산이 그의 가슴을 힘껏 밀어냈다.

"널 두고 말하는 줄 다 알면서 시치미를 뗐던 거야? 그렇게 의뭉스러운 사람이었어?"

"미안. 어떻게 말을 꺼내야 할지 몰랐어. 너도 알다시피 멍청하잖아."

린이 그녀의 손목을 잡아 세게 끌어당겼다. 중심을 잃은 그녀가 그의 가슴에 넘어지듯 안겼다. 그녀의 허리 뒤를 한 손으로 단단히 받친 린은 다른 한 손으로 턱을 잡고 고개를 숙였다.

새빨개진 산이 비명을 질렀다.

"길가야, 린!"

"괜찮아."

"하지만 누가 지나가면."

"너의 그 멍청이는 전혀 신경 쓰지 않을 거야."

"내가 아는 한 넌……."

'……그럴 사람이 아닌데.'라고 말하려 했으나 산은 말문이 막혔다. 린이 그의 입술로 그녀의 입을 막았던 것이다. 아까보다 훨씬 더 짙고도 깊어진 입맞춤이었다.

산은 경이로움에 몸을 떨었다. 린의 이 뜨거운 숨결과 간절한 몸짓은 모두 그녀를 향한 것이다. 냉정하고 침착하고 단아했던 그가 이렇듯 달라질 수 있다니! 이렇게 놀랍고 신기한 사건이 또 있을까? 단단하게 그녀의 몸을 감싼 그의 팔 안에서 그녀는 꿈꾸듯 사르르 눈을 감았다.

"영인백의 여식이 서홍후와?"

유들유들한 웃음기가 싹 가신 원의 반듯한 이마에 주름이 잡혔다. 귀국하고 곧장 찾은 아내에게서 들은 첫 소식이 바로 처남인 왕전과 영인백의 딸 사이에 오고간 혼담이었다.

'영인백과 서홍후, 이것들이 내가 없는 사이에! 전, 네가 감히 산을?'

원의 주먹에 힘이 들어가 관절이 튀어나올 듯 희게 질렸다. 조금만 더 머물라는 카이샨의 만류도 뿌리치고, 오랜만에 만난 가족들과 회포를 풀고 싶은 어머니의 바람도 저버린 채 서둘러 대도를 떠난 그의 머릿속을 점령하고 있었던 것이 바로 산이었다. 그녀를 가질 수 없게 된 지금에 이르러서야 비로소 강렬히 그녀를 원하고 있었음을 깨닫자 한시라도 산과의 재회를 늦출 수 없었던 것이다. 그런데 오자마자 들은 얘기가 혼담이라니! 자신이 손을 뻗을 수 없는 그녀를 낚아채려는 왕전에 대한 분노와 적개심이, 흠뻑 기름을 먹은 나무에 붙인 불처럼 화드득 타올랐다. 단이 고개를 저었다.

"하지만 그 혼담은 깨진 것이나 다름없습니다. 저희 집안에서 그쪽 아가씨를 탐탁지 않아 하고……."

'탐탁지 않아? 산을 두고? 그녀는 진주야. 산호가 새겨진 은이야. 그녀에 비하면 전 따위는 굴러다니는 돌멩이라고, 단!'

"……그 아가씨도 극구 거부했습니다."

'당연하지! 산이 혼인 따윌 할 리가 없잖아. 그녀는 자유로운 새와 같으니까.'

단이 약간 들뜬 목소리로 동경하듯 말했다.

"그 아가씬 집을 나가기까지 했답니다."

"뭐, 산이?"

세자의 얼굴이 활짝 펴졌다. 그것 봐, 대단한 아이라니까! 그는 유쾌한 미소를 찾았다가 금세 정색을 했다.

"어디로 간 거지? 밖은 그리 안전하지 못한데."

단이 또 고개를 저었다.

"집을 나간 것은 비밀입니다. 사람들이 알면 괜한 구설을 들을 테니까요. 다행히 린 오라버니가 찾아 데려왔답니다. 그 아가씨는 무사해요."

"린이? 역시 린답구나! 하지만 돌아왔으니 다시 혼담을 거론하고 있겠군."

"아니요. 영인백이 쓰러져 위중하답니다. 곧 상을 치를지도 모른다는 소문입니다. 그러니 혼담은 자연 물 건너간 것입니다. 전 오라버니는 그렇게 생각하지 않는 것 같지만……."

"전이 아직 산에게 마음이 있단 말인가?"

원이 눈살을 찌푸리자 단이 남편을 따라 미간을 좁혔다.

"홀로 고집을 부리고 있습니다. 영인백이 세상을 떠나면 하늘 아래 혼자된 그 아가씨를 거두어야 한다고요."

"산은 혼자서도 얼마든지 씩씩하게 살 수 있어."

"맞아요. 용기 있고 굳센 사람입니다. 저라면 그렇게 할 수 없었을 거예요."

원은 떨떠름한 기분으로 아내를 보았다. 산을 칭찬하는 그녀의 맑은 눈빛에 거짓이란 없다. 사랑하는 여자를 좋게 보아주는 아내의 순수함에, 문득 미안하다. 그는 그녀도 아끼고 있었다. 다만, 여인이 아니라 누이로서 아낀다는 게 문제라면 문제였다.

"전 오라버니가 포기하도록 해야지요. 그래서 제가 불러 효유曉諭하려 합니다."

진정으로 걱정하는 단에게 감동한 원은 탁자 아래 숨어 있는 그녀의 손을 꼭 잡았다.

"괜찮아, 단. 그건 내가 해결할 수 있으니까."

"저하께서요? 어떻게?"

손이 잡혀 쿵쾅거리는 가슴을 진정시키려 애쓰며 단이 물었다.

"전은 결코 산과 혼인할 수 없어. 이건 황제의 엄명이야."

"황상께서 어찌 제 오라비의 혼인까지……."

"단, 사실은……."

그는 잠시 머뭇했다. 단은 분명 상처받을 것이다. 그러나 그녀도 알아야 한다. 어차피 그녀에겐 운명과도 같은 일이니까.

"……종친과의 혼인에 황제께서 대노하셨어. 그래서 종친끼리의 혼인도 금하겠노라 약속 드렸어. 아직 국왕이 교서를 내린 건 아니지만, 내가 황상으로부터 직접 하명받은 일이니 내 가까운 친족들이 나서서 지키도록 할 거야. 그리고 난, 곧 종친이 아닌 여인을 골라 비로 삼아야 해."

잡은 손에 힘을 주며 그는 단의 눈을 피했다. 미안해하는 지아비에게 감격한 단은 용기 내어 그의 손을 마주 잡았다.

"저는 괜찮습니다. 저하의 본의가 아니고 황명 때문이니까요……."

"몇 명의 아내를 더 맞아들인대도 정비는 그대야."

물론 진왕晉王 카말라의 딸인 부다슈리를 맞아들인다면 얘기가 바뀌겠지만, 그것은 당장의 일이 아니기에 그는 단호하니 말했다.

"그리고 누구에게서도 아이를 낳을 생각이 없어."

누구에게서도 앞에 '그대를 제외하고'라는 말이 없었지만 단은 의심하지 않았다. 아직 그녀조차 안지 않은 그였으니 다른 여인에게서 아이를 얻기란 가능하지 않을 것이다! 그녀에게 그건 고민거리가 안 되었다. 그녀의 고민은 다른 곳에 있었다.

"하지만 저하, 그런 이유로 전 오라버니의 혼인을 막는다면 린 오라버니는 어찌합니까?"

"린? 린이 왜?"

"린 오라버니와 산 아가씨 말입니다. 그들도 같은 종친인걸요."

"그게 무슨 상관이지?"

"두 사람은 서로를 마음에 두고 있습니다. 종친 간에 금혼을 강요하면 전 오라버니는 말릴 수 있어도 두 사람은 큰 문제를 안게 됩니다."

뭐라는 거야, 지금? 머리를 한 대 맞은 것처럼 원이 멍해졌다. 누가 누굴 마음에 두고 있다고? 나의 린이? 나의 산이? 그 둘이?

세자의 굳은 얼굴에 단이 살포시 웃었다.

"놀라셨어요? 저도 그랬답니다. 린 오라버니가 그럴 수 있는 사람이라고는 생각도 못 했거든요. 하지만 또 생각해 보면 너무나 당연한 것을요. 린 오라버니도 사내고, 그렇게 아름다운 처녀를 날마다 보는데 연심을 품지 않는다면 오히려 이상하지요."

그건 맞는 말이야. 나 역시 사내기에 그녀를 사랑하게 되었으니. 하지만 린은 예외야! 그는 그럴 수가 없어, 왜냐면 린의 마음은 나에 대한 충심으로 가득 차 있단 말이야. 원은 극심한 혼란에 빠져 이마를 짚었다. 이 어지럼증을 야기한 원인이 린의 마음속에 그 아닌 다른 존재가 들어서서인지, 산이 그 아닌 다른 이를 사랑해서인지, 아니면 둘 다인지 얼른 가려지지 않았다. 그는 말을 더듬기까지 했다.

"어, 어떻게 그걸 알았지? 그들이 직접 말했나?"

"그렇진 않습니다. 오라버니는 아니라고 하더군요. 하지만 말하지 않더라도 알 수 있습니다. 그 아가씨가 왜 집을 나갔겠어요? 그리고 린 오라버니가 왜 그 아가씨를 찾아 나섰을 것이며, 그 아가씨는 또 왜 오라버니를 따라 돌아왔겠습니까?"

긴장한 미간을 풀며 그가 가볍게 한숨을 쉬었다. 린이 아니라고 했다면 그건 아닌 거야! 그런 추측으로 사람을 놀라게 하지 말란 말이다, 젠장! 그들은 나와 더불어 형제의 우애를 맺은 벗이야. 서로를 지극히 위하는 건 당연하지. 하지만 연정이라니, 당치 않아. 린은 여인에게 관심이 없고 산은 여인처럼 굴지 않으니까. 원은 거듭 둘의 관계를 부인했으나 마음속 깊이에서 꿈틀대는 의혹을 완전히 떨칠 수가 없었다.

'녀석들을 만나야겠다, 한시라도 빨리! 하지만 그 전에……'

세자가 벌떡 일어났다.

"전하를 뵈어야겠어. 긴한 용무 중이니 나중에 오라 하셨지만 급히 허락받을 일이 있거든."

단은 서운한 마음을 감추고 미소하며 남편을 따라 일어섰다. 환궁하자마자 그녀를 보러 와 준 남편이었다. 긴 기다림 끝의 만남치곤 너무나 짧았으나 그래도 보았으니 고맙고 좋다. 비록 손을 잠깐 잡는 외엔 별다른 접촉도 없었지만 그것만으로도 훈훈했다. 그녀는 훌훌 가 버리는 그의 뒷모습을 눈으로 좇으며 아쉬움을 곱게 접어 넣었다. 이윽고 그가 완전히 시야에서 사라지자 불현듯 그녀가 '앗.' 하였다.

'전하께서 그 요망한 계집을 끼고 희롱하시면서 긴한 용무라 둘러대신 것이 분명한데 괜찮을까? 그 계집을 보시고 전하를 언짢게 할 말씀이라도 올린다면!'

단의 생각대로 왕은 정상적인 공무를 수행하고 있지 않았다. 왕이 있는 곳도 수녕궁壽寧宮이 아니라 무비의 전각이었다. 왕 나름대로 중요한 용무 중이었으나 세자가 들이닥쳐 줄기차게 알현을 청하며 귀찮게 굴었다. 결국 아들을 들인 왕은 몹시 언짢았다.

방에 들어선 원은 자극이 강한 육감적인 향에 코를 찡그렸다. 해가 기울려면 멀었는데 벌써 침의 차림인 아버지의 뒤로 비단 휘장이 겹겹이 걸려 있었다. 그 너머엔 필시 커다란 침상이 있을 것이다. 휘장 너머, 조심스레 부스럭거리는 소리가 난다. 수컷을 꾀는 이 유혹적인 향은 바로 거기서 나오는 것이다. 원이 공손히 절을 했다.

"전하의 오수를 훼방 놓았으니 소신의 죄가 큽니다."

말이라고 해? 아들이 부러 방해한 것을 아는 왕이 쩝, 쓴 입을 다셨다.

"어마마마께서 무슨 공무가 그리 급한가 궁금해하셨습니다."

뜨끔한 왕이 거의 누웠던 몸을 일으켜 자세를 바루고 아들에게 비굴한 웃음을 지어 보였다.

"세자도 사내이니 아비를 이해하리라."

아들이 피식 웃었다. 곧 비웃음을 지우고 이해심 가득한 미소를 띤 그가 고개를 숙였다.

"물론입니다."

"도착하자마자 세자비에게 갔다지? 과연 아비와 아들이라 닮은 것인가?"

이 세상에서 닮고 싶지 않은 사람을 한 명만 꼽으라고 한다면 그건 바로 당신이야. 원은 여전히 부드러운 웃음을 머금고 앉았다. 빨리 세자를 내보내고 싶은 왕이 조급히 물었다.

"공주가 보내지 않은 것을 안다. 무슨 일이냐?"

"금혼의 영을 깨고 서흥후와 영인백의 여식의 혼담을 허락하신다고 들었습니다. 이는 불가합니다."

"그것이 그리 급한 일인가? 안 그래도 영인백이 사경을 헤맨다 하여 허락을 미룰 것이다. 금혼 기간이 지나야 그 둘을 혼인시킬 수 있을 게야."

"그렇게 간단하지 않습니다. 서원후의 딸을 세자비로 들인 것에 황상께서 몹시 노하셨습니다. 이후로 왕자들은 종실의 여인을 아내로 취할 수 없고, 공주들도 종친에게 보내지 못하리라 못 박으셨습니다. 또한 종친끼리의 혼인도 금하라 하셨습니다."

"그건 내가 즉위할 때부터 말씀하신 것이다. 이제 와 호들갑을 떨 이유가 없지. 영인백은 오랫동안 내게 충성한 고마운 이니, 설령 그가 세상을 뜨더라도 딸을 잘 챙겨 줄 것이다."

"다른 방법으로 딸을 돌보아 줄 수 있습니다. 하지만 혼인은 안 됩니다."

왕의 눈에 쌍심지가 섰다. 네가 안 된다고 말리면 나는 기필코 하리라! 왕이 흥, 콧방귀를 뀌자 원이 나긋하니 말을 이었다.

"영인백이 죽으면 딸에게 적당한 작위를 주어 왕실이 보호하면 됩니다. 영인백의 가산이 엄청난 것은 고려 사람이면 모두 압니다. 상속받을 이는 딸 하나뿐인데, 혼인을 허하면 그 남편에게 엄청난 힘을 실어 주겠지만, 혼인을 시키지 않고 왕실이 보호하면 그 재산은 결국 왕실로 귀속될 것입니다."

원은 잠시 말을 멈추었다가 다시 빠르게 말했다.

"소신의 청을 들어주시면 둘째 비로 문계의 딸을 얻겠습니다."

"뭐라고? 진심으로 하는 말인가?"

왕의 몸이 앞으로 쏠렸다. 문계란 예전 추밀원부사였던 홍문계로, 장녀를 공녀로 보내지 않기 위해 딸의 머리를 깎아 원성공주의 분노를 샀던 선왕 때부터의 충신이었다. 세자 시절부터 호종하던 신하라 퍽 아꼈지만, 왕은 공주를 이길 수가 없어 그의 가산을 몰수하고 귀양을 보냈다. 공주는 한술 더 떠 그의 딸을 피투성이가 되도록 매질했을 뿐 아니라 둘째 딸과 함께 수하에게 줘 버렸다. 곧 유배에서 풀어 주긴 했으나 가깝게 두지 못했는데, 만일 그가 세자의 장인이 된다면 정치적 복권이

가능해진다. 왕은 귀가 솔깃하였다.

"원하신다면 셋째 비도 전하께서 골라 주시는 대로 맞겠습니다. 또한 전하께서 아끼는 이들을 쫓아내거나 비난하지 않을 것이며……."

점점 더 탁자에 붙어 귀 기울이는 왕의 어깨 너머 비단 휘장을 흘낏 보며 원이 숨을 골랐다.

"……어마마마께서 휘장 뒤의 저 사람을 용납하시게끔 설득할 것입니다."

왕의 눈동자가 혼탁한 흰자위 가운데 동그랗게 떠올랐다.

"어째서 그렇게 후한 조건들을 내세우는가? 정녕 영인백의 딸이 받을 재산 때문인가?"

"왕실을 위해서입니다. 국왕보다 더 부유한 종친을 만드는 것은 현명하지 못합니다."

"세자가 이토록 타협적일 줄 몰랐다. 내가 이제껏 알고 있는 세자와 많이 달라졌구나."

"현명한 군왕은 적당히 타협할 줄 알아야 함을 소신이 부족하여 이제야 깨달은 것입니다."

"하하, 세자가 혼례를 올리더니 진정 어른이 되었는가. 반가운 일이로고."

수염 뒤, 놀라 동글게 말렸던 입이 죽 찢어지며 흐뭇한 미소를 그렸다. 아들이 모후에게 얼마나 막강한 영향력을 휘두르는지 왕은 잘 안다. 그는 공주를 두려워하지만 아들은 아니다. 그는 공주에게 지지만 공주는 아들에게 졌다. 그의 무비는 이제 안전할 것이다, 그의 침상에서! 그깟 영인백의 딸이야 늙어 죽을 때까지 홀몸으로 지내라지. 왕은 흔쾌히 타협안을 받아들였다.

"네 말대로 할 것이다."

"저도 제 말을 지킬 것입니다."

"문계의 셋째 딸이 자색이 뛰어나고 재주가 좋다고 들었다. 혼례는 언제로 할 참이냐?"

"빠르면 빠를수록 좋습니다."

아버지와 아들이 이렇게 척척 호흡이 맞은 적은 없었다. 아마도 그들이 웃는 낯으로 이야기를 끝낸 것 자체가 처음이리라. 방을 나온 원은, 방문이 닫히는 동시에 왕이 흥분하여 무비를 부르는 소리를 듣고 토기를 느꼈다.

'더러운 늙은이!'

복도를 걸어가는 동안 그는 끈적끈적한 여자의 웅얼거림을 들었다.

'천박한 탕부 같으니!'

한시라도 더 머물고 싶지 않은 전각에서 벗어나며 그는 수행원들에게 행선지를 알렸다.

"영인백의 집으로 간다."

그는 시간을 조금이라도 줄이고자 말을 탔다. 왕궁을 벗어나면서 찜찜한 욕지기 대신 두근대는 기대감이 가슴을 채웠다. 그녀를 만나는 것이 얼마 만인지! 팔관회 밤, 아리따운 처녀로 변신했던 산을 본 후 많은 시간이 훌쩍 지났다. 그동안 그는 혼례를 올렸고 먼 땅에 다녀왔으며 서둘러 그녀의 혼사를 막았다. 이제 비로소 여유를 가지고 그녀를 볼 수 있다. 그녀를 사랑한다는 사실을 자각한 후 최초로 보는, 기억할 만한 날이 될 것이다. 그의 가슴이 어린 소년의 그것처럼 뛰는 것도 무리가 아니었다.

갑자기 뭔가 허전한 느낌이 들었다. 바로 옆에 린이 없었다.

'내가 환국했는데 왜 아직까지 모습을 보이지 않지? 여전히 판도사를 들락거리며 내 정적들의 음모를 파헤치느라 바쁜 것인가?'

린이 없는 데는 늘 합당한 이유가 있다. 그리고 그 이유의 핵심은 세자에 대한 염려와 충성이다. 늘 나를 위해 동분서주하는 벗인 것을!

원은 산으로 가득 찼던 머리와 가슴의 일부를 그제야 린에게 할애했다. 생각나니 보고 싶다. 그는 낭장 장의에게 손짓을 했다.

"금과정에 가서 수정후에게 말해. 영인백의 집에서 내가 기다린다고. 거기에 없다면 있을 만한 곳을 다 뒤져 봐!"

항상 제일 먼저 찾는 동무를 이번엔 깜빡 잊었다. 산의 혼담이 그를 뒤흔들어 놓은 탓이다.

'린은 내 분신이나 다름없는데 미안하게 됐는걸.'

원은 어깨를 으쓱했다. 이제 갓 사랑을 시작했으니 다른 건 생각할 여유가 없지 않은가. 지금은 산을 보는 게 무엇보다 중요하고 급하다.

그는 단숨에 영인백의 집에 이르렀다. 뜻밖의 귀빈에 놀란 사람들이 황급히 세자를 맞아들였다. 원은 곧장 영인백을 문병하러 안내되었다. 듣던 대로 영인백의 상태가 썩 좋지 않았다. 달포쯤 전 쓰러진 이후로 그의 마비 증세는 조금도 호전될 기미가 없이 생의 마지막 순간으로 그를 몰아가고 있었다. 물론 원의 관심사는 영인백의 병세에 있지 않았다. 당연히 아버지 곁을 지키리라 여겼던 산이 안 보이는 것이 문제다.

"산은 어딜 갔지?"

세자의 물음에 안채에 딸린 문간에 붙박여 있던 채봉이가 굴러 와 납작 엎드려 고했다.

"별채에 있습니다. 혼자 있겠다며 아무도 들어오지 말라고 엄명을 내리긴 했는데……, 쇤네가 얼른 불러오겠습니다."

"아니, 내가 가겠다. 너희는 주인의 명을 따라 다른 이들을 들이지 마라."

채봉이는 황송하여 고개를 가슴팍에 묻고 감히 눈을 들지 못했다. 그러나 눈꺼풀 아래 숨겨진 눈은 호기심으로 초롱초롱 빛났다. 고관대작들 중 주인어른의 선물을 받지 않은 사람이 드물지만 세자가 바로 그중 하나임을 이집 아랫것들도 다 안다. 그런 세자가 환국하자마자 병문안을 한답시고 들이닥쳐서는, 환자는 거들떠보지도 않고 아가씨를 찾으니 어디 예사로운가. 거기다 이름을 부르다니! 재산권을 동등하게 가질 수 있고 이혼과 재혼도 가능했던 고려의 여자들이지만, 이름을 부르지 않는 것이 상례였다. 종친이라지만 세자가 아가씨의 이름을 안다는 사실만으로도 놀라운 일인 것이다.

'이건 참 놀라운 수수께끼일세!'

사실 보름쯤 전부터 아가씨가 돌변하면서 채봉이를 비롯해 가노들이 내내 얼떨한 형편이다. 주인어른이 쓰러진 직후엔 죄지은 사람처럼 별채에만 은둔하던 아가씨가 갑자기 안채로 거처를 옮기고 집안 대소사를 빠짐없이 지휘하고 나선 것이다. 때때로 너울을 잊고 슬쩍슬쩍 얼굴을 보이기도 했다. 칼자국이라곤 눈을 씻고도 찾아볼 수 없는 매끈한 얼굴이 몇몇에게 드러나면서 하인들 전체를 술렁이게 했다. 아가씨를 의심해서가 아니었다. 수년간 못 보긴 했지만 어릴 적 아가씨의 얼굴을 기억하는 이들이 많았으니 의심할 것도 없다. 도리어 아가씨의 미모가 고스란히 남아 있었을 뿐 아니라 더욱 만개하여 찬연히 빛나는 것에 감격했다. '아가씨가 다쳤다는 소문이 거짓일지도 모른다는 소문'이 사실이었던 것이다. 어쨌든 아가씨는 완벽하게 주인 노릇을 했고, 잠시 혼란스러웠던 집안은 안정을 찾는 중이다.

채봉이와 단짝 순영이가 궁금한 것은, 아가씨가 왜 돌변했는가 하는 점과 왜 별채에서의 은밀한 밤을 포기했는가 하는 것이었다. 아가씨와 정체불명의 사내가 오밤중 별채에서 벌였던 육체의 향연이, 채봉이가 엿들었던 횟수만도 서너 번이었다. 아가씨의 침실에 숨어드는 사내가 누군지 알고 싶어 밤이면 밤마다 별채 뒤쪽 섬돌에 쪼그려 앉아 밤을 샜던 그녀는, 결과적으로 알아내진 못했지만 아가씨와 사랑을 나누는 사내가 있는 것만은 거듭 확인하는 성과를 올렸다. 그런데 아가씨가 본채로 오면서 심장 벌렁거리는 밀청이 끝나 버렸다. 그리고 조용하던 아가씨는 활달한 여장부가 되었다.

도대체 무슨 일이 있었던 걸까? 어쩌면 아버지의 쾌유를 부처께 기원한다며 아가씨가 이삼일 절에 박혀 있을 때 무슨 일이 있었을지도 모른다. 그 후 갑자기 본채에 나타난 아가씨는 완전히 달라져 있었으니 말이다. 어쨌든 아가씨는 별안간 딴사람이 됐고, 그것만 해도 채봉이의 궁금증을 유발시켰는데, 이제는 세자저하가 아가씨의 이름을 부르며 몸소 찾아 나서시니 궁금증이 한층 증폭되었다. 채봉이는 세자가 혼자 중문을 나서는 걸 보고, 머리를 맞대고 토론할 순영이를 찾아 발바닥이 벗겨지도록 달려 나갔다.

여종이 가르쳐 준 대로 본채를 벗어나 높은 누각을 올린 격구장을 지나고 커다란 정원에 들어선 원은 놀라고 말았다.

'영인백 이놈이 왕이나 된 듯 집 안에서 거들먹거렸을 꼴이 눈에 선하구나.'

대궐의 금원에 비해도 손색없을 화려한 원림이었다. 이 정원의 안쪽, 작은 공간을 차지한 별채는 확실히 집 전체에서 따로 떨어져 완전한 독립성과 은밀성을 확보하고 있었다. 거대한 정원의 구석에 난 작은 문을 통하지 않고서는 별채를 전혀 들여다볼 수 없었던 것이다. 문 앞에 선 원의 가슴이 갑자기 쿵쿵 세찬 방아질을 했다.

'이 문을 열면 산이 있다!'

이 문을 열면 자그마한 정원이 있고 그 정원을 가로질러 문이 하나 더 있다고 여종에게 들었다. 그 문을 열어야 비로소 별채에 들어가는 것인데도, 그는 아직 첫 관문에 불과한 곳에서 두근대기 시작했다. 아주 많은 경험을 하진 않았지만 여자에 관한 한 어느 정도 익숙하다 자신하는 그였다. 그럼에도 문고리를 쥔 손이 경련하듯 떨리는 것은 순전히 상대가 그냥 여자가 아닌, 사랑하는 여자이기 때문이다. 갖지 못할 것을 알고 있고 그래서 그녀를 위해 이 애정과 욕망을 감춰야 하기에 더욱 흥분했는지도 모른다. 그런데.

문고리를 잡고 조심스레 문을 밀려던 그가 멈칫했다. 그녀의 목소리가 작게 들렸기 때문이다. 그리고 문제는, 혼잣말이 아니라는 것이다.

"이젠 더 알아낼 방법이 없어진 거야."

힘없고 가냘픈 목소리. 낙담한 음색이 그의 가슴을 저리게 했다. 이어서 낮고 맑은 사내의 목소리가 들렸다.

"아니, 시전의 행랑을 하나하나 탐문해 보는 거야. 아무리 재주가 좋아도 짧은 시일 내에 그 엄청난 재산을 빼돌리고 흔적 하나 남기지 않을 순 없어."

침착하고 힘 있는 목소리. 원이 좋아하는 색깔의 목소리였고, 귀에 익었으며, 그 주인이 누구인지 잘 아는 목소리였다.

'저 둘이 별채에 있다?'

원은 쉽게 문을 밀지 못하고 가만히 섰다. 그의 봉목이 가늘어지며 치켜 올라갔다.

'둘이 함께 있다 해도 이상하지 않다. 저들은 가까운 동무고 내가 없는 동안 줄곧 둘이 만났을 테니.'

그는 문고리를 잡은 손에 힘을 주었지만 여전히 망설였다.

'하지만 금과정이 아니고 산의 별채에서? 아무도 찾지 말라고 신신당부한 가운데 만났다?'

그는 뱃속 깊이에서 치미는 낯선 짜증스러움에 신경질적으로 붉은 입술을 물었다. 새하얀 치아가 통통한 입술에 쿡 박혀 진한 자국을 냈다.

'둘은 뭔가 중요하고 비밀스런 얘기를 하는 중이다. 아마도 다른 이들이 엿들으면 곤란한 일일 것이다. 어쩌면 내 정적들을 알아내려 애쓰는 중인지도 모른다. 거기다 산은 부친이 쓰러졌으니 함부로 나갈 수 없다. 그렇게 생각하면 둘이 별채에서 몰래 만나 은밀히 논의하는 것이 조금도 이상하지 않다.'

그렇다면 왜 당당히 문을 활짝 열고 들어가지 못하는 것일까? 원은 얼른 답하지 못하고 미적거렸다. 그가 돌아온 것을 알면 두 사람은 더할 나위 없이 반갑게 맞이하리라 확신함에도 그는 아직 문을 밀지 않았다.

'그 두 사람은 서로를 마음에 두고 있습니다.'

아내의 말이 떠올랐다. 그 말이 마음에 걸린 탓일까? 아냐, 그런 추측에 불과한 말을 난 믿지 않아! 그는 또다시 입술에 잇자국을 찍었다. 살짝 벌어진 문틈으로 산이 보였다. 붉은 비단끈으로 한쪽 머리칼을 틀어 묶고 나머지를 늘어뜨린 그녀는 너울로 얼굴을 가리지 않았다. 풍성한 치마가 넓은 허리띠를 맨 가느다란 허리를 강조했다. 예쁘다. 전에도 예뻤지만 더 여자다워진 보드라운 곡선이 아름답다. 이마, 뺨, 코, 눈썹, 눈, 입술, 턱과 목선. 하나하나 뜯어봐도 전체로 아울러 봐도 흠잡을 데 없이 아름답다. 이전까지 느끼지 못했던 뜨거운 열감이 그의 뱃속을 달궜다.

그녀의 등 뒤로 대여섯 걸음 떨어진 곳에 린이 서 있었다. 그들은 적당히 가까웠으며 적당히 멀었다. 오히려 그의 앞에서 티격태격 다툴 때보다 거리감이 있어 보였다. 표정들 또한 심각했다.

'서로를 마음에 둔다니, 말도 안 되는 소리!'

원은 아내의 말을 또 한 번 부정했다. 그러나 그는 문을 열지 않고 청각을 곤두세워 그들의 대화에 집중했다.

산이 불평하듯 목소리를 높였다.

"하나하나 탐문한다고? 어느 세월에? 시전 모든 행랑이 아버지 아래 있었던 것도 아니고 배 직사가 장부란 장부는 다 챙겨 갔어. 아마 그 속엔 관청에 기록되지 않은 엄청난 치부책이 포함돼 있을 거야. 여기저기 분산시켜 숨겨 뒀던 재물이지. 무엇보다도 상인들이 협조할 리가 없어. 조사를 받는다는 건 장사에 지장이 클 테니까. 게다가 우리가 사적으로 조사할 권한도 없잖아."

"포기하기엔 일러. '그자'를 찾아내지 않으면 더 곤란해져. 벌써 네가 알지 못하는 어음이 돌아왔잖아. 배 직사란 자도 한패가 되어 네 아버지의 수결手決을 조작한 거야."

"하지만 진위를 가려낼 방도가 없어. 다른 사람에게 피해를 줄 순 없잖아."

산이 속절없이 고개를 내저었다. 돌아온 그녀를 맞이한 것은 텅 빈 별채와 쓰러진 아버지였다. 비연은 이미 사라졌고, 그녀를 찾을 여유도 없이 산은 밀려드는 어음들을 처리하기에 바빴다. 첫 번째는 세자비에게 올리는 선물로 구입한 각종 보석과 꾸미개들의 대금이었다. 채봉이와 순영이가 선물을 광명사에 가지고 갔다고 증언했기에 산은 의심 없이 은을 내주었다. 그러나 돌아오는 어음은 그걸로 끝이 아니었고 집 안의 은은 금세 바닥났다. 배 직사가 감쪽같이 증발한 가운데 출납에 관한 서류와 장부도 자취를 감춰, 산은 시전 행랑에 뿌려진 영인백의 물건들을 회수하기는커녕 그 금액이 얼마인지도 몰랐다. 영인백이 곧 죽는다는 소문이 퍼지면서 상인들은 물건을 꿀꺽 삼킨 채 입을 다물었다.

그녀의 집을 거쳐야 할 물류가 완전히 중단되자, 수백 명의 노비를 건사하기 위해 산은 농장을 팔아야 할 처지에 몰렸다. 린이 관청에 도움을 청했지만 돌아오는 것이 없었다. 오히려 영인백이 자금의 출처를 숨기기 위해 부정한 방법을 써 왔다는 사실만 확인했을 뿐이었다.

"이런 정도로는 끄떡없어. 아직 농장들은 많이 있으니까. 난 충분히 해결할 수 있어. 하지만……."

산이 두 손으로 얼굴을 가렸다.

"……이 집이 끔찍해. 수백 명이나 살지만 곁에 아무도 없어. 아버지는 쓰러졌고 유모는 행방을 몰라. 비연이도 사라졌고. 아마 '그자'가 죽인 게 분명해. 내 옆을 떨어져 본 적이 없던 사람들인데, 모두 잃었어!"

"산."

린이 부드러이 불렀다.

"이리 와."

벌린 그의 팔 안으로 산이 미끄러지듯 들어갔다. 그녀는 자연스레 그의 품에 얼굴을 묻고 옷깃을 만지작거렸다. 린이 그녀의 등과 허리를 팔로 감아 끌어당기고 그녀의 정수리에 턱을 얹었다. 그녀의 등을 어루더듬으며 그가 나지막이 속삭였다.

"모두 잃은 게 아니야. 나도 있고……."

"그럼 가지 마."

그의 말을 자르고 그녀가 아이처럼 칭얼거렸다. 그가 난처한 기색으로 딱 부러지게 대답하지 못하는 틈을 노려 그녀가 더욱 매달렸다.

"가지 말고 여기 있어. 내 옆에 계속."

"그럴 수 없는 걸 너도 잘 알잖아. 넌 영인백 곁으로 돌아가야 하고……."

"또 어음이니 뭐니 골치 썩겠지! 내가 힘든 줄 알면 옆에서 도와줘."

"내 나름대로 돕고 있어."

"안 돼. 어음 추적 같은 거 말고, 그냥 옆에 있어."

산이 그의 품을 깊숙이 파고들었다. 그녀를 말리려던 린의 두 손이 어정쩡하니 허공에 떴다가 이내 포기하고 다시 그녀를 끌어안았다. 그녀의 목덜미에 코를 묻고 난향을 들이마신 그가 한숨을 쉬었다.

"산, 내가 대놓고 드나들면 사람들이 뭐라고 수군거릴지 뻔하잖아. 네 아버진 쓰러져 있고 아직 네 혼담도 완전히 정리되지 않은 상태인데."

"그런 건 상관없어."

"상관있어. 그리고 오늘은 저하께서 오셔. 어서 가 봐야 해."

"그래, 언제나 너는……."

그녀가 린을 힘껏 떠밀었다.

"……원이 먼저지. 늘 나보다 먼저 원만 생각해!"

"그런 말이 어디 있니? 오늘도 네가 불러서 달려왔잖아, 저하를 마중 나가지도 않고서. 내겐 너와 저하 모두 소중해. 지금은 우리 둘 다 할 일이 있으니까 나중에 다시 보자."

"정말이야?"

그녀가 심술궂은 표정으로 물었다.

"정말 내가 원만큼 네게 중요해?"

그가 옅게 웃으며 고개를 끄덕였다. 세자가 그에게 어떤 존재인지 그녀만큼 잘 아는 사람도 없을 것이다. 세자만큼 중요하다면 세상에서 가장 중요하다는 말과 같다. 다음엔 원보다 더 중요하냐고 물어 궁지에 몰아넣을 테다! 결심한 산이 생긋 웃으며 다시 그의 품에 뛰어들었다. 찰싹 달라붙은 그녀의 이마에 그가 입술을 대고 가만히 눌렀다. 잠시 망설이던 입술이 느릿하니 그녀의 관자놀이와 감은 눈 위를 축축하게 적셨다. 곧 입술을 떼고 얼굴을 물린 그의 눈에, 두 눈을 꼭 감고 장밋빛으로 뺨이 물들어 발간 입술을 살짝 벌린 그녀가 들어왔다. 가볍게 이마에만 입을 맞출 작정이었던 그는, 순진하면서도 관능적인 그 표정에 붙들려 그대로 그녀의 입술에 입을 맞췄다. 전에 했던 것보다 한결 진해진 입맞춤이 금방 끝을 보기 아쉬운 듯 길고도 길게 이어졌다.

들어가지 않는 편이 역시 좋았다! 원은 생각했다. 정말 그 편이 좋았을까? 한편으로 묻지 않을 수 없다. 들어갔으면 그는 저 낯선 남녀를 보지 않아도 되었을 것이다. 그가 가장 사랑하는 친구들의 얼굴을 한, 격정에 휩싸여 탐욕스레 서로의 입술에 매달리는 남녀를.

'그 두 사람은 서로를 마음에 두고 있습니다.'

아내의 말이 옳았다. 그의 린은 그럴 사람이 아니었지만 그의 멀쩡한 눈이 사실이라고 말해 주었다. 그의 산은 철부지에 말괄량이 선머슴이었지만 실은 사내에게 애교를 부릴 줄 아는, 요염하기까지 한 여인이었다. 원은 천천히 물러 나와 곧장 본채로 돌아왔다.

"환궁하십니까?"

돌아온 세자에게 낭장 진관이 물었다.

"아니, 여기서 기다리는 게 나을 것 같아 도중에 돌아왔다. 방으로 안내해라. 네 주인이 돌아올 때까지 기다릴 것이다."

진관에게 고개를 저어 보인 원이 순영이와 속닥이던 채봉이에게 명을 내렸다. 두 여종이 코가 땅에 닿도록 굽혀 안내한 접빈실에 들어간 그는, 소매 속 산호로 장식한 은방울을 달그락 달그락 굴렸다.

'그들은 서로를 마음에 두고 있다.'

원은 차분하게 생각하려 애썼다. 마치 '그들은 밥을 먹고 있다.'거나 '그들은 검술 수련을 하고 있다.'는 식으로.

'그들은 내 가장 가까운 벗이다. 린은 나 자신과 진배없고, 그래서 산과 가까워지게끔 나 스스로가 부추겼다. 그들이 서로를 좋아한다면 그건 나로 인한 것이다. 그들이 서로를 기꺼워하여 행복하다면 제일 먼저 축하해야 할 사람은 바로 나다.'

세상에서 가장 사랑하는 두 사람을 동시에 잃을 수도, 잃지 않을 수도 있다. 그렇다면 그가 내릴 결정은 너무나 뻔하지 않은가. 그럼에도 그는 마음이 편치 않았다.

'나는 어차피 산과 혼인할 수 없다. 그러니 미련을 두는 어리석은 짓은 하지 않을 것이다!'

그가 탁자를 탕 치며 일어났다. 그러나 다음 순간 문을 열고 들어오는 산을 보자 그의 마음이 걷잡을 수 없이 흔들렸다.

"원, 이렇게 갑자기 오다니! 지금 막 왕경에 도착한 게 아니었어?"

그녀의 목소리가 맑게 울려 퍼졌다. 산이 당황한 속에 활짝 웃고 있었다.

'아아, 이 목소리가 듣고 싶었어. 이 얼굴이 무척 보고 싶었지.'

원은 눈을 길게 감았다가 떴다. 그녀의 모습에 첫 만남 때의 남장 소녀가 겹쳤다. 그때, 예쁘다고 생각했었다. 그 미모에 감탄하여 붙잡았다고 생각했었다. 아름다움 자체가 그에겐 소중한 가치였기에 빼어난 미술품을 수집하듯 그녀를 원했다고 생각했었다. 그러나 지금에 와 보니 그의 감정은 그렇게 단순하지 않았다. 미의 예찬을 넘어선 무언가가 애초부터 그의 마음에 움텄던 게 틀림없다. 비로소 그는 첫 만남에서부터 그녀에게 빠졌었다는 걸 깨달았다. 처음 착각했던 대로 남자였어도 사랑했을지 모른다. 그리고 그 사랑은 분명 린에 대한 사랑과는 다를 것이다. 그녀는 그에게 짙고 강한 욕망을 일깨워 주는 유일한 사람이다. 만지고 껴안고 핥고 깨물고 빨고 싶은, 지극히 동물적인 욕망을 일깨워 주는.

게걸스레 그녀를 훑어보던 원의 눈이 입술에서 멈췄다. 붉게 부풀어 오른 입술은 좀 전의 심한 마찰을 그대로 증명하고 있었다. 그 입술을 물어뜯어 버리고 싶은 욕구가 활화산처럼 뜨겁게 끓어올랐다. 노골적인 그의 시선에, 산이 고개를 약간 틀고 손을 올려 코를 문지르는 척하며 입을 가렸다. 부끄러워하다니! 원은 그녀의 낯선 태도에 분노했다. 분노가 욕망의 불길에 부채질을 더했다.

"생각보다 괜찮아 보인다. 영인백이 앓아눕고 서흥후가 귀찮게 한다던데."

목소리가 너무나 침착해서 세자 자신이 놀라고 말았다.

"모르는 게 없구나, 세자저하는. 아버지가 위독하긴 하지만, 괜찮아. 버틸 수 있어."

"도와주는 사람은 있어?"

"뭐……, 별로."

상냥한 미소를 띤 그의 눈동자가 반짝 빛났다.

"린은? 내가 없는 동안 널 보살펴 주라고 당부해 뒀는데."

"글쎄……. 만나기도 힘든걸. 난 지금 나갈 수 없으니까."

"그렇구나."

홋, 원이 작게 웃었다. 그는 천천히 의자에 앉아 탁자 위에 깍지 낀 손을 얹었다. 입가에 떠오른 웃음은 예전 그녀를 대하던 진솔한 그것이 아닌, 특유의 유들유들하고 계획된 웃음이다.

"내가 도와줄 수 있어서 다행이다."

"무슨 말이야?"

"영인백이 쓰러졌으니 시전 상인들이며 농장 관리인들이 얼씨구나 제몫 챙기기에 바쁠 거 아니야. 이걸 기회로 거짓 어음을 만들어 널 속이려는 자들도 부지기수로 생길 거고. 그게 다 네 아버지의 공덕이겠지만, 수습은 네가 해야겠지?"

"그걸……."

"뜯어먹겠다고 달려드는 놈들에게 다 주고 나면 넌 어떻게 되겠니?"

"난 괜찮아. 내 힘으로 모은 것도 아닌걸."

"보살이 따로 없구나, 산! 그래, 너는 그렇다 치자. 그럼 네가 책임져야 할 수천 명의 사람들은 어떻게 되는 거냐? 네 가노들은? 네 농장의 농민들은? 네가 거둔 유민들은?"

산이 소스라치게 놀라 그의 앞에 마주 앉았다.

"유민들에 대해서 알고 있었어?"

"이런, 산! 넌 아직도 그들이 양인 신분을 회복한 걸 모르고 있었구나? 린이 아무 말도 하지 않았니? 나와 린이 네 유민들의 호적을 만들어 줬단 말이다."

아아, 그랬구나! 산의 낯빛이 환하게 밝아졌다. 일순 원도 흡족해져 잠시 진짜 흐뭇한 미소를 짓기도 했다. 하지만 곧 벗이 아닌 세자의 얼굴이 되어 원이 말을 이었다.

"네가 재산을 지키지 못하면 그들은 다시 떠돌이 생활을 하게 되는 거야. 어쩌면 관에 들통 나 다시 천민이 될지도 모르지."

눈부시게 피었던 그녀의 낯이 다시 시들해졌다.

"그리고 서흥후가 여전히 널 포기하지 않았어. 전하의 마음이 서흥후에게 기울어 어쩌면 혼담이 재개될지 몰라. 혼담이 깨진다 해도 내 어머니가 가만있지 않겠지. 어쨌든 너희 부녀는 왕후를 기만한 셈이니까. 넌 즉시 공녀로 보내질 거야. 어떤 경우에도, 네가 보호하는 사람들은 뿔뿔이 흩어지게 되겠지."

소매 속 그녀의 손이 바르르 떨리는 것이 느껴졌다. 원이 명랑하니 목소리를 높였다.

"그런 얼굴 할 것 없어, 산! 내가 있잖니."

그가 그녀 쪽으로 몸을 내밀어 가까이 다가앉았다.

"널 왕실의 보호 아래 두겠다. 국왕이 곧 네게 작호를 내리고 재산 관리를 도울 관원을 보내 줄 거야. 왕실과 관청이 뒤에 있으면 네 재산을 갉아먹으려는 놈들을 색출할 수 있어. 아마 파리 떼처럼 귀찮게 하던 놈들이 일거에 사라질 거다. 네가 고려에 남아 있어야 하는 이유를 대. 내 어머니도 설득할 수 있어. 여기엔 아주 간단한 조건이 하나 있다."

"어떤 조건?"

"넌 누구와도 혼인해선 안 돼."

커다래진 산의 눈을 보며 원이 비꼬듯 말했다.

"네가 바라는 건 누구의 처가 되는 게 아니잖아. 부인의 일 따윈 질색인데다 이제껏 네가 배우고 즐겼던 일들을 생각해 보면 학자나 장군이 어울리잖니. 네겐 어렵지 않은 조건이라고 생각되는데……."

"하지만 원, 나는 사실……."

"전하와 모후를 설득해 널 보호하려는 명분으로 내세운 게 뭔지 아니? 바로 네 엄청난 재산을 어떤 종친이나 사대부에게도 넘기지 않는다는 거야. 네가 혼인하지 않는 동안은 네 유민들과 가노들을 보호할 수 있어."

"하지만……."

"봐라, 산! 평생 혼자 살라는 뜻이 아니야. 당장을 넘기자는 거지. 급박한 문제들을 해결하는 데 이보다 더 좋은 방법이 없으니 선택하라는 거야. 앞으로 어떤 일이 닥쳐도 내가 널 도울 거라는 걸 잊지 마."

그녀가 대답할 말을 잃고 묵묵히 탁자를 내려다보았다. 원이 벌떡 일어났다.

"되도록 빨리, 네 재산을 지켜 줄 관원들을 보내겠다."

세자가 직접 방문을 열어젖히고 나갔다. 시중드는 사람이 달려오기 전에 혼자 가죽신을 발에 꿴 세자가 성큼성큼 섬돌을 내려서 좌우로 쫙 갈라진 수행원들의 사이를 거침없이 걸어 나 갔다. 뒤늦게 나온 산이 그를 배웅하기 위해 서둘렀지만 원은 이미 떠난 뒤였다.

"장의가 왔습니다, 저하."

진관이 고하여 말에 올라탄 원이 그의 낭장들을 흘낏 내려 다보았다. 장의가 다가와 고개를 숙였다.

"있을 만한 곳을 다 돌아보았는데 수정후를 찾지 못했습니다."

"다시 찾아라. 이번엔 만날 수 있을 것이다."

"수정후에게 동궁으로 가서 저하를 뵈라 이르리까?"

"아니, 내가 몹시 곤하여 오늘은 쉴 것이니 오지 말라 해라. 그리고 내 부름에 즉시 응할 수 있도록 자택에서 대기하라고 전해. 절대 마음대로 움직이지 말라고 말이다."

장의가 공손히 읍하고 물러갔다. 딱딱하니 얼굴이 굳은 원 은 진관에게도 명령했다.

"혹시 린이 장의를 만나지 못하고 날 찾아오거든, 내가 장 의에게 말한 대로 그에게 전해. 다른 애들에게도 똑같이 일러 둬라."

말의 배를 힘껏 걷어찬 원은 쏜살같이 왕성으로 향했다. 무 서운 속도로 달리는 그를 시위들도 따라잡지 못할 정도였다. 마치 무엇엔가 쫓겨 도망가는 것처럼 그는 거듭 말을 재촉했 다. 사실 그는 도망치고 있었다. 곧 그를 찾아내 달려올 린에게 서, 린을 보면 걷잡을 수 없이 폭발할 것 같은 자신에게서, 가슴을 먹구름처럼 뒤덮는 불길하고도 낯선 증오감에서.

린, 너는 여자를 원하는 마음이 없다고 내게 분명히 말했다. 원은 고삐를 쥔 주먹에 피가 나도록 힘을 주었다. 그 이유는 너의 모든 것이 나를 위해 존재하기 때문이지. 날 너무나 사랑하기 때문에 네겐 여자가 아예 필요 없었던 거다. 그런데 넌 내가 모르는 사이 나만큼, 아니, 나보다 더 사랑하는 여자를 만들었다. 그것도 내가 사랑하게 된 여자를! 진실로 원하는 사람이 따로 있다면 후회하게 될 거라고 내게 충고했던 사람이 너였던가? 그렇다, 나는 후회하게 됐다. 네 누이와 혼인하는 바람에 산을 가지지 못하게 된 걸 후회한다. 산과 네가 서로에게 빠지도록 너희 둘을 엮어 놓은 걸 후회한다. 하나가 아니라 둘이나 진실로 원하게 된 걸 후회한다! 그런데 린, 알고 있니? 날 후회하도록 만든 사람은 바로 너라는 걸! 네가 산에게 입을 맞춘 순간, 난 처절하게 후회했단 말이다!

린, 나는 이대로는 예전처럼 널 못 볼 것이다. 나만을 바라보던 네 강직한 눈빛이 산에 대한 연심으로 흔들리는 걸, 네 금욕적이고 청정했던 입술이 산의 숨결을 머금은 채로 내게 말하는 걸 도저히 볼 수가 없다. 네게 뺏긴 그녀 못지않게 그녀에게 뺏긴 널 볼 수가 없다고. 하지만 그래도 네가 보고 싶다! 미운 만큼 더 네가 보고 싶다.

널 미워하면서도 미워하지 못하는구나. 차마 못 보겠는데 보고 싶다. 난 네게 그토록 마음을 주었단 말이다! 이것만큼 후회스러운 일이 또 있겠나 싶다. 린, 그래서 나는 다른 사람이 되어야겠다. 이제 네 앞에서도 가면을 쓰고 거짓 웃음을 웃어야겠다. 속내를 깊게 묻어 두고 차디찬 얼음으로 단단히 무장해야겠다. 그러지 않고는 태연스레 너와 마주 서지 못할 테니.

그러니 이제부터 네가 보는 내가 예전의 내가 아니라 하더라도 그건 모두 너 때문이다. 그걸 알아 둬라, 린! 그리고 그 결과로 어떤 일이 닥치더라도 그건 모두 네가 날 후회하도록 만들었기 때문이란 걸!

자기혐오에 몸서리치며 원은 더욱 빠르게, 더욱 거칠게 말을 몰았다.

《왕은 사랑한다》 2권에서 계속